COLECCIÓN TIERRA FIRME

LA MÁSCARA, LA TRANSPARENCIA

GUILLERMO SUCRE

LA MASCARA, LA TRANSPARENCIA

FONDO DE CULTURA ECONÓMICA
MÉXICO

Primera edición Monte Ávila, 1975
Segunda edición, corregida y aumentada, 1985

Av. de la Universidad, 975; 03100 México, D. F.

ISBN 968-16-2017-8

Impreso en México

NOTA A ESTA EDICIÓN

Escribí este libro entre 1972 y 1974, y fue publicado a fines de 1975 en Caracas. Para esta edición, lo he revisado y corregido con detenimiento, tratando de salvar algunos errores (¿lapsus?) y muchas erratas. A la vez que he suprimido breves pasajes, no me he ahorrado el trabajo —el placer— de reescribir totalmente un conjunto considerable de páginas, aun de introducir otras nuevas, cuando sentí que así lo exigían ciertos temas. No me desdigo de lo ya escrito: sólo he buscado ajustar un poco más la mira(da). Igualmente, en la medida de lo posible, he puesto al día todo el material bibliográfico. Aun el índice, creo, refleja ahora más explícitamente el contenido del libro.

Es verdad que aún me queda por llenar un gran vacío —al que me referí en el prefacio de 1974. Pero lo cierto es que esta edición no es una simple reimpresión. Aunque el libro conserva su estructura inicial —inmodificable, de acuerdo a mis propósitos—, quizá sea posible (re)leerlo ahora, si no como una nueva versión, al menos como una versión más precisa y ampliada de la que se publicó en 1975.

G.S.

Madrid, marzo de 1983

PREFACIO

No sé si será necesario decir de antemano lo que este libro es. Creo, en cambio, que vale más la pena decir lo que no es, o lo que no ha querido ser. Así el lector se evitará la tarea de buscar en él lo que no podrá encontrar (y no porque se haya perdido).

Al dar a este libro el subtítulo de "ensayos sobre poesía hispanoamericana", opté por el plural y deliberadamente eliminé el artículo *la,* para evitar cualquier posible equívoco. Nunca he pensado en hacer un estudio sistemático ("concienzudo", "exhaustivo", "penetrante", "riguroso") de toda nuestra poesía. Y así como no he intentado abarcarla toda, tampoco he pretendido reducirla a las obras analizadas acá. Bien sé que entre las obras ausentes hay muchas que ya son capitales en nuestra poesía, y otras que muy probablemente llegarán a serlo. Entre las primeras, y cuya ausencia el lector notará de inmediato, está la de Pablo Neruda. Quiero aclarar que no se trata, por supuesto, de ninguna exclusión. En una futura reedición de este libro, su obra ocupará el sitio que inicialmente ideé para ella en el capítulo segundo. Sitio doblemente polémico, prefiero advertir desde ahora; por lo que esa obra encierra y significa, también por lo que uno piensa de ella. La obra de Neruda ha sido uno de los grandes y monumentales soliloquios de nuestra poesía; quizá falte verla en diálogos con otras. Diré, sin embargo, que personalmente lamento más el no haber podido hablar de otros poetas menos conocidos y aun marginados; algunos de ellos pertenecen a las nuevas generaciones.

Ya se sobrentiende, pues, que este libro no es una historia de la poesía hispanoamericana; mucho menos un panorama de ella. Apenas me he guiado por cierto hilo cronológico; en cambio, me he abstenido de seguir cualquier orden nacionalista. Claro que no conozco la poesía de cada uno de nuestros países; tampoco me preocupé por incluir siquiera a un poeta "representativo" de cada uno de ellos con el fin de lograr un falso aire continental que contentase y regocijase a todos. Hay quienes hablan mejor de lo que no saben y son brillantes virtuosos del catálogo de lo hispanoamericano; no me dejé fascinar por esa posibilidad. En el desarrollo de este libro, sin embargo, es posible percibir que he estado hablando de lo que, a falta de una denominación más reveladora, llamaré *el carácter hispanoamericano*: sus búsquedas, sus obsesiones, su conciencia de la realidad y de la historia, su fascinación por ciertos mitos, la continua pasión por un mundo utópico. Todo ello, a través únicamente del lenguaje de algunas cuantas obras.

Aun me hubiera gustado situar nuestra poesía en un contexto más amplio de relaciones: la poesía española, por supuesto, y también otras con las cuales la nuestra tiene evidentes nexos. Pero ya esto hubiera desbordado mi capacidad, mis conocimientos y mi resistencia. Confieso que, ya escrito, este libro me parece un exceso y a la vez una carencia. Pensé, inicialmente, en un estudio más breve y hasta más personal, siguiendo una línea de reflexión menos obvia, o menos clasificable. Es claro que no me atuve a lo primero y, ya por su extensión misma, este libro peca por desmesura. Quizá me salve, paradójicamente, por no haber logrado lo segundo; en estos casos, el lector prefiere, más discretamente, cierto orden.

Ahora un punto todavía más sensible: ¿cuál es su método, señor? Todo libro de crítica literaria, por supuesto, debe tenerlo. Pero lo que yo puedo decir a este respecto es muy poco y probablemente no aclare nada, sobre todo a los entendidos. He seguido más a los textos que a sus autores. Por ello, pienso, me decidí por el título: *la máscara, la transparencia.* ¿No tiene también algo misterioso? Lezama Lima, de quien lo tomo, ve en estos dos términos la alternativa que se le presenta al poeta para hacerse invisible y dejar que su obra hable por él. Esa alternativa y las diversas técnicas que suscita, conducen, sin embargo, a un mismo punto: *la aparición del lenguaje.*

Toda poesía adquiere sentido a partir de su lenguaje y de la conciencia que el poeta tenga de él. Esa conciencia nace, entre nosotros, con los poetas modernistas: hicieron del idioma poético un cuerpo realmente sensible, liberándolo del roñoso conceptualismo; al mismo tiempo prepararon una actitud crítica frente a todo poder verbal. Una y otra cosa se han intensificado en nuestra poesía contemporánea. Seguir las aventuras de esa doble conciencia frente al lenguaje: quizá éste ha sido el método de mi libro.

Humpty Dumpty, para deslumbrar a Alice, se envanecía de poder *explicar* cualquier poema, inventado o por inventar. Una doble ironía, quizá, de Lewis Carroll: contra el exceso interpretativo frente a la poesía, pero también el reconocimiento del secreto, del *otro* discurso que subyace en toda poesía. Los poemas mismos inventados por H. D. no sólo eran ingeniosos trabalenguas, o ideogramas; también había que leer muchos de ellos de manera invertida, a través de un espejo. Hablar de un poema supone, primero, hacer *visible* su texto, su trama. Pero si todo poema es espejo de sí mismo, se va volviendo luego espejeante: refleja otros poemas, que, a su vez, reflejan otros, etc. Esa cadena de reflejos, y de refracciones por supuesto, es lo que he intentado dar en relación con las obras estudiadas en este libro.

Quizá ya sea suficiente, como explicación. Sólo quiero añadir, en este sentido, que explicarse no es justificarse, sino, más bien, *exponerse.*

La buena suerte de un libro depende del malentendido, de la amistad y, algunas veces, incluso de su valor intrínseco. Ojalá —decía el autor de esta frase, hoy ya viejo pero no menos irónico— mi libro corra con algunas de esas suertes. Es también lo que uno desearía. ¿Para qué ser hipócritas?

Squirrel Hill, 1974

Primera Parte

LA NUEVA MIRADA

¿Quién no sabe que la lengua es jinete del pensamiento, y no su caballo?

JOSÉ MARTÍ

I. DENTRO DEL CRISTAL

PARECE que de una manera u otra todos tenemos especial inclinación por las obras *representativas.* Es decir, obras que de un modo ejemplar expresan una sociedad, una época, un país, una cultura. ¿No hay algo supersticioso en todo ello?

Frente a esas obras es evidente el sentimiento de seguridad que el lector experimenta: el prestigio que las rodea le dice que no sólo no está perdiendo el tiempo sino que además se halla en lo central y significativo de la historia. Aun la reverencia llega a ser tal que le parece innecesario practicar la lectura: ¿no se la supone de antemano? (No debe decirse que uno está leyendo sino releyendo a los clásicos, observaba irónicamente Borges.) Con respeto a los *scholars,* que siempre se cuidan bien —decía Zaratustra— de sentarse donde calienta el sol: esas obras son su pasión. Las convierten en arquetipos o en valores absolutos que toda obra nueva debe alcanzar, reduciendo de este modo la existencia del arte a un *deber ser* (¿no es lo contrario de la aventura y del continuo hacerse en que vive, aún después de ser creada, toda obra?). Así escriben sus historias, elaboran sus parnasos (o antologías), establecen sus pautas y comparaciones. Su subjetividad goza del beneficio del que, por saberlo todo, es inevitablemente objetivo; ellos tienen las claves, o toda clave pasa por ellos.

Pero apartando estas y otras supersticiones, ¿qué es, en verdad, lo *representativo* en arte? A un tiempo simbólicas y totales: por lo general, así se define a las obras reconocidas como *representativas.* Quizá sea válido. Pero ello no excluye que muchas veces se le asigne al *símbolo* un carácter de mensaje filosófico, o humanístico; o a la *totalidad* se la confunda con un vago sentido sociológico, según el campo social, o histórico, que la obra abarque. El equívoco es todavía mayor cuando se parte de esas nociones como si fueran sustancias eternas e inmodificables, que nos vienen dadas, por supuesto, desde el pasado. ¿Aún los historicistas no alimentan ese equívoco?

El arte contemporáneo tiende a rechazar el *símbolo*, o lo concibe de otro modo: nunca como un equivalente, por más total o complejo que éste sea, sino como una realidad en sí misma. ¿Se puede seguir hablando, entonces, de símbolos? También la relación con la *totalidad* es muy distinta en nuestra época. A riesgo de generalizar y simplificar (en un tiempo caben muchos "tiempos"), podría decirse que esa relación es hoy más tangencial. La *totalidad* no es ni la suma de todo ni la reducción de todo a una coherencia (unidad, se dice) más bien exterior, conceptual. Ya no es posible totalizar sino a partir de lo fragmentario mismo; si hay visiones todavía las hay sólo como en *el aleph* borgiano. Por otra parte, el arte actual no aspira tanto a encarnar valores ya dados como a "desencarnarlos": es un arte crítico e, igualmente, marginal y excéntrico.

Claro, además del peligro inherente a toda tentativa creadora (la petrificación acecha también en toda visión auténtica), se trata de un arte que vive del peligro de sus propias contradicciones: si rechaza lo absoluto (desde la muerte de Dios anunciada no sólo por Nietzsche), no llega a liberarse de la nostalgia que siente por él, justamente porque ya lo absoluto ha desaparecido en el mundo; si niega la historia como posible utopía es para él mismo asumir lo utópico y proponerlo en una sociedad entonces regida por el arte (¿es la inmanencia lo que desarrolla este gusto por la dominación?). Aun esas contradicciones pueden conducir a un *impasse* más profundo: es un arte corroído no tanto por la duda como por la ironía. Esa ironía es impostura y mistificación: siendo sólo arte quiere proponerse como lo absoluto e, inversamente, proponiéndose como tal sabe que, en el fondo, no es sino arte. Su propia naturaleza es, por tanto, problemática: más aún, lo problemático es su naturaleza. Sus mistificaciones e imposturas no son disfrazadas: las exhibe, incluso hasta con cierto orgullo que es también autodesdén. En tal sentido es un arte fundado en el *escándalo* y quizá en el plano más radical: atenta contra lo (con) sagrado, pero su deliberada profanación es otra forma de hacer posible lo sagrado; no *otro* sino lo sagrado en lo humano. Maurice Blanchot ya lo ha dicho: en literatura "la tromperie et la mystification non seulement sont inévitables, mais forment l'honnêteté de l'écrivain, la part d'espérance et de vérité qu'il y a en lui".[1] Tener en cuenta el engaño conduce a algo más que a esclarecer las reglas del juego; se trata de precisar esto: la obra sólo tiene una validez imaginaria y como tal no es ni la realidad ni el mundo; sólo un modo de *ver* la realidad y el mundo, y de *estar* en ellos. Más radicalmente diríamos: la obra es un modo de *verse* a sí misma. En cambio, nada peor, ni más triste, que el engaño que se ignora. Cada una de las obras llamadas "realistas" pretende situarse fuera de la literatura; obviamente, pues ellas son la "realidad". Poco importa que traten de devaluar la literatura, sino que lo hagan para sobrevalorarse ellas mismas. Es posible que esas obras nos den la vida, pero no dan vida: finalmente matan toda imaginación.

Creo que ya se impone una pregunta: ¿quién puede hoy creerse *representativo* sin caer en el abuso de la egolatría, que es también un abuso de confianza? "Soy el cantor de América autóctono y salvaje", escribía un poeta peruano de comienzo de siglo. Aparte de que ese poeta nunca pareció ni tan autóctono ni tan salvaje, pretensiones como éstas ¿no hacen sonreír un poco? Aun cuando Neruda, al referirse al pasado indígena, en uno de su poemas más memorables, dice: "Yo vengo a hablar por vuestra

[1] *La part du feu,* París, Gallimard, 1949.

boca muerta", "Hablad por mis palabras y mi sangre", es difícil no sentir la intromisión del portavoz que se cree elegido o delegado por una raza. Pero esto lo abordaremos más adelante. Por ahora nos sirve para entrar directamente en el ámbito hispanoamericano.

En América Latina hemos creído fielmente que la historia se desarrolla según ciertos esquemas a los cuales debe corresponder, con todo rigor, el arte. Así el arte debía seguir un orden evolutivo. Era casi inevitable que tuviéramos una novela épica, panorámica y social en correspondencia con la realidad de una sociedad naciente. De igual modo, como éramos (¿aún somos?) un "nuevo mundo" teníamos que cumplir con una suerte de pasión adánica: *nombrar* para que *fuesen* nuestros seres y cosas, nuestra vasta geografía, nuestras tradiciones y mitos. Por supuesto, ni aquella visión de la historia ni esta pasión adánica, así como tampoco ciertas técnicas expresivas que se emplearon, podían originarse del todo en nuestra cultura: de algún modo las tomábamos de Europa. Aún más, esa actitud estaba mediatizada por una mirada foránea: curiosamente coincidía con la manera con que nos han visto, y aún nos ven, desde afuera. De esta manera, la aventura de lo latinoamericano se fue convirtiendo en una imagen un tanto clisé, al gusto del exotismo que despertábamos en los otros.

Es posible, no obstante, que así se haya logrado dar un tono latinoamericano a nuestra literatura; pero no es del todo claro que la validez estética —cuando existe— de las obras que se insertan en tal tendencia provenga de ese simple hecho. Menos claro aún que de ese modo se haya creado *una literatura latinoamericana.* En la obra de Santos Chocano, por ejemplo, hay quizá más elementos "indígenas" que en la César Vallejo: nadie pondría en duda, en cambio, no sólo que Vallejo es un poeta y aquel un mero retórico, sino también que en él hay una vivencia profunda y no pintoresca de lo racial. En una dimensión distinta, pues acá el plano estético puede ser igual, tampoco parece que Carpentier sea más latinoamericano que Lezama Lima, aun cuando en la obra de éste no domine ningún impulso genésico o cosmogónico —ese rasgo con el que siempre se tiende a definir lo latinoamericano— (¿no estamos viviendo todavía en el sexto día de la Creación?).

El hecho es que la concepción de lo representativo ha estado ligada además, entre nosotros, a una teoría de la originalidad americana. No es esta teoría lo que hoy resulta falso, sino su formulación. En efecto, somos originales en la medida en que tal vez todo el mundo lo es: tenemos una experiencia concreta del mundo. Pero sería distinto suponer que la originalidad está ya dada en la realidad, por fascinante que ésta sea o haya sido para el europeo. Suponerlo así explica esa reiterada voluntad por mostrar la exuberencia de la naturaleza americana: enumerar todos sus dones y seguir alimentando los mitos de una posible "tierra de gracia". Al parecer, todo poeta latinoamericano —por y para serlo— ha de tener una vocación ilimitada de conocimiento físico (aunque pocas veces se formule problemas del conocer mismo): no puede hablar, por ejemplo, de la flora o la fauna sin que llegue a abarcar todas las especies posibles (pero ya registradas, habría que añadir). Poeta enumerativo y, por supuesto, planetario: ese espécimen del que Borges ha dejado una de las más cómicas parodias en uno de sus relatos. Tal tendencia puede alcanzar grandes hallazgos y aún ser útil y didáctica —que a eso ha sido rebajada, hoy, la concepción de Lautréamont, y luego de los surrealistas, sobre la *vérité pratique* de la poesía. Lo importante, sin embargo, es que la experiencia poética no se vuelva un ejercicio repetitivo de descripciones, siempre frondosas y, claro, metafóricas. Lo que se presenta como una poesía "objetiva" puede tornarse en mera avidez libresca: catálogo de catálogos. Finalmente ¿no es más veraz pensar que la realidad americana no puede ser ni expresada ni descubierta; que hay que *inventarla* y no simplemente *inventariarla*?

Ya es bueno decirlo: el mundo no es sólo realidad sino también experiencia. Y la experiencia del poeta es sobre todo verbal. Es obvio que puede nombrar las cosas, pero, al hacerlo, está tratando en primer lugar con palabras. Esas palabras, a su vez, no expresan al mundo, sino que aluden (interrogan, ordenan) a una experiencia del mundo. Lo que es distinto y más preciso. La verdadera originalidad, así como la intensidad, no reside en lo nombrado sino en la manera de nombrarlo; no está en lo visto sino en la manera de verlo. "Hay que mostrar a un individuo que se introduce en el cristal", era para el joven Borges la única posibilidad de la obra de arte.[2] Ese *cristal* no separa dos zonas, la del sujeto y la del objeto, sino que finalmente las identifica. La única manera de aproximarse a la objetividad ¿no es reconociendo primero la subjetividad? Ésta es, creo, la perspectiva que hace impracticables las pretensiones de representatividad, de totalidad y, en el contexto latinoamericano, de originalidad telúrica.

En última instancia, la realidad en que participamos reside en la mirada, en el lenguaje. El verdadero realismo, o quizá el único posible, es el de la imaginación. Y el primer poder de ésta en literatura es, sabemos, verbal.

[2] *Inquisiciones*, Buenos Aires, Proa, 1925.

II. LA SENSIBILIDAD AMERICANA

Hacia 1900, en un ensayo ya célebre sobre Rubén Darío, Rodó formulalaba este juicio: Darío era un gran poeta ("un gran poeta exquisito"), pero no era el poeta de América. Es decir, no era nuestro poeta *representativo.* Por entonces, Darío sólo había publicado dos libros dentro de la estética modernista (*Azul* y *Prosas profanas*), pero, aunque hay cambios sensibles en su obra posterior y hasta cierta autocrítica de su estética inicial ("La torre de marfil tentó mi anhelo"), quizá suscitada por el mismo ensayo de Rodó, es dable pensar que nunca alcanzó el nivel de lo que éste consideraba como característica del poeta americano. No es posible precisar si Rodó conocía el ensayo de Emerson, "The Poet", en *Essays: Second Series* (1844), ensayo un poco profético si se piensa en la aparición luego de Walt Whitman. El hecho es que Rodó adopta un punto de vista más o menos semejante al de Emerson, con esta diferencia esencial: mientras éste concebía al nuevo poeta americano como un visionario y constructor de un nuevo mundo, el crítico uruguayo parecía limitarse a la idea de un poeta que describiera y resumiera la realidad americana. Aún hay una idea de Rodó (¿atenuante, convicción, inconsecuencia?) que resulta significativa: no le parecía que lo hispanoamericano tuviese ya carácter y valor "universales". En lo cual paradójicamente coincidía con el propio Darío. En el prólogo de *Prosas,* ya éste había dicho: "Si hay poesía en nuestra América, ella está en las cosas viejas: en Palenke y Utatlán, en el indio legendario y en el inca sensual y fino, y en el gran Moctezuma de la silla de oro. Lo demás es tuyo, demócrata Walt Whitman".

La objeción de Rodó a Darío, que, por supuesto, no excluía la admiración, siguió repitiéndose, con parecidos términos, en otros escritores. En una nota de su libro *Tala* (1938), Gabriela Mistral seguía rigiéndose por esa perspectiva. "Si nuestro Rubén —escribe—, después de la 'Marcha triunfal', que es griega o romana, y del 'Canto a Roosevelt', que es ya americano, hubiera querido dejar los Parises y los Madriles y venir a perderse en la naturaleza americana por unos largos años —era el caso de perderse a las buenas—, ya no tendríamos estos temas en la cantera". Los temas a que se refiere están precisados en una frase anterior, no exenta de ironía, de la misma nota: "Nuestro cumplimiento con la tierra de América ha comenzado por sus cogollos. Parece que tenemos contados todos los caracoles, los colibríes y las orquídeas nuestros, y que siguen en vacancia cerros y soles, como quien dice la peana y el nimbo de la Walkiria terrestre que se llama América". No una poética, como se ve, sino un programa americanista de colonización de tierras vírgenes: el poeta como una suerte de *pioneer* que va poblando (con palabras) un espacio que el destino le ha deparado. Así, el valor de la poesía (para ser americana, al menos) está en relación con los materiales que reúne, los temas que enuncia, las zonas naturales que abarque (los contextos ctónicos, dirían hoy, más modernos, otros), etcétera, etcétera.

No se trata de un hecho aislado, mucho menos insólito. De algún modo estamos en ese ámbito de lo supersticioso que hemos señalado al comienzo. Pero es significativo que haya sido un escritor más *americano* (hasta por su violencia frente al idioma) que Rodó y Gabriela Mistral, el que haya precisado las cosas. En un artículo de 1927, respondiendo a Rodó y aludiendo a toda una corriente telurista, César Vallejo escribía lo siguiente:

> Rodó dijo de Rubén Darío que no era el poeta de América, sin duda porque Darío no prefirió como Chocano y otros, el tema, los materiales artísticos y el propósito deliberadamente americano en su poesía. Rodó olvidaba que para ser poeta de América, le bastaba a Darío la sensibilidad americana, cuya autenticidad, a través del cosmopolitismo y universalidad de su obra, es evidente y nadie puede poner en duda... La indigenización es acto de sensibilidad indígena y no de voluntad indigenista. La obra indígena es acto inocente y fatal del creador político y artístico, y no es acto malicioso, querido y convencional de cualquier vecino. Quiera que no quiera se es o no se es indigenista y no están aquí para nada los llamamientos, las proclamas y las admoniciones en pro o en contra de esas formas de labor.[1]

¿*La sensibilidad americana*? A pesar de la validez de su argumento, que era también una nueva manera de ver la poesía, ¿no estaba alimentando Vallejo otra forma de superstición? En absoluto. Pero digamos esto: la sensibilidad americana precede a la obra de Darío y a un tiempo es el resultado de ésta. Darío no inventa esa sensibilidad, pero de algún modo la constituye; le da un sentido más claro, una cierta transparencia; muestra también las contradicciones en que se debate. Su pasión por las formas y la perfección ¿no era acaso una manera de dar coherencia a esa sensibilidad, más o menos vaga y difusa; conferirle una disciplina y una vocación constructiva? Lo que parece exótico en su obra ¿no era, en su momento, una búsqueda de universalidad y una aspiración de *ser* en el mundo? En otras palabras, la obra de Darío ¿no encarna finalmente ese movimiento del espíritu hispanoamericano que oscila entre el desarraigo y el arraigo, la evasión y el retorno?

Darío, en verdad, era una paradoja y un escándalo; contravenía muchos de los principios establecidos. Siendo nada o muy poco *representativo*, llegó a ser, sin embargo, no sólo un gran poeta sino también el gran inicia-

[1] Citado en *Aproximaciones a C. Vallejo* (t. I, p. 84); véase la bibliografía final.

dor de la poesía moderna en lengua española. Fuese o no el poeta más influyente en su tiempo, lo significativo es que su obra establece una línea de *partage*. "De cualquier poema escrito en español puede decirse con precisión si se escribió antes o después de él", ha observado memorablemente Pedro Henríquez Ureña. Es difícil poder decir lo mismo de otros poetas, y no por ser menores, que de algún modo lo objetaron. ¿Qué hubiera sido de la poesía en lengua española si, por ejemplo, en vez de Darío sólo hubieran existido Unamuno y/o Gabriela Mistral?

A Darío le corresponde, pues, lo que a muy pocos: el haber revivido la sensibilidad del idioma poético español y, con ello, anunciar lo que sería una gran época creadora. Más allá de fórmulas que ya hoy nos parecen *datées*, supo devolverle a ese idioma, sin caer en "recreaciones", esto es, sin dejar de ser moderno, la transparencia de un Garcilaso, el esplendor de un Góngora. Incluso en su obra vuelven a brillar la inocencia, los ritmos y la inicial "rustiquez" del castellano. No cualquier poeta de su tiempo hubiera podido escribir, a los quince años, un poema como "La poesía castellana": un deliberado ejercicio de imitación —estilo, léxico, ortografía, ritmo— desde el cantar de Mio Cid hasta (¡incluso!) el siglo XVIII; pero se trata del ejercicio de un joven maestro. Como Góngora, además, Darío arruinó uno de los principios más invulnerables de la estética tradicional: no creyó en la importancia moral o humanística de los temas ("la moral enseñanza", "los asuntos graves" que aun Gracián echaba de menos en el autor de las *Soledades*). Como los pintores pre e impresionistas, veía el poema sobre todo como un "arreglo" de sonidos, de ritmos y de imágenes. Tampoco creyó que la profundidad del arte estaba necesariamente ligada a una filosofía del dolor o a la grandeza histórica. Darío, sabemos, exaltó el placer: no sólo como tema sino igualmente como naturaleza misma del lenguaje; en su obra, las palabras recobran el gusto de ser palabras, formas constructivas, cuerpos relucientes. Así, lo que se ha calificado, con cierto desdén, de *formalismo* en su obra, es lo que hoy nos parece más radical. Es posible que en ella, como en muchas obras del modernismo, dominara por momentos la ornamentación. Pero el verdadero *formalismo* de Darío es otro: la conciencia de que la palabra es una con lo que enuncia, de que toda visión de la realidad depende, en última instancia, del lenguaje. No sólo no eludió hablar de su obra como una experimentación verbal; aun le gustaba subrayar este hecho, precisando los "préstamos" poéticos que se había permitido, explicitando las reglas de su juego. El origen de la novedad, esto es, del modernismo, fue su lectura de ciertos autores franceses, explica en *Historia de mis libros* (1909). Y, precisando más, añade: "Encontré en los franceses que he citado una mina literaria por explotar: la aplicación de su manera de adjetivar, ciertos modos sintácticos, de su aristocracia verbal, al castellano"; "comprendí que no sólo el galicismo oportuno, sino ciertas particularidades de otros idiomas, son utilísimas y de una incomparable eficacia en un apropiado trasplante".

Pero Darío sabía bien que no se trataba de una mera copia, ni siquiera de un buen trasplante; sus experimentos estilísticos fueron una verdadera renovación del español: lo liberaron de la rutina, del tono discursivo, y aun del "eterno clisé", decía, del Siglo de Oro. ¿No se trataba simultáneamente de una liberación espiritual, de un acto de purificación colectiva? "El clisé verbal es dañoso porque encierra el clisé mental, y, juntos, perpetúan la anquilosis, la inmovilidad", escribe en el prólogo de *El canto errante* (1907). Sin duda, Darío comprendía lo que implicaba la proposición de Mallarmé: "Donner un sens plus pur aux mots de la tribu."

Darío trajo consigo, como se ve, no sólo un nuevo estilo sino también una nueva poética. Esta poética comienza por ser una crítica de la pobreza tanto de la literatura hispanoamericana como de la española. Evocando el contexto en que se gestó el modernismo, dice: "No se tenía en toda América española como fin y objeto poético más que la celebración de las glorias criollas, los hechos de la Independencia y la naturaleza americana: un eterno canto a Junín, una inacabable oda a la agricultura de la zona tórrida, y décimas patrióticas." Su visión de la España de su tiempo no era menos implacable. "Yo hacía todo el daño que me era posible —escribe— al dogmatismo hispano, al anquilosamiento académico, a la tradición hermosillesca, a lo pseudo-clásico, a lo pseudo-romántico, a lo pseudo-realista y naturalista." Crítica, en una palabra, a la poesía supuestamente *representativa*: Darío iba a situar el acto poético en una experiencia individual, no en las formas ya dadas de la tradición. Sin embargo, su poética rechazaba también uno de los principios centrales del romanticismo hispánico: la efusión emotiva y, por tanto, la espontaneidad como piedra de toque del poema. ¿No había demostrado ese romanticismo que la espontaneidad sin lucidez derivaba en la rutina expresiva y, más aún, en la falsa emoción, cuando no en el mero patetismo? "Sin dejar de ser en ninguno de sus grandes poemas poeta natural, es allí mismo poeta cultural", precisaba Pedro Salinas con respecto a Darío. Precisión fundamental. En efecto, para Darío la poesía es una doble lectura: la de la realidad y la de los textos ya escritos. O mejor, todo para él es texto y va a convertirse en texto; todo es lenguaje y pasa primero por el lenguaje. Así, la emoción no tiene realidad antes del poema sino en el poema: su poder expresivo no está dado por ella misma sino por las equivalencias rítmicas y verbales que encuentra en el poema. Darío, por otra parte, quería expresar no sólo *su* mundo sino *el* mundo ("siento como un eco del corazón del mundo / que penetra y conmueve mi propio corazón"). Lo importante para él era buscar la correspondencia entre los seres y las cosas. "El caracol la forma tiene de un corazón", diría en un poema. El caracol es uno de sus instrumentos sonoros favoritos, apuntaba Juan Ramón Jiménez; es uno de los símbolos de su poesía misma, añade Octavio Paz. A través del caracol sentía, evidentemente, el rumor del mundo en un espacio finito y perfecto: la multiplicidad en la unidad.

En otro poema, Darío define al poeta como "un universo de universos". Y en un texto teórico llega a establecer su don visionario: "El poeta tiene la visión directa e introspectiva de la vida y una supervisión que va más allá de lo que está sujeto a las leyes del general conocimiento"; agregaba también: "El don del arte es un don superior que permite entrar en lo desconocido de antes y en lo ignorado de después, en el ambiente del ensueño o de la meditación". Por ello su poesía es canto y danza ("Haremos danzar / al fino verso de rítmicos pies") y a un tiempo reflexión, lucidez ("la música es sólo de la idea, muchas veces").

Sin embargo, la obra de Darío ha sido criticada a partir de criterios sociológicos: su exotismo, su exceso de mitología, su afrancesamiento eran una evasión de la realidad americana. Pero, esos mismos elementos de su obra, ¿no podrían ser vistos, a su vez, como una crítica a la realidad americana? Su poema "A Colón" (de *El canto*) es una visión despiadada del Nuevo Mundo: "Cristóforo Colombo, pobre Almirante, / ruega a Dios por el mundo que descubriste". En el ensayo más brillante que se ha escrito en los últimos años sobre Darío, Octavio Paz explicaba: "Se ha dicho que el modernismo fue una evasión de la realidad americana. Más cierto sería decir que fue una fuga de la actualidad local —que era, a sus ojos, un anacronismo— en busca de una actualidad universal, la única y verdadera actualidad".[2] En efecto, lo que mueve a los modernistas es el sentimiento de inexistencia que experimentan en sus países, a lo cual oponen una voluntad, a veces desaforada, de existir en el presente universal, no tanto de la historia como del arte, de la cultura. Su cosmopolitismo puede ser visto como una mediación y todo lo que ella implica de fascinación condicionada; pero también, y sobre todo, puede ser visto desde otras perspectivas más válidas. En primer lugar, es una crítica al vacío hispanoamericano, y aun español. Es igualmente una *consecuencia* de la poética dominante de la época: las correspondencias del simbolismo ¿no suponían, en última instancia, una actividad universal que incluso rompía con las nociones de nacionalidad y de tiempo histórico para promover la correspondencia de las obras, el diálogo de las culturas más diversas? Finalmente, el cosmopolitismo de los modernistas, y sobre todo de Darío, está en relación con una visión del mundo. El tiempo dominante en Darío es, en verdad, el ahora o el instante único que se vive en la intensidad de la sensación. ¿No se definía a sí mismo, en un poema, como "todo ansia, ardor, sensación pura"? Y toda su obra ¿no es el intento por hacer de esa *sensación pura* una suerte de tiempo absoluto que trascendiera la cronología y la historia misma? "En el reino de mi aurora / no hay ayer, hoy, ni mañana", escribía igualmente. Aun Darío asume su cosmopolitismo con cierto desenfado que es también afán de irritar y de escandalizar. "Mi esposa es de mi tierra; mi querida, de París", llegó

2 "El caracol y la sirena", en *Cuadrivio*, México, J. Mortiz, 1965.

a ostentar. Hay otras frases suyas no menos impertinentes. "¿Hay en mi sangre alguna gota de sangre de África, o de indio chorotega o nagrandano? Pudiera ser, a despecho de mis manos de marqués; mas he aquí que veréis en mis versos princesas, reyes, cosas imperiales, visiones de países lejanos e imposibles; ¡qué queréis!, yo detesto la vida y el tiempo en que me tocó nacer". Y aun su ironía tiene momentos memorables. Cuando supo que Unamuno decía que se le veía la pluma del indio bajo el sombrero, le contestó: "Es con una pluma que me quito debajo del sombrero con la que le escribo".

Una actitud que conocía el desafío y la burla no podía sino suponer la conciencia de la rebelión. Podría reprochársele a Darío que esa rebelión no se situara en un plano más radical. Pero me pregunto si no se situó también en ese plano. Creo que sí. En el poema "Los cisnes", Darío habla sobre la oposición entre el materialismo sajón, conquistador de "águilas feroces", y el idealismo hispánico; más profundamente, centra su visión en un tiempo —el de su época— que le parece ya caduco y sin grandeza espiritual. El cisne —es decir, la belleza, la elegancia, pero también el erotismo— pasa entonces a encontrar otro tipo de heroicidad: la del arte. "Faltos del alimento que dan las grandes cosas, / ¿Qué haremos los poetas sino buscar (sus) lagos?", finalmente se pregunta. No es, por supuesto, la misma pregunta que se formulaba Hölderin: ¿a qué poetas en tiempos de miseria? Hay algo común, sin embargo, en una y otra: la poesía como una manera de enfrentarse a la fatalidad y de rescatarse de la enajenación histórica.

Aún creo que su rebelión adopta formas más radicales: su exaltación del placer y su visión erótica del mundo encierran, sin duda, una crítica a la ética social y también a la concepción judeocristiana del amor. En uno de sus últimos grandes textos, "Poema del otoño" (1910), Darío no vacila en preferir el paraíso del cuerpo y del deseo al que proponen las religiones; "la flor del instante" antes que una dudosa eternidad. En una estrofa de ese poema, dice: "Huyendo del mal, de improviso / se entra en el mal / por la puerta del paraíso / artificial". El sentido, me parece, es muy preciso: para el cristianismo, el cuerpo y el sexo, además de ser vanidades pasajeras, encarnan el mal; para Darío, en cambio, el verdadero mal es huir del cuerpo —realidad efímera, pero cuya plenitud nos pertenece— y la prometida trascendencia en otro mundo no es más que un "paraíso artificial". Darío no es sólo pagano; a veces también, como en este caso, resulta blasfemo, o simplemente herético: ve la religión como un sucedáneo y un enajenamiento de los verdaderos poderes del hombre.

Debo añadir, finalmente, esto: no creo que la actitud de Darío sea aislada dentro del modernismo. Aunque hay diversas modalidades en este movimiento, es obvio que la coincidencia es mayor. Algunos críticos, sin embargo, suelen oponer José Martí a Darío. El poeta comprometido y americanista frente al evadido; el poeta directo ("natural") frente al poeta más elaborado ("cultural"). Estas oposiciones pueden ser reales; aún habría otras más profundas. Martí rehúye la suntuosidad y la expansión verbales; no sólo busca la sencillez sino también el despojamiento: "El arte de escribir ¿no es reducir?", se preguntaba. Su obra destaca, en verdad, por la concisión y la brevedad ("Es la poesía breve espuma de mar hondo, que sólo sale a flote cuando hay un mar hondo"): a excepción del endecasílabo sin rima, sus versos y sus ritmos fueron más bien tradicionales, aunque de una tradición popular y no culta. En tal sentido, no un experimentador de combinaciones estróficas y de nuevos ritmos, como lo fueron Silva, Darío, Jaimes Freyre, Lugones; no practicó el verso libre, por ejemplo, y ello a pesar de su admiración por el verso y el ritmo de Whitman.[3] Sin embargo, tiene de Whitman la voluntad, ajena a Darío, de hacer del acto poético una participación colectiva e incluso una suerte de utopía social: "Los pueblos —decía— han de cultivar el campo y la poesía". Finalmente, su experiencia de la muerte revela mayor lucidez que en Darío; no sólo la prefiguró, y buscó, como una inmolación histórica necesaria, sino que además la veía como fase del mismo movimiento cósmico de la vida: "Dos patrias tengo yo: Cuba y la noche"; "Yo quiero salir del mundo / Por la puerta natural: / En un carro de hojas verdes / A morir me han de llevar". Aun en su ensayo sobre Whitman, y citando versos suyos, llega a decir de manera admirable: "Ya sobre las tumbas no gimen los sauces; la muerte es *la cosecha, la que abre las puertas, la gran reveladora*; lo que está siendo, fue y volverá a ser; en una grave y celeste primavera se confunden las oposiciones y penas aparentes; un hueso es una flor".

Sin embargo, estas diferencias con Darío, lejos de borrar, ponen más de relieve las convergencias entre ambos. Como Darío, Martí cree sobre todo en la poesía como una realidad verbal; su pasión social no lo lleva a proponer una poesía de simple mensaje, incluso advertía contra esa tendencia: "A la poesía, que es arte, no vale disculparla con que es patriótica o filosófica, sino que ha de resistir como el bronce y vibrar como la porcelana". Esa *resistencia* del poema reside, obviamente, en las *formas*. "Hay algo plástico en el lenguaje, y tiene él un cuerpo sensible", señalaba. Si no con los mismos dones de Darío, cultivó las combinaciones sensoriales y, sobre todo, tuvo conciencia de *la luz* en el poema, tal como los pintores impresionistas. ¿No había escrito un admirable ensayo sobre este movimiento?[4] Aun, como Darío, y es lo que confiere a ambos un puesto en la modernidad, tuvo la intuición del poeta como un mediador del lenguaje, que lo sirve y no se sirve de él; en otras palabras, son los poderes innatos del lenguaje lo que gobierna al poema, y no simplemente las in-

[3] Martí fue quizá, en lengua española, el primero en escribir sobre Whitman. Su ensayo es de 1887.

[4] "Nueva exhibición de los pintores impresionistas", escrito en Nueva York el año 1886.

tenciones o las ideas del autor. ¿No decía que el lenguaje es jinete del pensamiento, y no su caballo? Esta visión conlleva, a su vez, como en Darío, otra: el universo manda en el poeta. "El universo / Habla mejor que el hombre", escribe Martí. No sólo ello, el universo, como naturaleza, es lo realmente sagrado. Su panteísmo, incluso, adopta formas críticas muy concretas. En un poema, identificando explícitamente España y el cristianismo, dice: "Busca el obispo de España / Pilares para su altar; / ¡En mi templo, en la montaña, / El álamo es el pilar!" En el centro del universo está *el cuerpo* del hombre como su encarnación o su proyección: "crece en mi cuerpo el mundo", dice Martí, como Darío dirá: "en nosotros corre la savia del universo"; y *el cuerpo* de la mujer: "Todo es Eva" y no "tumba" (Martí); "Eva y Cipris concentran el misterio / del corazón del mundo" (Darío). Esta visión erótica del universo es también mágica: el cuerpo como un doble rítmico del mundo. "¡Oh ritmo de la carne, oh melodía, / Oh licor vigorante, oh filtro dulce / De la hechicera forma!": ¿son de Darío o de Martí estos versos?

III. "EL UNIVERSO EL VERSO DE SU MÚSICA ACTIVA"

Lo MEJOR de la poesía de Darío está impregnado de una energía profunda ("soy el caballero de la humana energía"). Con esa energía entra en la poesía hispanoamericana no sólo la luz y la claridad sino también un espacio solar. Es, por tanto, una energía ligada al universo, y nace de él. Darío ve el universo como una realidad mágica: una simpatía universal relaciona a los seres y las cosas. El sol es el "conductor del carro de la mágica ciencia"; la mujer tiene "mirada mágica"; el cisne es el "mágico pájaro regio". Objetos mágicos, la relación con ellos tiene que situarse en una nueva dimensión: contemplarlos es participar en ellos, participar en ellos es relacionarlos con un *anima mundi.* Así, el universo es para Darío campo de continuas mutaciones ("el peludo cangrejo tiene espinas de rosas / y los moluscos reminiscencias de mujeres"); está, igualmente, regido por un orden superior y fatal ("todo está bajo el signo de un destino supremo"). Sin dejar de ser realidad —o por serlo—, es también símbolo: lo visible revela lo invisible, la materia se torna espíritu. El universo es, pues, sagrado. Un cosmos.

En tal sentido, "Coloquio de los centauros" es una de las piezas centrales en la obra de Darío. Aunque en algunos pasajes es obvia la relación con poemas de Nerval y de Baudelaire, podría decirse más bien que representa para la poesía hispanoamericana lo que "Hérodiade" o "L'après-midi d'un faune" para la poesía francesa. Como estos poemas de Mallarmé, su estructura es la del poema dramático; tiene, además, el poder de la figuración espacial y de la reflexión sobre sí mismo. A pesar de su extensión y del hilo un tanto discursivo que lo rige, su intensidad no decae: no sólo por el brillo del verso sino también por la visión que propone.

La estructura del poema es circular. Comienza y concluye con descripciones de igual carácter y de un mismo tema: los centauros recorren la Isla de Oro, se detienen en un "fresco boscaje", "frente al Océano", luego continúan su marcha y desaparecen. Uno y otro momento están ligados al nacimiento del sol y a su esplendor cenital; a esta impresión visual corresponde otra, auditiva: el "tropel sonoro", el "tropel vibrante de fuerza y harmonía" de los centauros. No creo que sea insignificante aludir a estas dos impresiones de luz y sonido; me parece que ellas anuncian, y al final reiteran, una suerte de acoplamiento cósmico que es como el trasfondo de todo el poema: el universo es armonía visual y también rítmica. Aun Darío acentúa ese ritmo a través de equivalencias verbales; mediante la división en tres hemistiquios del verso (alejandrino), los encabalgamientos abruptos y, por supuesto, las aliteraciones logra un ritmo a la vez cortado y largo que hace sentir (sonar) el galope de los centauros. "Son los centauros. Cubren la llanura. Los siente / la montaña. De lejos, formas son de torrente / que cae..."; "los crinados cuadrúpedos divinos".

Entre estos dos pasajes descriptivos se desarrolla el verdadero cuerpo del poema. Deberíamos decir, más bien, la mente del poema: se trata del coloquio mismo de los centauros. Elementos biográficos de algunos de ellos (ya fijados por la mitología, pero que Darío recrea con sutileza) alternan con pasajes de exaltación hímnica y con reflexiones tanto sobre el universo como sobre la poesía. El poema, en última instancia, es un arte poética. El movimiento del poema se sucede con la libertad y espontaneidad del diálogo, pero lo rige una verdadera "lógica" interior: cada motivo no adquiere su verdadero sentido sino como pieza de una figura más amplia. El poema es un tapiz: no tiene un desarrollo temporal sino espacial. Su movimiento no es la sucesión: un motivo no concluye y da paso a otro, y éste a otro. Su movimiento es más bien de ondas concéntricas: un motivo se prolonga en otro y aun reaparece, transfigurado, en otro ulterior. Así, el motivo del "triunfo del terrible misterio de las cosas", con que se inicia el coloquio, se bifurca en otros dos: el animismo del universo ("las cosas / tienen raros aspectos, miradas misteriosas; / toda forma es un gesto, una cifra, un enigma") y la misión del poeta como intérprete de esa trama de relaciones secretas, es decir, de símbolos ("el vate, el sacerdote, suele oír el acento / desconocido": las "palabras de la bruma"). Esta bifurcación, a su vez, nos introduce en una dilucidación moral y también, nuevamente, estética: en el universo como cosmos (orden y libertad) no existen el bien o el mal en tanto que actos individuales; son signos de una voluntad indescifrable, pero no arbitraria: "Son formas del Enigma la paloma y el cuervo", dice el centauro sabio, Quirón. Ese mismo Enigma —dirá otro, el adivino Astilo— "es el soplo que hace cantar la lira"; de nuevo, pues, la poesía como una interrogación y una consecuencia del misterio. La onda parecería, de este modo, cerrarse, pero se continúa en otra: el Enigma es igualmente el "rostro fatal" de la mujer. Aparece entonces el motivo del amor ("¡Venus impera!"): el animismo del mundo visto como la atracción que encarna la mujer misma. Esta atracción erótica lo transfigura todo: la bestialidad de los centauros no es sino "un ansia del corazón del Orbe" que quiere participar en lo humano y aun conquistar, gracias al amor, una dimensión divina. "Naturaleza sabia, formas diversas junta, / y cuando tiende al hombre la gran Naturaleza, / el monstruo, siendo el símbolo, se viste de belleza". Aun el erotismo quiere reconciliar los extremos más opuestos: el rostro de la mujer se identifica finalmente con el de la muerte, porque también la vida es "inseparable hermana" de ésta. Pero si la muerte cierra un ciclo individual, abre otro, de carácter cósmico: es el último secreto impenetrable, es Diana, "la virgen de las vírgenes", "inviolable y pura"; por ello mismo, no sólo devuelve al mundo su misterio sino que también hace de ese misterio el objeto de un nuevo deseo. La muerte, pues, no detiene sino que reanuda y aun renueva el movimiento cósmico. "La Muerte es la victoria de la progenie humana", dirá, por ello, el sabio Quirón. El poema refluye sobre sí mismo: el final nos regresa al comienzo. Sólo que ya ese comienzo adquiere una significación más amplia: la poesía es un intento por revelar el misterio del mundo y, paralelamente, por preservarlo también. Quizá lo que Darío quiere proponer sea, en última instancia, esto: más que una aventura de conocimiento, la poesía es la encarnación del ritmo de la vida y la muerte.

Esta trama concéntrica de los motivos se corresponde igualmente con la visión del tiempo que el poema mismo encierra: tiempo circular, un eterno retorno (la Isla de Oro ya desde el comienzo parece sugerirlo). Aun los elementos parciales, o en apariencia "decorativos", tienden a subrayar esa correspondencia. El recitativo de los centauros se inicia en medio del silencio que le tributan las fuerzas del universo (los tritones, Eolo, etc.): ese silencio inmoviliza no sólo al espacio sino al tiempo también, es el regreso a un principio y a una palabra original. "He aquí que nacen los lauros milenarios; / vuelven a dar a luz los viejos lampadarios", dice desde el comienzo Quirón. Los propios centauros participan de ese renacer: hablan del pasado con la vivacidad que lo transfigura en un presente. Las alusiones a los mitos de Cenis y Ceneo, Deucalión y Pirra, y aun de Filomela ¿no son acaso indicios del clima de resurgimiento y de metamorfosis que domina en todo el poema? "Yo amo lo inanimado que amó el divino Hesíodo"; "Amo el granito duro que el arquitecto labra / y el mármol en que duerme la línea y la palabra", dice uno de los centauros; en tanto que Quirón le replica: "Grineo, sobre el mundo tiene un ánima todo". En este diálogo se condensa también la doble naturaleza del poema: esa dialéctica entre el discurrir y la recurrencia, entre la fatalidad y la libertad.

"Coloquio de los Centauros" no es sólo un poema que exalta la plenitud del universo y su unidad; estos dos rasgos aparecen también en la propia escritura del texto: dominio de las simetrías, analogías que dan paso a otras, sentido del conjunto y de los matices, don rítmico, esplendor verbal. Prefigura toda la búsqueda posterior de Darío, y aun el debate en que se polariza: la relación entre el poema y el mundo, la visión paradisíaca, la sensación pura, la pasión erótica, por un lado; la experiencia enajenante de la historia y de la temporalidad, por el otro.

Ya lo hemos visto: para Darío el arte es el don (la "supervisión") de penetrar en lo desconocido. Su actitud vital puede llegar a ser pesimista y aun nihilista, pero su fe en el arte no lo abandona. Darío cree en el poder revelador del arte. El arte lo hace sentirse como un dios y le comunica una suerte de disciplinada religiosidad. "Alma mía, perdura en tu idea divina", empieza uno de los últimos poemas de *Prosas profanas.* Esa inicial exhortación se desarrolla hasta el final del poema:

> Y sigue como un dios que la dicha estimula,
> y mientras la retórica del pájaro te adula
> y los astros del cielo te acompañan, y los
> ramos de la esperanza surgen primaverales,
> atraviesa impertérrita por el bosque de males
> sin temer las serpientes, y sigue, como un dios...

Es evidente: Darío tiene confianza en la palabra. El mundo que construye se funda en esa confianza. Pero más que reflejarlo, busca constituirlo. En "La página blanca" vemos claramente esa tentativa. Sin ser uno de sus mejores poemas, no deja de ser por ello significativo. Comienza: "Mis ojos miraban en hora de ensueños / la página blanca". Se sucede entonces un desfile imaginario de figuras, rostros de mujeres y visiones de poemas; estas visiones son a su vez otros tantos poemas: la vida como una caravana de camellos que pasan, cada uno cargando los dolores, los sueños, las esperanzas y la muerte (también ahora la llama "la Reina invencible", "la bella inviolada"). Finalmente, con cierto espíritu mallarmeano, el poeta contempla ese extraño discurrir "en el vago desierto de la página blanca". Darío escribe un poema sobre otro poema imaginario; al mismo tiempo, este poema encierra el sentido de la vida, el destino del hombre. La página blanca es, pues, la del poema y la del mundo; el hombre escribe su vida como el poeta escribe su poema. Esta simultaneidad implica una equivalencia. Y por ser equivalentes el poema y el mundo, uno vale por el otro alternativa y recíprocamente.

Ahora bien, si la palabra simboliza el universo, lo esencial de ella es el ritmo. Darío no es sólo un gran creador de ritmos poéticos, aun, como otros modernistas, devolvió a la poesía castellana su carácter originalmente acentual (el "fino verso de rítmicos pies"). Tuvo, además, conciencia del ritmo como trasposición de los ritmos primordiales del universo. El universo es o tiende a ser cosmos; materia viviente, todo en él está ordenado y animado por una unidad secreta. Si el poeta es su intérprete, su lenguaje debe tener el mismo movimiento. Es lo que propone Darío, con más coherencia y como un arte poética, en el soneto "Ama tu ritmo", de la segunda edición de *Prosas.* Vale la pena transcribirlo y analizarlo en su totalidad:

> Ama tu ritmo y ritma tus acciones
> bajo su ley, así como tus versos;
> eres un universo de universos
> y tu alma una fuente de canciones.
> La celeste unidad que presupones
> hará brotar en ti mundos diversos;
> y al resonar tus números dispersos

pitagoriza en tus constelaciones.
Escucha la retórica divina
del pájaro del aire y la nocturna
irradiación geométrica adivina;
mata la indiferencia taciturna,
y engarza perla y perla cristalina
en donde la verdad vuelca su urna.

Hay una idea central en el poema: existe *un ritmo* a cuya ley el poeta ha de someter tanto su obra como su vida misma; ese *ritmo* es anterior a todo y se identifica con el ritmo del universo, que, a su vez, encarna en cada ser humano (de ahí el posesivo *tu* con que Darío lo precede). La naturaleza de ese *ritmo* incluye dos términos en apariencia opuestos pero que están en continua relación: la multiplicidad y la unidad. La relación es dialéctica, no simplemente causal: por una parte, porque el poeta es "un universo de universos", vale decir, múltiple, es por lo que busca un ritmo; por otra parte, esa misma búsqueda, esa nostalgia por el ritmo, hará brotar en él "mundos diversos". El ritmo es, pues, unidad múltiple a la vez que multiplicidad en la unidad; ritmo es concentración y expansión a un mismo tiempo. Así, el ritmo que propone Darío no es reducción conceptual, sino tensión vital: lo uno se proyecta y diversifica sin caer en el caos, en la incoherencia; los opuestos se fusionan sin perder su identidad. Ritmo es un sistema de integraciones que no omite la oposición. Hay, para Darío, un ritmo individual: acoplamiento del cuerpo y el alma; hay también un ritmo universal: acoplamiento de la unidad personal con el cosmos. Es lo que expresa en otro poema de la misma época: "sabe que está el secreto de todo ritmo y pauta / en unir carne y alma a la esfera que gira". Es cierto que no estamos todavía en el proyecto de Rimbaud: *La Poésie ne rhytmera plus l'action; elle sera en avant.* Pero es cierto también que no por ello la concepción de Darío deja de ser innovadora. Doblemente innovadora: identifica el ritmo poético con el ritmo vital, que es cambiante, y por tanto aquél no puede estar sometido a reglas fijas; propone, no una copia del universo sino una asimilación de sus energías. En el primer caso ¿no está propiciando el verso libre? En el segundo ¿no prefigura la idea de que la poesía no debe copiar la naturaleza sino sus poderes creadores, que Huidobro introducirá en el ámbito hispánico?

En su soneto, Darío habla también de "números dispersos" y de "la nocturna irradiación geométrica". Por una parte, está aludiendo obviamente a las palabras del poeta: si su lenguaje es ritmo, ¿no es entonces número, matemática, mesura? Por la otra, se está refiriendo a la misión del poeta: "pitagorizar" o descubrir en las constelaciones un orden preciso, "geométrico" y hacerlo vivo, "irradiante". En un soneto a Juan Ramón Jiménez, anterior de un año a "Ama tu ritmo", Darío había sido todavía más explícito: el poeta —dice— es de "la celeste raza / que vida con los números pitagóricos crea". Años después, se descubre de nuevo leyendo en las constelaciones pitagóricas, pero aclara: "se han confundido dentro del alma mía / el alma de Pitágoras con el alma de Orfeo". Se trata, creo, de la misma relación anterior entre la medida y la música, pero con este matiz: la alianza ahora con los misterios órficos, con el encantamiento. Así Darío entraba en una suerte de visión no sólo mística sino también esotérica del universo.

En uno de sus últimos poemas, Darío habla de "la música teológica del cielo". Creo que ese verso se relaciona con la afirmación que aparece en el prólogo de *Prosas profanas*: "La música es sólo de la idea, muchas veces". En uno y otro caso, me parece que Darío está definiendo la música, del mundo o del poema, no sólo como un sistema de sonidos sino también como un sistema de relaciones o de combinaciones. Esto es, la naturaleza de la música vista en una doble manifestación: como hecho sensible y verbal, como hecho mental e ideal. Desde esta perspectiva, las sinestesias en que se funda tanto la poesía de Darío, y de todo el modernismo, constituyen un sistema rítmico. No son simples analogías sensoriales, sino una verdadera suma del ser sensible en un solo instante, como dice Bachelard de las famosas *correspondances* de Baudelaire.[1] ¿No es revelador, además, que en las combinaciones sensoriales de Darío sean dominantes las de color y sonido? "Celeste sol sonoro", dice en un poema. Ya hemos visto antes, en el "Coloquio", la simultaneidad de lo visual y lo auditivo. Hay todavía un ejemplo no menos importante. Es el poema "Helios", de *Cantos de vida y esperanza* (1905). Prolongando el sentido helénico del título, el poema es una suerte de figuración mítica del nacimiento del sol: un auriga (cochero, conductor) que conduce el carro (la cuadriga) de la nueva energía que se expande; esa energía es ya rítmica en sí misma ("los caballos de oro. . . al trotar forman música armoniosa") y aun desencadena el ritmo de todo el espacio: "Y el universo el verso de su música activa", se dice luego. ¿No es un verdadero hallazgo? Analogía verbal y a la vez metafórica en el primer hemistiquio; en el segundo, el contraste tonal muy marcado (dinamismo puro) entre un acento, digamos, ascendente y otro, digamos, descendente, recayendo éste sobre un vocablo ("activa") cuya función, en una primera lectura, puede parecer indecisa (¿un adjetivo?) pero que al precisarse (un verbo) lleva a subrayar más su acento, a subrayar más, diríamos, su acción: la música del universo desciende, se hace más terrestre. La luz solar, y su energía en expansión, dada a través de sonidos: en esta transposición reside la singularidad no sólo de este poema sino también de la mejor poesía de Darío.

Lo característico, además, del ritmo de Darío es la armonía. "El Hada Harmonía ritmaba sus vuelos", dice en el primer poema de *Prosas*. Dos

[1] *L'intuition de l'instant* (1932), París, Gonthier, 1966.

décadas después, en el primer poema de *El canto errante*, ese ideal define su propia poesía: "El canto vuela, con sus alas: / Armonía y Eternidad". En otro texto, la inspiración sobreviene "bajo el gran sol de la eterna Armonía". Todo el universo, aun los seres menos espirituales, está regido por esta misma mesura. Darío contempla la armonía de los astros pero ve también las bestias apacibles hacer rodar "en un ritmo visible la música del mundo". De igual modo, Pan, dios de la energía, une el instinto "al ritmo de la inmensa mecánica celeste". "Hermana armoniosa", llama a una artista cubana (una bailarina) que le inspiró varios poemas. Lo que mejor designa a la mujer amada es el pronombre posesivo: "Mía, así te llamas"; luego pregunta: "¿Qué más armonía?" En la carne de la mujer descubre también la ciencia armoniosa. En uno de sus poemas más dramáticos se ve luchar contra el destino: "Voy bajo tempestades y tormentas / ciego de ensueño y loco de armonía". Para Darío, en efecto, la armonía es el valor absoluto. El haberla alcanzado, sabe, lo convierte en reo: no es ya el hombre caído sino nuevamente sagrado. *Voleur de feu,* llamaba Rimbaud al poeta. A Darío no le basta el fuego, necesita también la armonía. "Sé que soy, desde el tiempo del Paraíso, reo; / sé que he robado el fuego y robé la armonía". Tanta insistencia traduce, sin duda, más que una obsesión, una pasión. ¿No es igualmente una suerte de *paideia* para el informe mundo hispanoamericano?

El tema vital de la poesía de Darío —ya lo vio y estudió con incomparable competencia Pedro Salinas— es el amor. "Toda mi ciencia es amor", escribía el propio Darío. "Amar por toda ciencia y amar por todo anhelo", dice igualmente en uno de sus poemas breves (de *Cantos*). En él se expresa algo más fundamental: el amor como una energía que implica todos los contrarios y que, a la vez, los trasciende: amar "con todo el ser y con la tierra y con el cielo, / con lo claro del sol y lo oscuro del lodo". Es cierto que muchas veces la experiencia erótica aparece como un debate entre la espiritualidad y la sexualidad, entre el amor ideal y la pasión carnal. Ya su primer libro está signado por ese debate: al lado del impulso erótico, casi instintivo y elemental de los poemas del "Año lírico", el soneto titulado "Venus" introduce una reflexión dubitativa frente al amor: si Venus, en el poema, es a un tiempo la estrella (vespertina, matutina) y el símbolo de la mujer, el último verso tiene un evidente sentido admonitorio: "Venus, desde el abismo, me miraba con triste mirar". *Abismo*, como referencia al cielo nocturno, parece aludir igualmente al abismo erótico. Aun en otro poema muy posterior, Darío ve su alma volar "entre la catedral y las ruinas paganas". Ese debate, en verdad, nunca se cierra del todo en su obra. Sin embargo, no creo que sea lo dominante en ella. Más dominante es la experiencia del amor como erotismo, como placer de los sentidos, como exaltación del cuerpo. Esta experiencia no sólo no es dual sino que constituye en Darío una verdadera visión del mundo. En efecto, Darío no exalta el cuerpo como algo distinto al alma, sino que el cuerpo encarna la unidad de la mujer y a la vez la unidad del universo. En uno de los poemas centrales de *Cantos,* llega a endiosar el cuerpo de la mujer, no su alma. "Carne, celeste carne de la mujer", dice de manera significativa desde el primer verso. Aun el cuerpo es visto como el verdadero alimento del hombre, y como alimento sagrado además: es "ambrosía", "néctar", "pan divino". Pero no se trata de que Darío lo idealice; la comunión de ese alimento tiene también algo de ceremonia instintiva: "roce, mordisco o beso". Ya no es el alma lo que rige al cuerpo sino al revés: por el cuerpo "el pensamiento (está) en el sagrado semen". El amor no es más que el deseo del cuerpo (¿no es una clave que en el poema no se emplee la palabra "amor"?) y tal deseo es lo que mueve la energía del hombre y la del universo. Desde esta perspectiva, el erotismo en Darío es una suerte de cosmología cuyo centro es el cuerpo de la mujer. Se trata, por tanto, de un verdadero panerotismo: el ánima del mundo es la atracción del deseo. En un poema posterior, muy breve, Darío reitera esta visión:

Pues la rosa sexual
al entreabrirse
conmueve todo lo que existe,
con su efluvio carnal
y con su enigma espiritual.

La pasión erótica de Darío es también un reencuentro con la armonía original y paradisíaca del mundo. "En mi alma reposa la luz como reposa / el ave de la luna sobre un lago tranquilo", escribe en el último poema de *Prosas.* ¿No es el sentimiento de la perfecta unidad? Darío, en efecto, busca vivir en un mundo que sea todo existencia elemental, fascinación y plenitud del deseo; un mundo donde, como en la visión de Baudelaire, todo sea "ordre et beauté, / luxe, calme et volupté".[2] Esto es, la alianza de la necesidad y de la libertad. En uno de sus poemas, Darío hace su autorretrato: es "sensación pura y vigor natural". En otro, de mayor implicación, relega cualquier metafísica para explicar el mundo; el mundo no requiere ser explicado sino vivido: ser es existir, no como esencia, sino justamente como flujo e impulso de la vida misma. En este poema, dice: "Saluda al sol, araña, no seas rencorosa. / Da tus gracias a Dios, oh sapo, pues que eres". Y en el verso clave del poema, añade: "Saber ser lo que sois, enigmas, siendo formas" ("Filosofía", de *Cantos*). Es, creo, el complemento de uno de los versos de "Coloquio": "toda forma es un gesto, una cifra, un enigma". Pero Darío quiere ahora acentuar la plena realidad de lo visible, de lo que por el solo hecho de aparecer adquiere un sitio y un destino en el universo.

[2] "Éste es quizá el único texto en el cual la palabra *orden* pierde su connotación represiva: aquí es el "orden gratuito que el Eros libre crea", comenta Marcuse en *Eros and Civilization,* 1955.

Ser es aparecer y aparecer es tener una forma: el mundo (como universo, cosmos) es *real* y su *realidad* vale más que toda trascendencia. ("El mundo está bien hecho", dirá Jorge Guillén; casi una impertinencia, sin serlo; un reto y una visión.) Es esta progresiva identidad con el mundo lo que busca Darío. Frente al mar latino, en otro poema, dice *su* verdad: "Siento en roca, aceite y vino / yo mi antigüedad". Pero Darío no quiere tener memoria personal: la suya es la memoria de la *materia* del mundo. Aún más, quiere ser el poeta sin memoria. Aspira a vivir en una fusión tal con el mundo que toda noción de tiempo desaparezca; no el camino sino un espacio siempre igual, siempre inédito. "Dos dioses hay, y son: Ignorancia y Olvido", dice en otro poema. Lo que se propone Darío es encontrar la inocencia original, la memoria que ya no es memoria porque es la realidad misma.

Pero el mundo armonioso de Darío va a ser perturbado por otras experiencias. Si la intensidad de la vida está ligada a la sensación, es obvio que esa intensidad se ve sometida a una continua erosión. Darío intenta hacer de la sensación un absoluto, pero luego va percibiendo su imposibilidad: toda sensación es ya una forma de conciencia. Así, al mundo de la plenitud elemental que Darío evoca en "Filosofía" corresponde, pero como una réplica, el mundo de la conciencia dividida que se desarrolla en el poema "Lo fatal":

> Dichoso el árbol que es apenas sensitivo,
> y más la piedra dura porque esa ya no siente,
> pues no hay dolor más grande que el dolor de ser vivo,
> ni mayor pesadumbre que la vida consciente.
> Ser, y no saber nada, y ser sin rumbo cierto,
> y el temor de haber sido y un futuro terror...
> Y el espanto seguro de estar mañana muerto,
> y sufrir por la vida y por la sombra y por
> lo que no conocemos y apenas sospechamos,
> y la carne que tienta con sus frescos racimos,
> y la tumba que aguarda con su fúnebres ramos,
> ¡y no saber adónde vamos,
> ni de dónde venimos...!

La fatalidad, como se ve, es una trama de oposiciones insolubles. Por una parte, Darío preferiría una suerte de *ataraxia* (la imperturbabilidad del árbol y, más, de la piedra), pero ello sería a un tiempo la negación de la vida y del ser: vivir y ser ¿no es sentir? A su vez, esta naturaleza sensible del hombre convierte su vida en un sufrimiento: no es posible vivir inocentemente, sin cobrar con-ciencia de estar viviendo y desviviéndose. Así, la lucidez de la conciencia lo es sólo para comprender la fragilidad de la existencia, no para superarla, ni siquiera para aportar una sabiduría: se existe sin saber nada del destino. La conciencia se vuelve entonces un terror (doble): el "de haber sido" y el "seguro de estar mañana muerto". Darío se ve, por tanto, inmovilizado en medio de una trama de deseos y frustraciones. Por ello el movimiento del poema es el pánico extático. El otro rostro de su poesía: poesía solar y también abismal.

> Yo sé que hay quienes dicen: ¿por qué no canta ahora
> con aquella locura armoniosa de antaño?
> Esos no saben la obra profunda de la hora,
> la labor del minuto y el prodigio del año.

Es la experiencia del tiempo, como se ve en este poema ("De otoño", de *Cantos*), lo que trastroca todo el mundo de Darío: se rompe el ritmo del cuerpo y del Eros y aparece entonces el sobresalto y la aprensión del "ser nervioso". Darío siente el tiempo con una violencia casi física. En un poema que escribe a los cuarenta años, llega a exclamar: "¡Oh, qué anciano soy, Dios santo, / oh, qué anciano soy!" A la intensidad del placer y de la pasión erótica corresponde ahora la intensidad del desgaste. Pero, sobre todo, la vivencia de la fugacidad del tiempo asedia a Darío en su propia vida interior. "El abismo que más siento / es el que siento en mí mismo", escribe; confiesa igualmente que el intentar conocerse a sí mismo le ha costado "muchos momentos de abismo". Todo su ser, en otro poema, es un "terremoto mental": ha contemplado el abismo de Pascal, ha sentido el "ala del idiotismo" de que hablaba Baudelaire. La armonía con el mundo se desvanece y Darío comienza a vivir en una suerte de obsesión alucinatoria. Se enfrenta al *horror*: "horror de sentirse pasajero", "horror de ir a tientas, en intermitentes espantos", "horror de la agonía que (lo) obsede". El solo pensar "que un instante (pudo) no haber nacido", lo hace estremecer. Se alimenta de presentimientos y dudas. En un poema interroga los augurios; aves que pasan: un águila, un búho, una paloma, un gerifalte, un ruiseñor; a cada uno le pide respectivamente fortaleza, sabiduría ("tranquilidad ante la muerte"), ardor, fantasía, inspiración. Pero al final todo se vuelve perturbador: sólo pasan un murciélago, una mosca, un moscardón, "una abeja en el crepúsculo". Concluye: "No pasa nada. / La muerte llegó" ("Augurios", de *Cantos*).

Ahora, en verdad, Darío no parece sentir más que la muerte. Comprende que la lleva en sí mismo "como un gusano" que le roe lo que tiene "de humano". Por momentos recupera la serenidad. Transforma el verso de Dante y escribe: "En medio del camino de la Muerte"; aun acepta que por la muerte "nuestra tela está tejida". Aún quiere aparentar indiferencia: "Pasa y olvida". Pero lo cierto es que esa serenidad no logra ocultar la pesadumbre y la obsesión que lo dominan. Ya no tiene la misma visión de la muerte que tenía en "Coloquio"; ya la muerte "no es el triunfo de la progenie humana": ni metamorfosis o resurgimiento, ni estímulo creador; sólo es vacío y abismo.

Todos los textos que he citado en relación con la experiencia de la temporalidad y de la muerte, son posteriores a *Prosas profanas.* Muchos críticos han establecido una línea divisoria en la obra de Darío: una época preciosista, dominada por la sensorialidad, el placer y el amor puramente sexual, hasta *Prosas*; otra, más profunda, reflexiva y humanística, que comenzaría con *Cantos*. Esta división es superficial y también inexacta. En primer lugar, como lo ha señalado Anderson Imbert, "no hay una decisiva evolución temática, no hay período con rasgos exclusivos" en la obra de Darío. Dos ejemplos bastarían para evidenciarlo: tanto "Filosofía" como "Lo fatal" pertenecen a un mismo libro (*Cantos*); el placer y el erotismo que constituyen el tema central en *Prosas* se proyectan, con igual energía, en poemas de *Cantos* ("Carne, celeste carne de la mujer") y aún, como veremos, en los últimos textos de Darío. En segundo lugar, ¿cómo desdeñar el preciosismo de Darío cuando de él se desprende toda una renovación del idioma poético de su tiempo? Como diría Lezama Lima, más allá del preciosismo no nos espera siempre "lo humano" sino muchas veces "lo vil y lo deleznable". ¿No observaba también Valéry que quizá el teatro de Molière, con su sátira a lo *précieux*, había privado a la literatura francesa de tener a un Shakespeare? Finalmente, no comprender que el placer y el erotismo forman en Darío una verdadera visión del mundo sería sumarse al prejuicio de identificar la profundidad del arte con los "grandes temas" del dolor, del pensamiento humanístico, etc. Incluso cabría preguntarse si en la experiencia de la muerte Darío no sigue proyectando su pasión erótica. Es el horror al vacío lo que hace proferir a Darío sus imágenes suntuosas, dice Paz. Podría añadirse que es el horror a la muerte lo que lo lleva a exaltar la energía del cuerpo. Desde *Prosas*, Darío tiende a dar una imagen femenina de la muerte: "la virgen de las vírgenes", "la bella inviolada". Esa misma imagen se reitera en poemas de libros posteriores: en el primero de sus "Nocturnos", la pesadilla se desvanecerá por la presencia de Ella; en el tercero y último, en medio del silencio de la noche y al oír que el reloj da la hora, se pregunta si será Ella. *Ella*, en ambos casos, es obviamente la amada última, la muerte. Además, "Poema del otoño" es un texto de 1910. En él, Darío poetiza sobre el viejo tema horaciano del *carpe diem*: ante el tiempo que "todo roe" coger "la flor del instante". No sólo eso. Una de las más intensas exaltaciones del Eros, del cuerpo efímero y glorioso ("en nosotros corre la savia / del universo"), es también, como ya lo hemos visto, un rechazo de toda moral de la renuncia y de toda religión. El mundo no es vanidad, nos dice Darío, sino que es la única *realidad*: el hombre será ceniza, pero en cada *ahora* puede y debe ser una plenitud. Es un poema, pues, contra el Eclesiastés, al cual alude, y contra el cristianismo. Pues bien, el poema concluye no negando a la muerte sino erotizándola: "Vamos al reino de la Muerte / por el camino del Amor". Así la pasión erótica de Darío parece tener una suerte de disciplina: instinto y deseo de vivir, pero también ascesis, purificación. Después de sentir su "terremoto mental", Darío escribe: "Hay, no obstante, que ser fuerte; / pasar todo precipicio / y ser vencedor del Vicio, / de la Locura y la Muerte". En el primer poema de *Cantos* llegó a formular una poética, diríamos, del despojamiento: "De desnuda que está, brilla la estrella". De igual modo, su pasión erótica tiende, finalmente, a reconciliarse con la fugacidad y la muerte. ¿No es, pues, el erotismo lo central de su obra y lo que le comunica a esa obra su luminosidad, su plenitud verbal?

Es posible que la obra de Darío no suscite hoy una adhesión total. Pero, como lo ha señalado Paz, sigue siendo un punto de referencia indispensable. Casi no hay poeta contemporáneo en lengua española que no lo haya reconocido así. Hablemos sólo de los hispanoamericanos. Ya hemos visto el punto de vista de Vallejo. Hay otros igualmente reveladores.

En los momentos más radicales de sus experimentos creacionistas, Vicente Huidobro sabía precisar los términos: "Ahora está de moda en España atacar a Darío, los falsos modernos lo denigran. Como si en castellano desde Góngora hasta nosotros hubiera otro poeta fuera de Rubén Darío", escribía en *Vientos contrarios*, de 1926. No menos iconoclasta en su obra, Oliverio Girondo también reconocía, por los años veinte, lo siguiente: "Hasta Darío no existía un idioma tan rudo y maloliente como el español" (*Membretes*). Al comienzo irónico y aun cáustico frente al "rubenismo", el reconocimiento de Borges es más tardío y más general, pero no menos expresivo; recientemente ha llegado a confesar: "Si se me obligara a declarar de dónde proceden mis versos, diría que del modernismo, esa gran libertad, que renovó las muchas literaturas cuyo instrumento común es el castellano y que llegó, por cierto, hasta España" (Prólogo a *El oro de los tigres*, 1972). Neruda no sólo ha escrito poemas a Darío (hay uno, espléndido, en *Barcarola*, 1967); aún se complace en recrear algunos de sus rasgos estilísticos más evidentes ("los apóstoles relucen con la barba fresca, / con la barba fresca de fresa de Francia fragante"); también mucho antes, en un texto sobre Quevedo, había recordado a Darío, "a quien pasaremos —decía— la mitad de la vida negando para comprender después que sin él hablaríamos aún un lenguaje endurecido, acartonado y desabrido" (*Viaje al corazón de Quevedo,* 1947). Octavio Paz, por su parte, no sólo ha escrito un ensayo iluminador sobre Darío, contribuyendo a fijar una nueva visión de su obra; en su propia poesía practica un continuo diálogo con él: "Augurios", de *Salamandra* (1962), es una suerte de homenaje aunque también de profanación, como otros poemas de ese libro; en *Viento entero* (1964), practica el *collage* con un verso de Darío ("un vuelo de cuervos mancha el azul celeste") que se constituye en uno de los ejes del poema.

Hasta del lado de las objeciones, Darío sigue siendo indispensable como punto de referencia. Aquí habría que citar más bien a un poeta español, que ha sido el más radical en su crítica. Me refiero a Luis Cernuda y su ensayo "Experimento en Darío" (*Poesía y literatura*, 1966). Su crítica ¿no es, sin embargo, doblemente anacrónica a pesar de su radicalismo? Como el propio Cernuda lo confiesa, no es el producto de una relectura sino del recuerdo de una lectura bastante remota. Por otra parte, Cernuda se muestra insensible frente a lo que en la obra de Darío podía ser más actual e incluso concernir a su propia poesía: la energía erótica, la exaltación del placer.

IV. LA IMAGEN COMO CENTRO

Pero, aun en su tiempo, la estética de Darío estaba condenada a cierto *impasse*. Fue lo que ocurrió hacia la primera década de este siglo. No me refiero a la declinación natural que acecha en todo movimiento literario o en toda obra individual.

La estética de Darío estaba rodeada por otros peligros, algunos de ellos ligados, paradójicamente, a sus mejores realizaciones. El intento por ser siempre "poético" lo condujo a una evidente limitación. Si bien con ello desvirtuaba toda ilusión de realismo en arte, no era sino para sustituirla por otra: la ilusión de temas en sí mismos "poéticos", una suerte de concepción platónica de la belleza. Materiales prestigiosos, palabras brillantes y sonoras, armonías imitativas muy acentuadas: así Darío fue creando una perfección que si bien al comienzo constituyó una gran conquista, a la larga vivió de otros impulsos creadores de su propia obra. Fascinado por esa perfección, Darío no logró transgredirla y de ese modo romper el círculo de la autoimitación. No era raro que ello le ocurriera a un poeta como él: sus dones verbales eran tan extraordinarios que podía confundir, en un momento dado, la facilidad y aun la riqueza con la verdadera creación.

El ejemplo de Darío, sin embargo, nunca dejó de ser decisivo, y estimulante. Su propio sistema verbal, vale decir, su retórica, aun la buena, pudo perder finalmente validez; no así su noción misma del lenguaje y del hecho poético. "Y la primera ley, creador, crear", había postulado en el prólogo de *Prosas*. Un doble rechazo: la imitación de los modelos y la imitación de la realidad. El poema como un organismo verbal: éste fue su mejor legado. Pero no todas las reacciones contra su obra tuvieron igual valor. La de los nativistas (o americanistas) fue más bien pobre en resultados concretos y en consecuencias: no sólo no fueron más allá de Darío, regresando a una poesía casi siempre descriptiva y externa, sino que tampoco dejaron obras en sí mismas memorables. En cambio, la reacción verdaderamente fecunda se originó primero dentro del propio ámbito del modernismo: no la negación de Darío sino su profundización. Leopoldo Lugones y Julio Herrera y Reissig fueron, sin duda, sus mejores exponentes.

Ambos, por supuesto, en muchos aspectos estaban cerca de Darío. Sinestesias y sensaciones raras, *nuances* (*pas la couleur*) y armonías verbales, léxico y giros sintácticos cultistas, exotismo y erudición mitológica, en fin, muchos de los registros característicos de la estética de Darío aparecen también a lo largo de sus obras. Pero ambos introducen, aun dentro de tales registros, una distinta perspectiva. Más que la proporción y el orden simétrico en ellos tiende a prevalecer la desproporción y la asimetría; aun podría decirse que esa desproporción colinda con la hipérbole extrema: exageración y quizá también parodia. No la mesura, pues, sino la desmesura; menos el equilibrio que la tensión. Así en la visión armoniosa de Darío se produce una ruptura: el mundo visto como la proyección de una "razón espectral" (Herrera y Reissig), o como el encuentro —no la unidad— de elementos heteróclitos (Lugones). Este cambio se manifiesta sensiblemente en el sistema metafórico que ambos practican. Vale la pena detenerse en este aspecto. No sólo porque ilustra el cambio señalado; también porque para Herrera y, sobre todo, para Lugones la metáfora se convierte en el centro de la creación poética.

El sistema metafórico de Darío está fundado en la concepción de la analogía universal en su sentido más estricto: nada se opone en el universo, todo en él se corresponde. Sus mejores metáforas son el producto de una impresión sensorial, o de la combinación de varias de estas impresiones, o de la relación entre lo sensorial y lo espiritual: lo esencial en ellas es el símil o comparación, explícito o tácito. "El mar como un vasto cristal azogado", "la retórica del pájaro del aire", "en mi alma reposa la luz, como reposa / el ave de la luna sobre un lago tranquilo". Como se percibe en estos ejemplos, Darío explicita los dos términos de la relación en un total equilibrio; puede incluso recurrir a imágenes de segundo grado, es decir, una analogía dentro de otra (mediante sustituciones: "cristal azogado" por espejo; o mediante prosopopeyas que parecen evocar imágenes míticas, primordiales: "el ave de la luna"), pero nunca para escamotear la presencia del objeto comparado, sino, por el contrario, para hacerlo más sensible, más completo también. Aun es significativo que los dos términos de la relación sean más o menos homogéneos (mar-espejo, retórica-canto del pájaro, alma-lago, ave-luna): una suerte de armonía preestablecida parece acercarlos entre sí. Mostrar la inteligencia que anima al mundo es lo que busca Darío. De ahí que sus imágenes casi nunca surjan ni de una violencia analógica, ni, mucho menos, de una violencia verbal. En un poema quiere expresar la amenaza de guerra que se cierne sobre el mundo (hacia 1905): no apela a elementos bruscos sino a un discurrir equilibrado y majestuoso de la frase; escribe: "un gran vuelo de cuervos mancha el azul celeste". Un verso perfectamente simétrico (dos hemistiquios iguales con acentos en cuarta y en sexta) y a la vez antitético (las imágenes del cuervo y del azul celeste): con lo cual Darío, a la par que despierta la expectativa del mal presagio, hace brillar por un momento la imagen de la unidad que ese presagio destruiría. Tenso o en vilo, pero siempre el equilibrio.

Muchas veces en Darío el poema todo es una imagen, una metáfora. Es lo que ocurre en el soneto "Caracol" (de *Cantos*). El *caracol* no es tanto una imagen como el espacio en que se producen las imágenes; un espacio que evoca otros. Las imágenes son de una naturaleza doble (física y mítica) y se distribuyen en pares en las dos partes del soneto, de esta manera además: el segundo par funciona como variante y complemento del primero. En efecto, si en la primera parte (los cuartetos) el caracol evoca un mito de resurrección y renovación (Europa y el toro) y a un tiempo entrega el secreto del mar, en la segunda parte (los tercetos), evoca un mito de prueba: purificación y conocimiento (Jasón y el vellocino de oro), mientras ahora el secreto del universo parece preservarse y aun hacerse doloroso. Dos fases de un mismo movimiento: de apertura y de cierre. A esta naturaleza binaria de las imágenes corresponden la estructura métrica (hemistiquios iguales, rimas abrazadas) y la estructura sintáctica (dos grupos, aunque no dos oraciones, que se subdividen a su vez en dos) del soneto. Así, pues, *el caracol*, como imagen y como soneto, es el espacio (el poema) donde se producen las correspondencias del universo (y del lenguaje): la dualidad en la unidad, un espacio que se abre al y se cierra con el universo). De ahí esta última analogía —clave y secreto— que Darío escribe entre paréntesis: "(El caracol la forma tiene de un corazón)".

Quizá el sistema metafórico de Darío resulte ser de una gran simplicidad; casi no supone, en lo esencial, un cambio decisivo desde el Siglo de Oro. No creo que ello sea objetable y, por el contrario, a nadie se le escapa su eficacia: construir un universo verbal de una admirable perfección. En cambio, con Herrera y Reissig y Lugones se produce una radicalización extrema de la metáfora; por una parte, prolongan la estética barroca y especialmente a Góngora; por la otra, anuncian los experimentos verbales de los movimientos de vanguardia. Esta radicalización presenta varios aspectos. El sistema analógico no sólo se hace menos directo y más elusivo, menos obvio y más sorprendente, y aun arbitrario, menos figurativo y más imaginario, y aun verbal; también introduce una cierta conciencia irónica, crítica. Además, el impulso de la analogía ya no reside en motivaciones más o menos bien delimitadas, sino en un conjunto abigarrado de motivaciones: la imagen busca encarnar una síntesis del espíritu, donde no es posible separar lo sensorial y lo intelectual. Si, en el primer caso, la imagen se independiza de la realidad; en este segundo caso, la imagen busca mayor realidad. Sin embargo, el radicalismo metafórico en las obras de Herrera y de Lugones no siempre fue muy coherente o consecuente (el *coté* rubeniano, ya dijimos, persiste en ellas); tampoco muy eficaz. ¿No caen sus imágenes muchas veces en la extravagancia y aun alimentan otras formas de superstición: el fetichismo de la imagen por la imagen?

"El Hada Harmonía ritmaba sus vuelos", escribía Darío en un poema de *Prosas*, con lo cual estaba definiendo la naturaleza de toda su obra. Casi como una réplica, Herrera y Reissig escribirá a su vez: "Hada de la neurastenia, / trágica luz de mis sueños" (*Los maitines de la noche*, 1902).

La oposición es evidente: es significativo no sólo que el centro de la visión de Herrera sea su propia conciencia, sino que además esa conciencia no esté en una relación equilibrada con el mundo. Por el contrario, su relación se caracteriza por la tensión, el sentimiento de irrealidad o, para decirlo con un término del propio Herrera, por lo *espectral*. Todavía en uno de sus últimos poemas, Herrera será más explícito al respecto: "Las cosas se hacen facsímiles / de mis alucinaciones / y son como asociaciones / simbólicas de facsímiles" (*Tertulia lunática*, 1909). Alucinación y no simplemente percepción, es decir, experiencias oníricas y aun subliminares: no sólo ello, Herrera busca que su poesía sea como un dibujo de su mundo interior: ¿la nitidez del delirio? Todo lo cual, por supuesto, trae consigo un cambio en su técnica poética con respecto a Darío. Para éste, el mundo es sobre todo una realidad sensible y sus poemas parten siempre de lo sensorial; como los pintores impresionistas, él poetiza *d'après nature*: los objetos tal como se ven a la luz solar. En un poema, por ejemplo, el cisne llega a ser una suerte de tornasol incesante: de *nieve* en la sombra, de *plata* cuando lo baña el sol; su pico es de *ámbar* en el alba, sus alas *rosadas* en el crepúsculo ("Leda", *Cantos*). Un poema anterior es quizá más ilustrativo de su técnica: variaciones del gris y aliteraciones fricativas para crear el estado evocativo y nostalgioso de un viejo marino que en el mediodía contempla a la vez el paisaje marino y su pasado ("Sinfonía en gris mayor", *Prosas*). La *démarche* de Herrera es inversa: el mundo es o no una carencia de realidad, pero sólo existe como proyección de su conciencia; no, pues, como en Darío, el tránsito de lo sensorial a lo psicológico, sino al revés. Así, en Herrera se acentúa la tendencia a una metáfora abstracta, muchas veces abstrusa e "irreal", pero también más insólita. En un poema, unas plantas acuáticas son "como torvos hugonotes / de una muda emigración"; un meteoro es como "metáfora de oro / por un gran cerebro azul" (*Los maitines*). En otros poemas del mismo libro ve flotar "sobre el esplín de la campaña / una jaqueca sudorosa y fría"; habla también de "la neurastenia gris de la montaña". Ese gusto por la abstracción y la psicología (¿profunda?) domina igualmente su uso del adjetivo: "ontológica altura", "la supersustancial vía láctea", "tu frente subjetiva" (Vallejo dirá después: "Hay un vacío / en mi aire metafísico."). En su sistema expresivo es también frecuente el frenesí neológico: verbos como "epilepsiaba", "tragedizaste", "auroran", "cric-craquean" (los grillos), son más o menos constantes en su obra, aun en la de mayor madurez. Se trata, evidentemente, de una ruptura con esa unidad y homogeneidad de la lengua que Darío, sobre todo en su poesía, logró preservar. Más aún, los neologismos y las metáforas de Herrera parecen muchas veces un atentado contra "lo bello" como ideal de elegancia y armonía; introducen, por el contrario, lo discordante y hasta lo chocante, así como cierta violencia verbal. De suerte que ahora la validez del poema ya no reside tanto en su relación con una belleza ideal como en los efectos que el poema mismo va creando a partir de su trama verbal.

En sus libros últimos Herrera y Reissig cultivó sobre todo un género que él mismo denominó *eglogánima*: una suerte de *anima mundi* penetrada por cierta religiosidad; digamos, una mística de la naturaleza. Pero en ese género caben no sólo el paisaje sino la vida rural, las costumbres provincianas, que Herrera ve más directamente y aun con espíritu lúdico e irónico. Aun es posible encontrar en esos libros el efectismo de sus imágenes anteriores ("Do re mi fa de un piano de cristal en el follaje", "el sol colgaba del cenit, triunfante / como un ígneo testículo fecundo"). Pero es igualmente cierto que su sistema metafórico se va delineando con mayor sutileza, precisión y poder evocador ("un coche antiguo, de tintineante mula", "de un orgullo que gruñe como un perro a la puerta"). Incluso se acercó a ese tipo de imagen que ya es creación pura del espíritu y no el resultado, violento o no, de una asociación: "La inocencia del día se lava en la fontana", "los astros tienen las mejillas tiernas". ¿No era, en gran medida, la imagen tal como luego la formularían Reverdy y Huidobro?

El mundo de la poesía de Herrera y Reissig es en cierto sentido bastante monótono y aun repetitivo: la *eglogánima* prevalece en su obra y el soneto es una de las estructuras poéticas más usuales. Sin embargo, la tensión que subyace en su relación con el universo y el poder verbal con que lo expresa comunican fuerza a su obra. Aunque es cierto para toda creación estética, y después de Bachelard esto es ya un lugar común de la crítica, se debe recordar que Herrera acentúa el hecho de que el poeta no *forma* imágenes sino que las *deforma*. Si es posible aplicar términos pictóricos en literatura, se podría decir que él está más cerca del expresionismo que del impresionismo. Su luz, en efecto, no tiene el esplendor de la de Darío; hay más bien algo *tenebroso* en ella. Y esto, visto con más amplitud, se hace evidente en su experiencia erótica. Ya no se trata de la dualidad cuerpo y alma, o de lo pagano y lo cristiano; tampoco del erotismo como una magia del cuerpo, que es lo esencial en Darío. Para él, creo, el erotismo es una pasión que siempre puede estar al borde de lo abisal: cierta morbidez y aun masoquismo se trasluce en él. Así, cuando en un poema a los ojos de la mujer dice: "astros que son pura lumbre / y que son pura tiniebla", hay que pensar que no se trata de una fórmula de exaltación de la mujer, sino de una visión más dramática. Curiosamente, también en un poema a los ojos de la mujer, Darío decía: "luz negra, que es más que la luz blanca / del sol, y los azules del cielo"; pero su intención es obviamente panegírica y quizá encierra cierto esoterismo erótico. Sería exagerado decir que Herrera introduce "lo infernal" en la pasión erótica; no lo sería tanto decir que su experiencia no se centra en la sensorialidad y en el placer paradisíaco que exalta Darío.

Herrera y Reissig no sale completamente del ámbito temático de Darío;

tampoco se libera del todo de su lenguaje elevado, si es posible todavía decirlo así. Lugones, en cambio, fue mucho más radical en esto. Con él aparecen dos elementos nuevos en la poesía hispanoamericana (¿y también española?): la actualidad contemporánea en su inmediatez, es decir, la experiencia de la ciudad moderna y aun la vida provinciana; como consecuencia de ello, un lenguaje que combina lo coloquial y lo literario, lo prosaico y lo poético. En una y otra forma, Lugones estaba arruinando toda una tradición de lo "prestigioso". Así, el decorado mitológico tan profuso en Darío se ve muy atenuado en su obra; por una parte, Lugones descubre que no es necesario recurrir a la mitología para darle intensidad a la realidad; por la otra, descubre que lo cotidiano es como un espejo donde de algún modo se refracta lo mítico, esto es, lo mítico comienza a funcionar en su obra como otro signo más de la realidad y no como su opuesto. Como Herrera, tuvo también la sensibilidad de *lo espectral*: lo que él llamaba *las fuerzas extrañas.*[1] Pero quizá poseía una mayor precisión para detectarlo: poder de observación y concentración, así como una mente "científica". ¿No escribió, como Poe, un ensayo de cosmogonía donde el universo es visto como una rotación continua entre la materia y la energía y la naturaleza de las cosas como una relación de contrarios: la noche es menos día, el día es menos noche?[2] Poeta "físico" y no "transustancial" como Herrera, trataba *lo espectral* con un lenguaje muy concreto, exento de vaguedades o abstracciones. Me refiero no sólo a sus cuentos, de indudable carácter fantástico, sino igualmente a poemas como "La blanca soledad", "El canto de la angustia", "Historia de mi muerte", de *El libro fiel* (1912). La vida en vilo, el horror y la alucinación de lo nocturno, la lucidez e inminencia del presagio: todos estos temas están dados, en dichos poemas, con rigor (y economía) verbal que no practicó mucho Herrera, y no siempre tampoco el propio Lugones. "Nada vive sino el ojo / Del reloj de la torre tétrica"; "Arrastró el horror su trapo siniestro", "era la cosa mala / de las cosas solas"; "Soñé la muerte y era muy sencillo: / Una hebra de seda me envolvía, / Y a cada beso tuyo, / Con una vuelta menos me ceñía. . ." / "Y solté el cabo, y se me fue la vida".

Por supuesto, no estoy hablando ahora de toda la poesía de Lugones. Su obra poética, como se sabe, es de considerable amplitud y diversidad, pero también de grandes desniveles y aun inconsecuencias consigo misma. El elocuente poeta cívico del primer libro ("El Sol es su vanguardia", afirmaba), el poeta épico que recrea la historia (los hombres y la tierra) de la Argentina en *Odas seculares* (1910), el inventariador de paisajes

[1] También Darío explorará en sus cuentos el mundo de *las fuerzas extrañas,* y aun emplea esta expresión. Un análisis muy prolijo y revelador de los cuentos de Darío es el del profesor Raimundo Lida en *Letras Hispánicas,* México, FCE, 1958; 2a. edición revisada en 1981.

[2] "Ensayo de una cosmogonía" (1926).

(flora y fauna y *comprises*), el miniaturista no siempre muy refinado de sus libros impresionistas: no creo que sea este Lugones el que pueda despertar hoy verdadero interés. Discursiva y descriptiva, no obstante un gran don rítmico, en esa parte de su obra llegó a practicar las formas más disímiles, pero no muy personales: neo-romanticismo, neo-clasicismo, modernismo. De un lado, regresaba a lo que Darío había cuestionado (el énfasis patriótico y las silvas a la naturaleza); del otro, no iba más allá de lo que el propio Darío había ya creado. El Lugones realmente renovador tiene su centro en *Lunario sentimental* (1909) y en algunos pasajes de libros posteriores.[3] Pero aunque es un libro de sorprendente novedad, aun dentro de su obra ya escrita, Lugones no llega al *Lunario* de un mero salto. Hay muchos poemas de *Los crepúsculos del jardín* (1905) que parecen prefigurarlo. En "El solterón", por ejemplo, una historia de amor está tratada sin ninguna "sacralización", más bien con la ironía del novelón y del melodrama modernos. Aunque en la evocación del paisaje se practica una técnica "impresionista" a lo Darío, el lenguaje dominante en el poema es menos lírico que narrativo; además, las metáforas comienzan a ser más sintéticas y complejas: "La verdinegra jaqueca / Maniobra un largo ajedrez", cuya relación precisa entre los términos (verdinegra y ajedrez, jaqueca y maniobra) crea una matemática del delirio y del laberinto mental. Más sorprendente todavía es el poema "Emoción aldeana": lo descriptivo y realista de un tema trivial —una escena de barbería con el barbero de campaña y su hija, y el cliente (el poeta) que baja de la montaña con la "fortaleza silvestre" de su semestre de barbas— se ven transfigurados por un gran don verbal. El poema parece fundarse en un continuo cruce de planos y aun de impresiones, aunque no de impresiones sinestésicas como hasta entonces habían hecho los modernistas, y el propio Lugones. El barbero, por ejemplo, es un "furtivo carbonario", es decir, un revolucionario quizá ateo, y el poeta irónicamente le presenta "en ademán cristiano" la mejilla. La "fortaleza silvestre" de la barba del poeta conduce luego a una imagen labriega del barbero: "Con sonora mordedura / Raía mi fértil mejilla la navaja". Los objetos pueden ser vistos con un realismo directo, pero de inmediato adquieren otra dimensión: "el desconchado espejo", que absorbe los reflejos del paisaje, se transforma en "un óleo enorme de sol bermejo", "que glorificara un orgullo de escuelas". También los olores se entrecruzan, pero sin fundirse: después del perfume de "las boñigas", el poeta siente la presencia de la muchacha por "una ráfaga de agua de colonia", que, sin duda, le aviva algo más que el olfato; a su vez esta deleitosa impresión le da una connotación especial (¿humorística, erótica por contraste?) a la loción que le pone el barbero: "rociábame el maestro su

[3] Me refiero sobre todo, además de *El libro fiel*, ya citado, a *Poemas solariegos* (1927).

vinagre en la cara". La muchacha misma es vista con desparpajo y secreta pasión: sus ojos son de gata "fritos en rubor como dos huevecillos", y, al final, toda su figura le da a aquel "fugaz paisaje" "un aire antiguo de ingenuidad flamenca". Aun Lugones maneja el adjetivo con virtuosismo a la vez irónico y oblicuo: las manos del barbero son "prolijas", la almohadilla en que reclina su cabeza, está "fatigada" (ese hipálage que tanto Borges cultivará después). El poema todo puede parecer sólo un ejercicio del talento de Lugones; esa impresión no excluye otras consideraciones más radicales: es una manera nueva de ver la realidad y de situar en ella lo poético.

¿No era ya significativo? En el prólogo del *Lunario*, Lugones confería a la metáfora el verdadero impulso de la poesía ("el verso vive de la metáfora"); concebía, además, que ésta debía ser nueva, insólita. Una y otra cosa, explica, no obedecen a decisiones subjetivas del poeta sino a exigencias de la naturaleza misma del lenguaje. ¿No es éste, aun en su expresión más cotidiana, "un conjunto de imágenes, comportando, si bien se mira, una metáfora cada vocablo", sólo que el uso las ha ido lexicalizando, convirtiéndolas en simples piezas del intercambio, de manera que hablamos con metáforas sin saberlo (como variantes, ¿no?, de Monsieur Jourdain)?[4] De suerte que crear metáforas nuevas es "enriquecer el idioma, renovándolo a la vez". Y ésta es la función social por excelencia de la poesía (lo que luego subrayarían poetas como Pound y Eliot). Obviamente, Lugones estaba actualizando la concepción de ciertos románticos alemanes (Herder, Schelling, Jean Paul, quien habla de las metáforas "amarillentas" del lenguaje) y que ha servido de fundamento a los estudios modernos de mitología: el mito fue una metáfora y se deriva de un pensamiento metafórico original en el hombre. ¿No se podría decir, entonces, que toda metáfora es una visión mítica de la realidad? Es el punto de vista de la poesía moderna y, sobre todo, contemporánea. Sólo que esta perspectiva se desarrolla dentro de un doble movimiento: al conceder a la metáfora un sentido mítico, se trata paralelamente de despojarla de ciertos preceptos que no le son esenciales: la metáfora no tiene por qué ser "bella", coherente, equilibrada, figurativa o encomiástica de la realidad. Este doble movimiento es irónico en varios sentidos: además de que uno de sus componentes es la ironía misma, supone una conciencia crítica y, por tanto, una actitud intelectual, pero ello no para subordinarse a la razón sino justamente para transgredirla, para alcanzar (regresar a) un estado pre-lógico, un estado de imaginación mítica.

Este doble movimiento aparece en *Lunario sentimental* y es lo que hace de Lugones un poeta distinto de Darío y mucho más radical que

[4] Más o menos por esta época, T. E. Hulme, un autor de gran importancia para los imagistas norteamericanos, escribía: "Prose is in fact the museum where the dead metaphors of the poets are preserved". Véase su libro *Speculations,* compilado por H. Read en 1924.

Herrera y Reissig. Ya la crítica ha señalado que el *Lunario* es el más grande repertorio de metáforas en lengua castellana después de Góngora. Lo importante, sin embargo, es precisar la naturaleza de esas metáforas. Por una parte, tienen en común con las de Góngora esto: el término comparativo no sólo se va independizando del comparado sino que se multiplica vertiginosamente; una imagen da paso a otra y ésta a otra: así la trama verbal va devorando al objeto que la suscita. También los une, por supuesto, lo inesperado de las relaciones que establecen. Pero quizá en ello se agotan las semejanzas. Góngora es hermético y Lugones no lo es. El punto de convergencia analógica en aquél es a un tiempo remoto y sutil; su exuberancia va dando paso a un orden, aunque irregular, y va creando una trama que es también una arquitectura. Es decir, Góngora tiene el sentido del conjunto, su mirada es a un tiempo aglutinante y configuradora. Lugones es un poeta abigarrado, pero no arquitectónico. En sus poemas —de *Lunario*, no se olvide— tiende a predominar lo heteróclito. Ello no quiere decir que carezcan de unidad, sólo que esa unidad se da en un nivel inmediato y superficial— Lugones, por ejemplo, busca crear conjuntos metafóricos en los que un elemento "llama" al otro: *la luna* es un "ebúrneo mingo" que en el "billar" del cielo trata de hacer "carambolas de esplín y de fortuna", o es una "ampolla de alabastro" para contar el tiempo "en arena de estrellas"; *los sauces*, por su parte, lanzan sus "anzuelos" en las piscinas a los rayos de la luna que ya son "relumbrantes sardinas". La unidad, como se ve, no es sólo demasiado obvia, sino que va montando un mecanismo verbal previsible; no supone, como en Góngora, la relación más implícita, esa suerte de dibujo que sucesivamente va omitiendo y rescatando su línea hasta formar un arabesco o una espacialidad más amplia. En tal sentido podría decirse que Lugones no es dueño completamente de su "arte combinatorio". Pero lo que más separa a Lugones de Góngora, y de la poesía modernista, por supuesto, es la intromisión del humor y hasta de lo caricaturesco en su sistema metafórico.

En efecto, las metáforas del *Lunario* ya no son en absoluto panegíricas. La luna, por ejemplo, es vista como una "ilustre anciana de las mitologías" que ya sólo es "un esqueleto", o "como una dama de senos yertos / clavada de sien a sien por la neuralgia" cuando "cruza sobre los desiertos"; o parece "abollada, como el fondo de una cacerola", o semeja "una moneda escamoteada en un sombrero" cuando se refleja en un pozo. Aun Lugones recurre a situaciones humorísticas: en un poema ("Luna crepuscular"), dos amantes lamentan su infortunio: "Nos morimos de hambre, de poesía y de besos", pero de pronto ocurre el milagro: "la luna con amable trueque / . . .libra en blanco —naturalmente— su cheque, / y estamos ya nadando en plata". Atentar contra la imagen panegírica implicaba también el hacerlo contra el lenguaje elevado. Así, Lugones recurre al lenguaje coloquial y a los refranes callejeros ("como pedrada en ojo de boticario"), a vocablos reñidos con la eufonía y más bien antipoéticos (no por ser vulgares sino, sobre todo, por ser "científicos"), al igual que a una dicción que se complace en los efectos sonoros duros y en combinaciones de rimas que suponen una buena dosis de burla corrosiva (iglesia / magnesia, apio / Esculapio, hidroclórico / teórico). ¿No se trataba, pues, de esa técnica de la imagen denigrante que luego Ortega y Gasset señalará como uno de los rasgos del nuevo arte "deshumanizado"?[5] Sin duda. Se trataba, además, de una visión crítica inserta en el sistema poético: al desmitificar al objeto *luna*, Lugones estaba también arruinando toda la mitología emocional que lo había rodeado. Y es acá donde Lugones se emparenta con un poeta del simbolismo francés que fue después una de las claves de cierta poesía de vanguardia (Bretón no lo estimó mucho, mientras Pound y Eliot lo reivindicaron). Me refiero a Jules Laforgue, del cual Lugones hereda la temática y el sentido de la ironía. Como él, también Lugones penetró en el mundo de los *seres lunáticos*: no sólo los literarios (Pierrot, Colombina, Hamlet, Don Quijote), sino sobre todo los de la vida cotidiana contemporánea. Con lo cual, ambos descubrían algo más profundo: la soledad del hombre en el mundo moderno en correspondencia con la idea de que ya la mitología no podía ser sino crítica del mito y nostalgia de él. Pero mientras en Laforgue ese descubrimiento parece estar ligado a una experiencia poética personal, en Lugones incluso por la evolución general de su obra, tiene mucho de elaboración sin consecuencia. Esto se traduce en la obra de ambos. Donde Laforgue revela un sentido sutil de la parodia, Lugones opta por una desmesura tal que es casi una forma de autoparodia.

"Méthode, méthode, que me veux-tu? Tu sais bien que j'ai mangé du fruit de l'inconscient", escribía Laforgue. No sólo Lugones no tiene mucho trato con lo inconsciente (lo oscuro, lo inesperado), sino que tampoco parece aplicar su propio método con verdadera inteligencia. En *Lunario* su rasgo más manifiesto es el de operar por saturación: un cierto tipo de imagen, al principio audaz o renovadora, es repetido tantas veces que finalmente pierde toda eficacia —y esto cuando se trata de relaciones más o menos triviales que suele reiterar como si fueran insólitas: así, *la luna* es sucesivamente "astronómica siempreviva", "ombligo del firmamento", "inexpresable cero del infinito"; o ya es un rasgo de estilo, iconoclasta, y que sin embargo termina por perpetuar otro estilo: como al multiplicar los términos "científicos": alcalino, bromo, bromuro, albayalde, etileno, sulfuro, hidrocloro, estroncio, benzoico— sin faltar, por supuesto, imágenes como el "azufrado rostro sin orejas" o la "faz de magnesia" de *la luna*. De suerte que la riqueza metafórica y verbal del *Lunario* llega a dar una impresión de desperdicio y de monotonía. Sin

[5] *La deshumanización del arte* (1925).

quererlo, Lugones caía en otra forma de superstición: si Darío excluía todo lo que no le parecía "poético", él parece incluir todo lo que le parece "antipoético", efectista. Aun en toda su obra Lugones practica el estilo de la copiosidad. Es un poeta, como suele decir la crítica, *cíclico*: no abandona un tema hasta agotarlo; en uno de sus libros escribe más de treinta poemas sobre otras tantas especies de pájaros (*El libro de los paisajes*, 1917).

Borges ha señalado que Lugones adolecía de dos supersticiones muy españolas: la creencia de que el escritor debe agotar todas las palabras del diccionario y, quizá lo más vulnerable, de que lo que vale de la palabra es el significado, no su connotación, su ambiente y entonación.[6] En última instancia, es probablemente esto lo que hace tan paradójica su obra: sorprendente en muchos aspectos y, sin embargo, su poder de sorpresa se vuelve un poco petrificado.

[6] *Leopoldo Lugones* (en colaboración con Betina Edelberg), Buenos Aires, Editorial Pleamar, 1965.

V. UN SISTEMA CRÍTICO

ENTRE el modernismo y los movimientos de vanguardia habría que situar a un grupo muy heterogéneo de poetas, que, sin embargo, tenían ciertos puntos en común. Muchos de ellos eran contemporáneos de los modernistas y habían recibido su influencia —incluso algunos provenían directa e inicialmente de su estética—, pero todos parecían haber cobrado conciencia de la necesidad de un cambio. La conciencia de este cambio libera a los mejores de ellos de ser meros epígonos o de ser restauradores de un orden anterior y los sitúa, en mayor o menor grado, con mayor o menor lucidez, como verdaderos renovadores. En efecto, no es posible dejar de percibir en sus obras coincidencias (y a veces prefiguraciones) con muchos aspectos de la vanguardia. Pero no se trata propiamente ni de una generación ni de un movimiento definido —aunque se suele hablar de ellos, un poco rutinariamente, como postmodernistas. El modernismo había suscitado un gran renacimiento verbal y creado una suerte de unidad continental; estos poetas, en cambio, no sólo se ven de algún modo aislados sino también enfrentados a una disyuntiva: no obstante la renovación que Herrera y Reissig y Lugones implicaban dentro del modernismo, sentían que debían encontrar por su propia cuenta (y riesgo) una nueva espontaneidad creadora. ¿No era, en cierta medida, la misma situación de la poesía europea y norteamericana después del simbolismo? "El estancamiento de la poesía hacia 1909 y 1910 era tal que es muy difícil para un joven poeta de hoy imaginarlo", escribirá Eliot, y quizá no circunscribiéndose tan sólo a la poesía de lengua inglesa.[1] Por otra parte, no es pertinente hablar de un periodo cronológicamente definido en relación con estos poetas. Un simple dato puede ser revelador al respecto. Entre 1916 y 1918, ya Vicente Huidobro había publicado sus primeros libros y propuesto los fundamentos de una nueva estética; es justamente en esos años cuando aparecen las obras de algunos de estos poetas, cuya labor creadora, además, se prolongará hasta muy entrada la época de la vanguardia. ¿No es un claro indicio, además, de la inutilidad del celo cronológico con que a veces la crítica pretende ordenarlo todo?

Si no desde un punto de vista cronológico, Ramón López Velarde fue uno de los primeros poetas de este grupo. La brevedad de su obra se corresponde con la de su vida: murió a los treinta y tres años, en 1921.

[1] En introducción a *Literary Essais of Ezra Pound,* Nueva York, New Directions, 1968.

Su primer libro, *La sangre devota*, aparece en 1916; de los otros, *Zozobra* es de 1919 y dos más fueron publicados después de su muerte: *El minutero* (1923), colección de poemas en prosa, y *El son del corazón* (1932), que reúne sus poemas de los últimos tres años. No obstante ser un poeta de la pasión o quizá por ello mismo —pues pasión no equivale en él a mero sentimentalismo—, López Velarde fue un espíritu de gran lucidez: se autoanaliza y no deja de mirarse a sí mismo con ironía, comprende su dualidad y aun la dualidad de la poesía de su tiempo. Su obra es el resultado de un doble drama: el de su pasión y el de la poesía misma; esos dramas no son paralelos sino que se entrecruzan: se implican y explican entre sí. Y como uno conduce al otro, cualquiera de ellos puede ser el punto de partida para abordar su obra.

Entre los ensayos que escribió López Velarde, hay uno —y ya la crítica lo ha señalado— que resulta clave. Es de 1916 y su tema la obra de Lugones. Entre trivialidades de la época, aunque significativas (¿de quién es el cetro de la poesía hispanoamericana después de la muerte de Darío, si no de Lugones?) y observaciones muy válidas sobre el poeta argentino y Góngora, llega a formular una idea de grandes consecuencias. "El sistema poético —afirma— hase convertido en sistema crítico". *Sistema crítico*: ¿a qué estaba aludiendo con estos términos tan ajenos a la poesía y aparentemente contra su naturaleza intuitiva y emocional? En el mismo artículo es posible encontrar, en parte, la respuesta. De seguidas de la frase anterior, López Velarde puntualizaba: "Quien sea incapaz de tomarse el pulso a sí mismo, no pasará hoy de borrajear prosas de pamplina y versos de cáscara". Unos párrafos después, añadía: "Hemos perdido la inteligencia del lenguaje usual, y el Diccionario susurra". Así estaba situando el carácter *crítico* de la nueva poesía en dos planos: el de la conciencia y el del lenguaje. Ambos, veremos, se complementan.

"Tomarse el pulso a sí mismo": es decir, la poesía como autoconocimiento y lucidez; como disciplina interior y no como mera expansión sentimental.[2] En el mismo artículo citado, López Velarde habla de la "reducción de la vida sentimental a ecuaciones psicológicas", con lo cual estaba aludiendo, creo, a una voluntad de rigor no sólo verbal sino tambien espiritual y moral. La poesía, pues, debía ser un acto de la conciencia individual. Aún más, su centro de incidencia era esa conciencia misma, siempre problemática; como llega a decir en otro artículo, los temas de su obra son "los pasos perdidos de la conciencia, el caer de un guante en un pozo metafísico". Continuamente en su obra, López Velarde anota sus flaquezas, sus contradicciones e ironiza sobre sí mismo ("mi interno drama / es, a la vez, sentimental y cómico"); no teme, incluso, hablar de su "corazón retrógrado" y, en un pasaje memorable, de "una íntima tris-

[2] Rimbaud decía: "El primer deber del hombre que quiera ser poeta es su propio conocimiento completo; ha de buscar su alma, inspeccionarla, tentarla, conocerla" (Carta a Paul Demeny, 1871).

teza reaccionaria".[3] La conciencia en él no interfiere la pasión para corregirla sino para dilucidarla, para hacerla más intensa; sabe también comprender su derrota: "mi carne es combustible y mi conciencia parda", dice en un poema. Tampoco la conciencia quiere proponerse como un poder invulnerable: si es crítica es también una conciencia en crisis. Ella misma, por tanto, se autocuestiona. "El pensamiento, en su fracaso, es sostenido alegóricamente por los cinco sentidos corporales", dirá en otro artículo.

Conciencia crítica y, además, crisis de la conciencia: la obra de López Velarde muy poco o nada tiene que ver con la actitud filosófica o humanística que otro poeta mexicano, Enrique González Martínez, quiso ilustrar con el símbolo del *búho* (la sabiduría, la profundidad) en oposición al *cisne* del modernismo. López Velarde no opta por ninguno de los términos de esa oposición (¿no le parecería en el fondo falsa?), pero es evidente que rechazó el nuevo símbolo que proponía González Martínez. En un artículo sobre un libro de éste (*La muerte del cisne,* 1915), le critica, aunque un poco oblicuamente, el tono "casi siempre cabal" y "la tendencia cerebral". Ambos rasgos, ¿no eran el signo de cierto conformismo? La conciencia de López Velarde actúa justamente contra todo conformismo; si bien busca una sabiduría y hasta un equilibrio, esa búsqueda pasa primero por el debate de la dualidad. Poeta católico y a la vez pagano, fascinación ante el cuerpo y su rechazo, pasión y éxtasis, la provincia como liberación y cárcel —mundo violado e intocado por la historia ("el edén subvertido que se calla / en la mutilación de la metralla"): toda su obra está dominada por esa trama de oposiciones. La suya es, pues, una conciencia dividida. En tal sentido, sus semejanzas con Baudelaire son indudables.[4] Ambos se mueven entre la nostalgia de lo paradisíaco ("siente mi sed la cristalina nostalgia de la fuente") y la presencia de lo infernal ("infierno en que creo", dice de la mujer). También como Baudelaire ("Je suis la plaie et le couteau", "Et la victime et le bourreau"), López Velarde sabe que los extremos —el acto y su consecuencia, el yo y el otro— encarnan en todo hombre. En *El minutero* hay un texto revelador al respecto: la pasión carnal vista como una oscura vocación de muerte; al final, dice: "Nuestra última flecha será milagrosa, porque seremos tan veloces que alcanzaremos a dispararla y a recibirla, desempeñando, en un solo acto, el flechador y la víctima". Pasión carnal e intuición de la muerte: el horror ante la corrupción del cuerpo que sentía Baudelaire es igualmente una de las experiencias del poeta mexicano. En otro texto de *El minutero*, el desgaste físico es incluso calificado moralmente como "lo soez". "El gesto, convertido en

[3] "El retorno maléfico", en *Zozobra.* En este poema, habla del regreso a su ciudad natal después de la Revolución.

[4] Él mismo reconoce esta influencia; en un poema, habla de su primer libro, dice: "Entonces yo era seminarista/sin Baudelaire, sin rima, sin olfato".

mueca, me ultraja, no ya en mis raíces de poeta sino en mi propia dignidad moral", escribe. En ese texto se refiere concretamente a la mujer ("¿hay alguna especie zoológica que envejezca tan trágicamente como la hembra humana?"). Pero en un poema piensa en sí mismo, en su propio cuerpo; de manera conmovedora pide a Dios: "no vayas / a querer desfigurar / mi pobre cuerpo, pasajero / más que la espuma del mar" ("Gavota", *El son*).

Pero el erotismo no es tanto una de las manifestaciones de la dualidad en que se debate esta poesía como la dualidad por excelencia: resume todas las demás y todas las demás se originan en ella. Constituye, más que su tema, su visión central: todo en esta poesía está impregnado de erotismo. "Nada puedo entender ni sentir sino a través de la mujer", "de aquí que a las mismas cuestiones abstractas me llegue con temperamento erótico", confiesa el propio poeta. Visión del mundo y también una religión: en el mismo texto anterior ¿no explicaba cómo a través de la mujer había creído en Dios y, a un tiempo, conocido "el puñal de hielo del ateísmo"? Una religión, pero no a la manera de Darío. Si en éste triunfa finalmente el paganismo (helénico, cósmico, panteísta), en López Velarde tiende a triunfar lo católico, pero, y esto es lo crucial, un catolicismo herético. Aunque este aspecto ya lo ha estudiado Octavio Paz en un ensayo, vale la pena insistir en ello.[5]

La mujer, para López Velarde, es una dualidad en sí misma: alma y cuerpo, cielo e infierno, ella da "una tortura de hielo y una combustión de pira". Nada sería esto si el poeta pudiera optar por una u otra naturaleza; el drama es que se siente atraído por ambas sin lograr conciliarlas. Cada uno de los términos de la oposición se vuelve, a su vez, dual: el cuerpo es placer y tormento, por un instante encarna lo absoluto y luego está condenado a la corrupción, a la muerte. En vano López Velarde busca aferrarse a ese instante: "el minuto perdurable", como lo llama en un poema; en otro, añade: "Uno es mi fruto: / vivir en el cogollo / de cada minuto". Es una manera de luchar contra la fugacidad y la muerte, adonde, sabemos, lo conduce el placer mismo; en uno de sus mejores poemas, lo dice: "Voluptuosa Melancolía: / en tu talle mórbido enrosca / el Placer su caligrafía / y la Muerte su garabato" ("La última odalisca", *Zozobra*). Esto no agota su experiencia erótica. La dualidad irreconciliable que ve en la mujer no es únicamente la proyección psicológica, ni siquiera moral, del poeta; es eso y mucho más. En ella subyace una dualidad, si pudiéramos decir, metafísica, teológica. La mujer es la *Virgen* (son innumerables sus poemas a la Virgen y a las vírgenes) y es también *Eva*; de ésta desciende el hombre con su condena original (ella es "Madre de las víctimas" y su "pecado sirve a maravilla para explicar el horror de la Tierra"); aquélla encarna el amor

[5] "El camino de la pasión", en *Cuadrivio.*

absoluto e incorruptible, imposible de realizar en el mundo. Ahora bien, en la obra de López Velarde el verdadero centro de la pasión es Fuensanta (según la identidad poética que él le confiere): un ser virginal, exento de "pagano sensualismo" y nacido "para subir el Calvario" que muere un año después de la aparición de *La sangre devota*, libro que, en lo esencial, ella inspira. Pero su muerte no desvanece la pasión; más bien la intensifica, la transfigura en pasión por la Muert(a)e. La muerte, no para alcanzar a Dios sino, finalmente, despojado del obstáculo del cuerpo, para desposarse con el alma de Fuensanta. Si el placer está ligado a la muerte y conduce a ella, según hemos visto en otros poemas, la intensificación del placer ¿no será, en última instancia, buscar la Muerte y la Muerta? ¿No debe morir el cuerpo para hacer posible la verdadera unión absoluta? ¿Incluso no hay muchos poemas, como lo ha señalado Paz, en que se prefigura (¿se desea?) la muerte de Fuensanta? Así, el erotismo de López Velarde adquiere una insospechada coherencia; aun los signos más insignificantes en apariencia de su poesía se ven tocados por esa coherencia. ¿No es revelador, por ejemplo, que en algunos de sus mejores poemas la fascinación por la mujer esté ligada al color negro del traje o de una prenda? En uno, que evoca una experiencia de adolescencia, el poeta la ve llegar vestida "con un contradictorio / prestigio de almidón y de temible / luto ceremonioso" ("Mi prima Águeda", *La sangre*). En otro, ese color tiene una fuerza desencadenante aún mayor al tiempo que la mujer tiene rasgos más eróticos; dos cosas en ella bastan para despertar la pasión: "...aquel vestido / de luto y aquel rostro de ebriedad". El color negro, además, ejerce un poder de iluminación sobre el poeta ("Tu tiniebla guiaba mis latidos") y de transfiguración ("el centelleo de tus zapatillas, / la llamarada de tu falda lúgubre"). El poema evoca el primer encuentro, fortuito, con la mujer en un día de mal presagio: un *día 13*, de ahí su título; pero, como en esos encuentros en que lo fortuito se vuelve predestinación, de que ha hablado Breton (¿no estamos, en verdad, en pleno *amour fou*?), la pasión se sobrepone al signo adverso. ¿Se sobrepone? ¿No hay algo en el nacimiento de esa pasión que también la condena? Por ello, al final el poeta se confía a los poderes extraños:

> Superstición, consérvame el radioso
> vértigo del minuto perdurable
> en que su traje negro devoraba
> la luz desprevenida del cenit.

En ambos poemas el color negro es afrodisíaco; suscita y aviva la pasión; pero es el negro del *luto*, que a su vez evoca la muerte. Hay, pues, como una secreta correspondencia y una irresistible atracción entre los dos términos. En ninguno de estos poemas, sin embargo, la mujer es Fuensanta. Ella aparece en "El sueño de los guantes negros", uno de los últimos poemas de López Velarde. Poema clave y enigmático también; en él culmina la visión erótica de esta poesía. Su tema es un sueño en el que el poeta ve resucitar a Fuensanta con sus "guantes negros"; éstos cumplen una doble y contradictoria función: sujetan al amante y lo atraen hacia ella. Pero ella ¿qué es ahora? ¿Conserva su cuerpo o es sólo hueso? El enigma no podrá ser resuelto a causa de "la prudencia de (sus) guantes negros". Esto es, la unión de los amantes prescinde o puede prescindir de los cuerpos: se alimenta del deseo y de la castidad simultáneamente. Los *guantes negros* aluden a estos dos aspectos; como lo ha indicado Paz, son el equivalente de la *espada* que separa (y une) los cuerpos de Tristán e Isolda cuando son sorprendidos durmiendo juntos en el bosque. Este poema sería para Paz la prueba final de las analogías entre el erotismo de López Velarde y el *amour courtois,* tal como ha sido estudiado por Denis de Rougemont.[6] Fuensanta es para López Velarde lo que la Dama para los poetas provenzales: el amor como una pasión tan absoluta que reemplaza a Dios y que finalmente se confunde con el deseo de la muerte.[7] De suerte que si supone un sentimiento religioso católico, esa pasión no puede ser vista sino como una pasión herética históricamente. Denis de Rougemont ha establecido las relaciones entre el amor-pasión provenzal y la secta de los "cátaros", en el siglo XIII, condenada por la Iglesia.

¿Adónde nos ha llevado la conciencia crítica de López Velarde? Creo que a darle un nuevo contexto más existencial, más terrestre, más cotidiano también. También lo inverso es cierto: todo en el hombre está penetrado por lo poético, lo mítico y lo sagrado. La ironía supone, pues, la pasión; ésta, a su vez, es crítica del mundo y de la historia, de las creencias y de los dogmas. Me parece que en ello reside la diferencia esencial que separa a López Velarde de su maestro Lugones. La ironía de éste parece tener un tono "cabal" (Lugones no quería persuadir sino intimidar, decía Borges); de igual modo, su pasión —cuando accede a ella— no es una crítica sino una afirmación de la realidad. Lugones aspiraba a ser un poeta central; López Velarde era un poeta *marginal.* Fue, en gran medida, un poeta de la provincia, aunque no provinciano; la provincia no es sólo un tema biográfico en él, es también una manera de ver el mundo y de estar en él: un centro excéntrico. Quizá ello lo preservó de sentirse *representativo.* Prefirió lo que él mismo definía como "la majestad de lo íntimo". Su patria —decía en un texto de *El minutero*— no era "histórica ni política, sino íntima". Y memorablemente añadía: "La miramos hecha para la vida de cada uno. Individual, sensual, resigna-

6 *L'amour et l'occident* (1939).

7 En uno de sus últimos poemas (en *El son del corazón*), L. V. habla de una mujer "invisible y perfecta" que lo "encumbra en cada anochecer y amanecer", y que es "a un tiempo la Ascención y la Asunción". ¿No es la visión de Fuensanta? Aun es significativo cuando dice que tiene "corazón de niebla y teología".

da, llena de gestos, inmune a la afrenta, así la cubran de sal. Casi la confundimos con la tierra". Quien haya leído al Borges de los años veinte ¿no siente acá una impresionante y misteriosa afinidad con él, hasta en la entonación de las frases?

Pero, sabemos, el sentido crítico de López Velarde no se sitúa tan sólo en el plano de la conciencia sino también del lenguaje. Su crítica del lenguaje parte de la convicción que tenía de *la derrota de la palabra*, título justamente de uno de sus artículos. Esa derrota tiene su origen en el divorcio entre la palabra y el espíritu ("Ya el espíritu no dicta a la palabra", decía) y ese divorcio, a su vez, se manifiesta en dos extremos: *la palabrería* del habla cotidiana ("pocas cosas son tan del gusto mexicano como hablar por hablar") y *el artificio* en que había caído la literatura misma (por ello decía: "el Diccionario susurra"). La solución para el escritor no reside, pues, ni en la mera habla cotidiana ni en el mero idioma poético. Es cierto, López Velarde busca —y escribe— una "literatura conversable", pero ésta tiene que fundarse en ciertas exigencias: una de ellas es la sinceridad, esto es, la no deliberación, una suerte de espontaneidad en la que se identifiquen el ritmo (la respiración) del poeta y el ritmo mismo del lenguaje. Esa espontaneidad quiere decir, pues, no sólo autenticidad sino paralelamente compromiso ético con el lenguaje. "Yo anhelo expulsar de mí —se proponía— cualquiera palabra, cualquiera sílaba que no nazca de la combustión de mis huesos". Se trata, pienso, de un rechazo de toda proliferación verbal en cuanto tal; el rechazo, como él decía, de "los Gargantúa del verso". Además, la literatura conversable no se identifica con una estética populista, ni siquiera con lo popular. "El lenguaje literario de hoy no se casa con la popularidad", afirmaba también.

¿Fue, sin embargo, siempre fiel a sus propias exigencias frente al lenguaje? El de su poesía, sabemos, fue un lenguaje coloquial; coloquial, repetimos, y no popular, mucho menos nativista. Lo coloquial no es una directa transposición del habla: caben en él no sólo los giros corrientes del lenguaje, con sus frases hechas y sus refranes, las pausas prosaicas, los vocablos vernáculos, sino también lo literario, los cultismos y aun los tecnicismos. Esto último no debe ser identificado con lo que se presume es de antemano "poético": muchas veces puede ser una negación de lo "poético"; de igual modo, lo usual y cotidiano del lenguaje no excluye destellos e intuiciones propios de la poesía como tal. Pero la combinación de uno y otro plano produce un efecto que el tono elevado y noble de la poesía no había conocido del todo. Ese efecto consiste no en la suma de los términos de la combinación sino en el desplazamiento de uno en otro: lo lírico se vuelve prosaico, lo artificial espontáneo, lo raro familiar, y la inversión es igualmente válida. El poema aparece como un espacio de continuas formaciones y transformaciones verbales; es él quien confiere o no validez poética al lenguaje. No existe, pues, un lenguaje previamente poético o antipoético, puro o impuro; lo que existe es el lenguaje del poema y que se hace en el poema. Pero la realidad del poema es mucho más exigente y a un tiempo misteriosa: impone una *necesidad* que no puede ser cumplida por el mero cálculo. La combinación de lo lírico y lo prosaico, por ejemplo, no es creadora en sí misma: la combinación puede ser el resultado de una simple superposición, o puede derivar en lo mecánico; el arte combinatorio, perderse y degenerar en un *híbrido*.

Quizá fue esto lo que le ocurrió (¿en gran o en poca medida?) a Lugones; de ahí esa impresión final que deja su obra de monotonía y aun de pobreza en medio de la exuberancia y la riqueza. López Velarde no estuvo exento de la misma contradicción. Como Lugones, tuvo el don de la imagen compleja e insólita ("un encono de hormigas en mis venas voraces", "tardes como una alcoba submarina / con su lecho y su tina"); así como el don del adjetivo preciso y polivalente ("el edén subvertido", "su gota categórica", "las fuentes catecúmenas", "los atardeceres monacales", "vertiginosas peinetas de carey"). Aun su arte es menos abigarrado que el de Lugones; no se inclina por la "verba" de éste, sino, más bien, por la concentración y la reducción. En efecto, López Velarde tiene más el sentido de la nitidez y aun de la pureza constructiva. Sus imágenes recurren con eficacia a un sistema simbólico ("la ignorancia de la nieve / y la sabiduría del jacinto") o a los juegos verbales aliterativos con sentido encomiástico o sarcástico ("el amor amoroso / de las parejas pares", "las ineptitudes de la inepta cultura"), sin caer en el exceso. La arquitectura de sus mejores poemas alía el virtuosismo y la espontaneidad. En "Mi prima Águeda", de su primer libro, parece emplear la técnica impresionista pictórica que los modernistas habían cultivado hasta la rutina, pero él le imprime una variante más sutil: atenúa, por una parte, el simbolismo de los colores; crea, luego, una equivalencia estrictamente plástica de textura y color. El poema, ya lo hemos visto parcialmente, evoca una escena de adolescencia: la prima que llega vestida de *luto* y cuyos ojos *verdes* y mejillas *rubicundas* crean en el joven una fascinación erótica contradictoria (esa "dualidad funesta" de la mujer que después se hará más intensa en toda su obra), fascinación no exenta de cierta picardía ("yo era rapaz / y conocía la o por lo redondo"). Pero la experiencia real que inspira el poema es ya un pasado, el poeta está evocándola y aun contemplándola como la imagen de una escena; así, al final, *fija* a la muchacha como en un cuadro, como una suerte de naturaleza muerta en el espacio de la casa familiar: Águeda se vuelve entonces "un cesto policromo / de manzanas y uvas / en el ébano de un armario añoso". En otros poemas, la estructura verbal (estrofas, rimas, tiempos verbales, etc.) es un elemento más de una estructura mayor: *v. gr.*, "El retorno maléfico", donde la dualidad del tema (el pueblo natal arrasado por la guerra de la Revolución y la visión de un pasado en función de un futuro renovador) está dado por esa estructura y aún por imágenes ambiguas: "mi sed de amor será como una argolla / empotrada en la losa de una tumba", que alude a la vez a la intensidad de la pasión como renacimiento y muerte.

Pero me pregunto si muchos de los experimentos verbales de López Velarde no producen también, como en Lugones, la impresión no ya de la parodia sino de la autoparodia. Así, por ejemplo, la imagen que hace poco hemos citado del "encono de hormigas en mis venas voraces" tiende a reiterarse un poco mecánicamente a todo lo largo del poema (cuyo título es justamente "Hormigas", de *Zozobra*); aun llega a combinaciones más bien extravagantes y a una expresividad que falla por querer decirlo todo: "Antes de que deserten mis hormigas, Amada, / déjalas caminar camino de tu boca / a que apuren los viáticos del sanguinario fruto / que desde sarracenos oasis me provoca". En igual sentido, aparte de que las imágenes de la mitología musulmana no son muy afortunadas en esta poesía ("funjo interinamente de árabe sin hurí"), su frecuencia es todavía más *embarrasante*. Es cierto que la dualidad católico-pagana de López Velarde no opta por el helenismo, como Darío, sino por el mundo musulmán y que ello tiene una significación en su obra (sus paraísos son el católico y el mahometano); pero tal combinación resulta finalmente una mera superposición desde el punto de vista estético: se queda en el esquematismo de lo conceptual, no logra la vivacidad de la verdadera imagen. Algo de esto tienen también las recurrencias a alusiones bíblicas, sobre todo de la Pasión de Cristo o de la liturgia católica, o de ciertas imágenes, "sacrificiales" ("Todo me pide sangre: la mujer y la estrella, / la congoja del trueno, la vejez con su báculo"): el énfasis va minando su poder persuasivo y aun su propia autenticidad. Octavio Paz opina que López Velarde es un poeta poco "violento" y llega a explicar una de sus raras manifestaciones en este sentido ("Desde una cumbre enhiesta yo lo he de lanzar [su corazón] / como sangriento disco a la hoguera solar") como la pervivencia de un inconsciente, azteca, colectivo. Lo cual puede ser cierto. Pero no es a ese tipo de "violencia" a lo que ahora me refiero, sino al exceso de énfasis. O, para decirlo con un vocablo del propio López Velarde, a la *idolatría*. ¿No habrá cierto *fetichismo* en muchas de sus metáforas? ¿No será su poesía, en última instancia, una lucha entre el *fetiche* (humano) y la *imagen* (estelar)?

Se exprese con mayor o menor radicalismo, converja o no en las motivaciones y en los objetivos, adopte o no formas semejantes, creo, sin embargo, que la *actitud crítica* aparece también en los mejores poetas de la transición entre el modernismo y la vanguardia.

Desde el comienzo de la obra de Gabriela Mistral, por ejemplo, se percibe cierto carácter disidente. Sus divergencias con el modernismo empiezan por ser "formales". Nada más ajeno a su austeridad que el refinamiento, la aristocracia verbal y aun la música de Darío, así como la insistencia metafórica y los experimentos de Lugones: todo ello debía parecerle un extravío, brillante, sí, pero ligeramente "decadente". Por el único modernista por el que desde el principio manifestó verdadero aprecio fue —*hélas*!— Amado Nervo: lo cita entre sus autores guías —junto a la Biblia, Dante, Francisco de Asís, Federico Mistral y, por supuesto, Kempis— y, a su muerte, le consagra un poema.[8] José Martí fue después una de sus devociones: el destino ejemplar de su vida, pero también el espíritu americanista de su obra, así como el despojamiento de ésta, sin duda que la cautivaron. Y si no en un sentido estético, es evidente que llegó a experimentar cierta identidad con José Asunción Silva: sobre su suicidio (¿no fue quizá, en un momento de su vida, una de las tentaciones de ella?) escribió uno de los mejores poemas de *Tala* (1938). ¿No había expresado Unamuno también gran reconocimiento por el trágico poeta colombiano? No aludo a esto último sino como signo de otras afinidades más válidas en el plano de la creación. Como ella en Hispanoamérica, Unamuno fue quizá el poeta español que mostró más desacuerdo y hasta irritación frente a la estética del modernismo —¿no había dicho que la poesía de Darío era demasiado "gaseosa" y éste replicado que la suya era demasiado "sólida"? Ambos, además, fueron seres profundamente religiosos, cristianos: el diálogo (y a veces sólo el monólogo) con Dios es esencial en sus obras, aunque la de Unamuno quizá sea más compleja, si no también más exigente, en tal sentido. Tuvieron igualmente lo que se llama *personalidades fuertes*: la aspereza fue una de las formas de su pasión; otra, la creencia de que en la literatura había algo ajeno a ella que se llamaba la poesía y que de algún modo ellos, entre los muy poco elegidos, encarnaban. Así, el lenguaje de ambos desdeñaba las modas efímeras y los artificios literarios: quería ser un lenguaje eterno, profético a veces, expresión en todo caso de un alma popular. ¿No es ciertamente notable en ambos el gusto por un estilo seco, sin adornos, aunque a veces barroco (¿o sólo conceptuoso?); por vocablos o giros arcaicos, que, sin embargo, no siempre parecen funcionar con eficaz naturalidad? Finalmente, ambos son poetas de la pasión trágica; la agonía y la angustia son sus verdaderos *états d'âme*: sus *Cristos*, por ejemplo, son sufrientes, sangrantes, y aun la vida en la tierra tiene que estar centrada, para purificarse, en ese dolor.

Toda la obra de Gabriela Mistral está dominada por una pasión crística. ¿Será una grandeza o una debilidad el que todas las experiencias de su obra —amores, viajes, paisajes, reflexión— se desarrollen paralelamente a esa pasión; quiero decir: que sean como su equivalente terrestre? En todo caso, si fuese así, esa equivalencia tiende a empobrecer su primer libro *Desolación*, publicado en 1922; una suerte de "imitación

8 "Mis libros" e "In Memoriam", poemas de *Desolación* (1922).

de Cristo" lo vuelve algo convencional y monótono. Aunque de paso, hay que decirlo: quizá ello la salvó de la facilidad sensualista y pagana de otras poetas de su tiempo; afortunadamente no llegó a escribir también versos como éstos: "Mi vida es una boca en flor", "No me mata la vida, / no me mata la Muerte, no me mata el Amor".

No ocurre lo mismo en *Tala*, donde la experiencia religiosa es más espontánea y libre o adquiere mayor complejidad e intensidad: la duda, incluso la rebelión contra la muerte, la desesperación y la soledad que conduce a obsesiones extremas (¿el suicidio?), pero también una verdadera sabiduría interior, la madurez como resultado de las pruebas difíciles. *Tala* es, también, un libro más rico: diálogo con la divinidad y, a la vez, con el universo; la espiritualidad y la materialidad parecen unirse de verdad, por primera vez en esta poesía; la sequedad de su lenguaje es igualmente más sutil, pura e inventiva. En este libro, por otra parte, viene a definirse más cabalmente su crítica al modernismo: como lo hemos visto al comienzo de este capítulo, le reprocha a Darío su evasión de la realidad americana, su olvido de la "Walkiria terrestre" que es América. Anticipándose a Neruda (¿prolongando también a uno de los tantos Lugones?), ella quiere reparar ese olvido. Una de las secciones del libro se titula "América": poemas al sol del trópico, a la cordillera de los Andes, al maíz, en una combinación de mitología indígena y de símbolos cristianos. Pero la verdad es que el propósito de la autora no deriva ni en lo sistemático ni en lo descriptivo; sus poemas no son ni inventario ni mera copia. Entre los mejores del libro están justamente los que forman la sección titulada "Materias": poemas al pan, a la sal, al agua, al aire. El don de Gabriela Mistral no es el de las metamorfosis: aventurarse en la materia y hacer que ésta viva verbalmente en el poema. El suyo es el don del reconocimiento y de la memoria: volver a descubrir en las cosas el tejido de símbolos (en este caso, cristianos) que ellas encierran. Y es indudable que en estos poemas logró crear una nueva perspectiva dentro del llamado contexto telúrico de la literatura hispanoamericana: ni impresionismo, a la manera de Darío, ni expresionismo, a la manera de Herrera y Reissig; sino una mirada más directa que le da espacio a las cosas y que a un tiempo es más emblemática al hacer que las cosas mismas participen del Espíritu.

¿Es posible vivir casi la mitad de su vida en una época en que un movimiento poético se desarrolla y llega incluso a ser dominante, e ignorarlo (pero no desconocerlo) casi completamente? Si lo es, esto sólo podía ocurrirle a seres como Macedonio Fernández: ni iconoclasta ni indiferente, sino un ser siempre perplejo y ensimismado. Macedonio Fernández nació en 1874, el mismo año que Lugones, y sin embargo fue inmune a la influencia de éste y del modernismo en general. No se le opuso explícitamente, tampoco parece que le haya formulado ninguna crítica

—aparte de brevísimas alusiones: *v. gr.*, "no sirvo para lector de soniditos". De él ha dicho Borges: "en Buenos Aires, hacia mil novecientos veintitantos, repensó y descubrió ciertas cosas eternas".[9] Una de ellas, y la central, proviene del idealismo: el mundo es una creación de la conciencia, de otro modo sólo existiría como accidente, es decir, no existiría. Él mismo había escrito en uno de sus poemas: "La esperanza de la Poesía es que el mundo (la Contingencia) sólo exista por consentimiento de la Conciencia en su naturaleza de amor". El complemento final de la frase no deja de ser clave: introduce en la filosofía idealista la noción del amor, esto es, de la pasión. ¿Cuál es la naturaleza de esta pasión? Se identifica con *lo sentido*, pero en su acepción afectiva y no puramente sensorial. Sólo desde esta perspectiva es como puede entenderse su idea de que "todo el ser está en lo que yo siento". La realidad participa del Ser en la medida en que es *sentida* por la pasión y *concebida* por la conciencia. "Es más Cielo la Luna que el Cielo, si una Cordialidad de la altura es lo que buscamos", es, por ello, otro de sus postulados. La pasión, en suma, no es un sentir del cuerpo sino del alma y aun de la mente. "El cuerpo era en él un pretexto para el espíritu", vuelve a precisar Borges.

Es esta concepción lo que lo separa del modernismo y constituye a la vez su crítica más radical. ¿No fueron, en verdad, los modernistas, en mayor o menor grado, sensualistas? Pero también lo distingue de los dos poetas que acabamos de estudiar. En efecto, por una parte, su pasión excluye todo el debate erótico de López Velarde —aunque es posible inscribir a Macedonio Fernández en la tradición del *amour courtois*, la idealización de la Dama como un absoluto—; por la otra, a diferencia de Gabriela Mistral, reemplaza la teología con la metafísica: su Dios es el Ser del mundo o el mundo en el Ser.

Macedonio Fernández fue un solitario y su actividad de escritor, al comienzo, bastante esporádica. Antes de 1920 sólo se le conocen muy pocos textos; entre ellos, algunos poemas, apenas tocados por el modernismo, pero tampoco esencialmente nuevos o renovadores. Hacia 1920, cuando se inicia la vanguardia, el ultraísmo, en la Argentina, este hombre que apenas había publicado, atrajo sin embargo la atención de los jóvenes: era, según Borges, un maestro de la conversación, un espíritu estimulante y exigente. Con muchos de esos jóvenes la admiración fue recíproca: sobre todo con Borges y Gómez de la Serna, que llegará a Buenos Aires en 1930. Más que una modalidad estética, los unía una misma actitud frente al mundo: la ironía, el humor, la búsqueda de una mitología más personal, la fascinación y a la vez la crítica del lenguaje ("Al español o se le salva o no queda ningún modo de ser salvado por él", escribía con cierta clarividencia). "Lo magno de Macedonio es la voluta, la espiral

[9] En el prólogo a la antología *Macedonio Fernández,* Buenos Aires, Ediciones Culturales Argentinas, 1961.

nueva del humorismo, la mezcla de lejanías en la paradoja, la operación de la forma", dirá después Gómez de la Serna al prologar uno de sus libros. Fue justamente por los años veinte cuando comienza a escribir su obra (que es ya una suerte de anti-obra): poesía, filosofía, prosa humorística y narrativa. Llegó entonces a publicar dos libros: uno de filosofía, *No toda es vigilia la de los ojos abiertos,* en 1928; otro que es su autobiografía, *Papeles* de *reciénvenido*, en 1929. Pero aquí nos limitaremos a hablar de su poesía.

Su obra poética fue muy breve; apenas comprende una veintena de poemas. Se perciben en ella dos tendencias dominantes: una, la pasión de amor; otra, el pensamiento poético especulativo. Ambas constituyen, creo, una unidad: la pasión y el pensamiento mutuamente se relacionan e influyen entre sí. De nuevo el testimonio de Borges puede ser iluminador; según él, Macedonio Fernández "opinaba que la poesía está en los caracteres, en las ideas o en una justificación estética del universo".

A la primera pertenece el conjunto de poemas titulado *Muerte es beldad,* inspirados por la muerte de su esposa, Elena, que fue quizá la experiencia capital de su vida. La mayoría de estos poemas está escritos en verso libre, entre 1920 y 1922; su primera publicación total data de 1942. Ya el título es revelador: de inmediato el lector percibe, además del tema y del estilo mismo, que estos poemas no están dominados por el lamento, mucho menos por el patetismo. En efecto, lo que prevalece en ellos es la pasión, es decir, lo contrario, para Macedonio Fernández, de cualquier sentimiento "elegíaco". La pasión niega la muerte y aun la desmiente; enfrentándose a ella, el poeta dice: "Nada eres y no la Nada. Amor no te reconoce poder y pensamiento no te reconoce incógnita".[10] La pasión no vive en el tiempo, ni siquiera en la memoria, sino en un eterno *hoy* ("no quiero vivir del recuerdo"). Así, Elena no ha muerto, sólo está ausente: "La que se ha ido", la llama; también le confiere otros nombres: *Layda* (la ida). ¿No la oye acaso decirle en su viaje que no lleva el "palor" de la muerte sino "luz de (su) primer día"? Y ella se ha ido sólo para acrecentar la pasión, para crear una expectativa que es el deseo mismo ("la Espera es de amor amiga"). Su muerte es, pues, un engaño y ella es *la Engañosa*: "la sabia niña por haber más amor ida", "la fingidora de muerte para hacerme más suyo". La pasión es la clave de todo; sólo cuando ella no existe es cuando puede hablarse realmente de muerte: "Hay un morir si de unos ojos / Se voltea la mirada de amor", "Esto es Muerte: Olvido de unos ojos mirantes". En definitiva, el tema profundo del poema no es tanto la muerte como la inmortalidad de la pasión. Aun la escritura misma es vista como un instrumento de su poder de conjuro. "Yo todo lo voy diciendo para matar la muerte en Ella"

10 "La muerte no es la nada, sino que nada es. No hay lo opuesto de la vida; su contrario no hay", escribió también en un ensayo.

(obsérvese de paso el sentido de la preposición: la muerte *en* y no *de* Ella). ¿No se requería para ello un lenguaje que, como la pasión, esté también fuera del tiempo? No un lenguaje nuevo, menos un nuevo lenguaje, sino un lenguaje *original*.

Aun por las pocas citas que he hecho de sus textos, el lector ha podido percibir que este poeta no habla el lenguaje "de su tiempo". Como Borges, creo que él opta por la técnica del *anacronismo*, que consistiría en esto: no recrear un estilo del pasado, sino hacer de lo "arcaico" algo "naciente". En otras palabras, se trata de borrar el contexto histórico de los estilos y de (con) fundirlos todos en una unidad. De ahí el predominio en esta poesía de los vocablos ya vetustos y confinados al solo uso "poético" (palor, veste, pavura, beldad, hórrida);
como contraste, de los neologismos más o menos violentos que "desarraigan" al idioma (verticación, olvidación, ensecreta, niticiaron, alejanaba, esperante, apidante, saludante);
de los infinitivos sustantivos que crean una tensión, una suerte de movimiento que se fija a sí mismo (el pulsar, el vivir, su irse, su sonreír, su comprenderme);
de los sustantivos liberados de elementos modificantes —artículos o adjetivos—, dándole a la frase un carácter paradójico, a la vez sentencioso y balbuciente ("ni asido a mí llevo dolor", "niño se duerme en madre", "que Muerte rige a Vida; Amor a Muerte"); de los sustantivos comunes potencializados y aun personificados con máyusculas y cuya profusión, a veces hasta el delirio, hacen del texto una suerte de tapiz alegórico —¿medieval?— (no sólo Amor, Muerte, Cielo, Misterio, o la Engañosa, la Amorosa, la Simple; también Muro, Ribera, Ya, Ahora, Hoy, Lugar, Momento; aun expresiones como "Oh niña del Despertar Mañana").

Si a ello se suma, en el plano de la sintaxis, el uso continuo del hipérbaton, de los retruécanos y de las perífrasis, en alternancia con expresiones directas, con cierta "rustiquez" de la dicción y aun con giros coloquiales; o en el plano semántico, la sutileza conceptual, lo especulativo unido a la emoción ingenua y aun cándida, se tiene entonces la impresión de un poema insólito: de nuestra época y fuera de ella. En efecto, *Muerte es beldad* es (¿o pudo ser?) uno de los grandes textos del barroco contemporáneo. Es, sí, una metafísica del amor y un arte no de morir sino de vivir; además, "una justificación estética del universo", para emplear de nuevo la frase de Borges. Puede evocar muchos textos del pasado; también es verdad que parece prefigurar o coincidir con otros: por ejemplo, los de Lezama Lima (¿quién ha escrito con más intensidad que ellos sobre la muerte como presencia?) y los del último Juan Ramón Jiménez. No afirmo esto último de manera definitiva, pero es una relación que me parece tener cierta (¿secreta, oblicua?) validez.[11]

[11] Juan Ramón Jiménez dedica un breve ensayo, muy revelador, a Macedonio Fernández en su libro *La corriente infinita*, Madrid, Aguilar, 1961.

En la otra tendencia de esta poesía, la que hemos llamado especulativa, hay, por lo menos, dos textos sobresalientes. Uno es una poética (o una *poemática*, como lo define el propio autor) y se titula "Poema de Poesía del Pensar", de 1942. Pero una poética entendida más bien como una metafísica de la poesía; su centro es "la naturaleza de la conciencia en su aptitud de *recepción activa* del acontecer o contingencia". De nuevo el autor concentra el acto poético en la conciencia, es decir, subraya la naturaleza mental y no sensorial del arte. No es todo. Así como el intento de Borges es la demostración del "carácter alucinatorio del mundo" introduciendo "irrealidades" que lo confirmen, el de Macedonio Fernández es el de *justificar poéticamente* ciertos hechos y no el de explicarlos por una inteligibilidad tan sólo. Esto es, la conciencia poética no actúa mediante raciocinios sino a través de la gratuidad de lo imaginario. Se dedica a justificar hechos más allá de la razón o el sentido pragmático, y no sólo justificarlos sino convertirlos en la verdadera realidad; por ejemplo, la existencia de la inmortalidad, la "persistencia de *un* Inmortal" y no la "multiplicación de muertes y nacimientos"; la presencia de una Voluntad cuando aparentemente somos piezas de la casualidad, del azar; o "por qué hay Imágenes, por qué hay Memoria, por qué hay el Ensueño"; o por qué inventamos el Pasado —y como se pregunta, más agudamente, el autor—, "¿por qué existió Grecia, que es una imagen, y no existen el trueno y la lluvia que tan netamente me represento y que sucederán el año que viene?".[12] Desde esta perspectiva, el carácter mental del arte reside en *el deseo*; la verdadera naturaleza del mundo es la imaginación del deseo, o como lo dice el propio Macedonio: "el mundo es de inspiración tantálica" (título de otro de sus textos).

Ese estado de deseo es lo que el autor llama *la Siesta*, en el otro poema que me parece capital de su poesía especulativa.[13] Como *el ocio* de que habla Lezama Lima, *la Siesta* es un estado de contemplación activa o de acción contemplativa, un equilibrio entre los opuestos: está en el tiempo y fuera de él, es *un solo Hoy*: "Presente no fluente, Moción sin Translación; lo Ser, el Todo hace un Mundo sin Marcha, que es y que no va"; así también, no es un estado diurno sino nocturno (de "nocturnalidad") cuya oscuridad conduce al deslumbramiento: "es el Llamado al Camino de la Evidencialidad Mística". Es un estado, pues, de iluminación, un estado lúcido y mediúmnico —Breton ¿no hubiera reivindicado a Macedonio como un surrealista, aunque *à distance*? Pero no se trata de que la Siesta sea poesía, sino, al revés, que la poesía debe ser Siesta: ni copiar ni recrear lo real, sino (entre) *verlo*. Lo cual nos conduce a la

[12] ¿No recuerda la teoría de Lezama Lima sobre "las eras imaginarias" en la historia?

[13] Su título parece el de un tratado esotérico: "Poema de trabajos de estudio de las estéticas de la siesta", de 1940.

teoría de Macedonio sobre la metáfora. Al comienzo de este poema, propone:

> metáfora sin contexto de trama ni de efusión; sólo por labor perceptiva, sin sonoridades, compás, simetría, ritmo; sin emoción asociada sino sólo de percepción y de emoción directa; no psiquismos o borrosidades asociativas o analógicas burdas, ni extractos de descripción totalizadora, ni símbolos fáciles inhábiles: percepción en Versión (indirecta, no mero traslado del Objeto al papel); sin la puerilidad del novelismo o biografismo, del dónde, cuándo, cómo y a quién aconteció el poema.

En esta definición de la metáfora ¿no reside el aporte más renovador de Macedonio Fernández? Ilumina, si no su obra realizada, la intención que en ella subyace. Sin embargo, en este mismo poema hay un pasaje que podría ser su mejor ilustración: "La luz —dice— se ensecreta en la reverberación, seca los Perfiles, agua los cuerpos de los seres; la sombra ancha, libre, lava y empalidece; la sombra fija, de lo enhiesto y vertical, ennegrece el pie de los cercos, de los muros. Y todo esto vale por cómo a las psiques se toma, por qué les propone: la Intelección". Luz que es trasluz, real e irreal, física y metafísica: ¿cómo poder precisarlo y cómo, sin embargo, no saberlo? El texto se baña de luz y de sombra; de sombra luminosa y de luz misteriosa, secreta. Revelada y velada: la luz se aclara desde su misterio ("Mantente en el Misterio, lector", recomendaba Macedonio —oportunamente, ¿no?).

Pero el propio Macedonio percibía que su obra no había llegado a realizar del todo lo que él concebía. "Quien tenga la metáfora de la Siesta, la dé. Yo se la pediré al gallo insomne de la Noche de la Siesta", terminaba por reconocer. Esa metáfora, podría decirse en su descargo, es todavía una búsqueda de la poesía contemporánea: no creo que se la pueda identificar completamente con la metáfora de los movimientos de vanguardia de los años veinte, aunque son obvias sus afinidades con ella.

¿No es una de las grandezas de ese poeta marginal, y marginado, el haber intuido, aunque no la haya realizado, una dimensión de la poesía que aún puede ser una conquista para el futuro?

El poeta modernista buscaba no sólo las sensaciones sino las sensaciones raras, *le bizarre* sensorial; a través de ello se individualizaba. Aunque no a la manera emocional o patética de cierto romanticismo, en su poesía hay siempre algo de confesión personal: ¿una biografía de los sentidos? Aún en la obra de López Velarde y de Gabriela Mistral es perceptible la presencia del Ego. Macedonio Fernández, en cambio, rompe con ese hábito. Por dos razones: para él, la sensación no es sino el signo de un psiquismo universal; según el idealismo, que es su filosofía, el Yo es una inexistencia. En los demás poetas que vamos a estudiar en este capítulo predomina también la impersonalidad: el autor desaparece detrás de su obra.

Comparado con la poesía de José María Eguren, el modernismo podría resultar enfático —sobre todo el modernismo peruano, cuya figura central era Santos Chocano. Eguren, si se quiere, fue un modernista marginal: no lo sedujo el esplendor de las formas, el virtuosismo verbal, la pasión erótica. Habría que decir, sin embargo, que esa marginalidad fue quizá lo que le dio relieve después: ¿no hay ya en él elementos que prefiguran a un poeta como Vallejo? Todo en su obra parece optar por el tono menor: poemas breves, elípticos y lacónicos, cuya música es más bien secreta y aun monocorde, no orquestal (la canción, la balada, el lied fueron sus formas predilectas); un lenguaje que excluye la exuberancia, las imágenes suntuosas, y aun parece más bien ascético: el hipérbaton más violento resulta en él armonioso, una suave inflexión de la sintaxis; sus vocablos desusados son una riqueza y una precisión, no un lujo (alano, poterna, flavo, figulinas); sus neologismos tienen cierta pureza íntima, casi familiar (tristecía, celestía); finalmente, una visión que no sólo no es realista sino que tampoco es impresionista: predomina en ella la fantasía onírica. ¿Había ya leído a Freud, a los surrealistas? En un ensayo escribía: "Se dice generalmente que los sueños nada demuestran, pero es evidente que la tercera parte de nuestra existencia la transcurrimos en sueño." El sueño, pues, no era para él una irrealidad o una evasión, sino otra forma de la realidad. Pero, por supuesto, Eguren no fue un poeta surrealista, sino simbolista —uno de los más puros en el ámbito hispanoamericano, como ya ha sido visto por la crítica.[14] Su primer libro, no lo olvidemos, se titulaba *Simbólicas* (1911). Para él, el sueño se confunde con una experiencia íntima, de recogimiento. "El sueño es una frase a la sordina, un bajo de silencio para mejor oír la vida." Hay que advertirlo, sin embargo, no se trata de estados contemplativos o de alma: el sueño es en Eguren una visión ("se acerca —decía también— a la comprensión objetiva"). Sus poemas, en sus mejores logros, serían como dibujos de esas visiones: nítidos y a la vez enigmáticos. De ahí el carácter muchas veces hermético de su poesía. Un poema como *La dama i*, por ejemplo, no puede ser más simple y delineado en su composición o en su sintaxis; pero detrás de esa simplicidad hay una trama de alusiones más complejas. Como lo ha visto Xavier Abril, es un poema que parece cruzarse con la tradición de la poesía provenzal, del *amour courtois*: la dama que "canta las finas trovas", la referencia a "la sardana" (danza catalana), las imágenes religiosas de la naturaleza ("la misa verde de la mañana", "la borrosa iglesia de la luz amarilla") tienden a evocar, ciertamente, esa tradición. Lo importante, sin embargo, es que ese cruzamiento no es sólo un código de referencias; está dado sobre todo como una visión.

[14] Véase el libro de Xavier Abril: *Eguren, el obscuro,* Argentina, Universidad Nacional de Córdoba, 1970.

Pero Eguren no es únicamente un poeta de visiones sino también de *figuraciones*. Su segundo libro se titula, justamente, *La canción de las figuras* (1919). Sus *figuras* están en relación con el espíritu lúdicro de la infancia: son los títeres de un teatro infantil. Sólo que lo infantil en él no es una alegoría edificante como en cierto modo lo es, aunque con gran pureza, el *Ismaelillo* (1882) de Martí; mucho menos tiene que ver con la poesía de lo infantil —mezcla de fantasía y de pedagogía social— que luego se cultivó en Hispanoamérica. En él se trata, creo, de algo mucho más secreto y complejo: una transposición, en el fondo, de la concepción del mundo como un gran teatro. ¿No tiene también una impresionante semejanza con lo que Baudelaire pensaba del juguete? En su *Morale du joujou*, éste veía en el juguete la primera experiencia metafísica y poética que del mundo tiene el niño; una tienda de juguetes —decía— es la imagen en miniatura del universo. Por su parte, en un ensayo de 1931, titulado "Paisaje mínimo", Eguren afirmaba: "Los juguetes son una simulación liliputiense de la vida. Los niños los llevan a acciones magnas. Lo pequeño implica vastedad. La metafísica de la miniatura es una síntesis y ésta puede mantener virtualmente fuerzas grandes". Así como Maese Pedro en su retablo de maravillas escenifica las historias de los romances, que El Quijote confunde con hechos reales, Eguren escenifica, con igual convicción de realidad, la mitología infantil: en sus poemas aparecen marionetas, arlequines, dominós y, en ocasiones, hay un espectador real, una niña, que contempla la representación. En un poema se simula el entierro de una muñeca y, al final, la niña "danza y llora" ("Marcha fúnebre de una marioneta"); en otro, las bodas del duque Nuez con la hija de Clavo de Oro, pero las bodas nunca se llevan a cabo, el duque mismo nunca llega porque la niña se lo come. En ambos poemas, la niña se llama *Paquita*, nombre doblemente familiar: ¿no evoca fonéticamente el de la *Parca*? Así, sutilmente, Eguren introduce en el encantamiento y el artificio del juego la presencia de la realidad y de la verdad. Sus figuraciones son a la vez jubilosas y macabras, inocentes y crueles.[15]

Quizá Eguren no sea un gran creador, pero fue un poeta de una conciencia estética muy lúcida. Uno de sus poemas, titulado "Peregrin, cazador de figuras", podemos tomarlo como un arte poética: el poeta visto como un peregrino (en las diversas acepciones del vocablo) en busca de *figuras*. Ahora bien, este término alude a dos planos: los personajes que, como hemos visto, la imaginación simula, por una parte; los símiles y metáforas que forman la retórica del poema, por la otra parte. En ambos casos se trata de falacias y verdades a un tiempo: figuraciones que, sin dejar de ser irreales, coinciden con un sentido más profundo de la realidad. El poeta es un *cazador*, en su peregrinación, de

[15] Un análisis más amplio de este tema lo hace Julio Ortega en su libro *Figuración de la persona*; véase bibliografía final.

esa otra realidad y la poesía es una ceremonia mágica; cazar la figura es cazar la presa. El poeta mismo, como tal poeta, se mueve en la ambigüedad; no es, en verdad, un peregrino sino *Peregrin*, es decir, también una invención, una figura que él crea de sí mismo. En otras palabras, lo que proponía Eguren no era sólo una concepción no mimética del arte, sino que su verdadera naturaleza era la imaginación.

Habría que preguntar ahora si conocía ya a Huidobro. En un ensayo de 1930, en todo caso, escribía: "El hombre crea paralelamente a la naturaleza y alguna vez se evade de la imitativa. No hay símil en el Partenón, hay coincidencia en la nave por su arboladura y en el avión por su figura libelular. El creacionismo trata de deslindar en el hombre y la Naturaleza el arte que les corresponde". Las semejanzas —parciales, por lo demás— con Huidobro no podrían llevarnos a desestimar la intuición que nace de una experiencia personal frente al arte: eso que de algún modo ya había encarnado en su propia obra. Eguren fue uno de los más finos visionarios de su época.

Dentro de la poética que nos ocupa, tan fluida y ambivalente, la obra de José Antonio Ramos Sucre es sin duda una de las más singulares y sigue siendo una de las más complejas. A excepción de algunos textos, los suyos son todos poemas en prosa y tienen pocos pares dentro de la poesía en lengua española— de su tiempo y aun del nuestro. Por otra parte, es una obra hermética: la nitidez del lenguaje elude la significación y continuamente la posterga; las alusiones, sin velar su referente cultural, se trasmutan en elaboraciones muy personales; historia y ficción, tradición e invención resultan ser una misma cosa. A todo lo cual se suma el deliberado y paradójico juego con el anacronismo.

No es extraño, pues, que su lectura haya suscitado tantas divergencias. Se le han aplicado muchas nomenclaturas: romántica, parnasiana, simbolista, modernista tardía, aun la de surrealista.[16] Y tampoco ha podido escapar de las muy previsibles denominaciones de "preciosista", "exótica", "libresca", "deshumanizada". En la Venezuela de su época, cuando no la rodeó la indiferencia, provocó rechazos; también hubo espíritus sagaces que la reconocieron, aunque no la vieron o no pudieron verla en todas sus implicaciones.[17] Aun los estudios más detenidos que se le han dedicado en los últimos años, ¿no siguen siendo aproximaciones? Sin embargo, algo es cierto: con la perspectiva que da el tiempo, ahora se tiende a situarla en un contexto más amplio y a ver mejor sus consecuencias. Nos damos cuenta, al menos, de que por su propio len-

[16] Stefan Baciu lo incluye como una suerte de surrealismo *avant la lettre* en su *Antología de la poesía surrealista latinoamericana*, México, Mortiz, 1974.

[17] Fernando Paz Castillo, Pedro Sotillo, Luis Correa, Augusto Mijares y Enrique Bernardo Núñez escribieron, entre 1929 y 1930, artículos muy perspicaces. Véase, en bibliografía final, *Ramos Sucre ante la crítica*. Carlos Augusto León es el autor del primer libro sobre Ramos Sucre: *Las piedras mágicas*, Caracas, Suma, 1945.

guaje es una obra que rompe con las pautas lineales y cronológicas que solemos imponer a la literatura. O de que su visión, casi sin vínculo visible con la actualidad y las circunstancias, va dibujando en verdad una vasta trama de la condición humana. En otras palabras, nos damos cuenta de que es la obra de un buscador de absolutos. Ramos Sucre nació en 1890, en Cumaná, y desde su infancia fue formado dentro de una estricta tradición humanística. Cuando llega a Caracas en 1911 no sólo impresiona por sus conocimientos: también da muestras de una aguda personalidad. Publica traducciones del latín y del alemán, así como unos breves artículos que sorprenden por el dominio del lenguaje, el arte de la concisión y la independencia de criterio. Habla con propiedad de los clásicos grecolatinos, de Dante, Shakespeare, Goethe, Nerval, Whitman, Darío, de la literatura caballeresca. En uno de sus artículos polemiza con las ideas políticas y estéticas de Lugones, y aun lo trata con cierta impertinencia: "El señor Leopoldo Lugones sigue molestando con su erudición de revista y de manual"; "Las ideas políticas del señor Lugones sólo pueden medirse con sus opiniones de escrutador de Homero". Y no olvidemos que ya por esta época el antiguo socialista Lugones se había convertido en defensor de "las espadas" en el continente.

"Nunca se ha violado con mayor frecuencia que en nuestros días el sabio precepto de estudiar pocas cosas hondamente"; hay que precaverse de "la cultura adquirida de prisa", que en el mejor de los casos da "eruditos agobiados de saber y de escaso poder creativo", cuya "personalidad desaparece bajo tanta idea extraña". Es lo que afirma en un artículo de 1912, y en él ya parece estar inscrito todo el sentido de su obra: no la erudición sino la profundidad del saber asimilado; el saber como impulso de la imaginación creadora.

Es en 1921 cuando Ramos Sucre publica su primer libro: *Trizas de papel*, luego modificado y reestructurado en otro más amplio que es el comienzo de su madurez: *La torre de Timón*, de 1925. En 1929 aparecen simultáneamente *El cielo de esmalte* y *Las formas del fuego*, libros que tienen dos peculiaridades formales: en ambos, el poema en prosa alcanza su más perfecta y tensa estructuración, y desaparece definitivamente la partícula *que*. También por estos años publicó, en revistas, sus aforismos: *Granizada*, que revelan un marcado gusto por la paradoja y la "agudeza", tan notable, igualmente, en sus poemas.

Entre *La torre de Timón* y sus dos últimos libros, que contienen unos 260 poemas, cabe imaginar una labor intensa y aun febril, también metódica. Un simple y muy global cálculo cuantitativo daría esta proporción: un poema por semana, o quizá en un lapso menor. Pero, además, Ramos Sucre no era un "rentista" y trabajaba diariamente como profesor (Latín e Historia) y como traductor en la Cancillería venezolana. Todos estos esfuerzos acumulados quebrantarán aún más su salud: desde 1921 padecía de tenaces insomnios y de otros trastornos físicos. Así, a fines de

1929, en busca de remedio a sus males, acepta un cargo consular en Ginebra. Después de un mes de tratamiento en Hamburgo, llega a esta ciudad en febrero de 1930. En apariencia se ha recuperado, pero sus cartas de estos meses son más bien alarmantes: "Yo sufro infinitamente y los insomnios anulan mis facultades mentales"; "Los desórdenes nerviosos, mi desesperación, no han desaparecido todavía"; "No me resigno a pasar el resto de mi vida, ¡quién sabe cuántos años!, en la decadencia mental". En marzo es salvado de un primer intento de suicidio, y ese mismo mes escribe el que será su último poema, titulado "Residuo". "Yo decliné mi frente sobre el páramo de las revelaciones y del terror, donde no se atreve el rocío imparcial de la parábola", dice su primera estrofa. El 9 de junio, justo cuando cumplía cuarenta años, toma nuevamente una sobredosis de hipnóticos, muriendo cuatro días después.

De Heinrich von Kleist dice Cioran que es imposible leer una línea sin pensar en el suicidio: "es como si su suicidio hubiese precedido a su obra". ¿No se experimenta algo similar ante la de Ramos Sucre?

Si no a Kleist, hay en ella significativas alusiones a grandes suicidas como Lucrecio y Nerval. Aun Leopardi, tan presente en varios de sus poemas, ¿no había elaborado una curiosa reflexión sobre el suicidio, al que tantas veces se vio tentado? Más decisivo aún: instinto tanático, incluso en un sentido sacrificial, o franca voluntad de suicidio, la muerte es una de las obsesiones ¿y de las fascinaciones? en la obra de Ramos Sucre. Una de sus múltiples *personas poéticas* —a la que justamente Lucrecio "había aficionado al trato de la naturaleza imparcial"— confiesa: "Yo había concebido la resolución de salir voluntariamente de la vida al notar los síntomas del tedio, al sentir las trabas y cadenas de la vejez". Otra, en una suerte de experiencia de la post-vida, sabe intuir la llegada de la muerte "a la hora misma designada en el presagio". El desesperado de otro poema, luego de un fallido intento de suicidio, exclama: "He sentido el estupor y la felicidad de la muerte".

Prefigurar, soñar o desear la muerte es una de las experiencias dominantes en esta poesía. Y cada uno de los libros de Ramos Sucre termina evocándola: en su último poema, la mascarada carnavalesca (se titula "Carnaval") se convierte en la danza macabra. ¿Se debió todo ello a una tendencia enfermiza o a un "extremo repudio a la vida", como alguien dijo de su suicidio? Veamos.

En el poema inicial de su obra, Ramos Sucre había escrito: "Yo quisiera estar entre vacías tinieblas, porque el mundo lastima cruelmente mis sentidos"; "El movimiento, signo molesto de la realidad, respeta mi fantástico asilo". Podría creerse que nos aguarda una poesía confinada en el pasivo ensimismamiento, en la reclusión crepuscular. Ello podría ser cierto, pero sólo en un sentido paradójico. Las "vacías tinieblas" y el "fantástico asilo" no son más que el modo de establecer una perspectiva: ver, desde un rincón, el mundo; hacer posible, desde un espacio cerrado, otro abierto. Quiero decir que la pasividad en Ramos Sucre es la distancia de la lucidez, o como la definiría "el contemplativo" de uno de sus primeros poemas: ver el mundo desde una "disposición ecuánime", sin aceptar "sentimiento enfadoso ni impresión violenta". Porque de lo que se trata no es de clausurarse en el yo sino de vaciarlo y de transfigurarlo; no de reflejar el mundo sino de representarlo en sus metamorfosis. ¿No se suceden y yuxtaponen en esta poesía las más diversas épocas, los personajes más disímiles? ¿No tiene mucho de caleidoscopio, de girante y también congelado teatro de lo imaginario?

En dos aforismos de *Granizada* podríamos encontrar la clave de lo que acabamos de señalar. Escribía Ramos Sucre: "El hombre ha inventado el símbolo porque no puede asir directamente la realidad"; "Un idioma es el universo traducido a ese idioma". *Símbolo* y *traducción*: dos términos decisivos en esta poética. El primero no es un mero sucedáneo de lo real. Con una imagen, pienso, Ramos Sucre quiso sugerir su función: "la luz llegará hasta mí después de perder su fuego en la espesa trama de los árboles". No se trata de atenuar o purificar la luz (lo real), sino de hacerla pasar por la trama que la ramifica en un espacio que ya es imaginario, mental. La traducción, a su vez, no se reduce a un simple calco o acopio exuberante del universo; es un doblaje, una trasposición. De ahí que ambos términos estén en íntima relación con *el sentido*: "el ambiguo deslumbramiento de la verdad inalcanzable", como dice Ramos Sucre. ¿No es casi una recurrencia en sus poemas el hablar del sentido como una postergación y hasta un enigma irreductible? Después de invocar al Dante y el valor mágico que le daba a las cifras, el personaje de uno de sus poemas dibuja un signo "en la frente de la piedra volcánica", pero justamente "para despertar en los venideros, porfiados en calar el sentido, una ansia inefable y un descontento sin remedio".

Lo digo sin la menor pretensión modernosa: creo que la poesía de Ramos Sucre nos arroja a la intemperie del sentido. O que la pregunta, que en ella subyace, por lo que es *el yo, èl mundo, la historia, la verdad,* no puede resolverse sino en una respuesta: son símbolos, traducciones: metáforas. Y creo también que en ello reside la tensión —el drama, la trama— de esta obra.

Es obvio que esta obra se nutre de un conocimiento erudito. Sólo que no es el simple resultado de él. Ramos Sucre supo desdibujar y concentrar, sincretizar: por ello su lenguaje tiene la ambivalencia de lo inédito. No hizo arqueología poética ni se deleitó en elaboraciones preciosistas. Sería un error creer que sus poemas son "fantasías históricas" o "cuadros de época". Ramos Sucre ni siquiera recrea: traspone. La historia no es para él sino un campo de indagación. El santo o el sacerdote, el poeta y el héroe son sus grandes paradigmas, como en Baudelaire.[18]

[18] "No hay más que tres seres respetables: el sacerdote, el guerrero, el poeta", en *Mi corazón al desnudo.*

Pero al lado de ellos impresiona el predominio del horror, que sabe describir con la fría agudeza de un Poe. La historia y la vida aparecen en su obra como una interminable *teoría* de males. Así, a los caudillos o mandarines cruentos, los "verdugos metódicos", las hordas invasoras, los suplicios ("más esmerados") corresponden imágenes igualmente sobrecogedoras de la demencia y la enfermedad, plagas, regiones arrasadas, un bestiario tenebroso, figuras monstruosas (como el goetheano Empous, "una larva coja de pies de asno"). Con lo cual no buscaba sino dar una imagen mítica del mal, una imagen que comprometiera tanto nuestra conciencia ética como nuestro inconsciente colectivo. Es por lo que ciertos procedimientos suyos al respecto —la hipérbole, el humor negro— son algo más que un juego con lo siniestro o lo "gótico": encarnan una visión devastadora del mal: suscitan también un sentimiento de culpabilidad: esa íntima y final conciencia de que el mal forma parte de nuestra condición humana, o histórica. Por eso había escrito en sus aforismos: "Un olvido de Hamlet: tal vez hay necesidad de practicar el mal para ser respetado, para vivir en medio de nuestros semejantes"; "El mal es autor de la belleza".

¿Cómo conjurar un mundo así constituido? Quizá la respuesta más radical nos la da "el maldito" de uno de sus poemas. "Yo adolezco de una degeneración ilustre, amo el dolor, la belleza y la crueldad, sobre todo esta última, que sirve para destruir un mundo abandonado al mal." Aun sus confesiones son más inclementes e iracundas: "Imagino constantemente la sensación del padecimiento físico, de la lesión orgánica"; "Mi alma es desde entonces crítica y blasfema; vive en pie de guerra contra todos los poderes humanos y divinos"; "Detesto íntimamente a mis semejantes, quienes sólo me inspiran epigramas inhumanos". Adoptar *la crueldad* para oponerse al mal, refugiarse incluso en la misantropía para re(s)catar lo más humano: ¿no es justamente la actitud de Timón de Atenas, de cuyo símbolo se derivan el título y el sentido del libro a que pertenece el poema antes citado? El demonismo, aun como fuerza (auto)destructiva que recorre la obra de Ramos Sucre, es una réplica: la sola descripción de un mundo "abandonado al mal" es una forma de cuestionarlo. Es igualmente una experiencia catártica: la iracundia aniquiladora del "maldito" ¿no presupone o busca una generosidad? Creo que es lo que aparece, de manera admirable, en otro poema: "Elogio de la soledad". ¿Timón antes o después de la desilusión o de la lucidez (in)humana? También ese poema sigue siendo réplica: la elocuencia solidaria del hablante parte de la rebelión crítica. En un pasaje dice:

> La indiferencia no mancilla mi vida solitaria; los dolores pasados y presentes me conmueven; me he sentido prisionero en las ergástulas; he vacilado con los ilotas ebrios para inspirar amor a la templanza; me sonrojo de afrentosas esclavitudes; me lastima la melancolía invencible de las razas vencidas. Los hombres cautivos de la barbarie

> musulmana, los judíos perseguidos en Rusia, los miserables hacinados en la noche como muertos en la ciudad del Támesis, son mis hermanos y los amo. Tomo el periódico, no como el rentista para tener noticias de su fortuna, sino para tener noticias de mi familia, que es toda la humanidad.

Ahora quiero centrarme en algunos aspectos formales de la obra de Ramos Sucre. Uno de sus rasgos más notorios —ya lo hemos anticipado— son las alusiones culturales. Como el narrador de *Aurelia,* Ramos Sucre pareció proponerse escribir "una suerte de historia del mundo entremezclada de recuerdos de estudios y de fragmentos de sueños". Sus poemas no son *exempla*: no pretenden ilustrar el presente por medio del pasado, tampoco ofrecer un mayor conocimiento de éste. Son poemas que remiten a sí mismos: son lenguaje, signos (enigmáticos o no) que van urdiendo su propia red de significaciones. Si parten de algo ya escrito o codificado, es para trasmutarlo y regresarlo al misterio de los signos formulados por primera vez. Pero son también la busca de lo invariable y cíclico en el hombre. "La humanidad —pensaba— es esencialmente una misma en todas partes." De ahí una de sus consecuencias: el poema como *relectura* de la tradición. ¿No se siente que detrás de cada texto de Ramos Sucre hay un Texto, que detrás de su obra está la Obra, y que toda ella parece desarrollarse como los sucesivos avatares de la Palabra? Pero si muchos de sus poemas son paráfrasis o *glosa* (vocablo que él mismo empleó), lo son desde un presente de la escritura: reescribir es volver a la experiencia original.

Metamorfosis de la historia y de los textos; hay otra no menos importante en Ramos Sucre: la metamorfosis del *Yo.* En sus poemas, con insistencia que desborda cualquier requerimiento gramatical, aparece un yo enunciativo muy marcado. Nada tiene que ver con un supuesto egotismo: son hablantes autónomos, con su propio carácter, creados y propuestos por el autor. Son, como hoy se dice, máscaras o personas poéticas. ¿No había señalado ya Nietzsche que la "subjetividad" del poeta lírico, dentro de la estética moderna, era "ficción"?[19] Ramos Sucre, en efecto, no mitologiza su yo personal, idealizándolo, potenciándolo, sino que se desdobla en innumerables yo. Alteridad y aun antagonismo del yo, no su sacralización biográfica. Ramos Sucre no traza un itinerario psicológico sino simbólico; sencillamente visiona "vidas imaginarias" (como Marcel Schowb). En otras palabras, ejerció ese don que, según Baudelaire, tiene el poeta de entrar, a su antojo, en el personaje de cada cual y representar su destino.

[19] En su ensayo sobre Ramos Sucre, Francisco Rivera trata el tema de la máscara y aun cita otras frases de Nietzsche ("Todo espíritu profundo necesita una máscara"); bosqueja, además, una interesante relación con Pessoa y Cavafis. Véase, en bibliografía final, *Inscripciones.*

Nos estamos refiriendo a una de las técnicas más características de la obra de Ramos Sucre: *el monólogo dramático.* Figurar un personaje y darle una voz, hacer que él mismo narre su historia ya sea como protagonista o como testigo: desde Browning, pasando por Pound y Eliot, hasta el más reciente Borges, ya sabemos que en ello reside lo esencial de este recurso. Sin duda, un desdoblamiento ("en todo hombre hay un espectador y un actor", se dice en *Aurelia*); se trata al mismo tiempo de una fabulación. Creo que Ramos Sucre es uno de los primeros en introducir este recurso, de manera sistemática, en la poesía de nuestra lengua. Es lo que hace que sus poemas en prosa, a veces tan fijos en su composición, tan "congelados", se vean animados por el imprevisible desarrollo de lo imaginario. Ramos Sucre no escribió poemas en prosa como otros escribían sonetos.

El lenguaje en Ramos Sucre: no sólo su rigor o precisión es lo que cuenta; lo que quizá más cuenta es el hecho mismo de mostrarse como lenguaje. Con él, y no es poca virtud, la Retórica (o la Elocuencia, como él decía) recobra sus poderes: sin caer en la transgresión, renovar continuamente la piel del lenguaje para así articular una nueva experiencia del mundo. El arte como una infinita variación de formas: ¿no sería por ello que tituló uno de sus libros *Las formas del fuego*: las que se consumen y renuevan siempre a partir de sí mismas? La riqueza verbal de Ramos Sucre es ciertamente un "universo traducido". Pero esa riqueza no reside en la abundancia léxica, en la voracidad sustitutiva, o no reside sólo en ellas. La preside un ideal de elegancia: la intensidad que se vuelve proporción; fórmulas concisas, aun incisivas; la elipsis pero nunca la desmesura, mucho menos el agobio ideológico. La elegancia, en Ramos Sucre, es adustez y reconciliación: "primero está la belleza que la originalidad", escribía en 1924. Parece curioso que este ideal surja en seres escépticos y muy marcados por el sentido o la obsesión de la muerte. Sólo que él encarna esa pasión de absoluto, ese intento por abolir el tiempo que justamente trabaja a los escépticos. Es cierto que los poemas de Ramos Sucre buscan con frecuencia el hallazgo verbal, el asombro: "La sonsaca de un elogio manuscrito", "Los mapas desleales de las regiones desérticas", "La carroza del caudillo sanguinario solivianta el polvo de la ruta de fuego". Pero si para él escribir es asombrar, no se trata de exhibir una originalidad sino de rescatar lo original: evocar a través del lenguaje la intensidad y la magia con que vivimos (y diariamente gastamos) nuestra primera relación con el mundo. Insisto: lo original, no la originalidad.

Por ello las imágenes en esta poesía nunca se extravían en la extravagancia; su misterio no excluye la exactitud de la formulación verbal. El que tiendan a la abstracción más que a la sensorialidad les confiere un carácter no menos intenso: hacer del mundo un signo mental que nos devuelva su ritmo. Son imágenes que buscan no tanto describir o realzar la *physis* del objeto como modularla en un espacio a la vez real y virtual. En un poema, Ramos Sucre habla de la golondrina. Sin recurrir a los juegos verbales de Huidobro en *Altazor*, logra crear igualmente la maravilla e inocencia de un sentimiento cósmico. Sin recurrir tampoco a la interrogación sobre el arte y la naturaleza que se plantea Perse en *Oiseaux*, tiene intuiciones análogas a éste: los pájaros de Braque —el tema del poema de Perse— son "afilados como sofismas eleatas sobre la indivisibilidad del espacio y del tiempo"; la golondrina, en el poema de Ramos Sucre, es "una idea socrática". Se dice al comienzo:

> La golondrina conoce el calendario, divide el año por el consejo de una sabiduría innata. Puede prescindir del aviso de la luna variable.
> Según la ciencia natural, la belleza de la golondrina es el ordenamiento de su organismo para el vuelo, una proporción entre el medio y el fin, entre el método y el resultado, una idea socrática.
> La golondrina salva continentes en un día de viaje y ha conocido desde antaño la medida del orbe terrestre, anticipándose a los dragones infalibles del mito.

La matemática verbal, que es también proporción sintáctica, la sobriedad, el don de hacer de lo imaginario una relación justa y hasta una investigación del universo, no son las únicas virtudes de este poema. Se titula, de manera significativa, "La verdad", y pertenece a la última etapa de Ramos Sucre. En su obra podría ocupar un sitio central: es uno de sus pocos textos que concluye vislumbrando una solución del "enigma del universo". Esa solución no proviene del conocimiento humano, mucho menos de una revelación teológica, sino, sencillamente, de la naturaleza. La "sabiduría innata" de la golondrina hace que el personaje del poema —un astrólogo desvariado en el estudio de los anillos de Saturno, lo que ya es muy sugerente y autoelusivo— recupere "el sentimiento humano de la realidad en medio de una primavera tibia". Así lo que el poema parece sugerir es esa nostalgia por los orígenes que subyace en toda la obra de Ramos Sucre: reconciliar naturaleza e historia, universo e individuo —¿y no también vida y muerte? Desde el romanticismo, éste es uno de los grandes intentos de la poesía moderna, y quizá lo más lúcido y conmovedor de Ramos Sucre sea el haberlo asumido en toda su complejidad, en toda su consecuencia.

En una obra tan desesperada como la de Ramos Sucre, la utopía de la inocencia y de la reconciliación no es nada raro, y hasta puede ser previsible: funciona como el pasaje de la realidad al deseo, como la "proporción entre el medio y el fin", como ese punto (¿alquímico?) en que todos los contrarios se fusionan y resuelven en una unidad mayor. Pero funciona también como una aporía. En efecto, a quien concibe esa utopía ya no le es dado escribir inocentemente. Por más que se imponga la "neutralidad", la "imparcialidad", la "impersonalidad", como es el caso de Ramos Sucre, sabe, en el fondo, que toda (buena) escritura es *perversión*: una infinita trama de palabras que nunca logran sino hablar de sí mismas, sino proponer algo que la *versión* del mundo (o, más bien, de la historia) siempre estará rechazando, o ignorando. Quizá no pueda verse el suicidio de Ramos Sucre sino como la última representación de esa trama, de ese drama.

Entre este grupo de poetas, la obra de José Juan Tablada es quizá la más paradójica. La más inmersa, al comienzo, dentro del modernismo, la más liberada de él después, hasta el punto de conducir al centro mismo de la poesía contemporánea.

Tablada nació tres años antes que Lugones, publicó en las revistas del modernismo mexicano y aun defendió en ellas la estética del movimiento; sus dos primeros libros están marcados por esa estética: *El florilegio*, de 1896; *Al sol y bajo la luna*, de 1918. No obstante la riqueza verbal, la audacia de ciertas imágenes y, por momentos, de la visión misma, son libros demasiado derivativos: el dominio de varios estilos, pero no un estilo. Tablada, en efecto, podía ser brillante, pero le faltaba entonces transparencia: la claridad de sí mismo. Cuando aparece su segundo libro ya había entrado en la madurez; frisaba los cincuenta. ¿Quién podía prever no ya la continuación y el perfeccionamiento de su obra —Tablada era abundante y lleno de entusiasmo—, sino el cambio radical que se iba a operar en ella? Sin embargo, el año de 1918 no será para él más que un punto de partida: el comienzo de su verdadera obra. En los tres años siguientes publica *Un día* (1919), *Li-Po y otros poemas* (1920) y *El jarro de flores* (1922). Libros breves y novedosos; lo nuevo en él será desde ahora una suerte de ajustamiento, de mesura. En ellos alcanza la transparencia que antes no había logrado, pero sobre todo toma cuerpo una nueva concepción del poema.

En *Un día* y *El jarro de flores*, Tablada introduce el *haiku* en lengua española. El tema japonés había aparecido en sus primeros libros, pero todavía, aunque no del todo, a la manera un poco exótica del modernismo (Darío y Lugones, por ejemplo, lo habían cultivado muy brevemente). Pero ahora se trataba no de un tema sobre el cual poetizar, sino de la experiencia de un aprendizaje a la vez estético y espiritual. Tablada había vivido en el Japón, conocía quizá un poco la lengua, había hecho traducciones y paráfrasis de ciertos poetas japoneses; había escrito también un libro sobre el pintor Hiroshigué. Su orientalismo no sólo era más sólido y aun vivencial que el de otros modernistas; correspondía sobre todo a una búsqueda que el arte occidental había emprendido a fines del siglo pasado. "*Le Chinois au coeur limpide*": este verso de Mallarmé, que justamente Tablada inscribe como epígrafe de *Li-Po*, podría quizá resumir un aspecto de esa búsqueda: la limpidez, con sus implicaciones de transparencia y concisión, de una nueva escritura. En las primeras décadas de este siglo, Ezra Pound iba a proponer el método para lograrla. Aparte de que en 1915 había publicado *Cathay*, poemas chinos "traducidos" a partir del manuscrito del sinólogo Ernest Fenollosa, en *Guide To Kulchur* Pound lleva a proponer lo que él llama, fundándose en el carácter mismo de la escritura china, *the ideogramic method*: esto es, una escritura que no nombra tan sólo sino que revela, por sí misma, sus temas. No se trata exactamente del dibujo verbal que ya Apollinaire comenzaba a practicar en sus *Calligrammes*, pero era su equivalente. Tablada, pues, se sitúa dentro de este contexto.

Tablada no es del todo fiel a la métrica ni se acoge del todo a otras reglas del *haiku*. Fue por ello quizá que inicialmente no denominó los textos de *Un Día* sino con el nombre de "poemas sintéticos". ¿No era también un modo de jugarle una mala pasada a la autoridad de la crítica en su país? Según advertirá después en el prólogo de *El jarro de flores*, aquélla no llegó a discernir el modelo. Con cierta burla, por supuesto, se dio el gusto de aclararlo, y aun fue más allá: sus poemas sintéticos —dirá— "no son sino poemas al modo de los *hokku o haikai* japoneses, que me complace haber introducido a la lírica castellana, aunque no fuese sino como una reacción contra la zarrapastrosa retórica". Con lo cual, como se ve, fijaba el sentido de su intento. Pero su "reacción contra la zarrapastrosa retórica" debe ser entendida en un contexto más amplio.

Tablada, decíamos, no fue estrictamente fiel a la métrica del *haiku*; lo fue, sí, a su estructura verbal y a su espíritu. Sus poemas son realmente sintéticos: con frecuencia, siguiendo el original, constan de tres versos, pocas veces de dos o de cuatro. Esta concisión no es, para decirlo con palabras de Borges, "la palabrería del laconismo"; la reducción del cuerpo verbal del poema está en correspondencia con la expansión de su sentido o de sus sugerencias: el poema dice más de lo que enuncia. Este poder de sugerencia, por su parte, no está en función de la vaguedad o del halo misterioso que practicaban los simbolistas, sino de la precisión y de la nitidez. No se trata, pues, de que sean poemas ambiguos. ¿Hay alguna ambigüedad en los ejemplos siguientes?

Recorriendo su tela
esta luna clarísima
tiene a la araña en vela.
("La araña")

Tierno saúz
casi oro,/casi ámbar,
casi luz. . .
("El saúz")

Al golpe del oro solar
estalla en astillas el vidrio del mar.
("Peces voladores")

Juntos, en la tarde tranquila,
vuelan notas del Angelus,
murciélagos y golondrinas.
("Vuelos")

El pequeño mono me mira...
¡Quisiera decirme
algo que se le olvida!
("El mono")

Otra cosa sería decir que en ellos domina la *indeterminación*: todo está enunciado directamente y, sin embargo, cada elemento se relaciona con los otros recomponiendo una nueva figura. Una suerte de segunda simplicidad, podría decirse. Esto es lo importante en Tablada: hace más intensa la imagen sin necesidad de recurrir a ninguna "metafísica", ni de buscar ninguna "profundidad". Su técnica no se define por la textura rica, *imagée,* sino por la superficie plana, sin relieve; sus poemas son cuerpos verbales bien delineados: si dicen más de lo que dicen es porque sólo dicen lo que deben decir. A esta técnica se yuxtapone una análoga visión del mundo. Su intento —decía Tablada— era fijar "las mariposas del instante": la fugacidad que fluye simultáneamente se inmoviliza; la fragilidad de un cuerpo resistente. Visto así, el instante está ligado menos al tiempo que al espacio: un espacio cuya perfección reside en su finitud. Este espacio, además, es americano, no ya por la dimensión o la exuberancia, sino por cierta calidad de la luz, por cierta diafanidad y frescura de la materia. En él vemos no sólo lo real (el bestiario, las frutas del trópico) sino también la mirada que ve: una mirada irónica y jubilosa a la vez. En el último libro de poemas que Tablada publicó en vida, *La feria* (1928), ese espacio se despliega en torno de lo concretamente mexicano: un espacio colectivo en que se entretejen la vida popular y un ánima ancestral, la actualidad y la mitología indígena, una naturaleza que es ya también posesión y metáfora de la costumbre. Hay en ese libro algunos *haiku* y otros poemas penetrados de una gran materialidad, pero, en conjunto, el libro es un poco discursivo: Tablada no logra mantener del todo la nitidez y la transparencia de su mejor escritura.

Si aplicáramos los dos principios esenciales que rigen la cosmología china (con Tablada no sería inoportuno), diríamos que sus *haiku* son el *yang*: lo masculino y lo solar; en cambio, *Li-Po y otros poemas* sería el principio femenino, el *yin*: ¿no predomina en él la luna, lo nocturno, lo erótico? Así, el título de su segundo libro parece haber sido premonitorio: su obra venidera, la más renovadora, iba a ser escrita sucesivamente *al sol* y *bajo la luna.*

En *Li-Po y otros poemas* se opera, en primer término, un cambio fundamental en cuanto a la naturaleza misma de la escritura. Como ya antes (poco antes, hay que precisar) Apollinaire y Huidobro, Tablada opta por los ideogramas: ya sabemos, esa técnica que consiste en visualizar lo que la palabra o la imagen enuncia (*v. gr.*, no sólo nombrar la luna sino dibujarla con y en el texto mismo). Oír el poema es, pues, verlo sobre todo. Pero no se trata tan sólo de una transposición de lo auditivo a lo visual; el poeta descompone el texto y lo recompone en la página como si ésta fuera el lienzo y aquél los signos que se dibujan en él. Esta última operación es quizá la más importante (y la que tendrá ulteriormente mayores consecuencias): introduce en el poema un sentido espacial y no sólo temporal, rompe con la linealidad y la sucesión del verso creando un nuevo campo de fuerzas simultáneas; no sólo es el poeta sino también el lector el que debe realizar la recomposición del texto; también, si el poema se convierte en un objeto que hay que ver, este objeto es irónico: exige tanto la captación visual como una comprensión más imaginaria (la de las relaciones) y aún más afectiva (la del humor y el juego que subyace en todo ello). Si un poema ideográfico fuese reducido a su composición "normal", todo su efecto se desvanecería, diría otra cosa, quizá más convencional. La estructura del poema es, por tanto, un elemento irreductible de su significación. Un buen ejemplo de esto se podría encontrar en los "Madrigales ideográficos" que escribió Tablada. Uno de ellos, titulado "El puñal", es ciertamente un madrigal por la métrica (cuatro versos alternativamente de 7 y 11 sílabas, con rimas consonantes) y aun por el tema sentimental, de amor. "Tu primera mirada / tu primera mirada de pasión / aún la siento clavada / como un puñal dentro del corazón". Leído así, el poema no es más que la expresión de una lírica sentimental y aun popular. Pero con esos cuatro versos, Tablada recompone y dibuja *un puñal*: no se desvanece lo sentimental, se impregna de humor; el texto se convierte en un contraste entre el patetismo y el juego.

A diferencia de Huidobro, que sólo se valió de la combinación de diferentes caracteres tipográficos, Tablada, como Apollinaire, emplea las formas manuscritas. Incluso recurre, como los cubistas al *collage*: al lado, dispuesta verticalmente, del texto de un poema titulado "Vagues" (está escrito en francés) aparece la estampa de la mitad de la caja de una guitarra; en otro, titulado "Oiseau" (también en francés), el texto de dos versos: "Voici ses petites pattes / le chant s'est envolé. . .", es circundado por el dibujo de las huellas, ya dispersándose, del pájaro.

Homenaje también a la escritura china: en el poema dedicado a Li-Po, Tablada emplea su propia caligrafía; más que un dibujante, el poeta es ahora un calígrafo. El poema evoca la conocida leyenda de la muerte de Li-Po: ebrio, ahogado en un lago por tratar de alcanzar la luna que se reflejaba en él; va dibujando los objetos y los seres claves de esa historia (una taza, un tibor, un bosque, un sapo —sOnorO, con esas dos mayúsculas destellando en la noche—, un pájaro, un templo, un lago (o un espejo), la luna menguante, y, al final llena; pero también va visualizando el ritmo: las frases zigzagueantes evocan las vacilaciones del paso (¿la noche, la embriaguez?) del poeta alucinado. Por propia necesidad del tema, el poema conserva el carácter sucesivo de un texto "normal": sólo que acá la sucesión no es tanto de versos como de dibujos verbales, de agrupaciones de signos. Pero en algunos de los *otros poemas* del libro, Tablada busca la simultaneidad de tiempos, y la composición se hace más compleja. En "Impresión de adolescencia", por ejemplo, combina lo visual y lo psicológico: unas frases dibujan la celosía de un burdel, otras —transversales y horizontales— evocan el sobresalto y la soledad del adolescente ante la primera experiencia sexual. Aun en los mejores poemas del libro se prescinde de lo estrictamente ideográfico y se inserta la simultaneidad en el cuerpo mismo del texto sin violentar su estructura misma. En "Nocturno alterno", el mejor de todos, se funden dos textos que aluden a dos situaciones distintas. Los versos siguen siendo lineales (incluso son regulares, de nueve sílabas) y aun sucesivos, sólo que de una sucesión alterna. Así, los impares evocan la noche cosmopolita, la frivolidad mundana, los placeres pecaminosos; los pares, una noche puritana y recoleta, cerrada a toda tentación. Los versos se entretejen no sólo para hacer más vivo el contraste y la confrontación, sino también para mostrar el rechazo de dos formas extremas de vida, sin embargo unidas porque ambas conducen a la desviación de la pasión auténtica. Al final, el poema se resuelve en una frase escalonada: "Y sin embargo / es una / misma / en New York / y en Bogotá // LA LUNA. . .!" (quedando *la luna* muy separada de todo el texto y como perdida en el ángulo inferior de la página). Frase irónica: mera observación del sentido común, que, no obstante, resulta insólita en un mundo que ha perdido la noción de lo elemental y lo verdadero. En "Luciérnagas" se rompe con la linealidad del verso y lo ideográfico se ve reducido al juego de caracteres minúsculos y mayúsculos, y, sobre todo, de tipos "blancos" y "oscuros". Pero la fragmentación del verso no crea (como en Apollinaire, Huidobro o Pound) ninguna indeterminación en el texto; en el fondo, sigue estando al servicio de la visualización de una imagen, o de un efecto. En tal sentido, el poema parece la demostración verbal de una imagen usada por Tablada en *Li-Po*: las "luciérnagas alternas", decía allí. Así, la fragmentación del verso, la espacialización de los segmentos y el uso de tipos "blancos" y "oscuros" vienen ahora a darle cuerpo a esa imagen sobre la intermitencia destellante de la luciérnaga. Quizá los recursos resulten demasiado ingenuos y el texto mismo —como ocurre en muchos de los poemas ideográficos de Tablada— parezca no tener especial intensidad. Pero ¿no será éste uno de los peligros de toda poesía caligramática? Esto es, al poner demasiado interés en la estructura visual del poema, liberando a las palabras de ser sólo significación, ¿no se tiende a empobrecer el texto como tal, incluso a limitar los poderes de la imaginación?

Los *haiku* y *Li-Po*, decíamos, y acabamos de verlo, representan dos escrituras en Tablada. Podría añadirse que en aquéllos lo dominante es la concentración verbal, mientras que en los poemas ideográficos se tiende a la dispersión verbal. Ese doble movimiento de la escritura, sin embargo, encierra un mismo rechazo del tiempo lineal y sucesivo: si el *haiku* capta el instante puro, los poemas ideográficos ("Nocturno alterno" es su mejor ejemplo) tratan de reunir los instantes, preservar su multiplicidad pero dándola simultáneamente. En ambos casos Tablada es ya un verdadero poeta contemporáneo.[20]

[20] Los ensayos de Octavio Paz sobre Tablada y sobre el haiku siguen siendo los más iluminadores. Véase *Las peras del olmo* (1957) y *El signo y el garabato.*

Segunda Parte

LA MÁSCARA, LA TRANSPARENCIA...

El poeta se hace invisible,
¿por máscara, por transparencia?

LEZAMA LIMA

VI. DEL AUTOR AL TEXTO

"QUIZÁ el hombre no es el centro, el punto de mira del universo", reconocía Breton en los prolegómenos para un tercer manifiesto del surrealismo, que, por cierto, nunca llegó a escribir. Apenas podría encontrarse algún aspecto del pensamiento contemporáneo —poético, filosófico o científico— que no coincida, en lo esencial, con esa misma idea y que, a su vez, no haya sido modificado por ella. Sus antecedentes, sin embargo, son múltiples, y algunos de ellos podrían parecernos hasta sorprendentes. El propio Breton cita, en su apoyo, esta frase de Novalis: "Vivimos, en verdad, dentro de un animal del cual somos los parásitos. La constitución de ese animal determina la nuestra y viceversa".

¿Era posible que ya desde el propio romanticismo se atentara contra la noción antropocéntrica del mundo y, por tanto, contra la posición privilegiada del yo? Hoy parece trivial —como lo ha demostrado la mejor crítica contemporánea— reducir el romanticismo a la mera egolatría o al extremismo de la subjetividad, al énfasis de la sensiblería. Todo ello es verdad, pero no resume lo capital ni lo mejor de ese movimiento, mucho menos lo que creemos más vigente de él. Como Novalis con respecto al hombre, Keats llegó también a formular una nueva visión del poeta: el "camaleón", lo llamaba, porque su verdadera naturaleza es la continua metamorfosis; un ser sin identidad, que sólo existe para dar vida y forma a otro *Cuerpo.* ¿No es ésta igualmente una de las meditaciones de Coleridge? El poeta, según él, no expresa tanto un yo real o biográfico como otro virtual, simbólico y aun irreductible ("The infinite I am", lo definía); añadía: el yo sólo existe como antítesis, como perpetua duplicación y presupone tanto al sujeto como al objeto. Mucho antes que todos ellos, Blake ya había intuido el valor de la despersonalización ("El acto más sublime es poner a otro por encima de ti"); aun había sabido limpiar *las puertas de la percepción*: "Ver un Mundo en un grano de arena / Y un Cielo en una flor silvestre". ¿Para qué continuar? Baste decir que la poesía contemporánea tiene su origen en esta corriente del romanticismo. "El sueño es una segunda vida", creía Nerval, como muchos otros románticos; no sólo por ello sino también por su noción de lo "sobrenatural" fue por lo que Breton llega a considerarlo como uno de los precursores del surrealismo.

Ciertos poetas del simbolismo francés proyectan, como se sabe, una influencia todavía mayor en la poesía del siglo veinte. No es menos significativo que la obra de todos ellos haya sido, justamente, un debate, aún más radical, contra "la falsa significación del Yo", para emplear los términos de Rimbaud; vale decir, un debate contra la dramatización de la biografía individual y sus desviaciones escénicas. El verdadero privilegio del poeta —pensaba Baudelaire— es su capacidad para ser él mismo y los otros; en una variante de la metáfora de Keats, añadía: "como esas almas errantes que buscan un cuerpo, puede, cuando quiere, entrar en el personaje de cada uno". Tanto la obra de Lautréamont como la de Rimbaud parten de la crítica al yo y a la complacencia en el patetismo. "Los gemidos poéticos de este siglo son meros sofismas", sentenciaba el primero; "mi superioridad consiste en que no tengo corazón", precisaba el segundo. No sólo esto. Ambos hacen de esa crítica el primer paso en la búsqueda de un nuevo lenguaje. La "alquimia verbal" de Rimbaud es, por supuesto, un atentado contra la centralización del lenguaje mismo. Lautréamont arruina incluso las nociones de originalidad en la obra y en el autor; el *plagio* es necesario, decía, y pocos como él lo practicaron con tanto sentido irónico y aun paródico; también llegó a proponer esta otra fórmula memorable: "la poesía debe ser escrita por todos". Pero en el plano del lenguaje fue sin duda Mallarmé el que operó de manera más radical; para él, no sólo la naturaleza de la obra sino del yo poético es sobre todo verbal. Si Rimbaud podía decir: *on me pense*, él pudo haber dicho: *je suis écrit* (con palabras de Barthes). Tal es el sentido de esa frase suya, que está al principio de toda la escritura moderna: "La obra pura requiere la desaparición elocutiva del poeta, que cede la iniciativa a las palabras".

La descentralización del hombre (y del poeta) en el universo tiene, como se ve, innumerables consecuencias, que se resumen en una: el fin del arte "humanista" (y no el comienzo de su "deshumanización", como equívocamente, aunque no sin cierta deliberación, lo propuso Ortega y Gasset). Todo lo que en ese arte parecía sustantivo y eterno, ahora lo vemos desquiciado o trastocado. Que el hombre haya dejado de ser el centro del universo equivale a decir que ya no hay centro, o que lo es o puede serlo. El universo es una esfera cuyo centro está en todas partes y en ninguna, es la metáfora secular que Borges ha reinventado sin duda para darnos la visión más exacta de nuestro tiempo. De igual modo, si ya no podemos ver la obra de arte como la expresión de una personalidad, no es porque el autor haya renunciado simplemente a expresarla, sino porque esa personalidad se ha vuelto también problemática: si existe, existe no antes sino después de la obra, y ya sólo como una metáfora más de ésta. ¿Para qué ha servido, entonces, todo el minucioso cotejo de datos y contradatos, de cifras y contracifras, en que se fundaba la crítica biográfica y sus derivados psicologistas o historicistas? Hace más de medio siglo, Proust había iniciado el proceso de esta crítica, centrándolo en Sainte-Beuve; Barthes ahora lo cierra: "Como institución, el autor ha muerto: su persona civil, pasional, biográfica, ha desaparecido; desposeída, ya no ejerce sobre su obra la abrumadora paternidad cuyo relato la historia literaria, la enseñanza y la opinión se encargaban de establecer y de renovar".

Así se explica que sea el texto mismo lo que ahora ocupa el primer plano de nuestra atención. Texto: trama verbal, aventura del lenguaje; la iniciativa de las palabras, que ya preveía Mallarmé. Aun Breton acentuará esa iniciativa; en una de sus obras de los años veinte, decía: "Lo que es *será*, por la sola virtud del lenguaje: nada en el mundo podrá oponerse a ello". El texto no sólo absorbe al autor, sino que, además, éste hace todo lo posible por liberarlo y hacerlo autónomo. Distanciamiento del autor, intensificación del texto: creo que las técnicas más renovadoras del arte contemporáneo tienden hacia ello. Sólo que si esas técnicas parecen normales en otros géneros, aún nuestra noción de la poesía se resiste a aceptarlas. El hecho, sin embargo, es que ya la poesía no es simplemente "lírica", es decir, género subjetivo por excelencia, como se le ha visto tradicionalmente. Y habría que subrayar que muchas de las nuevas técnicas han nacido primero como experimento poético. La escritura automática surrealista es un monólogo interior que incluso no han practicado con igual radicalidad los novelistas, incluyendo a Joyce. La multiplicidad de personas elocutivas se inicia también con los poetas (Apollinaire). Los poemas de Pound o Eliot son verdaderas creaciones dramáticas, en el sentido teatral del término: *personae* (máscaras) independientes del autor, que tienen su propia voz y su propio destino. No otra cosa es lo que hace Fernando Pessoa a través de sus "heterónimos", aunque con esta variante: sus personajes son poetas creados. "Máscaras, agonías, resurrecciones / destejerán y tejerán mi suerte", dice Borges en un poema, hablando con *la voz* de Browning, que es también una manera de hablar del *otro Borges*. Metamorfosis del yo que son creadas por el lenguaje mismo: fueron también los poetas los primeros quizá en intuir este poder verbal. Uno dice *soy* éste, ése o aquél, y ya con sólo enunciarlo en palabras se deja de serlo, advertía Pound. ¿Y para qué hablar de la fragmentación del verso, la dispersión del texto, la escritura ideográfica, los *collages*?

Las técnicas de la despersonalización, por supuesto, van más allá de la estética; implican una ética, una actitud frente al mundo. Por una parte, el poeta tiene conciencia de la ironía de todo texto y de la distancia que lo separa de él; se niega, por tanto, a remitirlo a su experiencia vivida. Al iniciar sus poemas de *España, aparta de mí este cáliz*, Vallejo tiene la suficiente lucidez de decir: "me descubro la frente impersonal", y de no proponerse como el testigo heroico, ni siquiera —y ya es muy significativo en él— como la víctima. Por otra parte, y en consecuencia, el poeta reconoce su *excentricidad*, lo que no deja de ser, sin embargo, un poco ambiguo. Si se sale del centro es porque, en el fondo, quiere estar en el todo; pero habría que recordar que hoy la totalidad es también fragmentación para comprender que no busca situarse nuevamente en un punto privilegiado. Lo que el poeta busca, en verdad, es que todos se reconozcan en la marginalidad y actúen desde ella; que nadie se sienta *único*, o se crea *representativo* y hable en nombre de los otros. "El falso poeta —observa Paz— habla de sí mismo, casi siempre en nombre de los otros. El verdadero poeta habla con los otros al hablar consigo mismo."

La impersonalidad del poeta —¿es necesario aclararlo?— no debe ser confundida con la experiencia de la enajenación en la sociedad moderna. Si es cierto que todos los sistemas sociales tienden hoy a uniformar al hombre y a privarlo de toda intensidad personal, ¿no es verdad también que a un tiempo practican el exhibicionismo del yo, la idolatría de los supuestos seres excepcionales? No se trata de nada contradictorio: una cosa exige la otra. La impersonalidad estética, en cambio, es un rechazo implícito de ambas. Ni represión del yo ni sublimación, sino verdadera liberación: inventarse en los otros y descubrirse en ellos. ¿No es, entonces, el ejercicio de la imaginación, lo cual trae consigo el rescate de los poderes secretos del lenguaje aún no arruinados por la manipulación ideológica, la obra vista como juego del deseo, como la reconciliación entre el cuerpo emblemático del texto y el cuerpo del mundo? Aun la impersonalidad del poeta encierra un verdadero sentido de rebelión: no quiere ser cómplice de la historia, sino su conciencia crítica. No es, por tanto, un pretexto para la irresponsabilidad, sino, por el contrario, como diría Lezama, el intento por sumar *poiesis* y *ethos* en la corriente mayor del lenguaje y no "en la parte más visible, exterior y grosera de la conducta" del autor.

Todo lo anterior no tendría sitio aquí sino por lo que concierne a la poesía hispanoamericana. ¿No hemos cultivado una imagen algo distorsionada de ella? Casi siempre se ha querido mostrarla como una *poesía de la realidad*: inventario de una naturaleza exuberante y de un mundo adánico, crónica o épica de una historia singular o abyecta, testimonio de las pasiones de un hombre elemental o cósmico; o como oposición, el refinadísimo arte de seres decadentes o exotistas. Para un criterio que aspire a ser hispanoamericano no hay sino esta alternativa: poesía preciosista o profunda, artificiosa o representativa, de acuerdo con sus contenidos, con su mensaje. *Humano* (otro era *telúrico*), parecía ser el término dominante en nuestras valoraciones estéticas. Es el que hasta hace poco servía para resumir todos los rasgos de la poesía de Vallejo (siguiendo perezosamente el título de su libro póstumo, que, por cierto, no fue ideado por el propio autor). Sin embargo, es posible pensar que esta poesía, por el hermetismo, la abstracción y la violencia verbal que se instala con frecuencia en ella (*Trilce* es un buen ejemplo), sería más bien inhumana, o *cuadrumana,* como seguramente le hubiera gustado definirla al propio Vallejo.

El hecho es que muy pocas veces se ha querido ver a la poesía hispanoamericana como una experiencia del lenguaje, mucho menos como una experiencia imaginaria. Adoptar tal perspectiva es saberse condenado de antemano al reproche (como si lo fuera) de "formalista", o su equivalencia actual de "estructuralista". Lo que implica, por supuesto, una gran inconsecuencia. Si lo que se busca es *lo humano*, ¿qué otra cosa podría encarnarlo mejor que el lenguaje mismo? Este último argumento es el del Borges —todavía juvenil, impertinente— de los años veinte; también pudo ser de toda la generación modernista que hemos estudiado en el capítulo anterior. Sin esta conciencia del lenguaje es imposible la poesía. Ella implica igualmente la estética —y la ética— de la impersonalidad. A fines del siglo diecinueve, Martí pudo decir: "El universo habla mejor que el hombre"; casi en los comienzos del nuestro, Huidobro parecía corroborarlo: "El universo es más claro que mi espejo". En estas dos frases deberíamos ver el fundamento de nuestra verdadera poesía moderna.

Lo que sigue ahora es la exploración de esa misma perspectiva a través de la obra de ciertos autores.* No quiere demostrar nada, sino poner en juego un sistema de relaciones y contrastes.

* Como he indicado ya en la introducción de este libro, falta, por ahora, el estudio sobre la obra de Neruda.

VII. HUIDOBRO: ALTURA Y CAÍDA

En uno de sus primeros poemas, Huidobro no temía postular: "El vigor verdadero / Reside en la cabeza" (*El espejo de agua*, 1916). Varias décadas después no parecía haberse desengañado y aún entonces reiteraba el mismo principio: "Vivid vivid / En vuestra cabeza" (*Ver y palpar*, 1941). Podría pensarse que lo que en verdad buscaba justificar era un arte cerebral —y, por supuesto, no escapó de la acusación.[1]

Sin embargo, no hacía más que identificarse con una tradición estética muy anterior —Leonardo: la pintura es una cosa mental—, que resurgía y se intensificaba en el arte contemporáneo. No era otra, en lo esencial, la concepción del cubismo y aun del futurismo. Ligado de algún modo a uno y otro, Apollinaire podía decir en uno de los poemas más célebres de *Calligrammes* (1918): *C'est le temps de la raison ardente.* Próximo al futurismo, al menos por el lado de uno de sus "heterónimos", Fernando Pessoa confesaba con cierta violencia: "Sou lúcido. Nada de estéticas com coraçao: sou lúcido. ¡Merda!" Hasta un poeta muy inclinado al espiritualismo como Juan Ramón Jiménez escribía por la misma época: "Inteligencia, dame el nombre exacto de las cosas". Para no caer del todo en la "enumeración caótica", citemos finalmente a Ezra Pound: la buena escritura —decía— "*is perfect control*".

Dentro de tal contexto, es obvio que la semántica cambia sensiblemente: lo que se quería afirmar no era una razón ordenadora, armoniosa; no el intelecto sino la inteligencia. El propio Pound se cuidaba de subrayar la diferencia entre estos dos términos: no hay inteligencia sin emoción, aunque lo contrario —precisaba— puede ser cierto. Otra forma de intensidad, la inteligencia era, pues, búsqueda de precisión y (auto) dominio, pasión constructiva y aun de absoluto. Implicaba una tensión problemática, pues no era el caso de manejar algo carente de energía, sino, por el contrario, de manejar algo como la poesía: entre todos los lenguajes, el más cargado de energía, advertía Pound ("*the more highly energized*"). Parecido en esto a Pound, hasta por la metáfora que usa, Huidobro también reconocía: "La vida de un poema depende de la duración de su carga eléctrica. Me pregunto si los habrá eternos".

[1] Vallejo fue quizá uno de los primeros en formularla. Al comienzo, como admonición más o menos cordial: "Ah, mi querido Vicente Huidobro, no he de transigir nunca con Ud. en la excesiva importancia que Ud. da a la inteligencia en la vida. Mis votos son siempre por la sensibilidad", escribía en un artículo de 1926. En otro, de 1929, objetaba a "los que como Huidobro, trabajan con ideas, en vez de trabajar con palabras" —frase que, por cierto, recuerda demasiado una muy famosa de Mallarmé al pintor Degas.

A esta luz, creo, es como habría que comenzar a ver lo que implicaba el *vigor* exaltado por Huidobro.

En el prólogo de otro de sus libros iniciales, Huidobro cita un largo pasaje de Emerson: el poeta como un contemplador de ideas y el que anuncia las cosas que existen necesariamente; el pensamiento ("apasionado y vivo") como la fuerza creadora por excelencia, y aun visionaria (*Adán*, 1916). Con ello, además de despejar los equívocos semánticos, Huidobro estaba ya formulando los principios de su propia poética.

Esa poética empieza por un ideal de precisión verbal. "La poesía castellana está enferma de retoricismo", afirma Huidobro en el prólogo del mismo libro ya citado. Esa retórica estaba ligada no sólo al énfasis o a la falsa emotividad; le parecía que también al convencionalismo expresivo. Es verdad que todavía los poemas de *Adán* no logran impresionar del todo por la concentración, la intensidad o la fuerza de la visión; sorprenden, en cambio, por la simplicidad del lenguaje, el tono conversacional o a veces narrativo, y aun por cierto asombro, ingenuo, frente al universo. Es significativo, además, que el poeta no se deje arrastrar por el rapto de lo "génesico"; lo cósmico está dado en una escala más próxima y, podría decirse, natural —el panteísmo de Huidobro es "científico", como él prefiere llamarlo.

No es sino en los libros inmediatamente posteriores donde el lenguaje alcanza a unir la precisión con la intensidad; en ellos se cumple, además, otra alianza más importante: el pensamiento es la forma misma.[2] "El adjetivo, cuando no da vida, mata": este nuevo postulado empieza, entonces, a realizarse con cierta exactitud en los poemas mismos. ("Ne flattez pas le culte des adjectifs", ya había advertido Lautréamont, sin duda uno de los maestros del poeta chileno.) Lo decorativo, la complacencia en las frases líricas queda excluido en los nuevos textos, que así producen un efecto de dinamismo y ligereza; de objeto a la vez acabado y fragmentado. A su vez, el vocabulario deliberadamente elemental y reducido, hasta recurrente, al igual que la simplificación de la sintaxis, le comunican al lenguaje una distinta resonancia: las palabras parecen recuperar su desnudez, su inocencia semántica. Aunque marginalmente, hay que decirlo: por esta época, Huidobro empieza a escribir simultáneamente en francés. Es de señalar no tanto su dominio en esta lengua, que parece evidente, como la manera en que el principio de estructuración anterior se reitera, sin perder su eficacia. Ello era posible, además, porque Huidobro centra su interés, sin desentenderse del ritmo verbal, en la imagen, en el poema como un objeto creado. Así —llega a decir— el poema no "pierde en la traducción nada de su valor esencial". Una imagen puede ser vertida al francés o al inglés: "el efecto es siempre el mismo y los

[2] Me refiero a los libros publicados hasta 1925: *El espejo de agua* (1916), *Horizon Carré* (1917), *Tour Eiffel, Hallali, Ecuatorial* y *Poemas árticos* (1918), *Automne régulier* y *Tout à coup* (1925).

detalles lingüísticos secundarios". Huidobro concebía algo que la poesía contemporánea ha demostrado como posible: el lenguaje poético trasciende la naturaleza idiomática que le es peculiar y puede llegar a convertirse en una suerte de *lingua franca.* Es por ello, quizá, que Altazor propondrá después: "Se debe escribir en una lengua que no sea materna".

Un nuevo espacio verbal

Pero el ideal de justeza expresiva, en Huidobro, es sólo el comienzo de otro intento quizás más ambicioso: hacer del poema una arquitectura que se construye desde sí misma ("llevo en mí un arquitecto", se definía Huidobro). En efecto, lo que él busca sobre todo es crear un espacio verbal, un campo de relaciones y fuerzas: por un lado, las palabras se aíslan o se concentran en átomos (imágenes, "constelaciones" diría Mallarmé), que parecen dispersos; por el otro, estas partículas se van imantando, se atraen o se rechazan unas a otras. En ese espacio cuentan, además, la supresión de la puntuación, el corte de los versos (que así pueden leerse a diversos niveles) y el blanco de la página. Como se ve, no tanto un nuevo lenguaje como una nueva manera de articularlo: lo fragmentario y lo total, la simultaneidad también, la superficie plana y la profundidad.

La articulación que practica Huidobro exige, por tanto, otro tipo de lectura: progresiva y regresiva a la vez, continuamente sometida a la ambigüedad y a la corrección. La lectura se vuelve expectativa y de algún modo reproduce el asombro ante un mundo (el poema) que se va gestando. Pero leer no es sólo releer o corregir; es, además, ver, percibir. El espacio verbal de Huidobro es un espacio visual, y no sólo por los ideogramas que escribió —aunque no tienen el poder inventivo de Apollinaire, quien sin duda lo influyó. Es cierto que ningún poema puede excluir el ritmo oral (temporal), pero en el caso de Huidobro ese ritmo es también, y sobre todo, oído por los ojos: la pausa y la entonación, por ejemplo, están dadas por el corte sorpresivo de los versos, la disposición y el juego de caracteres tipográficos. La música del poema, y no sólo su sentido, es dibujada; esa música se destaca sobre el silencio: el blanco de la página participa, así, en la estructuración del texto. Aunque esta práctica la inicia Mallarmé, Huidobro se acerca más a Apollinaire. La razón quizá reside en que la relación del texto y el blanco tiende a sugerir en "Un coup de dés" no sólo la dialéctica entre la música y el silencio, sino también un espacio sideral donde palabra y silencio se funden; de ahí que predomine el blanco de la página: una suerte de ráfaga del infinito. En Apollinaire y en Huidobro el espacio se construye con un sentido más pictórico. Sus poemas podrían figurar, para decirlo con palabras del último, verdaderos "afiches fonográficos". Es así como los de Huidobro tienden a ser *cuadros,* y aun reproducen cierta geometría cubista (evocándola, incluso, con los adjetivos: "humo cónico", "azul simétrico", "aire triangular", etc.). Quiero decir que el espacio se ve continuamente limitado, enmarcado: es un *horizonte cuadrado,* título de su primer libro escrito en francés y publicado en 1917. En muchos poemas de este libro, Huidobro practica una técnica que intenta ilustrar este hecho. Los poemas comienzan y concluyen con líneas destacadas en mayúsculas; uno de ellos empieza: "En dedans de l'horizon / QUELQU'UN CHANTAIT", para, al final, decir: "L'HORIZON / S'EST FERMÉ / Et il n'y a pas de sortie". En otro, la palabra SOLEIL bordea al texto como figurando los cuatro puntos cardinales; es una suerte de amanecer total pero concentrado: el poema se titula, claro, "Matin". El espacio (por ahora horizontal) como forma a la vez abierta y cerrada: de este modo lo dinámico se ve fijado, el discurrir del tiempo es una superposición de tiempos (simultaneidad) y una concentración (presencia).

El pensamiento se hace forma, o es la forma misma. Así también la experiencia del lector, como tal, ha de ser una experiencia formal. Signos dispersos y diseminados en la página, interrupciones bruscas del verso, palabras que se aíslan y luego se ven relacionadas sorpresivamente con otras, juegos de variantes y repeticiones: el lector tiene que detenerse, primero, en esta trama verbal, visualizarla, imaginarla como un espacio o un cuerpo emblemático, aun sentir las ráfagas de aire (de silencio) que pasan por ella. Experiencia formal quiere decir, pues, experiencia *física* del lenguaje, que es el paso previo para cobrar conciencia de él. En sus mejores momentos, los poemas de Huidobro cumplen esta función: no sólo rescatan la plenitud de la palabra, también hacen que lo *significado* surja como aprehensión profunda del *significante.*

En efecto, sus poemas no quieren expresar nada previo a ellos: ni ideas ni, mucho menos, *états d'âme.* No desarrollan, como suele decirse, un tema: éste, si lo hay, es más bien atmosférico, tiene que ver con la temperatura y el color de las palabras; se va construyendo a través de *motivos verbales*: palabras que se reiteran, se desdoblan en variaciones o reaparecen, constelaciones de imágenes. El poema no es un objeto acabado, hecho, sino por rehacer; tampoco traduce ni interpreta nada que sea anterior a él. El poema quiere *abrir* algo que es como decir *abrirse* él mismo: "Que el verso sea como una llave / Que abra mil puertas", es el primer principio del *arte poética* de Huidobro. *Abrir* algo (y aun *la puerta* como objeto de esa acción) parece, además, corresponderse con el movimiento de algo oculto que, a su vez, quiere *nacer, surgir* afuera: estos motivos se reiteran de manera significativa en la poesía inicial de Huidobro. No sólo crean en ella cierta tensión enigmática; de igual manera tienden a sugerir que la poesía no es tanto una *clave* como una *llave*: más que transcribir los símbolos del universo y descifrarlos, se trata quizá de revelar algo que aún no se conoce del todo. En uno de sus manifiestos de 1925, al hablar de la imagen, Huidobro lo dirá explícitamente: "la imagen constituye una revelación". Agregaba: esa revelación es más intensa en la medida en que es sorprendente, es decir, en la medida en que sorprende una relación nueva entre las cosas más distantes entre sí.

Desde esta perspectiva se hace quizá más clara la concepción *creacionista* que propone Huidobro, y que en un texto de 1935 llega a resumir de este modo: el poema como "una pura creación del espíritu" y no como "un comentario *alrededor de*". Crear, en la idea de Huidobro, excluye por supuesto toda imitación y, por tanto, todo sometimiento a la realidad; el poema no describe objetos ya dados en el mundo exterior. Ello no implica que quede absolutamente aislado del mundo, sino que se construye de manera paralela a él. El propio Huidobro lo ha explicado igualmente. Por una parte, dice: la poesía se apodera de los principios constructivos de la naturaleza; en su libertad creadora, por tanto, subyace una necesidad ("Faire un poème comme la nature fait un arbre"). Si el poema, por otra parte, es el reino de lo inhabitual, ello se logra a través de elementos habituales, aun con las cosas cotidianas que todos manejan; lo inhabitual a través de lo habitual: es así como nace la verdadera emoción y el asombro. Pero, además, Huidobro confiesa: "El que no haya sentido el drama que se juega entre la cosa y la palabra, no podrá comprenderme". ¿Cuál es ese drama? Seguramente, el drama del lenguaje en su intento por ser, en sí mismo, un mundo: paralelo, pero independiente del mundo real.

Así, lo que hace del poema una fuerza creadora es que él revela, no una esencia, claro, sino, simplemente, una relación; esa relación es creada sólo en la medida en que no tiene existencia sino en y por el poema mismo: no tiene existencia anterior, connotada luego por un lenguaje más o menos explicativo o sugerente; por el contrario, ella es el lenguaje como campo de imantación de las palabras. La trama del mundo es sustituida por la trama del lenguaje. El poeta —dice Huidobro— "hace darse la mano a vocablos enemigos desde el principio del mundo, los agrupa y los obliga a marchar en su rebaño por rebeldes que sean, descubre las alusiones más misteriosas del verbo y las condensa en un plano superior, las entreteje en su discurso, en donde lo arbitrario pasa a tomar un rol encantatorio".

Por ello cuenta tanto en esta poesía el juego verbal: es un acto en cierto modo mágico para propiciar la *apertura* del lenguaje y, parejamente, la *aparición* de la relación. Ese juego verbal es una ironía contra el "realismo" lingüístico y aun contra el estilo en su acepción habitual: su efecto es la ambigüedad semántica, la proliferación de los significados; una misma palabra puede decir dos cosas distintas que, sin embargo, no se excluyen y forman un sentido más amplio. En un poema, *v. gr.*, se evoca un tren en marcha ("el tren es un trozo de ciudad que se aleja"), el anunciador va a vocear la *estación* próxima, pero lo que dice es *pri-*

mavera; desde este instante todo se transfigura y el error (¿lapsus?) se vuelve verdad: "Pasa el tren lleno de flores y de frutos". Un simple desvío verbal ha desviado también al texto (y de algún modo sentimos que al tren, es decir, a lo real) y lo dirige, sin apartarlo del inicial, a otros planos de significación: un viaje en el espacio es un viaje en el tiempo. Además el juego enunciativo enriquece la experiencia del lector; le hace vivir un momento de alquimia verbal como equivalente de otro de alquimia temporal: un presente puro. Es lo que Huidobro mismo define como el *entusiasmo* que nace de todo descubrimiento.

Por ello, también, cuenta sobre todo la imagen. Pero no se trata ya de la imagen por semejanza, que Huidobro no deja de practicar: ni el símil, por arbitrario o sorprendente que éste quiera ser ("La luna suena como un reloj", "La Cordillera de los Andes veloz como un convoy"), ni siquiera la metáfora, por implícita que sea la analogía ("Entre la hierba / silbaba una locomotora en celo", "Pasan lentamente / las ciudades cautivas / Cosidas una a una por hilos telefónicos"). Lo que cuenta más, me parece, es la *imagen paralela.* En ella se trata de eludir lo más posible la dependencia de lo real y de constituir en sí misma su propio contexto; el *como si* es sustituido por el *es*, pero no sólo en un plano sintáctico.

En efecto, si la poesía de Huidobro se proyecta hacia el mundo no es para hacer un recuento, mucho menos un inventario, de la realidad. Los elementos de su poesía no sólo tienden a ser rituales por su continuada reiteración; también parecen ser emblemáticos: pájaros, alas, astros, estrellas, clima, etc. El poeta busca crear un mundo desde su visión, no reproducir otro; no el mundo que existe, sino el que debiera existir, dice Huidobro. Ese mundo no está edificado, por supuesto, sobre la ética: ha de estar regido por la imaginación y el deseo, por el lenguaje. Así las imágenes tenderán a organizarse como un verdadero sistema; Huidobro, en verdad, sistematiza hasta el juego mismo —a veces, hay que decirlo, llega a lo mecánico, pero en sus mejores momentos crea una tensión y una trama que resultan espontáneas.

En primer lugar, ese sistema es ante todo verbal. Muchas de sus imágenes no lo son sino por el (des)encadenamiento de analogías puramente lingüísticas: *v. gr.,* el sol no solamente se transfigura en reloj (en el poema se está evocando al tiempo), sino que, además, resulta ser "un reloj verde" después que en versos anteriores se ha hablado de "un alba agreste". Otras veces la analogía es simultánea, pero no por ello menos artificial: "Aspirar el aroma del Monte Rosa / Trenzar las canas errantes del Monte Blanco". Lo verbal se hace también imaginación pura e irreductible: "Sobre el arco-iris / Un pájaro cantaba", y hasta fabulación cósmica: "El Niágara ha mojado mis cabellos / Y una neblina nace en torno a ellos".

Lo imaginario, a su vez, va creando sus propias leyes. A partir, por ejemplo, de un determinado principio (digamos, en este caso, el movimiento, el viaje), lo va contaminando de irrealidad a través de continuas metamorfosis: los árboles de una montaña, bajo el viento, se vuelven, "jarcias" y, finalmente, montes y volcanes "levarán el ancla". Estas imágenes cinéticas, tan constantes en Huidobro, sugieren el paso del tiempo, pero crean sobre todo una espacialidad. Ese espacio rivaliza con el real. En él existe, por ejemplo, la causalidad —arbitraria, claro; suerte de *trompe l'oeil* poético. "Alguien que lloraba / Hacía caer las hojas", se dice en un poema; en otro: "Et la mer se défait / Agitée par le vent des pecheurs qui sifflent". Como se ve, dos elementos perfectamente reales adquieren un nuevo sentido al ser relacionados de manera desproporcionada; el calculado error de la percepción, rescata, sin embargo, cierta pureza o inocencia de los sentidos, como cuando se dice: "Te hice la más bella de las mujeres / Tan bella que enrojecías en las tardes", o "Un pájaro se quemaba en el ocaso". Inversamente, la causalidad puede ser vista como real o natural, pero con dos efectos simultáneos, uno de los cuales es sólo virtual, una suerte de *coup de théâtre* de la imaginación: un mismo viento cierra una puerta y un libro a la vez. Aun la causalidad parece promover efectos mágicos: "De una mirada encendí mi cigarro". Doble objetivo en todo esto: destruir la ilusión de realidad en arte utilizando las leyes mismas naturales, y dar así, por el contrario, realidad a lo imaginario. En cualquiera de estas formas, lo imaginario intenta convertirse en un gesto absoluto, inconmensurable: la causa eficiente de todo lo que lo rodea. Es lo que Lezama Lima ha llamado *la vivencia oblicua*: "como si un hombre, sin saberlo desde luego, al darle vuelta al conmutador de su cuarto inaugurase una cascada en el Ontario". También Huidobro captó ese movimiento simultáneo de la imaginación; con parecida imagen lo dice en un poema: "Apretando un botón / Todos los astros se iluminan".

Es evidente: la inteligencia poética, en Huidobro, se identifica con la imaginación. En el sistema poético que él propone, "la imaginación arrasa con la sensibilidad". Habría que aclarar que, por supuesto, no se trata de una ruptura total entre los dos términos; la imaginación, para Huidobro, absorbe la sensibilidad y la sitúa en un plano estético. Aun habla directamente de la emoción. En uno de sus manifiestos, dice: "El poeta es un pequeño dios. Se trata, pues, de condensar el caos en diminutos planetas de emoción". Lo que sí parece excluir es la emotividad que se vuelve patética o, como se dice, "humana". "No escribas con sangre de tu corazón. ¡Qué nos importa tu corazón!", era uno de sus consejos, ligeramente burlón. Sin embargo, no desconocía la fuerza de la pasión; por ello podía escribir también: "Todo aquello que disciplina el corazón, prepara una derrota de nosotros mismos, de nuestro yo absoluto". Lo que él quería era no sólo deslindar el campo de lo psicológico y de lo estético, sino, igualmente, identificar la pasión con la obra misma. Casi al comienzo de su labor, en 1917, decía: "L'émotion doit naître de la seule vertu créatrice". De este modo, el poema se constituía en centro de la actividad creadora: el mundo confluye en él y fluye de él; el poeta lo crea y a un tiempo es creado por él. Esto, por tanto, era proponer la impersonalidad.

¿Se resignaba Huidobro a esa impersonalidad? Parecería imposible si se piensa sólo en el hombre: se ha hablado mucho, y no sin razón a veces, de su egolatría. El mismo Huidobro no soslayó el tema ("mi famosa egolatría", la llama) en *Vientos contrarios* (1926), libro de notas, impresiones, ideas, artículos breves, no exento de humor y momentos de verdadera lucidez, aunque, es cierto, tampoco de cierta frivolidad. "Desarrolla tus defectos, que son acaso lo mejor de tu persona", dice en un pasaje, como oponiendo ya el sarcasmo a sus posibles censores. Y agregaba además: "Un defecto afirmándolo (si sabes afirmarlo) se convierte en calidad. Una calidad endeble, sin color, se convierte en defecto". Se ve, pues, que no se inclinaba a las auto-críticas confesionales. No recurre, por tanto, a las excusas ni a las explicaciones; de la paradoja pasa a la exageración: exhibe y subraya su egolatría. "Es preciso ser el primer poeta de mi siglo", confiesa que era su ambición. En distintos pasajes, dice: "La Poesía soy yo", "Después del diluvio, yo", "El sol sale solamente para mí". La exageración, ya se sabe, es un arma de doble filo: hay quienes, *v. gr.*, aparentan inocencia o (hiper)sensibilidad extremando un idiotismo que puede ser innato. Al exagerar su egolatría, quizá Huidobro no logra desmentirla del todo; pero tomar en serio todas sus declaraciones de este tipo ya tampoco parece muy serio. Huidobro, al menos, era más inteligente, y aun brillante, de lo que suponen sus críticos. En todo caso ¿por qué no aceptar, como más auténticas, ideas suyas que serían la negación de ese egotismo, y del egotismo en arte, que es el que interesa? Con lucidez que, veremos, corresponde al destino de su propia obra, decía: "Mientras más estudio la poesía, más creo en ella y menos creo en los poetas"; "El mayor enemigo de la poesía es el poema". Y aun ¿por qué no convenir también que en él hay otra concepción, más profunda en muchos aspectos, de la individualidad? No el yo como sometimiento a un orden social o moral establecido, y de ahí la exaltación de cierto inmoralismo (¿nietzscheano?): "Conocí un hombre interesante: no tenía principios. Un hombre, un verdadero hombre, no tiene principio ni fin. Como Dios". Tampoco el yo del cristianismo que, para Huidobro, no ha hecho más que mutilar la unidad de la persona. "El cristianismo, al traernos la tristeza y el odio a la vida, nos metió la idea de que el hombre profundo y de ideas sólidas tiene que ser serio y grave como un agonizante", expone. Y luego, como en un ideograma, dibuja un ángulo cuyas líneas divergen cada vez más; esas dos líneas representan los valores en que se funda la sociedad actual: una, que conduce al cielo, supone "dolor, miseria, fealdad, privación, sumisión" y la otra, que conduce al infierno, "felicidad, satisfacción, amor, belleza, libertad". Es obvio que Huidobro preferiría, situado ante la alternativa, el último camino, sin por ello sentirse condenado ni demoníaco. Su exaltación de la alegría (incluso del placer) no es frívola sino lúcida: implica una crítica y, por tanto, un intento más radical por afirmar (liberándolos) este mundo y no otro, este yo concreto y no otro mediatizado por los dogmas, este cuerpo y no las abstracciones. Pero aun su visión no pretende ser unilateral. Lo que él busca es resolver la dualidad del hombre, esas "dos corrientes paralelas —dice en uno de sus manifiestos— en las que se engendran todos los fenómenos de la vida". En el mismo manifiesto, añade: "En el creacionismo proclamamos la personalidad total". Habla también —lo hemos visto— del "yo absoluto": no sólo no rechazaba la utopía sino que quería realizarla en la poesía y en la propia historia. Lo más importante, sin embargo, es que si exalta el yo no lo hace para sentirse, él personalmente, exclusivo, sino para rescatar lo que la sociedad le ha arrebatado al hombre: su yo; es decir, el individuo no debe ser instrumental sino gratificación en sí mismo. "Por qué he de cumplir con el deber que me imponen las leyes y no con lo que me impone mi corazón": esta pregunta que formula no parece haber sido aún resuelta. La personalidad es, finalmente, una aventura: mientras más se viva esa aventura más se estará en el mundo, aunque en discordia con él. El hombre aventurero, no el contentadizo; éste era el ideal de Huidobro. Por eso le gustaba repetir una frase de Stendhal: "Su placer consistía en arriesgar su destino."

Pero más decisiva, a este respecto, es la obra misma. Es revelador que en casi la mayoría de los poemas de Huidobro en su primera época no sólo se eludan las referencias biográficas o se las evoque como de manera oblicua, sino que ni siquiera aparezca en ellos, de modo dominante, un yo elocutivo. La voz que habla es la de una persona que vive en el mundo y a la vez lo contempla; el mundo como espectáculo de continuas metamorfosis, muchas veces es él el que toma la palabra. Sería exagerado decir que esa persona resume el universo; quizá no lo sea decir que en él encuentra su claridad y su orgullo. "El universo / Es más claro que mi espejo", dice en uno de sus primeros poemas: reconocimiento y, de igual modo, opción. La imagen del *espejo* es frecuente en esta poesía; pocas veces remite al mito de Narciso, el éxtasis o el drama de la conciencia que se contempla a sí misma; en cambio, es una imagen portadora de una pasión por el mundo. En un poema aparece (aunque sin excluir lo ex(s)tático: el espejo es también un *estanque* donde duerme la mujer) sobre todo como movimiento: en las noches se torna en *corriente, arroyo, ola,* alejando cada vez más al hombre de sí mismo; al final, surge la imagen del poeta en la popa de un barco, que es el comienzo de su aventura. Esta última imagen (de ascendencia y, como veremos, de consecuencias mallarmeanas) condensa la visión de Huidobro; a su vez, y por ello mismo, se prolonga en toda su obra.

Su vida o destino no de hombre sino de poeta: esto es lo que quiere encarnar Huidobro. Esa vida está siempre en relación con el universo; relación paralela, no de identidad, mucho menos de sumisión. No es difícil saber por qué: su poesía tiende a crear un espacio —de horizontalidad ascendente y expansiva por esta época; el lenguaje se despliega en ella como una fuerza constructiva y como una luminosidad que se afirma—; además, la imagen que surge del poeta es la de un ser situado, si no al centro, al menos a la altura del universo mismo. Como el *Maître* mallarmeano, es él quien dirige su propio destino; lleno de mayor entusiasmo, incluso, gesta también un mundo nuevo: "Yo inventé juegos de aguas / En la cima de los árboles", "De un grito elevé montañas / Y en torno bailamos una nueva danza", "Soy el viejo marino / que cose los horizontes cortados", dice en un mismo poema. Es verdad que esa plenitud no es total y que se ve interferida por la duda o la desilusión, pero esto no es todavía lo dominante. La desilusión puede acechar en varios momentos de *Poemas árticos*: "Yo he tenido en mis manos todo lo que se iba", "Cuál era mi camino / Nunca podré encontrarlo"; y la experiencia de la esterilidad aun se presenta casi al final del libro: "mi pecho desierto / ayer henchido de versos". Pero podría pensarse que esos instantes no hacen sino resaltar los otros, los de afirmación y dominio. *Poemas árticos*, en efecto, no concluyen en la derrota sino en la aventura: "Sobre los mares árticos / Busco la alondra que voló de mi pecho". Búsqueda, por supuesto, de la poesía perdida. En un libro muy posterior, *Automne régulier* (1925), no obstante la experiencia de lo abismal, que ya se siente, el poeta es, sin embargo, todavía invulnerable. Sintiéndose acaso el heredero de Apollinaire, dice, casi repitiéndolo: "Je suis le seul chanteur d'aujourd'hui". La experiencia de lo abismal no se vuelve radical sino años después.

El azor fulminado por la altura

Altazor (1931) representa la culminación y el desenlace de esa experiencia; es también un cambio profundo en la obra de Huidobro, un cambio que, a su vez, la modifica y nos hace verla bajo otra luz. Hasta ahora esa obra había estado dominada por el viaje; viaje ascendente y cósmico, apenas lo interceptaban ciertos obstáculos (el tiempo, la soledad y aun la historia misma) que el poeta, sin embargo, lograba incorporar en su espacio verbal. Con *Altazor*, ese dominio es puesto a prueba y de algún modo destruido; todo se ve ahora sometido a otro ritmo: el vértigo, del espacio y de la conciencia simultáneamente. Vértigo e infinito: el poeta de antes no los desconocía. En su libro inmediatamente anterior *Tout à coup* (1925) habla de ellos, pero no como fuerzas perturbadoras. Al contario, con cierto orgullo podía decir: "Six fois déjà j'ai touché le seuil / De l'infini qui renferme le vent". Aun el poeta se presenta como "l'acrobate qui saute sur le vertige des mots": no era un salto mortal, sino su privilegio de creador. Sin duda, ese acróbata era el propio Altazor, que entonces vivía en la plenitud de la altura; como tal es evocado en el prefacio de este nuevo libro. Allí, él mismo se presenta como "el gran poeta", con el "cerebro forjado en lenguas de profeta"; su poder visionario permanece intocado: "Veo la noche y el día y el eje en que se juntan"; su reino, finalmente, aparece en perfecta armonía con los elementos y aun con los poderes divinos: "Él, el pastor de aeroplanos, el conductor de las noches extraviadas y / de los ponientes amaestrados hacia los polos únicos"; "Lava sus manos en la mirada de Dios y peina su cabellera como la luz / y la cosecha de esas flacas espigas de la lluvia satisfecha". Pájaro desplegado, incluso ángel, este ser invulnerable va a sentirse arrastrado por la angustia, la duda, la rebelión. Ahora se verá aprisionado "en la jaula de su destino"; el antiguo iluminado se convierte en el "Tenebroso": el ángel rebelde desterrado de su paraíso. ¿Qué ha ocurrido?

Altazor (el poeta o mago, no el poema) es el constructor que, situado en la cima de su obra, siente la naturaleza problemática de ella: queriendo alzarse, por su intermedio, nada ha alcanzado. De algún modo tiene ahora que justificarla, confrontarla con la obra del Otro, con el mundo. Así, el autor da paso al *actor*; la mirada, a la *acción*. Personaje, protagonista de su propio destino, se constituye, pues, en *persona poética*. No sólo el nombre lo individualiza; también su pasado, su aventura actual. Él mismo se va poniendo sus máscaras. Es un personaje de estirpe nietzscheana: vive y viaja por las alturas, en un espacio libre; el juego y el humor, hasta el desenfado irreverente, son sus armas; su moral es la del orgullo y del riesgo; ha nacido, simbólicamente, "a los treinta y tres años, el día de la muerte de Cristo"; postula, como Zaratustra, la muerte definitiva de Dios así como el fin del cristianismo, "que no ha resuelto ningún problema" (aunque lo acosa la pregunta: "¿Y mañana qué pondremos en el sitio vacío?"). Sin embargo, este ser del aire (no en el aire) y hecho para el dominio espacial se ve precipitado por una ley de gravitación más inexorable: el abismo, la muerte, el tiempo. Su viaje no será, pues, sino un descenso, una caída, y habla desde ella cayendo. Pero Altazor es orgullosamente lúcido: quiere hacer coincidir lo inexorable con su voluntad. Como Zaratustra, él podría decir: quienes miran hacia arriba sienten necesidad de elevación, yo miro hacia abajo porque estoy elevado. Ve la caída como un nuevo riesgo que, como tal, encierra la seducción de lo desconocido; maravillosos, se dice, son "el vértigo" y "el imán de los abismos". Casi al comienzo del poema, por tanto, se propone la caída como una experiencia necesaria; en tono imperativo, se dice: "Cae / Cae eternamente / Cae al fondo del infinito / Cae al fondo del tiempo / Cae al fondo de ti mismo / Cae lo más bajo que puedas caer". El riesgo consiste en asumir lo inevitable como una manera, desesperada, de ganarle la partida (¿de conjurarlo?): "Acaso encuentres una luz sin noche / Perdida en las grietas de los precipicios". Por primera vez, el destino de Altazor parece depender de ese *acaso*: es el azar. El poema es concebido, pues, como una apuesta. El azar aparece en diversas formas.

En primer término, ese azar lo conduce al mundo mismo, a la historia. Esta experiencia no es nueva para Huidobro, ni concluirá en este poema. La ha vivido en su obra anterior: la guerra es uno de los contextos de *Ecuatorial* (1918) y es el tema central de *Halali* (1918). Pero en ambos poemas la experiencia concluye con el vislumbramiento del retorno de la inocencia (aun de Cristo) o, en forma concreta, con la esperanza de la victoria ("Làbas / Sur la borne du monde / Quelq'un chante un hymne de triomphe"). Ahora, en cambio, esa experiencia es más radical. Es todo un mundo de valores el que se derrumba: "No hay bien no hay mal ni verdad ni orden ni belleza". La guerra ha sido un exterminio total y aun "el Cristo quiere morir acompañado de millones de almas". En ese año de 1919, desde el cual habla, Altazor vive la verdadera intemperie, la inclemencia de la historia. Sólo confía en una salida, igualmente extrema: los obreros, la Revolución rusa ("La única esperanza / La última esperanza"). Modificar, cambiar la historia no es una empresa imposible. Pero ya Altazor no parece creer lo mismo en cuanto a la naturaleza esencial del hombre: su fragilidad ante la muerte. En esta instancia no hay recuperación. La muerte no sólo es la condenación por excelencia, fatal y colectiva ("Todo ha de alejarse en la muerte, esconderse en la muerte"), también ella hace del mundo un "caos incansable". Esta condena es el *cambio* absoluto, que, a su vez, lo cambia todo: de algún modo, la historia depende de él.

Bajo esta evidencia, la apuesta resulta trágica: la aventura imposible de una voluntad extrema enfrentada a una situación límite, inmodificable. El poema se ve, así, dominado por lo que Bachelard llama "la dialéctica del entusiasmo y de la angustia", que es una de las características de la poesía del aire. Altazor se propone lo sobrehumano: hacer del destino del hombre un destino poético; hacer que la palabra encarne y rija el universo. De ahí el tono exultante que adopta: "Soy todo el hombre", "Humano terreno desmesurado", "El sol nace en mi ojo derecho y se pone en mi ojo izquierdo", "Soy desmesurado cósmico / Las piedras, las plantas, las montañas / Me saludan". Un rapto dionisíaco se apodera de él: "Consumamos el placer / Agotemos la vida en la vida". Incluso quiere erradicar el pesimismo y la duda ("Matad la horrible duda / Y la espantosa lucidez"); no quiere depender de la conciencia que "es amargura" o de la inteligencia que "es decepción", sino de la pasión y del instinto.

Esta desmesura no oculta, sin embargo, su impotencia y aun su desposesión; una y otra se suceden y se oponen a lo largo del poema: así, éste se convierte en una "matanza continua de conceptos internos", lo que constituye su técnica también.

Pero la desmesura implica igualmente una rebelión profunda. Y la rebelión de Altazor no es sólo contra la historia o el destino; lo es también contra la poesía misma.

En efecto, quizá lo esencial y dramático del poema sea la crítica a la poesía y, por tanto, al lenguaje. Ya no se trata de articular o construir a éste de un modo distinto, estético; de lo que se trata es de cambiarlo, de crear otro. Este lenguaje ha de ser *mágico*: encarnar al mundo, exorcizar la fatalidad ("Embruja el universo con tu voz"). Por ello, ya en el prefacio se presentaba al poeta como mago y se proponía: "Mago, he ahí tu paracaídas que una palabra tuya puede convertir en un parasubidas maravilloso como el relámpago que quiera cegar al creador". De manera que el riesgo de la caída parece, en última instancia, identificarse con el riesgo del lenguaje: de la transfiguración de éste depende el que esa caída se convierta en una experiencia liberadora.

Curioso, en un texto de 1921, al explicar cómo la idea del poeta como demiurgo le fue sugerida por un poeta aimará ("El poeta es un dios; no cantes a la lluvia, poeta, haz llover"), Huidobro puntualizaba: "el autor de estos versos cayó en el error de confundir al poeta con el mago y creer que el artista para aparecer como un creador debe cambiar las leyes del mundo". Esta confusión parece renacer en Altazor, y su práctica condena al poema a una dualidad insalvable. Es evidente que ya él no es simplemente el arquitecto o el constructor, sino el mago. En el transcurso del texto, poesía y magia, poeta y mago son términos que se oponen y se excluyen; *v.gr.*:

> La magia y el sueño liman los barrotes
> La poesía llora en la punta del alma
> . . . .
> Manicura de la lengua es el poeta
> Mas no el mago que apaga y enciende
> Palabras estelares y cerezas de adioses vagabundos
> Muy lejos de las manos de la tierra
> Y todo lo que dice es por él inventado
> Cosas que pasan fuera del mundo cotidiano
> Matemos al poeta que nos tiene saturados

De acuerdo con estos pasajes, sin embargo, la dualidad no resulta tan radical y parece más bien una intensificación de la idea, anterior en Huidobro, del poeta como creador e inventor opuesta a la del poeta mimético y, ahora, puramente subjetivo, artesanal o decorativo. La dualidad, no obstante, se presenta de un modo más profundo en otro plano: sólo metafóricamente el poeta puede ser mago y esa metáfora nunca llega a fusionar los términos que relaciona. El mago es una metáfora inventada (y anhelada) por el poeta para conjurarse a sí mismo. Como tal metáfora, es un juego: no un medio, sino un fin en sí mismo. Consciente de esta gratuidad, Altazor sabe que su magia no puede ser encarnación de lo real, sino, simplemente, conjuro a través del juego; juego verbal que, por supuesto, es llevado hasta sus últimas implicaciones. Pero todo ello parece despojado de su antigua espontaneidad; es, en cierto modo, la consecuencia de una imposibilidad mayor: la de alcanzar lo absoluto. "Y puesto que debemos vivir y no nos suicidamos / Mientras vivamos juguemos / El simple sport de los vocablos / De la pura palabra y nada más", confiesa. Resignación, como se ve, aunque no desprovista de un nuevo orgullo: la parodia crítica. En efecto, lo que busca Huidobro es desenmascarar la poesía: puesto que no es de verdad magia, mostrar su absoluta irrealidad. ¿O se trata, más bien, de mostrar cómo esa irrealidad puede ser de algún modo otro absoluto? Quizá también. El hecho es que a partir de este momento (canto III), el juego como experimentación se convierte en el centro del poema: un lenguaje recubierto de su sola gratuidad.

Una de las fases de este proceso: destruir toda posible relación entre el poema y la realidad, haciendo precarias las nociones de representación y de analogía; puesto que el poema no está sometido a lo real ni es tampoco su figuración, el símil y aun la imaginación deben desaparecer, *v.gr.*:

Basta ya señora arpa de las bellas imágenes
De los furtivos comos iluminados
Otra cosa otra cosa buscamos
Sabemos posar un beso como una mirada
Plantar miradas como árboles
Enjaular árboles como pájaros
Regar pájaros como heliotropos
Tocar un heliotropo como una música
Vaciar una música como un saco
Degollar un saco como un pingüino
Cultivar un pingüino como viñedos
Ordeñar un viñedo como un vaca

Hay que detenerse: este pasaje es mucho más extenso y está construido siguiendo la misma técnica. Juego, cálculo e ironía. Como se ve, no obstante la declaración inicial, se siguen empleando los *comos*; no sólo se les emplea, se les sistematiza y hace de ellos el eje del pasaje.[3] El uso acá, claro, es muy distinto al del símil habitual: las comparaciones son completamente arbitrarias y, de nuevo, gratuitas en cuanto a una figuración realista; sin embargo, se suceden como un perfecto encadenamiento verbal: una comparación llama a la otra: cada una se inicia con el últi-

[3] ¿No se siente de nuevo la influencia de Lautréamont y su práctica delirante de los *comos* en *Los Cantos de Maldoror?*

mo término de la anterior y el verbo con que empiezan, aunque derivado del término comparativo (de árboles = plantar; de pájaros = enjaular), ejerce su acción sobre el término comparado, con el cual no tiene ningún nexo semántico ("plantar miradas", "enjaular árboles"). Así, además del absurdo delirante y burlesco que cada vez más se apodera de él, todo el pasaje resulta ser una suerte de mecanismo a un tiempo regulado y sorprendente; mecanismo autónomo que hace funcionar su propio dispositivo: la analogía verbal convertida en un absoluto (¿un tanto irrisorio?). Esa analogía verbal es reiterada en otros pasajes: "La cascada que cabellera sobre la noche / Mientras la noche se cama a descansar / Con su luna que almohada al cielo". Aunque aquí hay una analogía implícita, el hecho estético se produce al convertir en verbos a los términos comparados, que son sólo nombres (cabellera, cama, almohada) y proponerlos como una secuencia que se desarrolla siguiendo su propio impulso verbal.

Pareciera que Huidobro quiere mostrar, casi ilustrar, la energía libre inherente al lenguaje. "Las palabras tienen demasiada carga", dice. Aun en otros pasajes, como el Rimbaud de las *voyelles,* explora y revela el mundo que ellas encierran: "Hay palabras que tienen sombra de árbol / Otras que tienen atmósfera de astros / Hay vocablos que tienen fuego de rayos / y que incendian donde caen". Esa energía misma, en cierto modo encantatoria, puede convertirse en una amenaza: si, por ella, el lenguaje se independiza de la realidad, también puede escaparse de las manos del poeta. De ahí este consejo o advertencia: "Altazor desconfía de las palabras / Desconfía del ardid ceremonioso / Y de la poesía". Al ardid hay que neutralizarlo con sus mismas armas: es lo que, en gran medida, hace Huidobro.

Pero no basta con destruir la ilusión realista del lenguaje, terminar con el drama que se libra entre la palabra y las cosas, diría Huidobro. Hay que hacer más: arruinar los significados de las palabras, buscar nuevos signos. Todas las lenguas están muertas y hay que resucitarlas, sostiene, siguiendo lo que había advertido y propuesto Apollinaire ("Et ces vieilles langues sont tellement près de mourir", "On veut de nouveaux sons de nouveaux sons de nouveaux sons", *Calligrames*). Sólo que los métodos de Huidobro, en cierto sentido, parecen más radicales, o más violentos.

Uno de ellos: practicar "cortocircuitos en las frases". Esto es, descomponer y recomponer el lenguaje según una visión puramente poética; *v. gr.,* mutación e intercambio de sílabas entre dos vocablos ("Al horitaña de la montazonte / La violondrina y el goloncelo"; "La farandolina en la lejantaña de la montanía / El horimento bajo el firmazonte";

fusión entre las sílabas iniciales de una palabra y otros vocablos (verbos, adjetivos, sustantivos) que tienen cierta semejanza fonética con las sílabas sustituidas, creando una nueva unidad que parece girante: sobre un eje fijo se superponen diversas significaciones; así, la *golondrina* vuela y a cada instante se va metamorfoseando en "golonfina", "golontrina", "goloncima", "golonchina", "golonclima", etcétera;

a veces, esas metamorfosis verbales tienen un efecto más violento porque los vocablos fusionados no guardan una afinidad fonética, sino semántica, con las sílabas sustituidas; de modo que el *meteoro* que atraviesa el cielo se va transformando (mientras lo cruza) en mete-plata, metecobre, mete-piedras, mete-ópalos; el método, creo, se va haciendo ligeramente cómico;

también puede ocurrir que la palabra se descomponga y dé origen a dos que no son sino la duplicación de una imagen inicial, como en "molino de aspavientos y del viento en aspas".

De estas prácticas se derivan, por supuesto, otros métodos: lo que Huidobro llama el "cataclismo de la gramática". La descomposición de vocablos es ahora sólo implícita; se trata de crear palabras que surjan como verdaderas puras palabras: "Bailo en las volaguas con espurinas", "Ondola en olañas mi rugazuleo", "Las verdondilas bajo la luna del selviflujo": no significados, palabras evocatorias. Nuevas palabras y también nuevos géneros: "La montaña y el montoño / Con su luno y con su luna"; "El cielo canta a la ciela / El luz canta a la luz": lo que corresponde a una suerte de androginia con que la magia va transfigurando al universo mismo, en una parte del poema (canto V); los retruécanos y los ritmos puramente sonoros comienzan también a dominar entonces ("Y digo / Sal rosa rorosalía / Sal rosa al día / Salía al sol rosa sario".)

Creo que estas técnicas verbales tratan de aumentar no tanto el poder expresivo del lenguaje como su poder lúdico, y, además, expansivo. Aún se intenta, en momentos, hacer esto muy explícito mostrando cómo el poema se organiza según se hagan, deshagan y rehagan ciertas reglas del juego; el poema es una suerte de *puzzle* que propone la imaginación. Así, en breve secuencia, se dan, primero, las piezas de ese juego, que, siguiendo ciertas similitudes fonéticas y aun etimológicas, aparecen como metáforas: "El horizonte es un rinoceronte / El mar un azar / El cielo un pañuelo / La llaga una plaga"; de seguidas, llevando las equivalencias a un tercer grado, y practicando las sustituciones debidas, esos elementos son transcritos dentro de nuevos contextos: "Un horizonte jugando a todo mar se sonaba con el cielo después de la siete llagas de Egipto / El rinoceronte navegaba sobre el azar como el cometa en su pañuelo lleno de plagas". Las *figuras* resultantes son más extrañas, pero no más arbitrarias según la "lógica poética": son la perfecta aplicación de un previo orden analógico. Esas *figuras*, sin embargo, son paródicas: el rigor que las rige colinda con el absurdo, si no con la comicidad.

El juego, pues, es un placer y también una parodia: complace el gusto de la imaginación por lo sorprendente y por la transfiguración; de igual modo es su crítica. Ese juego puede tornarse, además, en exasperación. Huidobro no deja de buscar este efecto, que, a su tiempo, produce otros efectos más, según veremos. Partiendo de una imagen real (*molino de viento*), tomada como *pattern* sintáctico, se construye una sucesión de nuevas imágenes cuyo núcleo fijo es *molino* y cuyas variantes son: continuas en los complementos y espaciadas en las partículas (preposición, artículo, conjunción, adverbio, pronombre, al final, por excepción, surge el adjetivo) de relación:

Molino de viento
Molino de aliento
Molino de cuento
. . . .
Molino del lamento
Molino del portento
. . . .
Molino con talento
. . . .
Molino para aposento
. . . .
Molino como ornamento
. . . .
Molino a sotavento
. . . .
Molino que invento
. . . .
Molino lento
. . . .
Molino cruento
. . . .

Repetición casi obsesiva de los mismos elementos (*pattern* sintáctico, frases hechas, monorrima consonante fuerte, sorda) y aun repetición de las variantes mismas: esta larga, casi interminable secuencia (más de doscientas líneas) produce un efecto de exasperación al introducir la monotonía dentro del juego, en momentos en que el lector podía esperar cambios sorpresivos o brillantes transfiguraciones verbales. El movimiento de la imaginación, por el contrario, parece petrificarse y el juego mismo resulta mecánico. Pero hay tal desmesura en la aplicación de esta técnica, y tal cálculo también, que la monotonía se vuelve ya extravío, alucinación: una suerte de fijeza abismante o de inmovilidad vertiginosa se apodera del texto (y del lector, si llega al final). ¿Es el movimiento que se hace monótono o la monotonía que se hace movimiento? Fijo y móvil simultáneamente, el *molino* es la imagen del tiempo: "teje las noches y las mañanas", "hila las nieblas de ultratumba", se dice después. "Jugamos fuera del tiempo", afirmaba Altazor al comienzo de la secuencia: pero su desarrollo lo que hace es meternos en el tiempo, un tiempo fantasmal, en verdad, pesadilla y muerte. Las últimas imágenes van dando una impresión de deterioro y ruina: el *molino* es ya "achaquiento", "granujiento", "polvoriento", "cazcarriento", "gargajiento", "macilento". Esa ruina parece provocada por la burla y por ello la imagen final es la de un "molino truculento": el juego parece, entonces, recobrar su antiguo poder de exorcismo y su gratuidad. Imagen del tiempo y de la muerte, el *molino* va a ser también imagen de la transfiguración: "Profetiza, profetiza / Molino de las constelaciones". Y así se produce la metamorfosis de Altazor, que empieza a hacerse espacial y aun sideral: "Y he aquí que me diluyo en múltiples cosas", "Ahora soy rosal y hablo con lenguaje de rosal", "Y luego soy pájaro", "Y ahora soy mar". Esas metamorfosis suponen el rescate de la plenitud ("Yo soy el rey") e igualmente la purificación del universo, el regreso a la inocencia y a la magia ("Y os digo que el planeta que atravesó la noche / No se reconoce al salir por el otro lado").

Significativamente, en los dos últimos cantos (VI, VII) la voz misma de Altazor casi desaparece: no él, son sus palabras las que hablan: el poema, además, se inscribe de nuevo en una suerte de orden espacial (signos diseminados en la página, corte del verso en varios niveles) que figura un movimiento de ascenso; este movimiento es paradójico: transfiguración, apoteosis, derrota. Por ello, en el canto VI, el espacio es como el vacío mismo: por una parte, las palabras no parecen comunicarse entre sí, son, en cierto modo, "el clarín de la Babel"; por la otra, domina en todo el poema la imagen del cristal: sugiere la transparencia del espacio (también de la mirada: "El cristal ojo"), pero se resuelve, finalmente, en la imagen de la muerte: "Cristal sueño / Cristal viaje", "Cristal muerte". Así, este canto es la metáfora de la *visión indecible*: el lenguaje está a punto de trasponer sus propios límites. El último canto muestra su desintegración total: sílabas, interjecciones, neologismos vagamente onomatopéyicos, fragmentos; sonido y vacío. Apenas podemos entrever la estela de Altazor por unos pocos vocablos: "mareciente", "eternauta", "infinauta"; es sólo una estela espectral. Uno de esos vocablos es más revelador: "auriciento": ¿no sugiere un oro ceniciento? El oro de la alquimia verbal revestido ahora de la ganga del uso verbal. La magia que reconoce sus límites. Así se cumple lo que ya se había anunciado en el canto IV: "Aquí yace Altazor azor fulminado por la altura."

Altazor no es un poema fracasado, sino, lo que es muy distinto, el poema del fracaso. Insisto: no *sobre* sino *del* fracaso; no un comentario alrededor del fracaso, sino su presencia misma. Uno de sus valores (y de sus riesgos, por supuesto) reside en este hecho: haber ilustrado con su escritura misma la desmesura y la imposibilidad de una aspiración de absoluto. Ello no excluye que esa escritura, como tal, no tenga sus desniveles. Ya por la extensión misma, y el abuso en las repeticiones, el poema pierde con frecuencia concentración e intensidad, aunque quizá esto no sea lo más objetable. Lo es, en cambio, el que la iluminación, inocencia e ironía de la experiencia no se haya manifestado con verdadero rigor: en diversos pasajes, se tiende a un discurso demasiado conceptual, cuando no a trivialidades ideológicas o a los arrebatos, un tanto patéticos, de la pasión (en verdad lo que podríamos llamar el *coté dramatique* del poema es poco convincente). En cambio, es el lenguaje como experimentación continua lo que más cuenta de él. En efecto, es un poema (quizá el primero en Latinoamérica) cuyo tema profundo es la aventura del lenguaje por transgredir sus propios límites: por ser metalenguaje, magia verbal. Pero aun en esto se imponen algunas consideraciones. "Ce n'est pas le 'sens' qui manque, mais les 'signes', qui ne signifient pourtant que par ce manque", dice Michel Foucault, para establecer la diferencia entre la literatura del absurdo y la literatura, digamos, del lenguaje (*Raymond Roussel,* París, Gallimard, 1963). Da la impresión de que Huidobro estuvo dominado más por el absurdo del mundo y la búsqueda de una trascendencia; es significativo, al menos, que Altazor concluya en la explosión del lenguaje y no en la creación de uno nuevo. Aun el juego verbal de este poema —lo mejor de él y de donde surge, por cierto, el verdadero humor— no logra convertirse, plenamente, en un nuevo juego de signos: la conciencia del poeta parece, finalmente, prevalecer sobre el lenguaje mismo. Sin embargo, es evidente que *Altazor* (y gran parte de la obra de Huidobro) precede a las búsquedas de muchos escritores latinoamericanos de hoy (*v. gr.,* Paz, Cortázar, Lezama Lima, Cabrera Infante, Sarduy, Haroldo de Campos) aunque no haya influido directamente en ellos.

Es obvio, por otra parte, que el intento de Huidobro no alude sólo a una experiencia personal, sino, de manera más amplia, a la del poeta mismo. De ahí la creación de un personaje como centro del poema; ese personaje es Huidobro, pero va más allá de él: es su "yo absoluto", ideal ("Soy yo Altazor el doble de mí Mismo"). El poema, además, no es *canto* —a excepción de la segunda parte, himno deslumbrado a la mujer— sino *monólogo dramático*: un personaje que habla en medio del teatro del universo ("Solo en medio del universo / Solo como una nota que florece en las alturas del vacío"). Ese monólogo es a dos voces: la dialéctica de la persona: un *yo* que se desdobla en un *tú*, dialoga con él, lo aconseja (es su conciencia) y también se le identifica (es arrastrado por su pasión de aventura); ambas voces, al final, se resuelven en la voz del lenguaje: son su triunfo y su derrota. Es posible, sin embargo, que Altazor, como personaje, padezca de cierta inexistencia: culpa, creo, del conceptualismo que con frecuencia invade al poema. Pero también hay que hacer una diferencia: Altazor no quiere ser el poeta (el hombre) en la ciudad; es más bien una persona *sui generis,* que evoca ciertos destinos míticos (Lucifer, Ícaro) y cuyo viaje mismo es un poco (¿o demasiado?) alegórico. Más concentrado, incluso con mayor rigor en su extravío ¿no hubiera podido encarnar, también, el destino de un nuevo Igitur?

Dramático, el monólogo del poema es igualmente vertiginoso: flujo de imágenes, motivos verbales, juegos del lenguaje, conceptos, confesiones;

ritmo sucesivo, temporal; versos lineales, no fragmentados en el espacio de la página. Ese vértigo, a su vez, figura no sólo el movimiento de la caída, sino también la visión vertical que domina en el poema: valoración y crítica del mundo y de la poesía misma. En este sentido, y hasta por su lado paródico, se trata de un *anti-poema.* Su crítica, por otra parte, incide sobre la propia obra de Huidobro. Así *Altazor* se sitúa en el centro de esa obra: es el espejo que la refleja y la refracta, que, de algún modo, la modifica.

Ciertamente, el poeta cósmico, casi invulnerable, de los primeros libros ("El poeta es un pequeño Dios") se ve ahora problematizado: el espacio se le vuelve abismo, la plenitud tiene que pasar por la expiación y, al final, aun parece ser idéntica al vacío. De igual modo, los libros posteriores están marcados por la huella de Altazor ("el muerto recién plantado en el infinito"). La persona que habla en ellos es ya derivada: "Os traigo los recuerdos de Altazor / Que jugaba con las golondrinas y los cementerios", anuncia en el primer poema de *Ver y palpar*, 1941. Esa persona, además, ha asimilado su experiencia, y ahora habla como un *ciudadano del olvido* (título de otro libro de 1941): el olvido, el silencio, la ausencia como fases de una búsqueda de purificación; también el sentimiento del destierro: "Ahora soy un fantasma, un sembrador de escarcha / Ahora soy el fantasma que huye vestido de grandeza y de dolor".

El lenguaje del alba

Renuncia pero también nostalgia de ella: en efecto, la experiencia de Altazor continúa viviendo en la obra de Huidobro. Vale decir que aun su obra de los últimos años está dominada por la misma dialéctica del entusiasmo y la angustia. Sólo que ahora un nuevo signo parece regir esa dialéctica: no ya la rebelión contra el destino o la muerte misma, sino su aceptación ("Por qué llorar / La vida consiste en pensar en la muerte"); también ha cambiado su experiencia de la historia: el sufrimiento visto en la guerra le comunica —¿cómo decirlo?— una suerte de sabiduría y lo enfrenta más a la condición humana ("Traigo un alma lavada por el fuego", "Lo he perdido todo y todo lo he ganado", escribe en uno de sus *Últimos poemas*, 1949). Es decir, Huidobro parece situarse en el centro de los extremos: su aventura no es ahora una apuesta (todo o nada) sino una reconciliación (todo y nada). Vida y muerte, los contrarios se equilibran: "Mi mano derecha es una golondrina / Mi mano izquierda es un ciprés". Aun se advierte una reconciliación física con el mundo, con la materia del universo; así, no sin cierta elocuencia (y un poco de solemnidad también, ¿no?), dice en su poema "Monumento al mar":

Paz sobre la constelación cantante de las aguas
Entrechocadas como los hombres de la multitud

Paz en el mar a las olas de buena voluntad
Paz sobre la lápida de los naufragios
Paz sobre los tambores del orgullo y las pupilas tenebrosas
Y si yo soy el traductor de las olas
Paz también sobre mí.

La angustia, pues, se ha vuelto meditación —ni desesperada ni escéptica— sobre el mundo, participación en él. Lo que ocurre, en un orden más profundo de su destino, es que Huidobro ha asimilado la derrota de Altazor; la experiencia del naufragio y el azar le parecen ahora esenciales en la vida: de ahí uno de sus poemas más lúcidos y significativos. "Tríptico a Stéphane Mallarmé" (que veremos en otra parte de este libro).

Pero no hay que confundir: no se trata, simplemente, de que Huidobro sobrevive; no es la resignación sino la nostalgia viva, e incluso hasta cierta felicidad, lo que ahora traduce su poesía. Para decirlo con una de sus palabras: el entusiasmo. En efecto, su fe en la poesía misma renace con nuevo vigor: la poesía es la *verdad* y una forma de purificación ("La Poesía me despejó el camino / Ya no hay banalidades en mi vida"); es también un futuro y un destino por encarnar ("Oh, Poesía, nuestro reino empieza"). Ese entusiasmo es sobre todo estético y, como tal, se convierte en un absoluto que es como la respiración (el pneuma) del mundo: "El hálito del poema apaga las bujías del mundo", empieza un texto, que termina con la misma imagen, ahora con sentido inverso: "El aliento del poema alumbra el incendio de los cielos que al fin han comprendido su verdad"; igualmente, el entusiasmo se ve regido por una nueva pasión constructiva: "Hay que saltar del corazón al mundo / Hay que construir un poco de infinito para el hombre"; esa pasión, a su vez, tiende a sobreponerse a la muerte misma: "Un hombre a la muerte / Siente un deseo constructor / Un tal anhelo que cree no caber en la muerte".

En todo esto, claro, se siente la presencia secreta de Altazor: Altazor antes de *la caída*, pero ya con la experiencia de ella; una suerte de persona poética en que los diversos tiempos se confunden entre sí y a la vez se rediman. En efecto, en la nueva poesía de Huidobro renacen el juego verbal, la imaginación fabuladora, la ironía y el humor, pero ahora esos elementos están despojados de toda violencia extrema: se saben y se reconocen a un tiempo frágiles y absolutos. El principio constructivo vuelve a dominar: incide, como siempre en Huidobro, sobre el lenguaje; pero ahora, con mayor sutileza quizá, sobre la materialidad misma del lenguaje. Un recurso como *la repetición* se hace dominante en muchos de los nuevos poemas, que casi parecen construidos a partir de él. *Repetición*: no se trata tan sólo de la reiteración de vocablos o de imágenes, como si fueran *leit-motivs;* se trata, más bien, de una expansión verbal en que cada verso va incorporando y modificando palabras de los versos anteriores, como si fueran "muñecas rusas" idiomáticas: los vocablos salen unos de otros, artificios que se resuelven y prolongan en nuevos artificios, continuo manar del lenguaje. Limitado a pocos vocablos que, sin embargo, se diversifican a través de sucesivas articulaciones, así el poema es simultáneamente reducción y expansión del lenguaje; así también nos recuerda que su naturaleza es sobre todo verbal. Entre múltiples ejemplos, veamos uno que puede resultar más revelador, incluso por el título, *En*:

El corazón del pájaro
El corazón que brilla en el pájaro
El corazón de la noche
La noche del pájaro
El pájaro del corazón de la noche
Si la noche cantara en el pájaro
En el pájaro olvidado en el cielo
El cielo perdido en la noche
Te diría lo que hay en el corazón que brilla en el pájaro
La noche perdida en el cielo
El cielo perdido en el pájaro
El pájaro perdido en el olvido del pájaro
La noche perdida en la noche
El cielo perdido en el cielo
Pero el corazón es el corazón del corazón
Y habla por la boca del corazón

En: palabra de relación, no del todo significativa; hasta por el título Huidobro quiere sugerir que el poema no es significación sino un sistema de relaciones. Digamos: el tema es la estructura misma. Esa estructura es una trama de elementos constantes (corazón-pájaro-noche; brillar, cantar; olvidado-olvido; perdido-perdida; decir, hablar); esos elementos se amplían y se combinan entre sí y sin otra referencia que a ellos mismos: lo real está *en* y no fuera de ellos. A su vez, el "sentido" del poema parece sugerir que hay un enigma que revelar o decir ("lo que hay en el corazón que brilla en el pájaro"); pero ese enigma es indecible por otro que no sea él mismo; según los últimos dos versos. También, pues, el "sentido" del poema nos remite, sin sacarnos de ellas, a las palabras. Transparente y oscuro a la vez, el poema no dice que existe un enigma, sino que lo crea.

Huidobro había empleado este recurso antes; que recuerde, en *Altazor*, aunque muy brevemente y sin muchas implicaciones: "Así eres molino de viento / Molino de asiento / Molino de asiento del viento". En su obra última, en cambio, sobre todo en *Ver y palpar*, se constituye en práctica reiterada. Es evidente que con ello quiere poner el acento en la palabra como *significante* que por sí mismo *significa*: lo que busca son *les signes*, no simplemente *le sens*. Pero no se trata ahora de arruinar la significación, sino de purificarla: hacer que las palabras recuperen su inocencia para que el sentido encarne de veras en ellas. De algún modo recuerda los intentos de Gertrude Stein, quien llegaba a aplicar este mismo recurso aun en sus conferencias y ensayos: lo cual era ya la intromisión plena del humor delirante: liberador además, purificador. Y de ella ¿no es hoy, en los Estados Unidos, su mejor heredero John Cage? La evocación de Cage no deja de tener sentido: en él, ese recurso no sólo parece la transposición (y a veces de manera irritante) de técnicas musicales, así como la ilustración misma de la dialéctica entre la palabra y el silencio; de igual modo, es la apoteosis de las "formas" (que es como decir la apoteosis de la fragmentación) y la ruptura con el "mensaje".[4]

Es significativo, por su parte, que Huidobro casi al final de su labor creadora regresara no al "mensaje" sino a las palabras; volver a ellas, repetirlas, aislarlas, combinarlas: de este modo redescubría el lenguaje, no lo inventaba; aun las imágenes podían ser excluidas (al menos en su obsesión creacionista). Me parece que así intentó realizar algo que ya había intuido casi al comienzo de su obra. En efecto, en uno de sus primeros textos de estética ("La Poesía", 1921), escribía esta frase, quizá más memorable que otras suyas inclinadas a la desmesura (¿demiúrgica?): "La poesía es el vocablo virgen de todo prejuicio; el verbo creado y creador, la palabra recién nacida. Ella se desarrolla en el alba primera del mundo. Su precisión no consiste en denominar las cosas, sino en no alejarse del alba".

[4] A Cage lo ha guiado siempre una estética muy parecida a la de Huidobro, incluso en la manera de formularla, y cuyo principio central resume en esta frase del pintor Rauschenberg, que cita en *Silence* (1961): "Art is the imitation of nature in her manner of operation".

VIII. VALLEJO: INOCENCIA Y UTOPÍA

TODA palabra es o puede ser ubicua, pero, al desplazarse, cambia o puede cambiar de sentido. Una palabra es ella y lo que la rodea: sobre su acepción corriente se superponen matices que modifican esa acepción, y aun llegan a contradecirla. De suerte que el verdadero sentido de una palabra es siempre virtual: no está fijado tan sólo por el diccionario sino sobre todo por el uso. En literatura el uso es el texto que, a su vez, crea su propio contexto. Ya hemos visto que la palabra *inteligencia* no dice lo mismo en boca de Huidobro que en boca de cualquier otro que vea en ella un sentido simplemente racional. Así también sucede, creo con la palabra *sensibilidad* en boca de Vallejo, en la cual él parece fundar lo esencial de la obra de arte.

Se puede hablar de nueva poesía, según Vallejo, cuando esa poesía capta la sensibilidad de una época. La poesía de nuestro tiempo —esto lo dice en 1926— no es nueva por el solo hecho de aludir a la tecnología moderna y de emplear vocablos ("cinema, motor, caballos de fuerza, avión, radio, jazz-band, telegrafía sin hilos") que directamente la designan; esa modernidad además de quedarse en la superficie, colindaría demasiado con la moda. En cambio, una poesía que "a primera vista se tomaría por antigua" o que "no atrae la atención sobre si es o no moderna", puede serlo, sin embargo, si sabe traducir el ritmo interior, el espíritu que se desprende de la nueva realidad; aunque menos obvia, su modernidad sería quizá más profunda. "Muchas veces —insiste Vallejo— un poema no dice 'cinema', poseyendo no obstante, la emoción cinemática, de manera oscura y tácita: pero efectiva y humana".[1] Emoción oscura y tácita: se ve que, para Vallejo, la sensibilidad excluye tanto la deliberación como el patetismo. Es, por el contrario, fatal y secreta: no una acomodación a la realidad, sino una impregnación de la realidad.

Por supuesto, de este modo Vallejo estaba aludiendo a cierto arte de "vanguardia" cuyo juego verbal o metafórico él rechazaba. "Hacedores de imágenes —dice en otro artículo—, devolved la palabra a los hombres"; reclamo estético y moral. Aun estaba aludiendo a otros planos no menos estéticos pero con más amplias implicaciones; ante ellos, su actitud conserva igual coherencia.

Por ejemplo, el tema de la ideología y del compromiso social del artista, tema que a Vallejo preocupa por dos razones: no cree que el arte se re-

[1] Artículo publicado en la revista *Favorables Paris Poema*, que Juan Larrea y Vallejo editaron en 1926. De sus dos números hay ahora una edición facsimilar: prólogo de Jorge Urrutia, Librería Renacimiento, Sevilla, 1982.

duzca a una gratuita actividad del espíritu; tampoco acepta que la función de una obra radique en la estrategia o en la propaganda. Estamos en 1927 y Vallejo vive en Francia; el momento y el lugar ya dicen algo: por una parte, después de la Revolución rusa, el nuevo dogma parecía proponer el sometimiento del arte a un objetivo específico: crear un arte proletario; por la otra, ese dogma es debatido especialmente por los surrealistas, de algún modo atrapados entre la vocación revolucionaria y la voluntad de mantener la autonomía de su empresa poética. Vallejo opta (en esto, al menos, como los surrealistas) por la libertad del arte. Su lucidez en el debate no deja de ser impresionante: no sólo su obra misma le dará razón, sino también el tiempo. Más que ser un proselitista —sostiene— el artista debe "suscitar una nueva sensibilidad política en el hombre, una nueva materia prima política en la naturaleza humana". Su actitud, incluso, es polémica; expone sus ideas, pero también se opone a dos artistas que resumían los principios del nuevo dogma. Después de refutar las tesis simplistas de Diego Rivera, dice: "Cualquier versificador, como Maiakovski, puede defender en buenos versos futuristas, la excelencia de la fauna soviética del mar; pero solamente un Dostoievski puede sin encasillar el espíritu en ningún credo político y, en consecuencia, ya aniquilado, suscitar grandes y cósmicas urgencias de justicia humana". Aún añade: "Cualquier versificador, como Déroulède, puede erguirse ante la muchedumbre y gritar los gritos democráticos que quiera; pero solamente un Proust puede, sin empadronar el espíritu humano en ninguna consigna política, propia ni extraña, suscitar, no ya nuevos tonos políticos en la vida sino nuevas cuerdas que den esos tonos".

La referencia a Proust es, por supuesto, muy reveladora. Vallejo fue bastante errático en sus juicios estéticos —sumariales muchas veces.[2] En este caso, sin embargo, supo mirar con justeza. No sólo es excepcional —para la época— su reconocimiento de la obra de Proust; lo es quizá más el considerar que esa obra —poco o nada ideológica, poco o nada política; para un marxista de entonces ¿no sería la culminación del "arte burgués"?— constituía una revelación más profunda que cualquier obra supuestamente comprometida. Además, en su admiración proustiana me parece que Vallejo trasluce cierta inclinación personal: Proust es el escritor de la infancia, de la fascinación memoriosa; aún más, es el escritor de la *sensibilidad*. Poco habría que decir ya sobre la memoria involuntaria; pero vale la pena recordar que Proust fundaba esa memoria en la sensibilidad: la única facultad capaz de *revivir* el pasado y su verdad.

[2] En el artículo "Contra el secreto profesional" (1927), criticaba adversamente las obras de Neruda, Gabriela Mistral y Borges, y acusaba a la nueva generación hispanoamericana de falta de originalidad; terminaba elogiando, en cambio, a Pablo Abril: "Libros (como el de Abril) representan un momento muy significativo en la literatura continental". Véase los volúmenes publicados por Larrea de *Aula Vallejo* (Argentina, Universidad Nacional de Córdoba, 1961 y siguientes).

En un texto que Vallejo no pudo leer, Proust había insistido en esto: "En esta hora en que mis horas están tal vez contadas (por lo demás ¿no estamos todos en lo mismo?) resulta quizá bastante frívolo el hacer obra intelectual". Desplazamiento de la inteligencia, pero no su rechazo total: sólo ella —advertía igualmente Proust— es capaz de aceptar que el instinto debe ocupar el primer lugar. La sensibilidad, para Proust, no se reduce, por supuesto, a lo puramente afectivo; está subordinada a la verdad, a la expresión del arte.[3]

Poeta de la sensibilidad, Vallejo está lejos de reducirla a la efusión (¿latinoamericana?) afectiva. En lo mejor de su obra, esa sensibilidad está regida por el rigor: la austeridad, no el mero pudor; hasta una pasión intensa por el lenguaje. La sensibilidad lo vuelve inteligente, no lo abandona a ningún exuberante elementalismo. De ahí su admiración por ciertos pintores cubistas; entre ellos destaca a Juan Gris, por su "riguroso sentimiento matemático del arte". Y aporta este juicio que de algún modo, como veremos, podría iluminar su propia obra poética: "Gris pinta en números. Sus lienzos son verdaderas ecuaciones de tercer grado, resueltas magistralmente".

Si Vallejo, pues, no practicó el fetichismo (o "feudalismo", diría irónicamente Lezama Lima) de la sensibilidad, tampoco practicó el de la biografía —esa tendencia, ya sabemos, que no sólo propone identificar lo estético con lo vital, sino que además, en sus fórmulas más extremas, dice que debe escribirse con *sangre* (patetismo que ya se ha vuelto un tópico desde que lo propuso, entre otros, Nietzsche). En verdad, Vallejo no recurre a su experiencia personal para justificar o dilucidar su obra, aunque ésta se ve tan profundamente involucrada en aquélla. Contra lo que podría decirse o ya se ha dicho, hoy tenemos la impresión de que su verdadera vida es y está en su obra y que Vallejo no vivió, en el fondo, sino por y para esa obra.

"La vida es una cosa —escribía en 1929—. El arte es otra cosa, aunque se mueva dentro de la vida. Y la simulación del arte, no es arte ni vida. Los seres ordinarios y normales viven en la vida. Los artistas viven en el arte." Sería descabellado pensar que Vallejo está formulando algún nuevo esteticismo, o una oposición cualitativa entre hombre y artista. Lo que está proponiendo es algo infinitamente más obvio y sencillo: la autonomía del arte y también la del artista como tal. Si el arte es "una verdadera operación de alquimia, una transmutación", sería lícito deducir que el artista es esa operación misma o, mejor, es lo que resulta de ella. Por otra parte, afirmar la autonomía de la obra no es sino reconocer la manera como está hecha: creación verbal irrepetible e inmodificable;

[3] *Contre Sainte-Beuve* (París, Gallimard, 1954). Hablando de Baudelaire y defendiéndolo del reproche de deshumanización, Proust decía: "La subordinación de la sensibilidad a la verdad, a la expresión, es en el fondo el sello del genio, de la fuerza del arte, superior a la piedad individual".

su sentido reside en su estructura misma. Así, años antes, Vallejo había escrito: "Un poema es una entidad vital mucho más orgánica que un ser orgánico. A un animal se le amputa un miembro y sigue viviendo; a un vegetal se le corta una rama o una sección del tallo y sigue viviendo. Si a un poema se le amputa un verso, una palabra, una letra, un signo ortográfico, *muere*". La progresión descendente con que se va señalando la naturaleza del poema, no deja de ser reveladora: su entidad vital es equivalente a su entidad lingüística y aun el signo en apariencia más insignificante tiene un sentido irremplazable. No lo que dice sino *la manera de decirlo* es lo que importa en el poema, ha señalado también Vallejo en otra ocasión.[4] ¡Decadente preciosista! replicarán, tardíamente, algunos; o, más cautos, razonarán que eso nada tenía que ver con la obra de un poeta tan "humano"; argumento que parecería ser definitivo, y anonadante. La verdad, sin embargo, no es otra que la que el propio Vallejo propone, y su obra misma, en lo esencial, se adecúa perfectamente a ella. Pero esto, creo, habría que aclararlo un poco más.

Si no sobrevive la palabra

Es evidente que, en su obra, Vallejo no opta por la sencillez, mucho menos por este *style coulant* que tanto desdeñaba Baudelaire. Aun sus poemas que parecen más sencilllos tienen otro signo: un lenguaje incipiente que intenta rescatar su plenitud perdida y la del mundo; no la mera sencillez, pues, sino la inocencia, lo que no es lo mismo. Vallejo tiende a optar más bien por lo más difícil: no sería nada (o no sería tanto) la complejidad de su sintaxis, la violencia que se ejerce sobre las palabras, las imágenes abruptas y hasta chocantes, las continuas elipsis y los símbolos oscuros; todo ello, pienso, está en función de algo más radical: arraigarnos en un lenguaje que empieza por ser el desarraigo mismo del lenguaje.

Arraigo y desarraigo: ¿no discurren entre estos dos polos la poesía de Vallejo y la visión que ella nos da? Vallejo está en el mundo como si estuviera fuera de él; pero el mundo no le parece una falacia o una irrealidad: es una herida, un padecimiento; es un error, y quizá no sólo desde el punto de vista social o histórico ("haber nacido para vivir de nuestra muerte", "concíbase el error puesto que lloro"). Se está en el mundo pero sin habitarlo de verdad; así, para habitar *en* él hay primero que estar *contra él*, cambiarlo. Esta dialéctica del *en* y el *contra* rige gran parte de la experiencia de Vallejo y especialmente la del lenguaje: *en* y *contra* el lenguaje, el suyo es la búsqueda por habitarlo. De suerte que su idea sobre

[4] "En un poema, no es tanto lo que dice (lo) que cuenta, sino la manera de decirlo." Citado por André Coyné en su artículo "Vallejo, vallejismo"; véase *Aproximaciones a César Vallejo* (*op. cit.*).

la *manera de decir* como clave del poema cobra un sentido más complejo y profundo: no se trata de una voluntad de estilo, sino de la voluntad de hacer estallar todo estilo. En efecto, lo que preocupa a Vallejo no es el estilo sino el lenguaje mismo; el mundo —pudo pensar— se pierde o se redime por el lenguaje. De ahí el presentimiento de uno de sus poemas, como signo de la verdadera derrota: "Y si después de tantas palabras / no sobrevive la palabra"; la palabra, es decir, el *verbo*: lo que es fundación y revelación del hombre y lo que, finalmente, puede dar testimonio de él. Por eso lo que dice Vallejo no pasa a través de una escritura, sino que se queda en ella, es esa escritura misma, sobre todo cuando el decir (como ocurre con frecuencia en esta poesía) no es sino el intento por decir lo indecible. Escritura directa y también oblicua, remota y presente a la vez, abstracta e increíblemente concreta, arbitraria y rigurosa, por sí misma ella encarna la experiencia y hace de ésta una verdadera visión, no un simple registro emotivo. Lo realmente *humano* en Vallejo no está sólo en sus sentimientos, aunque éstos hayan sido muy intensos; está en su lenguaje: es ahí donde se percibe el riesgo extremo y el desamparo no menos extremo de su destino poético. Aun podría decirse que lo más singular de su poesía es la sensibilidad (la sensibilización del) ante el lenguaje. Frente a un poema de Valejo, en verdad, lo primero que se experimenta es el goce y el sufrimiento de la palabra. La aridez del mundo contemporáneo ("la seca actualidad") o su plenitud, recobrada del pasado o simplemente vislumbrada, están no dichas sino presentes en el lenguaje, de cuya pobreza Vallejo hace un don al tiempo que éste se convierte en una ética de la penuria. Por otra parte, la sensibilidad misma, en cuanto tal, va siempre más allá de la pura experiencia real y le comunica a ésta un sentido más vasto. Empieza por hacerla impersonal: todo en esa experiencia se presenta como la confluencia contraria y el desenlace de fuerzas que la trascienden. Vallejo no cae en el patetismo (que en otros llega hasta el tremendismo autocomplaciente) de personalizar el infortunio y de magnificarlo a partir de una moral farisaica.

En uno de sus poemas en prosa, si el sufrimiento es individualizado (es un *yo* muy concreto el que discurre en él), a la vez está referido a un origen en el que ya el individuo, ni siquiera como hombre mismo, parece contar. "Yo no sufro este dolor como César Vallejo. Yo no me duelo ahora como artista, como hombre ni como simple ser vivo siquiera. Yo no sufro este dolor como católico, como mahometano ni como ateo. Hoy sufro solamente", escribe al comienzo. Estas mismas frases son reiteradas pero con un condicional negativo ("Si no me llamase César Vallejo. . .", "si no fuese artista. . .", etc.); lo que no hace sino intensificar esa suerte de ilimitada realidad que es el sufrimiento para Vallejo. Aun el segundo párrafo concluye en una precisión más total: "Si la vida fuese, en fin, de otro modo, mi dolor sería igual. Hoy sufro desde más arriba. Hoy sufro solamente".

El dolor, pues, no tiene causa, pero tampoco —añade Vallejo— carece de causa, sólo que el hombre la desconoce o no es capaz de conocerla —lo cual parece prolongar la experiencia inicial de esta poesía: "Hay golpes en la vida tan fuertes... Yo no sé". La causa es incognoscible porque, en verdad, todo es su causa. ¿O no será, más bien, que *él es la causa de todo*, y en un orden no sólo histórico sino igualmente esencial? Este texto de Vallejo y todo el contexto de su obra parecerían sugerirlo: el sufrimiento es raíz del mundo y también su desarrollo; es el ser del hombre y lo que le precede; es su estar y aun lo que modifica ese estar. En tal sentido, el sufrimiento es (el verdadero) Dios o puede convertirse en tal. Movido por el espectáculo de un ser insensible a su propia creación, Vallejo ya había escrito en un poema de su primer libro "¡Y el hombre sí te sufre: el Dios es él!" Si ya entonces el sufrimiento era la más alta forma de la grandeza o de la autenticidad, ahora Vallejo parece sugerir que en su fatalidad misma reside un impulso creador. No es casual que el título del poema sea: "Voy a hablar de la esperanza", mientras en el texto sólo se habla del dolor. Si es verdad que en poemas posteriores el dolor aparece como una fuerza devastadora, inhumana y enajenante, no deja de ser, sin embargo, una experiencia purificadora y de propiciar una doble ética: conduce a la verdad y agudiza la voluntad de transformar el mundo. En cierta manera, la verdad es una soledad; ésta, a su vez, es una solidaridad.

En el comienzo de la utopía social de Vallejo está el dolor. Y así secretamente lo insinúa este poema en prosa. Su escritura misma nunca cede al dramatismo ni al tono "visionario". El ritmo más bien llano, las frases notativas que juegan sobre la reiteración y la inversión en un contrapunto que conduce siempre al mismo significado, la ausencia de imágenes: este despojamiento tiende a evitar uno y otro extremo. Es muy perceptible que Vallejo no sólo elude caer en el *pathos* o en la confesión personal; también se niega a caer en la fascinación de lo oscuro. De tal suerte, en la lucidez desértica del poema subyace una imperturbable voluntad de afirmación. Lo que el poema quiere afirmar es una palabra no dicha ni comentada por él: la *esperanza.* Pero en Vallejo hay siempre una ética admirable ante el lenguaje. La palabra —dice en un poema— es su "criatura", su "alma", lo que se opone a la "despedida temporal". Aun en otro poema, en una suerte de rapto clarividente, dirá: "El verbo encarnado habita entre nosotros". Si la palabra es lo inmutable o lo que encarna al hombre o al mundo, no es posible *hablar de la esperanza* sino desde su ausencia. El camino que conduce a ella debe pasar primero por la penuria; por la enajenación de la historia.

O todos somos delincuentes

Vallejo rehúye todo despliegue escénico personal de la esperanza; en cambio, busca descubrir en ella las implicaciones más remotas y esenciales.

Toda experiencia es finalmente en él confrontación con el universo. Creo, por ello, que su visión poética no es tanto pesimista como trágica, en la medida en que lo trágico se opone pero también trasciende todo pesimismo. El pesimismo se acerca a lo subjetivo, incluso al *état d'âme*; por el contrario, lo trágico está en relación con lo cósmico y lo fatal ("confianza en el destino, no en el dado de oro"). Si se acepta el pesimismo, éste debe ser un "pesimismo activo", dice Vallejo: oponer a la negación extrema una afirmación no menos extrema, aun cuando se sepa de antemano que aquélla es irreductible. Así, es con lo más radical con lo que Vallejo busca enfrentarse; por ello su poesía tiende a la visión, no a la simple impresión. Si el sufrimiento conduce a la solidaridad no es sólo por la necesidad que impone una circunstancia compartida con otros, sino también, y sobre todo, porque él nos concierne más profundamente: todo ser humano (en Vallejo hasta las cosas mismas) es de algún modo su efecto y a la vez su causa.

Igual es su actitud ante el mal: lo interioriza, aun cuando sea personalmente ajeno a él.

En uno de los relatos de *Escalas melografiadas* (1923), Vallejo dice: "La justicia no es función humana. No puede serlo. La justicia opera tácitamente, más adentro de todos los adentros". Esto es: la verdadera justicia se identifica con el destino y éste, a su vez, es una urdimbre que el hombre no logra precisar, "un engranaje de fuerzas que mueven a seres y cosas frente a cosas y seres". Como el destino, la justicia es infalible y secreta; nadie, pues, puede creer que posee el bien o acusar dónde está el mal. En ese relato, terminaba diciendo: "Nadie es delincuente nunca. O todos somos delincuentes siempre". Es esta perspectiva, me parece, lo que distingue a Vallejo: saber llevar las cosas hasta sus últimas consecuencias y no contentarse con lo aparente o parcial. Lo que hace de él un poeta trágico es el intuir dónde la libertad se encuentra con la fatalidad, dónde la historia deja de ser historia.

Por supuesto, esta intuición no relega su voluntad de afirmar al hombre histórico para de veras *habitar* el mundo. Pero lo cierto es que esa voluntad —muy presente sobre todo en su obra última— intenta también afirmar al hombre utópico, que, de algún modo, es el reencuentro con el hombre original. Vivir y morir de eternidad sería, para Vallejo, la forma más profunda de vivir y morir en y por el mundo. La eternidad, claro, se confunde con la intensidad de una vida plena, no con alguna trascendencia. En un poema, él mismo lo dice: "Cuando yo muera de vida / y no de tiempo".

Vallejo, por ejemplo, no es tanto el poeta de la caída como el poeta caído: no vive fuera sino dentro de ella. Ya desde su primer libro, *Los heraldos negros* (1918), vemos que habla desde esa perspectiva. No es el tono confesional del libro —las pocas veces en que Vallejo resulta patético, sobre todo en los poemas eróticos— y cierto *côté maudit* perceptible en él, lo que hoy parece contar más o, al menos, lo que pudo abrir la posibilidad de su poesía posterior. Lo que cuenta más, creo, es la experiencia de verse vivir caído.

La caída: ni fascinación ni ruptura, sino experiencia de purificación. Es verdad que ésta pasa primero por la rebelión; no es menos cierto que, en este libro, esa rebelión es relativa o, más bien, dialéctica: supone la búsqueda de lo que se niega. El tema de Dios es aquí central. Son evidentes las imprecaciones e increpaciones de Vallejo contra él. Sin embargo, llega a decir en varios poemas: "Un latido único del corazón; / un solo ritmo: Dios"; "y que yo, a manera de Dios, sea el hombre / que ama y engendra sin sensual placer"; "siento a Dios que camina / tan en mí, con la tarde y con el mar". Claro, no quiero ocultar que esos poemas tienen igualmente sus réplicas más radicales, pero quizá no sea errado encontrar en esas réplicas otra forma de religiosidad: convertir al hombre en Dios o exaltar a Cristo como la verdadera religión posible —la humanización, pues, de la divinidad. Se trata, en verdad, de un debate que se prolonga a lo largo de toda la obra vallejiana; ese debate —lo veremos— tiene un sentido último: la afirmación del hombre histórico no es posible sino como realización, acá y ahora, de la utopía.

Pero lo que quiero subrayar es que Vallejo vive la caída sobre todo como búsqueda de purificación. En este sentido, su intento se identifica con el de Baudelaire: la verdadera civilización no está en el progreso sino *dans la diminution des traces du péché originel.* No importa que Vallejo vea en la caída una realidad insuperable que se manifiesta en la dualidad misma del hombre y que por tanto, él mismo se sienta siempre "combatido por dos / aguas que jamás han de istmarse". Es porque existe esa dualidad por lo que su intento cobra verdadero sentido: asumirla es ya un modo de liberarse de ella y de tener acceso a una suerte de éxtasis —lo que es una de las aspiraciones constantes en Vallejo; en un poema la revela: "Y cuando nos veremos con los demás, al borde / de una mañana eterna desayunados todos". Así, el yo más profundo (e impersonal, no lo olvidemos) de este libro es el de la culpabilidad: la conciencia que se reconoce implicada en el mal. De algún modo, la conducta de Vallejo opta por esta vía: conjurar el mal supone identificarse con él. De manera significativa, la culpabilidad alude casi siempre al tema del alimento, que es uno de los temas a través del cual Vallejo comulga con lo que es para él sagrado (no sólo Dios; también, y especialmente, el hogar, la madre, la fraternidad social). En un poema titulado "El pan nuestro", al evocar el desayuno familiar, dice: "Todos mis huesos son ajenos; / yo tal vez los robé! / Yo vine a darme lo que acaso estuvo / asignado para otro; / y pienso que si no hubiera nacido, / otro pobre tomara este café". La culpabilidad es, por tanto, voluntad de sacrificio, de relación de amor, que, en Vallejo, toma el sentido de *ágape* (título, por lo demás, de uno de sus poemas).

La dualidad, para Vallejo, conduce a la redención y también al éxtasis. El éxtasis no lo aleja del mundo, sino que lo sitúa más profundamente en él: es cuando se percibe que su poesía, en verdad, está más cerca de la inocencia de las cosas —y de las palabras— por el hecho de fijarlas en un tiempo puro. Ese éxtasis es, pues, una regeneración de la vida y del universo; a través de él, Vallejo recupera la naturaleza perdida. Así dice en un poema: "Esta mañana bajé / a las piedras ¡oh las piedras!", y luego añade: "Las piedras no ofenden; nada / codician. Tan sólo piden / amor a todos, y piden / amor aun a la Nada". Pero, sobre todo, lo que recupera es la antigua unidad: el ser original, no desvirtuado por el tiempo o la historia misma. Esa unidad está referida, incluso, al ámbito racial indígena (*v. gr.*, los poemas de "Nostalgias Imperiales"; en uno de ellos, parece identificarse con lo ancestral: "Yo soy el coraquenque ciego", "Yo soy el llama", "Yo soy la gracia incaica") y particularmente, sabemos, está referida al ámbito del hogar.

Ya desde este primer libro el hogar es, para Vallejo, lo cubierto, lo invulnerable, el amparo: una suerte de orden cósmico y sagrado. Es también el ámbito de la epifanía. Si al final de su obra, en los poemas a España, Vallejo vive la experiencia de la guerra —y de la muerte— como una nueva epifanía universal, esa experiencia ya está presente en el orden familiar que evoca su primer libro. Éste parece concluir con el anuncio de la muerte de Dios; en efecto, al final del último poema se dice: "Yo nací un día / que Dios estuvo enfermo, / grave". Este final hace todavía más significativo el sentido del poema que le precede, que es una visión del padre: en su ancianidad, próximo ya a morir, Vallejo lo ve como si sólo fuera "una víspera". El poema, sin embargo, no expresa quejumbre alguna; su tono y su lenguaje resultan, más bien, luminosos, casi próximos aun al deslumbramiento. Este contraste es revelador: en vísperas de morir el padre, el hijo no siente sino la plenitud y la regeneración de la vida; así, por un instante, el padre parece renacer o eternizarse: "Día eterno es éste, día ingenuo, infante, / coral, oracional"; "Padre, aún sigue todo despertando: / es enero que canta, es tu amor / que resonando va a la Eternidad". Aun el título del poema intensifica el sentido extático de esta experiencia: *Enereida* alude, por supuesto, al *enero* de que se habla en el texto, con lo cual se está refiriendo al instante o al acto del poema.

Pero, como primer mes del año, *enero* es también el comienzo de su tiempo cósmico y mítico, un tiempo sustraído a la sucesión y a la propia historia. Es por ello, quizá, por lo que Vallejo crea el neologismo, probablemente a partir de la relación Eneas-Eneida. ¿No sugiere, entonces, en el éxtasis del poema, que el padre es un nuevo Eneas, fundador de un tiempo original? De suerte que la aventura de Vallejo en su primer libro termina en una doble visión: la muerte de Dios y, en cambio, la vida del padre.

Los números severos y apostólicos

Trilce: palabra inventada. Este signo rige lo esencial del libro (1922), con el cual se inicia, en verdad, el destino creador de Vallejo.

El libro, por supuesto, como siempre en esta poesía, está ligado a una experiencia muy concreta de la vida de Vallejo. La muerte de la madre y la pérdida del hogar, la desafección amorosa y la cárcel ("El momento más grave de mi vida fue mi prisión en una cárcel del Perú", dirá años más tarde en un poema en prosa): todo, en esa experiencia, tiende al desamparo y aun a la exacerbación. Por primera vez, además, Vallejo percibe el sentido trágico de la ciudad moderna: otra forma de prisión, un vacío existencial donde la vida pierde su plenitud y se degrada sometida al orden de la rutina y del trabajo esclavizante. Hasta el alimento, ahora, carece de función nutritiva y sagrada: "Todos los días amanezco a ciegas / a trabajar para vivir; y tomo el desayuno, / sin probar gota de él, todas las mañanas", escribe en un poema (LVI). En otro, se ve cruzar "los lunes de la verdad", "los lunes de la razón", y se enfrenta a esta evidencia: la ciudad es un teatro (¿una oficina?) por donde circulan seres fantasmales, sin cuerpo; el mundo todo es la gran "guardarropía" de una muerte invisible pero tenaz:

> En los bastidores donde nos vestimos
> no hay, no hay nadie: hojas tan sólo
> de par en par.
> Y siempre los trajes descolgándose
> por sí propios, de perchas
> como conductores índices grotescos,
> y partiendo sin cuerpos, vacantes... (XLIX)

Esta visión del enajenamiento del hombre moderno a través de la pérdida del cuerpo, es dominante en la poesía de Vallejo. ¿Habría que señalar que también es uno de los rasgos de cierta poesía contemporánea? Dos ejemplos podrían ilustrarlo. El de Eliot, que, en 1925, publica, *The Hollow Men*, donde, de manera aún más explícita que en su poesía anterior, a la experiencia del vacío corporal (*We are the stuffed men / Leaning together / Headpiece filled with straw*) se superpone el presentimiento de que el mundo no concluirá —ni tragedia, ni apocalipsis— sino en su propia impotencia; aún Eliot lo dice con el aire de una canción infantil: *This is the way the world ends,* repitiéndolo tres veces, para finalizar: *Not with a bang but with a whimper*. En Neruda esta experiencia se presenta bajo parecido signo: "Las gentes cruzan el mundo en la actualidad / sin apenas recordar que poseen un cuerpo y en él la vida", escribe en su primera *Residencia* (1931), sólo que por esa misma evidencia, y contra ella, su poesía tiende a ser la afirmación extrema de la materialidad. Estos dos ejemplos muestran, por comparación, lo singular de la visión de Vallejo: no concluye en la total negación, como Eliot; tampoco opta por la afirmación de Neruda.

Es verdad que gran parte de *Trilce* está dominada por el sentimiento del hombre desértico: su tiempo es un presente "estancado" (II) y estéril, "la seca actualidad" (XXVII); su realidad última es, igualmente, la del sufrimiento: "Ha triunfado otro ay. La verdad está allí" (LXXIII). Es la experiencia del *desligamiento*, que se hace visible hasta por el empleo más o menos reiterado, y sobre todo inusitado a veces, de cierto signo lingüístico: "sin madre, sin amada, sin porfía" (XXXIII); "el sin luz amor, el sin cielo" (XIX). Desligamientos: un hombre *sin* mundo, y quizá *sin* sentido en ese mundo. Pero hay un vértigo tal en esa experiencia que, a su vez, origina otro impulso. De manera reveladora, Vallejo dice en un poema: "Absurdo, sólo tú eres puro" (LXXIII). Si el absurdo es un *sin* sentido, es también, y por ello mismo, una suerte de libertad (no está ligado a nada) y de disponibilidad: a partir de él se puede llegar al extravío (a la "demencia", dice Vallejo), pero igualmente al riesgo de lo inédito, de la invención. El absurdo operará, pues, como eje de una dialéctica audaz. "Cada cosa —piensa Vallejo— contiene posiblemente virtualidad para jugar todos los roles, todos los contrarios."

Ya lo decíamos antes: *Trilce* es palabra inventada. Pero en Vallejo no se trata sólo de inventar una palabra o inventar una realidad en que la palabra encarne; se trata también de hacer de esa invención una necesidad. Ahora bien, *Trilce* es vocablo que encierra una significación numérica. Es sabido, además, que los números constituyen una constante simbólica en la poesía de Vallejo; a través de ellos, siente que se manifiesta el sentido riguroso y místico del universo: son la revelación de un orden simultáneamente secreto, misterioso y sagrado —"los números severos y apostólicos", los llama en un artículo, con evidente resonancia, por cierto, de Darío ("En las constelaciones Pitágoras leía, / yo en las constelaciones pitágoricas leo"). Como en Darío, hay en Vallejo una visión pitagórica del mundo: en toda realidad —dice— yace el "guarismo"; en un poema, además, define al carcelero que regularmente vigila a los presos como "el viejo inminente, pitagórico" (L); aun en otro, refiriéndose a su vida, habla de su "número hendido parte a parte". De manera que a través del título mismo de su libro, Vallejo propone a la vez una invención y un orden, es decir, una invención que sea en sí misma un destino; la libertad confrontada con la fatalidad.

Trilce, como vocablo, encierra, en verdad, una significación numérica. Parece referirse al número *tres* y, lo más importante quizá, ésta es la cifra clave del libro: la que rige su dialéctica de la virtualidad, que, en el fondo, no es sino la tentativa por alcanzar otra realidad. Si en el libro aparecen con insistencia otros números (uno, dos, cuatro), es el *tres* el que condensa mayor poder significativo. Por sí mismo, es quizá el número más simbólico en la tradición occidental: la completud según Pitágoras, la Trinidad cristiana, el ritmo de la dialéctica. Aunque participa de todos estos significados, el *tres* vallejiano, sin embargo, no es tanto una síntesis como su búsqueda: una posibilidad siempre abierta, una dimensión nueva por encontrar. Es, por supuesto, la ruptura de la dualidad y por tanto, la reconciliación del hombre y el universo (la abolición, en consecuencia, de Dios); es también el intento por transgredir no sólo la realidad como "seca actualidad", sino, igualmente, las categorías de tiempo y espacio.

En un poema que discurre en la cárcel, el poeta, después de evocar a la madre que no puede llegar, se va quedando finalmente desamparado con una sola mano ("la diestra") en busca de "terciario brazo" que proteja su "mayoría inválida de hombre" (XVIII). El *dos* puede ser la cifra de la comunión amorosa: "esa pura / que sabía mirar hasta ser 2", dice de la mujer (LXXVI); pero aun la pareja puede encarnar un número más potente y liberador: así, de haber previsto que un día iba a derivar en experiencia más bien triste o lúgubre, dice el poeta, hubiera "sacado contra él, de bajo / de las dos alas del amor, / lustrales plumas terceras, puñales, / nuevos pasajes de papel de oriente" (LX). Hay también una dimensión de lo real en la que se alcanza plenitud o purificación; esa dimensión se identifica con lo imaginario y con el acto mismo de la escritura poética. En un poema, Vallejo comienza por evocar la lluvia, que en su poesía anterior se identificaba tanto con el hastío y el desamparo; esta vez es una lluvia más bien benéfica: "nos lava —dice— / y nos alegra y nos hace gracia suave"; el cambio es posible porque, sin dejar de ser real, la lluvia cae "en toda una tercera esquina de papel secante" (LXVIII). Lo imaginario es esa "tercera esquina" y lo que está evocando Vallejo es el momento en que el poema se hace a sí mismo y lo transfigura todo. Así esta lluvia se relaciona, evidentemente, con el verso final del libro: "Canta, lluvia, en la costa aún sin mar", que más bien se propone como un comienzo de la aventura estética de todo el libro.[5] Pero, además, el *tres* es número impar y la poética de Vallejo tiende a fundarse en la imparidad, es decir, en la asimetría; por ello rehúsa, como lo dice en otro poema, "la seguridad dupla de la Armonía" (XXXVI); ese poema concluye: "¡Ceded al nuevo impar / potente de orfandad!" De este modo, la poética del *tres* adquiere un sentido más vasto: transgredir la realidad en busca de una tercera dimensión supone no sólo el riesgo sino el desamparo, que constituye su verdadera potencia. Quien actúa desde ese desamparo ¿cómo no va a dominar la dualidad? —se pregunta Vallejo en otro poema, sugiriendo así una respuesta positiva (LXXIII).

El *tres*, por otra parte, es la posibilidad de un nuevo tiempo; no simplemente un futuro, sino un tiempo total que encierre y a la vez trascien-

[5] Véase el análisis de este poema por Julio Ortega en *Figuración de la persona* (*op. cit.*).

da "las tres tardas dimensiones" (LXIV). Lo actual, sin dejar de serlo, adquiere sentido como desarrollo de algo por venir y que, sin embargo, parece haberse cumplido: "El traje que vestí mañana" (VI). "Ese cristal es pan no venido todavía" (XXXVIII). Ese tiempo simultáneo es la omnipresencia de lo imaginario puro: "Y tú, sueño, dame tu diamante implacable, / tu tiempo de deshora" (XVI); pero está regido por la memoria —como en Proust, memoria de los sentidos, de lo sensible; la progresiva iluminación del mundo.

En oposición a la experiencia desértica, esa memoria es un *religamiento al mundo*: recuperación de lo original (el hogar, la infancia, la madre); de nuevo, pues, la inocencia. Su signo lingüístico es también distinto: el *en* recobra ahora su sentido de arraigo y de profundidad. A través de la memoria se vuelve a habitar *en* el mundo. Es cierto que en algunos poemas se trata más de la comprobación de una ausencia a la vez que el enfrentamiento con una actualidad desolada ("He almorzado solo ahora, y no he tenido / madre, ni súplica, ni sírvete, ni agua"); el poder de esa ausencia es tal que sensibiliza a las cosas mismas ("Y me han dolido los cuchillos / de esta mesa en todo el paladar", XXVIII). Pero con mayor frecuencia la memoria adquiere el sentido de la ubicuidad. Por momentos esa ubicuidad es sólo una cristalización; es sobre todo un centro múltiple y en movimiento. "Estoy ejeando": es la equivalencia misma del recordar (LXV). Ubicua y vertiginosa, la memoria devuelve la *presencia* del pasado, no como pasado, sino como tiempo puro. Un poema escrito en la cárcel es una suerte de viaje (in)temporal: un pasado y un presente se entrecruzan y multiplican; ambos, a su vez, se proyectan hacia un futuro. El poema se inicia con la realidad de la cárcel; sin transición pasamos, mediante un presente narrativo, al pasado familiar: "Apéome del caballo jadeante, bufando / líneas de bofetadas y de horizontes"; de inmediato estamos en una escena de la celda, a la hora de comer, pero muy pronto esta actualidad se ve también fusionada con el pasado: "El compañero de prisión comía el trigo / de las lomas, con mi propia cuchara, / cuando, a la mesa de mis padres, niño / me quedaba dormido masticando"; finalmente, el pasado parece no haber transcurrido y queda sólo como posibilidad de un futuro: "Ya no reiré cuando mi madre rece / en la infancia y en domingo, a las cuatro / de la madrugada, por los caminantes"; aun, durante este caleidoscopio de la memoria, la propia celda se ha ido transfigurando: empieza por ser "lo sólido", se convierte luego "en lo líquido" y concluye "en el gas ilimitado / hasta redondearse en la condensación": la condensación, claro, de un tiempo total (LVIII). Aun en otros poemas sobre la infancia, Vallejo habla en futuro, como desde un presente que todavía no ha transcurrido: "Y nos levantaremos cuando nos dé / la gana" (LII): otra forma del éxtasis temporal.

Desde esta perspectiva, habría que señalar otros aspectos más. El pasado se actualiza sobre todo en Vallejo a través del recuerdo de la madre, la "muerta inmortal". El tema de la madre adquiere en su poesía una real corporeidad. Como la tierra, la madre es lo que nutre; es el ser de la dádiva, de la abundancia, de la generosidad. Reparte el pan de cada día: "Tahona estuosa de aquellos mis bizcochos / pura yema infantil innumerable, madre". Ese pan es también alimento del espíritu y se convierte en "ricas hostias del tiempo". Por ello, el desamparo de la madurez es la pérdida del goce del alimento. "Tus puros huesos estarán harina", dice a la madre muerta, y tal ausencia implica "que no habrá en qué amasar". Ese poema concluye:

> Tal la tierra oirá en tu silenciar
> cómo nos van cobrando todos
> el alquiler del mundo donde nos dejas
> y el valor de aquel pan inacabable.
> Y nos cobrarán, cuando, siendo nosotros
> pequeños entonces, como tú verías,
> no se lo podíamos haber arrebatado
> a nadie; cuando tú nos lo diste,
> ¿di, mamá?
>
> (XXIII)

No deja de ser significativo que el tema de la madre esté ligado también a esa suerte de premonición del futuro desamparo como pérdida del alimento. Esa premonición aparece aún con más evidencia en el libro *Escalas melografiadas*. En uno de sus relatos (que a veces no son sino prosa poética), el narrador describe una escena de la cárcel: el momento en que va a tomar el desayuno con el compañero de celda; ese momento le evoca de inmediato la infancia: "Mi paterna casa, aquellos desayunos de ocho y diez hermanos de mayor a menor", entre ellos, él con un bizcocho entero ("había de ser entero") en la mano izquierda y con la derecha hurtando terrones de azúcar; la madre que lo sorprende y le dice: "Pobrecito mi hijo. Algún día acaso no tendrá a nadie a quien hurtar azúcar, cuando él sea grande, y haya muerto su madre". Ámbito del amparo, la madre lo rige todo, aun el tiempo mismo. En un poema en prosa —no muy posterior a *Trilce*, según sabemos hoy— la madre es de nuevo una presencia viva aun cuando el poeta está en París: "Mi madre —dice— me ajusta el cuello del abrigo, no porque empieza a nevar sino para que empiece a nevar". Este gesto tiene un secreto sentido: la nieve es como el emblema del tiempo y la madre lo que quiere, en el fondo, es precipitarlo, hacer que el hijo envejezca con el tiempo de ella. Hay una atracción erótica por el hijo que, en verdad, es la de éste por la madre: "La mujer de mi padre está enamorada de mí".

La evocación del mundo de la infancia es, ya lo hemos señalado, el rescate de la unidad perdida. Si en Vallejo hay una aguda sensibilidad para captar el discurrir temporal y su fugacidad, en él también hay siempre la vocación de lo uno, el poder volver a la integración primordial del ser. En uno de sus artículos escritos hacia 1927, dice: "No nos engañemos. No confundamos. Nada se repite y nada se va del todo. No hay vueltas ni adioses. Hay sólo el ser, uno y múltiple, ido y venido, variable y constante".[6] La memoria no funciona, pues, como simple nostalgia evocativa; es o quiere ser sobre todo permanencia. En otro de sus poemas en prosa, Vallejo propone esa casi imposible operación. "Cuando alguien se va —escribe— alguien queda. El punto por donde pasó un hombre ya no está solo. Únicamente está solo, de soledad humana, el lugar por donde ningún hombre ha pasado." Y añade, aludiendo a su propio hogar, con una reiteración que traduce la fascinación: "Todos han partido de la casa, en realidad, pero todos se han quedado en verdad. Y no es el recuerdo de ellos lo que queda, sino ellos mismos. Y no es tampoco que ellos queden en la casa, sino que continúan por la casa. Las funciones y los actos se van de la casa en tren o en avión o a caballo, a pie o arrastrándose. Lo que continúa en la casa es el órgano, el agente en gerundio y en círculo. Los pasos se han ido, los besos, los perdones, los crímenes. Lo que continúa en la casa es el pie, los labios, los ojos, el corazón. Las negociaciones y las afirmaciones, el bien y el mal, se han dispersado. Lo que continúa en la casa, es el sujeto en acto". Así, el tiempo discurre *en realidad,* pero el ser permanece *en verdad*: esta permanencia está presidida por el hogar, que simultáneamente, encarna el amparo y lo sagrado. La memoria, pues, no funda el ser: lo revela y lo consagra. Esta consagración hay que entenderla en sentido literal y el orden del hogar no sólo es personal sino también universal. En otro poema en prosa, después de contemplar la triada familiar, Vallejo concluye: "Yo tengo mucho gusto de ver así al Padre, al Hijo y al Espíritusanto, con todos los emblemas e insignias de sus cargos".

El *tres,* decíamos, es la cifra dominante en *Trilce*: ello se hace perceptible hasta por el ritmo ternario de los temas del libro. Por una parte, la experiencia del *desligamiento*: la cárcel, la pérdida de la madre, la enajenación en la ciudad; es decir, el hombre *sin* sentido en medio de un presente estéril. Por la otra, y como contrapartida, dos opciones que, en el fondo, veremos, no constituyen más que una sola. En primer término, el absurdo como disponibilidad, el impulso por intentar una nueva aventura creadora, por inventar el mundo o fundarlo de nuevo; es el movimiento del *contra* ("A veces doyme contra todos los contras", LIV) y que al final del libro se presenta como una suerte de utopía, por ahora, poética; su tiempo es de algún modo el futuro. Luego, el *religamiento* al mundo a través de la memoria que rescata el tiempo de la infancia; es sobre todo una manera de habitar *en* lo primordial, *en* la unidad del ser y *en* la inocencia. Lo significativo de estas dos últimas experiencias es

[6] *Artículos olvidados,* compilados por Luis Alberto Sánchez, Lima, 1960.

que una y otra se tocan, se complementan entre sí; no hay libertad o invención que no suponga una necesidad, en el sentido de destino; no hay tierra prometida que no sea antes tierra rescatada; no hay utopía que no esté arraigada en el pasado y vuelva a él como a su fuente original.

El lenguaje de este libro, por ejemplo, es quizá el más inventivo en toda la obra de Vallejo y, sin duda, uno de los más singulares de su época. El *neologismo* constituye su impulso dominante, pero el neologismo, como lo ha señalado G. Meo Zilio, en su sentido más amplio: continua invención en el plano léxico, morfológico, sintáctico, semántico y aun gráfico.* ¿Cómo no ver, y sentir, que tras todas esas innovaciones aparece, sin embargo, la cifra de lo *arcaico*? Quiero decir: no lo arcaico en tanto que simplemente desusado, sino en tanto evoca un tiempo a la vez anterior e inocente. Además de los arcaísmos puros ("yantar", "cabe camastro", "nonada") y de las contracciones nunca verdaderamente arraigadas en la lengua ("desque", "entrambos", "della"), Vallejo emplea reiteradamente los enclíticos, a veces muy violentos y arbitrarios ("harizanos", "hase llorando todo", "voyme"), o giros que no sólo son coloquiales: suponen cierta intromisión de lo literario mismo en busca de cierta pureza verbal ("qué la bamos a hazzer", "pero hase visto", "en nombre de que la fui extraño", "cuando se nos dé la gana"). Por otra parte, sus vocablos prestigiosos no lo son por ser "poéticos", sino por apuntar a una atmósfera emocional más íntima ("Tahona estuosa", "gorgas"), así como otros lo son por cargarse de un nuevo sentido ("ancianía", cuyo sufijo permite la invención de "temprанía", por ejemplo); incluso hay versos que, no obstante su innovación verbal, parecen evocar una escritura "rústica" ("Gallos cancionan escarbando en vano"); aun los neologismos más extremados tienden a traslucir una tradición muy castellana ("hifalto" —hijo falto, falto de hijo— parece formarse sobre "hidalgo"). Esta presencia de lo *arcaico* en el seno mismo de la invención verbal, requiere, por supuesto, un estudio más preciso y amplio. Sólo quería señalarlo ahora de manera general. Aun así, creo que resulta evidente que el lenguaje de *Trilce*, y quizá también de los libros posteriores de Vallejo, hace que la invención se funde en lo primordial y hasta inocente del lenguaje mismo. Si toda invención verbal es, por sí misma, un desarraigo del lenguaje, Vallejo busca siempre darle un arraigo secreto y necesario. Poesía nueva: poesía antigua también.

El hombre que ha caído

Poemas humanos es todavía, y de manera que parece más extrema, el libro de la enajenación —del "hombre que ha caído y ya no llora". En

* *Neologismos en Vallejo* ("Lavori della sezione fiorentina del grupo Ispanístico C.N.R."), Italia, Casa Editrice D'Anna, 1967.

efecto, la enajenación tiende a minarlo todo. Empieza (y termina) por ser un signo de la propia condición humana; es por ello, en última (y primera) instancia, fatal e irreductible. Sin embargo, no es el carácter inevitable de la muerte lo que resulta desquiciante en Vallejo; lo es, sí, el hecho de que el hombre esté condenado a la penuria existencial y al vacío como única trascendencia. "¡Haber nacido para vivir de nuestra muerte!", se lamenta en un poema; en otro, se interroga: "¿Para sólo morir, tenemos que morir cada instante?" Es esta penuria lo que hace de la vida un destino irrisorio, un "triste destino", como el propio Vallejo lo llamaba en un poema de *Trilce.* Al evocar, en ese poema, el reencuentro con seres antes conocidos y a quienes, estando vivo, ve como si ya no existieran, les dice: "Estáis muertos, no habiendo antes vivido jamás. Quienquiera diría que, no siendo ahora, en otro tiempo fuisteis. Pero, en verdad, sois los cadáveres de una vida que nunca fue" (LXXV).

La verdadera enajenación es, pues, la muerte diaria, cotidiana, o, lo que es igual, la vida a medias o nunca vivida. Esta enajenación está referida a la historia o, al menos, a una situación social. En Vallejo, este contexto adquiere formas muy concretas: la de la miseria y, por tanto, la de la injusticia en el mundo. Así, en muchos de sus poemas habla un hombre que sólo vive de sus hambres y de su desamparo: "Un pedazo de pan, ¿tampoco habrá ahora para mí? / Ya no más he de ser lo que siempre he de ser, / pero dadme, / una piedra en que sentarme, pero dadme / por favor, un pedazo de pan en que sentarme". Esta persona está sometida también al más penoso ritual: "cepillando mi ropa al son de un muerto", "extraigo tristemente / por la noche, mis uñas", "ya va a venir el día; ten / fuertemente en la mano a tu intestino grande, reflexiona". Ese ritual fisiológico colinda —de nuevo— con la pérdida del cuerpo, lo que es, para Vallejo, la mayor pesadumbre: "Hay gentes tan desgraciadas, que ni siquiera / tienen cuerpo". El enajenamiento es, en consecuencia, una radical desposesión en el hombre y se identifica con el sufrimiento. En el poema "Los nueve monstruos", Vallejo ve el sufrimiento como una realidad apocalíptica: es una invasión vertiginosa en el mundo y la manifestación de un mal inexplicable; no sólo impone el desarreglo, cruel, de los sentidos y aun de la propia persona, sino que igualmente va contaminando el cuerpo elemental del mundo y, como resultado de ello, hace que aumente el dolor "de ver al pan, crucificado, al nabo / ensangrentado, / llorando, a la cebolla, / al cereal, en general, harina".

Penuria existencial y social, desposesión del cuerpo y del mundo, dolor que lo trastoca todo, la enajenación penetra inevitablemente hasta la conciencia del hombre. Se produce, así, el desdoblamiento del sujeto poético. A veces, ese desdoblamiento no es sino el instante en que una persona, absorta, parece auto-contemplarse como si fuera otra: la distancia, sin embargo, es una forma paradójica de intimidad, la intimidad del ensimismado ("César Vallejo, te odio con ternura"; "ahora mismo hablaba de mí conmigo"). Pero, en su aspecto más radical, se presenta como un *extrañamiento* de sí mismo; es la auto-contemplación laberíntica: la distancia y el equívoco. Ya en un poema de un libro anterior, Vallejo se veía condenado y abrumado por la multiplicación de la conciencia: "¡Cuatro conciencias simultáneas enrédanse en la mía!" Esa visión se intensifica ahora y toma la forma inequívoca del doble, o mejor, de nuestra doble naturaleza: un ser que acecha y ante el cual es imposible escapar a veces (o siempre) sin que el acecho mismo cese; ese ser es nuestro original: la muerte ("Pero me busca y me busca. ¡Es una historia!"). En otro poema, la experiencia de la *otredad* ("A lo mejor soy otro") concluye en la desilusión, o en el presentimiento del vacío ("A lo mejor... más allá no hay nada"). Otra forma del extrañamiento parece encarnar en el sentimiento, tan profundo en Vallejo, de la *huida*. En efecto, desde su primer libro, Vallejo es el poeta que vive como desterrado: fuera del mundo y dentro de él, vive absorto ante la posibilidad de recuperar su unidad primordial. Ya en uno de los poemas en prosa había escrito también: "¡Alejarse! ¡Quedarse! ¡Volver! ¡Partir! Toda la mecánica social cabe en esas palabras". Ahora ese sentimiento se vuelve más agudo: "Corre de todo, andando / entre protestas incoloras; huye / subiendo, huye / bajando", escribe, en tercera persona, de sí mismo; esa huida permanente ("adonde vaya... habrá sed de correr") nunca es, sin embargo, una liberación ("hombre en dos pies, parado de tanto huir"): el movimiento incesante lo inmoviliza. Esta inmovilidad ¿no es, a su vez, movimiento continuo, es decir, búsqueda contemplativa? Dicha búsqueda se extiende hacia el pasado. En uno de sus últimos poemas (está fechado en 1937), dice Vallejo: "Tejo; de haber hilado, héme tejiendo. / Busco lo que me sigue". Es también una búsqueda de lo que le sigue, es decir, de su futuro, lo que quizá sea lo mismo —¿no se tocan, en Vallejo, el fin y el principio? En otro poema de la misma época, la partida parece adoptar su forma más radical: declara irse no sólo del mundo ("De todo esto yo soy el único que parte") sino igualmente de sí mismo y de su propia condición humana ("mi defunción se va, parte mi cuna", "mi semejanza humana dase vuelta / y despacha sus sombras una a una"). En gran medida, el poema es el presentimiento de la muerte, pero la muerte como liberación y como renacimiento. Por su título ("París, Octubre 1936") se nota que está escrito a los comienzos mismos de la guerra de España ¿y esta guerra no es, para Vallejo, el fin de un mundo y el inicio de otro? De suerte que lo que el poema parece presentir más bien es esta nueva experiencia. El extrañamiento se convierte, al final, en la posibilidad de una reencarnación: un hombre, que se despoja de todo, se prepara para vivir una experiencia histórica definitiva: el advenimiento de otro ser y otro mundo, la realización de la utopía.[7]

[7] En *Aula Vallejo I*, Juan Larrea hace un significativo análisis de este poema.

Esa misma dialéctica ¿no la sentimos también en la experiencia de la alienación que hemos descrito? Es evidente que la fatalidad, casi inhumana a veces, del sufrimiento, no paraliza a Vallejo. Al final de "Los nueve monstruos", no deja de preguntarse *qué hacer*; sin ocultar cierto esfuerzo, su respuesta es ya un principio de acción: "¡Ah! desgraciadamente, hombres humanos, / hay, hermanos, muchísimo que hacer". Es sabido que lo irreparable comunica a Vallejo una ardiente energía —energía ósea (es un hombre "corazonmente unido a su esqueleto") que es una forma de reciedumbre y de lucidez estoica. Esa energía está presente en el acto mismo de la gestación de *Poemas humanos.* En efecto, gran parte de ellos fueron escritos, con los dedicados a España, en pocos meses, los últimos de la vida de Vallejo; constituyen su diario espiritual, el rapto de su clarividencia poética. Si *Trilce* es un libro mejor estructurado, éste quizá le gane en intensidad: el lenguaje va más allá de la ruptura; próximo a la liberación, prepara un nuevo orden. En *Trilce*, además, ¿no hay algo abstracto en su composición? De todos modos, el propio Vallejo parece proponer ahora un cambio en su escritura: "Oh, no cantar; apenas / escribir y escribir con un palito / o con el filo de la oreja inquieta": es, acaso, el presentimiento de una nueva materialidad en su poesía.

Morir de vida y no sólo de tiempo: Vallejo escribe con energía y aun la exalta y propone como una ética. Su estoicismo nunca se resuelve en la resignación. La intensidad en el sufrimiento o la confrontación con sus propios límites no lo conducen sino a una voluntad de transfiguración: transformar el mundo o la historia, pero —y esto es quizá lo fundamental— para que el hombre se descubra a sí mismo, para que, al fin, revele su originalidad (no para que llegue a ser un "superhombre"). En esta transfiguración, los contrarios se reconcilian; mejor: se purifican, recobran el sentido de lo que habían dejado de ser, se humanizan; se trata, pues, desde esta perspectiva, de una participación en el mundo. De este modo, uno de los recursos estilísticos del libro —la antítesis y la paradoja— se convierte en centro de una visión del mundo. En un poema, Vallejo quiere darle "su luz, al grande; su grandeza, al chico", "ayudar al bueno a ser un poquito malo", y su propio querer es "mundial, interhumano, parroquial"; en otro, se define a sí mismo: "¡Loco de mí, loco de mí, cordero / de mí, sensato, caballísimo de mí!" También la paradoja está muy cerca del humor ("reanudo mi día de conejo, / mi noche de elefante en descanso"; "Paquidermos en prosa cuando pasan / y en verso cuando páranse", y aun de juegos verbales, que inesperadamente recuerdan a Huidobro ("caliente, oyente, tierro, sol y luno"). En verdad, la paradoja es un medio y un fin: hay que trastocar el mundo mediante el lenguaje para lograr una nueva unidad. La desposesión, por ejemplo, puede ser una posesión (ya en un poema de *Trilce* se decía: nos cubriremos con el oro de no tener nada") y la pobreza, por su desamparo mismo, es la forma más alta de humanidad y aun de corporeidad.

Con cierto tono evangélico, aunque también irónico, Vallejo lo dice en un poema:

¡Amado sea aquel que tiene chinches,
el que lleva zapato roto bajo la lluvia,
el que vela el cadáver de un pan con dos cerillas,
el que se coge un dedo en una puerta,
el que no tiene cumpleaños,
el que perdió su sombra en un incendio,
el animal, el que parece un loro,
el que parece un hombre, el pobre rico,
el puro miserable, el pobre pobre!

Pero —hay que decirlo— esta filosofía de la desposesión tiene un carácter social y político muy concreto. A través de ella, Vallejo va formando una suerte de teoría de la *marginalidad* como agente de todo verdadero cambio histórico: son los desposeídos los que harán posible el advenimiento de un nuevo mundo. Así, en otros poemas, exalta a los mineros y a los labriegos como seres puros, elementales, intocados por la civilización del lucro; en ellos están el origen y el futuro del hombre. De los primeros dice: "¡Loor al antiguo juego de su naturaleza, / a sus insomnes órganos, a su saliva rústica!", y termina saludándolos —realidad y metáfora— como los "creadores de la profundidad". A los segundos los ve como una corporeidad plena, no vulnerada: "Tienen su cabeza, su tronco, sus extremidades, tienen su pantalón, sus dedos metacarpos y un palito; / para comer vistiéronse de altura y se lavan la cara acariciándose con sólidas palomas". De nuevo, consagración de lo elemental, pero también, ahora, como una fuerza histórica. Se comprende que la plenitud que evocan estos poemas es la expresión de un fervor revolucionario. Es obvio, además, que la *marginalidad* coincide con la concepción marxista de Vallejo y con su experiencia de militante comunista —hacia los años treinta, al parecer. Esas coincidencias no pueden hacer olvidar otras: la propia naturaleza de la poesía de Vallejo y aun su sentimiento religioso ante el mundo. No creo estar conciliando lo imposible de conciliar. Me parece que Vallejo lo hace en su propia obra, creando no simplemente una suma sino una síntesis más profunda. Lo religioso en Vallejo es una manera de ver la historia, así como lo histórico es una proyección de su espíritu religioso. Aparte de que tanto el marxismo como el cristianismo creen en el hombre histórico, para Vallejo lo político y lo espiritual son términos indisolubles; al menos, sus preocupaciones inciden sobre estos planos. En un artículo de 1929, las manifiesta: "¿Resuelve el marxismo los múltiples problemas del espíritu? ¿Todos los momentos y posibilidades del devenir histórico, tendrán su solución en el marxismo?" Sus intereses revolucionarios, como se ve, iban más allá del nivel puramente social o económico. Pero, además, Vallejo no confunde nunca la militancia política con la creación estética en el sentido de subordinar ésta a aquélla. "Como hombre, puedo simpatizar y trabajar por la Revolución, pero, como artista, no está en manos de nadie ni en las mías propias, el controlar los alcances políticos que puedan ocultarse en mis poemas", escribía en 1928. Lo cual tiene una explicación más profunda: el arte, para Vallejo, es una actividad que ni la razón ni la voluntad pueden controlar del todo; la aventura y el riesgo que él encierra superan la fuerza que pueda dirigirlo. Es así como, en otro artículo, deplora la excesiva intencionalidad de la poesía de Maiakosvki y aún señala el desnivel entre sus intenciones ("Guerra a la metafísica", "Guerra al subconsciente", recuerda que le había dicho aquél) y el drama final de su destino —el suicidio. ¿No es incluso significativo que ya en ese mismo artículo considerara a Pasternak como un poeta superior? El artista habla más allá de su clase o de cualquier clase, parece ser una de las convicciones de Vallejo. Cuando exalta al minero o al labriego está exaltando menos a un individuo social que al hombre elemental y original, al hombre que se *consagra* por su propio trabajo.

Aún queda por señalar que Vallejo no parece haber acatado la ortodoxia comunista, menos su dogmatismo. En un artículo no sólo ironiza a los que repiten monótonamente la letra del marxismo y se convierten en sus "escribas"; también reivindica —y esto en 1929, después de ser condenado al exilio— a Trotsky y su lección de independencia intelectual. "Su propia oposición a Stalin —dice— es una prueba de que Trotsky no sigue la corriente, cuando ella discrepa de su espíritu. En medio de la incolora comunión espiritual que observa el mundo comunista ante los métodos soviéticos, la insurrección trotskista constituye un movimiento de gran significación histórica. Constituye el nacimiento de un nuevo espíritu revolucionario, dentro de un estado revolucionario. Constituye el nacimiento de una nueva izquierda, dentro de otra izquierda, que, por natural evolución política resulta, a la postre, derecha. El trotskismo, desde este punto de vista, es lo más rojo de la bandera roja de la revolución y, consecuentemente, lo más puro y ortodoxo de la nueva fe."

Proféticas, Vallejo nunca desmintió, y menos en su poesía misma, el sentido de estas palabras. Es verdad que luego viajó a Rusia y publicó un libro, *Rusia en 1931*, en el que reconoce la grandeza de la experiencia revolucionaria. Pero Vallejo tiende a valorarla menos por sus realizaciones o por su presente —ante el cual no deja, aunque con cautela, de ser crítico y de captar las críticas internas— que por lo que "representa como potencial de otros hechos". En ningún momento, además, cae en alabanzas a los dirigentes; si nombra en dos o tres ocasiones a Stalin es relacionándolo con Lenin y —no era poca cosa entonces— con el propio Trotsky. Más que el destino de los dirigentes —dice—, lo que le interesa es el destino popular de la revolución. Ya desde entonces era previsible que Vallejo nunca habría de incurrir en la apología que muchos escritores comunistas hicieron luego de Stalin. Quizá el contexto histórico —el avance del fascismo— le impidió exteriorizar más su crítica al dogmatismo y al incipiente terror de entonces, y también el sentido disciplinado, de sacrificio personal, con que Vallejo asume su militancia comunista. Sin embargo, en uno de sus últimos poemas, de 1937, no dejó de escribir: "¡Adiós, tristes obispos bolcheviques!"

Pero lo que me parece importante sobre todo es señalar cómo en *Poemas humanos* está ya la vertiente utópica que alcanza su plenitud en los poemas sobre España.

La transfiguración final

Poemas sobre una guerra muy concreta, *España, aparta de mí este cáliz* no es un libro de circunstancias, como otros sobre el mismo tema de la guerra civil española. En él pueden percibirse la imprecación —no el simple odio tremendista— o el horror bélico, o una definida concepción política —más cercana, por cierto, a la tesis trotskista de la revolución permanente. Todo ello, sin embargo, adquiere una distinta intensidad bajo la perspectiva central del libro: la clarividencia de que algo infinitamente más drámatico y definitivo se estaba dirimiendo en la contienda. El don de Vallejo —nada nuevo en él, por lo demás— es el de haber sabido captar las (¿terceras?) potencias que encerraba el drama de España: ese drama concernía a todos, era un reto a la conciencia universal ("el mundo está español hasta la muerte", dice); no se trataba tampoco de una guerra, sino sobre todo de la posibilidad de la verdadera revolución —una revolución cósmica, según él la propone.[8] En efecto, da la impresión, por una parte, de que Vallejo siente que ha llegado el ocaso de la civilización occidental y de sus sistemas de valores: el llamado progreso universal como ya lo había visto Baudelaire al mediar el siglo XIX ¿no era igualmente la ruina universal?; por la otra, de que percibe la nueva fuerza que empezaba a gestarse. Si, como bien lo señaló Thomas Merton, Vallejo es "un gran poeta escatológico, con un sentido profundo del fin y, además, de los nuevos comienzos", es evidente que ese rasgo adquiere mayores implicaciones en este libro. En él, por otra parte, culmina toda la experiencia poética de Vallejo y su propia visión del mundo; no es, pues, tampoco, un libro circunstancial dentro de su obra misma. No es el libro de ningún cambio personal sino el de una *transfiguración* y el de una *revelación.* Se desarrolla, en verdad, según creo, bajo estos dos signos. Es por lo que esos signos implican —regeneración y reconocimiento—, por lo cual Vallejo lo escribe. "Nada vale tanto / como una gran raíz en trance de otra", dice, asumiendo así desde el comienzo la perspectiva dominante del libro.

[8] En *Homage to Catalonia* (1938), de George Orwell, es posible encontrar un testimonio que, en el orden político e histórico, coincide con la visión de Vallejo.

Desde el primer poema, prevalece el signo de la *transfiguración.* Y ésta empieza por la de la persona misma. Ante la conmoción que le suscita la guerra, el poeta siente de inmediato la insignificancia e insuficiencia de su ser individual: ¿qué vale él, en efecto, ante ese drama y, sobre todo, qué puede hacer contra el enemigo y a favor de la nueva humanidad que se sacrifica? "No sé verdaderamente / qué hacer, dónde ponerme; corro, escribo, aplaudo, / lloro, atisbo, destrozo, apagan, digo / a mi pecho que acabe, al bien, que venga, / y quiero desgraciarme": no es, por supuesto, la duda, ni siquiera la perplejidad, lo que acá habla, sino la impotencia, y Vallejo no teme crear el equívoco. Esa impotencia es doble: la del individuo, que aún vive con sus viejos valores, sus contradicciones y aun su vanidad (con su "pequeñez en traje de grandeza"); pero también la del poeta como tal que, por más que descubre su "frente impersonal hasta tocar / el vaso de la sangre", sabe que no hay otro ni más verdadero sacrificio que el de los que combaten. Son ellos los seres auténticos ("de huesos fidedignos", los define) y los que se elevan "a la primera potencia del martirio". Vallejo, en cambio, se asume como la individualidad caduca, como el poeta impotente, que sólo escribe "desde (un) modestísimo papel", según ya decía en *Poemas humanos*; por eso pide ser dejado atrás ("solo, cuadrumano") casi como un lastre. Esta nueva paradoja no es sino una lección de lucidez: ninguna fabulación poética lo llevará a querer presentarse como héroe o víctima de un drama que los tuvo de veras. Así, desde el inicio mismo del libro, incluso su persona poética desaparece para dar paso al único gran protagonista de la contienda. Desaparece sin dejar de estar presente; está presente sin dejar de reconocer lo que lo separa del sacrificio y de lo que en él se gesta. Testigo distante, pero esencialmente comprometido, escribe, en otro poema, con desgarramiento: "Extremeño, ¡oh, no ser aún ese hombre / por el que te mató la vida y te parió la muerte / y quedarse tan sólo a verte así, desde este lobo, / cómo sigues arando en nuestros pechos!"

Apenas hay que advertirlo: el protagonista del drama es el miliciano que marcha a morir y a combatir con su "agonía mundial" y que, a su vez, encarna al hombre elemental, al hombre que, por su pureza y marginalidad misma, está más cerca de una dimensión cósmica de la vida, y de la muerte. De manera progresiva, el miliciano se va convirtiendo, no en el soldado (omisión significativa, Vallejo nunca habla de ejércitos, aunque nombra a las brigadas internacionales), sino en el ser popular y anónimo: la madre Rosenda esplendorosa, el viejo Adán que hablaba con su caballo, el analfabeto, el héroe con su cordero, el ferroviario Pedro Rojas, el yuntero Ramón Collar. A esta fuerza ancestral, en otro poema, se suma otra suma aún más increíble: los *mendigos* del mundo. También ellos, en la visión de Vallejo, combaten por España "refrendando así, con mano gótica y rogante, / los pies de los Apóstoles" y "suplicando infernalmente a Dios". Los mendigos: "El poeta saluda al sufrimiento armado", dice ante ellos Vallejo. ¿No es alucinante? ¿No es, igualmente, revelador? No sólo los marginales, al parecer también los indeseables y los infectados participan en esta épica y le comunican una dimensión inesperada: realidad y alegoría. Obviamente, no era así como Vallejo podía hablar como portavoz de un Partido, y difícilmente su poesía servir a la propaganda de nadie. Pero su mirada es la más profunda de todas: es del sufrimiento último y más corpóreo incluso de donde habrá de nacer el orden justo del mundo. En ese orden todos serán redimidos; de ahí que Vallejo exprese su reconocimiento y —de nuevo— aun su culpa: "Obrero, salvador, redentor nuestro, / perdónanos, hermano, nuestras deudas".

Desde esta perspectiva, la guerra también se transfigura. No se trata de simples batallas sino de una participación absoluta donde cada cual lucha "con sus células, sus nos, sus todavías, sus hambres, sus pedazos"; no se trata, tampoco, de la ciega pasión por destruir o vencer, sino por crear: por crear una última, "frenética armonía" en el mundo. Así, Vallejo dice: "¡Muerte y pasión de paz, las populares!" / "¡Muerte y pasión guerrera entre olivos, entendámonos!" En otras palabras, la guerra es un sacrificio y la búsqueda de un nuevo destino; aun del sufrimiento más extremo o del exterminio mismo surge una fuerza purificada e invencible, como ocurre con los defensores de Guernica: "Oh, débiles, / oh suaves ofendidos, / que os eleváis, crecéis y llenáis de poderosos débiles el mundo". Es cierto, Vallejo no elude la visión apocalíptica de la guerra. Pero sí describe un fin de mundo —con la fuerza sobrecogedora de un Goya—, también describe (no sólo lo anuncia) el comienzo de otro. De nuevo, pues, la transfiguración.

Hay, por una parte, la resurrección física. Después de una batalla, un muerto resucita asistido por la solidaridad de quienes le rodean y le piden que no muera: "Les vio el cadáver triste, emocionado; / incorporóse lentamente, / abrazó al primer hombre; echóse a andar", dice Vallejo, con conmovedora simplicidad, en el poema titulado "Masa". Hay transfiguraciones aún más inesperadas: "un libro en la batalla de Toledo, / un libro, atrás un libro, arriba un libro, retoñaba / del cadáver de un combatiente". Al parecer, es el Verbo mismo que ahora renace; es, en verdad, todo el lenguaje (los "nos", los "todavías") que ahora recobra su antiguo poder. Aun la muerte deja de ser la pequeña muerte diaria, la nada o el vacío sin sentido; ahora se presenta como la reconciliación última con la totalidad: es "la unidad sencilla, justa, colectiva, eterna". Y como contradiciendo la condenación bíblica, Vallejo no deja de escribir la exaltación del *polvo* mismo. Es el único poema regular del libro (tercetos decasílabos, rima alterna con predominio asonante) y uno de los pocos en que se invoca a Dios: en esa doble mesura, sin embargo, se inserta la desmesura de afirmar, a través de la imagen del *polvo*, no la vanidad o fugacidad de la vida, sino su eternidad. Consumación de un destino: su consagración. "Redoble fúnebre a los escombros de Durango" es el título del poema: el ritmo grave y el recurso de la letanía no son para exhumar unas cenizas, sino para consagrar una esperanza; quizá ésta es frágil y hecha de ruinas, pero no por ello deja de tener un futuro:

Padre polvo que subes de España
Dios te salve, libere y corone,
padre polvo que asciendes del alma.
. . . .
Padre polvo, sudario del pueblo,
Dios te salve del mal para siempre,
padre polvo español, padre nuestro.
Padre polvo que vas al futuro,
Dios te salve, te guíe y te dé alas,
Padre polvo que vas al futuro.

Pero sobre todo está la transfiguración del universo mismo: la renovación de la vida y de la historia con el advenimiento de una edad de oro para la humanidad. Es significativo que ese advenimiento Vallejo lo exprese a través de un lenguaje bíblico: implica la fusión de religión e historia, de revolución y revelación. Es evidente que Vallejo no está proponiendo ninguna trascendencia, sino una inmanencia: no consagrar a Dios sino al hombre, y consagrarlo a través de los seres postergados y elementales. "Hombre, en verdad te digo que eres el Hijo Eterno", ya había anunciado en uno de los poemas en prosa. Ahora no se trata sino de hacer que el hombre cobre conciencia de esa verdad secreta, o recóndita, y le dé un sentido en el mundo. En otras palabras, me parece que ya Vallejo no intenta insistir en la negación de Dios —"le seul scandale en pareilles matières", decía irónicamente Baudelaire. El verdadero impulso, y la vocación, de Vallejo es otro: para superar la idea o el problema de Dios hay que perfeccionar la historia. Así, desde el primer poema del libro da una visión del nuevo reino por venir; esa visión rige, en verdad, todo el desarrollo del libro:

¡Constructores
agrícolas, civiles y guerreros
de la activa, hormigueante eternidad: está escrito
que vosotros haríais la luz, entornando
con la muerte vuestros ojos;
que, a la caída cruel de vuestras bocas,
vendrá en siete bandejas la abundancia, todo
en el mundo será de oro súbito
y el oro,
fabulosos mendigos de vuestra propia secreción de sangre,
y el oro mismo será entonces de oro!
¡Se amarán todos los hombres
y comerán tomados de las puntas de vuestros pañuelos tristes
y beberán en nombre

de vuestras gargantas infaustas!
¡Descansarán andando al pie de esta carrera,
sollozarán pensando en vuestras órbitas, venturosos
serán y al son
de vuestro atroz retorno, florecido, innato,
ajustarán mañana sus quehaceres, sus figuras soñadas y cantadas!

Esta transfiguración es, por supuesto, la *revelación* última: el reconocimiento de que el destino del hombre está ligado a la posibilidad de la utopía social. Al anunciarla, no por azar Vallejo dice que *estaba escrita* y que serían los seres marginales los que la harían posible. Por el lenguaje y los símbolos que emplea en este pasaje y el siguiente, Roberto Paoli señala las analogías entre la utopía vallejiana y los libros proféticos, especialmente de Isaías.[9] Estas analogías son mucho más profundas de lo que creen otros críticos inclinados a la interpretación historicista; los recursos literarios implican siempre en Vallejo —como en cualquier poeta, por lo demás— también una visión, sobre todo cuando esos recursos no son puramente verbales. No creo, por supuesto, que valga la pena negar el carácter marxista de la visión de Vallejo, pero es igualmente cierto que él le da un sentido más amplio al marxismo (¿no lo definía, en un artículo, como la "nueva fe"?). Es posible decir, inversamente, que el marxismo le da un sentido concreto a su visión, esto es, le impide caer en cualquier idealismo. Pero lo cierto es que Vallejo no prevé un futuro que esté desligado del tiempo original del hombre; el hombre nuevo y el hombre de los comienzos se alían siempre. Por ello la utopía que propone corresponde a su fe marxista y a la vez se enraiza en los textos de los profetas bíblicos. No hay nada de incompatible en ello. En el marxismo, como en todos los grandes movimientos revolucionarios, subyace la estructura de ciertos mitos escatológicos: el anuncio del fin de un mundo dominado por la injusticia, la precariedad y el mal, así como el advenimiento de otro que será el reino de la plenitud humana. Toda revolución es reanudación de lo original: retorno a un tiempo primordial y puro. El tiempo de *España* no es solamente histórico, para Vallejo, sino también el tiempo de una epopeya cósmica: un tiempo del alba. Así parece sugerirlo desde el primer poema: "Un día diurno, claro, atento, fértil".

Más que un doctrinario, en Vallejo operan las implicaciones míticas de las ideologías. La utopía que prefigura es la final transferencia a la historia del paraíso perdido de su infancia. En esta transferencia, la madre pasa a ser la Madre España y el universo todo ("la madre unánime"). El libro concluye con esta admonición: "si la madre / España cae —digo, es un decir— / salid, niños del mundo; id a buscarla". El hogar mismo se convierte, en todo el libro, en la sociedad de la verdadera solidaridad humana. En su libro sobre Rusia, Vallejo se preguntaba cuál sería el tipo

[9] Véase su artículo en *Aproximaciones a C. Vallejo* (*op. cit.*).

de la urbe futura; respondía: "La ciudad del porvenir, la urbe futura, será la ciudad socialista". Pero añadía además: "Lo será en el sentido en que Walt Whitman concibe el tipo de gran ciudad: como el hogar social por excelencia, donde el género humano realiza sus grandes ideales, de cooperación, de justicia y de dicha universales". Si los poemas a España se proyectan sobre el escenario mismo de la guerra, de algún modo están escritos desde el hogar de los combatientes. Cuando describe la muerte de uno de ellos (Pedro Rojas, el ferroviario), Vallejo no deja de evocar el ámbito familiar: "Pedro también solía comer / entre las criaturas de su carne, asear, pintar / la mesa y vivir dulcemente / en representación de todo el mundo". Aun los héroes que el libro exalta no son sino los seres elementales, cercanos a la tierra; su significación social se ve profundizada por el ámbito adánico que los rodea.

La guerra, pues, suscita en Vallejo un estado de iluminación. A la exploración ciega de la existencia de sus anteriores libros ("Yo no sé", dice en el poema inicial del primero; "Francamente, yo no sé de esto casi nada", reitera en un poema de *Trilce*) corresponde ahora la plena clarividencia. De ahí que el tono de este libro nunca caiga en la pesadumbre ni en la elegía, menos en el lamento. Vallejo no canta a la muerte sino como resurrección. Es el fervor y la inocencia lo que da verdadera intensidad al libro. Además, la clarividencia es el final despojamiento del yo mismo. En efecto, el yo se disuelve, por una parte, en la experiencia visionaria del futuro; por la otra, en un lenguaje no sólo de resonancia bíblica sino también, y sobre todo, de profunda estirpe castellana.

IX. BORGES: MARGINAL, CENTRAL

Probablemente ha sido Borges, en el ámbito latinoamericano, uno de los que con mayor lucidez ha encarnado la concepción de la *persona poética*, con todo lo que ello implica. Hasta podría decirse que éste es uno de los temas fundamentales de su obra; uno de los primeros también.

Ya en un ensayo de los años veinte, en efecto, Borges intentaba arruinar la superstición del yo, con argumentos que no han perdido hoy su validez: el yo no existe, se le puede suponer sólo como una ilusión o como una necesidad lógica con que pretendemos oponernos a la sucesión temporal. Ese ensayo se titulaba "La nadería de la personalidad"* y desde el comienzo Borges se preocupaba por subrayar —aun con cierto énfasis— su propósito: "Quiero abatir la excepcional preeminencia que hoy suele adjudicarse al yo". Lo que quería negar, en verdad, era la existencia de un yo coherente, continuo y, además, dominante. "La egolatría romántica y el vocinglero individualismo van desbaratando las artes", señalaba. No existe tal yo porque estamos ligados al instante, a la discontinuidad del tiempo. El yo no puede ser la suma de diferentes situaciones anímicas ni —cómicamente argüía— "la posesión privativa de algún erario de recuerdos". Por el contrario, el yo es diverso y múltiple: un solo instante ("en su breve absoluto") puede constituir su realidad más profunda. Esto, en el plano literario, "significa que querer expresarse y querer expresar la vida, son una sola cosa y la misma"; con lo cual estaba prefigurando lo que sería su propia obra. Finalmente, precisaba Borges: "Yo no niego esa conciencia de ser, ni esa seguridad del 'aquí estoy' que alienta en nosotros. Lo que niego es que las demás convicciones deban ajustarse a la consabida antítesis entre el *yo* y el *no-yo*, y que ésta sea constante". Aun hay un texto muy anterior y —todavía más significativo— anterior a cualquiera de sus libros, cuando apenas Borges se iniciaba en el ultraísmo, en el que aparece la misma clarividencia frente al yo. Decía entonces: "La poesía lírica no ha hecho otra cosa hasta ahora que bambolearse entre la cacería de efectos auditivos o visuales, y el prurito de querer expresar la personalidad de su hacedor. El primero de ambos atañe a la pintura o a la música, y el segundo se asienta en un error psicológico, ya que la personalidad, el yo, es sólo una ancha denominación colectiva que abarca la pluralidad de todos los actos de conciencia. Cualquier estado nuevo que se agregue a los otros llega a formar parte esencial del yo, y a expresarle: lo mismo lo *individual* que

* ***Inquisiciones,*** **Buenos Aires, Proa, 1925.**

lo *ajeno*. Cualquier acontecimiento, cualquier percepción, cualquier idea, nos expresa con igual virtud; vale decir, puede añadirse a nosotros".[1]

Lo que asombra de estos textos iniciales no es, por supuesto, el estilo, con frecuencia pintoresco; ni siquiera el humor. Lo que asombra es la inexorable correspondencia que tendrán sus ideas con la obra escrita luego. Todo en esa obra está signado, en efecto, por un rasgo esencial: el de ser una creación despersonalizada y mítica. Por ello mismo, la precisión y la nitidez de la visión borgiana —y no sólo de la escritura— tiende a hacerse más misteriosa y compleja. Con los años —dice Borges— un escritor busca "no la sencillez, que no es nada, sino la modesta y secreta complejidad"; a su vez, esa complejidad no es tanto un don individual como uno de los atributos del universo. Si creemos conocer a Borges es porque preferimos disimular la sospecha de que nuestro conocimiento no agota la ignorancia que, en el fondo, tenemos de él: su obra parece siempre *in progress*, entre la inocencia y el efecto más calculado; una obra nunca concluida del todo, susceptible —y no por el añadido de alguna nueva pieza— de inesperadas implicaciones, aunque no de modificaciones. Pero si esa obra constituye en sí misma un "universo", lo cierto es que nunca ha recurrido al exceso de creerse "cosmogónica", "planetaria", o de proponerse como tal. Aunque con frecuencia parte de una mitología subjetiva, y hasta familiar, es, en verdad, una obra que se funda en el rechazo de todo lo que parezca singularmente biográfico; más aún, original. El poeta nace con experiencia, decía Baudelaire. No sé si ello será verdad del todo. Creo sólo que lo que ha experimentado Borges parece vivido primero en su obra.

Borges es, realmente, un escritor sin biografía, y que busca no tenerla. "Vida y muerte le han faltado a mi vida": ya es muy famosa esta declaración suya. No lo es menos el breve texto titulado "Borges y yo": distinción entre la persona cotidiana (el yo) y la imaginaria, a su vez imaginante (Borges), que coexisten en su mundo. En este texto queda al descubierto la vanidad teatral (la máscara, el disfraz) de esta última, pero sin que el yo deje de reconocer que sólo en ella podrá perpetuarse ("si es que alguien soy", no deja de advertir). Así, el yo se hace invisible, aun se deja vivir para que el otro trame su literatura; esta literatura lo justifica, pero, paradójicamente, el yo no se reconoce tanto en ella como en las otras literaturas que ha leído. De este modo, y sin transición, empieza un poco el vértigo: lo que el yo ha leído no sólo es igual a lo leído por Borges, sino que esas lecturas son también el comienzo mismo de la obra de éste ("Que otros se jacten de las páginas que han escrito; / a mí me enorgullecen las que he leído", dirá años después en *Elogio de la sombra*, 1969). ¿Dónde, entonces, termina el yo y dónde empieza Borges? ¿Éste no es igualmente aquél? "No sé cuál de los dos escribe esta página", con-

[1] Artículo publicado en la revista *Nosotros* (XII, 1921), citado por C. Fernández Moreno en *La realidad y los papeles*, Madrid, Aguilar, 1961.

fiesa finalmente el yo, quien ha tenido la palabra a todo lo largo del texto. Pero esa misma confesión lo que sugiere no es el simple desdoblamiento, ni siquiera la dialéctica entre el uno y el otro, sino una suerte de refracción, de espejismo continuo, de la persona poética.

Borges, en efecto, invierte la consabida relación entre la personalidad del autor y el arte: éste no es la expresión de aquélla, sino lo que la constituye y la hace posible. Al despojamiento del yo biográfico corresponde, entonces, la conquista de otro yo imaginario o virtual. "El arte es como ese espejo / Que nos revela nuestra propia cara", dice Borges en un poema. Habría que recordar que, en el universo borgiano, los *espejos* ejercen un doble poder anulatorio: sobre la realidad, que se vuelve caótica y por tanto fantasmal al duplicarse y multiplicarse en ellos; sobre el hombre, para que sienta que es "reflejo y vanidad", mera cifra de un poder superior (Dios o el universo). El arte como un espejo que revela la verdadera identidad no es menos veraz: sólo en el poema puede estar (o no estar) lo auténtico (o lo no auténtico) del poeta. Revelador doble, como se ve, es decir, paradójico: puede también mostrar el reverso de lo que el poeta creía ser o quería expresar. Todo poema es, por tanto, un espejo de algún modo abismante; su verdadera significación es imprevisible. "Toda poesía es misteriosa; nadie sabe del todo lo que le ha sido dado escribir", connota el Borges de los últimos años. Es un tema que lo ha atraído muchas veces. Años antes, en una de sus parábolas (como las de Kafka, también paradojas), nos presenta este hecho: un hombre que se ha propuesto dibujar el mundo describiéndolo en su infinita variedad, descubre, al final, "que ese paciente laberinto de líneas traza las líneas de su cara". Creyendo ser realista, el poeta, pues, es un mi(s)tificador; la deliberación no excluye el azar, y éste llega incluso a prevalecer. Sólo que en todo azar hay también una ley invisible, que apenas después logramos descifrar. De modo que la expansión hacia el universo puede implicar igualmente la concentración del yo, pero este yo es ya el mundo mismo. La línea de la identidad, parece sugerir Borges, pasa primero por la no-identidad.

No extraña, por ello, la admiración y hasta la fascinación que a todo lo largo de su obra ha sentido Borges por cierto linaje de poetas: aquellos cuya verdadera persona, cálida, memorable, es imaginada y creada por el poema mismo, no por la suma de anécdotas reales del autor transpuestas en el poema. Así la poesía —en tal sentido *ejemplar*, la define Borges— de Walt Whitman. "Pasar del orbe paradisíaco de sus versos a la crónica insípida de sus días es una transición melancólica", reconoce. Pero yo ideal no quiere decir yo ideológico: Borges quiere subrayar la diferencia entre ambos términos. Para él, la fabulación del yo nace de una experiencia profunda, de una necesidad interior e ineludible. Whitman no se propuso razonar su visión del mundo (la épica del demócrata y del nuevo constructor), sino vivirla, encarnarla en su obra. Como aludiendo a todo arte ideológico, que hoy se presenta, más patéticamente, con urgencia de "compromiso", Borges aclara: "Una cosa es la aceptación abstracta de la proposición de la unidad divina; otra, la ráfaga que arrancó del desierto a unos pastores árabes y los impulsó a una batalla que no ha cesado y cuyos límites fueron la Aquitania y el Ganges. Whitman se propuso exhibir un demócrata ideal, no formular una teoría". El Whitman propagandista no es más que un abuso de quienes lo remedaron, buscando más su fuerza y quedándose tan sólo en lo menos admirable de su obra: "las complacientes enumeraciones geográficas, históricas y circunstanciales". Estos seguidores (futuristas, unanimistas, incluyendo los populistas hispanoamericanos, ¿no?) olvidaron lo más esencial: que Whitman fue también "poeta de un laconismo trémulo y suficiente, hombre de destino comunicado, no proclamado". Los poemas de este *otro Whitman* suponen, para Borges, un mismo tema: "La peculiar poesía de la arbitrariedad y la privación. Simplificación final del recuerdo, incognoscibilidad y pudor de nuestro vivir, negación de los esquemas intelectuales y aprecio de las noticias primarias de los sentidos, son las respectivas moralidades de esos poemas. Es como si dijera Whitman: Inesperado y elusivo es el mundo, pero su misma contingencia es una riqueza, ya que ni siquiera podemos determinar lo pobre que somos, ya que todo es regalo". Finalmente Borges se pregunta: "¿Una lección de la mística de la parquedad?" Hoy nos damos cuenta, quizá con mayor claridad, de cómo el propio Borges está implicado en esa pregunta. Tan distintos, en verdad, Whitman y Borges parecen unidos no sólo por la fabulación de la persona poética, que es desposesión de lo real, sino también, y sobre todo, por lo que ese acto encierra: una ética y un fervor del espíritu, una sabiduría del equilibrio, hasta una cierta inocencia. Sin embargo, aun dentro de estas perspectivas, hay una diferencia esencial entre Whitman y Borges. Si bien el poeta norteamericano figura una existencia que no es real, busca siempre identificar con ella su propio yo; quiere confundir la ficción y la realidad. Borges opta por establecer de antemano la distancia entre uno y otro plano; en su obra la ficción nunca pretende ser el equivalente de la realidad. De ahí que mientras en Whitman domine el impulso vitalista, en él domine más bien una mirada crítica: la aceptación del universo como tal es una crítica a la realidad de la vida, en su forma social e histórica.

Todas las técnicas de la poesía de Borges tienden, en verdad, a configurar un arte impersonal. Si es cierto que al comienzo sus poemas parecen referidos a un yo, también lo es que ese yo se ve continuamente problematizado y anulado, así como la realidad misma sobre la cual el poema discurre. Aun esos poemas parecen autoanularse en una reflexión sobre el poder o la vanidad de la poesía, del lenguaje. A todo ello corresponde, además, el intento por reducir los privilegios del poeta como tal: éste comienza por ser sólo un *hacedor*, pasa luego a ser un *lector* y finalmente, llega a comprender la inutilidad de su oficio. Se convierte, así, en el oficiante de un destino vacío. "Ser en la vana noche / El que cuenta las sílabas", "El resignado / Ejercicio del verso no te salva", dice Borges en dos poemas de su libro *El oro de los tigres* (1972). ¿Lamentación, orgullo, nostalgia? Cualesquiera que sea el término que escojamos para definir el estado espiritual que ello encierra, no olvidemos que se trata sobre todo de *simulaciones.* Pero es quizá a partir de "Poema conjetural" (de 1943) cuando Borges se decide a practicar sus técnicas impersonales más eficaces: el monólogo dramático, un cierto tono narrativo y aun épico, la creación de *personas poéticas.* Es entonces cuando empieza lo que al Borges ultraísta le gustaba definir como las peripecias del "yo vagabundo". Sólo que esas peripecias, a diferencia de Whitman, se dan menos en la realidad inmediata o en el presente que en el plano ficticio del Borges lector: la historia, la mitología, la literatura. (Re)Invención de destinos ya inventados: no se trata, sin embargo, de ninguna irrealidad. Si el arte no es un espejo de la realidad sino una cosa más añadida a la realidad, como cree Borges, obras y personajes son también experiencias reales, hechos del mundo. Es muy conocida la técnica enumerativa de Borges, como la del rapto visionario al descubrir el *aleph*, en la que se mezclan todos los órdenes del universo, desde el más concreto hasta el más abstracto, desde lo real hasta lo imaginario. En ese rapto, Borges hace esta observación memorable: "de chico, yo solía maravillarme de que las letras de un volumen cerrado no se mezclaran y perdieran en el decurso de la noche". Ya sabemos que su obra es la realización de esa mezcla: textos que se superponen, se modifican o se borran entre sí. Faltaría agregar que esos textos son también, para Borges, *cosas* del universo, no simplemente valores.

En sus últimos libros de poemas, la creación de *personas poéticas* no sólo se ha acentuado, sino que, además, ha adquirido otras perspectivas. La encarnación, por ejemplo, del hombre prehistórico, de las cavernas, y su asombro ante la manada de bisontes que ve por vez primera: "Soy el que fui en el alba, entre la tribu", "Yo anhelaba y temía. Bruscamente / Oí el sordo tropel interminable / De una manada atravesando el alba", "Surgían de la aurora. Eran la aurora", "Después los trazaría en la caverna / Con ocre y bermellón. Fueron los Dioses / Del sacrificio y de las preces. Nunca / Dijo mi boca el nombre de Altamira. / Fueron muchas mis formas y mis muertes". El poema tiene otra intensidad: la visión, en la vejez y en la muerte próxima, del alba del mundo y del hombre. No es todo: más que una visión distanciada, es como el resurgimiento de un inconsciente colectivo, la ubicuidad de una memoria que indistintamente habla desde un presente que a la vez parece remoto y actual. Esa técnica de la ubicuidad es muy borgiana y corresponde a su concepción de la condición humana. En otro poema del mismo libro, Borges dice: "Un solo hombre ha nacido, un solo hombre ha muerto en la tierra. / Afirmar lo contrario es mera estadística, es una adición imposible"; "Un solo hombre ha muerto en los hospitales, en barcos, en la ardua / soledad, en la alcoba del hábito y del amor. / Un solo hombre ha mirado la vasta aurora"; "Hablo del único, del uno, del que siempre está solo". Poemas impersonales, pero que —no lo olvidemos— nacen de la experiencia de la vejez. Ubicuidad y metamorfosis del yo dan paso también al desdoblamiento del monólogo: el yo que habla de Borges, odiándolo, esclavizado por él, y buscando liberarse de él, que es, justamente, liberarse de sí mismo: aceptar la muerte. Esa relación se hace ahora más intensa. Si en un poema de los años veinte, se decía: "Espacio y tiempo y Borges ya me dejan", en un tono de resignación o de nostalgia, ahora es la requisitoria minuciosa y tenaz, el diálogo irónico y desesperado. El yo no es un mero contemplador sino la víctima de un *centinela* (así se titula el poema) ya intolerable:

Entra la luz y me recuerdo; ahí está.
Empieza por decirme su nombre, que es (ya se entiende) el mío.
Vuelvo a la esclavitud que ha durado más de siete veces diez años.
Me impone su memoria.
Me impone las miserias de cada día, la condición humana.
Soy su viejo enfermero; me obliga a que le lave los pies.
Me acecha en los espejos, en la caoba, en los cristales de las tiendas.

Una literatura quijotesca

El arte impersonal supone la desaparición del yo, que da paso a las palabras, es decir, a la obra misma. Alguna vez Borges ha confesado querer escribir un libro (un capítulo, una página o un párrafo) que nada tuviera que ver con sus aversiones, sus preferencias o sus hábitos, pero una obra que preservara su secreto, que fuera irreductible o inagotable al análisis; la rosa gratuita, la platónica rosa intemporal del *Viajero angélico* de Silesius. Esto es, una obra que tuviese la complejidad del universo, que fuera el universo. No podía darse mayor desmesura ni mayor exaltación de la obra. Sin embargo, pocos escritores como Borges han cuestionado al mismo tiempo la noción de obra. Ese cuestionamiento empieza por el de la originalidad.

En una época como la nuestra, en que todos quieren ser originales, la mejor forma de serlo es dejándolo de ser —observa Borges, maliciosamente, en un ensayo. No se trata de una simple astucia y la malicia reside en la literalidad con que Borges ha practicado su propia observación. Su obra, en efecto, se presenta como una continua recurrencia, el redescubrimiento de lo ya descubierto: una suerte de palimpsesto en el que se superponen, como capas del tiempo, las más diversas escrituras. De ahí algunos de sus métodos: el deliberado anacronismo, las simetrías, las alusiones, las citas, las glosas. Y lo que es algo más que un método: la afirmación de su *pobreza.* Al prologar una de sus colecciones de textos, de muy distintas épocas, reconoce que no hay casi ninguna renovación entre ellos. "Esta pobreza no me abate —dice, entre la resignación y el orgullo—, ya que me da una ilusión de continuidad". Pero Borges no sólo se repite a sí mismo; aun repite a otros. ¿No podría calificarse esa repetición como "una plenitud de pobreza?" Borges sabe que, en el fondo, repetir(se) es transformar(se); que no hay literalidad posible, aun cuando, y quizá sobre todo, cuando se la practica lúcidamente. Aun la letra es metáfora. Toda repetición es una duplicación. Entre los dobles borgianos (uno de sus grandes temas, por lo demás) no se interpone ningún espejo: uno y otro se miran directamente y, al mirarse, se reflejan, mejor, se refractan; iguales, se reconocen finalmente como distintos también. Pierre Menard es el caso extremo. Su intento parece trivial, pero resulta alucinatorio: escribir no un nuevo Quijote (empresa más o menos fácil, piensa), sino *el Quijote*, copiándolo fidelísimamente del original, lo cual deriva en una obra (inconclusa) inesperadamente distinta. El ejercicio de Menard es a un tiempo inevitable e imposible: escribir es copiar, pero copiar es ya modificar, traducir. Su destino, con todo lo grotesco que parece, no deja de ser también patético: sin saberlo, Menard se identifica con el Quijote mismo, otro copista e imitador, aunque en la realidad (que, a su vez, era un sueño). Así Borges introduce, de manera paródica, el tema de la *copia.* Menard no quería —y es lo significativo— remedar sino *copiar* y de este modo escribir *el Quijote*, es decir, *copiar* y escribir *el Libro.* Lo que hace, en última instancia, es practicar una de las creencias que Borges no teme confesar haber practicado: "Quienes imitan minuciosamente a un escritor, lo hacen impersonalmente, lo hacen porque confunden a ese escritor con la literatura, lo hacen porque sospechan que apartarse de él en un punto es apartarse de la razón y de la ortodoxia". Es sabido, además, que Borges se inscribe dentro de una tradición muy antigua que reaparece modernamente con Mallarmé: escribir el libro que sea *el Libro*, resumen y clave del universo. Sólo que tras ese intento desmesurado, el más radical de todos, subyace la reticencia y la ironía; a la vez que vocación ineludible de todo escritor, ese intento resulta ser igualmente ilusorio e imposible. El arte no es un espejo del mundo, "sino una cosa más agregada al mundo". Creo que se impone entonces esta deducción: para Borges, el arte no es una *copia* del universo sino del arte mismo, y esto es posible porque el arte no es una suma de hechos o de fenómenos, sino la encarnación de *las leyes* que los rigen. De ahí que Borges llegue finalmente a identificar *el Libro* con toda la literatura; *el Libro* es circular e infinito y cada generación lo perpetúa modificándolo, lo escribe y lo reescribe. En un poema de los años cincuenta, Borges da gracias al ser innominado que rige al universo (no dice Dios, sino "el divino laberinto de los efectos y las causas") por permitir esa posibilidad: "Por el hecho de que el poema es inagotable / Y se confunde con la suma de las criaturas / Y no llegará jamás al último verso y varía según los hombres".

Es evidente, me parece, que a Borges habría que situarlo (como a Kafka) en el contexto de una literatura quijotesca. Por muchas razones. Escribir es *copiar* un modelo o un arquetipo, aunque la *copia* resulte imposible. Esta imposibilidad es irónica: implica la derrota del autor y también su fatal "originalidad". Condena al autor a ser simultáneamente anacrónico y actual; el anacronismo, en efecto, no es anularse con el pasado, sino, por el contrario, anular el tiempo: promover un eterno presente. El anacronismo es el debate de la nostalgia por actualizarse. En ese debate triunfa lo impersonal: no el autor, no su obra, sino la literatura misma. La literatura; no sólo lo que los hombres han escrito para imaginar el mundo y, por tanto, para hacerlo inteligible; sobre todo lo que han escrito para que lo imaginario encarne en la realidad: no confundir a ésta con el sueño sino hacer que se rija por el sueño. Lo cual es muy distinto. Reprochar a Borges que escriba a partir de la literatura —lo que no es cierto del todo—, es caer en otro "esteticismo": la obra como un mero adorno de la realidad. En Borges, como en Cervantes, lo imaginario va penetrando y constituyendo la verdadera realidad.

Lo bueno ya no es de nadie sino de la tradición o del lenguaje, dice Borges en uno de sus textos. En el mundo utópico de uno de sus relatos, precisa que "no existe el concepto de plagio", que "todas las obras son obra de un solo autor, que es intemporal y anónimo"; los libros de ficción, además, "abarcan un solo argumento, con todas las permutaciones posibles". No se trata tan sólo de desvirtuar las nociones de novedad y originalidad en la obra y, por tanto, en el autor. La empresa borgiana es todavía más radical: proponer la novedad de la literatura misma, la continua *presencia* de la escritura. La novedad es participación, conciencia de las leyes que configuran tanto al arte como al mundo. A su vez el autor se ve privado de todo énfasis individual para que aparezca su obra, que es la metáfora de otra obra, y ésta de otra. Tal perspectiva de la privación tiene muchas otras consecuencias. Propone una nueva estética: la del lector. Cualquier lector —dice Borges— en el momento de leer a Shakespeare, puede ser Shakespeare. Trastoca también el movimiento lineal de la historia: el presente puede modificar al pasado. Es posible entonces invertir todos los esquemas en que se ha fundado la crítica literaria: desterrar el criterio ("bajamente policial", sentencia Borges) de influencias o de simples fuentes y estudiar más bien a los precursores como si fueran reflejo del autor que prefiguran. En un ensayo, Borges analiza las piezas de los más diversos y dispersos autores (Zenón de Elea, Han Yu, Kierkegaard, Browning, León Bloy) y encuentra que todos tienen un parecido con Kafka; lo insólito, sin embargo, es que no se parecen entre sí. "En cada uno de sus textos está la idiosincrasia, en grado mayor o menor, de Kafka, pero si Kafka no hubiera existido, no la percibiríamos", añade también. Para luego concluir: "El hecho es que cada escritor *crea* sus precursores. Su labor modifica nuestra concepción del pasado, como ha de modificar el futuro". Creo que ya hoy es innecesario advertirlo: ese punto de vista no tiene nada de paradoja borgiana. Coincide, en lo esencial, con las concepciones de la lingüística moderna, que parte de Saussure, y las de los formalistas rusos y estructuralistas en general: la visión sincrónica de la lengua, la relación de los textos entre sí, más allá de los esquemas historicistas y de las nociones de autor y de originalidad individual.

Mi nombre es alguien y cualquiera

Así se comprende que toda la obra de Borges se caracterice por este rasgo estructural: es una obra que se presenta como un tejido de relaciones, en el cual no hay centro o, mejor, que todo en él puede ser centro. Y si ello es cierto, cada parte de esa obra implicaría su totalidad: "En el orden de la literatura, como en los otros —dice Borges—, no hay acto que no sea coronación de una infinita serie de causas y manantial de una infinita serie de efectos".

No me propongo acá hacer un nuevo análisis de toda la poesía de Borges. Me contentaré ahora con hacer visible aquel rasgo estructural a partir del análisis de un poema de la primera época borgiana. Ese poema se titula "Jactancia de quietud".

Como casi todos los poemas de *Luna de enfrente* (1925), al que pertenece, Borges adopta en él el versículo y un tono ligeramente sentencioso que excluye lo conceptual y la vaguedad, no la riqueza alusiva: el pensamiento sabe encontrar a través de imágenes concretas (elementos del mundo habitual de Borges) su intensidad, no sólo emotiva por supuesto. El poema se desarrolla en torno a una oposición central: un *yo* enfrentado a *los otros.* Esa oposición no tiene nada de desmesura egotista, y es más bien la anulación de ésta; tiene, además, una doble implicación, estética y ética. Estética: formula una crítica a toda elocuencia (y no sólo expresiva) así como a la idolatría de la novedad; ética: propone una suerte de ascetismo, de despojamiento, que, sin embargo, es el camino hacia otra plenitud. Esa oposición central origina, a su vez, otras: la quietud frente al movimiento, la lucidez frente a la ambición, la secreta intimidad frente al énfasis. Así, la aparente afirmación del yo se va resolviendo no en su absoluta exaltación sino en su contrario: la despersonalización y, a través de ésta, es una presencia más vasta del universo. De ahí el título, que no deja de ser sorpresivo: *jactancia* de lo que, dentro de una convencional conciencia valorativa, parecería no merecerlo: la *quietud*, o sea, la abstención. El título, pues, sugiere ya el espíritu del poema: la paradoja, la afirmación de algo por medio de su negación. En la versión que aparece en *Obra poética* (1967) el texto es el siguiente, que, para mayor claridad del análisis enumero.[2]

(1) Escrituras de luz embisten la sombra, más prodigiosas que meteoros.
(2) La alta ciudad inconocible arrecia sobre el campo.
(3) Seguro de mi vida y de mi muerte, miro los ambiciosos y quisiera entenderlos.
(4) Su día es ávido como el lazo en el aire.
(5) Su noche es tregua de la ira en el hierro, pronto en acometer.
(6) Hablan de humanidad.
(7) Mi humanidad está en sentir que somos voces de una misma penuria.
(8) Hablan de patria.
(9) Mi patria es un latido de guitarra, unos retratos y una vieja espada.
(10) La oración evidente del sauzal en los atardeceres.
(11) El tiempo está viviéndome.
(12) Más silencioso que mi sombra, cruzo el tropel de su levantada codicia.
(13) Ellos son imprescindibles, únicos, merecedores del mañana. Mi nombre es alguien y cualquiera.
(14) Su verso es un requerimiento de ajena admiración.
(15) Yo solicito de mi verso que no me contradiga, y es mucho.
(16) Que no sea persistencia de hermosura, pero sí de certeza espiritual.
(17) Yo solicito de mi verso que los caminos y la soledad lo atestigüen.
(18) Gustosamente ociosa la fe, paso bordeando mi vivir.
(19) Paso con lentitud, como quien viene de tan lejos que no espera llegar.

Ya los dos versos iniciales insinúan, de manera un tanto elíptica esta vez, las sucesivas oposiciones que integran el poema. En efecto, tienden a sugerir el contraste entre el vértigo de la ciudad y la quietud del campo. El primer verso aparece como una imagen visual sin inmediata referencia (escoger como imagen sugerida la palabra "escrituras" va a trascender lo visual), que luego es esclarecida en el segundo: esas luces "más prodigiosas que meteoros" son la ciudad cosmopolita (de "calles enérgicas / molestadas de prisas y ajetreos", como la llama Borges en el primer poema de *Fervor*), ajena al otro Buenos Aires que es el que Borges

[2] De la versión original (de 1923), Borges corrige los versos siguientes: v. 4 "como *un* lazo"; v. 5: "tregua de la ira en *la espada*"; v. 9: "Mi patria es un *reclamo* de guitarra, *una promesa de* oscuros ojos de niña"; v. 10: "la oración *manifiesta* del sauzal". La versión que comentamos parece mejorar, pues, la original. No así las correcciones que Borges realiza en una nueva edición de *Luna de enfrente* (Emecé, 1969), en la que elimina los cinco versos que siguen a la frase "Mi nombre es alguien y cualquiera".

realmente ama: la ciudad de los arrabales, un tanto ya anacrónica. En estos dos versos, pues, se destaca *el movimiento*: las luces son "meteoros" y "embisten" a la sombra, la ciudad "arrecia" sobre el campo. Pero ese movimiento no es sólo externo; va a tomar una connotación espiritual a lo largo del poema: de alguna manera es la profanación de un orden secreto (la sombra; "más silencioso que mi sombra", se dice luego en el v. 12) y también de un orden mitológico (el campo, la pampa) que Borges busca preservar. Es, igualmente, el símbolo de *los otros.* De ahí que en los versos siguientes (4-5) se defina a éstos a través de pasiones imperiosas: la ambición que se vuelve avidez, ira (y codicia, se dice en el v. 12). Aparentemente, las imágenes con que se presenta a esas pasiones son épicas; en verdad, proponen un sentido menos (o nada) noble: la ferocidad de los que siempre ("su día", "su noche") están acechando al mundo para "acometer", para imponerse. Pero de estos tres versos ya el primero nos muestra el verdadero rostro de Borges ("Seguro de mi vida y de mi muerte, miro los / ambiciosos y quisiera entenderlos"); es el rostro de un ser a la vez perplejo y decidido, que asume su destino más radical, algo en que se está sin equívoco y que *los otros,* sin embargo, eluden para conquistar una apariencia que es sólo vanidad. Se trata, de alguna manera, de la oposición entre el "conquistador" y el "asceta"; quizá también entre lo histórico (que estimula toda voluntad hacia el poder) y lo anacrónico (que postula su renunciamiento).

A partir del verso sexto, el poema va a girar en torno a la oposición de estas dos actitudes. El séptimo no sólo viene a reiterar lo que es la naturaleza esencial del hombre, sino que propone el desamparo como la única forma de ser. Así, mientras *los otros* hablan casi en abstracto de "humanidad", Borges siente, con desgarramiento, que su única humanidad es "que somos voces de una misma penuria". La penuria es la de ser para la muerte, pero ese es el destino al que el hombre debe enfrentarse: todo movimiento de la historia sería puro enajenamiento si no se cobra conciencia de ese centro fijo y fatal. Borges no rechaza la historia; quiere trascenderla como fuerza abstracta y ciega, que en el fondo sería el verdadero vacío. De manera significativa *los otros* hablan de "humanidad" o de "patria" sin ninguna connotación que matice, individualice o comunique una vida concreta. Significativo, repito; sugiere que esas palabras son meros conceptos para ellos, y su aparente universalidad es una inconfesable indigencia. Son simplemente una retórica (los adjetivos que faltan el lector los podría suplir indiscriminadamente; se les supone) que lo justifica todo, pero no verdaderas realidades en las que se está y que uno justifica desde adentro de ellas mismas.

A esa abstracción, Borges opone siempre la individualidad. "El tiempo está viviéndome", dice (v. 11). El laconismo de la frase y el uso del verbo "estar" sugiere no sólo lo personal ("única y personal como un recuerdo", dice de la muerte en un poema de FBA), sino también la perplejidad y la intensidad ante la experiencia del tiempo. Esa experiencia, sabemos, es una de las más radicales en Borges: nuestro destino no es espantoso por irreal —dirá en uno de sus ensayos—, sino porque es irreversible y de hierro. Por otra parte, su "patria" (v. 9) es también y sobre todo, una vivencia, una suerte de devoción de la memoria, algo infinitamente menos visible y ostentoso: "el latido de una guitarra", "unos retratos y una vieja espada", "la oración evidente del sauzal en los atardeceres". Podría pensarse que Borges está exaltando aquí una nueva especie de localismo histórico o, más aún, de criollismo estético. "La excesiva insistencia en su especialísimo criollismo", le reprochaba Néstor Ibarra. Cierto o no (ante Borges todo parece relativo), subrayemos el calificativo "especialísimo". En verdad, lo es. Lo que Borges busca no es lo pintoresco, sino *lo marginal* (no hay que repetir que los arrabales, las casas antiguas, los patios, las tapias y toda la mitología porteña son los elementos que constituyen su Buenos Aires). Y lo marginal tiene una implicación simbólica en él ("Yo presentí la entraña de la voz *las orillas*", dice no sin cierta clarividencia, en el último poema de LE). Es una de las maneras de oponerse al tiempo, dándole fuerza a lo anacrónico, convirtiendo lo efímero en una vasta memoria personal. Pero es sobre todo, creo, una experiencia o una prueba espiritual: despojamiento de "la prolijidad de lo real", que correspondería a un despojamiento interior; búsqueda, igualmente, del centro. Así, uno de los rasgos más singulares de la obra de Borges consiste en insertar la preocupación metafísica dentro de lo más cotidiano y en apariencia insignificante. Son múltiples los ejemplos; escojamos uno de los años iniciales: en un poema de *Fervor*, el tema de la guitarra se transforma en una visión más amplia: la infinitud de la pampa. En ese poema, aun dentro de su sencillez e ingenuidad, está ya implícita la experiencia (y hasta cierta técnica enumerativa a través del verbo "ver" de "El Aleph"). En uno de sus ensayos, Borges la resumiría así: "el menor de los hechos presupone el inconcebible universo e, inversamente, el universo necesita del menor de los hechos". Esa experiencia supone, apenas hay que decirlo, una concepción panteísta del mundo, que Borges ya expresa en uno de los versos más memorables del poema que analizamos: "Mi nombre es alguien y cualquiera". En efecto, en él ya está resumido todo el Borges posterior: su idea de que un hombre es todos los hombres y ninguno, un autor todos los autores; la despersonalización como la manera más auténtica de ser. Dentro del poema, además, esa frase tiene un específico sentido crítico ante los que hacen de la poesía un desmesurado ejercicio del yo y de su vanidad. Esos "imprescindibles, únicos, merecedores del mañana" (v. 13) ¿no anuncian, en cierta medida, al desaforado Carlos Argentino Daneri (de "El Aleph"), que pretendía escribir el poema de nuestro planeta?

Después de poner en cuestión la autenticidad de la poesía de los codiciosos y hasta de toda una baja moral de cierto arte contemporáneo ("Su verso es requerimiento de ajena admiración"), es cuando Borges empieza a definir su propia poesía (v. 15-17). Toda la ética implícita en los versos anteriores adquiere ahora su concreta significación estética. Pero lo que define a Borges, en verdad, es más una búsqueda y un proceso espiritual que el resultado de una obra. De manera significativa, lo que él "solicita" no es una justificación puramente estética de su poesía; no busca que ésta sea "persistencia de hermosura, pero sí de certeza espiritual". Esa certeza, sin embargo, no será sólo de orden individual, aunque la fidelidad con la propia visión de Borges sea un primer requerimiento ("que no me contradiga, y es mucho", dice); ha de ser, igualmente, una fidelidad con el mundo: "los caminos y la soledad" deben atestiguarla. ¿No estamos ante otra de las paradojas borgianas? Sí y no; Borges no intenta formular ningún realismo *terre à terre*, sino una ética de la creación que, a su vez, se constituye en una estética más amplia: la visión del universo. Si leemos bien en la última imagen (v. 17), lo que ella parece sugerir es que la poesía se define sobre todo por ser acto y búsqueda ("caminos"), a la vez que ese acto es una aventura sin respuestas dadas ni previstas, una "soledad" en la que, sin embargo, se debate su verdadera autenticidad. Por ello, el verso siguiente (v. 18) no es una simple declaración de fe: ésta prefiere ser "ociosa", vacante, porque de alguna manera intuye que su destino es la no posesión y, más bien, el continuo anhelo como única realidad. El poeta, así, pasa por su vida de manera lateral, bordeándola. De igual modo, el verso último no será la conclusión de esa aventura, sino su incesante prolongación. Quien la emprende "viene de tan lejos que no espera llegar". Es pues un regreso que es igualmente un punto de partida. El poema, en fin, como toda la obra borgiana, no tiene final, ni lo propone. Nueva paradoja: un poema que es una *jactancia de quietud* lo que sugiere en última instancia es el movimiento, la búsqueda, casi infinita, de algo que nunca podrá ser alcanzado.

Es evidente: la quietud nos remite a toda una visión simbólica de Borges. Vale la pena, entonces, preguntarse cuáles son sus implicaciones. En varios poemas de *Fervor* podríamos encontrar algunos indicios. Contemplando uno de los cementerios de Buenos Aires (en una suerte de regreso a su Hades familiar), Borges dice: "Nos place la quietud, / equivocamos tal paz de vida con el morir / y alabamos el sueño y la indiferencia" ("La Recoleta"). En otro poema, cuyo tema es el enigma del tiempo: su discurrir y la intuición (o la sospecha) de que algo más invulnerable se salva de ese discurrir, se dice finalmente: "es el asombro ante el milagro / de que a despecho de azares infinitos / perdure algo en nosotros: / inmóvil" ("Final de año"). Un poema de *Luna de enfrente* podría ser la reiteración de los anteriores, pero añade una visión más significativa. Es uno de los pocos poemas de amor en la primera obra de Borges ("Amorosa anticipación"); el amor no como posesión, sino, diríamos, como revelación: el anhelo por encontrar el verdadero ser de la mujer, *la otra orilla* de su vida que, sin embargo, no está en ella misma. Sólo a través de *la quietud* podría divisar esa orilla, "esa playa última de (su) ser", dice Borges. En estos tres poemas, la quietud parece inicialmente identificarse con la muerte; en verdad, es un símbolo de otra vida (más plena porque es revelación de la totalidad) y de lo perdurable; es, además, una suerte de ataraxia (lo imperturbable ante el tiempo y el espacio) y de sueño del mundo. La quietud es, pues, una ausencia que, a su modo, es la Presencia; una desposesión que implica otra plenitud.

En uno de los ensayos de *El idioma de los argentinos* encontramos la idea de esta extraña dialéctica. Hay una plenitud, dice Borges, que corresponde al *nirvana*, el cielo negativo de los budistas: ausencia total del yo, de la objetividad del tiempo y del espacio, del mundo. Esa ausencia, sin embargo, no es negatividad absoluta, sino sólo privación, y bastaría con invertir los signos para que la nada fuese también una realidad. La ausencia sería, pues, un camino hacia la plenitud y aun hacia lo absoluto. Imaginar que no ser es más que ser algo y, de alguna manera, serlo todo: esta aparente falacia (de la que él se hace cómplice) es lo que propone Borges en uno de sus ensayos de los años cincuenta. Ella es la que sustenta toda su obra. Veamos un ejemplo reciente. En un poema de *Elogio de la sombra*, Borges evoca la promesa de un pintor amigo de regalarle un cuadro; el amigo muere antes de cumplir su promesa. Y Borges afirma: "Sólo los dioses pueden prometer, porque son inmortales". Pero luego piensa que de haber tenido el cuadro, éste se habría convertido en una cosa más con el tiempo, habría sido, incluso, sólo un objeto, atado a las vanidades de la casa. La irrealizada promesa, en cambio, le otorga una presencia más intacta del cuadro: algo que es ahora ilimitado, incesante, "capaz de cualquier forma / y cualquier color y no atad(o) a ninguno".

Borges entonces concluye: "Gracias, Jorge Larco. / (También los hombres pueden prometer, porque en la promesa / hay algo inmortal.)" Ese poema se titula "The Unending Gift"; lo que es ya significativo: la desposesión, la irrealidad y la ausencia son, para Borges, dones (revelan la verdadera presencia), pero dones incesantes (nunca cristalizados en una dimensión objetiva). Así encontramos otras de las claves de la dialéctica borgiana. Su obra opera no sólo a través de *la inversión de signos*, sino también a través de su *reversión*: la posibilidad, que implica lo primero, de encontrar lo absoluto, se ve continuamente revertida a su imposibilidad; esto es, la presunción de lo absoluto se resuelve no en su posesión, sino en el distanciamiento y aun la renuncia de él. En otras palabras, la Presencia (así como el libro que sea el Libro que, a su vez, sea el Universo) es una *utopía;* Borges la busca y habla de ella desde su ausencia; esta ausencia es quietud, perpetuo móvil que, por ello mismo, remite a la inmovilidad. Esa quietud es también lo marginal, pero desde ella Borges habla de lo central.

Toda esta dialéctica, creo, es lo que ya encontramos implícito en el poema que hemos comentado. Este poema es de la primera época de Borges, pero, en verdad, la trasciende y parece prefigurar toda su obra posterior. Como en su visión del universo, en la obra de Borges un poema o una frase puede remitirnos a la totalidad de esa obra. Y quizá uno de los valores de "Jactancia de quietud" sea el darnos una prueba de ello.

La voluntad, el acto puro

Cultivador de cábalas y herejías, hay también en Borges —¿cómo olvidarlo?— una suerte de concepción gnóstica del universo: la verdadera vida está *ailleurs,* hay que dejar de ser para llegar a ser todos, nadie. Esta dialéctica se intensifica en sus últimos libros de poemas, sobre todo en *Elogio de la sombra* (1969).

En este libro tan personal, *crónica* de toda una vida (que, por supuesto, no es más que toda una literatura), Borges igualmente se despersonaliza. No se acoge únicamente a su *sombra,* sino que también convoca la de sus amigos muertos y la de un pasado mítico. No discurre tan sólo con su voz, sino que se convierte en el *amanuense* de otras voces (Cristo, Heráclito, Joyce, un remoto guardián chino de libros). Aun escribe (¿o transcribe?) los fragmentos de un "Evangelio apócrifo": la ligera irreverencia, la ironía, sin excluir la compasión u otra forma de solidaridad. Evocaciones, monólogos dramáticos, textos apócrifos, a lo cual se añaden narraciones breves y parábolas: hasta los recursos técnicos de esta poesía tienden a situar la experiencia en un contexto más vasto de relaciones. Lo dominante y quizá más intenso en el libro es la memoria. Somos nuestra memoria, dice Borges, para reconocer luego que ésta no es nunca única ni la misma: un "quimérico museo de formas cambiantes", un "montón de espejos rotos". Si sólo conocemos de verdad lo que recordamos, el recuerdo mismo es un movimiento incesante: un texto en continua metamorfosis, que el Borges de hoy sigue "leyendo en la memoria / leyendo y transformando". Es cierto que vamos muriendo con cada uno de esos cambios, pero ¿no renacemos también con cada uno de ellos y así las cosas vuelven a ser inéditas?

De igual modo, la ausencia puede ser la promesa de una presencia más invulnerable; no ligada a lo contingente de las cosas y de su posesión, esa promesa es un don ilimitado (*an unending gift*) que suscita otra realidad más viva y libre: la del deseo. Y "el estilo del deseo es la eternidad", ha dicho Borges en un texto muy anterior, de los años treinta. Por ello se comprende que este libro (sobre y desde la vejez, la ceguera, la soledad) sea un *elogio*: la desposesión del tiempo o la privación del mundo no anulan sino que más bien hacen posible otra manera de persistencia (la memoriosa) y aun de felicidad (la imaginaria).

El olvido es, para Borges, una posesión: "porque el olvido / es una de las formas de la memoria, su vago sótano, / la otra cara secreta de la moneda". Con parecida dialéctica, la muerte no es sino la otra cara de la vida. Vivir implica morir, no sólo porque la vida es una muerte continua, sino porque ésta es igualmente la revelación del sentido último de aquélla. En otro texto muy anterior, Borges ha escrito: "No hay en la tierra una sola cosa que el olvido no borre o que la memoria no altere y nadie sabe en qué imágenes lo traducirá el porvenir" (*El hacedor*, 1960). Esta ética, estoica, frente a la fatalidad está presente, por supuesto, en *Elogio de la sombra* ("a mis años, toda empresa es una aventura / que linda con la noche"), pero con una connotación ahora más amplia. Este libro, en efecto, es sobre todo la incorporación de la muerte como la forma no sólo final sino anhelada del destino, aquello con lo que tenemos que contar radicalmente. No se trata sólo de saber morir, sino de asumir la muerte como una nueva aventura en el mundo. Lo cual implica hacer de su más-allá un más-acá humano y cósmico; no un término sino un comienzo: la despersonalización total y la identidad de la obra con las leyes del universo. Pero la aventura de la muerte no es esperar la gloria (que "es una incomprensión y tal vez la peor", había dicho Borges); ni creer que se pueda ser, finalmente, representativo. Maurice Blanchot, que también ha explorado el diálogo de la obra con la muerte, lo explica de manera significativa: "Lo que se requiere no es perpetuarse en la eternidad perezosa de los ídolos, sino cambiar, desaparecer para cooperar en la transformación universal: actuar sin nombre y no ser un puro nombre ocioso".

Asumir la muerte implica, por supuesto, la voluntad de morir. "Quiero morir del todo; quiero morir con este compañero, mi cuerpo", escribe ahora Borges. Aún subraya: "espero que el olvido no se demore". Desaparecer del todo, ser olvidado: la muerte es la purificación para una prueba final que ya el propio Borges no podrá enfrentar: esa prueba está ligada no ya a su obra como tal, sino a su obra como una cara de la Obra, es decir, como una pieza más de la literatura y del universo mismos. "Quiero ser recordado menos como poeta que como amigo; que alguien repita una cadencia de Dunbar o de Frost o del hombre que vio en la medianoche el árbol que sangra, la Cruz, y piense que por primera vez la oyó de mis labios". Borges, pues, no como autor sino como intermediario de una literatura.

Es evidente: Borges ha fabulado su *persona poética* —vida y muerte— dentro de una totalidad, que nunca se cierra. Para ello no ha requerido sino ser fiel al Borges imaginado. Abolir el yo real para afirmar otro, imaginario: ello supone absorber la ética dentro de la estética, y no al revés. Es cierto que para Borges el arte es una compensación; reconoce que para escribir y escribir *el poema* le fue dado "el antiguo alimento de los héroes: / la falsía, la derrota, la humillación", y uno de sus poetas apócrifos confiesa: "mis instrumentos de trabajo son la humillación y la angustia". Pero el arte es una compensación porque justamente encarna una libertad, una plenitud, un goce más profundo. De algún modo Borges comparte —y la ha glosado en sus ensayos— la idea homérica de que los dioses han tramado la desdicha de los hombres para que las generaciones por venir tengan algo que cantar (*Odisea*, VIII). Ilusión, artificio (*d'artificier*?), juego: el arte se convierte en destino a través de las formas, las formas como disciplina contra la auto-complacencia del patetismo. El arte justifica la realidad, no a la inversa; su irrealidad propone una verdad más vital: la de lo imaginario.

Borges es todavía más inasible. Lo que parece que él quiere afirmar en última instancia acaso no sea siquiera un yo imaginario, sino *la voluntad* que lo hace posible. ¿No ha sido él, en gran medida, un discípulo de Schopenhauer, y aun de Nietszche? En un ensayo (dedicado, en el fondo, al tema de la identidad), cita las últimas palabras con que Schopenhauer, antes de morir, habla de sus desdichas como ilusorias para reconocerse finalmente como el autor de su propia obra. Luego Borges comenta: "Precisamente por haber escrito *El mundo como voluntad y representación*, Schopenhauer sabía muy bien que ser pensador es tan ilusorio como ser enfermo o un desdeñado y que él era otra cosa, profundamente. Otra cosa: la voluntad". Precisamente por haber escrito lo que ha escrito, Borges sabe que ni siquiera él es Borges. Quizá sea su obra. Quizá sea, sí, y sobre todo, la voluntad (o *el fervor*) que lo llevó a escribirla y a escribirla en relación con la Obra. La voluntad: una vez más Borges se queda con lo primordial, no con lo resultante. Opta, en otras palabras, por una suerte de acto puro y, por tanto, también por la pura desposesión.

X. LEZAMA LIMA: EL LOGOS DE LA IMAGINACIÓN

Buscando la increada forma del logos de la imaginación

Con Lezama Lima todo parece ser formulado nuevamente desde la raíz de las cosas. Comenzando por los signos mismos verbales. En uno de sus ensayos, aborda el tema de la oposición entre la *letra* y el *espíritu.* La sola letra mata, sabemos, según las Escrituras. ¿No ha resucitado el escritor moderno esa misma fórmula, aunque con otras variantes? ¿No sigue funcionando aún en la oposición entre *literatura* y *poesía*, uno de cuyos primeros indicios fue el famoso "Et tout le reste est littérature"? Todo ello, observa Lezama, no es sólo una inconsecuencia ética o una manifestación más de la crisis creadora de nuestro tiempo; encierra, sobre todo, un malentendido. La letra mata el espíritu sólo cuando ya éste se ha extinguido. Cuando faltare la visión, el pueblo será disipado —recuerda Lezama, recordando el "Libro de los Proverbios". Y, con una idea sin duda central en toda su obra, concluía ese ensayo afirmando: "Vivimos ya un momento en que la cultura es también una segunda naturaleza, tan *naturans* como la primera; el conocimiento es tan operante como un dato primario. El extremo refinamiento del verbo poético se vuelve tan primigenio como los conjuros tribales" (*Tratados en La Habana*, 1958).

Esta idea es central no sólo por lo que ella contiene en sí misma: vale decir, la visión afirmativa que Lezama tiene de la literatura. Lo es también, y sobre todo, por la desmesura de esa visión. Se trata, en efecto, de algo más que el derecho de existencia de la literatura; algo más incluso que el hacer volver a la letra por sus antiguos fueros. Lo que está formulando Lezama, en verdad, es un sistema poético del mundo, y aun de la historia.

La literatura es una *segunda naturaleza* no porque ella represente o presente lo real, con mayor riqueza o no —lo cual sería para Lezama recaer en un realismo anacrónico. Si ella es representación de algo, lo es de sus propios poderes; su verdadero carácter es lo *incondicionado* y lo *hipertélico*: siempre se libera de sus antecedentes y va más allá de sus propios fines. Lezama cree, como Pascal, que la naturaleza se ha perdido y todo, en consecuencia, puede reemplazarla. "Hay inclusive como la obligación —dice— de devolver la naturaleza perdida. De fabricar naturaleza, no de recibirla como algo dado". La literatura, más bien, es *sobrenaturaleza*: la imagen no es sólo una manera de ver la realidad, sino de modificarla, de sustituirla. Así la literatura llega a ser un principio de libertad creadora frente a todo determinismo de la realidad.

¿No es la obra misma de Lezama uno de los más grandes intentos por encarnar esa libertad y esa sustitución, por ser ella misma *naturaleza?* Su obra: vastos desenvolvimientos verbales, imágenes que adquieren un carácter casi absoluto, el orden a la vez fijo y vertiginoso que subyace en toda su trama —lo que, por su parte, se traduce en el movimiento de la dispersión y el reencuentro: un signo que oscuramente se pone en marcha, luego de una travesía imprevisible es rescatado e iluminado por otro; o como diría el propio Lezama, la obra sometida a la "ley de los torbellinos". La impresión de ser *naturaleza* la suscita también el ser una obra cuyo cuerpo o materia se va expandiendo —y concentrando, endureciéndose— con sucesivas acumulaciones y sedimentaciones. De ahí el poder que Lezama reconoce en todo poema: el de crear "un cuerpo, una sustancia resistente enclavada entre una metáfora, que avanza creando infinitas conexiones, y una imagen final que asegura la pervivencia de esa sustancia, de esa *poiesis*". En uno de sus textos en prosa, que de manera significativa se titula *La sustancia adherente*, Lezama propone esta experiencia:

> Si dejásemos nuestros brazos por un bienio dentro del mar se apuntalaría la dureza de la piel hasta frisar con el más grande y noble de los animales y con el monstruo que acude a sopa y a pan (...) Al pasar los años, el brazo sumergido no se convierte en árbol marino; por el contrario devuelve una estatua mayor, de improbable cuerpo tocable, cuerpo semejante para ese brazo sumergido. Lentísimo como de la vida al sueño; como del sueño a la vida, blanquísimo.

Como ese brazo sumergido en el mar, el lenguaje de Lezama Lima parece germinar cubriéndose con su propia sustancia y sólo se somete al dinamismo de esa misma germinación. Es posible que la metáfora de Lezama evoque la que empleaba Stendhal para ilustrar su teoría del amor como "cristalización" (o sublimación): la ramita sumergida en las minas de Salzburgo, que se cubría de cristales. Pero las diferencias son notables y ayudan a ver mejor la búsqueda del escritor cubano. Stendhal parte de un hecho observable para ilustrar un proceso psicológico o espiritual; Lezama parte de un hecho sólo imaginariamente posible y que no puede servir de ilustración sino de sí mismo. El brazo sumergido no cristaliza sino en un "cuerpo semejante": no se convierte en "árbol marino" sino en estatua de "improbable cuerpo tocable". Es significativo, por cierto, que esta última expresión resulte reversible. Si dijéramos: "probable cuerpo intocable", el cambio de las palabras no varía la estructura y mucho menos se resuelve en una transferencia de sentido. Aun invertida, la expresión se refleja y sólo puede reflejarse a sí misma.

Es obvio, por tanto, que la obra erige su total autonomía frente a lo real. Pero si esa autonomía es la ruptura de la causalidad realista, el hecho es que por efecto de lo que Lezama llama *la vivencia oblicua,*[1] la obra penetra en "la causalidad de las excepciones": entonces su irrealidad empieza a cobrar existencia, no porque se mimetice a lo real, sino por las transfiguraciones inesperadas que surgen de su irrealidad misma. La obra, por supuesto, no nos regresa al mundo; nos lo inventa. "Todo está dispuesto —acota Lezama— para un nacimiento, no para una repetición". Sólo que inventar el mundo consiste en devolverle su *originalidad* —una originalidad, por cierto, muy singular: su tiempo es simultáneamente el pasado y el futuro. La misión de la poesía —dice Lezama— es la de "empatar o zurcir el espacio de la caída". Cerrar las fisuras de ese espacio es ya reunir la imagen del pasado y la venidera: "el éxtasis de lo homogéneo", como la define Lezama. ¿No es, en gran medida, lo que había propuesto también Baudelaire: el progreso como la disminución de las huellas del pecado original?

"Mejor que sustituir, restituir", dirá, por ello, Lezama en un poema. Restituir, claro, no tiene ninguna connotación realista; en el contexto de la obra de Lezama, es evidente que alude a la naturaleza perdida. ¿Cómo, sin embargo, restituir lo perdido sin apelar a las sustituciones y, en consecuencia, cómo practicar tales sustituciones sin aventurarse en lo imaginario? Restituimos algo, pero creándolo, "invencionándolo", para ajustarnos al vocabulario de Lezama. Sólo que esa invención se ve regida por una *ley* que el propio Lezama formula: encontrar las coordenadas entre lo imaginario y lo necesario ("entre su absurdo y su gravitación"), entre el *súbito* de la imagen y la *extensión* que ella despliega. Esas coordenadas se inscriben, a su vez, en un movimiento más amplio con el cual Lezama define el acto poético: toda realidad poética desencadena una reacción de irrealidad que, por su parte, quiere encarnar en aquella realidad. La imagen para Lezama, sabemos, nunca es un doble, ni siquiera una sustitución. La imagen es "la realidad del mundo invisible", la resistencia final en que el poema toma cuerpo. Un cuerpo, no lo olvidemos, "adquirido por la sombra de los fantasmas" (Lezama citando a Dante). También en uno de sus propios poemas, él lo sugiere así: "respiro la niebla / de deshojar fantasmas". Un cuerpo, pues, igualmente irreal, un cuerpo que "se sabe imagen", pero que se intuye necesario, gravitante, susceptible de engendrar por sí mismo nuevas gravitaciones. La imagen es una irrealidad que, sin embargo, moviliza y aun polariza al hombre, es decir, al ser más real por excelencia. Todo lo fundamental que ha hecho el hombre ¿no lo ha hecho en función de una imagen? La pregunta, meramente retórica, es una de las convicciones de Lezama.

Ejercer toda autonomía verbal dentro de un verdadero sistema poético

[1] "Como si un hombre, sin saberlo desde luego, al darle la vuelta al conmutador de su cuarto inaugurase una cascada en el Ontario". Véase *Órbita de Lezama Lima,* prólogo de Armando Álvarez Bravo, La Habana, Editorial Unión, 1966; también "La dignidad de la poesía", *Tratados en La Habana,* 1958.

del mundo: esto es lo que intenta hacer Lezama. Ese sistema abarcaría las dos fórmulas propuestas por Novalis: la poesía como lo real absoluto y la filosofía como la operación absoluta. Más radical aún: sólo ese sistema podría reemplazar a la religión, en la medida, explica Lezama, en que sería "la más segura marcha hacia la religiosidad de un cuerpo que se restituye y abandona a su misterio".

Restituirse y abandonarse a su misterio: se trata de un mismo movimiento con dos fases: lo que se revela y a un tiempo se vela. Es lo que define el carácter mismo de la obra de Lezama, sobre todo su obra poética, que es la que aquí nos interesa especialmente. Esa frase nos conduce, por supuesto, a un punto crucial: el hermetismo. Es sabido que Lezama no sólo no niega sino que además reivindica el hermetismo de su poesía. En algunas de sus *conversaciones* lo ha dicho: "mi trabajo oscuro es mi poesía", "mi obra puede considerarse una penetración en mi oscuro". Tampoco Lezama problematiza este hecho; el sexo, como el arte, es materia concluyente, no problemática, dice uno de los personajes de *Paradiso.* No está de más decirlo: el hermetismo de Lezama es un modo de(l) ser. No depende de una sintaxis, compleja o no, mucho menos del ocultamiento deliberado de una clave que, en sí misma, ya sea clara. Es cierto que Lezama concibe su sistema poético regido por la razón. Esto no debe entenderse mal. Frente a los términos de la escolástica: ente de razón fundado en lo real, lo cual daría en poesía: ente de razón fundado en lo imaginario, él prefiere otra posibilidad: *la poesía como ente de razón fundado en lo irreal.* Por ello Lezama gusta citar una fórmula de Pascal: un arte incomprensible, pero razonable. Sin ser menos lúcida, su opción es evidentemente más radical: aventura no sólo en lo imaginario como imaginable, como virtualidad, sino también en lo no existente, lo no creado; la luz que trabaja sobre todo en los dominios de la sombra. Hay quienes se reconocen en "la suprema esencia y la suprema forma" —dice Lezama en un poema—, pero para confesar que a él sólo se le hace "visible la caída y la originalidad por la sombra y la caída". La suya, pues, es una razón oracular: propone un mundo, no dispone de uno ya dado. ¿Por qué los griegos nos otorgaron el Ser? Esta pregunta que se formula Lezama tiene una doble comprobación: hemos perdido el Ser, pero no podemos vivir sin imaginarlo y no podemos imaginarlo sin fundarlo de nuevo; a su vez, imaginarlo es encontrar su necesidad. De ahí que Lezama se presente a sí mismo, en un poema, "buscando la increada forma del logos de la imaginación". O como advertía antes en un ensayo: "Claro que no se trata sólo de registrar la presencia de las cosas, pero no nos abandonaremos a las ausencias sin tener un sentido para ellas. No es un lujo de la inteligencia zarpar unas naves para contemplar unas arenas no holladas. Que nuestra demoníaca voluntad para lo desconocido tenga el tamaño suficiente para crear la necesidad de unas islas y su fruición para llegar hasta ellas".

El espejo de su enigma

Encontrar el logos de la imaginación: creo que este intento es lo que explica, en gran parte, el hermetismo de la poesía de Lezama. Ya hemos dicho que ese hermetismo no depende de la complejidad de una sintaxis; tampoco, añadiríamos, de un material verbal oscuro. Muchos de los poemas de Lezama (sobre todo los primeros) son de tal transparencia que su propia claridad los vuelve inasibles; no es exagerado comparar el lenguaje de esos poemas, aun por la afluencia o el ritmo, con el de un Garcilaso o el de un San Juan de la Cruz: tienen la inocencia ellos; una inocencia que puede hacerse más refinada y aun abstrusa a través de giros gongorianos, pero que nunca desaparece del todo. Este lirismo casi renacentista admite fórmulas más intelectuales: otros poemas parecen largos y aun desmesurados tratados especulativos, en los que se alían el presocrático y el tomista, el alquimista y el razonador, el católico y el cristiano de la primera Gnosis —¿cuántas otras alianzas y metamorfosis no ocurren en esta poesía? Pero Lezama nunca es un poeta abstracto: con frecuencia, sus imágenes tienen la visibilidad de un destino novelesco; sus poemas, ha dicho él mismo, son metáforas que marchan hacia la imagen final de *Paradiso*. Todavía más: toda su poesía está penetrada de una materialidad muy viva, llena de cosas, comenzando por las domésticas y las de una larga tradición criolla. En verdad, la busca del logos de lo increado nunca excluye lo real inmediato y aun se confronta con él. "Si la ruptura comienza por prescindir de la materia el capricho se hace sucesivo y se regala en la proliferación. La resistencia de la materia tiene que ser desconocida y la potencia cognoscente se vuelve misteriosa como la materia en su humildad", advierte por ello Lezama en un poema. Esta diversidad de intereses y de registros se corresponde con la de las formas propiamente poéticas. Como lo ha señalado Paz: "Se ha dicho que sus poemas son informes. Creo lo contrario: son un océano de formas, un caldo criollo en el que nadan todas las criaturas terrestres y marinas del lenguaje español, todas las hablas, todos los estilos".

Por lo general, pensamos, el hermetismo no es más que un juego sutil o ingenioso de sustituciones: como Góngora, no nombrar la mesa o el halcón sino decir "el cuadrado pino" o "raudo torbellino de Noruega"; o como Valéry, no nombrar el mar y los veleros sino decir "Ce toit tranquille, où marchent des colombes". Parece, en efecto, que todo radicara en eso y por tanto, ya descifrado el código, aun en sus implicaciones más encubiertas o eruditas, el juego resulta un previsible sistema de equivalencias. El aparente triunfo de la hermenéutica nos aleja, sin embargo, de lo esencial: la magia misma del juego. Esas sustituciones son verdaderas metamorfosis: su valor no reside tanto en la (trans)figuración de un objeto como en las relaciones sucesivas que suscitan; aparte de que muchas veces, como lo ha explicado Valéry, no aluden sino a estados más complejos no nombrados antes, y hasta innombrables. Son, en verdad, como diría Lezama, *naturaleza creada* que nos pone en presencia de una *naturaleza original*: nos hacen ver con los ojos de una imaginación primigenia, que no interpreta sino que practica un continuo sistema de fusiones. ¿Para qué hablar del otro sentido (ritmo, orden sintáctico, composición formal) inherente a la naturaleza misma de todo lenguaje poético, más intenso aún en la poesía hermética? Transponer, pues, lo hermético a un sistema de meras equivalencias, lógicas o no, realistas o simbólicas, sería simplificarlo conceptualizándolo y aun distorsionándolo.

"El juglar hermético, que sigue las usanzas de Delfos, ni dice, ni oculta, sino hace señales", recuerda Lezama.[2] "La flota del vino desea que las aguas no la interpreten", dice también en un poema. Es obvio que su hermetismo se inscribe en este contexto: su poesía emite señales, pero señales que son símbolos que encarnan en signos, no al revés. Es este poder del signo lo que Lezama subraya. Constantemente en su obra tiende a acentuar lo imaginario como tal, incluso a mostrar al lector el proceso a través del cual una imagen se va gestando. Así, en un poema, habla del tiburón y lo precisa con una metáfora que, si bien va más allá de lo sensorial, nos da una visualidad: "ancha plata en el ancho lomo acelerado"; luego de otra metamorfosis en que el tiburón (ahora es una "lenta columna de impulsado plomo horizontal") surge de las aguas (cumpliendo "su dictado de obturar las deformidades y las noblezas, la mansa plata y el hierro corrugado"), deriva en esta visión de doble fondo:

> El humo de la evaporación secretada ha manoteado en la cacerola rocosa, que así aflige a la piedra un toque muy breve del hilo que se ha desprendido de la Energía.

Con la metáfora "el humo de la evaporación secretada", Lezama está aludiendo al tiburón desde dos perspectivas simultáneas: el acto en que surge del mar y en que surge de la imaginación misma, puesto que para Lezama toda imagen es una "evaporación". Esa simultaneidad de planos nos conduce, pues, a ver el tiburón surgiendo sobre todo desde la mirada que lo mira. Así, nos recuerda Lezama, más que una realidad o una irrealidad, el tiburón es simplemente un *signo*, que, a su vez, emite otros signos: el humo de su evaporación hace que las rocas, como en una culinaria alquímica, se transformen en "cacerola rocosa". El poema todo, en verdad, es un gran hervidero cósmico. Y, contrariamente al título de *Censuras fabulosas*, explicita al final la simbología de los elementos que lo cons-

[2] En el Fragmento 18, Heráclito había expuesto la misma idea. Otros dos fragmentos suyos parecen incidir también en Lezama: "A la naturaleza le gusta ocultar" (17); "A menos que se espere lo inesperado, nunca se encontrará" (19).

tituyen. "La roca —se nos dice— es el Padre, la luz es el Hijo. La brisa es el Espíritu Santo". En contra de todas las reglas de una poesía hermética, el propio juglar descifra esta vez su código; lo hace no sólo con cierto abandono irónico en el sentido de hacer impracticable toda hermenéutica, sino también para mostrar otra de las ideas centrales de Lezama: sólo el Símbolo puede dar el signo. Así, las analogías del poema son más *reales* de lo que suponemos; son también analogías de relación: entre la parte (lo natural) y el todo (lo sobrenatural), lo cual hace posible la sustitución entre los dos términos. En otras palabras, la *naturaleza* que nos presenta el poema puede ser perfectamente también el ámbito de lo sagrado.

Más allá de sus semejanzas, el hermetismo de Lezama es muy distinto del de Góngora. No porque el de éste sea reductible a explicaciones, que no lo es finalmente, según Lezama. Sino porque la de Góngora es una poesía que trabaja del lado de la luz. Góngora —dice Lezama— ha creado el tiempo de los seres o de los objetos en la luz: ha preparado, aun sin proponérselo, el esplendor de la significación, pero sin entregarse al "humilde del sinsentido", sin alcanzar tampoco el "oscuro cuerpo ocular". Su poesía, en suma, no se interna en la tierra desconocida, no es una afirmación del no nocturno. No otra es la apreciación de un poeta como Jorge Guillén, tan diferente a Lezama. "Sí, lo gongorino se eleva muy lejos de lo órfico. Se trata de un saber y un entender muy definidos."

Guillén, creo, toca el punto esencial: Góngora no es un poeta órfico. En cambio, Lezama lo es, y en grado extremo. Para él no hay saber que no sea, al comienzo, un descenso en el sombrío Hades y que no brote de la "fértil oscuridad". *Paradiso* es la novela de ese descenso; como dice Lezama, la novela de "la ocupación por el hombre de su imagen del destierro, del hombre sin su naturaleza primigenia". El destino de su protagonista, José Cemí, es el intento por hacer encarnar una ausencia, la del padre muerto; el intento también por integrar su respiración —de ritmo asmático, atormentado— a la respiración del mundo, al ritmo de la plenitud como sabiduría. Cemí no es tanto el personaje central como el *personaje-centro* (tal como lo había sido igualmente su padre): en él confluyen y se trascienden mutuamente los influjos de sus dos amigos, Fronesis el apolíneo, Foción el demoníaco. Su búsqueda no es sólo impulso de conocimiento; es sobre todo una prueba, una experiencia espiritual. Si Cemí no posee de antemano la luz, la presiente y de algún modo ya la posee; su búsqueda, pues, es en gran parte por confrontarse con la sombra, por asimilar lo oscuro. Redimir la luz en la sombra y no al revés: quizá en ello reside la clave de su destino. De ahí que en el poema que le escribe Fronesis, éste le diga:

> Su nombre es también Thelema Semí,
> su voluntad puede buscar un cuerpo
> en la sombra, la sombra de un árbol
> y el árbol que está a la entrada del infierno.
> Fue fiel a Orfeo y a Proserpina.

El orfismo para Lezama es la experiencia de la totalidad: una transgresión que nunca se queda en la ruptura, sino que busca incorporar lo desconocido en una armonía más tensa. "Todo lo que no es demonio es monstruoso", dice por ello en un poema, cuya paradoja, nos damos cuenta, es sólo aparente. En uno de sus ensayos, Lezama ha distinguido entre el escritor complejo y el complicado. En el primero, dice, se dan "la unanimidad de lo eterno más lo que le llega en el espejo de su enigma"; el segundo se entrega a lo demoníaco sólo como la ilusión exasperada de su propio poder —se entrega, añade, "a las insinuaciones de la serpiente". Mientras éste resulta parcial en su visión, aquél es necesariamente órfico: quiere identificarse con el esplendor visible y el subterráneo. De igual modo, en otro ensayo, Lezama subraya la diferencia entre la noche de Parménides, que se aísla en el es, un *es* que no depende de sumergimientos sino que es continuo, el Uno, y la noche órfica cuyo *es* se multiplica en la diversidad y sigue el curso de las estaciones, muriendo y renaciendo continuamente con ellas. "Es, está y será", dice Lezama en tono deliberadamente evangélico. ¿No prefigura Orfeo a Cristo; no estuvo el primer cristianismo ligado al orfismo?

Los dioses descensores

Lo que preocupa a Lezama es el "eterno reverso enigmático" de las cosas. En su libro *La fijeza* (1949), hay varios poemas en prosa que tratan de este tema, el cual, por cierto, se inscribe a su vez dentro de una concepción católica.

Desde el momento —dice en uno de ellos— en que Dios ("el principio") pareció separarse de lo Otro, los hombres se han dividido en dos grupos: "los que creen que la generosidad del Uno engendra el par, y los que creen que lo lleva a lo Oscuro, a lo Otro". Lezama, por supuesto, comparte más la segunda creencia. El advenimiento de Cristo —que vino a traer la guerra y no la paz, nos recuerda, casi como Unamuno— trastrocó las perspectivas habituales. Con él "se ponían claridades oscuras. Hasta entonces la oscuridad había sido pereza diabólica y la claridad insuficiencia contenta de la criatura". La poesía, según Lezama, trastueca también esa simetría de opuestos. Su objeto no es esclarecer un misterio para que éste se vea finalmente reducido, empobrecido, a una verdad clara y distinta. La poesía es un descifrar y un volver a cifrar. La poesía nace de la resistencia que encuentra el *súbito* (la imagen) al querer penetrar en lo *extensivo* (lo real). Pero, advierte Lezama, en el mundo de la poiesis, a diferencia de la física, "la resistencia tiene que proceder por rápidas inundaciones, por pruebas totales que no desean ajustar, limpiar o definir el cristal, sino rodear, romper una brecha por donde caiga el agua tangenciando la rueda giradora". O como lo dice en otro poema, de manera más elíptica pero quizá más eficaz y sorprendente: "el dado mientras gira cobra el círculo, / pero el bandazo es el que le saca la lengua al espejo". Parece, pues, evidente: la poesía no es tanto esclarecimiento como revelación, ese instante en que la imagen nos pone ante una totalidad, en que el *bandazo* rompe con la "embriaguez viciosa del conocimiento" y nos hace vivir, ver el esplendor. Aun podría añadirse: la revelación, pero del misterio mismo. No hay claridad separada del misterio: revelar es también velar para que lo irrevelable encarne, sea inteligible en el cuerpo mismo de su oscuridad.

"Lo enigmático es también carnal", afirma Lezama. "Rapsodia para el mulo", uno de sus poemas más conmovedores, es la transposición de esa frase. De una construcción en el fondo muy simple, la intensidad del poema reside en subrayar, hasta la obsesión, hasta la perplejidad, una sola línea (de significación, metafórica o léxica) que, sin embargo, va adquiriendo una densidad abismática. Por una parte, no es posible separar en el poema lo descriptivo de lo visionario. Con la capacidad que tiene Lezama para *potencializar* lo real y, esta vez, para hacer de lo entrañable algo estelar, vemos al mulo viajando por el mundo, acarreando y soportando penosa pero mansamente sus cargas; pero vemos sobre todo su destino, su ciega animalidad ("oscuro cuerpo hinchado / por el agua de los orígenes") y cuya única redención es el abismo mismo, cuya única gloria es el avance en "lo oscuro sucesivo y progresivo". Por otra parte, no es posible desligar tampoco este motivo del discurso y el discurso como tal. Aquél, en efecto, no es el tema de la metamorfosis sino el de la *resistencia*: nunca el martirio del mulo quiere ser otra cosa que martirio ("Las sucesivas coronas del desfiladero / van creciendo corona tras corona"), nunca lo oscuro quiere ser luminoso. Esa resistencia puede resolverse en una grandeza, pero es obvio que ésta no es más que la intensificación de aquélla: el don del mulo "ya no es estéril: su creación / la segura marcha en el abismo". Así también, creo, el discurso funda su significación no tanto en la riqueza verbal como en la reiteración, en la intensificación de la monotonía, de la terquedad rítmica: una sola frase que puede admitir fragmentaciones (pausas) o variaciones (enlaces, recomienzos), pero que casi siempre elude los contrastes, las ramificaciones. Es una sola frase que ejemplarmente progresa hacia sí misma, que es espejo —abismo— de sí misma: "Con sus ojos sentados y acuosos, / al fin el mulo árboles encaja en todo abismo", dicen los dos últimos versos. Comentando este poema en uno de sus ensayos, Lezama observa: "La resistencia del mulo siembra en el abismo, como la duración poética siembra resurgiendo en lo estelar. Uno, resiste en el cuerpo, otro, resiste en el tiempo, y a ambos se le ve su aleta buscando el complemento desconocido, conocido, desconocido". Así, en este poema, Lezama ha estado celebrando a la vez el misterio del mundo y el de la poesía: el misterio que alcanza su esplendor en sí mismo, que se gratifica a sí mismo. No sólo ello, en todo el poema subyace la imagen *crística* del martirio y de la redención; la ocupación —diría Lezama— del desierto y del destierro para acceder a una visión estelar.

Sólo por el secreto, por el otro lado que ellas suponen, viven las cosas y quizá la verdad de ese secreto no esté tanto en lo que encierra como en lo que nos inspira a nosotros. Aun podemos saber que el secreto es una falsía, pero el asumirlo como tal desencadena ya una necesidad, o una conducta que se vuelve destino. De suerte que lo importante no es la réplica del secreto, esto es, la verdad; lo importante es la contrarréplica: la trama imaginaria que va tejiendo. Hay un apólogo de Pascal al que Lezama alude en uno de sus ensayos y que es, en este sentido, revelador: la historia del náufrago que es recibido como el rey desaparecido y decide obrar como tal, sabiéndose impostor. Lezama comenta:

> La certeza del naufragio es aquí la correspondencia al encuentro del rey falso, aceptado violentamente en la necesaria fatalidad de su falsía. He aquí una grandeza que va por encima del ceremonial y del acto de escoger. Devolver en el hombre es intuir el escoger de los dioses. El único indicio que podemos tener de ese escoger de la divinidad, es su correspondencia con el devolver de los humanos. Luego ese devolver es la raíz de la imagen. Devolver con los dones acrecidos en el don de la gracia.

Ya sé que es innecesario advertirlo, pero quiero simplemente subrayarlo: ese impostor es el poeta mismo. De ahí que Lezama titule su último libro de poemas con el nombre de *Dador* (1960). El poeta, en efecto, para él, es siempre un *dador* y lo que cuenta en su obra, o en su destino, es el acto mismo de dar y no lo dado; el impulso germinativo y no el objeto; la transposición imaginaria y no la veracidad realista. Siguiendo este mismo hilo, podría decirse que para Lezama el poeta es el ser que se pone máscaras: no tanto para esconder el rostro como para vivir —según una frase suya, aún más memorable— "en la visibilidad de la conducta y en el misterio de la extrañeza de las alianzas".

Máscara y rostro: otra manera de Lezama de aludir a la relación con lo enigmático y obviar, a un tiempo, ese tema ya trivial de la "personalidad" del poeta —o de los poetas con "personalidad", que es todavía más latoso. La máscara es un conjuro: un modo de vencer la muerte. Pero ese conjuro nace de un impulso a la vez natural y sobrenatural: nos ponemos máscaras para fluir con el tiempo, no para detenerlo; para oponer a una transmutación la transmutación misma. En efecto, dice Lezama, la máscara es "el elemento heraclitiano, mientras que el rostro en la lejanía se fija en un concepto o en arquetipo". Diversidad y fijeza ("evaporación y centralización", decía Baudelaire): entre estos dos extremos se mueve el yo del poeta. Como lo aclara Lezama: "Si un ser no se transmuta en su máscara no alcanza nunca el misterio de su yo separado y superior". Transmutarse en su máscara equivale a disolverse en el mundo;

esa disolución, sin embargo, nos depara la imagen de nuestro propio rostro. Dos espirales inversas, como se ve, que encajan una en otra y forman una misma figura circular. El sentido de la máscara corresponde, pues, con el de la metáfora; ambas cumplen las dos fases de un mismo movimiento; metamorfosis y reconocimiento, *anagnórisis*. Es el tema profundo, me parece, de ese poema a un tiempo límpido e inasible que es "Muerte de Narciso" (1937). No por azar es el texto que inicia toda la obra de Lezama.

El tema de Narciso tiene en el poema de Lezama una refracción poco habitual. En efecto, Narciso encarna en el mito la *concentración* del ser; no el mirar sino el mirarse: su reflejo en el espejo de las aguas es un principio de individuación, aunque es también el principio de un saber absoluto: lo universal contra las contingencias, lo permanente contra la cambiante sucesión. El primer aspecto ha sido el tema de una obra de André Gide: *Le traité du Narcisse* (1891), en la cual Narciso logra salvar el peligro del "narcisismo": movido, al comienzo, por el deseo de conocerse a sí mismo, no se deja fascinar por su imagen y siente, finalmente, que en él pasan, reabsorbidas, las generaciones humanas. En otro texto no menos célebre, Valéry ve en Narciso el drama insoluble entre la conciencia que se busca a sí misma ("Mais moi, Narcisse aimé, je ne suis curieux que de ma seule essence") y la imposibilidad de fijar esa conciencia en la fluencia del universo sensible (*Fragments de Narcisse*, 1927). A semejanza con el de Valéry, el Narciso de Lezama también muere, pero esta muerte no es la negación sino la necesaria expansión de la conciencia individual. A semejanza con el de Gide, el de Lezama se identifica con el universo, pero sacrificando su yo, su imagen. Desde la perspectiva de Lezama, en verdad, si Narciso es el intento por alcanzar lo *Uno indual,* su búsqueda parece signada por la imposibilidad (¿o el rechazo?): la de no poder abandonarse a la aventura de lo Otro. Así, contra la voluntad de Narciso, lo que domina en este poema es la apertura hacia el universo. ¿Es por ello que el poema se inicia, inesperadamente, con la alusión a Dánae: "Dánae teje el tiempo dorado por el Nilo"? Un modo de crear, desde el comienzo, el tiempo mítico del poema, pero quizá también un modo de introducir, por contraste, su verdadero tema. ¿No es Dánae el mito de la virgen que, no obstante su clausura, es fecundada por Zeus, simulado en una lluvia de oro? ¿No subyace en este mito la creencia, según Frazer, de que la mujer puede ser preñada por el sol?

La metamorfosis como *disolución* necesaria del yo: esto es lo que predomina en el poema de Lezama. Esa disolución empieza por la del significado mismo, que, a su vez, acarrea consigo la de la conciencia. En efecto, el poema se desarrolla sin una estructura semántica o discursiva muy perceptible; es un incesante entrecruzamiento de motivos y un flujo de imágenes que apenas podemos seguir en un primer momento. Se trata, en verdad, del poema que es sólo imagen; los nexos, las transiciones se borran y el lector, quizá como Narciso, se siente desamparado. En tal fluidez verbal, por cierto, Narciso nunca logra ver su rostro ("Vertical desde el mármol no miraba / la frente que se abría en loto húmedo") o si lo ve lo que le parecen son figuras extrañas o aun signos hostiles ("pluma morada, no mojada, pez mirándome, sepulcro"). Narciso no se encuentra a sí mismo sino que es devorado por el espejo de lo Otro ("el granizo / en blando espejo destroza la mirada que lo ciñe"). El poema, entonces, parece la confrontación entre una ausencia o una sobreausencia, la de Narciso, y una presencia o una sobrepresencia, la absorbente e imperiosa del universo ("Una flecha destaca, una espada se ausenta", "Tierra húmeda ascendiendo hasta el rostro, flecha cerrada"). Y, por ello mismo, se ve regido por dos ondas rítmicas: la verticalidad de Narciso, que muere siempre ascendiendo ("estirado mármol", "recto sin fin en llamas seco") y la horizontalidad de un espacio que, por su parte, se ensancha cada vez más y se vuelve más abigarrado en sus relaciones. Me pregunto, además, si este espacio no es ya la primera visión que Lezama nos da del espacio americano: no tanto por su desmesura o exuberancia como por la fuerza primigenia con que se hace sentir desde el comienzo del poema: "En chillido sin fin se abría la floresta / al aireado redoble de flecha y muerte". La imagen de la *flecha* es una de las que más se reitera en el poema, como el lector habrá notado por citas anteriores; creo que tiene un doble valor: vida y muerte. Por una parte, es la cifra del impulso elemental del universo; con igual sentido Lezama la emplea en otro texto: "Vegetales creciendo como nuestros deseos, flechas sobre los flamencos". Por otra parte, es una referencia directa a uno de los motivos del poema: la cacería de un ciervo. Este motivo, por supuesto, es paralelo al de la muerte de Narciso; incluso es significativo que en el poema, ya hacia el final, se nombre por primera vez al adolescente en relación con la consumación de la cacería: "Narciso, Narciso. Las astas del ciervo asesinado / son peces, son llamas, son flautas, son dedos mordisqueados".[3]

A la doble onda rítmica podría corresponder, además, la estructura métrica del poema: las primeras estrofas, de versos más o menos parejos en que tiende a prevalecer el endecasílabo, van dando paso, progresivamente, a otras cuyos versos llegan a lo inconmensurable. "La fundamentación del fuego es la anchura", dirá Lezama en un poema muy posterior. ¿No es notable tal ampliación verbal del poema? ¿No está sugiriendo el debate entre el *cuerpo* del universo y la *conciencia* del personaje? Narciso mismo muere en fuga, pero no ya en la fuente inicial sino en "pleamar". Esa fuga encarna su verdadero drama: el horror ante la diversidad de lo Otro,

[3] Nueva analogía con Heráclito; en uno de sus Fragmentos, éste decía: "El nombre del arco es vida, pero su labor es muerte", cuyo sentido es también un juego verbal: *Biós*, nombre del arco, en griego, sólo difiere por el acento de *Bíos*, vida.

que de algún modo es su enemigo ("Si atraviesa el espejo hierven las aguas que agitan el oído", "Chorro de abejas increadas muerden la estela, pídenle el costado"). Así, la obsesión de su propio rostro le impide a Narciso reconocerse en ninguna máscara. Para decirlo dentro del sistema valorativo del propio Lezama, Narciso es un personaje gótico. Pero su fuga ascendente no es una simple evasión; encarna ciertamente una fase en el proceso de todo artista y, por ello mismo, es también una cifra de las fuerzas germinativas.

En un conjunto de poemas que Lezama atribuye a un personaje de *Paradiso*, titulado en consecuencia *Dejos de Licario*, se dice "Narciso mascado por la niebla ascendente, / vuelven los dioses descensores". En la novela misma hay otras referencias a Narciso; una de ellas la de Foción, quien lo define como "la imagen de la imagen, la nada". La muerte de Narciso en el inicio mismo de la obra de Lezama parece encerrar pues un valor propiciatorio y simbólico: prefigura el advenimiento de la experiencia órfica. Orfeo: el canto ligero y a la vez terrible, uno y muchos rostros, el descenso en lo Otro, el viaje paradisíaco por lo infernal, la tentación luminosa de lo oscuro. Es decir, todo lo que luego encarnará en la obra de Lezama. De manera significativa, su segundo libro de poemas se titulará *Enemigo rumor* (1941). El propio autor ha explicado el sentido de ese título: el *enemigo rumor* es la poesía misma, que se constituye en sustancia no sólo real, cuerpo del universo, sino también devoradora. Igualmente, podríamos pensar, es el lenguaje de lo Otro, ni oscuro ni luminoso, sino secreto, en cuyo ámbito caben simultáneamente la hostilidad y la fascinación. Después de la experiencia de Narciso, Lezama se entrega —se enfrenta— a la experiencia poética como un reto, o una prueba; también como a un espacio abierto (gnóstico, diría él) cuyos signos son la metamorfosis, la diversidad, la yuxtaposición. Las mil máscaras de un solo rostro. Aun en este segundo libro hay una referencia implícita a Narciso; nuevamente suscita la opción entre el universo ("ciudades giratorias, líquidos jardines verdinegros, / mar envolvente") o la pura contemplación ("el canto desprendido (. . .) del invisible rostro que mora entre el peine y el lago").

Quien logre *disolverlo* todo vencerá al tiempo, parece ser una de las creencias de Lezama. Esa disolución no es simplemente la búsqueda, mucho menos el asedio, de la unidad; es sólo el fluir hacia la unidad. "El río subterráneo es descubierto por el pastor a la sombra del sicomoro", dice Lezama en una breve parábola, con la cual quiere subrayar que los verdaderos descubrimientos son el resultado de una fuerza germinativa, necesaria, ajena a la pura voluntad constructiva. Descubrimiento: hallazgo: revelación: todo ello es posible, para Lezama, gracias a una nueva experiencia del *ocio*: dejarse impregnar por el mundo para que a su vez éste alcance su propia inteligibilidad.

Una de las formas de la unidad, la que nos es dable lograr nosotros, es lo que Lezama denomina *lo semejante*: no la identidad de las cosas consigo mismas o entre sí, sino la inextricable trama de la heterogeneidad. La verdadera marcha de la metáfora —acota Lezama en un poema— es restituir "el ciempiés a la urdimbre". Aclaremos que lo semejante es esa urdimbre: una figura que es sólo posible porque cada signo en ella está en función de y en relación con otro signo. Para ilustrarlo con un ejemplo del propio Lezama, que tiene, además, la gracia de una imaginación primigenia:

> La hoja despierta como oreja, la oreja
> amanece como puerta, la puerta se abre al caballo.
> Un trotico aleve, de lluvia, va haciendo hablar las yerbas.

En un ensayo, Lezama concluye evocando una leyenda de la India: la del río Puraná, en cuyo caudal impreciso concurren los elementos más dispares, "desemejanzas, chaturas, diamantinas simetrías, coincidentes ternuras": ese río que carece de análogos y de aproximaciones es, sin embargo, el que conduce a las puertas del Paraíso. No se trata, pues, de un río crisol sino de un hervidero de (con)fusiones; su virtud no está en purificar sino en acarrear la multiplicidad del universo. Así también, creo, la unidad en Lezama es una continua expansión; la superposición y el entrecruzamiento, no la reducción o la síntesis. "Todo va hacia el turbión", dice en un poema. Su propia imaginación requiere más las bi-trifurcaciones que lo lineal, y hasta la materia proliferante antes que la configurada. Él mismo no deja de reconocerlo: "Mi representación precisa objetos que la burlen; / los contornos que no desean segunda naturaleza, / objetos sin equivalencias formales". A esa aprensión por lo construido o lo arquitectónico se debe quizá la textura densa y, sobre todo, el ritmo casi desaforado con que sus poemas nos impresionan por primera vez y hasta nos rechazan. Esa aprensión es la búsqueda de la aprehensión de todo lo que pertenece al Ser en su originalidad. Por ello Lezama se pregunta en el mismo poema: "¿La salud del objeto es su posible reducción / a forma? ¿El acabado alcanza su transfiguración / en la forma? ¿La forma es un objeto?" De nuevo el método que propone es el del *bandazo*, la revelación que no es mero conocimiento ni rapto, sino impregnación. "Lo uno tiene que llegarnos como un bulto / con el cual tropezamos, pues lo uno se acecha / por exclusión". Excluir lo uno significa acecharlo incluyéndolo todo, para luego ver a lo uno reaparecer en su final esplendor. Lo uno es el imán que hace aparecer nuestra diversidad; es también lo que impide que ésta se entorpezca en lo indistinto, o en lo dual. Pero el acto de incluir es, en Lezama, la transgresión de todo límite: ya no la sola abundancia sino la *sobreabundancia*. "La abundancia —advierte— es el lleno comunicante, pero la sobreabundancia / es un sacramento, ya no se sabe de dónde llegó"; añade igualmente: "sólo la sobreabundancia inunda los rostros y los encarna". Digamos que los "encarna" porque los "inunda", no porque simplemente los esclarezca. La sobreabundancia, en verdad, está ligada en Lezama a la intuición de que el secreto no hay que develarlo sino dejarlo que germine desde sí mismo; recubrirlo con su propio crecimiento y no querer descubrirlo siguiendo tan sólo una clave. Es por lo que en otro poema de *Dador*, llega a decir: "El hilo de Ariadna no destroza el sentido, / sino la sobreabundancia lanzada a la otra orilla carnal". No se trata, pues, de una simple piedra de toque; se trata de una vasta red de magnetismos. Es también, por supuesto, la contrarréplica de Lezama a una época crítica que no se lanza a la conquista de la Isla Afortunada. Sus equivalentes son la desmesura y la hipérbole como una manera de sacudir la duda, no tanto para dar prueba de la fe sino para hacerla posible, a la vez que es una manera de trasponer los límites de la conciencia y volcarnos hacia lo Otro. "Todo lo que no es nosotros tiene que hacerse hiperbólico / para llegar hasta nosotros", dice Lezama. Con lo cual es obvio que está aludiendo también a la naturaleza de su propia obra.

La sobreabundancia puede ser en Lezama una gracia (en el sentido teológico) o un don. No es lo que importa. Importa más saber que él la asume como una manera de existir y que, como la existencia misma, no es "una posesión sino algo que nos posee". En efecto, hay otros poetas de la (sobre) abundancia; pensemos, por ejemplo, en uno contemporáneo y también latinoamericano: Pablo Neruda. No es posible, creo, otro caso más privilegiado. Las acumulaciones de Neruda, sus largos inventarios de la naturaleza, sus encadenamientos metafóricos son un modo de poseer el mundo, describiéndolo aun indirectamente; la realidad sigue siendo, en última instancia, más poderosa que la imaginación y se constituye en su apoyo irremplazable. Lezama, en cambio, trabaja tangencialmente, por impregnación. Cada palabra suya —como lo explica en un poema— puede ser un *apeiron* de arcilla, pero sólo está sostenida "por la respiración nocturna", y el poeta no hace más que hilarlas como un "Parménides ciego tejiendo la alfombra de Bagdad". Quiero decir: Neruda busca la *equivalencia* del mundo y cree en ella; como se ha dicho muchas veces, es un poeta neorromántico y, en cierto modo, "antisignario": la cosa, lo dado es quizá lo más importante para él ("Hablo de cosas que existen, Dios me libre / de inventar cosas cuando estoy cantando"). Lezama, por el contrario, parece buscar más la *modulación* del mundo; su poesía trata, en fin de cuentas, no con la realidad de los seres y las cosas sino con su "respirante diferencia": así, el mundo sólo puede estar encarnado en la "imagen de la suspensión" que va trenzando el hálito del lenguaje. ¿No se opone todo ello, además, al interés de Neruda por crear la imagen (falsa o no) del poeta no "mediatizado" por la cultura; el poeta que no viene de un libro, o que penetra en la materia antes de toda codificación cultural?

La respiración, el hálito, el pneuma del lenguaje: cualquier lector de *Paradiso* puede percibir la importancia que tienen en Lezama estos motivos. La novela concluye, sabemos, en el momento en que Cemí termina su aprendizaje espiritual y puede entonces iniciar su obra; su destino de artista, intuimos, no será el de la posesión del mundo sino el de la conquista de un ritmo: el de la sabiduría, el de la contemplación del universo. Cemí será ese "Parménides ciego tejiendo la alfombra de Bagdad", de que habla Lezama en el poema antes citado. Respirar (como) el mundo, en efecto, no es poseer el mundo o dominarlo, sino iniciar un acto morfológicamente simultáneo. Es, si se quiere, una analogía de relación o de función, no de contenidos.[4] Ese acto supone, en consecuencia, una *distancia* que, sin embargo, puede ser más carnal, más erótica, que la presencia misma. Lezama lo sugiere así en dos poemas: "La erótica lejanía domina la mecida extensión de lo estelar", "sentimos en la lejanía de nuestro cuerpo los imanes de un curso remoto". Imantada, erótica, esa distancia "engendra su propio rostro"; rompe con la causalidad realista e inicia otra: la de la imaginación del deseo, que es también, veremos, la de la memoria. Es esta nueva causalidad (de *excepciones morfológicas*, diría Licario) lo que permite a Lezama pasar indistintamente de lo estelar a lo entrañable, y viceversa. O, más aún, lo que le permite tratar los más refinados artificios de la cultura como si fueran naturaleza pura ("lo sobrenatural naturalizante", dice en un poema), así como desencadenar las fuerzas más elementales como si estuviera combinando sustancias alquímicas o cifras del código más secreto. Es justamente en ese punto en que el artificio se vuelve tan necesario como cualquier otra germinación, donde reside lo singular de la escritura de Lezama. Ese punto puede parecer tenso, pero su verdadera tensión reside, más bien, en la capacidad para asimilar toda tensión, para crear la gran conciliación. Barthes habla de una "parole à la fois très culturelle et très sauvage" (*Le plaisir du texte,* 1963). ¿No sería ésta la mejor definición del estilo de Lezama? Este estilo implica también otra búsqueda. "Quizá en el otro extremo de la cuerda ocupada por el ángel, no esté la bestia, sino esa feliz coincidencia del *otium cum dignitate* del humanismo y el pacer de las bestias". En ese mismo ensayo, Lezama agrega: "El día que podamos establecer un esclarecimiento entre el ocio y el placer, la verdadera naturaleza será habitada".

El ordenamiento de lo invisible

Así se comprende que una de las recurrencias en la obra de Lezama sea lo que podríamos llamar *lo estalactito.* La estalactita —nos recuerda Lezama— es uno de los símbolos más profundos de la eternidad que ha podido inventar el hombre; lo es, por ejemplo, en el taoísmo. Al final de *Paradiso*, por ello, Cemí vislumbra la casa de las estalactitas antes de lle-

[4] Véase el ensayo de Severo Sarduy en *Escrito sobre un cuerpo,* Buenos Aires, Sudamericana, 1969.

gar a la casa donde velan el cadáver de Oppiano Licario (su padre simbólico): lo cual parece prefigurar la resurrección de éste.

Pero la estalactita es también uno de los fundamentos del arte poética de Lezama. Sugiere, por una parte, el refinamiento natural, la cultura que se hace desde la naturaleza misma. En un poema que tiene algo de fabulación novelesca, Lezama evoca la historia de un muchacho vendedor de estalactitas y saltamontes: es sin duda el personaje de una escena costumbrista cubana y el poema alude a una región concreta de Cuba, donde hay grutas (Viñales): ese muchacho ("doncel", se dice en el poema) es la magia misma que vive en la costumbre y en la pobreza, en la pobreza que lo acostumbra a la magia: el universo para él está finalmente en "su castillo de cuello de cristal", la botella que acaricia antes de dormir y en la que guarda sus cocuyos y las monedas de su comercio. El tema del poema es el del cristal como imaginación y transparencia del mundo.

"Como la fresa respira hilando su cristal", es uno de los versos de "Muerte de Narciso". La materia que, en su proceso mismo de gestación, va simultáneamente cristalizando. Tras el "verismo" de esta imagen se abre otra percepción más penetrante: cámbiese el vocablo *fresa* por (tan próximo, ¿no?) *frase*, y se tendrá la mejor metáfora de lo que es el lenguaje de la poesía para Lezama: un debate entre la fijeza y la evaporación. La poesía, en efecto, ya lo hemos visto, es un *enemigo rumor*: devora por su propia fascinación y continuamente se nos escapa. El poema, por tanto, no puede ser una mera sucesión de metáforas, sino, además, la creación de un cuerpo resistente, no evanescente, que es la imagen total. Es sobre este proceso sobre lo cual Lezama poetiza en un texto justamente titulado "Poema". Comparado, al comienzo tácita y luego explícitamente, con la labor del gusano de seda, el surco del poema "es su creación: / un poco agua grabada"; aun tiene que trazar continuamente "círculos de arena / al fulgor de la pirámide desvaída", para que ésta se haga presencia. La escritura es, pues, *congelación* del vértigo de la poesía. Como lo dice Lezama, al final de la primera parte de "Poema": "El deseo se muestra y ondula, / pero la mano tiene hojas de nieve".

Lo estalactito: agua grabada: mano con hojas (escritas) de nieve: el poema es *fijeza*. Pero *fijeza* no quiere decir inmovilidad sino éxtasis de la expansión; esta expansión, por su parte, es dinamismo puro: no movimiento dialéctico, sino expansión del éxtasis mismo. El "reino de las imágenes por el artificio del inmóvil conocido", dice Lezama en un poema. En otras palabras, la fijeza es el universo mismo como absoluto o como Dios: un espejo que no refleja, ni refracta, sino que disuelve. Por ello es un espejo que siempre nos burla, como burla a Narciso —como lo devora, más bien. No podemos cristalizar en nosotros mismos, sino en el (oscuro) esplendor de la diversidad. Tampoco podemos quedarnos en la posesión de los seres o las cosas, sino sólo con su transparencia: la reminiscente imagen en torno de la cual los o las reconstruimos. Es la misma experiencia de los reagrupamientos espacio-temporales que vive José Cemí en uno de los últimos capítulos de *Paradiso* y que él llama el "ordenamiento de lo invisible", el "sentido de las estalactitas": la simple colocación de una copa de plata entre las estatuillas de una bacante y de un Cupido, creando una nueva armonía donde antes privaba la desazón caótica. "Los días que lograba esos agrupamientos donde una corriente de fuerza lograba detenerse en el centro de una composición, Cemí se mostraba alegre sin jactancias" (capítulo XI). Había logrado, sin duda, el éxtasis de las relaciones, una nueva visibilidad de la conducta de los seres y de los objetos en el mundo.

Cuerpos visibles: relaciones invisibles creadas por el poeta: también en la obra de Lezama nos encontramos con lo que podríamos denominar, con palabras suyas, "lo semejante ancestral". Me refiero a la *animalia* profusa que puebla sus poemas. No se piense, por supuesto, en un diálogo de la fauna tropical. Sin dejar de ser reales, los animales de Lezama son míticos o, más bien, son animales "cifrados". Constituyen para el poeta una "sedosa colección de signos breves", que él resguarda de la mera contingencia. En un poema los presenta en un ámbito ritual, suerte de estrato subterráneo de la memoria: atraviesan cámaras, saludan a los ujieres y colocan sus cabezas ante "magistrados oscuros, pesados como reyes"; esperan cerca de la corriente —precisa luego Lezama— "la crecida del río / que rellena el oído". Esperan, en verdad, el río, el flujo verbal que les dará una existencia plena. Signos verbales en que cristalizan otros tantos símbolos, sería arbitrario, por tanto, reducirlos a meras proyecciones de un inconsciente atormentado: no traducen ni lo irracional ni lo monstruoso. Son animales órficos, como en cierto modo lo seguían siendo los de la mitología cristiana. Lo que ellos encarnan, en última instancia, es esa fuerza primigenia a través de la cual Lezama aspira a rescatar —a inventar— la naturaleza perdida. Son el instinto puro o, si se quiere, lo oscuro en el que intuimos la luminosidad y hasta el orden y la sucesión del instinto. Por eso Lezama los llama "animales de existir fulgurante" o "animales de sueño irremplazable". Todo principio axiológico, en efecto, está excluido de la visión de Lezama: tan finos y elegantes son los antílopes como las "serpientes breves, de pasos evaporados". Como un nuevo Orfeo, Lezama establece un secreto entendimiento entre todos ellos; más aún, un entendimiento entre ellos y el hombre, entre la naturaleza y la inteligencia. En un poema irónicamente franciscano, evoca su trato con los animales más inferiores y hasta más "repelentes"; entre ellos, la araña. El trato resulta ser revelador, le descubre al poeta:

> que la araña no es un animal de Lautréamont,
> sino del Espíritu Santo; que tiene apetito de hablar
> con el hombre; que tiene convencimiento de que la amistad
> del hombre con el perro y el caballo ha sido inútil

y holandesamente contratada. Si se la dejara subir por las piernas
no en los bordes de la pesadilla sino en el ancla matinal,
llegaría a los labios, comenzando su lentá habladuría secular.

Todo este poema es, además, un ejemplo privilegiado de cómo Lezama es capaz de alcanzar una deslumbrante claridad; de cómo en su poesía la materia va dibujando una insospechable inteligibilidad. El poema, en verdad, es también una visión de sí mismo. "El ámbito de la araña es más profundo que el del hombre, / pues su espacio es un nacimiento derivado, pues hacer del ámbito una criatura transparenta lo inorgánico", dice Lezama en otro pasaje. Como el ámbito de la araña, el del poema es un hilado de relaciones; una actividad que construye, no un objeto construido; tampoco un cuerpo a la vista, sino la mirada que lo va trazando. Así se comprende, una vez más, lo que Lezama quiere proponer cuando habla del mundo regido por un sistema poético: el mundo regido, no por la belleza, sino por el principio relacionante, por el logos de la imaginación.

La justicia metafórica

De ahí que en la poesía de Lezama sea dominante la metáfora del *discurso* en relación con el mundo. "En una misma agua discursiva / se bañan el inmóvil paisaje y los animales más finos", dice en un poema; en otro, habla del "discurso del fuego acariciado". Con lo' cual sugiere que no sólo vemos el mundo a través del lenguaje sino que, además, lo vemos como lenguaje. Un lenguaje, creo, que en Lezama es sobre todo el de la memoria. O, mejor, que es el lenguaje como memoria.

No sólo la memoria es ausencia de contenidos y presencia de relaciones; también cumple la doble función de acumular y de decantar. "Llenando un cántaro al revés, vaciando, vaciando", se presenta Lezama en un poema. Dentro de esta misma línea de significación, la naturaleza de la memoria parece análoga a lo que Lezama llama el *ocio*: un reposo que parejamente es actividad, una desposesión que es también posesión, y hasta una metamorfosis que no puede realizarse sino como final reconocimiento, como *anagnórisis*. En el último poema de *Dador*, Lezama define el ocio con una visión que, en sí misma, es la del esplendor de la fijeza:

El ocio tiene el pez invisible, pero saltante en las redes de la planicie,
no es un paseo entre las máscaras y las jarras, sino
el alborozo de los rostros en la proliferación de la música.

La memoria, ciertamente, para Lezama, no es una simple posesión sino la única posesión, puesto que ya no se funda en lo poseído mismo. Sólo poseemos —y conocemos, según Platón, advierte Lezama— lo que recordamos. La memoria, en tal sentido, es la resistencia contra el flujo del tiempo; su función, por tanto, es análoga a la de la imagen en el poema: resistencia final —ya sabemos— en que toman cuerpo las sucesivas metáforas. ¿No es también la memoria un poder imaginante y, como el de la imagen en el poema, ese poder no está fundado en la distancia, en la erótica lejanía? En una de las "Sucesivas o las coordenadas habaneras", Lezama da una espléndida y a la vez irónica explicación del nacimiento de los mitos. Para el hombre "bajo especie de actualidad", todos los relatos maravillosos sobre el pasado no son más que mera exageración, "los chisporroteos de lo legendario"; como consecuencia de ello, vive su realidad en la dimensión más rutinaria. Para Lezama, en cambio, se trata de *una segunda vida*: no la hipérbole que parte de lo real para exagerarlo, sino la hipérbole que parte de la memoria para iluminar e intensificar lo real. El ejemplo a que recurre Lezama no podía ser más convencional y moderno; dice:

> Finjamos con la ayuda de la lámpara famosa y el mago de Santiago, que han pasado cuatro siglos, y que los que entonces sean caballeros del relato y del cronicón se vean obligados a reconstruir un juego de pelota. Supongamos un informe de los Mommsen de entonces remitido a la Academia de Ciencias Históricas de Berlín, sobre la suerte de la esfera voladora: "Hay nueve hombres en acecho de la bola de cristal irrompible que vuela por un cuadrado verderol. Esa pequeña esfera representa la unión del mundo griego con el cristiano, la esfera aristotélica y la esfera que se ve en muchos cuadros de pintores bizantinos en las manos del Niño Divino. Los nueve hombres en acecho, después de saborear una droga de Coculcán, unirán sus destinos a la caída y ruptura de la esfera simbólica. Un hombre provisto de un gran bastón intenta golpear la esfera, pero con la enemiga de los nueve caballeros, vigilantes de la suerte y navegación de la bolilla (. . .).

"Hyperbole de ma mémoire", podría decir Lezama con Mallarmé, y ciertamente lo dice en varios pasajes de su obra. En esa hipérbole (el *horror vacui* del barroco), lo personal colinda con lo ancestral y mítico. La memoria no es ya, entonces, resistencia contra el flujo temporal, sino, más bien, afloración del tiempo y aun quizá presencia del tiempo mismo. "Memorizamos desde la raíz de la especie", afirma Lezama en un ensayo; también reitera en un poema: "mi memoria precisa las danzas de mi nacimiento". Aparte de que el regreso a la raíz o al nacimiento del ser no propone ninguna involución, sino el vislumbre de lo primordial, el reencuentro con un tiempo que ya es todo el tiempo, lo que Lezama busca con la hipérbole memoriosa es penetrar en un crecimiento, en una germinación: insertar las cosas en su verdadera (conocida, desconocida) naturaleza relacionable. Así, en un poema de ambiente habanero (o de mitología habanera, como ya hablamos de mitología bonaerense en Borges) como "El coche musical", un músico popular no sólo se ve transfigurado en una suerte de danzarín cósmico según el orfismo; sus movimientos están regidos también por el orden cifrado del pitagorismo y aun de la simbología cristiana; toda la fiesta nocturna que él concita, además, se ve finalmente dominada por la relación con lo subterráneo: "Bailar es encontrar la unidad que forman los vivientes y los muertos. / El que más danza, juega el ajedrez con el rubio Radamanto". Todas las metamorfosis, sin embargo, nunca nos hacen olvidar la realidad visible: la fiesta órfica es el carnaval habanero, la danza de las máscaras en que un adolescente "fiestero, quinceabrileño de terror" (¿el propio Lezama?) parece *iniciarse* en el mundo; así como el músico Valenzuela recobra, al final, su exacta realidad: "Es el mismo coche, dentro un mulato noble". De igual modo, hay una figura recurrente en la obra de Lezama (aparece sobre todo en el capítulo XII de *Paradiso* y en el último poema de *Dador*): el dibujo en una jarra (cifra de iniciación para Lezama), cuyas escenas al ser descubiertas se ven amplificadas, inesperadamente, a una dimensión no sólo real (el dibujo cobra vida) sino también cósmica y mítica. Se trata de una técnica muy similar a la que practica el cine con los cuadros de pintores: la cámara que, al comienzo, toma todo el cuadro con su marco, luego se centra en el lienzo mismo, el marco desaparece y la imagen comienza a adquirir total autonomía y movimiento. Esa técnica es todavía más radical en Lezama y revela el sentido de su arte: por una parte, la capacidad para insertar lo mensurable en lo inconmensurable; por la otra, el poder de organizar el universo según las escalas (próximas, remotas) de la memoria.

Pero ni como resistencia frente al tiempo ni como afloración de éste, la memoria en Lezama es simplemente un resto, lo que queda de algo. Es, por el contrario, una continua creación y tiene, por ello mismo, una dimensión metafórica. Incluso podría pensarse que el prodigio metafórico de Lezama se deriva de la memoria. Como ésta, su metáfora es más penetración en lo invisible que lo visible; en ambas también la urdimbre devora al objeto, lo mítico se sobrepone a lo real. Pero sobre todo la metáfora es posible en Lezama porque la precede la memoria de la diversidad y de la sobreabundancia, una suerte de vasta lectura del mundo. Es la memoria lo que conduce, en última instancia, a lo que él llama la justicia metafórica, en el poema "Recuerdo de lo semejante":

> El sobreabundante tiene la justicia metafórica, como el monarca
> hereda y engendra el bastardo, se disfraza y saborea el regicidio,
> confundido con el parodista de Bizancio.

¿No regresamos de algún modo, en este poema, al apólogo de Pascal, ya citado al comienzo? En todo caso, es significativo que la justicia de que se habla en él esté signada por lo que aparentemente la contraría y aun la niega: la bastardía, el regicidio, el disfraz, la parodia. Pero no olvidemos que esa justicia es *metafórica*, lo que significa que es impartida por la metáfora y no que sea simplemente "figurada". La metáfora en Lezama, sabemos, supone lo Otro, *lo semejante* que no es sino la trama de lo heterogéneo. La metáfora es lo justo en lo diverso y aun en lo contrario; no está regida por *le mot juste*, que precisa y define, sino por la pasión y la fascinación de la sobreabundancia, de la (con)fusión entre todos los elementos opuestos. Esa justicia, por tanto, consiste en metamorfosearse con todos los personajes del drama sin condenar a ninguno; de algún modo, quiere prefigurar así una nueva (la verdadera) justicia cósmica. Con razón ha podido decir Lezama que al escritor sólo se le puede pedir cuenta de la fidelidad o no a una imagen: de ello depende no sólo su destino sino también su ética. Sólo por la fidelidad a una (su) imagen, piensa Lezama, es como el hombre puede habitar el destierro (vale decir, la vida misma) vislumbrando el Paraíso, y sentir esa dicha —de la que habla en uno de sus últimos ensayos— del efímero que puede "contemplar el movimiento como imagen de la eternidad". Es, pues, la justicia metafórica la que prepara para el júbilo (*la fijeza*) del esplendor final, que, y no por paradoja, se ha purificado en lo oscuro y ha encontrado en él su secreto.

En un poema de *Enemigo rumor*, después de confrontar la noche y sus seducciones que son como el ámbito del destierro mismo, Lezama concluye invocando la imagen del esplendor. Dice en ese pasaje:

> La mar violeta añora el nacimiento de los dioses,
> ya que nacer es aquí una fiesta innombrable,
> un redoble de cortejos y tritones reinando.
>
> . . . .
> Dance la luz reconciliando
> al hombre con sus dioses desdeñosos.
> Ambos sonrientes, diciendo
> los vencimientos de la muerte universal
> y la calidad tranquila de la luz.

Ese esplendor, lo vemos, es una añoranza, una nostalgia. Es, por consiguiente, una memoria y, como tal, rige toda la aventura de la obra de Lezama en su exploración de lo subterráneo. Pero precisemos: no se trata simplemente de una memoria del pasado, sino del futuro. ¿Habría que recordarlo? "Todo está dispuesto para un nacimiento, no para una repetición", ha dicho Lezama. Ese esplendor, por otra parte, parece aludir también al espacio americano, incluso al espacio insular de Cuba; sólo que a la connotación geográfica de *lo insular* se superpone en Lezama otra de carácter mítico: *lo insular* como la imagen de la Isla Afortunada, sobre la cual se debate tanto en *Paradiso*; "la imagen renacentista de la Isla Americana", dice Cintio Vitier. Por ello, ya no se trata del espacio devorador del poema de Narciso, sino del espacio abierto de la gran reconciliación. El espacio donde sería posible encontrar *el logos de la imaginación* o, como lo ha indicado igualmente Lezama, donde se establecería la identidad entre el mundo de la *gnosis* y el de la *physis*.

XI. PAZ: LA VIVACIDAD, LA TRANSPARENCIA

La verdad original de la vida es su vivacidad

En uno de sus primeros ensayos, de 1943, Octavio Paz citaba una frase de Nietzsche como resumen de su propia búsqueda creadora: "No la vida eterna, sino la eterna vivacidad: eso es lo que importa". Dos décadas después vuelve sobre la misma idea, en carta a uno de sus críticos. Escribo —dice entonces, en 1964— para prolongar lo vivido; no para eternizarlo, sino para intensificarlo y hacer más lúcido ese instante único que es el instante vivido. Igualmente reproduce la fórmula de Nietzsche: lo que cuenta no es la eternidad sino la vivacidad.*

No se trata tan sólo de un punto de vista teórico o filosófico, al margen de su creación; constituye, por el contrario, el impulso profundo de toda su obra poética. Una y otra vez aparece a lo largo de esa obra: "en las fronteras del ser y el estar, / una vida más vida nos reclama", escribe en 1948; "busco una hora viva como un pájaro", en 1958. Igual perspectiva aparece en *Ladera Este* (1969). Es un poema escrito en la India y evoca una de sus ciudades sagradas; el personaje central es un *sadú*, asceta vagabundo que vive abstraído del mundo en pura contemplación de la eternidad o de la *otra orilla* ("Ido ido / Santo payaso santo mendigo rey maldito"); frente a esa contemplación está la de la conciencia del poeta, dividida entre la fascinación y la crítica ante el *sadú.* Al final parece dominar el sentido crítico y, por tanto, la oposición; como para afirmarse y rescatarse de toda abstracción y perplejidad extática, el poeta escribe entonces: "Los absolutos las eternidades / Y sus aledaños / No son mi tema / Tengo hambre de vida y también de morir".

Si cito, inicialmente, estos momentos del pensamiento y de la experiencia poética de Paz, no es sólo para mostrar la continuidad o coherencia de su obra. También hubiera podido evocar otras reiteraciones de igual modo significativas. Por ejemplo, en ese primer ensayo arriba citado, Paz habla del poeta como una conciencia que se debate entre la expiación culpable y el encantamiento frente al mundo; analiza, al respecto, un poema de Quevedo ("Lágrimas del penitente") que muestra esa dialéctica de la conciencia, y del cual destaca estos dos versos: "nada me desengaña; / el mundo me ha hechizado". Estos versos iluminan, por supuesto, la propia experiencia de Paz. De ahí que sirvan de epígrafe a una de las partes de *Libertad bajo palabra* cuando Paz recoge, bajo ese título general, y la

* *Octavio Paz,* por Claire Céa, París, Seghers, 1965.

reestructura, toda su obra poética hasta 1958; incluso parecen sugerir el título —"Calamidades y milagros"— de esa parte del libro. Pero aún la visión de Quevedo tiene resonancia en la carta que también hemos citado al comienzo. En efecto, Paz la concluye diciendo que no es optimista ni idealista; simplemente —añade— "el mundo me ha hechizado, no reniego de nada". Asimismo hubiera podido referirme al carácter dominante que tiene en su obra la visión utópica del mundo como *utopía poética*. Es por la poesía como el hombre reencontrará su verdadero destino, piensa Paz. El mundo será regido por los valores de la poesía y así se desvanecerá la barbarie técnica impuesta por los nuevos señores, "el policía y el experto en la psicología de masas", escribe en un ensayo de 1954. También añadía: "A eso se reducen nuestras creencias políticas, sociales y poéticas, a 'encontrar *la salida*: el poema' ". Frase última que reproduce la actitud de uno de sus libros anteriores: "Damos vueltas y vueltas en el vientre animal, en el vientre mineral, en el vientre temporal. Encontrar la salida: el poema" (*¿Águila o Sol?*, 1951). En su obra más reciente, la utopía poética sigue estando presente, y aún de manera central. Sin desconocer la desmesura de su proyecto, Paz escribe: "La poesía moderna es una tentativa por abolir todas las significaciones porque ella misma se presiente como el significado último de la vida y del hombre". Estos dos tipos de reiteraciones están ya implícitas, me parece, en la anterior: sólo por la vivacidad es posible el encantamiento ante el mundo y la poesía misma se vuelve destino. Continuidad de temas: recurrencias. Estas recurrencias, en sí mismas, son reveladoras. ¿No hay algo deslumbrante en ellas? Una palabra dicha con o sin propósito ulterior, se convierte al cabo de los años en un destino. Las palabras vuelan y no pasan; las palabras mantienen la palabra. Quizá sea ésta una de las pruebas de su autenticidad, y la del poeta que la dice. Pero, además, estas recurrencias, según lo ha visto Roland Barthes, adquieren un valor demiúrgico: son un combate contra el azar y por ellas parece que la obra está construida, es decir, dotada de sentido. Aun esto no es —siéndolo en alto grado, sin embargo— lo más importante en Paz. Es cierto que él es un poeta de la "estructuración", para emplear el término de Fernando Pessoa, a quien Paz admira y ha dedicado uno de sus ensayos más luminosos. Según Pessoa, estos poetas son más complejos en la medida en que no se expresan sino construyendo, estructurando. Complejidad estética y espiritual también: disciplina de la forma y la forma como disciplina. Es así, creo, como el propio Paz lo ve. "La moral del escritor —dice— no está en sus temas ni en sus propósitos sino en su conducta frente al lenguaje". De manera más significativa, agrega: "En poesía la técnica se llama moral: no es una manipulación sino una pasión y un ascetismo".

Pero, decía, las recurrencias no sólo son importantes en Paz porque muestren su pasión constructiva; lo son también, y sobre todo, porque él es un *poeta de las recurrencias*. Quiero decir: su obra es recurrente porque, para él, el universo mismo lo es. La dialéctica entre el movimiento y la fijeza no es sólo un tema en su obra; llega a constituirse en su estructura misma y, por tanto, en la visión del mundo que ella encierra. "En perpetuo cambio, la poesía no avanza", afirma Paz. Pero recurrencia no quiere decir simple repetición. En Paz no se prolonga sino lo que, en sí mismo, es fuente de intensidad— de *vivacidad*, como él dice. Lo cual es ya un reto difícil de vencer. ¿Cómo, en efecto, lograr que lo vivido conserve, y aún intensifique, su fuerza original? La eternidad puede ser o no una abstracción para los que aspiran a ella; no exige pruebas, sino fe. La vivacidad, en cambio, no puede fundarse sino en lo concreto, en un deseo que, aunque se cumple, nunca deja de ser deseo; sus verdaderos dominios son los del cuerpo y del instante, en sí mismos pasajeros. Si la eternidad supone la pasión por lo trascendente, la vivacidad quiere ser la transparencia de lo inmanente y, por tanto, convertir lo relativo (el acá y el ahora) en un absoluto. No sólo, pues, exige pruebas; en sí misma es *una prueba*, no la más fácil, por cierto, de cumplir.

Pero, además, para Paz no existe una oposición entre la vivacidad en el mundo y la vivacidad en el poema. O si la hay, no sería erróneo pensar que él optaría por la primera. A través de toda su obra persiste, en efecto, la pregunta que se hace en la nota preliminar de *El Arco y la Lira* (1956)): "¿no sería mejor transformar la vida en poesía que hacer poesía con la vida?; y la poesía ¿no puede tener como objeto propio, más que la creación de poemas, la de instantes poéticos?". Hay que advertirlo: no se crea que lo que Paz está proponiendo es "embellecer" la vida; la vida no es bella ni fea, noble ni innoble: es simplemente la vida. No se trata, por tanto, de esas dos fórmulas aparentemente opuestas pero que, en el fondo, sabemos, se identifican: ni *vida artística* (ideal de un vago romanticismo) ni *arte vital* (ideal de todo realismo, incluyendo el llamado socialista). Lo que, por ejemplo, parece más vulnerable en cierta poesía de los objetos es ese propósito de "hacer poesía" con lo que se cree son las cosas más humildes: una alcachofa o una cebolla pueden llegar a ser "poéticas" por el solo prestigio de las metáforas con que se les rodea. Aunque parece lo contrario, lo que así se cultiva es un nuevo preciosismo: el poeta quiere aparecer como un laborioso artesano que puede hermosearlo todo y especialmente lo que se supone más cerca del pueblo. Resultado: son los burgueses los que más disfrutan (los críticos burgueses llegan al éxtasis) de esta poesía popular, o "elemental". No sin razón, podía decir Braque: hay un arte del pueblo y un arte para el pueblo, el último es una invención de intelectuales.

Con esa pregunta, lo que está formulando Paz es la misma utopía de los surrealistas: *practicar la poesía*, hacer que ésta rija la experiencia del hombre en el mundo. Lo cual sería imposible si, por su parte, el mundo no recobra su original plenitud, vale decir, su unidad: ese punto extremo —decía Breton— donde todos los contrarios pactan entre sí.

La vivacidad, en Paz, sería el equivalente de ese punto extremo de reconciliación universal. Pero, así como esa reconciliación no está dada de antemano —hay que buscarla y hacerla posible—, la vivacidad es también una búsqueda y un riesgo. Esto es, no se trata sólo de una experiencia psicológica; es igualmente, y sobre todo, una experiencia poética, es decir, verbal. Lo vivido tiene que reencontrar su intensidad en el poema y, por ello, abandonarse al secreto azar de las palabras: es en este plano, además, donde se hace finalmente inteligible y donde descubre su verdadero sentido. De algún modo, pues, la vivacidad es una invención. En el mismo poema antes citado de *Ladera Este*, al querer definirse a sí mismo, el poeta agrega: "Soy una historia / Una memoria que se inventa", y concluye: "A oscuras voy y planto signos". Así, no se trata de expresar un vitalismo prepotente, ni de exaltar, tampoco, una plenitud puramente sensorial. Escoger el instante —la vivacidad instantánea— no es escoger el placer sino la lucidez, advierte Paz. La lucidez: esto es, cobrar conciencia de lo frágil que es toda vivacidad, toda intensidad: por una parte, amenazada por el tiempo; por la otra, amenazada por su propia energía —"si durase otro instante" quemaría, reconoce Paz en otro poema. La lucidez: a pesar de esa doble amenaza, optar por la vivacidad. Desde esta perspectiva la vivacidad se presenta aun como la unión de los opuestos: una experiencia incandescente en la que participan la pasión y el estoicismo. Como lo dice Paz en su ensayo sobre el poeta japonés Matsuo Basho: "La verdad original de la vida es su vivacidad y esa vivacidad es consecuencia de ser vida mortal, finita: la vida está tejida de muerte". En ese ensayo, Paz traduce además un *haiku* de Basho que bien podría ilustrar su propia actitud:

> Admirable
> aquel que ante el relámpago
> no dice: la vida huye...

Pero hay que subrayarlo: la vivacidad no es meramente un tema sobre el cual Paz poetiza. Ella está en el carácter mismo de su obra. Incluso si se tiene la impresión de que se intensifica a medida que esa obra transcurre en el tiempo, sería caer en lo convencional apelar al "talento" del autor y no a su lucidez. En verdad, no sé si ello tiene algo que ver con lo que los críticos (o publicistas de la literatura, en este caso) suelen llamar "grandeza poética"; me parece, sí, que está en relación con la idea que uno se hace de la juventud; el don de saberse asombrar frente al mundo; el don, también, de preservar cierta inocencia, aunque ésta no excluye —más bien supone— la sabiduría y aun la inteligencia. Precisemos además: el don del asombro, no simplemente el querer ser novedoso o moderno; el don, a su vez, de la inocencia, no cierto sospechoso telurismo o primitivismo.

Es evidente que Paz cree en la experimentación como hallazgo y que la practica. Para él, no hay lenguaje poético que no sea experimental puesto que toda poesía está fundada en un riesgo: no sabemos muy bien lo que hemos dicho hasta haberlo escrito, y aun lo escrito se vuelve enigmático. Pero el poema es enigmático, no irreductible. O como Paz lo dice con más precisión: "el poema es inexplicable, no ininteligible". En efecto, en sus construcciones más extremas y complejas (v.g. *Blanco*, 1967) la poesía de Paz conserva cierta simplicidad y nunca pierde el sentido de lo inteligible, que en ella se presenta como una suerte de *Logos sensible*. Lo cual tiene una doble significación: es una poesía develada y secreta a la vez; lo concertado, en ella, es un sistema cerrado y abierto también, imprevisible en sus consecuencias. De igual modo, su poesía parte de la luz: la muestra, pero la profundiza; es una fijeza que abisma en su transparencia. De suerte que por debajo de la superficie tersa —o *límpida*, que es la palabra más suya— y del esplendor verbal de sus poemas, se siente el vértigo de la claridad. Es una poesía detenida en un "precipicio de miradas" o en un "abismo de claridades". Como Ungaretti, Paz podría decir: "La lumière en somme produit une catastrophe et il s'agit d'arriver, avec les éléments, avec les débris qui résultent de cette catastrophe. . . d'arriver à reconstituer une harmonie". Creo, además, que es la experiencia que lo llevó a escribir el poema inicial de *La estación violenta* (1958): "Estatua rota, / columnas comidas por la luz, / ruinas vivas en un mundo de muertos en vida". En cambio, lo que sí parece rechazar Paz es lo experimental como mero celo de novedad. "Las ideas de originalidad, personalidad y novedad —dice— son los lugares comunes de nuestro tiempo". El adjetivo *moderno* —añade— es un adjetivo vacío, producto de un fetichismo: la historia y, lo que es peor, el arte como progreso. Escribir es, para Paz, rescribir lo ya escrito. Un poema es, por tanto, la traducción de otros poemas; es creación cultural y no simplemente histórica. El tiempo del arte es sincrónico: un presente que es, simultáneamente, todos los tiempos.

Por ello, decíamos, la inocencia en Paz no excluye la sabiduría: se trata de reconciliar naturaleza y cultura, el hombre histórico y el hombre original. Pero hay una inocencia que Paz tiende a rehuir: el telurismo practicado como exuberancia descriptiva, enumeraciones geográficas, recuento casi interminable de elementos naturales. La naturaleza en su poesía está siempre aligerada de excesos acumulativos y pintorescos: bastan unos pocos elementos para hacerla presente; esos elementos, sin dejar de ser muy materiales, parecen arquetípicos: su propia nitidez los transfigura. A la manera de ciertos pintores (v.g. Braque) que trabajan durante años un mismo tema, Paz los reitera continuamente en su obra: el alto mediodía, inmóvil y cegante, el agua transparente, las piedras que destellan, el soplo del viento, los pájaros, el árbol inmóvil y danzante, la tierra seca y ardiente. Es una naturaleza solar y austera. Pero sobre todo Paz ve en ella el ámbito de todas las relaciones del hombre. En sus grandes poemas —*Piedra de Sol, Viento entero, Blanco*— se produce una suerte de identidad entre el espacio poético y el espacio cósmico: el poema figura un movimiento que, a su vez, figura el del mundo. Más que una cosmogonía, lo que intenta Paz, creo, es una cosmología: hacer que se revele el orden inteligible y sensible de las cosas. Por ello, también, hay en su poesía una mística natural: no procura alcanzar ninguna trascendencia, sino rescatar el cuerpo original del mundo. En un poema de *Ladera Este*, el poeta invoca a Shiva y Parvati, dioses de la energía erótica en el hinduismo: pero los invoca no como a dioses sino como "imágenes de la divinidad de los hombres", y al final les pide no una gracia sobrenatural sino la del mundo mismo:

> Shiva y Parvati:
>   La mujer que es mi mujer
> Y yo,
>   Nada les pedimos, nada
> Que sea cosa del otro mundo:
>   Sólo
> La luz sobre el mar,
> La luz descalza sobre el mar y la tierra dormidos.

Búsqueda de la originalidad del mundo, la inocencia en Paz no pretende ser absoluta, ni mucho menos situarse antes de toda cultura. Hay poetas que, por el contrario, optan por esa inocencia absoluta. En una de sus *Odas,* Neruda llega a afirmar con total seguridad: "Yo no vengo de un tomo, / mis poemas / no han comido / poemas, / devoran / apasionados acontecimientos, / se nutren de intemperie, / extraen alimento / de la tierra y de los hombres". Para Paz esta sería una mistificación, forjada justamente en un nuevo fetichismo. Su admiración, en todo caso, estaría del lado de Whitman. También el autor de *Leaves of Grass* decía: "This is no book. / Who touches this touches a man", pero no dejaba de reconocer memorablemente: "These are the thoughts of all men in all ages and lands— / they are not original with me". No sé del todo si cabe en este contexto, pero una frase de Paz podría ser, en parte, (im) pertinente: "Hay dos clases de bárbaros: el que sabe que lo es (un vándalo, un azteca) y pretende apropiarse de un estilo de vida culto, y el civilizado que vive 'un fin de mundo' y trata de escaparse mediante una zambullida en las aguas del salvajismo. El salvaje no sabe que es salvaje: la barbarie es la vergüenza o la nostalgia del salvajismo. En ambos casos, su fondo es la inautenticidad". La inautenticidad se explica porque bajo este nuevo primitivismo subyace la idea de que el mundo tiene un sentido pleno reservado a un poeta único que lo expresa en su obra. Pero, desde la perspectiva de Paz, el sentido del mundo se ha vuelto problemático, así como la noción misma de obra. "Quizá en nuestra época el artista no puede convocar la presencia —confiesa en un ensayo—. Le queda otro camino, abierto por Mallarmé; manifestar la ausencia, encarnar el vacío".

Paz rechaza, en efecto, la noción de obra. ¿En qué sentido? La obra como hecho consumado o como objeto concluido y perfecto; como creación original de un autor; como imagen totalizadora del mundo. Dar por establecido esto ¿no sería aceptar la existencia de lo que justamente se ha perdido: la coherencia y la homogeneidad del mundo y del yo? Todavía en el siglo pasado el poeta podía concebir su obra dentro de tal coherencia y aun —con mayor rigor— como clave o doble mágico del universo. Es sabido que éste fue el propósito de Mallarmé; pero su rigor extremo no se encontró sino con la imposibilidad también extrema. Su último gran poema, "Un coup de dés", es la oposición al azar, pero a un tiempo, su final encarnación. Queriendo abolir el azar *mot à mot,* no logra en última instancia sino aceptarlo y aun perpetuarlo ("Un coup de dés jamais n'abolira le hazard"). Por otra parte, del *Libro* que él proyectaba —esto es, el libro que fuese el texto del mundo— sólo quedaron fragmentos, frases, vestigios verbales. De suerte que la noción mallarmeana de la *Obra* lo que hace es mostrar la precariedad de toda noción de obra. Los surrealistas se oponen también a esa noción, incluso en un sentido ético: desvirtuar la idea de un yo creador así como la superstición del trabajo literario y del talento ("Nous n'avons pas de talent", decía Breton); acentuar la incoherencia del mundo y, sobre todo, de la sociedad. En Paz se prolongan estas dos corrientes: para él, ya no hay obras sino fragmentos, signos dispersos; además, como los surrealistas, hace de la negación un arma crítica: al acentuarla, intenta romper las categorías mentales de la sociedad y toda una manera de ver y concebir la literatura. En un ensayo de 1967, llega a prever: "La época que comienza acabará por fin con las 'obras' y disolverá la contemplación en el *acto.* No un arte nuevo; un nuevo ritual, una fiesta —la invención de una forma de pasión que será una repetición del tiempo, el espacio y el lenguaje".

Escribir, pues, es sólo posible como proyecto: ni siquiera el resultado de un acto, sino el acto mismo. Pero en tanto que proyecto el escribir tiene un sentido, sólo que de signo negativo; reproduce la situación de un mundo que ya no es homogéneo, de un tiempo que carece de centro; es decir, de una realidad que se fragmenta y se desintegra. Así como el hombre sólo puede reconocerse en esa fragmentación, el poeta no puede escribir sino una obra fragmentaria.

En general, la propia obra de Paz tiene un carácter fragmentario y creo que en ello reside una de sus virtudes. Por una parte, es una obra que no pretende haber *llegado:* más que una obra, es un obrar; no está condenada tampoco a superar etapas y a proponerse cada vez como realización culminante. Por la otra, es una obra cuyo decir no es finalmente sino lo que le queda o no puede ya decir, lo indecible; sólo que es lo indecible lo que le hace decir lo que dice. Este rechazo a toda madurez o a toda perfección encierra una secreta sabiduría: no sólo evita la petrificación y lo que suele llamarse *estilo* (una suerte de esencia verbal), sino que se constituye en una verdadera energía. Lo inacabado y lo fragmentario pierden, así, toda connotación negativa: son signos de vivacidad. La vivacidad como pasión y, de nuevo, como ascetismo: el impulso de escribir y la conciencia de la fragilidad de todo escribir. Por ello Paz puede decir en un ensayo: "Somos bien poca cosa y, no obstante, la totalidad nos mece, somos un signo que alguien hace a alguien, somos el canal de trasmisión: por nosotros fluyen los lenguajes y nuestros cuerpos los traducen a otros lenguajes". En otras palabras, somos seres dispersos, sin centro, pero esa dispersión es ya una forma (la única) de presencia. Esta presencia —que es dispersión, no se olvide— aparece en el poema: no en el poema como obra sino como *acto;* lo cual, según veremos luego, es la concepción dominante en *Blanco.* El poema como *acto* es doble: el de la soledad que lo escribe y el de la comunión que lo reescribe al leerlo; pero se trata de una soledad que presiente la comunión, así como ésta presiente su secreto sentido en aquélla. Este doble presentimiento no debe hacer suponer una correspondencia entre vacío y plenitud como si fuesen dos términos separados; cada término es simultáneamente vacío y plenitud. No es que el poeta esté solo o que escriba sobre (desde) la soledad; su escritura misma es solitaria y, por ello mismo, busca la comunión del lector: signos dispersos que buscan una posible unidad. A su vez, la comunión del lector no es posible sino por el llamado que esa soledad le hace. El poema, pues, no es concentración sino porque antes es dispersión; no puede tener acceso a la plenitud sino porque parte del vacío: es en esta dialéctica, según Paz, donde podría fundarse un sentido nuevo de la totalidad. Sólo así, además, la poesía podrá volver a ser significativa: al no pretender dar cuenta de la significación del mundo eludiendo el hecho de que esa significación se ha desvanecido, adopta un sentido crítico que, a su vez, es el sentido de donde pueden emanar las nuevas significaciones. En tanto que el único arte *insignificante* —argumenta Paz— sería el realismo: no sólo por sus mediocres resultados, también por empeñarse en "reproducir una realidad natural y social que ha perdido su sentido".

Una palabra inmensa y sin revés

Según el movimiento que ella adopta, podría decirse que la obra poética de Paz tiene su centro de irradiación en el libro *Semillas para un himno* (1954). La perspectiva dominante en ese libro es, en lo esencial, utópica: la intuición de un tiempo original —un tiempo sin tiempo, o que es todo el tiempo— en que el hombre vivía en plena armonía con los demás hombres y el universo; a ese acuerdo social y cósmico, correspondía un lenguaje que era el doble mismo de la realidad. La intuición de esa suerte de edad de oro es lo que da profundidad al libro y Paz la condensa en el poema titulado "Fábula":

Todo era de todos
Todos eran todo

Sólo había una palabra inmensa y sin revés
Palabra como un sol
Un día se rompió en fragmentos diminutos
Son las palabras del lenguaje que hablamos
Fragmentos que nunca se unirán
Espejos rotos donde el mundo se mira destrozado.

Si bien, según este poema, la poesía está condenada a la fragmentación irreparable, también está condenada a evocar la *Palabra original:* esto es, la *Palabra* que era símbolo de la unidad universal. Esa *Palabra* —no divina, aclaremos, sino cósmica— es indecible, pero ella hace posible todo decir. Así, el libro se organiza en torno a ella: no como presencia, claro, sino como ausencia. "Al alba busca su nombre lo naciente" es el comienzo del primer poema; comienzo significativo: el amanecer es un nacimiento cuya existencia no reside tanto en la expansión material como en la identificación del nombre. Es decir, el mundo ha de fundarse mediante la palabra. Aun es revelador que el sistema metafórico del libro emplee elementos mismos del lenguaje. Por una parte, el mundo tiene su propio idioma: "La luz despliega un abanico de nombres / Hay un comienzo de himno como un árbol / Hay el viento y nombres hermosos en el viento". Por la otra, la palabra se convierte instantáneamente en objetos del mundo: "Habla / Una piragua enfila hacia la luz / Una palabra avanza a toda vela". Palabra y mundo son equivalentes o buscan su equivalencia. De ahí que el título del libro opte por *semillas* en lugar de *palabras.* Indica, además, que ni el mundo ni la palabra son una realidad ya dada sino por encontrar: ambos son signos *hacia* una realidad absoluta u original. Y también *hacia* un *tiempo interior.* Por uno de sus ensayos, sabemos que para Paz la semilla es la metáfora del principio: cae en la tierra y la hiende, a su vez esa hendidura se llena de vida. En la obra del primitivo —del hombre del neolítico, precisa Paz— se dan todas estas fases. La caída es resurrección: "La desgarradura es cicatriz y la separación, reunión". "Todos los tiempos —añade Paz— viven en la semilla". La poesía es el intento por recuperar esa simultaneidad, "rellenando" la escisión creada por el tiempo histórico. El tiempo que ella invoca es un presente, pero desconocido; una inminencia que trastroca toda nuestra noción temporal: lo por venir y lo original se alían en él.

"El hombre es un ser que se ha creado a sí mismo al crear un lenguaje. Por la palabra, el hombre es una metáfora de sí mismo", explica Paz en *El Arco y la Lira.* Pero ya antes, en un texto de 1949, esta misma idea aparecía como visión de su propia poesía. Su título, "Libertad bajo palabra", servía a su vez de título del volumen en que aparecía, y luego, sabemos, ha sido el título general de toda la obra poética de Paz hasta 1958. Entonces y después aparecía como una introducción —introducción poética y no conceptual: es la imaginación, no el intelecto, la que allí habla. Ese texto es por cierto capital: resumen y proyecto de la empresa poética de Paz.

La palabra dominante en él es *inventar.* El poeta no dice que va a expresar un mundo, ni siquiera *su* mundo, sino que va a inventarlo: en su diversidad espacial o física, espiritual o moral, y según también los signos (oscuros o luminosos, altos o bajos) más dispares. "Invento la víspera, la noche, el día siguiente que se levanta en su lecho de piedra y recorre con ojos límpidos un mundo penosamente soñado", "Y luego la sierra árida, el caserío de adobe, la minuciosa realidad de un charco", "Invento el terror, la esperanza", "Invento la quemadura y el aullido, la masturbación en las letrinas, las visiones en el muladar". Como resulta perceptible, ese mundo está nombrado en su *minuciosa realidad* y hasta con una acuidad que no excluye lo sórdido ("la prisión, el piojo y el chancro, la pelea por la sopa, los animales viscosos, los contactos innobles"). ¿Qué es, pues, lo que el poeta inventa? En un momento dado, el texto parece abismarse: se pasa de la enumeración del mundo al contrapunto de la conciencia consigo misma. Esta conciencia es vertiginosa: no tiene centro ni identidad, es a un tiempo "el juez, la víctima y el testigo"; por tanto, no puede apelar a nada. A su vez está dividida entre el solipsismo ("no hay puertas, hay espejos": "esta lucidez no me abandona") y un intento de comunicación que, sin embargo, no puede darse sin violencia ("romperé los espejos, haré trizas mi imagen"). El movimiento es, pues, doble: "la soledad de la conciencia y la conciencia de la soledad". De suerte que si la conciencia busca proyectarse hacia el mundo e imaginarlo es porque se siente escindida de él. De este acto resulta "un mundo penosamente soñado". *Penosamente*: no porque sea soñado sino porque es soñado como real; el sueño no es una salida hacia la irrealidad, sino un rescate de la realidad. El poeta no inventa *un* sino *el* mundo, no *otro* sino *este* mundo. La invención, por tanto, remite a la búsqueda de lo real. También es cierto que esa búsqueda remite a la invención: lo real, soñado, es infinitamente más vasto que su pura contingencia: reconciliación de los opuestos: lo real recobra su verdadero sentido y es entonces visto con "ojos límpidos". De ahí que el texto se inicie imponiendo una distancia, es decir, una dimensión donde las apariencias contrarias se desvanecen: "Allá, donde terminan las fronteras los caminos se borran. Donde empieza el silencio. Avanzo lentamente y pueblo la noche de estrellas, de palabras, de la respiración de un agua remota que me espera donde comienza el alba". De la noche al alba, del sueño al despertar, la distancia se va haciendo *presencia.*

Inventar lo real: esto es, creo, lo que separa a la poesía de Paz de la de Huidobro, cuyo intento era crear *otra* realidad paralela a la del mundo. Al mismo tiempo es lo que aproxima a Paz del surrealismo y lo que distancia, como es sabido, a Huidobro de este movimiento. Lo extraordinario de lo maravilloso —decía Breton— es que ya lo maravilloso no existe, sino lo real. Para los surrealistas y para Paz (la invención es una nueva conquista verbal del mundo).

Pero el texto de Paz no concluye en esto tan sólo. Al final, el poeta dice: "Contra el silencio y el bullicio invento la Palabra, libertad que se inventa y me inventa cada día". Es obvio que esta frase subraya la relación recíproca entre el poeta y el lenguaje, pero parece que lo dominante en esa relación es el lenguaje mismo. El poeta lo inventa en la medida en que lo reencuentra: el lenguaje habla por su boca, pero habla libremente. En efecto, lo que es definido como *libertad* es el lenguaje, aun aquél sólo tiene acceso a su libertad a través de éste. Que el lenguaje sea libre quiere decir —como el propio Paz lo reconoce en sus últimos ensayos— que es consecuencia de un poder natural, ni divino ni humano; constituye un sistema inconsciente que obedece a sus propias leyes: por ello es una "libertad que se inventa". Además, el lenguaje es libre porque, en su origen, encierra múltiples significaciones: su ambivalencia reproduce la diversidad del mundo mismo y de las relaciones del hombre con el mundo. Así, cuando Paz habla de la *Palabra* está hablando de la *Palabra original* (esa "palabra inmensa y sin revés", que evoca en el poema ya citado): en ella es donde reside la vivacidad del hombre y del mundo. De ahí que, para él, la poesía sea siempre la "revelación de nuestra condición original".

Aquella frase, además, admite otra connotación: por ella nos damos cuenta de que *invención* y *revelación* son términos equivalentes en Paz. Creo que el texto que comentamos lo hace visible: la conciencia escindida que sueña el mundo no lo sueña sino como real; de igual modo, la poesía es una libertad que nos inventa pero para descubrir nuestra propia condición. Sin embargo, la actitud de Paz frente a esos dos términos no deja de ser ambigua; esa ambigüedad es más aparente que real. En un ensayo sobre Breton, Paz recuerda cómo éste, aunque amaba la novedad y la sorpresa en arte, prefería hablar de *revelación* antes que de *invención.* Y aprobando esa preferencia, añadía: "Decir es la actividad más alta: revelar lo escondido, despertar la palabra enterrada, suscitar la aparición de nuestro doble, crear a ese otro que somos y al que nunca dejamos de ser del todo". En otro texto parece corregirse: la poesía moderna —dice— se presenta como una visión y no como una revelación. ¿Se corrige en verdad? Repetimos que la ambigüedad es sólo aparente. Si Paz recurre al término *visión* como opuesto a *revelación* es para subrayar que el poeta moderno no revela nada transcendente a él, es la revelación que hace de sí mismo. De modo que la equivalencia entre invención (luego, visión) y revelación es real y profunda en su obra; aun creo que tiene en ella múltiples consecuencias. Pero esa equivalencia no debemos entenderla en un puro plano semántico; existe porque ambos términos se sitúan en un campo de mutua atracción. En la poesía de Paz el mundo es una inminencia ("agua que toda la noche mana profecías") y la labor del poeta consiste en que esa inminencia finalmente se revele o se vuelva, por un instante, presencia. Inventar es, pues, tener la clarividencia de esa posibilidad, o imaginarla. Por ello, su signo último es la *transparencia*: autodevelación del ser.

Además, invención y revelación remiten al lenguaje. El lenguaje es fundamento del mundo y del hombre, no al revés. Es así como Paz puede decir que la palabra es una libertad que inventa al poeta. Al inventarlo, lo sitúa ante lo que de verdad es. Pero esta operación tiene un especial signo: muestra no tanto una plenitud de ser como una precariedad de ser; más exactamente: muestra un movimiento hacia el ser, su búsqueda. Habría que decir también que el ser buscado no es un yo personal sino impersonal. Al igual que para los surrealistas, la poesía para Paz no puede ser la expresión del yo, sino la (re)conquista del ser. De este modo, desvirtúa dos prejuicios dominantes en nuestra cultura; la personalidad del autor y el arte realista. ¿No hay una relación estrecha entre ambos? El poeta que expresa su yo cree también expresar el mundo; es a un tiempo único y representativo, lo cual supone que es dueño del sentido de su mundo y del mundo, aun éste tiene que partir de aquél y confluir en él. Con esta arrogancia se alía, además, el conformismo; las creencias del poeta y las de la sociedad están bien establecidas en lo real y en la historia. "El falso poeta —recuerda Paz— habla de sí mismo, casi siempre en nombre de los otros. El verdadero poeta habla con los otros al hablar consigo mismo." El uno tiene buena conciencia; el otro, al menos, se enfrenta a la lucidez de la conciencia problemática.

El poeta, para Paz, parte de la negación y de la crítica: el yo es una falacia o una ilusión. Lo es, primeramente, desde un punto de vista ético: todo yo conduce, de manera engañosa, a proponerse como centro. Pero lo es también desde un punto de vista social: la historia moderna ha convertido al poeta en un ser marginal. Contra la unidad de la persona y la sustancialidad del mundo están, además, los descubrimientos del pensamiento moderno: "en lugar de un elemento irreductible", lo que hay es "una relación, un conjunto de partículas inestables y evanescentes". La unidad no sería, pues, sino "plural, contradictoria, en perpetuo cambio e insustancial". También dirá Paz: "Antes nos regía una Providencia o un Logos, una materia o una historia en perpetuo movimiento hacia formas más o menos perfectas; ahora un pensamiento inconsciente, un mecanismo mental, nos guía y nos piensa".

Uno de esos mecanismos es el lenguaje. En el lenguaje se disuelve el yo del poeta; es, si se quiere, su verdadera persona. Por ello decía Paz que la moral del escritor está en su actitud ante el lenguaje. Incluso la experiencia del poeta es una experiencia verbal, o como lo señala Paz: "toda experiencia, en poesía, adquiere inmediatamente una tonalidad verbal". El poeta nombra más las palabras que las cosas que designa, agrega. Lo cual no quiere decir que lo verbal reside sólo en el significante y no el significado; ambos se unen en el poema: por una parte, las palabras significan en él según se relacionan entre sí; por la otra, y en consecuencia, el poema significa en sí mismo, "no es símbolo ni mención de realidades externas, trátese de objetos físicos o suprasensibles". El sentido, pues, es una invención del poema: no le precede sino que resulta de él. Ello no excluye la voluntad del poeta, pero esa voluntad está en su lenguaje, no en sus ideas; es imaginación y deseo, no mero propósito. La voluntad, digamos, *proyecta escribir*: las palabras se escurren o sobrevienen con fluidez, aun en esta última eventualidad son ellas las que van tejiendo el discurso. Así, creo, lo ha visto Paz en un poema de los años cuarenta que se titula, justamente, "Escritura". La escritura como acto y éste como desdoblamiento de la persona que escribe: no es el poeta el que escribe, sino otro. "Alguien escribe en mí, mueve mi mano, / escoge una palabra, se detiene, / duda entre el mar azul y el monte verde": ese alguien, ese otro ¿no es el lenguaje mismo, el poeta en tanto conductor de palabras? Son éstas, en verdad, las que proponen y finalmente disponen. Algo queda omitido o queda dicho; este decir es un campo nuevamente abierto para otro decir, no sólo por lo que se omite —que también cuenta— sino porque lo dicho no es más que la presencia de una omisión. No hay proyecto de escribir sin que la escritura misma se convierta en proyecto: las palabras que la constituyen no son sino movimiento hacia la Palabra. De igual modo, la voluntad *proyecta ser* ("me alejo de mí mismo", pero "voy a mi encuentro", dice Paz en otro poema) y ese proyecto no se cumple sino en el dejar de ser, en la otredad. En una y otra forma, por tanto, la voluntad no es, en el fondo, sino la disolución de todo propósito individual. Pero veamos esto con más detenimiento.

Un sauce de cristal, un chopo de agua,
un alto surtidor que el viento arquea,
un árbol bien plantado mas danzante,
un caminar de río que se curva,
avanza, retrocede, da un rodeo
y llega siempre:

Este pasaje es el comienzo de "Piedra de Sol". Es sabido que este poema tiene como trasfondo diversas significaciones míticas: la dualidad del planeta Venus y la(s) de Quetzalcóatl, y que lo rige otra todavía más dominante: el mito del eterno retorno, mito de regeneración del universo. Lo importante, sin embargo, es percibir que ese plano mítico es sólo tácito: no se hace referencia a él (salvo por algunos detalles) sino que se le evoca. Lo mítico, acá, no es contextual sino porque un texto lo hace visible. Si la concepción del poema es la del tiempo cíclico, lo cual supone una relación mutua entre el movimiento y la fijeza, esa relación está encarnada en las formas mismas del poema. Éste se inicia con los versos arriba citados y concluye con los mismos: la repetición sugiere, por supuesto, el desarrollo de un ciclo que se cierra y a la vez se abre; de ahí, además, los dos (:) puntos. No es todo. En los tres primeros versos del pasaje, las imágenes combinan el movimiento y la fijeza: algo fijo (árbol bien plantado) que se mueve (mas danzante); los tres siguientes, en cambio, ponen en marcha el movimiento mismo, que toma la imagen del río: de manera inversa, es ahora el movimiento el que tiende a la fijeza: progresa regresando, se va haciendo circular y así llega a un final que es también un comienzo. De modo que el pasaje, en sí mismo, ilustra la imagen de lo circular. Sin embargo, los dos puntos (:) en que ambos pasajes terminan podrían sugerir dos funciones distintas, aunque se complementen. Los del último sugieren dos cosas: un ciclo natural que se cumple y de nuevo se inicia, así como igualmente ocurre con el ciclo del poema. Si la regeneración es el signo del primer ciclo, la relectura lo es del segundo: relectura del texto o del espacio mental que éste crea. Así el poema se continúa imaginariamente en el lector, pero según un modelo del que este pasaje final es ya la confirmación. La relectura funciona, pues, como la regeneración del poema, a semejanza de la regeneración de la naturaleza. En uno y otro caso, el pasaje final nos advierte que la reconciliación de los opuestos se ha cumplido y prepara otra fase (otro ciclo) similar. En cambio, los dos puntos del pasaje inicial suponen de antemano una síntesis cuya confirmación sólo puede prefigurar: es el poema mismo el que tiene que confirmarla. Confirmar esa síntesis es un riesgo y una aventura cuyo agente es ahora no tanto el lector como el poeta: ¿cómo y adónde llegar (siempre) a través del movimiento de palabras, en el que fluye también el movimiento del mundo? La intensidad del poema reside, justamente, en la medida en que encarna esa pregunta como tensión; en la medida en que podamos leerlo como un cuerpo verbal que se va gestando a sí mismo.

Todo poema, para Paz, es sobre todo metáfora y ritmo. Estos dos términos no son distintos. Si la metáfora es relación o equivalencia entre elementos opuestos, el ritmo sería la metáfora primera. Como dice Paz: "ritmo es relación de alteridad y semejanza: este sonido no es aquél, este sonido es aquél". "Piedra de Sol" es un poema esencialmente *rítmico,* no simplemente *ritmado.* No es el decir de una conciencia sino su fluir; no es el poeta el que habla en él sino su lenguaje mismo, que se constituye en su verdadera voz. Este fluir está indicado a través de verbos de movimiento (*voy, busco, sigo*), pero también de una manera menos obvia y más esencial: el poema es un discurrir y una continua reiteración. En este sentido último, su movimiento es extático: lo uno se disuelve en lo dual, lo cual se concentra en lo uno. Pero si el ritmo es ya metáfora, también podría decirse lo contrario. Paz tiene una concepción rítmica de la metáfora: una llama a otra que a su vez llama a otra, en un juego sucesivo de des- y encadenamientos; además, esas metáforas se diseminan a todo lo largo del poema: aparecen, desaparecen y reaparecen como verdaderas claves conductoras. Podría decirse que es a través de ellas como se van delineando las diversas secuencias que lo constituyen.

La primera secuencia del poema (1-73) no es más que una pura sucesión de imágenes. Pero esas imágenes tienen la siguiente particularidad: no son una descripción, sino una visión. En efecto, el poeta no describe, presenta: nombra cosas reales y nos las hace ver con toda limpidez; no hay secreto en ellas: son lo que aparentan. Esas cosas (árbol, agua, viento, luz) no sólo son reales o sensibles, sino que también parecen figurar una naturaleza arquetípica, una suerte de fundamento material del mundo. Pero, luego, y de manera sucesiva, van sugiriendo, más que una correspondencia, una identidad: la naturaleza —percibimos— es la mujer y se ve iluminada por ésta ("el mundo ya es visible por tu cuerpo, / es transparente por tu transparencia"). Esa identidad, a su vez, se convierte en el eje del poema: nos introduce en el cuerpo original y genésico del mundo y despliega un nuevo campo de atracciones: el erotismo. Así, es el erotismo el que hace posible la aparición del poeta: aviva su deseo de recorrer el cuerpo espacial en su doble signo. "Voy por tu cuerpo como por el mundo", "voy por tus ojos como por el agua", "voy por tu talle como por un río": aunque expresado en símiles, sabemos que el doble signo evoca menos una comparación que una fusión: la mujer es el mundo porque una y otro encarnan una presencia y la hacen posible. Sólo que al final de esa presencia —como siempre en Paz— está el vacío; el poeta, no obstante, prosigue su movimiento ya "sin cuerpo" y busca "a tientas".

Así se cierra esta primera secuencia y se inicia otra (74-288). Ahora el poeta (el poema también) circula por los "corredores sin fin de la memoria". Al *voy* dominante del primero sucede el *busco* y el desamparo que supone ("busco sin encontrar, busco un instante"). Esa búsqueda sitúa al poema en una dimensión distinta: más temporal que espacial, más interior que exterior; además, el ámbito mismo del poema no es ya la plenitud elemental del mundo, sino su carencia: el reflejo (o la sombra), no la luz; el simulacro de las cosas, no las cosas mismas. Transcurre, pues, en medio de los laberintos de la memoria y de la conciencia, lo que vale decir que no transcurre: ni siquiera la fijeza (que puede encerrar un éxtasis), más bien las fijaciones fantasmales. Sin embargo, esta segunda secuencia está signada igualmente por el impulso hacia una presencia: rescatar del pasado un instante vivo ("busco una hora viva como un pájaro"), reencontrar el equivalente, en el plano personal, de la experiencia cósmica de la primera secuencia. Ese instante vivo es, en principio, el amor. Sobreviene, así, el recuerdo de una remota adolescente, una muchacha real que parece corresponder con la imagen inicial (¿iniciática?) de la mujer-naturaleza, de la naturaleza-mujer: "alta como el otoño caminaba / envuelta por la luz bajo la arcada / y el espacio al ceñirla la vestía / de una piel dorada y transparente". Esa muchacha suscita otro pasado que, a su vez, se precipita en otro, ya inmemorial y mítico: personal, ella es también impersonal y resume todas las dualidades de lo femenino. Su nombre es Melusina, Laura, Isabel, Perséfone, María: cifras de la pasión absoluta y, por ello mismo, de la transgresión de toda norma o de todo límite, su unidad es la intensidad. Esa intensidad se ve sometida, sin embargo, a la usura del tiempo. Es notable que hacia el final de esta secuencia, Paz, como Breton en *Arcane 17,* vuelva a nombrar a Melusina: la mujer-niña, la hechicera, el hada de las metamorfosis pasionales: "yo vi tu atroz escama, / Melusina, brillar verdosa al alba, / dormías enroscada entre las sábanas / y al despertar gritaste como un pájaro / y caíste sin fin, quebrada y blanca, / nada quedó de ti sino un grito". A diferencia de Breton, la Melusina de Paz no logra encarnar a través del tiempo; dice: "no hay nadie, no eres nadie, / un montón de ceniza y una escoba, / un cuchillo mellado y un plumero, / un racimo ya seco, un hoyo negro / y en el fondo del hoyo los dos ojos / de una niña ahogada hace mil años". La primera acusación, en este poema, contra el tiempo y la historia. De suerte que el instante mismo de toda esta evocación resulta frágil: "se abisma y sobrenada / rodeado de muerte". No hay, por tanto, salida en el pasado; la memoria es un pasadizo sin fondo ("no hay redención, no vuelve atrás el tiempo", dirá más adelante el poeta). Pero hay otro instante al cual es posible fiarse: no la evocación, sino el acto mismo de evocar, es decir, el acto mismo de escribir: así, el instante es "rescatado esta noche", "arrancado a la nada de esta noche, / a pulso levantado letra a la letra". No el pasado o el futuro, sino el momento justo de la escritura, es lo que el poeta puede afirmar: "esta noche me basta, y este instante / que no acaba de abrirse y revelarse".

Esta revelación tiene un nombre y una fecha precisos: *Madrid, 1937,* esto es, la guerra de España. Y así empieza la que, creo, constituye la tercera y última secuencia del poema. La guerra no es, sin embargo, su tema específico. Es sobre todo el contexto en el que Paz sitúa una confrontación más decisiva: la confrontación con(tra) la historia. Si el tiempo sucesivo conduce al hombre al vacío o la desposesión, la historia —y su signo más extremo, la guerra— lo conduce al enajenamiento y a una muerte más abrupta. La historia es tiempo concreto pero destructor; ese mismo poder destructivo la convierte en una abstracción. Pero ¿no es el hombre el que hace la historia o es ésta la que lo hace a él, y aun lo deshace? No vivimos en la historia, somos vividos por ella y pasamos en ella. La visión de Paz es todavía más radical. Como glosando el viejo tópico del *ubi sunt,* pero formulándolo de manera violenta, se pregunta si no queda nada de los momentos de la historia, aun de los más culminantes y dramáticos (desde Adán y Abel, pasando por Cristo, hasta Trotsky y Madero): "¿no son nada los gritos de los hombres? / ¿no pasa nada, cuando pasa el tiempo?" Él mismo responde: "no pasa nada, sólo un parpadeo / del sol, un movimiento apenas, nada, / no hay redención, no vuelve atrás el tiempo, / los muertos están fijos en su muerte / y no pueden morirse de otra muerte". Sólo quedan: "los carajos, los ayes, los silencios / del criminal, el santo, el pobre diablo, / cementerios de frases y de anécdotas / que los perros retóricos escarban". Pregunta y respuesta son, en verdad, una imprecación y una protesta (por ello, además, se salvan de la *retórica*): hay que cambiar la historia, reconciliarla con un orden cósmico y elemental. De ahí que si esta secuencia empieza con la evocación de la guerra de España y su halo de exterminio ("casas arrodilladas en el polvo, / torres hendidas, frentes escupidas / y el huracán de los motores, fijo"), de inmediato nos sitúa en un tiempo privilegiado: aun rodeados por la muerte, dos amantes, en un cuarto, se desnudan y se aman "por defender nuestra porción eterna, / nuestra ración de tiempo y paraíso". La intensidad de esta experiencia se mide justamente por su desmesura; esa desmesura no es desesperada: es la afirmación del cuerpo y el rechazo de la historia como abstracción devoradora, como no-cuerpo, diría Paz ahora. El amor, desde ese momento, lo transfigura todo: el cuarto de los amantes es sagrado y se vuelve centro del mundo; crea también una nueva experiencia del tiempo: "no hay tiempo ya, ni muro: ¡espacio, espacio!" Pero este poder transfigurador no es más que un modo de revelación: no una metáfora sobre la realidad, sino la realidad como metáfora última y primera. Una vez más, el nombrar es una visión. En efecto, por el amor reconocemos que el mundo "es real y tangible, el vino es vino, / el pan vuelve a saber, el agua es agua". Simultáneamente, pues, se trata del rescate del mundo y de la palabra en un instante que es tiempo puro: la verdadera presencia. Ese rescate, a su vez, propicia otro: la unidad del sujeto y el objeto, de lo individual y lo colectivo. La otredad es lo que nos identifica: "la vida no es de nadie, todos somos / la vida— pan de sol para los otros, / los otros todos que nosotros somos". Unión de la pareja o unión colectiva, el amor es participación: pacto con lo que no somos. Si el tiempo de la historia es la escisión, el suyo es la reconciliación. Por ello, después de la imprecación contra la historia, el poema concluye invocando de nuevo a la mujer en sus figuras míticas (Eloísa, Perséfone, María) y de nuevo la identifica con la naturaleza. En ese pasaje, el poeta parece invocar también —sin nombrarla— a Venus, cuya dualidad es ahora incorporada a una unidad más vasta: "vida y muerte / pactan en ti, señora de la noche, / torre de claridad, reina del alba, / virgen lunar, madre del agua madre, / cuerpo del mundo, casa de la muerte". El poema, en verdad, se acerca a su fin, que es, sabemos, igualmente su comienzo; ha cumplido una rotación cósmica: de la luz inicial, pasando por la noche árida de la conciencia y de la muerte en la historia, llega a un nuevo amanecer. El poeta concreta ahora su invocación: "abre la mano, / señora de semillas que son días, / el día es inmortal, asciende, crece, / acaba de nacer y nunca acaba". El día amanece en el mundo y en el poema también y anuncia la regeneración de ambos. De esta manera, el espacio poético se identifica con el cósmico. Es en esa identidad, además, donde reside la presencia telúrica que sustenta al poema. Pues no se trata, obviamente, de hacer un recuento de la naturaleza; menos de proponer una cosmogonía.

Si hemos dividido este poema en tres secuencias, no ha sido —claro está— para sugerir ningún movimiento dialéctico; el verdadero movimiento del poema es circular. Las tres secuencias ilustran ese movimiento y lo hacen sensible en diversos planos: el día-la noche-el día, espacio-tiempoespacio; cuerpo-conciencia-cuerpo, vida-muerte-vida. Se podrían multiplicar estas tríadas. Hay otra, sin embargo, que quizá las resume a todas y que es posible definir así: plenitud-expiación-plenitud. La expiación, según hemos visto, es una experiencia problemática: la conciencia se sumerge en las contradicciones y dualidades de sus "corredores sin fin"; también el lenguaje se interna en sus "galerías sin sonido" y se confronta consigo mismo. Pero si es problemática y aun dubitativa, esta experiencia es igualmente un modo de investigar la condición humana (la poesía es, para Paz, exploración de lo real): profundizar en su poder y en su desamparo. A su vez, ella condiciona el último término de la tríada. Más que el signo de un poder total, la plenitud se revela entonces como una *sagesse*: se purifica reconociendo continuamente su inminente fragilidad.

Expiación y purificación: entre estas dos experiencias se mueve la escritura de Paz. Es no sólo el movimiento de *Piedra de Sol,* sino también, creo, de un poema como *Blanco.* Aparece igualmente, mucho antes, en "Los trabajos del poeta" de *¿Águila o Sol?* En la primera edición (1951) de dicho libro, Paz tituló a esos textos, de manera más obvia, *trabajos forzados*: son, ciertamente, la inevitable confrontación con el lenguaje, una suerte de teatro de la conciencia donde el poeta se enfrenta a las palabras como figuraciones crueles y aun grotescas. Ese enfrentamiento conduce, en los pasajes últimos, a una liberación o quizá a una suerte de catarsis: el encuentro con la primavera del mundo (XII), la transfiguración del Grito personal que se vuelve "innumerable, infinito, anónimo" (XVI). Pero Paz ilustra este movimiento con su escritura misma. Así, un pasaje (XII) no es sino un largo periodo de frases subordinadas cada una introducida por un *luego* ("Luego de haber cortado los brazos que se tendían hacia mí... luego de haber edificado mi casa en la roca de un No inaccesible a los halagos y al miedo... luego de haberme juzgado y haberme sentenciado a perpetua espera y a soledad perpetua"), que, sólo después de estas postergaciones, se resuelve finalmente en la frase principal ("...oí contra las piedras de mi calabozo de silogismos la embestida húmeda, tierna, insistente, de la primavera") a la que el lector llega como una liberación. Todo el periodo es una larga travesía a través de esos *luegos* que funcionan como *pruebas* verbales, como verdaderas *instancias* que va trasponiendo la conciencia hasta alcanzar su plenitud.

Signos de un alfabeto roto

"Piedra de Sol" aparece como poema último del libro *La estación violenta* (1958). Por ello y por el carácter mismo del poema, podría pensarse que en él culmina una época de esta poesía. Creo, en verdad, que es un poema culminante, sobre todo si se tienen en cuenta los cambios que experimenta la obra posterior de Paz. Estos cambios, sin embargo, no son una ruptura y, en muchos sentidos, prolongan experiencias de libros anteriores. No sería errado, por ejemplo, ver *Salamandra* (1962) como la prolongación de *¿Águila o Sol?* (1951), o *Blanco* (1967) como el desarrollo último y por cierto extremo de *Semillas para un himno* (1954). Así, el poeta de los años cincuenta que parecía haber cerrado un ciclo de su obra con "Piedra de Sol", lo que hace es recoger y nuevamente tramar otros hilos anteriores, más o menos sueltos y dispersos. Más que transcurrir en el tiempo, lo que el conjunto de esa obra tiende a figurar es un espacio: un espacio arborescente, con múltiples ramificaciones. Es una obra, por tanto, que excluye todo sentido de evolución o progreso. Un poema o un libro de Paz no propone un avance con respecto a los que le preceden, sino una intensificación. También de este modo lo que busca afirmar Paz es la vivacidad.

¿En qué sentido la poesía más reciente de Paz supone una intensificación? En un poema ya citado, Paz veía el lenguaje que hablamos como la fragmentación de otro, el lenguaje original del hombre. Si éste era una totalidad y una unidad, que, a su vez, traducía la unidad más vasta del hombre y el universo, aquél no era más que "espejos rotos donde el mundo se mira destrozado". La conciencia de esta fragmentación, sin embargo, no aparece de inmediato, sensiblemente, en la estructura de su obra, quiero decir: en el cuerpo mismo del poema. En gran medida, éste seguía siendo compacto y se organizaba según un movimiento sucesivo, aunque tal movimiento tendiese más bien a lo circular. El mejor modelo de esta técnica era, sin duda, "Piedra de Sol", escrito en versos endecasílabos (lo que, por otra parte, no dejaba de ser un verdadero *tour de force*). En cambio, a partir de *Salamandra,* la fragmentación invade la escritura, en un sentido físico. Al poema ya no lo rige tanto un orden como un desorden: el verso deja de ser lineal, continuamente se interrumpe y escinde; las palabras se ven diseminadas en la página y pueden leerse en niveles diferentes; los encabalgamientos se hacen más abruptos y reiterados; aun la frase se libera, por lo general, de una rigurosa puntuación. Esta dispersión material del texto acarrea la dispersión semántica del lenguaje: las ambivalencias y hasta los equívocos se multiplican; el poema se vuelve cada vez más un tejido de relaciones y, según estas relaciones, dentro del poema mismo se van gestando otros poemas. El poema, por tanto, tiende a la visualización: su *decir* exige simultáneamente un *ver.* Aunque lo contrario también es cierto. No se trata de una mera paradoja. Todo poema espacial, como lo sugiere Mallarmé, es una suerte de *partitura*: sólo que lo oímos con los ojos, lo vemos con el oído, propone también Paz. Se trata, sí, de un nuevo sentido de la música verbal, muy perceptible en la poesía de Paz: no tanto la de una melodía exterior (regularidad silábica, rimas, aliteraciones, ni siquiera el juego de acentos) como la de la relación (espacial, mental) de las partes, la introducción de las disonancias, el pensamiento rimado, el contrapunto de lo "escrito" y lo "hablado".

Esta técnica implica, por supuesto, un cambio de algún modo más radical: Paz insiste ahora más en el fragmento que en la totalidad —lo contrario de lo que ocurría en "Piedra de Sol"—, más en el instante y en la discontinuidad del tiempo que en el tiempo circular mismo, más en la simultaneidad que en la unidad. Lo que su obra busca, en efecto, es encarnar el espacio, pero un espacio que sólo es reconocible como fragmentación: "Signos de un alfabeto roto": así describe Paz en "Viento Entero" (de *Ladera Este*), los restos de una civilización arruinada por las depredaciones de la historia. Esta frase podría definir no sólo su visión del mundo, sino también la naturaleza misma de su lenguaje. Un poema suyo quiere ser ahora un alfabeto roto o disperso, "signos en rotación" que buscan su sentido. Sin embargo, si la función del poeta es volver a reunir esos signos, Paz concibe que ello no sería posible sin antes mostrarlos en toda su dispersión. Lo fragmentario, además, no es sólo vestigio de una antigua totalidad; puede ser, igualmente, el comienzo de una nueva visión de esa totalidad. Es así que lo fragmentario intensifica en la obra de Paz su tendencia a las relaciones, a un arte combinatorio.

De este modo, Paz va dando paso a la concepción de la *obra abierta* en la estructura misma de su poesía. Lo cual, a su vez, se presenta como la realización formal de su idea de la poesía como *revelación*. En verdad, si un texto se resuelve en varios textos, ello supone que el poema se gesta a sí mismo y se revela desde sí mismo; es decir, se vuelve un mundo autónomo, independiente del autor. Al mismo tiempo, la lectura del poema se caracteriza por una experiencia semejante: depende de sí misma, esto es, de la opción según la cual el lector combina en una u otra forma la pluralidad de textos que se le ofrecen. En ambos casos, el poema es una inminencia: dispuesto siempre a ser *otro* sin dejar de ser lo que es. "Cada lector es otro poeta; cada poema, otro poema", dice Paz. Es esta intuición la que toma cuerpo en *Blanco*, uno de sus poemas más ambiciosos en los últimos años. Es el poema no ya del diálogo entre un yo y un tú, sino del "monólogo plural".

Blanco es un poema espacial: no puede ser comprendido cabalmente sin ser visualizado (¿aun manipulado?) por él, lector. Sus rasgos físicos —tipográficos— encierran, en sí mismos, en gran medida, las claves de su significación. Consta de una sola y larga página plegada, que, al desplegarse (verticalmente, hacia él, lector), deja aparecer al texto como en movimiento. Éste, a su vez, puede ser leído como un poema único o como varios. Tal pluralidad está indicada (¿impuesta?) por los diferentes caracteres tipográficos y por la disposición misma del texto en la página. No obstante ello, hay dos líneas fundamentales en el poema.

De un lado, un texto que ocupa el centro de la página; aunque puede ser leído como seis poemas sueltos o como uno solo, tiene una misma unidad temática; las vicisitudes del lenguaje, la gestación de la palabra y su confrontación con el mundo. Esta parte constituye la línea de reflexión del poema sobre sí mismo; no tanto un discurso sobre la esencia de la poesía como la dilucidación del acto que la engendra; dilucidación, además, crítica: el poema es y no es, avanza y retrocede, comprueba su vacío (es un "lenguaje deshabitado"), busca trascenderlo y encarnar en lo real. Es decir, es el proceso de la búsqueda de sentido. De ahí que el texto mismo se organice figurando "un archipiélago de signos": palabras errantes diseminadas en el espacio de la página, versos que interrumpen su continuidad lineal y quedan como en suspenso; todo lo cual sugiere un "tempo" lento, una suerte de penoso ritmo monologante. Esta búsqueda de sentido tiene, por ello, todos los rasgos de una prueba espiritual (¿mística?). De manera significativa, el texto inicial dibuja una figura cuadrangular (¿un mandala?) en cuyo centro está *la palabra* y cuyos extremos son calificativos antitéticos de esa palabra: *inocente / promiscuo, sin nombre / sin habla.* Así, los siguientes textos centrales se presentan como las diversas etapas de una expiación ("el lenguaje es una expiación", comprueba el poeta), lo que no es, por supuesto, sino la búsqueda de purificación, una "peregrinación hacia las claridades". Al final de este proceso, el lenguaje tiene acceso a la *aerofonía*: una palabra que al cristalizar parece resolverse, de igual modo, en el silencio; una palabra que es aire (nada) y, sin embargo, lo es todo. Como la define el propio Paz: "Boca de verdades / Claridad que se anuda en una sílaba / diáfana como el silencio". A ello corresponde también un especial estado de percepción: no un pensar sino un ver, pero un ver que sólo ve "los reflejos, los pensamientos"; aun lo que se ve no son los pensamientos sino "el resplandor de lo vacío". El lenguaje, pues, ha llegado a su plenitud y a su vacuidad: es las dos cosas a la vez. Es esta línea del poema, creo, la que más está signada por el espíritu mallarmeano y a ella corresponde sobre todo uno de los dos epígrafes que Paz escoge: "Avec ce seul objet dont le Néant s'honore".

La segunda línea del poema está formada por cuatro partes, en cada una de las cuales el texto se organiza de manera distinta: dos columnas (en la edición original inscritas en negro y rojo) que a veces se separan y otras se fusionan. Cada una de estas partes puede ser leída, linealmente, como un solo poema; o bien como dos poemas si se lee independientemente cada columna. Presentan también una estructura más compleja. Las columnas de la izquierda son la exaltación erótica, el himno al cuerpo y a la mujer (físicamente, incluso, el poema es ahora más compacto); al mismo tiempo sugieren una relación cósmica: la mujer es vinculada a los cuatro elementos (sucesivamente al fuego, al agua, a la tierra y al aire) que, a su vez, parecen corresponderse con los colores dominantes en los textos centrales: amarillo, rojo (el agua de la historia, la sangre), verde y azul. Por su parte, las columnas de la derecha equivalen a cuatro modos de conocimiento: sensación, percepción, imaginación y entendimiento. Esta segunda línea del poema sugiere igualmente un proceso místico de mutaciones (el paso del fuego al aire, de la sensación al entendimiento). Es el proceso de la pasión que se expande y se transfigura a sí misma. En gran medida le corresponde más bien el otro epígrafe del libro, tomado de la doctrina tántrica: "By passion the world is bound, by passion too it is released".

Ahora bien, estas dos líneas no discurren de modo independiente, sino que se entrecruzan. A excepción del primero y del último, a cada texto del centro le sigue otro de dos columnas. Estas interpolaciones van señalando la relación profunda que existe entre el tema del lenguaje y el erótico. Están ligados por un impulso común. El poema prepara un orden amoroso, ha dicho Paz en otro libro. Ese orden se va gestando aquí en un doble plano: la reflexión sobre el lenguaje se impregna de una fuerza erótica, así como la exaltación erótica parece la gestación misma de la palabra y aun del poema. De ahí que el último texto del centro (final del poema) no sólo sea la condensación —recurrencia, variación y resumen— de la temática del lenguaje, sino también de la erótica. Ambas, pues, finalmente se fusionan.

Pero se fusionan no sin antes enfrentarse en un contrapunto que hace aflorar la tensión que subyace a todo lo largo del poema y que Paz resume en esta fórmula: "Si el mundo es real / La palabra es irreal / Si es real la palabra / El mundo / Es la grieta el resplandor el remolino". Paz se ve dividido ante esta alternativa, pero de algún modo la trasciende, sólo que sin dar la victoria ni al lenguaje ni al mundo. El dilema, aunque insoluble, parece admitir una reconciliación. El cuerpo del poema (o del lenguaje) se identifica con el de la mujer, que, a su vez, se identifica con el del universo: son estas fusiones sucesivas las que pueden crear una realidad verdadera. ¿La de la plenitud o la del vacío? Sin paradoja, creo que ambas: se trata de un estado particular donde lo sensible y lo trascendente, la palabra y el silencio se vuelven uno; donde la posesión es una desposesión, y a la inversa. Al final, Paz dice a la mujer:

El mundo
Es tus imágenes
Anegadas en la música
Tu cuerpo
Derramado en mi cuerpo
Visto
Desvanecido
Da realidad a la mirada

La verdadera realidad es, pues, la de la mirada. Pero, además, este final sugiere que las fusiones (poema, mujer, mundo) desaparecen para dar sentido a la mirada. En otro pasaje, Paz había dicho: "La irrealidad de lo mirado / Da realidad a la mirada". Esta mirada es la del poema mismo, mejor, es el acto poético. Es éste, no el texto mismo, el que es real. Así la plenitud está ligada a él como el instante a su próximo desvanecimiento:

la plenitud al borde del abismo o del vacío. Por ello este final nos remite a otra frase que es como un círculo infinito: el espíritu es creación del cuerpo que es creación del mundo que es creación del espirítu. Paz escribe a partir de la conciencia de esta relatividad. Sabe que el mundo no sólo es ya intraducible, sino que, sometido a cambios incesantes, se desvanece. El *cuerpo* ya no es materia, sino un vertiginoso tejido de relaciones.

Blanco se propone, pues, como una aventura: no un poema hecho o cristalizado (a pesar de lo concertado), sino otro que continuamente se está haciendo. Así como el mundo existe por la mirada que lo mira, el poema existe por el acto que lo propicia. Pero el acto de escribirlo no vale sino por el acto de leerlo: llamado al lector para que haga *decir* al poema. De ahí uno de los sentidos del título mismo: es un texto en *blanco* (como el mundo), está y no está escrito, en él la palabra está y no está dicha. El lector tiene que convertirlo en experiencia personal. Leer no es tanto descubrir un sentido como, sobre todo, hacerlo posible.

La transparencia es todo lo que queda

Como es perceptible en *Blanco,* el sistema metafórico de Paz se ha vuelto más complejo y a la vez más simple. No estoy proponiendo ninguna paradoja. Su complejidad no es del mismo orden del de la llamada poesía hermética; reside, más bien, en las posibilidades que abre o en las relaciones que suscita; también cuenta la experiencia espiritual que encierra, en la cual, por cierto —no hay que olvidarlo—, no deja de ser fundamental la experiencia del Oriente, donde Paz escribe casi todo *Ladera Este.* Por otra parte, es simple porque hace de la riqueza un despojamiento (y lo contrario es cierto igualmente): no se presenta como un don inventivo o le da otro sentido a ese don: inventar es *ver* el mundo. En efecto, en la nueva imagen de Paz se borran más profundamente los límites entre lo figurado y lo real; a esa imagen hay que tomarla literalmente (y en todos los sentidos, como diría Rimbaud): no es una sustitución del mundo, quiere ser un mostrar el mundo.

Pero no se suponga ningún "realismo" en esto: mostrar el mundo es rescatarlo en su limpidez, en su originalidad; hacer de sus apariencias un (el único) absoluto. Este intento no es nuevo en Paz, cuya poesía es un continuo rechazo de toda trascendencia; pero es evidente que aparece ahora con mayor intensidad. En un poema en que evoca el ámbito de la civilización islámica así como la mística sufí y el budismo, termina diciendo: "Vi al mundo reposar en sí mismo. / Vi las apariencias. / Y llamé a esa media hora: / Perfección de lo Finito". Según el título del poema ("Felicidad en Herat"), Paz define esa experiencia como una *felicidad.* Lo es, creo, no sólo en la medida en que implica la aceptación, iluminada, del mundo, sino también por la coincidencia entre el mirar y lo mirado. En un ensayo quizá escrito en la misma época, al hablar del erotismo y de la metáfora como una de las experiencias privilegiadas del hombre, decía: "ambos son el modelo de ese momento de coincidencia casi perfecta entre un símbolo y otro que llamamos analogía y cuyo verdadero nombre es felicidad". También entonces, de manera significativa, definía a la metáfora como la alianza entre lo inteligible y lo sensible. Mirar no es, pues, un puro acto sensorial; es una suerte de sabiduría de los sentidos: hacer posible la coincidencia con el mundo, es decir, la revelación del mundo en ella. Por esto, creo, lo deslumbrante del lenguaje de Paz se explica cada vez menos por la suntuosidad y cada vez más por su tono directo y aun seco; es el laconismo lo dominante en él, pero ese laconismo es una pasión y un ascetismo. Paz no dice ahora *esto es como aquello,* ni siquiera *esto es aquello*; dice más bien: *esto y aquello* ("Montes de mica. Cabras negras"). En ello reside lo esencial de su sistema metafórico. El mundo se ha fragmentado porque hemos perdido la relación entre las cosas y, sobre todo, porque nuestros prejuicios han creado jerarquías entre ellas. Para poder relacionarlas y disolver esas jerarquías, hay que *ver* primero las cosas en sí mismas, captarlas en lo que son: en su apariencia. Es lo que hace Paz. Así la analogía no reside tanto en las imágenes particulares como en el poema total; está diseminada y fragmentada en él: los fragmentos se relacionan no tanto por semejanza o contraste previos, sino por contigüidad: están en un mismo espacio, se encuentran o se rechazan, desaparecen o se prolongan en otros; es a través de este movimiento como se van constituyendo en una verdadera trama. El poema, pues, no habla de una analogía, o la propone; la hace posible por su propia estructura verbal. Antes que por símbolos, el poema de Paz está constituido, en verdad, por signos.

Otro rasgo que define a la imagen (y no sólo la nueva) de Paz es la *claridad.* No se trata de ese sospechoso ideal pragmático de hacer una poesía sencilla o, como suele decirse, comunicativa —posiblemente más confusa por el simplismo didáctico y aun ideológico que, en el fondo, la sustenta. Tampoco se trata de la creencia en una verdad ya resuelta que sólo hay que expresar: "Con letra clara el poeta escribe / sus verdades oscuras", dice Paz. La claridad suya requiere otras connotaciones. Es, por supuesto, la de la propia materia verbal con que él trabaja, cada vez más cerca de lo luminoso (lo solar) y de la amplitud espacial: materia ligera y densa; materia también abstracta: lo concreto diáfano. Es, por ello mismo, una disciplina: el trabajo de la lucidez sobre los sentidos, sobre cualquier confusión de los sentidos, o sobre cualquier exceso de la mera pasión. Pero es, sobre todo, una *transparencia,* palabra clave en esta poesía y con la cual, además, de manera expresa, se identifica la claridad.

¿Qué es la *transparencia* en Paz? Ya, en parte, lo hemos sugerido al comienzo de este estudio: es la *vivacidad* misma, es decir, la revelación de lo inmanente del mundo como una relatividad que es también un (el único) absoluto. En un poema, el amor o la mujer está en el centro de un mundo llameante y hace una pausa, crea otro espacio en él; así, el día se convierte en "una gran palabra clara" y la mujer misma es una "palpitación de vocales" que madura bajo los ojos del poeta. Al final, éste reconoce, con humildad que no oculta el deslumbramiento, su propia identidad y la del mundo: "Soy real / Veo mi vida y mi muerte / El mundo es verdadero / Veo / Habito una transparencia". Revelación de las cosas en lo que son y de lo que son como aparecen, la transparencia es una contemplación que se apodera de *lo mirado* pero sólo como acto de *la mirada.* Es igualmente un estado de sabiduría: el justo medio entre la posesión del mundo y la desposesión, o quizá, más bien, como la relación dialéctica entre ambos términos. En uno de los poemas eróticos (y del conocer) de *Blanco,* exaltación del cuerpo y de la comunión de los cuerpos, se dice al final: "La transparencia es todo lo que queda". En otro poema de *Ladera Este,* al evocar la experiencia de la India, Paz dice:

A esta misma hora
Delhi y sus piedras rojas,
Su río oscuro,
Sus domos blancos,
Sus siglos en añicos,
Se transfigura:
Arquitectura sin peso,
Cristalizaciones
Casi mentales,
Altos vértigos sobre un espejo:
Espiral
De transparencias...
Los signos se borran: yo miro la claridad.

En ambos textos, la transparencia es lo que queda: por una parte, la memoria como vivacidad: no una búsqueda del tiempo perdido, sino un manar del tiempo mismo; por otra parte, la vacuidad: la cristalización del mundo entre su posesión y su desposesión.

En tal sentido ¿no coincide la transparencia con la naturaleza misma del poema? En una de sus *Recapitulaciones,* breves reflexiones sobre poética, Paz dice: "Al leer o escuchar un poema, no olemos, saboreamos o tocamos las palabras. Todas esas sensaciones son imágenes mentales. Para sentir un poema hay que comprenderlo: oírlo, verlo, contemplarlo, convertirlo en eco, sombra, nada. Comprensión es ejercicio espiritual". Como la experiencia del hombre en el mundo, el poema es encarnación y distancia, plenitud y precariedad a un tiempo. Como el mundo, el poema vive de la dialéctica entre afirmación y negación. Hablando de Nietzsche (en otra recurrencia) y de su *no* radical al mundo, Paz también proponía entonces: "Llevar hasta su límite la negación. Allá nos espera la contemplación: la desencarnación del lenguaje, la transparencia".

En este último caso, la transparencia conduce al silencio: no porque lo verdadero sea indecible, sino porque ya no necesita de ser dicho. Así, en cierta manera, Paz parece concluir en la misma evidencia del Igitur mallarmeano: "Le Néant parti, reste le château de la pureté". Pero esta *pureza* ¿no será la forma última en que se nos revela el mundo, o se nos transparenta? Vale decir: la forma última en que el mundo encarna y se hace real, plenamente real. Lo cual se correspondería con la pasión utópica de Paz: la aparición del mundo —del mundo original, se entiende— implica la desaparición del lenguaje y de la poesía. Vivir la poesía: escribir el mundo.

XII. JUARROZ: SINO/SI NO

El último gesto se estanca en la palabra no
El primer gesto se estanca en la palabra si

En la actual poesía hispanoamericana, la obra de Roberto Juarroz no se asemeja a ninguna otra y, sin embargo, no está dominada por el vértigo de la originalidad, mucho menos por el de la experimentación de nuevas técnicas verbales; también es cierto que evoca a muchas otras, pero sin quedarse en la mera prolongación del epígono. Más significativo todavía: es una obra que *parece no serlo.* A su brevedad (siete volúmenes no muy extensos publicados entre 1958 y 1982) se añade otro rasgo: el suyo es un discurrir que se repite incesantemente, un lenguaje que no varía de manera sensible —que no "evoluciona", dirán ciertos críticos, que, por lo general, siempre "involucionan"; su primer libro podría ser el último, y viceversa. Si, como se cree lo estimable, una obra es sobre todo expansión y diversidad, la suya, aparentemente, no sería una obra. No obstante, es una obra que se hace —o se hará— cada vez más presente en nuestra experiencia de la poesía. Lo mejor de esa obra merecería, en verdad, una frase de Baudelaire: "Como no ha progresado, no envejecerá". Paradoja, sin duda, fascinante: ¿no supone otra forma de "modernidad", a la vez que resulta su crítica?

¿Qué ocurre, entonces, en la poesía de Juarroz? "Una poesía que procede por inversión de signos", la ha definido Cortázar. Si se necesitara una clave para comprenderla, ésta es sin duda la más reveladora. Pero habría que añadir que la comprensión no requiere la reinversión de esos signos; hay que aceptarlos tal como se nos dan. Aceptar lo que el propio Juarroz, en un poema de *Cuarta poesía vertical* (1969), ha llamado las "historias simultáneas":

Yo conozco este juego
de historias simultáneas:
dos pájaros dentro de cada pájaro,
dos líneas dentro de cada línea,
dos ojos y una sola mirada,
dos espejos en el fondo del hombre.
Y la segunda historia
repitiendo a la inversa la primera:
me hago y me deshago en cada cosa,
no es posible pensar sin ser pensado
y el eco es un teorema
que anula soledad y compañía.

La simultaneidad de signos, en efecto, está en la naturaleza misma, en la raíz de esta poesía y nos indica el modo de leerla.

Su carácter más obvio es posiblemente la *abstracción*. En primer término, Juarroz repite el mismo título, numerándolo sucesivamente, en cada uno de sus libros; no es ello, claro, lo que resulta más significativo, sino el título mismo: el de *poesía vertical* ¿no tiende a sugerir cierta dimensión geométrica, aunque ésta se resuelva no en la demarcación o en la fijeza de un espacio bien delimitado sino más bien, y progresivamente, en el abismamiento? "La geometría del ser no tiene espacio", precisará por ello Juarroz. Cada poema, a su vez, va sólo numerado; esta ausencia de título crea una suerte de reflexión musical, o una música del pensamiento. No es todo. Esta poesía es una meditación y una continua interrogación sobre la realidad y la palabra que la nombra ("Un bosque de preguntas. / La respuesta es reflejo"; / "Quizá la salvación del hombre / consista en rodar por su propia ladera, / abrazado a la piedra / de la mayor de sus preguntas"); es también un pensamiento que se piensa a sí mismo: cada poema parece partir de una carencia de realidad y así nombra las cosas desde su ausencia (como Mallarmé).

Abstracta, no se trata, sin embargo, de una poesía de conceptos, sino de pensamiento. El pensamiento como una iluminación, como lo que queda "aun sin el mundo" o, también, como "la única fidelidad del amor". Una poesía de ideas que igualmente, y ante todo, son experiencias. "Gloire du long désir, Idées" (Mallarmé); "la inteligencia al fin encarna" (Paz). Su discurso no aparece bajo un tono intelectual; ni siquiera como alusiones o referencias culturales. Es un discurso desnudo, más bien inocente: sus palabras se caracterizan por la indeterminación cuando no por la inversión semántica; palabras que apenas parecen nacer, rodeadas de desamparo, pero ya movidas también por la lucidez. "Le poème fait de rien" (Perse); "un lenguaje del alba" (Borges) o que busca no distanciarse del alba (Huidobro). La precisión de ese discurso es la de lo enigmático.

Muchos de los poemas de Juarroz se presentan, en verdad, como una sucesión de acertijos: "La flecha se da vuelta / y se clava en sí misma. / Y el hombre es la punta de la flecha. / El hombre se clava en el hombre, / pero el blanco de la flecha no es el hombre". También es frecuente en ellos el uso de fórmulas aforísticas: "La piedra vive / por el lado de abajo", "A ninguna mirada le basta mirar", "El revés del revés no es el derecho", "Lo visible es un adorno de lo invisible". Pero es evidente que esa estructura aforística no pretende fijar un saber ya dado sino, por el contrario, minarlo o problematizarlo; crear, si se quiere, otro, que ya no es un saber sino una experiencia que todavía está por discernirse a sí misma. El aforismo tradicional es imposible en esta poesía; sería "un abuso de confianza", tal como Jorge Guillén define a todo aforismo. Juarroz, en efecto, no busca fijar un saber en estructuras sentenciosas, ya que su propia experiencia es inasible y aun trata de captar lo inasible, el *otro lado* de todo saber; vale decir: una secuencia virtualmente infinita de relaciones y de motivaciones: esto nos remite a aquello que a su vez remite a algo más allá, y así sucesivamente. "Sueño que estoy despierto", dice en un poema; para luego añadir: "Sueño que sueño / que estoy despierto"; "Hay un amor de calor y de lecho / y hay otro amor de frío, / un amor en el cual la caricia y el tacto del amor / cavan hacia otro lado, / hunden otras raíces", dice en otro poema; "Traigo tu claridad como un espejo, / traigo tu sombra como otro espejo de ese espejo", es el final de otro poema. Incluso ese sistema de relaciones puede adoptar un rigor binario casi matemático, sólo que también en esa trama el dibujo paralelístico o superpuesto se ve trastocado gracias a la introducción de otro orden, de otras combinaciones. Quizá el primer poema de *Cuarta poesía vertical,* del cual citaremos las dos estrofas iniciales, sea el mejor ejemplo de este juego laberíntico:

La vida dibuja un árbol
y la muerte dibuja otro.
La vida dibuja un nido
y la muerte lo copia.
La vida dibuja un pájaro
para que habite el nido
y la muerte de inmediato
dibuja otro pájaro.
Una mano que no dibuja nada
se pasea entre todos los dibujos
y cada tanto cambia uno de sitio.
Por ejemplo:
el pájaro de la vida
ocupa el nido de la muerte
sobre el árbol dibujado por la vida.

No es raro que la poesía de Juarroz le evoque a Cortázar los filósofos presocráticos. También podría evocar la "démarche" de ciertos textos de Heidegger y los poemas de René Char. A semejanza de ellos Juarroz logra crear una oscura transparencia, así como un movimiento que no avanza sino volviéndose continuamente sobre sí mismo; pero sobre todo da la impresión —el asombro— de estar enfrentándose por primera vez al ser de las cosas, y no sólo a las cosas mismas. La relación con los presocráticos, sin embargo, quizá requiera cierta precisión, es muy posible que Cortázar estuviese pensando especialmente en Heráclito (*el oscuro,* ¿no?).

Un pensamiento que no es del todo metafísico o trascendental ni naturalista, sino ambos a la vez, los poemas de Juarroz tienen, además, el tono heraclitiano: poemas que son una suma de fragmentos o una sucesión de aforismos enigmáticos. Sobre todo, y como consecuencia de lo anterior, Juarroz tiene también lo que uno de los comentaristas más inteligentes de

Heráclito ha señalado: *la metáfora que es paradoja, la paradoja que es metáfora.* Para Philip Wheelwright,[1] en efecto, la frase heraclitiana es siempre una metáfora necesaria (semántica) no meramente gramatical, es decir, no se trata de un símil elíptico, en el cual el autor, ya por ingenio o sentido de síntesis, suprime el nexo comparativo (como, semejante a, etc.). Se trata, por una parte, de una metáfora en que lo figurado hay que tomarlo también literalmente (*v. gr.*: "nunca nos bañamos en el mismo río"); por la otra, una metáfora cuyo término comparado (lo real) nunca es completamente conocido y no podemos conocerlo separado del término figurado: "el universo ha sido, es y será un fuego eterno". En tal sentido es igualmente una paradoja, como si dijéramos: "Lo Infinito es lo finito". Metáfora y paradoja no sólo son esenciales sino inevitables; se implican entre sí. El *como* comparativo es imposible, puesto que su uso supone el conocimiento de los dos términos relacionados: esto (que conocemos) es como aquello (que también conocemos).

Todo el sistema verbal de Juarroz se funda, creo, en la paradoja necesaria, tal como es perceptible en los ejemplos antes citados. Esa paradoja es también, a la manera de Heráclito, una metáfora. "Lo visible es un adorno de lo invisible": no podría admitir el *como*; tampoco podría ser traducido a otra frase en que *adorno* admita algún predicado: "artificial", "frágil", ¿y por qué no igualmente "esplendor" (fugaz pero siempre presente?, ¿y si es todo ello a la vez? No hay, además, nuevo predicado que no se convierta, a su vez, en otra metáfora. El que toda metáfora necesaria sea paradójica quiere decir también que exige la abertura, la polivalencia. En un brevísimo poema de su *Quinta poesía vertical* (1974), es muy notable este método:

El ojo traza en el techo blanco
una pequeña raya negra.
El techo asume la ilusión del ojo
y se vuelve negro.
La raya se borra entonces
y el ojo se cierra.
Así nace la soledad.

El poema parece discurrir sobre la poesía misma, esto es, sobre el poder de la imaginación: lo real va asumiendo la forma de la ilusión y así ésta desaparece. ¿No pierde, entonces, su poder inicial? ¿No es más bien lo real lo que absorbe a lo imaginario? Si "el ojo se cierra" no es sólo por haber cumplido ya un acto; ¿no lo hace también porque ya resulta inútil el acto mismo de ver? "Así nace la soledad", concluye Juarroz: ¿la soledad de la ilusión cumplida o la de la desilusión, que es disolución de aquélla, la raya que "se borra"; o de ambas cosas a un tiempo? El poe-

1 Véase el capítulo VII de su libro *Heraclitus*, Princeton University Press, 1959.

ma, además, ¿es una metáfora de la poesía, del acto creador, o una metáfora de la vida y la muerte? Metáfora: el poema es un acto que al abrirse y al ahondar sus posibilidades nos abisma y nos regresa al acto inicial, nos encierra en él, en la literalidad (¿en la soledad?) del texto.

Poesía inteligente, no simplemente intelectual. Lo abstracto en ella (como cuando se habla de *pintura abstracta*) está muy lejos de todo simbolismo conceptual. Aún me pregunto si lo que ella quiere revelar no es, en definitiva, una materialidad original, más pura o más real, no una mera significación de esa materialidad. En otro poema, Juarroz ve el mundo como el segundo término de una metáfora incompleta, cuyo primer término se ha perdido. "¿Dónde está lo que era como el mundo? / ¿Se fugó de la frase / o lo borramos? / ¿O acaso la metáfora / estuvo siempre trunca?", se pregunta luego. Su propia poesía ¿no será el intento por reencontrar el término desaparecido, por hacer que la metáfora rescate su fundamento inicial? ¿O se tratará de algo todavía más radical y desmesurado, como en toda la poesía contemporánea: hacer que el segundo término de la metáfora, contrariando toda causalidad, sea el que *origine* al primero, lo invente y al inventarlo lo haga de nuevo original? De ahí que su poesía se presente como una manera de *ver*: no sólo las cosas sino también lo que rige a las cosas. Lo sensible y lo inteligible.

El colmo del espacio: la mirada

La poesía de Juarroz, en efecto, empieza por *el ver*, no por *lo visto.* Esto es, empieza por el *acto.* Ya en el poema inicial de su primer libro, dice: "Una red de mirada / mantiene unido al mundo, / no lo deja caerse". De igual modo, su espacio no es el abierto del mundo, sino un *espacio cerrado.* Hay una forma, dice: "que nace de la mano cerrada, / de la más íntima concentración de la mano". No está proponiendo nada críptico, ni ningún solipsismo. Si ese espacio cerrado alude a un orden interior, éste, a su modo, es otra forma de *intemperie*: el debate ontológico por conquistar no sólo su verdadero ser, sino igualmente el del mundo. "Estoy llamando en una puerta abierta. / Estoy llamando desde adentro de mí mismo", llega a precisar entonces. Es por lo que la suya es una "pasión vacante". La pasión de la mirada por *ser* lo que ve, o lo que vislumbra.

Pues esa *mirada* no es un simple ver en un sentido sensorial ("es más órgano que el ojo"), así como tampoco se identifica, aunque pueda coincidir, y aún se le subordine, con la reflexión ("pensar roba el mirar"). ¿En qué consiste entonces?

Se trata, más bien, de la concentración de todo ver que, por ello mismo, se convierte en una visión ("coincidencia de ojo y sueño"); esa visión busca transparentar lo sensible. Es también, por tanto, una forma de imaginación ("mirar es contarse una fábula, / o contársela al mundo").

Además, es un modo de conocimiento interior, de auto-contemplación, espejo de sí misma; hay un punto, señala Juarroz, en que la visión del ojo comienza a decrecer: "Es el sitio donde se teje la tela más gratuita de la araña, / la que no busca cazar sino cazarse. / Allí está el fruto que se exprime hacia adentro". Esta última experiencia coincide con un instante privilegiado: un "encuentro del tiempo con el tiempo, / un transcurrir ya sin testigos, / una duración duración". Pero, por supuesto, el verdadero reino de la mirada es el espacio, un espacio que introduce otra manera de relación. Quiero decir: el centro de la mirada no es el sujeto sino en la medida en que éste forma parte de otro centro más amplio. "Todo es un ojo abierto / y yo formo parte de ese ojo". Ese centro, obviamente, es el universo, el verdadero *Otro* para Juarroz. Así el hombre se convierte en objeto de la mirada que lo rodea; entonces —advierte Juarroz— "el espía y el espiado / sentimos que a los dos nos espían". Aun la mirada de lo *Otro* incluye la de la muerte: "mi rostro me está mirando desde el polvo". De tal suerte, la mirada es figuración y prefiguración. Se inscribe, por tanto, en un contexto muy amplio de relaciones; supone no sólo la mirada del testigo, sino también la dialéctica entre ese testigo y lo atestiguado, entre el yo (que se desdobla en *otro*) y el universo. Por ello, significativamente, Juarroz habla de una *red de mirada,* y no de *miradas*: quería aludir al hecho de que la mirada, en sí misma, es una trama. Esa trama la abarca a ella y al mundo, como veremos.

Esta poesía, decíamos, encarna (no simplemente ilustra) un debate ontológico. Es quizá lo que Juarroz quiere sugerir con el título de *poesía vertical.* En efecto, la visión que ella despliega no es expansiva ni horizontal (puramente histórica); es una visión en profundidad: confrontación directa, sin mediación, con lo esencial, con lo que de alguna manera ha sido inesencial en la historia, sobre todo en nuestra historia contemporánea. Esa visión explora lo más cotidiano del hombre: las cosas que lo rodean y su propia existencia, es decir, las simples experiencias de la vida: el amor, el olvido, la soledad, la memoria, el sufrimiento, la muerte. Pero lo cotidiano, sin dejar de serlo, es igualmente original, primordial. Es, además, sagrado. "No sé si todo es dios. / No sé si algo es dios. / Pero toda palabra nombra a dios: / zapato, huelga, corazón, colectivo", dice Juarroz en su primer libro; "la tarde se convierte en dios", reitera en *Tercera poesía vertical* (1965). Pero el dios que nombra Juarroz no es un ser omnipotente ni tiene un centro único; por ello, y no sin cierta blasfemia, habla de "la vulgaridad de un Dios cualquiera", o de "la miseria azul de un Dios desierto" (aun las mayúsculas son ahora significativas). Más todavía, dios es una realidad posible sólo a través de la imaginación del hombre: "inventar un pájaro / para averiguar si existe el aire / o crear un mundo / para saber si hay dios", propone en el poema que inicia su primer libro. (¿No es el propósito que rige toda su poesía?) Lo sagrado como lo humano —o al revés— no implica ninguna trascendencia ni una nueva divinización: es el descubrimiento del hombre real, a la vez desamparado e invulnerable en su desamparo. En uno de sus primeros poemas, Juarroz evoca esta experiencia: "Hallé un hombre escribiendo en sus huesos / y yo, que nunca he visto un Dios, / sé que ese hombre se parece a un dios". Una experiencia semejante, y aún más intensa, aparece en *Cuarta poesía vertical*:

> En alguna parte hay un hombre
> que transpira pensamiento.
> Sobre su piel se dibujan
> los contornos húmedos de una piel más fina,
> la estela de una navegación sin nave.
> ... ...
> Ese hombre tiene la porosidad de una tierra más viva
> y a veces, cuando sueña, toma aspecto de fuego,
> salpicaduras de una llama que se alimenta con llama,
> retorcimiento de bosque calcinado.
> A ese hombre se le puede ver el amor,
> pero eso tan sólo quien lo encuentre y lo ame.
> Y también se podría ver en su carne a dios,
> pero sólo después de dejar de ver todo el resto.

En el universo de Juarroz no hay uno sino múltiples centros: cada ser y cada objeto en el mundo lo es, o podría serlo. Centros múltiples, lo importante es llegar a percibir su trama, que es su unidad: ni simple suma ni tampoco síntesis; apenas una suerte de tercera dimensión, una otra cara indefinible. El propio poeta la figura al comienzo pero sin calificarla: "El fondo de las cosas no es la vida o la muerte", "El fondo es otra cosa / que alguna vez sale a la orilla". En otro poema, no es más explícito aunque sí algo más revelador: "Pero hay también un más allá del fondo, / un lugar hecho con caras al revés. . . / es el lugar donde empieza el otro lado". Si ese *otro lado* es indefinible por su propia naturaleza, Juarroz no deja de señalar cómo desde él comienza su (la) verdadera experiencia en el mundo. Hay un poema (27) del primer libro que, desde esta perspectiva, resulta clave. "Entre pedazos de palabras / y caricias de ruinas, / encontré algunas formas que volvían de la muerte", dice inicialmente. Estas formas tendrán, luego, que "vivirlo todo": no sólo desmorir sino también desnacer. Aunque inasibles en su secreto, esas formas le indican el posible camino con salida: el camino "que vuelve desde toda muerte, / hacia atrás del morir, / a encontrarse con la nada del comienzo / para retroceder y desnudarse". Lo que sugiere el poema es que toda experiencia requiere el enfrentamiento con la totalidad, con los extremos más opuestos entre sí, y que toda posible plenitud empieza en el vacío o en la nada, o sencillamente en el *otro lado* que a la vez que la niega la prefigura. El amor, por ejemplo, dirá Juarroz en otro poema, comienza "cuando Dios termina / y cuando el hombre cae", porque, explica, "el amor es simplemente eso: / la forma del comienzo / tercamente escondida / detrás de los finales". De igual modo, en otro poema evoca al hombre como el espectador de un doble fracaso: el de la existencia misma ("suma y montón de trampas") y el de la pasión ("vidamás de la vida", pero "látigo de muchas puntas"); también como el espectador del "fracaso de contemplar el fracaso". Sin embargo, ese testimonio de una derrota extrema se resuelve en una suerte de iluminación que, a su vez, se niega toda ilusión. Por eso dice al final:

> Y es allí,
> en ese punto de madurez negativa,
> donde salta el resorte:
> la fe en nada,
> la fe de fe,
> la fe que ya no tiene enfrente,
> la fe que no es posible contemplar.

Perfeccionar el no existir

Parece obvio que el verdadero ámbito de esta poesía es el desasimiento de(l) ser. Es el reverso y no el anverso de(l) ser lo que fascina a Juarroz, y aun lo abisma. Lo fascina, aunque lo abisme, y quizá por ello mismo, porque el reverso no es tanto un simple vacío como una expectativa, una *pasión vacante* dispuesta a encarnar en algo pero no sin antes desencarnarlo. "Una pasión que no busca / el nacimiento de ninguna mano", dice; pero no deja de agregar que tal vez sea esa pasión lo que nos *salva.* Nos salva no porque nos otorgue un privilegio o una posesión, sino porque nos confiere una sabiduría: justamente la de no aspirar a ninguna posesión; cuando más, buscar sólo la comprensión de la trama del mundo. Si el desasimiento puede conducir a una plenitud es la de aceptar que no existe una plenitud pura. Nadie *es* por el hecho de estar en el mundo, así como tampoco nadie *está* en el mundo por el hecho de querer ser. Aun Juarroz lo dice de manera más memorable y profunda: "Nadie empieza donde quiere / sino donde termina la arrogancia / de lo que nadie es". Lo que parece postular, pues, es que el camino hacia el ser puede invertirse: no un avance sino un regreso, no un camino sino un descamino. Es lo que propone: "Tal vez la existencia del hombre consiste simplemente / en perfeccionar el no existir". Consiste *simplemente* en eso y, además, lo dice con toda *simplicidad*: quizá ello nos advierte que es el camino más difícil; por eso la lucidez rechaza el dramatismo.

¿Se trata, sin embargo, de la misma experiencia de Rimbaud ("La vraie vie est absente. Nous ne sommes pas au monde"), tantas veces retomada por la poesía contemporánea, en especial por el surrealismo? Es evidente que tienen un fondo común; no creo que sean del todo semejantes: la *ausencia* de Rimbaud presupone otra vida, otra dimensión (encarnación del sueño, el amor reinventado) más plena, aunque todavía secreta, del mundo; en cambio la de Juarroz aparece, desde el comienzo, como una total carencia —¿o es quizá el reconocimiento último del fracaso de la *vraie vie* vislumbrada por el joven Rimbaud? En uno y otro caso, existir para Juarroz es literalmente no existir. Esa actitud extrema se ha ido incluso acentuando cada vez más en su obra; uno de sus poemas recientes es casi concluyente en este sentido: "La piedra del no ser, / la certera condición negativa, / la presión de la nada, / es el último apoyo que nos queda". Pero esa conclusión ¿no podría ser vista también como un comienzo? No sólo es significativo que en el poema se hable de un *apoyo*; lo es igualmente esa condición *última* con que se le define: ¿no implica la necesidad de una oposición, el reconocimiento de que la reducción puede ser también un punto de partida? ("El hombre casi no existe, / pero puede colaborar con su ausencia."). Pero no se trata, creo, de una simple nostalgia: la de querer existir para despojarse de la condición de no existir, la de querer ser para escapar del hecho de no ser. O es más bien una nostalgia que no se apoya en la ilusión sino en la lucidez: sólo se puede ser sin olvidar que no se es, sólo se puede existir sin olvidar que no se existe. Ésta es, me parece, la verdadera realidad para Juarroz: la *inversión* de signos da paso a la *equivalencia* entre ellos. Una concepción de la realidad, como se ve, difícil de aceptar y aun de comprender: aunque nos suponemos dialécticos ¿no parece contrariar nuestras creencias íntimas el hecho de que se pueda ser y no ser simultáneamente? Juarroz tiende a desvirtuar este prejuicio. No sólo habla de la *ausencia*, habla de ella como una *presencia*: tiene "cuerpo" y "densidad". Es una ausencia que está llena de mundo, podría decirse. En el mismo poema antes citado, la nombra como una suerte de materialidad; al comienzo, dice:

La densidad de lo que no es,
la fuerza de lo que no se tiene
arremolina el agua de la vida
y crea un sonido de fondo
para todos los gestos.
Hasta el tejido prieto de la muerte
tiene un pálido hilo
donde la trama cede y se aligera
porque le falta muerte.
Y hasta lo que nunca ha vivido
y no morirá nunca
se remonta en la grieta de una ausencia
que le presta su cuerpo.

Así se comprende que, en esta poesía, el desasimiento no implique un abandono del mundo, mucho menos la renuncia a él. Es a la par un estar y un no estar, vale decir, un no estar en lo que se está, o al revés. No es un juego de palabras, sino el de la experiencia misma. Veamos, más detenidamente, por qué.

Para Juarroz —ya lo hemos visto— la mirada es una manera de fundar el mundo. También, y quizá de modo más esencial, el pensamiento es un punto de apoyo: "pensar en un hombre / se parece a salvarlo", "pensar es como amar", "mi pensar es casi como un cuerpo", dice el poeta reiteradamente; aun en su último libro llega a concebir: "quizá nos quedemos fijados en un pensamiento, / pensándolo para siempre", y esa sería la eternidad. "¡Oh, dicha de entender, mayor que la de imaginar o la de sentir!" (Borges). A pesar de ello, la mirada se vuelve problemática: no deja de buscar lo que la sustente a ella; esa búsqueda, por supuesto, puede ser abismal y aun infinita. Más claramente, aludiendo a su propio pensar, Juarroz dice en uno de sus primeros poemas: "Soy mi propio sostén y me lo quito. / Contribuyo a tapizar de ausencia todo". En otro, posterior, no será menos explícito: "Sólo el piso de mi pieza me sostiene en el mundo / y reedita la más antigua historia: / una ausencia que sostiene la presencia de otra ausencia" (*Segunda poesía vertical,* 1963).

Esta penuria en que se sitúa Juarroz constituye la experiencia del abismo y del no-ser. Para no hablar de la negación que encierra la existencia misma. Es el sentimiento del desarraigo, de no estar verdaderamente en nada ("Sobramos. / Aquí o no importa dónde: / en alguna parte sobramos"); o de sobrecogedora extrañeza ante el mundo y el tiempo ("nos duele la forma más íntima del tiempo: / el secreto de no amar lo que amamos"); es, además, la vivencia de la continua destrucción de la muerte ("si te preguntan por el mundo, / responde simplemente: alguien se está muriendo"). Incluso la identidad del hombre, en esta poesía, parece resolverse en una reducción que la niega ("El signo igual parece a veces / la duplicación ensimismada / del menos").

En ambas formas, como movimiento deliberado o como imposición del mundo, el desasimiento parece referirse no sólo a una sabiduría sino también a una prueba de iniciación, y ésta, a su vez, tiende a formular la existencia de una tercera dimensión. "El ser empieza entre mis manos de hombre", "pero el no ser también empieza entre mis manos de hombre", reconoce Juarroz, lo que hace prever la pregunta inquietante: "Pero mis manos de hombre ¿dónde empiezan?" La búsqueda de una respuesta a esa pregunta es lo que le conduce a percibir la *doble cara* del ser. De este modo se instala, en esta poesía, una continua dialéctica. Vivir la nada es vivir el ser; aun internarse en el laberinto es ya intuir dónde están las salidas: "la nitidez del caos / me salva hoy como un vientre junto al mío" —experiencia que se reitera en su último libro: "un caos lúcido, / un caos de ventanas abiertas". Por otra parte, la muerte es inexorable; ello, sin embargo, suscita dos sentimientos opuestos: el de la inutilidad ("¿qué importa lo que haremos?") y el de la lucidez dispuesta a la confrontación ("O tal vez no dé lo mismo / y ahí recién empiece la cuestión"). El hombre, en verdad, es una duplicidad y su opción una continua dialéctica. Así aparece en esta poesía su verdadero impulso: desconocer es comenzar a conocerse; negarse, una forma de afirmación. Por ello su centro justo sería la ausencia. "Una ausencia / de punto, de infinito y aun de ausencia / y sólo se le acierta con ausencia", esclarece Juarroz. Pero es desde esta ausencia como él puede prever otra manera de *presencia*: la elementalidad primera de las cosas en el mundo, lo que en un poema es definido como "la fidelidad de la materia a la materia".

Esta *presencia* tiene, además, otras connotaciones: reintegración del hombre a lo *Otro,* al universo natural ("Las cosas son el auténtico otro / y nosotros nada más que lo otro"), lo que, a su vez, comporta el descubrimiento de la verdadera unidad ("el espacio de las cosas es uno solo"; las cosas son "lo único uno", "Evangelio concreto"). Este reencuentro con el universo implica, parejamente, la revelación de la originalidad del ser y su rescate de la degradación en la historia o en el tiempo. Empezará —prevé Juarroz— "algo así como un tiempo sin tiempo / o con más tiempo". En este tiempo puro, también original, se cumplirá "la gran unión"; el mundo se hará sagrado o, mejor, lo sagrado encarnará en el mundo ("Hasta Dios empezará a hablar"). "Entonces —añade— ya no habrá diferencia entre tus ojos y tu vientre, / entre mis palabras y mi voz." En igual sentido, la *mirada* será espacio sin refracciones ("El colmo del espacio está siempre en la mirada") y encontrará su definitivo espejo en "la mirada pura de la tierra, / la mirada en que latimos"; más aún, se identificará con "la recta mirada de las cosas". A su vez, el mundo ya no soportará "la fiera mordedura", "el desgarrante acoso sin tregua" (¿de la historia, o del hombre como ser histórico, con su "mirada torcida"?); será visto, por fin, "como si fuera visible". "O sencillamente como si fuera", acepta finalmente Juarroz. La posibilidad de esta unidad indisoluble entre ser y estar o existir aparece como una utopía, no como una visión idílica; quiero decir, es una utopía en la medida en que es también una visión problemática, no ejemplarizante ni perfeccionista. De manera incesante esta poesía se ve acosada por la pregunta: "¿Cómo calzar las cosas en las cosas? / ¿Cómo igualar la vida en su memoria?" También la acosa la visión de una realidad que continuamente se hunde ("palmo a palmo"), pero porque ya no se conforma "con ser nada más que realidad". Esta inconformidad de lo real parece remitirnos al desajuste entre mirada y realidad: esto es, el impulso de una y otra por *encarnar* entre sí. La mirada quiere ser también realidad, la realidad quiere ser también mirada.

Un alfabeto con menos historia

El desasimiento como un ser en el no ser y un no ser en el ser: este mismo movimiento se instala en el lenguaje de Juarroz, y corresponde al debate entre la palabra y el silencio. Este debate supone, a su vez, otro plano: esta es una poesía que también se piensa a sí misma. En dos poemas de *Cuarta poesía vertical,* muy especialmente, Juarroz revela el sentido de ese pensar. En uno (46), las palabras aparecen como "pequeñas palancas"; el problema reside en que "no hemos encontrado todavía su punto de apoyo". Es decir, ¿qué fundamenta a las palabras para que ellas, a su vez, puedan fundar algo? El poema no propone ninguna respuesta y discurre en la ambivalencia:

> Las apoyamos unas en otras
> y el edificio cede.
> Las apoyamos en el rostro del pensamiento
> y las devora su máscara.
> Las apoyamos en el río del amor
> y se van con el río.
> Y seguimos buscando su suma
> en una sola palanca,
> pero sin saber qué queremos levantar,
> si la vida o la muerte,
> si el hecho mismo de hablar
> o el círculo cerrado de ser hombres.

En el otro poema (11), esta ambivalencia parece atenuarse y restituirse a la plenitud primera de la palabra: ésta encarna en *el poema*, que, si bien no es el mundo, es su respiración. Así, el texto mismo del discurso no *expira* en la duda: (se) *inspira* (en) el mundo y lo *espira*; palabras y cosas circulan en una misma corriente viva, en un espacio libre y sagrado que es *el poema.* No se trata, pues, en este caso de una reflexión sobre la poesía sino sobre lo que es *el poema,* y aun no cabría hablar de reflexión. Dice Juarroz:

> El poema respira por sus manos
> que no toman las cosas: las respiran
> como pulmones de palabras,
> como carne verbal ronca de mundo.
> Debajo de esas manos
> todo adquiere la forma
> de un nudoso dios vivo,
> de un encuentro de dioses ya maduros.
> Las manos del poema
> reconquistan la antigua reciedumbre
> de tocar a las cosas con las cosas.

Si es posible esta plenitud —la plenitud del poema como tal—, ¿por qué la palabra, en esta poesía, se vuelve problemática, o lo es? No creo que todo se explique diciendo que Juarroz está pensando sólo en un *poema absoluto.* Más cierto sería pensar que así como la mirada o el pensamiento sustentan el mundo y, sin embargo, se abisman en una dilucidación problemática, así también la palabra se ve desafiada en su poder de encarnación.

En efecto, el lenguaje es para Juarroz una ausencia ("el sonido con que suena la soledad en la soledad"), un sistema de signos contrarios ("la palabra que escribo / escribe otra palabra del otro lado del papel"; "¡cuántas veces hablamos / con el reverso impar de las palabras!") o más precisamente una imposibilidad radical de expresión ("la palabra no es sustancia comunicable"). Así el centro de este lenguaje no sería sino "la conquista del cero, / la irradiación del punto sin residuo, / el mito de la nada en la palabra". Es decir, el lenguaje sería, en definitiva, silencio, que en Juarroz, como en otros poetas contemporáneos, se caracteriza por una especial técnica: el tono neutro, la abstracción que es sobre todo simplicidad y aun elementalidad, el despojamiento o la reducción de todo elemento decorativo. "La desnudez es anterior al cuerpo. / Y el cuerpo algunas veces lo recuerda", dice alusivamente Juarroz. ("Un hombre desnudo pesa más que vestido", se regocijaba en decir Huidobro.) En otro poema concibe la desnudez como una suerte de estado límite en el universo —posesión y, a la vez, desposesión de la realidad—, en el que habrá "un solo pensamiento, / elevado como un dios en el vacío". Ese poema concluye: "El santo y seña será / saber callarlo" (al pensamiento). Esto es, la desnudez es una forma del silencio, pero también éste es una forma de ocultamiento.

El silencio, en verdad, encierra una metáfora múltiple: no sólo figura esa imposibilidad de nombrar (que, a su modo, representa la más alta expresión: el reconocimiento de lo innombrable es una fascinación por lo que se nombra), sino que igualmente propone el regreso de la palabra a su naturaleza original. Es, en cierto modo, también, otra prueba de iniciación o, más bien, en este caso, de purificación: sólo desde su ausencia puede vislumbrarse y tener acceso a la plenitud de la palabra. Sólo así el lenguaje puede adquirir los poderes que Juarroz le asigna: de nuevo, y siempre, *cambiar la vida, transformar el mundo.* Es evidente, por ejemplo, que Juarroz tiene la visión de lo irreparable. Todo destino humano es fatal e indescifrable: "Hay que caer y no se puede elegir dónde", afirma. Sin embargo, piensa que hay una manera de caer que modifica la caída; se puede elegir —o preparar— el *modo* de caer y ya ello implica una victoria. "Se trata —dice— de doblar algo más que una coma / en un texto que no podemos corregir."

En gran medida, esta poesía no es más que la búsqueda de ese *modo* en que la palabra se vuelve capaz de transgredir la escritura del texto que nos rige. Pero transgredir no significa aquí sino restablecimiento de un orden perdido: buscarlo hacia adelante —como lo dice Juarroz últimamente—, pero en "el templo final de los orígenes". Así, lo que intenta esa transgresión es hallar en el lenguaje la relación entre el nombre y lo nombrado. Esa simple relación traerá consigo una nueva fundación del mundo y, por tanto, la conquista verbal de la realidad. ("Algún día —figura Juarroz— encontraré una palabra / que penetre en tu vientre y lo fecunde".) ¿O será al revés? ¿Será, más bien, o simultáneamente, la conquista de la palabra desde el mundo? Así como no podría recobrar su unidad sino en la del universo, también el lenguaje —concibe Juarroz— no recobraría su poder sino en "la secreta nitidez de las cosas". Para decirlo de manera más directa: el lenguaje del hombre tiene que ser igualmente el del universo. Empresa simple y desmesurada a un tiempo. Juarroz no la propone sino a partir de su propia experiencia; por ello explica: "Hay palabras que no decimos / y que ponemos sin decirlas en las cosas. / Y que las cosas las guardan, / y un día nos contestan con ellas / y nos salvan el mundo". Este lenguaje sería "un alfabeto con menos historia". Estaría, por supuesto, muy próximo del silencio; su función: revelar y velar (o velar y revelar) la trama del universo. O como lo prevé Juarroz: "Leer algo / que se borre si es leído".

¿Habría que aclararlo? El lenguaje mismo de esta poesía —a la vez directo y elusivo, elemental y "lógico"— nada tiene que ver con el de la llamada "poesía pura" (¿existe?). Nada hay en él de quintaesenciado ni de refinamiento verbal; tampoco se acoge al prestigio de las grandes palabras (irónicamente, en un poema, expresa Juarroz el gran temor de "hallar una palabra / escrita solamente en mayúsculas / y no poder pronunciarla"). Es un lenguaje que, por el contrario, recuerda *l'écriture blanche* de que habla Barthes: conciencia crítica y fascinación por la palabra, no un estilo sino una ética verbal. Su ascetismo es, por supuesto, enfrentamiento con la historia, participación en lo original y vislumbramiento de una nueva (otra vez nueva) utopía de la palabra.

Tercera Parte

LENGUAJE Y CONCIENCIA CRÍTICA

Basta señora arpa de las bellas imágenes
De los furtivos comos iluminados

VICENTE HUIDOBRO

XIII. LAS PALABRAS (Y LA PALABRA)

Lo indudable para el escritor es que la verdadera realidad con que se enfrenta es *la realidad del lenguaje.* Si para todo ser humano los límites de su mundo son los de su lenguaje,[1] es obvio que este hecho resulta todavía más dominante en la experiencia del escritor. Éste no sólo sabe que lo que dice y la manera de decirlo son, finalmente, una y la misma cosa; aun sabe que el valor de lo que dice reside sobre todo en cómo lo dice. La pasión central que lo mueve pasa primero por el lenguaje. Esta pasión implica, por supuesto, el gusto o el placer de las palabras, pero sería errado confundirla con la mera búsqueda de un estilo "bello" o "perfecto". Se trata de algo más tenso o dilemático: no el ejercicio de una idolatría sino de la lucidez: un continuo debate entre la fascinación y el rechazo, entre el reconocimiento y la crítica.

Ese debate se corresponde con la naturaleza misma del lenguaje. En efecto, el lenguaje es al mismo tiempo un enemigo y un aliado. No es posible decir nada sin someterse a una sintaxis y a significaciones ya establecidas; aun en las intuiciones más originales se deslizan frases hechas o hábitos estilísticos que van reduciendo la intensidad inicial de esa misma intuición, y si es dado inventar nuevas relaciones entre las palabras, sabemos que esa posibilidad tiene también sus límites. ¿No hay, además, finalmente, una distancia y hasta una distorsión entre lo que se escribe y lo que se quería escribir? El escritor lúcido es el que tiene conciencia de esa esclavitud y, por ello mismo, trata de sobreponerse al lenguaje, y de dominarlo. De ese acto nace la obra. Pero no se domina al lenguaje para someterlo, a su vez, a otra esclavitud, sino para liberarlo, para llevarlo a alcanzar la plenitud que de algún modo encierra. Si la obra es un triunfo sobre el lenguaje, la verdad es que también resulta ser un triunfo del lenguaje mismo.

¿No es en la obra, acaso, donde la palabra es más palabra o está más cerca de la Palabra? Y ya creada ¿no tiende la obra a independizarse de su autor y a revelar significaciones que él no había previsto del todo? Es decir, ¿no hay en el propio lenguaje una energía intrínseca, una fuerza de contagio, que, lejos de ser esclavizante, actúa como una fuerza creadora? Aun la pobreza del lenguaje (no tenemos palabras, en verdad, para nombrarlo todo) ¿no ha servido para estimular todos los sistemas metafóricos y aun míticos? De tal suerte, no es raro que sean los escritores más rebeldes contra el lenguaje los que mayor pasión le

[1] L. Wittgenstein, *Tractatus Logico-Philosophicus* (5.6).

profesan. Esa pasión puede ser, en sí misma, un absoluto. "En la vida del espíritu llega un momento en el que la escritura, al erigirse en principio autónomo, se convierte en destino", ha dicho, por ello, Cioran.[2]

Pasión del lenguaje y rebelión contra el lenguaje: quizá estas dos actitudes no representan lo mismo para el escritor de antes, o le eran parcial o totalmente desconocidas. Antes, en efecto, el lenguaje no fundaba sino que estaba fundado en una verdad o en un orden superior y trascendente. El escritor podía o no interrogarse sobre el lenguaje, pero finalmente confiaba su validez a esa garantía superior; creía en su mundo y lo expresaba, lo ponía en palabras. El lenguaje, pues, no podía serle problemático: tenía confianza en él y, por tanto, no podía cuestionarlo. Con la historia moderna, toda garantía superior desde una trascendencia desaparece y así el lenguaje pierde su fundamentación. Ya Nietzsche observaba que no se puede decir *esto es,* sino *esto significa*; con lo cual no sólo ponía de relieve el paso de la trascendencia o lo absoluto a la inmanencia o lo relativo, sino que, además, le daba al lenguaje una función central en el mundo. Así, todo problema —teológico o filosófico, pero también el más cotidiano— se volvía un problema lingüístico, un problema semántico. Si el lenguaje, por una parte, perdía su fundamentación, se convertía, por la otra, en la fundamentación de todo. En el pensamiento moderno —podría decirse—, el lenguaje sustituye a la verdad. De igual modo, en la poesía moderna, el lenguaje sustituye a la realidad.

Tal situación central del lenguaje no conduce, como podría creerse, a la confianza total por parte del escritor. Al contrario, éste comienza su obra interrogándolo, reflexionando sobre su poder o su eficacia. Por una parte, quiere llevar al lenguaje a su máxima posibilidad expresiva; por la otra, tiene conciencia no sólo de la máxima imposibilidad de lograrlo, sino también del equívoco que encierra la expresividad misma. En uno y otro caso, su actitud es crítica. En su búsqueda de una máxima posibilidad expresiva el escritor, ciertamente, lo que intenta es crear *otro lenguaje*: una alquimia verbal, una magia evocadora. O como proponía Mallarmé: a partir de ciertos vocablos, el verso debe "rehacer una palabra total, nueva, extraña al lenguaje y como encantatoria". Así, crear *otro lenguaje* no es sólo cambiar el que tenemos; es también postular una suerte de absoluto verbal capaz (¿de nuevo?, ¿por primera vez?) de regir el universo.

Esta desmesura, como se ve, es problemática y aun lleva a una extrema tensión. No es extraño, por tanto, que la historia de la poesía moderna sea la historia de diversos fracasos; estos fracasos, sin embargo, pueden ser vistos como otras tantas victorias: la victoria de una conciencia que no renuncia a proponerse siempre lo más alto o lo más difícil y con ello, de algún modo, arroja una luz acusadora sobre la opacidad del mundo actual. Podría decirse que es la victoria del *no.* La literatura moderna,

[2] *La tentation d'exister*, París, Gallimard, 1956.

o lo más vivo de ella, es anti-literatura, pero en la medida en que quiere transgredir toda literatura; las obras optan por ser fragmentos o vestigios de obras, pero en la medida en que intentan, aun sabiendo que no lo lograrán, ser la Obra. Aunque la formula como un reproche, el propio Cioran hace una descripción bastante exacta de este hecho. "Nos interesamos cada vez más —afirma— no en lo que el autor ha dicho sino en lo que hubiera querido decir, no en sus actos sino en sus proyectos; menos en su obra real que en su obra ideada." Añade igualmente: "Somos fervientes de la obra abortada, abandonada en el camino, imposible de concluir, minada por sus propias exigencias".[3] Es innecesario advertir que esa fascinación por lo negativo o lo inconcluso no es sino el resultado de la lucidez: aparte de que corresponde a una disciplina y a una ética, es también crítica del mundo y del hombre. ¿No es también preferible la ambición extrema, que se anula a sí misma, a la mediocridad o rutina cumplida?

El lenguaje es el mayor de los bienes dados al hombre, y el más peligroso también, decía Hölderlin. Es peligroso quizá, y sobre todo, por la fatalidad de su propia naturaleza. Nos pone en contacto con el mundo a la vez que nos aleja de él; introduce un orden o una inteligibilidad en la existencia, pero también la muerte: las palabras son abstracciones que "fijan" o "congelan" una realidad (y a nosotros dentro de ella) que está en continuo movimiento. La literatura, por su parte, no sería más que el intento por trascender esa fatalidad verbal, subrayada desde Hegel hasta Barthes, así como por casi todos los poetas modernos. Ese intento es siempre dilemático: ¿cómo trascender esa fatalidad sin cobrar conciencia de ella y, por otra parte, cómo cobrar conciencia de ella sin que la fuerza creadora de la literatura se vea afectada? No es todo. La literatura se lleva bien con ese dilema y es obvio que si ella existe es porque de algún modo logra superarlo; su lenguaje, en efecto, es un metalenguaje.

En cambio, ¿no hay otra fatalidad del lenguaje, ya de carácter social, que es todavía más determinante? Sabemos que la ambigüedad —otros dirían hoy la indeterminación— del lenguaje puede ser una riqueza: una manera de encarnar la diversidad del mundo, la secreta complejidad de la vida, diría Borges. Pero es obvio que esa ambigüedad puede ser empleada con otros fines: falsificar los hechos, manipular o dirigir las conciencias. Dominada por la propaganda en todos sus niveles (las ideologías, incluso el arte mismo, parecen regidas por el mismo principio de la publicidad comercial), la sociedad contemporánea ha mostrado su pericia en el logro de esos fines, abusando del equívoco, las disquisiciones semánticas, los eufemismos y aun las metáforas. Ya el lenguaje no sólo sirve para todo y, por supuesto, para nada; también se ha creado un *doble lenguaje* cuyo código sigue funcionando para robustecer *el poder*: la astucia, no la verdad. Ya George Orwell, en un ensayo muy conocido sobre el tema,

[3] *Valéry face à ses idoles*, París, L'Herne, 1970.

ha hecho una descripción de tales mecanismos;[4] no vamos a repetirla ahora. Lo importante es señalar que, según esa descripción, ya no hay palabras puras o inocentes: toda palabra nos remite a una realidad contraria, a la que encubre, lejos de revelarla. El comisario y el psicólogo de masas —diría Paz— son los que hoy dirigen nuestro lenguaje. También el propio Paz, en uno de sus libros, lo recuerda: cuando una sociedad se degrada, política y socialmente, lo primero que se gangrena es el lenguaje (*Posdata,* 1970). Inversamente, habría que decir que toda justicia, política y social, tiene que comenzar por el reencuentro de la palabra justa.

Fatalidad constitutiva o social del lenguaje: ¿no habría que preguntarse también si el "verbalismo" no es un mal inherente a la cultura occidental, ajena, con raras excepciones, al silencio como experiencia interior y como sabiduría del mundo? Ese mal tiende, por supuesto, a agudizarse en nuestra época. Si el conocido aforismo "quien calla, otorga" encierra alguna verdad, ya hoy es habitual encontrarse con la inversión de su práctica: son los más culpables y aun los que poco o nada tienen que decir los que menos (o nunca) callan.

La crítica del lenguaje por parte del poeta, contempla, explícitamente o no, todos estos planos. Es una crítica que incide, por tanto, en la conciencia del hombre: lo hace reconsiderar su posición en el mundo y responsabilizarse con sus palabras: que sus palabras mantengan la palabra (y la Palabra). No se trata de cambiar de lenguaje, sino, en verdad, de *cambiar el lenguaje.* Cambiarlo es rescatarlo, devolverle su plenitud, o descubrirla, inventarla. "Dar un sentido más puro a las palabras de la tribu" no es un mero intento de preciosismo, como algunos creen, sino de purificación más profunda. Una crítica que se impone estas exigencias dentro de la obra misma ¿no encierra una verdadera lucidez creadora, aun cuando esté continuamente al borde de su propia destrucción?

[4] "Politics and the English Language" (1946).

XIV. UNA POESÍA ESCÉPTICA DE SÍ MISMA

No PARECE que la literatura hispanoamericana deba detenerse, mucho menos internarse, en estos problemas del lenguaje. ¿No pertenece, acaso, a un contingente genésico, que aún está en el sexto día de la Creación? ¿No es el escritor hispanoamericano un nuevo Adán que sólo requiere nombrar las cosas para que las cosas sean?

Sin embargo, gran parte, y quizá la mejor, de nuestra literatura no se ha adherido del todo a esa actitud. No es que rechace lo que ella implica, pero lo formula de otro modo: no se trata de creerse adánico por privilegio, sino de reencontrar la unidad del hombre con el universo, que es la experiencia y aun la motivación de cualquier escritor moderno. "¿Qué es en el fondo —se pregunta el Morelli de Cortázar— esa historia de encontrar un reino milenario, un edén, un otro mundo? Todo lo que se escribe en estos tiempos y que vale la pena leer está orientado hacia la nostalgia. Complejo de Arcadia, retorno al gran útero, *back to Adam, le bon sauvage.*" No sólo se prescinde, pues, del énfasis en lo autóctono; también, y sobre todo, lo "adánico" es visto como búsqueda y problema, no como consecuencia de una realidad privilegiada. Lejos de creer que le basta con nombrar las cosas para que éstas sean, el escritor practica la herejía de enfrentarse a los nombres mismos, es decir, al lenguaje: lo cuestiona y lo exalta, lo hace abismarse en sus propios poderes, lo contamina y también lo purifica. Además ¿no tiene el escritor hispanoamericano que hacer y rehacer a partir del idioma español su propio idioma?

No se crea que éste es el camino únicamente de la poesía; lo es también de la novela (como arte más "realista" ¿no debería ésta permanecer inmune a tales tentaciones?). Bastaría pensar en la obra del propio Cortázar: "conquista verbal" de la realidad y a la vez desmontaje y profanación de esa misma verbalidad. "Las perras palabras, las proxenetas relucientes", dice otro personaje de *Rayuela.* ¿No es la misma ferocidad de Octavio Paz en uno de sus primeros poemas? Ese poema se titula justamente "Las Palabras", uno de los momentos de más exasperada rebelión en su obra:

> Dales la vuelta,
> cógelas del rabo (chillen, putas),
> azótalas,
> dales azúcar en la boca a las rejegas,
> ínflalas, globos, pínchalas,
> sórbeles sangre y tuétanos,
> sécalas,
> cápalas,

písalas, gallo galante,
tuérceles el gaznate, cocinero,
desplúmalas,
destrípalas, toro,
buey, arrástralas,
hazlas, poeta,
haz que se traguen todas sus palabras.

En verdad, la crítica del lenguaje, también su liberación y su aventura, empieza en nuestra literatura con la poesía. Con la poesía contemporánea, por supuesto. No es difícil encontrar signos de esa crítica en los poetas modernistas. En Darío, por ejemplo, aparecen algunos instantes de duda, perplejidad o desaliento frente al lenguaje: "Yo persigo una forma que no encuentra mi estilo", "Y no hallo sino la palabra que huye". Pero es obvio que no se trata de una actitud radical; la imposibilidad de que habla parece aludir más al fracaso de un ideal de perfección estética que al lenguaje mismo. Quizá Darío nunca cobró conciencia de "la inconsecuente virtud de las palabras prestigiosas", que Borges le reprocha. Con Lugones, en cambio, al menos con cierto Lugones, estamos ya frente a la irreverencia: lo prestigioso minado por la ironía y el humor, la apoteosis de la imaginación que se resuelve en lo grotesco, hasta una suerte de "química" verbal que corroe toda posible alquimia. Darío, el mejor Darío, ¿no es un nuevo Garcilaso? Lugones, cierto Lugones, es un nuevo Góngora con el injerto de un Laforgue (¿o al revés?). También, no lo olvidemos, López Velarde fue el primero en hablar de la poesía como "un sistema crítico".

Pero la conciencia crítica, radical, frente al lenguaje no surge sino con Vicente Huidobro —no sólo contra el lenguaje sino también contra la poesía y aun contra su propia poesía. No es paradójico, pero tampoco deja de serlo. En efecto, Huidobro se asume como el poeta en grado máximo ("un pequeño Dios", lo define). Desde el comienzo opta por lo más difícil: no nombrar ni comentar, sino literalmente *crear*. "Crear un poema como la naturaleza crea un árbol." La poesía es, por tanto, "el lenguaje de la Creación". Añadía igualmente, para ser más preciso: "Ella se desarrolla en el alba primera del mundo. Su precisión no consiste en denominar las cosas, sino en no alejarse del alba". De este modo su estética rompía con varios prejuicios: el del "realismo" y el del "poeticismo". El poema, para existir, no requiere reflejar la realidad; inventa otra y, quizá lo más importante, la inventa como "irrealidad". Huidobro sabía que todo arte es inverosímil: mejor dicho, que su verosimilitud es sólo una convención: el poeta hace *como* si escribiera la realidad, el lector hace *como* si leyera la realidad. Huidobro quiere eliminar el *como si*; en su mundo no tienen sentido ni lo verosímil ni lo inverosímil. Esta autonomía, a su vez, no está fundada en ninguna belleza especial del lenguaje —el de su propia obra no puede ser más sencillo tanto en el léxico como en la sintaxis. La autonomía del poema supone, en cambio, otra cualidad del lenguaje: una nueva relación de las palabras que nos hace imaginar una nueva relación entre las cosas. El poema, pues, es un objeto verbal; un objeto a la vez simple y complejo; está hecho de palabras cotidianas y esas palabras, sin embargo, van tejiendo, y nos proponen, un mundo insospechado. El poeta, por su parte, es un constructor. "Te burlas de todo lo establecido, eres un destructor. Es que llevo en mí un arquitecto": de este modo trazaba Huidobro su autorretrato.

Pero este radicalismo se intensifica; sus propias exigencias se multiplican: una da paso a otra más extrema, y así sucesivamente. Es quizá el drama de toda inmanencia: estimula tanto la voluntad de dominación que ésta, finalmente, se descubre a sí misma en el vacío o se topa con su propia impotencia. Éste es el proceso que, en gran medida, se cumple en la obra de Huidobro.

Así, su inicial concepción del poema como objeto verbal autónomo, resulta insuficiente: el poema debe encarnar o ser la realidad misma. Lo que al comienzo Huidobro negaba, ahora pasa a ser lo central de su empresa: el poeta como *mago* y ya no tan sólo como constructor de objetos verbales. Pero el lenguaje opone resistencias. Por una parte, no logra resolver en sí mismo "el drama que se juega entre la cosa y la palabra"; es decir, sin llegar a encarnarla, la palabra sigue atada a la cosa, sigue funcionando según los significados ya establecidos. No se trata, pues, de un lenguaje del alba; éste se ve contaminado y gastado por la historia. Por otra parte, el lenguaje es víctima de lo "poético": moldes, estructuras, categorías estéticas, etc. "Poético poeta de poético lenguaje", "El mayor enemigo de la poesía es el poema", "El gran peligro del poema es lo poético", escribe reiteradamente Huidobro.

No es todo. Huidobro sobrevaloraba también la participación del poeta en la gestación del poema. Sus reparos al surrealismo, por ejemplo, se centran principalmente en la llamada "escritura automática". Le parecía que ésta no era más que la delegación de los poderes del poeta y la aceptación de lo arbitrario; convertía a la creación "en un banal truco de espiritismo", añade despectivamente. Para él, por el contrario, el poeta debía escribir con todo su ser bien despierto. Escribir no es abandonarse al sueño, menos al ensueño, que "nace generalmente de un estado de debilidad cerebral"; es un acto de superconciencia, hasta de delirio, en tanto éste "nace de una corteza cerebral rica y bien alimentada". Y llega a sintetizar: "La poesía es un desafío a la razón, pues ella es la super-razón". El poeta, pues, debe ser activo y, por tanto, se identifica con el acto mismo de la creación, "ese momento maravilloso de la mirada abierta desmesuradamente hasta llegar al infinito". Es obvio que lo que Huidobro rechaza es el azar; la creación tiene sus leyes, puede ser vista como un juego, pero un juego casi matemático en el que predomina la lucidez y la previsión: "una partida de ajedrez contra el infinito". Así, Huidobro se inscribía dentro de una estirpe muy conocida de poetas —Poe, Baudelaire, pero sobre todo Mallarmé—, para quien la poesía era el azar reducido palabra tras palabra. Como Mallarmé mismo, Huidobro percibe sin embargo el desnivel que existe entre el acto de escribir el poema y el resultado de ese acto, o sea, el poema como tal. Entre ambos momentos hay un mediador que puede ser irreductible: el lenguaje. "Altazor, desconfía de las palabras." Alerta que tiene una doble explicación: las palabras llegan a traicionar al poeta, ya porque el uso las haya vuelto insuficientes o también por el exceso de poder que encierran ("tienen demasiada carga"). Lo rehúyen o lo desbordan. En uno u otro caso, resultan imprevisibles; ellas son, pues, las que dirigen. Lo imprevisible del lenguaje corresponde, a su vez, a lo imprevisible de la existencia humana misma. Como Mallarmé, por tanto, Huidobro empieza por querer negar el azar para terminar reconociendo su omnipresencia.

De ahí que uno de sus poemas ("Tríptico a Stéphan Mallarmé") no sólo esté escrito sobre el poeta francés, sino que sea sobre todo la evocación de la aventura de "Un coup de dés". "Tu dura gracia tu sombra con sus constelaciones", "Sideral como las altas leyes", "Maestro del abismo y de las naves olvidadas", son claras alusiones a esa aventura. Además, todo el poema de Huidobro puede ser visto como una "glosa" del tema central mallarmeano del *azar*. Huidobro, ahora, no trata de desvirtuarlo sino de reconocerlo y desentrañar su sentido. "Todo verso —dice— implica su destino", pero ese destino es el azar mismo, que nada ni nadie —ni siquiera el poeta más lúcido— puede modificar. Añade por tanto: "Toda idea lleva un azar / Que la gracia no tuerce y no salva". El azar es un encadenamiento infinito de causas y efectos. Ese infinito es irreductible y coloca al poeta en una alternativa que no admite solución: si la inteligencia poética no puede descifrarlo, tampoco puede dejar de intentarlo. Atrapada en tal disyuntiva todo cambia de signo para ella: la razón es "ruido de locura" e, inversamente, la locura es "ruido de razón". Todo intento por parte del poeta conduce, pues, al abismo y al naufragio. Y es esta experiencia radical lo único que puede servir de punto de partida. El fracaso se convierte en una manera de estar en el mundo y de comprenderlo. "Como náufrago al menos toco la realidad / Mi espíritu se hace materia y aventura de la luz / ¡Soy náufrago! ¡Soy náufrago!" En otros términos, el fracaso es estético en la medida en que es también existencial: no es posible borrar el azar, ni la muerte. Habría, entonces, que encarnarlos. Al final del poema, se dice: la muerte "se hace más grande que la vida". Huidobro no escribe simplemente sobre la muerte sino que escribe desde la experiencia que ella implica, inserta en la propia escritura: una escritura fragmentaria, un poema que nunca llega a cristalizar, un continuo desarrollo de la palabra. "El acto me construye", dice Huidobro. Ya sabemos, ese acto es infinito y no termina nunca.

Así, no es raro que para una vocación de absoluto como fue la inteligencia poética de Huidobro, la poesía resida sobre todo en el *acto poético* y no en el poema mismo. "El acto creativo y no el de la cristalización";

"Cosas adorables: el poema se está haciendo". En otras palabras, lo que Huidobro exalta es el obrar, no la obra; ésta no es nunca la imagen fiel de la iluminación y la intensidad que el obrar implica. Toda obra es anti-obra en la medida de esa infidelidad o en la medida en que no es, o no puede ser, la Obra. El absoluto de la poesía reside en una imposibilidad que, sin embargo, se vuelve una continua posibilidad: el poema nunca está *hecho* sino perpetuamente *haciéndose* (¿y, por ello mismo, *deshaciéndose?*). La poesía está ligada a la búsqueda de lo que no se podrá encontrar. "Nada de caminos verdaderos, y una poesía escéptica de sí misma." Al iniciarse la aventura de *Altazor,* por ello Huidobro no deja de estampar estas sentencias contradictorias:

> Un poema es una cosa que será.
> Un poema es una cosa que nunca es, pero que debiera ser.
> Un poema es una cosa que nunca ha sido, que nunca podrá ser.

¿No resultará que, para Huidobro, el verdadero ámbito de la poesía es el silencio? Es lo que, al menos, parece sugerir al final de su obra: el silencio no como una tentación sino como la lucidez a que se llega después de toda tentación.

Al comienzo, Huidobro quizá sólo veía en el silencio su poder de rechazo: acusación o crítica. "El hombre —escribía— no ha podido inventar una palabra más insultante que el silencio." Pero luego lo vive como una experiencia espiritual más profunda. Por una parte, como purificación del lenguaje mismo, la morada adonde vuelven a abrigarse las palabras; el silencio opera entonces una transfiguración: el *decir* de las palabras calla para que hable el *ser* de ellas; sólo hay que advertir que su *ser* no es un alma sino un cuerpo. Por otra parte, como purificación de la visión: la posibilidad de la mesura después de la imposibilidad de la desmesura. Ya el mismo Altazor decía: "Volvamos al silencio". Pero Altazor era el poeta (¿el mago?) de la aventura verbal y tenía que cumplir su destino hasta lo último: destruirse a sí mismo y destruir a las palabras tratando de transgredirlas. Es el poeta que (re)nace de esa destrucción el que podía valorar el silencio. En efecto, en sus últimos poemas, ese poeta tiene "hambre de callar / de no emitir más tantas hipótesis / de cerrar las heridas habladoras". Comprende, además, que la verdadera experiencia del hombre en el mundo es indecible en la medida en que sólo podemos conocerla viviéndola. "Oh hermano nada voy a decirte / Cuando hayas tocado lo que nadie puede tocar / Más que el árbol te gustará callar." Pero callar no es alejarse del mundo sino estar más profundamente en él, querer "tragar(se) el universo entero". Es aun la conquista de otro modo de ser: "Me estoy haciendo árbol / Cuántas veces me he ido convirtiendo en otras cosas". ¿No había sido también la experiencia de Maldoror, quien, por lo demás, tanto influye en *Altazor*? "Es un hombre o una piedra o un árbol el que va a comenzar el cuarto canto", decía aquél.

Como se ve, Huidobro no llega al silencio por el fracaso sino por cierta sabiduría que excluye, a su vez, todo sentimiento de victoria. De algún modo, en su obra, palabra y silencio figuran la parábola del hijo pródigo. ¿No figura ésta, también, el destino mismo de la poesía y del hombre? La experiencia conflictiva con el lenguaje ¿no es igualmente un debate con el universo?

Comparada con la obra de Huidobro, la de Vallejo resulta ser todavía más anti-obra, y aun podría decirse que es mucho menos "artística". ¿No parece, incluso, una suerte de *obra en bruto*? Esto es, una obra cuya audacia no busca inscribirse dentro de la "aventura" del arte: no quiere "perfeccionar" las formas, quiere confundirlas todas, socavarlas; no intenta complacer sino chocar.

En efecto, si, como lo ha señalado en su momento la crítica, el lenguaje de Vallejo es un lenguaje "naciente", parece obvio que lo es no sólo por su inocencia (que no debe confundirse con ninguna "pureza"), sino también por su violencia. O mejor dicho: su inocencia es subversiva: está aliada a una voluntad de destrucción. En un artículo de 1927, sobre la historia latinoamericana, Vallejo llegaba a decir: "Me parece que hay la necesidad de una gran cólera y de un terrible impulso destructor de todo lo que existe en esos lugares". No sería arbitrario suponer que ese *terrible impulso destructor* debía empezar por el lenguaje mismo. Según su experiencia peruana, pero no sólo por ella, ¿no era el lenguaje casi el emblema de una dominación social; su esplendor, el de las puras fórmulas? Aun su visión del lenguaje, de todo lenguaje, es mucho más esencial y dramática. En uno de los poemas de *Trilce* (II), el tiempo es vivido como una monotonía vacía, un tiempo que nunca *encarna* en el presente pleno, todas las formas temporales son disponibilidades que concluyen en el fracaso; queda, así, sólo una realidad petrificada en los nombres y cuya única existencia son los nombres; queda —como ya lo había intuido Hegel— el lenguaje mientras el mundo se nos escapa. El lenguaje, pues, es una victoria que, sin embargo, nos conduce a la muerte. El poema, entonces, concluye:

> Nombre Nombre
> ¿Qué se llama cuanto heriza nos?
> Se llama Lomismo que padece
> nombre nombre nombre nombre.

Vallejo, por tanto, no pierde ocasión de corroer esa naturaleza ambigua del lenguaje. No se trata tanto de rebasarlo como de *desbasarlo*, socavar todos sus falsos fundamentos. A la suntuosidad oponer la aspereza: al refinamiento, el mal gusto; a la engañosa modernidad, el arcaísmo; a la elaboración formal, una "tranche" de realismo verbal. En otras palabras, había que *empobrecer* el lenguaje. Si la pobreza fue una experiencia personal de Vallejo, ella no está en sus poemas sólo de manera temática. A través de un lenguaje continuamente erosionado, Vallejo la hace sentir más profundamente, quiero decir: de manera hiriente. A un tiempo ascesis y crítica, afirmar la pobreza del lenguaje era una forma de catarsis para reencontrar no sólo la autenticidad de la palabra; también para hacer posible su energía o su capacidad de *encarnar* en el mundo. "Briser le langage pour toucher la vie", para expresarlo con palabras de Antonin Artaud. No sé si alguien ha hablado ya de las semejanzas entre Vallejo y Artaud. Quizá valga la pena señalarlas ahora, aunque muy brevemente. Ambos están animados por una fuerza a la vez bárbara y religiosa frente a la cultura y la historia; ambos escriben con una palabra seca y ardida: el *cuerpo* de sus obras nace de los nervios y de los huesos ("corazonmente unido a mi esqueleto", decía el peruano); por ello la obra de ambos es exasperada y *cruel*: una pasión por la vida que es un diálogo con la muerte. Pero, además, y sobre todo, los dos hicieron de la desposesión, del *hambre,* una fuerza y un destino. Extraer de lo que se llama cultura, ideas cuya fuerza viviente sea idéntica a la del hambre: en esta frase de Artaud se reconocería, por supuesto, el propio Vallejo.[1]

Escribir mal es, para Vallejo, no simplemente una manera sino un requerimiento más profundo, una suerte de determinismo superior: apoderarse de la *otra* fuerza del lenguaje a partir de su sacrificio. Esa *mala escritura* él la practica a través de los medios más diversos. Desortografía al lenguaje no sólo para introducir una palabra más viva ("qué la bamos a hazer", "¿Qué se llama lo que heriza nos?"), sino igualmente para introducir la ironía o el puro (radical) inconformismo frente a la gramática y, no lo olvidemos, frente a la vida misma ("el tiempo tiene un miedo ciempiés a los relojes"). Tal herejía ortográfica ¿no lo es también en función de otros valores? Cuando Vallejo escribe, por ejemplo, *oxidente* en vez de occidente, ¿no está dejando oír cierto *óxido* que no es sólo fonético? La mala ortografía se convierte, así, en la buena lectura. Pero leer bien no consiste únicamente en saber percibir las yuxtaposiciones o cruzamientos en una sola palabra, como en el caso anterior, o en los innumerables neologismos que crea Vallejo —esos neologismos, hay que decirlo de paso, no son siempre tan radicales en su morfología como en su significación: *v. gr.*, cuando Vallejo usa *bullosas* ("las hermanas bullosas") no quiere decir lo mismo que simplemente bulliciosas. Se trata también, sin estar en la casa de espejo de Lewis Carroll, de saber leer al revés: *Odumodneurtse* (Estruendo mudo), es el final sorprendente de un poema de *Trilce* (XIII), que obviamente es la evocación del acto erótico. En este libro, en verdad, las

[1] *Le théatre et son double* (*Oeuvres Complètes*, t. IV, París. Gallimard, 1964). Empleo la palabra *cruel* en el sentido que le da el propio Artaud: "Es posible imaginar una crueldad pura, sin desgarramiento carnal"; "Desde el punto de vista del espíritu, crueldad significa rigor, aplicación y decisión implacable, determinación irreversible, absoluta"; "La crueldad es ante todo lúcida; es una suerte de dirección rígida, la sumisión a la necesidad".

escrituras, y por tanto las lecturas, se multiplican: espaciales, ideográficas, fonéticas u onomatopéyicas, meros grafismos a veces. No falta la que resulta ser un mosaico de todas: "999 calorías / Rumbbb... Trrraprrr... Chaz / Serpentínica *u* del bizcochero / engrifada al tímpano". El lenguaje de *Trilce* es una continua agresión del signo; una ruina, también, de los significados.

La subversión verbal no conduce, necesariamente, al nihilismo. Vallejo, por el contrario, tiene un sentimiento sagrado de la palabra, como lo tiene también del mundo. ¿No llega a decir en un poema: "el verbo encarnado habita en nosotros"? Lo que busca es hacer encarnar ese verbo en la vida misma, reencontrar la original intensidad de la palabra. No le interesa, obviamente la desdeña, la pura elegancia formal, las seducciones encantatorias del ritmo. Así, en un poema muy conocido de *Trilce* (LV), opone estos dos *decires*:

> Samain diría el aire es quieto y de una contenida tristeza.
>
> Vallejo dice hoy la Muerte está soldando cada lindero a cada hebra de cabello perdido, desde la cubeta de un frontal, donde hay algas, toronjiles que cantan divinos almácigos en guardia, y versos antisépticos sin dueño.

La primera frase, armoniosa y perfectamente simétrica, preserva su inteligibilidad, pero se queda en la superficie de la experiencia y aun la atenúa en busca del efecto estético. La segunda, violenta toda coherencia, rítmica o semántica, pero la experiencia se ahonda en un desarrollo imprevisible; no es una mera impresión o un *état d'âme,* sino una *visión*: la mirada penetra más allá de las apariencias y descubre el secreto trabajo de una fuerza a la vez extraña y familiar: la Muerte. En la segunda frase, por otra parte, la palabra se compromete: quiere trascender sus propios límites; bordea, incluso, el peligro de la no significación (o del hermetismo), pero, justamente, para decir, revelar más. De nuevo, la búsqueda de la máxima posibilidad expresiva suscita una relación problemática con el lenguaje, que, por supuesto, en Vallejo, y sobre todo en él, equivale también a una relación problemática con la realidad. ¿No es significativo el largo silencio que sobreviene después de *Trilce*? Es cierto que Vallejo no deja nunca de escribir poemas, pero es cierto que lo hace de manera intermitente hasta mediados los años treinta. Entonces es cuando escribe, como en un rapto de iluminación, en pocos meses, gran parte de sus últimos dos libros. La razón es el drama de España que Vallejo vive con un ardor incomparable. "El ardor purifica e ilumina", decía Kafka.

Sin embargo, no creo (y sus últimos textos lo revelan) que el conflicto poético de Vallejo pueda ser reducido al solo plano del lenguaje. Es verdad que ya desde *Trilce* intuía la naturaleza fatal de todo lenguaje: convertirse en abstracción, en "estilo", en pura convención. Aun en uno de sus últimos poemas esa intuición no lo abandona: "el verso perseguido por la tinta fatal", escribe entonces. En otro poema, que es como la resolución de romper o conjurar esa misma fatalidad, confiesa su fracaso: "Quiero escribir pero me sale espuma, / quiero decir muchísimo y me atollo; / no hay cifra helada que no sea suma, / no hay pirámide escrita, sin cogollo". Ese poema es un soneto de endecasílabos y rimas consonantes: ¿no es paradójico, aunque revelador, que Vallejo intente romper con formas o moldes convencionales justamente en el momento mismo en que los acata?

El verdadero conflicto poético de Vallejo se inscribe en un contexto más amplio; no excluye al lenguaje sino que lo incluye en otra perspectiva. La búsqueda de la intensidad verbal está ligada, en Vallejo, a una búsqueda de intensidad vital. Intensidad vital no quiere decir "aventura", "emociones", "grandes experiencias", mucho menos ese "registro del mundo" que otros han practicado; alude a un hecho mucho más radical: ¿tiene sentido la existencia?, ¿es posible una historia regida por un orden cósmico?, ¿pueden conciliarse libertad y fatalidad? Intensidad vital supone, pues, un sentimiento sagrado de la vida. Pero hay una doble enajenación que se le opone. Por una parte, la muerte, que es para Vallejo el mayor escándalo, en este sentido: no morimos después de cumplir nuestro destino, morimos incesantemente, al azar; morimos viviendo en la trivialidad, sin grandeza. En vano el hombre, como Vallejo mismo, quiere "morir de vida y no de tiempo": el tiempo lo acecha, lo abruma y, finalmente, lo borra, lo diluye. No hay sentido en la vida puesto que al hombre le es negada su clarividencia. Se vive inútilmente; también, entonces, se escribe inútilmente. "Si después de tantas palabras, / no sobrevive la palabra", dice Vallejo, obviamente aludiendo a la Palabra. Si ésta no sobrevive es porque ninguna verdad sustenta a las otras (tantas, innumerables) palabras. El arte sería, por tanto, una pura ilusión verbal, una aventura en el vacío. Por ello, en ese mismo poema, Vallejo se responde, no sin cierta cólera: "Más valdría, en verdad, / que se lo coman todo y acabemos". Otra forma de enajenación es, por supuesto, la social: la miseria y la injusticia en el mundo, aun el sufrimiento como experiencia natural ("fatal"). En esta enajenación hay, sin embargo, una verdad *acusadora*: es una bofetada a todas las formas del arte y del pensamiento, hasta las que creemos más radicales. Ante ella ¿no sigue siendo la palabra mera referencia o comentario; toda obra, una abstracción, una vanidad? Así, en un poema Vallejo opone *decir* y *ser, lenguaje* y *realidad*. En versos pareados presenta esa dualidad:

> Un hombre pasa con un pan al hombro
> ¿Voy a escribir, después, sobre mi doble?
> Otro se sienta, ráscase, extrae un piojo de su axila, mátalo
> ¿Con qué valor hablar del psicoanálisis?
> Un cojo pasa dando el brazo a un niño
> ¿Voy, después, a leer a André Breton?
> . . .

Un albañil cae de un techo, muere y ya no almuerza
¿Innovar, luego, el tropo, la metáfora?
. . .
Un paria duerme con el pie a la espalda
¿Hablar, después, a nadie de Picasso?

La obra de Vallejo se inscribe dentro de esta reflexión sobre la doble inutilidad, que es también imposibilidad, del arte: metafísica y ética. ¿Cómo superar esa imposibilidad si no es a través de una fe? La fe está en su obra, aun cuando, o sobre todo, se exprese en forma de duda. ¿No es Vallejo de los escritores en quienes estos dos términos parecen reconciliarse por la radicalidad misma y aun la desmesura con que cada uno de ellos es formulado? Pero la fe de Vallejo no intenta proponer ninguna posibilidad fuera del propio contexto del hombre y de la historia. Es la figuración (como lo hemos visto en un capítulo anterior) de la verdadera *utopía*: no en el más allá sino en la tierra misma, las palabras serían el nuevo desarrollo —¿o por la primera vez?— de la Palabra.

XV. ADICIONES, ADHESIONES

DESDE el comienzo, Oliverio Girondo optó por una poesía experimental. Sin embargo, no llevó de inmediato su experimentación hasta el *cuerpo* mismo del lenguaje, como ya lo había hecho Vallejo en *Trilce.* En el periodo que comprende la aparición de sus tres primeros libros —de 1922 a 1932—, su voluntad renovadora se centró sobre todo en la elaboración de una nueva imagen. (En tanto Vallejo diría: "Hacedores de imágenes, devolved la palabra a los hombres".) En tal sentido, su obra inicial está más cerca de Huidobro y aun de Ramón Gómez de la Serna. Como el primero, Girondo tiene la pasión por la relación arbitraria y sorprendente, aun por la desmesura y la hipérbole ("Sólo por cuatrocientos mil reis se toma un café, que perfuma todo un barrio de la ciudad durante diez minutos", dice en un poema sobre Río de Janeiro). Incluso hay cierta afinidad en la configuración —cinética en Huidobro, expectante en él— de la imagen: "Apeninos gibosos / Marchan hacia el desierto", decía el autor de *Poemas Árticos* (1918); "Caravanas de montañas acampan en los alrededores", dirá el Girondo del primer libro. Como el creador de las *greguerías*, Girondo busca el choque instantáneo— el asombro— entre las cosas más diversas y, además, lo intensifica no sólo con el humor sino también con el efecto hilarante —no simplemente cómico, que es una connotación a la que Gómez de la Serna no quiere reducir la *greguería.*

Pero él es menos "verbal" y a un tiempo más "realista" que el poeta chileno; mucho más violento igualmente. Con razón escribía Borges en un artículo sobre *Calcomanías* (1925): "Girondo es un violento. Mira largamente las cosas y de golpe les tira un manotazo".[1] Esto es cierto hasta por la intensa sensorialidad de sus imágenes; incluso sus "trompe l'oeil" ("En un quinto piso, alguien se crucifica al abrir de par en par una ventana"; "Junto al cordón de la vereda un quiosco acaba de tragarse a una mujer") tienden menos, como en Huidobro, a irrealizar lo visto que a potencializarlo, a descubrir, como los surrealistas, el juego cambiante de lo real puro. Girondo, en verdad, busca siempre explorar en lo más cotidiano, que, para él, puede ser también la verdadera fuente del hallazgo, del absurdo. Su primera poesía quiere ser más callejera que espacial. Ya en el prólogo de su libro inicial, él mismo definía esa afección: "Se encuentran ritmos —decía— al bajar la escalera, poemas tirados en medio de la calle, poemas que uno recoge como quien junta pucheros en la vereda". De igual modo, el humor en Girondo tiene un punto de deslinde con el de Gómez

[1] En *El tamaño de mi esperanza,* Buenos Aires, Proa, 1926.

de la Serna. No sólo es menos "algebraico" que el de éste; también, creo, se regocija en cierto "naturalismo" erótico y hasta incurre en la desfachatez irreverente. En un poema ("Biarritz") de su primer libro, después de dibujar sardónicamente el ambiente ("Hay efebos barbilampiños que usan una bragueta en el trasero. Hay hombres con baberos de porcelana. Un señor con un cuello que terminará por estrangularlo"), llega al verdadero centro explosivo de la imagen: "Unas tetas que saltarán de un momento a otro de un escote, y lo arrollarán todo, como dos enormes bolas de billar". En otro, en que habla de las chicas de un barrio bonaerense, la atmósfera erótica se vuelve, aunque sólo térmicamente, más subida: esas chicas, entre remisas y ansiosas, "si alguien las mira en las pupilas, aprietan las piernas, de miedo de que el sexo se les caiga en la vereda"; de noche se pasean por la plaza "para que los hombres les eyaculen palabras al oído, y sus pezones fosforescentes se enciendan y se apaguen como luciérnagas". Es verdad que ese humor de lo sexual se atenúa en su segundo libro, pero no pierde su acuidad. No en vano el espacio de ese libro es España, y Girondo recurre ahora a las alusiones sibilinas para burlarse de una moral pública, más represiva que puritana. Así, con un aparente estilo descriptivo, cuya precisión numérica es más bien irónica, describe una calle ("de las Sierpes") de Sevilla: "Cada doscientos cuarenta y siete hombres, trescientos doce curas / y doscientos noventa y tres soldados, / pasa una mujer." [2]

La primera época de Girondo tiene también otro rasgo dominante: el tema del viaje, el paisaje del mundo. Pero el viaje en él no revela el mismo signo que en Huidobro: nostalgia de espacio y a la vez experiencia del exilio; tampoco su escritura, como la del chileno, se vuelve dibujo o espacialidad verbal. Girondo es más bien un ojo que lo quiere acopiar y devorar todo; en términos pictóricos, estaría más cerca del "fauvismo" antes que del "cubismo", como Huidobro. Sus poemas tienden a fijar con una fuerza que a veces llega hasta el abigarramiento cualquier "color local"; en tal sentido, es el cosmopolita por excelencia. Por ello Borges, en el artículo ya citado, confesaba sentirse "provinciano junto a él"; también subrayaba otra de sus cualidades: "la inmediatez y visualización de sus imágenes".

Bastaría comparar un poema del propio Borges y otro de Girondo sobre el mismo tema y más o menos de la misma época, para percibir hasta dónde eso es cierto. El tema es *Dakar.*[3] El de Girondo busca a través de las combinaciones sensoriales (verdaderas "mixturas") hacer sentir la fuerza de un instante (la "fiesta"), la magia primitiva del ambiente, el animismo hiperbólico y aun cierto contexto sociológico: "El candombe les bate las ubres a las mujeres para que al pasar, el ministro les ordeñe

[2] El poema está dedicado a Gómez de la Serna, quien, por su parte, dedica las *Greguerías* a Girondo.

[3] "Fiesta en Dakar" (*Veinte poemas para ser leídos en el tranvía,* 1922) y "Dakar" (*Luna de enfrente,* 1925).

una taza de chocolate"; "Palmeras, que de noche se estiran para sacarle a las estrellas el polvo que se les ha entrado en la pupila"; "¡Habrá cohetes! ¡Cañonazos! Un nuevo impuesto a los nativos. Discursos en cuatro mil lenguas oscuras". El de Borges condensa también un instante, pero éste resulta simultáneamente inmediato y remoto, real y mítico; sus imágenes son igualmente intensas, pero su sensorialidad parece nacer no de un efecto visual como de un "anima mundi" o de una refracción imaginaria; en la inmediatez Borges capta lo eterno: "El sol nos tapa el firmamento, el arenal agrava los / caminos como fiera en acecho, el mar es un / encono"; "He visto un jefe en cuya manta era más ardiente / lo azul que el cielo incendiado"; "África tiene en la eternidad su destino, donde / hay hazañas, ídolos, reinos, arduos bosques y / espadas". Borges concluye con reverencia: "Yo he logrado un atardecer y una aldea", sugiriendo la dimensión cósmica, aunque no desmesurada, de su experiencia, de su soledad. En Girondo, en cambio, es obvio el humor, delirante, el equívoco de la realidad vista a la vez como caricatura y maravilla. ¿No se trasluce también en su poema cierto "exotismo", aun cuando sea paródico, que lo limita?

Aunque formaba parte de cierta estética del momento, ese "exotismo" expresaba también algo muy peculiar de Girondo: no una evasión sino la búsqueda de "más realidad" y el gusto del juego (como, justamente, el Gómez de la Serna de *Seis falsas novelas*, 1927). Ese "exotismo" tenía, pues, su propia eficacia. En cambio, no es difícil encontrar en la primera imaginería de Girondo resultados más cuestionables: la pasión por la metáfora lo conduce con frecuencia, no a lo insólito, como debía esperarse, sino a un juego un tanto mecánico. Así, lejos de ser verdaderas asociaciones libres en cuya gratuidad reside otro poder de revelación, muchas de sus imágenes se ven abrumadas por cierto "determinismo" (se deducen unas de otras, diría Breton). *V. gr.*: "Al *tornearles* los cuerpos a los bañistas, las olas alargan sus *virutas* sobre el *aserrín* de la playa"; "Los gondoleros *fornican* con la noche anunciando su *espasmo* con un triste cantar".[4] Aun hay otras que hoy nos parecen demasiado "datées" por el sello de la vanguardia; como, en un poema a Venecia, ésta: "El silencio hace gárgaras en los umbrales". Pero es cierto también que Girondo pasa casi intocado por esas recaídas; su verdadero don creador aún estaba por madurar y hacerse más personal. Creo que ya *Espantapájaros* (1932) nos inicia en ese don. Es, sin duda, el libro más intenso y más revelador del primer periodo de Girondo.

Todo el libro está en prosa —más narrativa que lírica—, a excepción de dos textos. Uno, que inicia el libro, es un poema ideográfico: dibuja la figura del título mediante juegos de palabras, frases paródicas y la combinación de una sentencia ("Yo no sé nada") que es conjugada con toda la gama pronominal. El otro es un poema en versos endecasílabos con una

4 Todas pertenecen al primer libro de Girondo; las cursivas son nuestras.

estructura fija (que, por ello mismo, recuerda algunos pasajes del *Altazor* de Huidobro); cada verso está constituido por tres verbos, que, además, con muy pocas excepciones, son recíprocos ("Se miran, se presienten, se desean"; "se acarician, se besan, se desnudan"; "se penetran, se chupan, se demudan"). ¿Podría ser una clave? Quizá. Ambos poemas, en efecto, prefiguran no sólo la preocupación por el lenguaje mismo, sino también, ya, cierta obsesión abismal. No que todo el libro se desarrolle bajo este signo, pero hay un evidente cambio de visión respecto a los dos primeros. Acá empieza a cumplirse eso que Enrique Molina, en un excelente estudio, define como el paso de una visión horizontal a otra vertical.[5] No la expansión de los sentidos, sino el viaje por zonas más complejas: psicoanálisis y metafísica, pero también sus parodias ("¡Ah, la beatitud de vivir en plena sublimidad!"; "Si hubiera sospechado lo que se oye después de muerto, no me suicido"); representación y desplazamientos de máscaras ("A mí me encanta la transmigración"; "yo no me canso de transmigrar"; "Yo no tengo una personalidad; yo soy un cocktail, un conglomerado, una manifestación de personalidades").

En verdad, *Espantapájaros* es un libro donde toda experiencia exterior está coloreada siempre por una fantasía onírica: el absurdo, el humor negro (de estirpe lautreamoniana y surrealista), la parodia, los juegos y dislates verbales imponen, en él, otra realidad de espejos. Lo mejor de sus imágenes ya no reside en el efecto sensorial ni en el despliegue de ingenio, sino en la convivencia con lo absurdo ("Fui célibe, con el mismo amor propio con que hubiera podido ser paraguas"); así también cualquier anécdota deriva en hechos incalculables: un apacible viaje en tren o en barco se convierte inevitablemente en catástrofe, de la que, sin embargo, el poeta sale invulnerado: "Yo soy —¡qué le vamos a hacer!— un hombre catastrófico, y así como no puedo dormir antes de que se derrumben, sobre mi cama, los bienes y los cuerpos de los que habitan en los pisos de arriba, no logro interesarme por ninguna mujer, si no me consta, que al estrecharla entre mis brazos, ha de declararse un incendio en el que perezca carbonizada... ¡la pobrecita!" También el erotismo es en este libro una piedra de toque entre lo angélico y lo infernal. Es cierto que Girondo le exige a la mujer una verdadera *gracia* extraterrestre ("Si no saben volar ¡pierden el tiempo las que pretenden seducirme!"), pero la fatalidad sexual no deja de envolverlo: el encuentro no ya con "mujeres vampiros" sino con mujeres de "sexo prensil"; cualquier forma de defensa contra éstas resulta ineficaz ("Es inútil que nos aislemos como un anacoreta o como un piano. Los pantalones de amianto y los pararrayos testiculares iguales a cero"). En otro poema, la descripción de lo que parece un acto sexual adquiere una atmósfera tentacular y aterradora; no importa que al final el lector se entere de que se trataba de un sueño ("¡Bonita fiesta la de ser un dur-

[5] "Hacia el fuego central o la poesía de O. Girondo", prólogo a sus *Obras completas.*

miente que usufructa de la predilección de los súcubos!"): lo cierto es que ese esclarecimiento no logra borrar, apenas atenuar, la impresión inicial de sobrecogimiento, de molestia y aun de irritación. Irritar: éste es obviamente uno de los efectos que busca Girondo. Para ello, tiende a irritar al lenguaje mismo. En una escritura más o menos neutra va interpolando los clisés y los giros antipoéticos, el habla cruda y las imágenes violentas. También se vale de los poderes mismos del idioma, como el continuo uso de las aliteraciones; pero estas analogías fonéticas no vienen a subrayar una analogía semántica, sino, por el contrario, estimulan la contradicción o, en último caso, parodian toda coherencia del significado: "Dejé la sociabilidad a causa de los sociólogos, de los solistas, de los sodomitas, de los solitarios"; "Mi repulsión hacia los parentescos me hizo eludir los padrinazgos, los padrenuestros".

Si es evidente que en este libro domina el absurdo, no lo es menos que Girondo no tiene una visión del mundo como absurdo. Quiero decir: el absurdo no es para él un signo ni negativo ni positivo; es sólo un hecho, y más bien estimulante. "Cortar las amarras lógicas, ¿no implica la única y verdadera posibilidad de aventura?", se preguntaba ya en el prólogo de su primer libro. "Lo cotidiano —dice ahora, retomando esa misma reflexión— podrá ser una manifestación del absurdo, pero aunque Dios (. . .) nos obligara a localizar todas nuestras esperanzas en los escarbadientes, la vida no dejaría de ser, por eso, una verdadera maravilla." "¿Qué nos importa —se pregunta luego, llevado por esa fe, o ese delirio— que los cadáveres se corrompan con mucha más facilidad que los automóviles? ¿Qué nos importa que familias enteras —¡llenas de señoritas!— fallezcan por su excesivo amor a los hongos silvestres?" La realidad, por tanto, es "el más auténtico de los milagros" y todo en el mundo es tan inesperado (como los ejemplos que él nos da) que no se puede dejar de "sufrir, al comprobarlo, un verdadero síncope de admiración". "Viva el esperma. . . aunque yo perezca", es el final grito de conjuro de ese poema. En el último poema de este libro, ese conjuro adquiere verdadera y, por ello mismo, contradictoria intensidad. Se trata de una suerte de parábola: los habitantes de una ciudad que en un día descubren que "la muerte es ineludible", deciden liberarse de esa nueva obsesión; optan por la lujuria y el libertinaje (unos) o por la devoción y el misticismo (otros), llegando a los últimos extremos; no obstante, la muerte lo señorea todo (¿no son la erótica y la mística finalmente su mejor alimento?). A la postre, la ciudad es reducida a escombros y cenizas para impedir que "cundiera el miasma de la certidumbre de la muerte". Este epílogo paradójico (¿no está aludiendo también a las prácticas devastadoras de nuestro tiempo?) encierra, sin embargo, la clave de lo que es el absurdo para Girondo. No sólo una desesperada liberación frente a la fatalidad o una desmesurada vocación de vida y de absoluto; también encarna un comportamiento más profundo: morir de una energía que se consume a sí misma, y no de la inercia del tiempo.

Pero la energía no supone tan sólo el exceso, ni mucho menos puede reducirse a ello. Habría, además, que invertir los términos: el exceso en Girondo parte de la energía y ésta, más que un simple don, es una conciencia ética. Si aun en la violencia sensorial o en la exuberancia de sus primeros libros el lector podía en cierto modo figurarla, esa conciencia ética no empieza a delinearse más radicalmente sino a partir de *Persuasión de los días* (1942). Es en este libro donde la verticalización del viaje (o del movimiento) adquiere su verdadero sentido: una confrontación con el mundo, y su valoración. Es significativo anotar, por lo menos, dos ausencias en este libro: una temática, el erotismo; otra estilística, la metaforización. En cambio, para subrayar más la primera, es perceptible que aflora en él una suerte (¿inesperada, no?) de mística. Inesperada o no, creo que no es aventurado denominar así la nueva actitud de Girondo. Un conjunto de sus poemas ahora está dominado por un especial tipo de visión: el vislumbramiento de *un ser,* ni indefinible ni extraterrestre, pero *puro* en su realidad. En uno de esos poemas, titulado "Aparición urbana", el tema es un caballo herido en medio del asfalto de la ciudad (un caballo "malherido", "hincado ante la tarde", "las venas adheridas / al espanto", "con sus crenchas caídas", "casi azul de tan blanco"); el poeta describe la escena como si oyera a otros testigos contarla e interrogarse sobre ella ("¿Surgió de bajo tierra? / ¿Se desprendió del cielo?"), al final, él mismo reflexiona: "Hablaban de un caballo. / Yo creo que era un ángel". En el poema "Tótem", ante un ser no menos definible, pero que describe de manera igualmente elusiva, exclama: "¡Quién pudiera decirme si es un dios o es un árbol!"

Sería quizá fácil hacer derivar (para Girondo sería "desviar") estas experiencias hacia una determinada religiosidad; pero también sería torpe soslayar en ellas toda implicación de este tipo. Importa señalar, sin embargo, que esa religiosidad no es el regreso a ningún dogma ni a ningún conformismo. Ya el título del anterior poema ("Tótem") podría sugerir su verdadera naturaleza: no una nueva teología sino la magia, el animismo ancestral frente al mundo. El verdadero mal, para Girondo, sería la infidelidad a ese principio, la perversión de su energía original. El hombre moderno está corroído por ese mal; vive en y de las sustituciones falaces, reemplaza la aventura con la satisfacción del orden. Es ya un ser "con el cráneo repleto de aserrín escupido", dirá Girondo en un poema; una escoria "que se olvida del sexo en todas partes, que confunde el amor con el masaje, / la poesía con la congoja acidulada, / los misales con los libros de caja". Resumiendo esa culpabilidad y aun asumiéndola personalmente, dice también: "Nos sedujo lo infecto". ¿Cuál era la otra opción? En ese mismo poema ("Testimonial"), Girondo la presenta desde el comienzo. No sólo es revelador que esa opción fuese la elementalidad del mundo, sino que igualmente *el lenguaje,* como tal, opte por ella:

Allí están,
allí estaban
las trashumantes nubes,
la fácil desnudez del arroyo,
la voz de la madera,
los trigales ardientes,
la amistad apacible de las piedras.

En muchos otros poemas del libro (es sin duda una de sus corrientes dominantes) aparece la exaltación de esa elementalidad y son significativos los recursos estilísticos con que Girondo la expresa: enumeraciones panegíricas, imágenes más bien denotativas o directas, simplificación y despojamiento de la sintaxis, verso por lo general breve y conciso. Pero tras esa exaltación siempre surge la conciencia de culpa: el hombre ha perdido esa elementalidad, o la ha corrompido. *Allí está, allí estaba*: con el cambio verbal, es evidente que Girondo está aludiendo más a una ausencia moral que temporal. A esa ausencia parece corresponder otra: la de Dios. ¿Extravío, fuga, indiferencia, culpabilidad de Dios mismo? En el poema correspondiente, titulado "Él", Girondo no nombra por supuesto a Dios; habla sólo de un ser al que ha buscado (en el desamparo, a distancia de su esplendor para no cegarse, en los caminos) sin encontrarlo: "Se había ido", "No estaba", "No vi nada", comprueba sucesivamente. "Aún lo espero", dice al final. Pero esta doble ausencia (de lo elemental y de lo sagrado) no es el origen sino los efectos del mal. El verdadero origen tiene un contexto social: la voluntad de poder, que, Girondo, como Pound, resume en una palabra (aunque sólo la nombra una vez): *la usura.* Avidez, dominación, idolatría: ¿no es ella lo que lo corrompe y lo falsifica todo? Aun el lenguaje y el arte mismo ¿no son sus fáciles presas? Aquél como necesario instrumento de comunicación; éste, por su tendencia a la sublimación.

"¡El Arte es el peor enemigo del arte! Un fetiche ante el cual ofician, arrodillados, los que no son artistas", escribía Girondo hacia los años veinte en uno de sus *Membretes.* Sabemos que no era sólo una frase. Todos sus libros de esa época, lo hemos visto, están dominados por la irreverencia, pero ésta era sólo parcial e implícitamente crítica: un desgarrón a la gramática y hasta casi un improperio a la estética tradicional, pero también el despliegue victorioso de la imagen. Era la conquista de otra libertad. En *Persuasión de los días,* esa actitud varía sensiblemente: no sólo el lenguaje se hace más escrupuloso y dubitativo; también se intensifica (o aparece por primera vez) la crítica ante todo lenguaje como tal y aun ante la naturaleza de toda obra. La crítica al lenguaje se convierte en tema explícito ahora: no tanto una reflexión sobre su poder como sobre su autenticidad. Esa reflexión incide sobre dos planos, que, sin embargo, se corresponden. Si Girondo, en el ámbito de la experiencia individual, dice: "No soy yo quien escribe estas palabras huérfanas", esa orfandad, esa precariedad, corresponde a otra del contexto social. En efecto, lo que él quiere mostrar es la falsía o el agotamiento de toda palabra. Como el hombre de uno de los poemas citados está "repleto de aserrín escupido" (como "the hollow men", de Eliot), también está lleno de palabras vanas, sin realidad ("vocablos sin pulpa, / sin carozo, / sin jugo"). O como insiste en otro poema, en que se ve rodeado de seres ficticios "que en vez de carne y hueso / tienen letras, / acentos, / consonantes, / vocablos". El lenguaje es ahora como una parásita que lo devora todo: ya no hay seres humanos sino autómatas gesticulantes ("y hablan, / hablan"). Lenguaje igual a "miasma", a "baba".

La violencia verbal (y espiritual), como se ve, no desaparece en este libro, pero creo que ahora se le superpone otra experiencia más profunda en Girondo: la iluminación del mundo. *Persuasión de los días* no alude al tiempo sino como experiencia de revelación. De lo que *persuaden* los días a Girondo no es de la muerte ("No la conozco. / No quiero conocerla"), sino de la plenitud o energía que ha de tener la vida. El libro concluye, por ello, en la *gratitud* (título del último poema): "Gracias aroma / azul, / fogata / encelo". Incluso da gracias "por el absurdo de hoy / y de mañana". También había dicho en otro poema: "Todavía me intrigan el absurdo, la gracia". Posibilidad de aventura y signo de estar vivo, es esa insistencia de lo lúdico lo que, por supuesto, redime su propio lenguaje, lo que fundamenta su *rebelión*. "Rebelión de los vocablos" es, en efecto, otro de los poemas del libro: enumeración de palabras, no de objetos; enumeración, además, arbitraria, no expresa una significación sino que la promueve; esa arbitrariedad semántica acepta, sin embargo, una necesidad formal: el heptasílabo y la rima asonante; así las palabras rompen un orden y crean el suyo propio:

De pronto, sin motivo:
graznido, palaciego,
cejijunto, microbio,
padrenuestro, dicterio;
seguidos de: incoloro,
bisiesto, tegumento,
ecuestre, Marco Polo,
patizambo, complejo;
en pos de: somormujo,
padrillo, reincidente,
hervíboro, profuso,
ambidiestro, profuso,
ambidiestro, relieve;
rodeados de: Afrodita,
núbil, huevo, ocarina,
. . .

Los vocablos, pues, se rebelan y el poeta mismo desaparece; como diría Mallarmé, ha cedido la iniciativa a las palabras. Al final, el flujo verbal es detenido por una voluntad que, sin embargo, no se impone al juego sino que lo rehuye: una palabra se ha vuelto demasiado emblemática ("junto a sierpe... ¡no quiero! / Me resisto. Me niego"). Los vocablos, en verdad, se rebelan contra su corrupción en el mundo social, pero también, y sobre todo, contra la muerte como experiencia última. Así, juego verbal y muerte, este poema conduce al momento más radical de Girondo, el de su último libro: *En la masmédula* (1956).

"Llega un momento en que aspiramos a escribir mucho peor", decía Girondo en uno de sus *Membretes*. También proponía en otro: "Sólo después de arrojarlo todo por la borda somos capaces de ascender hacia nuestra propia nada". Una y otra frase, creo, no alcanzan su plena realización sino *En la masmédula*, donde escribir mal se convierte no sólo en la única escritura posible, sino igualmente en una búsqueda existencial, en la única posibilidad de vivir ("volver a ver reverdecer la fe de ser"). Este es el riesgo: violentar el lenguaje para crear otro, despojarse de todo para llegar a la verdadera posesión ("hacia el estar no estando"). No deja de ser significativo. Respecto a *Trilce*, los últimos libros de Vallejo representan una apertura del lenguaje y hasta una reconciliación con él —que lo es también, sabemos, con el mundo, con la utopía como verdadera historia. Lo mismo podría decirse de Huidobro: toda su obra posterior a *Altazor* es un regreso de la desmesura y el vértigo verbal; la magia absoluta busca entonces su correspondencia en un juego más equilibrado o en lo que el mismo Huidobro llamaría un lenguaje del alba. El itinerario de Girondo parece ser, en este sentido, más radical: es al final de su obra (o de su vida) cuando la experimentación se instala en el *cuerpo* mismo del lenguaje. No se me escapa que su radicalismo pueda verse relativizado (¿aun mediatizado?) por las experiencias anteriores de Vallejo y Huidobro; relativizado, pero no disminuido. Si las semejanzas son obvias, no son menos significativas las diferencias entre ellos. Girondo es mucho menos hermético que el Vallejo de *Trilce*, así como su experimentación se vuelve más sistemática que la de él: excluye, por ejemplo, toda tendencia a lo "naïf" que no esté dado por una modificación del lenguaje mismo (así en el poema "Yolleo", cuya sentimentalidad reside en la trasposición fonética infantil: "con mi yo sólo solo que yolla y yolla y yolla", "yollando y yollando siempre"). Tampoco Girondo busca, como Huidobro, modificar la estructura o el espacio del poema (en lo cual resulta más bien torpe, o convencional) ni, ahora, crear sorprendentes analogías metafóricas. Es cierto que Girondo tiende a explotar uno de los recursos de *Altazor*, esto es, la fusión de palabras, el intercambio de sílabas o fonemas entre ellas, pero lo hace hasta sus últimos extremos, llevándolo a ser el fundamento mismo de su último libro, sin caer, como muchas veces Huidobro, en la prolongación excesiva del mero *pattern*.

En la masmédula es sobre todo un universo verbal. Quiero decir: antes de significar o sugerir, el lenguaje es en él una presencia, un cuerpo pro-

liferante, una verdadera alquimia de signos. No se trata de la normal transfiguración de una realidad por medio de la palabra: sino de la transfiguración misma de la palabra: la realidad que ella nombra o propone es inseparable de lo que ella es en el continuo cambio. Este verbalismo puede parecer monótono: es más bien obsesivo y su obsesión llega (o lleva) al vértigo, que, sabemos, es una forma de la diversidad y de lo imprevisible. El centro de ese universo —para decirlo con palabras del propio Girondo— es la *mezcla* (título, por lo demás, del poema inicial): "la viva mezcla / la total mezcla plena / la impura mezcla. . . / la mezcla / sí / la mezcla con que adherí mis puentes". Mezcla: yuxtaposiciones y adherencias, más que combinaciones. Ésta es la clave estilística del libro, dada por el *más* del título. En efecto, ya Girondo casi no escribe con unidades lingüísticas normales sino con supraunidades; como lo advierte Molina, escribe con "supervocablos", con verdaderas "galaxias verbales". Las palabras, en verdad, se fusionan y crean un nuevo (múltiple) significado: "el almamasa", "las mitoformas", "la luzlatido", "el egohueco"; "aliardidas", "agrinsomnes", "endosorbienglutido"; "gociferando", "levitabisma", "enlucielabisma"; "aridandantemente", "animamantemente". No se trata de ejemplos aislados sino profusos, y aun diríamos constantes, en la escritura de Girondo: hacen de ella un tejido inextricable. Pero con este signo: los significados no se diluyen sino que se acrecientan, incluso de manera desmesurada. No es el simple letrismo. Añádanse otros recursos incesantes: el uso irregular y doble de los prefijos; con valor intensificante: "el endédalo", "el interllaga", "lo endoinefable"; con valor negativo: "exellas", "exotro", "expudieron", "exnúbiles", "subósculos", "subvoces";
la adjetivación de sustantivos: "fanales senos", "acordes abismos", "ritmo gota"; "chambergo cuervo"; o la sustantivación de otros vocablos: "los jamases", "los piensos", "el adonde"; o nuevos adjetivos: "inórbito asombro", "inobvio";
la creación de verbos: desquejarse, esqueletear, edenizar, redarme, másdarme; o con nuevas aplicaciones: "desmelar los senos";
la recurrencia (ella misma recurrente) a los poderes fonéticos del lenguaje; las aliteraciones o las asonancias sorpresivas, pero con un raro poder evocador, que agudizan el sentido: "los órganos sacros del orgasmo", "a tanta terca tuerca", "sin nexo anexo al éxodo", "una inalada larva de la nada", "gota a gota agosta boca a boca". Posiblemente no hay una unidad verbal o una función gramatical que no se vea metamorfoseada en este furor lingüístico de Girondo; es en él en todo caso, donde se despliega su antiguo don metafórico.

Ya es tiempo, creo, de decirlo: Girondo quiere tratar al lenguaje como una *materia mágica*. Pero esto hay que precisarlo. Toda poesía, y sobre todo la poesía moderna, tiene un trasfondo y se ve movida por un impulso mágico: se funda en las relaciones y en las sustituciones, aun en el ritmo encantatorio. La poesía de Girondo supone, por supuesto, esos elementos; incluso su ritmo, especialmente en este último libro, alcanza una mayor intensidad mágica: sonido y sentido tienden a acoplarse de manera creciente. Ello, sin embargo, no explica todo en Girondo; hay todavía algo más esencial. Más que relacionar o sustituir, lo que él hace es fusionar. La adición (adhesión) es el signo que prevalece en el cuerpo de su escritura: si una palabra llama a otra, se amalgama de inmediato con ella. Así, el poema para él no es tanto un campo de relaciones (como en Huidobro, o en Paz), sino una *materia*: una argamasa, una mezcla. Habría que añadir que esa materia es también, y quizá sobre todo, de naturaleza anímica. Lo que intenta Girondo no es tanto recrear la magia del mundo (¿no se ha perdido?) como despertarla en el hombre mismo. En uno de sus poemas, "Rada anímica", nos da esta visión: la mente humana como el espacio donde se cumple un ritual y un conjuro ("Abra casa", "casa cábala / cala / abracadabra", "casa multigrávida de neovoces y ubicuos ecosecos", "clave demonodea que conoce la muerte y sus compases"). El ritmo del poema, sus imágenes y su sentido arrojan entonces una nueva luz sobre el título: *rada* está aludiendo al ritual africano del mismo nombre (pertenece también al vudú del Caribe). Y el poema quiere encarnar su magia: despertar las energías del hombre y el cosmos contra la muerte. Esa magia incluso aparece de manera temática en muchos otros poemas del libro (*v. gr.*: "Mi Lumía", "Tantán Yo").

Pero la técnica de la adición tiene su contrapartida, que no es más que su complemento, en la negación. *En la masmédula* se funda igualmente en el *no*: "el puro no / sin no", como dice Girondo en un poema. Esto es, un *no* que sólo niega aquello que nos resta algo, y que por ello mismo es una forma de energía y de purificación. Por supuesto, un *no* a la historia como degradación de la vida, o como sometimiento a las meras fórmulas. Con humor caricaturesco, Girondo lo dice en el último poema del libro; ese poema, antes que una derrota (se titula "Cansancio") es sobre todo una crítica: "de los instintos perversitos / y de las ideítas reputitas / y de las ideonas reputonas". Pero el *no* del libro lo es, ante nada (*ante la nada*) contra la muerte: la enemiga tenaz de Girondo. Ello explica, inversamente, su gusto por las adiciones verbales: desesperada, pero lúcidamente crear una resistencia con las palabras mismas. Adicionar no es sólo unir, sino también *urgir*: desencadenar las palabras, darles el ritmo del conjuro. Así se nos esclarece lo que es para Girondo el verdadero sentido, que a un tiempo es su crítica más radical, del lenguaje: conjurar la muerte absorbiéndola en el poder de la magia, de la palabra:

> y darle con la proa de la lengua
> y darle con las olas de la lengua
> y furias y reflujos y mareas
> al todo cráter cosmos
> sin cráter
> de la nada.

XVI. LA ALUSIÓN O MENCIÓN

La ambición del escritor, sabemos, consiste en desarrollar al máximo las potencias del lenguaje. ¿No sería posible una obra fundada menos en esa ambición que en el reconocimiento de las deficiencias mismas de todo lenguaje; quiero decir: una obra que no eluda esas deficiencias sino que más bien se valga de ellas, revirtiéndolas sobre sí mismas para finalmente anularlas?

Creo que la obra de Borges tiende a seguir esta vía. Una cosa es cierta, al menos: nada hay en ella, o muy poco en verdad, que quiera ser o parezca una transgresión del lenguaje. No sólo porque toda transgresión es para Borges un énfasis (esa "mentira parcial", como él mismo dice); también, y sobre todo, porque la transgresión verbal puede conducir al extremo subjetivismo: queriendo *decir más, dice menos* al lector, interpone una barrera entre él y la obra; ¿no llega incluso a conducir al silencio o a sus equivalentes: lo "indecible", lo "inefable"? Para Borges, en cambio, la palabra es un símbolo compartido: no sólo se escribe para los otros y no para sí mismo, sino que lo que se escribe participa, aunque lo cuestione, de un contexto común. Por otra parte, reconocer de antemano la existencia de lo "inefable" o "indecible" no admite más que una solución: "suspender acto continuo el ejercicio de la literatura", dictamina Borges (¿no es un poco drástico?).[1]

Parece que todo en la literatura ha sido ya nombrado, empezando por las palabras (mil y mil veces enunciadas); escribir no es tratar (no habría palabras para ello) de nombrar lo innombrable, mucho menos de expresar lo inexpresable. La labor del escritor es encontrar, a partir de un lenguaje anterior, una nueva relación, una distinta entonación. "Quizá la historia universal es la historia de la diversa entonación de algunas metáforas", escribe Borges en un ensayo de los años cincuenta. Es una idea que aparece en el inicio mismo de su obra. En un ensayo de 1925, en efecto, ya Borges había figurado una conclusión más o menos semejante: "No de intuiciones originales —hay pocas—, sino de variaciones y casualidades y travesuras, suele alimentarse la lengua". Con otras palabras, es lo que dice hoy un crítico como Barthes: no puede haber "une technique (un art) de la création, mais seulement de la variation et de l'agencement".[2] ¿No es significativo que el Borges conservador, como muchos lo ven, o anacrónico,

[1] *Inquisiciones*, Buenos Aires, Proa, 1925.

[2] *Essais critiques*, París, Seuil, 1964. "El tiempo de la escritura —dice Barthes— es, en efecto, un tiempo defectivo: escribir es proyectar o terminar, pero nunca expresar."

como él deliberadamente se muestra, coincida con las perspectivas más actuales? No se piense, sin embargo, que el trato de Borges con el lenguaje deja de ser problemático. Al contrario, pocos como él, dentro del ámbito latinoamericano, han tenido una conciencia más aguda de esos problemas; pero una conciencia que no es ni desesperada ni exasperada. En el ensayo antes nombrado, "Indagación de la palabra", y en otros del mismo libro, los estudia con plena claridad y aun clarividencia; esa claridad no es sólo precisión, parece igualmente el ejercicio de una ironía: incide en las deficiencias del lenguaje para descubrir, finalmente, que en ellas es posible encontrar un aliado de la escritura. Así, lo que en otros se resuelve en el dramatismo, o su caso extremo: el patetismo, en Borges adquiere un ligero tono burlón.

Existe, por una parte, lo que él llama "la fatalidad del lenguaje". Consiste en esto: no podemos iniciar una frase sin que el impulso mismo que ella encierra nos arrastre a cierto tono o a cierto giro; es posible también que escribamos frases más o menos equivalentes, no para reforzar la significación, sino por puras exigencias formales (¿ritmo?), por un cierto gusto del conjunto. En ambos casos se manifiesta "el poderío de la continuidad sintáctica sobre el discurso"; el lenguaje, en efecto, de algún modo se le *impone* al escritor. Por otra parte, el orden sintáctico no es equivalente al de la realidad: podemos variar el orden de las palabras en el discurso, no el de los objetos que ellas designan; lo que varía, en todo caso, es nuestro modo de mirar esos objetos. Por tanto, la representación —lo real— no tiene sintaxis. "Que alguien me enseñe —argumenta Borges con humor— a no confundir el vuelo de un pájaro con un pájaro que vuela." La sintaxis, esta vez, impone su autonomía. La conclusión, por supuesto, es desalentadora: lo que creíamos era deficiencia del lenguaje se nos revela, en verdad, como su poderío; pero este poderío "es de avergonzar, ya que sabemos que la sintaxis no es nada". Borges, incluso, parece resignarse. "Yo acepto —agrega— esa tragedia, esa desviación traicionera de lo que se habla, ese no pensar del todo en cosa ninguna". ¿No hay cierta mixtificación en todo este razonamiento? Es obvio que tras la resignación Borges experimenta cierto *placer*: ya no es necesario convencerse, ni convencernos, de que la literatura, en tanto lenguaje, es decir, en tanto lo que ella es de verdad, es siempre *irrealista*. No es un espejo del mundo, sino una cosa más agregada al mundo, dirá en un texto muy posterior (*El Hacedor,* 1960). Así, como es habitual en Borges, la mixtificación implica su contrario: en este caso, la ruina de toda una visión (ella sí anacrónica) tradicional de la literatura.

No todo es "poderío" en la fatalidad del lenguaje; hay también lo que Borges llama "indigencias". Si aquel primer rasgo, como hemos visto, podía despertar en el escritor la conciencia de lo que es la literatura misma, éste lo enfrenta a un hecho ya alarmante: la degradación de las palabras. Tal degradación no sólo se debe al desgaste que va operando el uso; de igual modo se refiere al debilitamiento de las significaciones. Borges comprueba el hecho de las palabras "venidas a menos": *¿gracia* no ha derivado en ser chiste o chocarrería; *habilidad,* en mera astucia? Bajo la infidelidad a la etimología subyace la desviación del origen mismo de toda palabra. En efecto, señala Borges, "todo vocablo abstracto fue signo antaño de una cosa palpable"; esa fuerza del signo se va perdiendo con el transcurso del tiempo: la palabra tiende a ser menos viva e incluso menos precisa. Esta suerte de disponibilidad de la palabra parece conducir con más frecuencia a la rutina del énfasis que a un verdadero ejercicio de la imaginación. Borges se encarga de registrar entonces la constancia "casi homérica" de ciertos epítetos. Cómicamente observa: "Para el gacetillero español, no hay sacerdote sin ser virtuoso, no hay comerciante sin ser probo, no hay señorita sin ser bellísima, no hay auditorio sin ser numeroso y selecto".[3]

En otro ensayo de esta misma época, Borges insiste en esos hábitos hiperbólicos y en otras supersticiones estilísticas que tienden a menoscabar el valor de las palabras; la relación afectuosa con ellas, y no simplemente su prestigio. "La preferida equivocación de la literatura de hoy —anota— es el énfasis. Palabras definitivas, palabras que postulan sabidurías adivinas o angélicas o resoluciones de una más que humana firmeza *—único, nunca, siempre, todo, perfección, acabado—* son del comercio habitual de *todo escritor.* No piensan que decir de más una cosa es tan de inhábiles como no decirla del todo, y que la descuidada generalización e intensificación es una pobreza y que así la siente el lector."

Todas estas observaciones sobre el lenguaje o el estilo podrían parecer simples ejercicios de la ironía o de la reticencia borgianas. Tienen, en verdad, otras consecuencias quizá más decisivas para comprender el mundo de Borges y su escritura: para él, la literatura no es *expresión.* Alguna vez —confiesa— él también buscó la expresión, pero luego se dio cuenta de que sus dioses no le habían otorgado sino la *alusión* o *mención.* ¿Cuál es la diferencia entre una y otra?

Una literatura *expresiva* supone la coherencia de un mundo ya dado y el poder, también previo, de traducirlo en palabras; su visión es afirmativa y aun concluyente: recorre con seguridad un camino directo entre la palabra y la realidad; no constituye al mundo, ni siquiera lo transpone, sino que pretende reflejarlo. Una literatura *alusiva* se interna, más bien, por un camino oblicuo: si afirma algo es interrogando ("mi verso es de *interrogación* y de *prueba* / y para obedecer lo *entrevisto*", ya esclarecía Borges en uno de sus primeros libros). Tampoco propone nada sin de inmediato relativizarlo. ¿No es la escritura de Borges un juego dialéctico entre, como diría Barthes, un *sí* y un *pero*?[4] En uno de sus ensayos, por

[3] En *El idioma de los argentinos,* Buenos Aires, M. Gleizen ed., 1928.

[4] *Op. cit.* En su análisis de Kafka, Barthes señala: "Las relaciones de Kafka con el mundo están reguladas por un perpetuo: *sí, pero*".

ejemplo, después de negar la existencia del tiempo (si hay una sola repetición —es su argumento— el tiempo sería una ilusión), llega finalmente a reconocer su omnipotencia (negar el tiempo son desesperaciones y consuelos secretos). Sólo que esta aparente conclusión se ve ligeramente (lo que en un contexto borgiano quiere decir radicalmente) modificada. "El tiempo es la substancia de que estoy hecho", afirma; para luego añadir: "El tiempo es un río que me arrastra, pero yo soy el río; es un tigre que me destroza, pero yo soy el tigre; es un fuego que me devora, pero yo soy el fuego". Los sucesivos *peros* no funcionan como simples atenuantes: al oponer una resistencia al *es* (al *sí*), crean una nueva perspectiva que nos hace comprender mejor que en la sustancialidad sucesiva del tiempo Borges interpola algo que de algún modo busca neutralizarla. Más que un mundo de *esencias*, lo que Borges ve es un mundo de actos y de relaciones: puede proponerse un absoluto, pero sabiendo que nunca llegará a totalizarlo. Así, no es raro que, como Flaubert, tenga horror de las *conclusiones*. Un libro que no encierre su contralibro es considerado incompleto, es uno de los principios del imaginario planeta Tlön. Al resignarse a la *alusión*, Borges parece aceptar la pobreza del lenguaje. ¿No está optando, más bien, por su riqueza, o al menos por otro tipo de riqueza? La *alusión*, en efecto, es un decir menos que crea una ambigüedad; ésta, a su vez, nos hace cobrar conciencia de la secreta complejidad del universo, irreductible a meros conceptos. Por ello, dice Borges con razón, el hecho estético es la inminencia de una revelación que no se produce. La riqueza de la literatura, si alguna tiene, se funda en esa continua privación.

Todo hombre —piensa Borges— debe saber acatar su destino más allá de toda ética. El del escritor consiste en aceptar la naturaleza misma del lenguaje con todas sus deficiencias. Más aún, su destino lo hace vivir en la *irrealidad*. En muchos textos de Borges encontramos la aceptación de ese hecho. El arte —dice en un poema— es "convertir el ultraje de los años / en una música, un rumor y un símbolo". En otro, la palabra aparece como un signo a la vez lúcido y vacío. Ese poema se titula *Religio Medici, 1643*: no es sólo una alusión a la obra de Sir Thomas Browne; es también, como luego veremos, su glosa. Lo pertinente, por ahora, es ver cómo Borges subraya la *irrealidad* de la palabra no ya frente al mundo, sino frente a toda trascendencia. Meditación sobre la muerte y la inmortalidad, al comienzo Borges dice:

> Defiéndeme, Señor. (El vocativo
> No implica a Nadie. Es sólo una palabra
> De este ejercicio que el desgano labra
> Y que en la tarde del temor escribo.)

Esta aceptación de la *irrealidad* del lenguaje, y por tanto de la literatura, es más compleja de lo que aparenta. Por una parte, es una crítica de todo verismo y de las ilusiones de representación del mundo; por la otra, es una búsqueda de la (¿otra?) *realidad.* Lo problemático en Borges es justamente esta búsqueda. Cuando dice que la literatura no es un *espejo* del mundo está no sólo desvaneciendo la pretensión "realista", sino, a un tiempo, confesando el fracaso (y la grandeza) de la literatura como visión de las leyes secretas que rigen al universo. En uno de los poemas de juventud, Borges formulaba su vocación estética de este modo: ser admitido "como parte de una Realidad innegable, / como las piedras y los árboles". Esa vocación se intensifica a lo largo de su obra: buscar *la palabra del universo* que haga inteligible a éste. Como Mallarmé, piensa no sólo que el mundo existe para llegar a ser un Libro, sino también que todo libro debe proponerse ser ese Libro. Sabe, sin embargo, que esa empresa es imposible. ¿Encontrar la clave del universo no es dejar de ser hombre? "Quien ha entrevisto el universo, quien ha entrevisto los ardientes designios del universo, no puede pensar en un hombre, en sus triviales dichas o desventuras, aunque ese hombre sea él", piensa uno de los personajes de sus relatos. Quizá en la muerte se nos pueda revelar esa clave; o mejor, la revelación de esa clave comporta nuestra muerte. En *Elogio de la sombra* (1969), Borges participa de esa final esperanza: "Llego a mi centro, / a mi álgebra y mi clave, / a mi espejo". En cambio, en el poema ya citado, *Religio Medici*, quiere liberarse de esa ilusión; más aún, intuyendo su inmortalidad, la rechaza: ¿no reside la inmortalidad en la gloria y ésta, como antes ya lo había visto, no es una forma del olvido? La muerte, por tanto, debe ser un regreso al secreto del universo, o al secreto de la literatura y de la obra, que cada generación redescubre. Finalmente, en ese poema, dice:

> Defiéndeme, Señor, del impaciente
> apetito de ser mármol y olvido;
> defiéndeme de ser el que ya he sido,
> el que ya he sido irreparablemente.
> No de la espada o de la roja lanza
> defiéndeme, sino de la esperanza.

Pero si esa empresa es imposible, Borges no se niega a la desmesura de concebirla. Cuando en un poema dice: "Nadie puede escribir un libro", es obvio que *un libro* está en relación con *el Libro.* En ese mismo poema, Borges completa su visión: para "Que un libro sea verdaderamente, / Se requieren la aurora y el poniente, / Siglos, armas y el mar que une y separa". El libro verdadero (es decir, el Libro) es, pues, la totalidad del universo, el resumen de sus infinitas conexiones. Ese libro no puede ser escrito por un hombre, sino por las sucesivas generaciones, esto es, por el lenguaje y la literatura. Ese Libro, mejor dicho, es la literatura misma; está ausente y a un tiempo presente en ella. Como también en toda lectura. En uno de sus primeros ensayos, ya Borges hacía esta observación memorable: "Ojalá existiera un libro eterno. . . Tus libros preferidos, lector, son como borradores de ese libro sin lectura final".

Así la verdadera literatura no es aquella que *fija* una realidad, sino la que nos hace *figurar* una realidad incomensurable e inagotable. La literatura es una totalización que nunca totaliza; es una obra que se funda en la ausencia de la obra porque siempre está concibiendo la imposible posibilidad de la Obra. Toda obra es fragmento o borrador de una Obra circular e infinita; está, por ello, en el tiempo y fuera de él: nos remite, en verdad, a un Presente que es igualmente un origen. Borges no podría decir como Vallejo: "el verbo encarnado habita en nosotros"; sabe, por el contrario, que sus palabras son la "pobre traducción temporal de una sola palabra". Esa *sola palabra* es el origen (y el fin) de todas las palabras: el lenguaje dentro de la historia y, no por simple milagro, fuera o antes de ella. ¿No es significativo ver a Borges en un poema ("Al iniciar el estudio de la gramática anglosajona") dar gracias al destino que le concede la "pura contemplación / de un lenguaje del alba"? En el fondo, la literatura es para él un intento por regresar a ese *lenguaje del alba* ("El río, el primer río. El hombre, el primer hombre", dice en un poema). Como en muchos mitos, quizá lo que domina en Borges es el *prestigio de los orígenes* (de ahí su lúcido "anacronismo"). A diferencia de Rubén Darío, intuye la "inconsecuente virtud de las palabras prestigiosas". A diferencia de Vicente Huidobro, no se siente creador de un lenguaje.

XVII. LA ESCRITURA DESÉRTICA

TODA obra que se funda en el rigor del lenguaje supone una ética de la escritura; subrayo: de la escritura y no simplemente del estilo. Lo que podría ser resumido más o menos de este modo: escribir, aun en los momentos de rapto, es menos la consecuencia de un don que la continua crítica y hasta la negación de ese don. El desarreglo de los sentidos y las verrugas implantadas en la cara ("il s'agit de faire l'âme monstruese") de que hablaba Rimbaud eran la metáfora moral de su alquimia del verbo. "Hay que trabajar —por eso dice hoy Francis Ponge— a partir del *descubrimiento* realizado por Rimbaud y Lautréamont (de la necesidad de una nueva retórica)".[1]

En Díaz-Casanueva, el rigor bordea siempre el riesgo de la ininteligibilidad y aun de la esterilidad. Sin embargo, su obra nace, si no de la pura claridad, bajo el signo de la lucidez. "Puedo dar cuenta —dice— de cada imagen o idea poética y de la razón de su existencia." Al mismo tiempo añade, ya con respecto al proceso creador: "A veces siento una facilidad sospechosa y me invaden ritmos y hasta rimas. Al amasar tal material que resulta de un desborde, me salen poemas que rehúyo porque no son hijos legítimos del rigor de mi espíritu." Ambas frases revelan el drama, también el riesgo, de este poeta. No es difícil encontrar en la poesía moderna —piénsese en Valéry— una actitud semejante a la que implica la segunda frase; en cambio, ya es más raro encontrar una inteligencia poética capaz de explicar su propia obra. No habría que mencionar, por supuesto, a Neruda, para quien escribir, al menos hasta las *Residencias*, era un acto indescifrable (sin aceptar deliberadamente nada, sin excluir deliberadamente nada). Un ejemplo más pertinente sería el del mismo Valéry: no obstante su rigor constructivo o su concepción del poema como "una fiesta del espíritu", confesaba no saber el sentido de sus poemas; más que la significación, le preocupaban el ritmo, la arquitectura de las formas, las exigencias mismas del lenguaje. Es cierto que Breton llegó muchas veces (*v. gr.*, en *L'amour fou*) a esclarecer sus propios textos: no una explicación sino el mutuo esclarecimiento entre la imagen poética ("una debacle del espíritu") y la experiencia real. Un último ejemplo podría resultar aún más significativo por tratarse de un poeta también hermético y órfico. El juglar "que sigue las usanzas de Delfos —expone, en efecto, Lezama Lima— ni dice ni oculta, sino hace señales".

La lucidez de Díaz-Casanueva parece, pues, más extrema. ¿Basta con

[1] *Méthodes,* París, Gallimard, 1961.

esa autoconciencia? ¿El poder de un texto no reside finalmente en el texto mismo? Es evidente que Díaz-Casanueva no quiere ignorar este hecho. Al reconocer la dificultad de su idioma poético, confiesa: "con frecuencia me cruzan la angustia por la claridad y la unidad y la fatiga de un subjetivismo extenuador". La lucidez, por tanto, se extravía y pierde el poder de comunicarse. Este drama de la expresión nos remite a otro: al de la esterilidad. Pero si ésta es deficiencia lo es (como en Mallarmé) a partir de una exigencia que casi no tiene respuesta. Como el propio Díaz-Casanueva se encarga de precisarlo: la esterilidad "no es sólo la fuente seca: es un sufrimiento, una inhibición, una terquedad del espíritu que no quiere despojarse de sus velos". Incluso conoce la participación que ella tiene en su trabajo mismo: la inspiración, es para él "tanto la plenitud de (sus) dones como de (su) impotencia".

En verdad, sabemos, el acto de escribir nace de una opción. Dejemos de lado las preguntas que apenas tienen respuesta o no tienen ninguna: ¿por qué, en vez de escribir, no vivimos?, ¿por qué no estar en el mundo en vez de querer reducirlo a palabras? Las que conciernen de verdad a un escritor son otras: ¿cómo escribir lo vivido y lo que es el mundo? La pregunta se hace más problemática, por supuesto, en los que no se proponen escribir la vida o el mundo, aun en sus formas más complejas, sino remontarse a una realidad menos discernible. Me parece que Díaz-Casanueva es uno de estos poetas. Sus experiencias no son simples estados de ánimo; parecen más bien remotas e inaccesibles. ¿Experiencias límites, como ahora se dice, o quizá experiencias antes de toda experiencia? "He querido trabajar —dice él mismo— en los propios orígenes emocionales del pensamiento poético, ahí mismo donde poderes dionisíacos nublan la conciencia clarificadora hasta asfixiarla en la expresión." Así, en este poeta, que creíamos demasiado intelectual, surge su verdadero otro impulso; el visionario (¿el órfico?). De igual modo se percibe que el drama de la expresión en su obra se sitúa en una distinta dimensión: la búsqueda de un mayor poder de revelación. "Invocarse es más grande que saberse", dice en uno de sus poemas.

Ya en su primer libro, Díaz-Casanueva daba la clave del mundo en que se originará toda su obra: "Este es el testimonio doliente del que no puede labrar sus formas / puras / Porque se lo impone su ser hecho de peligros y cruel sobresalto" (*Vigilia por dentro*, 1931). En otro libro, de 1940, llega a practicar también este extraño reconocimiento de sí mismo: "Soy el desenterrado y me creo un hombre" (*El blasfemo coronado*). Veinte años después persiste todavía esa visión casi escatológica: "Cuándo cuándo he sido / verdaderamente humano" (*Los penitenciales*, 1960).

¿Quién es, entonces, ese ser que habla en sus poemas y que habla desde una experiencia que escapa a toda percepción normal? "No soy fuerte no soy / Lo suficientemente exterior", dice en su libro *Sol de lenguas* (1970). No es, pues, a través de su comportamiento, es decir, a través de su relación con el mundo, como podremos identificarlo. Ese comportamiento es más bien perturbador: sobrecoge, no esclare; hace de la disociación (que no es mero desdoblamiento) del ser la única realidad posible. En el libro ya citado encontramos sus signos más radicales, una suerte de desencarnación de toda realidad y, a la vez, de paisaje (o pasaje) desolado de la conciencia: "Puse el Ojo como un espasmo / Dentro de las cosas / Sólo vi los nervios del Ojo"; "El espejo comienza a dar Latidos"; "Heme aquí / Abrazado a mi lecho / Sofocado por mi respiración / Nadando / Entre Grandes Olas Rígidas". Sin embargo, lo que el poeta busca es una unidad superior: el sentido que integre todos sus actos, las fundaciones mismas de su ser. "No quiero ser sin / fundamento", "no quiero salir a la calle / si no voy conmigo", escribe en un libro anterior. A esta tensión existencial corresponde otra: la reflexión (también refracción) y el debate sobre la poesía misma.

El sol ciego (1966) es quizá el mejor desarrollo de esa reflexión. El libro es una extensa elegía (no "elegíaca") a la muerte de Rosamel del Valle, poeta también visionario y órfico. Pero esa elegía desborda lo puramente individual; de algún modo, es la elegía a nuestro mundo, nuestra historia, nuestro lenguaje mismo. Ese sol que se apaga, o mejor, ese "sol ciego / rodando al fondo de nosotros", no es tan sólo la imagen emblemática del poeta muerto; lo es igualmente del hombre actual y de su destino. Así, iluminado o ensombrecido (iluminado por la sombra de su propia ruina), el mundo se afantasma y pierde sus significaciones. A lo cual corresponde una palabra que discurre con la única certidumbre de su inutilidad. "Nadie dice nada / porque nada tiene sentido", escribe Díaz-Casanueva. Y de seguidas, con una visión precisa del destino, agrega: "Lo irrevocable / es una verdad vacía / que nos acecha / sin razón verdadera". ¿Cómo entonces enfrentarse a una realidad que se ha vuelto incoherente y aun irreal, o a una fatalidad de la que sólo podemos conocer —experimentar— su consecuencia? Queda, aparentemente, la poesía. Pero la poesía es sobre todo lenguaje, forma, y ésta "nos libera de la nada / al mismo tiempo que a ella nos conduce". No hay, por tanto, más liberación que la lucidez de la condena; no hay más sentido que la contradicción. Sólo que esa lucidez no es un alto, sino un movimiento vertiginoso (y petrificado); impone una exigencia aún más insaciable: no sólo asumir la contradicción, sino extremarla a través de la ruptura de todo estilo, un más allá del lenguaje mismo (ese "Sol de Lenguas", ese "inmenso Verbo de Carne", de que habla también). Por ello, finalmente, de la aventura poética de Rosamel del Valle, saca esta lección: "Me enseñaste / a aborrecer el oficio / A desdeñar la tinta / A suprimir los vocablos / A trabajar a pura sangre desbocada".

Se ve, la poesía no puede ser para Díaz-Casanueva sino una ética de la desesperación: la poesía, simultáneamente, como blasfemia y coronación, como conciencia desértica y como aventura desmesurada. Un continuo debate entre el poeta de la duda y la desolación: "Mi palabra / Está unida al gemido de un / Espacio desierto", y el poeta de la fe: "Creo que el lenguaje poético de mi tiempo es un poder todavía virgen capaz de producir mayor revelación del ser humano". En ese debate no es aventurado intuir que los opuestos son cómplices entre sí, que uno no existe sino por el otro. La unidad es sólo posible en esa tensión.

XVIII. EL HIELO Y LA PIRA

PONER en duda o aun negar los poderes de la poesía y, sin embargo, construir una obra, muchas veces perfecta: esta paradoja no es una simple inconsecuencia. Traduce, más bien, en última instancia, la contradicción inherente a la posición del hombre en el mundo: la conciencia de lo que no puede conquistar no reduce, aun estimula, su voluntad de intentarlo. En otras palabras, esa paradoja transpone en el plano estético lo que todo hombre, animado por cierta lucidez, vive en el orden de la existencia misma: el reconocimiento, sobre todo la experiencia, de la fragilidad e, inversamente, la vocación de lo absoluto, de lo permanente.

Muerte sin fin (1939), de José Gorostiza, es una obra de ese linaje; elegía y a un tiempo apoteosis de la poesía. Muchos críticos la califican de perfecta y, en diversos sentidos, ciertamente lo es. En efecto, la concentración del lenguaje, el sabio juego de simetrías, contrastes y relaciones, el ordenamiento de sus partes y hasta el tejido de implicaciones que sucesivamente va originando, hacen de este poema una pieza excepcional en la poesía hispanoamericana. Conceptual y hasta discursivo a veces, es el rigor de su *lógica* lo que lo aleja del poema simplemente expositivo; el rigor y cierto "charme" a lo Valéry de saber combinar lo abstracto y lo sensible. Así, su perfección no es sólo consecuencia de una pasión constructiva mayor. En esta pasión, creo, es donde reside la clave y la tensión dramática del poema. Al hacer de éste un objeto autosuficiente, al proponerlo como una arquitectura nítida y resplandeciente, Gorostiza pone de relieve, por contraste, la visión dominante en el poema: todo en el mundo es disolución, una *muerte sin fin* que lo va diluyendo todo, y a ello no escapa la poesía misma. Esta visión es radical y sin alternativa, es decir, cualquier opción conduce a lo mismo.

Es cierto que en el plano existencial la alternativa parece posible: creemos poder abandonarnos simplemente a la vida, que si bien es informe, compensa con su intensidad. No es más que una ilusión; la vida encierra el germen de su propia destrucción: no sólo a causa del tiempo sino también de la conciencia de vivir, que ya no es simplemente vivir. En el plano poético, la opción ya no existe: escribir es crear formas, establecer un orden o una inteligibilidad en lo vivido. Pero ni ese orden ni esa inteligibilidad son la vida misma; por el contrario, todo lo que es configurado por una forma pierde su intensidad, se congela, muere —¿no tiene, justamente, este poema algo de "hielo justo"? La palabra, pues, intenta dar vida y, más bien, mata lo que nombra; o lo que es lo mismo, todo muere y lo que queda es el lenguaje. Es esta victoria ambigua lo que encarna el poema de Gorostiza; la encarna, pero, por supuesto, para hacer más visible la derrota que encierra. En primer término, es una victoria en el vacío: el poema es una arquitectura no simplemente rigurosa, sino de rigor y de claridad, detrás de lo cual no hay nada. "No ocurre nada, no, sólo esta luz, / esta febril diafanidad tirante"; también añade Gorostiza: "La forma en sí misma no se cumple". La forma es sólo espejo de una conciencia que se devora a sí misma; la inteligencia que ordena y construye es estéril: "soledad en llamas", "páramo de espejos", "cumbres peladas del insomnio", que puede concebirlo todo, pero "sin crearlo". En segundo término, es una victoria efímera: si la forma *fija* lo informe en movimiento, no puede hacer lo mismo con su propia *fijeza*: el tiempo y la historia la corroen, la desplazan. Como lo ha dicho el propio Gorostiza en un ensayo: "La poesía —no la increada, no, la que se contaminó de vida— ha de morir también. La matan los instrumentos mismos que le dieron forma: la palabra, el estilo, el gusto, la escuela". No es raro, pues, que luego de *Muerte sin fin*, Gorostiza haya optado por un silencio casi irreductible.

Creo que la visión de Gorostiza es, en lo esencial, de orden metafísico. No por ello deja de tener motivaciones históricas —¿derivadas de aquel mismo orden? La pérdida de Dios o del sentimiento religioso, la alienación del hombre mismo —parece sugerir él— han influido en el lenguaje del hombre moderno: por sus palabras ya no habla sino "una edad amarga de silencios"; en ese silencio descubre "que su hermoso lenguaje se le agosta", "exhausto de sentido". Así, en *Muerte sin fin* la exaltación de las formas conduce al solipsismo de la conciencia, que es como decir al solipsismo de la palabra.

La palabra que ya sólo se mira o se conoce a sí misma: ¿son inútiles esa mirada o ese conocimiento? Para Lezama Lima, que compara el poema de Gorostiza con el *Primero sueño* de Sor Juana Inés de la Cruz, ese conocimiento, de la muerte, puede ser una ganancia, una conquista de la lucidez.[1] También Gorostiza parece intuirlo así. Si la poesía es, para él, "una especulación, un juego de espejos" en el que las palabras se reflejan unas a otras, ese juego hace que el hombre (el poeta) se adueñe "de los poderes escondidos del hombre" y entre en relación "con aquel o aquello que está más allá".

También Octavio Paz ha experimentado los páramos de la conciencia, pero, a diferencia de Gorostiza, tiende siempre a transponerlos, iniciando una larga relación, e igualmente un debate, con el mundo. En efecto, el acto

[1] Dice Lezama: "Algún día cuando los estudios literarios superen su etapa de catálogo y se estudien los poemas como cuerpos vivientes, o como dimensiones alcanzadas, se precisará la cercanía de la ganancia del sueño en Sor Juana, y la de la muerte, en el poema contemporáneo de Gorostiza" (*La expresión americana,* 1957).

de escribir es para Paz el abismarse en una conciencia que parece arruinar toda escritura, con sus laberintos, sus juegos de espejos y su cruda luz (auto)crítica; una conciencia, además, que se desdobla en otra y suspende todo discurso o hace de éste un discurrir sobre el discurso mismo. "¿A quién escribe el que escribe por mí...? / no escribe a nadie, a nadie llama, / a sí mismo se escribe, en sí se olvida"; "A mitad del poema me sobrecoge siempre un gran desamparo, / todo me abandona": estas dos frases, de distintos poemas y distintas épocas, son signos de esa experiencia conflictiva. Sin embargo, lo que busca Paz es romper el desamparo, los espejos y la doble mirada: oponerles el *cuerpo* del universo. Creo haberlo señalado ya: su obra se cumple en medio de esta tensión y va más allá de ella. Así, en un poema ("Himno entre ruinas"), la tensión tiende, finalmente, a resolverse en una *presencia*:

> La inteligencia al fin encarna,
> se reconcilian las dos mitades enemigas
> y la conciencia-espejo se licúa,
> vuelve a ser fuente, manantial de fábulas:
> Hombre, árbol de imágenes,
> palabras que son flores que son frutos que son actos.

Es posible ver en este poema (¿no hay un diálogo secreto entre las obras?) una respuesta, deliberada o no, a *Muerte sin fin,* y creo que ya la crítica lo ha señalado.[2] Si para Gorostiza las formas congelan el mundo, para Paz fluyen —o deben fluir— con el mundo. De ahí que en ambos la pasión constructiva tenga diferente signo: en uno, la arquitectura en el vacío; en el otro, el vacío que busca una arquitectura. Como el propio Paz lo ha dicho en un ensayo: ya no hay obras sino un "archipiélago de signos" que giran en busca de un significado; esos signos están en continua rotación, no fijan nada ni están fijados de antemano, van tramando, por entrecruzamiento, una imagen vertiginosa: siempre dispuesta a ser otra (y la misma). Este arte combinatorio, sabemos, no lo ejerce sólo el poeta sino también el lector, y aun el lenguaje mismo. El poema, por tanto, no es un objeto cerrado, colmado de su propia perfección, sino un continuo *hacerse*: signos dispersos, fragmentos que buscan reunirse y reconciliarse.

Paz, como se ve, no pone el acento en la disolución sino en la fragmentación: la del mundo y la del lenguaje; aun si la disolución es un dejar de ser lo que es, este hecho sólo puede verse como una privación: no excluye la reconquista de lo que se pierde. Paz concibe una unidad original: la armonía del hombre y el universo a la cual corresponde un lenguaje total y pleno ("una palabra inmensa y sin revés"); esa unidad se ha perdido a través de la historia. Pero vivir o escribir no es sólo tener nostalgia de ella; es también hacer de esa nostalgia un principio de acción.

2 Ramón Xirau, al menos, lo ha visto así.

Hay que rehacer el mundo y el lenguaje; su fragmentación es una doble condena: nos despoja de algo a la vez que hace de ese despojamiento el comienzo de otra aventura de fundamentación. Fundar de nuevo el mundo y el lenguaje: para ello habría que empezar por su crítica. Pero Paz invierte los términos: lo que propone no es tanto una crítica a la poesía como una *poesía crítica.* Toda creación estética, por supuesto, es crítica; de ahí la sucesión de escuelas y de estilos. Pero la *poesía crítica*, tal como la concibe Paz, prolongando a Mallarmé, tiene un sentido distinto. "La poesía moderna —dice en uno de sus ensayos— es una tentativa por abolir todas las significaciones porque ella misma se presiente como el significado último de la vida y del hombre." No se trata de un simple optimismo sino de una pasión desmesurada y, por ello mismo, subversiva. Como toda subversión, no excluye la lucidez: la intuición de los límites últimos o de la imposibilidad. Después de Rimbaud —ha confesado también Paz— ya nadie puede escribir sin un sentimiento de inutilidad. De igual modo, llega a decir en un poema de *Ladera Este*:

> No nos queda dijo Bataille
> Sino escribir comentarios
> Insensatos
> Sobre la ausencia de sentido del escribir
> Comentarios que se borran
> La escritura poética
> Es borrar lo escrito
> Escribir
> Sobre lo escrito
> Lo no escrito
> Representar la *comedia* sin desenlace

Podría verse en este poema la negación de aquella pasión desmesurada por convertir a la poesía en el significado último y total del mundo; pero es la negación que la complementa o la pone a prueba. Si escribir carece ya de significado, Paz lo que busca es otra escritura: su revés y su descomposición. Para lo cual, y primero, hay que no escribir sino desescribir; no decir sino desdecir o contradecir.

Es la operación que Paz inicia sobre todo en *¿Águila o Sol?* Este libro, sabemos, es central en su obra; está también al comienzo de una nueva exploración del lenguaje que la literatura hispanoamericana —no sólo la poesía— ha practicado a partir de los años sesenta. En el prólogo del libro —alusión a un yo que no es sólo personal—, Paz declara: "Ayer, investido de plenos poderes, escribía con fluidez sobre cualquier hoja disponible: un trozo de cielo, un muro (impávido ante el sol y mis ojos), un prado, un cuerpo. Todo me servía: la escritura del viento, la de los pájaros, el agua, la piedra". A esta plenitud verbal, y del mundo también (el poeta escribe el mundo y éste, a su vez, es una escritura), se opone la experiencia actual: "Hoy lucho a solas con una palabra, la que me pertenece, a la que pertenezco: ¿cara o cruz, águila o sol?" Así, al poder inicial de la palabra sucede la duda ante ese poder, pero también el combate con la palabra y la búsqueda del lenguaje que pueda fundar una nueva realidad: no como expresión de ésta (¿no se ha perdido su sentido?) sino como su invención o su revelación. Todo el libro, pues, se presenta como un reto; no es difícil intuir que también como una violencia contra el lenguaje. En efecto, la duda no llega a neutralizar a Paz y a confinarlo en el solipsismo (enamorado del silencio, al poeta no le queda más que hablar, ha dicho en otro texto); toda interrogación lo conduce al acto o al gesto. "Hubo un tiempo en que me preguntaba: ¿dónde está el mal?, ¿dónde empezó la infección, en la palabra o en la cosa?" Ya no le interesa tanto la respuesta a ese dilema; no hay, en verdad, respuesta posible: si el mundo corrompe al lenguaje, éste, por su parte, corrompe al mundo. No hay respuesta, pero sí una salida: la creación de "un lenguaje de cuchillos y picos, de ácidos y llamas", "de látigos"; "un lenguaje que corte el resuello", "un lenguaje guillotina", "una dentadura trituradora, que haga una masa del yotúélnosotrosvosotrosellos". Es decir, un lenguaje que sea un arma (auto)destructiva: que imponga el castigo y lo reciba, que expíe sus culpas y las del mundo. Es esta transgresión la que Paz practica justamente en la primera parte del libro, titulada "Trabajos del poeta". En su cuarto (que es también la conciencia solitaria y crítica, como el *Igitur* de Mallarmé), el poeta se ve confrontado con las palabras como si éstas fueran grotescas personificaciones del mundo ("Tedevoro y Tevomito, Tli, Mundoinmundo, Carnaza, Carroña y Escarnio"), o de un inconsciente personal y colectivo. Así también en un pasaje escrito con verbos como "execrar, exasperar, excomulgar, expulsar, exheredar, expeler, exturbar, excopiar, expurgar, excoriar", etc., la partícula *ex*, usada con creciente delirio contagioso, y hasta con cierta ambigüedad, va adquiriendo un valor *expiatorio*. Transgredir el lenguaje, "expurgarlo" y "extenuarlo", equivale, paralelamente, a violentar la historia, cambiarla, despertarla y hacerla verse a sí misma bajo otra luz. En un texto, que tiene algo de apocalipsis y, por ello mismo, de revelación, se prevé ese despertar como una subversión.

"Visión del escribiente" (es su título) se desarrolla en un doble plano semántico: la *persona* que habla en él no sólo es el escriba sometido a la rutina implacable de la burocracia moderna ("el tatuaje" y "el herraje"); es también una suerte de poeta visionario: sabe que en las hojas (las páginas) que va copiando se va inscribiendo otro drama cuyo desenlace intuye y anuncia. Así la voz de la víctima se vuelve la voz del vindicador que espera el soplo arrasador, el *acontecimiento*. "Porque durante meses —dice— van a temblar puertas y ventanas, van a crujir muebles y árboles. Durante años habrá tembladera de huesos y entrechocar de dientes, escalofrío y carne de gallina. Durante años aullarán las chimeneas, los profetas y los jefes. La niebla que cabecea en los estanques podridos vendrá a pasearse a la ciudad. Y al mediodía, bajo el sol equívoco, el vientecillo arrastrará el olor de la sangre seca de un matadero abandonado ya hasta por las moscas." Pero la destrucción será purificadora. *¿Águila o Sol?* concluye con unas reflexiones tituladas, de manera significativa, "Hacia el poema". "Palabras, frases, sílabas, astros que giran alrededor de un centro fijo", se dice en un pasaje. Ese *centro* es uno y múltiple: el amor, la historia y (¿como un resumen?) el poema mismo, se inscriben en él. Paz, en efecto, afirma: "Encontrar la salida: el poema". Pero el poema concebido como un *acto* que sea capaz de transformar el mundo (Marx) y de cambiar la vida (Rimbaud). El debate de Paz con el lenguaje es una continua transgresión: un *No* radical pero en busca de un *Sí* no menos extremo: la afirmación del universo no como una abstracción sino como *cuerpo*; no como una imposible utopía sino como *realidad*; no como un futuro por alcanzar sino como *presencia.*

El debate de Paz con el lenguaje no termina en *¿Águila o Sol?*, ni podrá terminar nunca del todo: las propias búsquedas de su poesía se lo imponen. Este debate puede, sí, despojarse de toda ferocidad y hacerse más lúcido, aunque no menos radical. Es lo que ocurre en *Salamandra* (1962). En este libro, el lenguaje y el mundo parecen contaminados de irrealidad. Las palabras no dicen lo que dicen y hay que hacerlas decir lo que no dicen. Escribir es descubrir tras la palabra escrita otra que la rige y que, sin embargo, no aflora en el poema. Hablar es igualmente un acto ambiguo que conduce a la contradicción o a la negación de la voz ("Lo que dices se desdice / Del silencio al grito / Desoído"). Todo impulso hacia la expresión se resuelve en el suspenso mismo; la evidencia de esta disyuntiva paraliza al lenguaje y pone al mundo entre paréntesis. El mundo y el lenguaje parecen padecer una suerte de neutralidad. Y, en cierto modo, lo que propone Paz es el regreso a la inocencia ("Inocencia y no ciencia: / para hablar aprender a callar") y el reencuentro con la palabra original ("Roja palabra del principio"). De ahí que todo el sistema verbal de Paz cambie sensiblemente en este libro: fragmentación del verso y juego ambiguo de encabalgamientos, figuras antitéticas, paradojas, retruécanos, paranomasias deliberadas y violentas, puros juegos de palabras. Y, sobre todo, el uso reiterado del paréntesis. "Yo sé que estoy vivo / Entre dos paréntesis", dice en un poema. El paréntesis es uno de los recursos de Paz desde *Semillas para un himno* y aún lo será en su último libro, *Ladera Este*. En ambos libros sirve para introducir otro discurso en el discurso, para suspender el discurrir central y luego retomarlo, enriqueciéndolo, o para hacerlo más inestable, para relativilizarlo, que es otra forma de enriquecerlo, de diversificarlo. Aun en algunos poemas de *Salamandra* aparece este valor del paréntesis, pero lo dominante en él es el paréntesis como intercepción de todo discurso. En el poema "La palabra escrita", esta técnica es llevada a su extremo: lo único que menciona el poeta es una frase trunca ("Ya escrita la primera palabra"), a la cual continuamente superpone, entre paréntesis, el comentario de una conciencia que intuye otra palabra pero que nunca llega a decirla y queda sólo implícita. Así, el tema es el paréntesis mismo en un plano ya semántico: es decir, la ausencia del poema. ¿Qué es casi todo el libro sino este juego de refracción de espejos en el que al final nada cristaliza; una *entrada en materia* (título del primer poema) que reiteradamente queda en suspenso: oposición entre el discurso y el silencio, que nunca se resuelve?

Pero el paréntesis, en Paz, no es un juego deliberado por arruinar el significado del discurso poético; tiene también, y quizá sobre todo, el valor del ocultamiento. Ocultar las palabras para hacer *sonar* a la Palabra. Es significativo que el libro concluya con un poema que propone, justamente, la ocultación de la poesía. Como muchos poemas de Paz, "Solo a dos voces" se desarrolla en dos planos: el de la naturaleza y el de la escritura misma. Pero el momento natural acá ya no es la renovación o despertar sino el sueño de la naturaleza: el solsticio de invierno. Y así como el solsticio invernal es el comienzo de la desaparición del sol, el poema es la desaparición de la palabra, su regreso a la tiniebla y al olvido del lenguaje. "No lo que dices, lo que olvidas, / Es lo que dices: Hoy es solsticio de invierno / En el mundo / Hoy estás separado / En el mundo / Hoy es el mundo / Ánima en pena en el mundo." Ahora bien, la poesía de Paz es sobre todo una poesía solar; el momento privilegiado de su espacio cósmico es el alto mediodía, el esplendor de la luz absorta en su propia fascinación. Por ello este poema tiene un valor simbólico más profundo. Lo que en él propone Paz es el ocultamiento de la poesía, su regreso "a la primera letra", hacia "la piedra: simiente", para preparar, como la tierra, su resurgimiento, su nueva plenitud. ¿No recuerda ello lo que Breton proponía en el *Second Manifeste*? "Je demande l'occultation profonde du Surréalisme", decía allí. Ambas actitudes, creo, tienen un sentido ritual: no repliegue desilusionado de bellas almas; ascesis radical más bien, lucidez que prepara su nuevo combate. En ambos, además, lo que habla es la inteligencia visionaria, no la resignación.

La obra de Paz no es una crítica a la poesía sino en la medida en que es, primero, una *poesía crítica.* ¿No lo será también en otro sentido? Creo que sí, pero ese sentido es igualmente inhabitual. Paz no le pide a la poesía que sea eterna, cosa "del otro mundo" sino de este mundo; acepta su fragilidad, su dispersión, su fragmentación: apenas un signo o un tatuaje en el *otro texto*, el del mundo. En uno de sus últimos libros de ensayos, Paz describe esta experiencia: cuatro poetas (un inglés, un francés, un italiano y el propio Paz) se reúnen para escribir una variante occidental del *Renga* (ese poema japonés que es una doble participación: la de la tradición y sus leyes, la de los varios autores también). Después de esa descripción, concluye: "Me gustaría que se viese nuestro *renga* no como una tapicería sino como un cuerpo en perpetuo cambio, hecho de cuatro elementos, cuatro voces, en cuatro direcciones cardinales que se encuentran en un centro y se dispersan". Luego añade esta frase: "Una pirámide: una pira".[3] Estas dos imágenes condensan aquel acto creador. *Pirámide*: figura geométrica y sacrificial, fijación histórica y mítica. *Pira*: reducción (comenzando por la silábica) de esa figura, su combustión y su consumación. En otras palabras: la fijeza de la escritura girando en medio de su destrucción y dispersión. ¿No es éste uno de los rasgos dominantes en toda la obra poética de Paz? Una obra, repito, en la que las formas no "congelan" el mundo, sino que fluyen y se consumen con él. La escritura como esplendor de la vida y como ritual de la muerte: "la realidad original, la fuente y el fin de todas las metáforas."

[3] *El signo y el garabato*. México, Mortiz, 1973.

XIX. EL ANTIVERBO Y LA VERBA

NUNCA como ahora —se ha dicho— hemos tenido tantas palabras y, sin embargo, sentimos que nos faltan las palabras. Si el equívoco parece dominar nuestra época, uno de sus síntomas es la proliferación verbal: inflación del lenguaje que no logra ocultar otra precariedad, espiritual, más profunda. Muy pocos son los que se curan de la "palabrería" aunque confiesen o se propongan no fiarse ya en palabras. De ahí que de la duda más o menos razonable frente al lenguaje ("words, words, words") se haya pasado en nuestro tiempo a la ferocidad casi subversiva ("chillen, putas", "hazlas, poeta, haz que se traguen todas sus palabras").

Este rasgo puede admitir las más variadas formulaciones y los más diversos grados de intensidad, pero subyace también en gran parte de la poesía hispanoamericana de hoy. Su denominador común es siempre la irreverencia, el intento por desacralizar todo lenguaje más o menos "sublime". Es lo que hace, por ejemplo, Gerardo Deniz en su libro *Adrede* (1970): una demolición sistemática de la literatura a partir de la literatura misma; un gran y a veces suntuoso juego verbal que aun se vuelve desafiante: la mascarada en un teatro ya vacío. Es la misma práctica de Carlos Germán Belli, pero, como veremos luego, con esta variante fundamental: bajo un lenguaje estrictamente "poético", privilegiado incluso por una tradición clásica, se hacen irrumpir las experiencias más sórdidas y aun exasperantes. La parodia puede optar por otras fórmulas: no sólo las inflexiones prosaicas o los giros del habla común, sino también el cultivo de la verbosidad como farsa, la acumulación de diversos "estilos" orales, el continuo uso de "ready made" tomados del contexto de la falsificación social del lenguaje.

Sin distorsionar la naturaleza del lenguaje, ni en sus estructuras ni en las palabras mismas, la poesía de Nicanor Parra no sólo aporta una visión desquiciante del mundo; también logra introducir la sospecha frente a todo lenguaje elevado, y aun frente al lenguaje "tout court". ¿No es igualmente, esta poesía, el rechazo de toda una larga tradición "cósmica" en la literatura chilena?

"La poesía —dice Parra en uno de sus textos centrales— reside en las cosas o es simplemente un espejismo del espíritu." ¿Cómo comprender esta afirmación? Sería quizá equivocado pensar en un resurgimiento "realista". Creo, más bien, que Parra quiere subrayar esto: el mundo ha perdido su sentido y no es simplemente con las palabras como se va a reencontrarlo o a sustituirlo. La poesía, en consecuencia, es un espejismo en la medida en que está dominada o se ve seducida por aquella pretensión.

Poesía como *espejismo*: todo lenguaje que quiera ser trascendente (sagrado, cabalístico, cosmogónico, doctrinario) o simplemente lírico (simbólico, metafórico). El lenguaje, para Parra, tiene que regresar al habla y partir de ella; la visión poética debe surgir de una "tierra firme". Pero ¿no es aquí donde empieza justamente el dilema? Ya no existe esa "tierra firme"; por el contrario, en la experiencia misma de este poeta, el mundo se ha convertido "en una especie de jalea", que, si no suscita lo que Sartre ha llamado "la náusea", está muy cerca de hacerlo. Tampoco el habla conserva su poder de comunicación o de diálogo. En ambos casos, el hombre es un ser enajenado; su vida —como lo dice Parra en un poema— "no es sino una acción a distancia". En ese mismo poema es posible encontrar otra clave más profunda:

Ya que los árboles no son sino muebles que se agitan:
No son sino sillas y mesas en movimiento perpetuo;
Ya que nosotros mismos no somos más que seres
(Como el dios mismo no es otra cosa que dios)
Ya que no hablamos para ser escuchados
Sino para que los demás hablen
Y el eco es anterior a las voces que lo producen;
. . .
Dejad que yo también haga algunas cosas:
Yo quiero hacer un ruido con los pies
Y quiero que mi alma encuentre su cuerpo.

¿No está Parra volviendo a formular la relación del hombre con la naturaleza?

En su poema más célebre, al presentar una mesa, Góngora podía decir: "cuadrado pino". Esa imagen, aparentemente decorativa o ingeniosa, traducía ya una visión del mundo: la unidad de lo natural y lo humano, de lo material y lo abstracto, del objeto y del sujeto. También en un poeta contemporáneo como Jorge Guillén encontramos esa misma perspectiva. Un poema suyo, también sobre el tema de la mesa, es titulado, de manera significativa, "Naturaleza viva". En efecto, a través del objeto creado ("tablero de la mesa"), Guillén no sólo ve el acto que lo configura, su plano "puro, sabio, / mental para los ojos / mentales"; también nos remite a la materia que le dio origen: ese mismo plano "gravita, / con pesadumbre rica / de leña, tronco, bosque / de nogal".[1] Tanto Góngora como Guillén, sabemos, son poetas del esplendor del universo, y lo celebran; no sólo eso: para ambos, la poesía es una experiencia sobre todo del ser, que puede desarrollarse en una zona inexistente desde el punto de vista social y que, por ello mismo, no sólo escapa de la enajenación sino que es igualmente su crítica y aun su liberación.

Pero la visión de Parra es diametralmente opuesta; para él, la experien-

1 *Cántico*; el poema es "Al aire de tu vuelo".

cia poética es sobre todo social y lo que domina en el contexto social es la enajenación. Esta enajenación, por tanto, constituye el verdadero tema de su obra. Así, la naturaleza ha dejado de ser nuestra realidad original al verse reducida a una pura instrumentación (por eso, el árbol prefigura los muebles, no al revés); de igual modo, esa instrumentación carece de sentido creador para el hombre, y aun le es hostil. Como en una conocida pieza de Ionesco, las "sillas y mesas" del poema de Parra son cifras de una soledad total, y del delirio. A esta ruptura en la dialéctica de lo natural y lo humano corresponde la ruptura de la dialéctica en el habla misma: ya ésta no es palabra y silencio que escucha, sino simplemente ruido, diálogo de sordos. El habla ha perdido también su transparencia.

El mundo es, pues, absurdo; carece de sentido o lo ha perdido. En este último caso, lo ha perdido por las distorsiones de la historia. En un poema, Parra, cuya simpatía por el socialismo ha sido evidente, llega a decir: "Marx ha sido negado siete veces / y nosotros todavía seguimos aquí". Ha pasado mucha *sangre* bajo los puentes, también observaba en una de sus *Canciones rusas* (1967). Pero si el mundo ha perdido su sentido, ello no quiere decir que sea un *caos*. "Ni siquiera tenemos el consuelo de un caos" o sea, "Un rompecabezas que es preciso resolver antes de morir / Para poder resucitar después tranquilamente", se encarga el propio Parra de precisar. Por el contrario, el sinsentido del mundo sigue fundándose en un *orden* inalterable. Conciencia habituada, mixtificación y simulacro, ese *orden* parece inexorable también. Quien introduce el *caos* es el poeta bajo la forma del *humor*. El de Parra puede suscitar la risa y hasta la carcajada, pero quien ríe sabe que luego lo espera una angustia más secreta. Es un humor que no produce catarsis; más bien, la suspende hasta que el lector descubre en él su propio espejo. Parra no intenta trascender el absurdo a través del humor; éste, por el contrario, lo hace más acechante, lo intensifica, lo lleva a la exasperación. El humor, en su obra, es una visión del mundo. "El saber y la risa se confunden", dice Parra. Es cierto que, a veces, ese humor se vuelve un tanto patético, incluso hasta autoindulgente. Pero en sus mejores momentos sabe conservar cierta *neutralidad*: lo dramático que surge desde la situación misma, desde el mundo, sin una marcada participación subjetiva del poeta. Quizá se ha exagerado demasiado la filiación surrealista del humor de Parra; sin embargo, tiene cierto parentesco con lo que Breton llamaba "l'humour noir": el humor de algún modo *objetivo*, como él lo definía con palabras de Hegel.

El humor, en Parra, empieza por operar sobre el lenguaje mismo. No se trata de que lo violente; su sintaxis, ya lo hemos dicho, no puede ser más simple y nítida, irónicamente sentenciosa o lapidaria a veces; incluso se acoge a una métrica tradicional. No se trata tampoco de que lo desacralice con la intromisión de lo prosaico, de los clisés verbales o de las palabras gruesas (*Obra gruesa* se titula la primera antología de su obra hasta 1969). Aun reconociendo la eficacia que tiene esa intromisión, creo que se trata de un proceso más invisible pero igualmente más radical: la reducción progresiva del lenguaje; mostrar no sus antiguos (¿falsos?) poderes, sino su precariedad actual. Que el Verbo no esté en el principio ni se haga carne. Esta reducción es doblemente crítica. Insurge contra el Verbo y contra todo verbalismo decorativo; situándose en un contexto (¿sólo?) chileno, Parra dice, cómicamente, en un poema: "Escribí en araucano y en latín / Los demás escribían en francés". Es también, y en consecuencia, el intento por elementalizar a la poesía y por devolverle su espontaneidad al acto poético. "El poeta no cumple su palabra / Si no cambia los nombres de las cosas." Esta frase podría parecer inconsecuente, pero lo que se propone Parra es hacer regresar a la poesía a sus raíces: encontrar la palabra que dé la inmediatez de las cosas; no sugerir ni transfigurar, sino nombrar, decir: acortar la distancia entre las palabras y las cosas, hacer que éstas surjan sin mediación alguna, como un impacto de la realidad. Así, las palabras serían como *gestos* de las cosas, y su prolongación; por ello mismo, quizá podrían desaparecer. No en vano, para Parra, el género supremo es la pantomima. "Yo soy de la época del cine mudo", dice en un poema.

En efecto, no obstante la naturaleza "oral" de su poesía, el lenguaje de Parra parece estar siempre al borde del silencio. De ahí esa tensión que impide que su obra caiga en el cómodo y a veces mecánico "oralismo" que otros practican. Lo que quiere Parra es borrar el lenguaje para que el mundo aparezca; reencontrar, de verdad, la palabra que le devuelva su sentido. ¿Nostalgia de la unidad perdida? Esa nostalgia está presente en su obra. "La poesía tiene que ser esto: / Una muchacha rodeada de espigas / O no ser absolutamente nada." En otro poema pasa a la interrogación: "¿Somos hijos del sol o de la tierra? / Porque si somos tierra solamente / No veo por qué / continuamos filmando la película: / Pido que se levante la sesión". ¿No es también, este poeta, capaz de un lirismo que, en sí mismo, parece ser la reconciliación del lenguaje con su sentido y con el universo? Bastaría leer su memorable "Defensa de Violeta Parra", poemas donde el "plagio" (o el *collage*) no quiere ser parodia sino imagen original: "Dulce vecina de la verde selva / Huésped eterno del abril florido / Grande enemiga de la zarzamora / Violeta Parra". ¿No es un poeta clásico quien habla a través de un anti-poeta?[2]

No es la visión de la unidad, sin embargo, lo que prevalece en la obra de Parra. Lo que en ella prevalece es una voluntad disociativa y aun de aniquilamiento, lo cual se acentúa en sus textos más recientes y casi actúa como una fuerza ajena al autor. Éste siente que el arte, la ciencia y el sexo "lo degeneran". Más allá de sus propios poderes, admite que "se terminó la inspiración" y aun subraya despectivamente: "Qué inmundo es escribir versos". El lenguaje mismo se le revela en su última desarticu-

[2] Parra está imitando el poema "Al Céfiro", de Esteban Manuel Villegas.

lación: "Puedo escribir palabras aisladas: / Árbol, árabe, sombra, tinta china, / Pero no puedo construir una frase". Experimenta, además, el anacronismo de toda expresión: "Ya no me queda nada por decir / Todo lo que tenía que decir / Ha sido dicho no sé cuantas veces". Finalmente, esa conciencia corrosiva se apodera de su propio discurso y lo desdice, lo repudia: "Me retracto de todo lo dicho. / Con la mayor amargura del mundo / Me retracto de todo lo que he dicho". Esta lucidez no conduce sólo al silencio. Aunque Parra tiene conciencia de la imposibilidad de superar "la página en blanco", no deja de escribir. Pero su escritura ya encierra en sí misma su propia negación. Las últimas colecciones de sus poemas llevan títulos significativos: *artefactos*, *camisa de fuerza*. "Ruido multiplicado por silencio: / Medio aritmético entre el todo y la nada."

La alienación del individuo en la sociedad moderna: también la obra de Carlos Germán Belli nace de esta experiencia. Sus procedimientos, sin embargo, son distintos de los de Parra, aunque en ambos aparezcan el humor negro, el gusto por el disparate, y la irreverencia.

Fue, en verdad, otro poeta peruano el primero quizá en encarnar este tema en la poesía hispanoamericana. Me refiero a César Vallejo, de quien Belli es el legítimo continuador, no simplemente el epígono. En muchos sentidos, ciertamente, su obra revela esa continuidad. Como Vallejo, Belli vive en el mundo con el dramatismo pero también con la lucidez de la víctima: padece y critica, o mejor, su padecimiento es ya una forma de crítica, de escándalo. Las semejanzas en el lenguaje son visibles: no sólo porque Belli adopta, deliberadamente, muchos de los giros característicos de Vallejo ("todo aquello qué triste, qué fugado"; "hártome de contento"); igualmente por la naturaleza de ambos lenguajes: arcaico y actual a la vez. Los separa, sin embargo, algo más profundo. El humor en Vallejo nunca es negro o cruel en el sentido que lo es en Belli, que no se despoja del todo de cierta autoindulgencia; Belli, además, no vive la alienación con la esperanza utópica (nueva forma de su religiosidad) de Vallejo. En efecto, su poesía no postula un futuro: lo obsesiona la trivialidad y lo sórdido de lo que lo rodea; su ética del sufrimiento se resuelve en una intencional descripción de lo deforme, lo grotesco y aun lo mecánico (su musa es el "hada cibernética"). Así, donde Vallejo se pregunta por el *alimento*, que, en él, sabemos, es cifra de lo sagrado y de la comunión humana, Belli se interroga por la *digestión*: ¿qué hacen los alimentos en su "estómago laico"? ¿"de dónde vienen / por qué están allí / hacia dónde van"? Esta variante "realista" le sirve, en otro poema, para practicar una parodia a la vez filosófica y poética (evidentemente gongorina también): sus alimentos, incluida su "voraz lectura", dice, "han sido no más para mi vientre laico, / en cuyo seno ignoto / quedarán convertidos / primero en heces, luego en feble polvo, y al final todo en nada".

Más que la víctima, como Vallejo, Belli es el humillado; se siente escarnecido por la burla: "en un horno yazgo no de cal, / sino de burla humana"; "los crueles amos blancos del Perú, / mirándome burlonamente siempre". Frente a ello, surge por contraste un espíritu insidiosamente patético ("Oh alma mía empedrada / de millares de carlos resentidos"), que juega y experimenta con el lenguaje mismo. Si se asemeja al de Vallejo, como ya hemos dicho, no por ello su lenguaje se diferencia menos. A diferencia de la violencia vallejiana, la suya se expresa en formas más premeditadas: el *injerto* lingüístico, la fusión de dos lenguas que continuamente sirven de contextos entre sí, y aun se parodian. Por una parte, el estilo noble, ya fijado (sintaxis, léxico, mitología) de una poesía clásica o neo-clásica; por la otra, el estilo oral moderno, con sus giros prosaicos, refranes callejeros, sintaxis balbuciente, chistes, además del letrismo y de las figuraciones oníricas. Explícitamente, incluso, Belli define este injerto como *plagio* ("a los sedientos plagios destinado", se ve a sí mismo en un poema). Se trata, por supuesto, de una salida irónica: el *formulismo* de una sociedad petrificada y solemne, desenmascarada a través de las *fórmulas* del lenguaje mismo, que esa sociedad adora. Ello tiene, además, otros propósitos: duplicación por el estilo de la realidad peruana (arcaica y moderna a la vez) y acaso también de la realidad no menos ambigua del mundo actual (la inocencia enfrentada a la ferocidad, que Belli asume simultáneamente, aun invirtiendo los significados). De igual modo sugiere la despersonalización del autor: no ya como reflejo del enajenamiento, sino, más bien, como busca de otra realidad humana no contaminada. Sin ser una reflexión explícita sobre el lenguaje, la poesía de Belli lo es a través de una técnica que, en sí misma, es la ruina de los principios en que se funda tradicionalmente todo lenguaje: la coherencia de la expresión, la univocidad del signo y del significado. Belli puede ser (¿también acá la sombra de Borges?) un poeta del pasado, pero un poeta del pasado (no sólo Góngora, ¿Pedro de Quirós, Torres Villarroel?) es también otro a través de Belli. Así, por debajo del monólogo obsesivo de su obra, se siente, finalmente, el diálogo irónico, la apertura hacia el mundo.[3]

La verba: ni Parra ni Belli practican esta técnica. Ella es dominante en poetas como César Fernández Moreno. Por supuesto, es una técnica que adopta en él un tono paródico: ilustra no sólo la "palabrería" argentina o latinoamericana, sino también la de la sociedad actual. La ilustra y, tangencialmente, la critica: nos mete en su mecanismo y en su farsa para revelarnos el vacío a que ha llegado la conciencia moderna y para mostrarnos cómo la realidad desaparece bajo esa costra lingüística a la vez os-

[3] Un antecedente de los procedimientos que emplea Belli podría encontrarse en León de Greiff, quien introduce el arcaísmo en todas sus formas como una manera de reaccionar contra la fácil modernidad y la poesía grave e institucionalizada. Pero las diferencias son notables. Lo que en el fondo busca el poeta colombiano es revivir al trovador, al juglar en un contexto contemporáneo, sin recurrir al habla coloquial.

tentosa y petrificada de las fórmulas. "Vea señor lo fundamental es llenar el formulario / aquí los papeles son la realidad": esto resume casi el tema central de su libro, *Argentino hasta la muerte* (1966). No se trata, por supuesto, de una mera descripción inocente: a partir de ella, la empresa poética de Fernández Moreno se constituye en un debate —irónico y aun jocoso, pero también más serio— entre la realidad y el lenguaje. Podría creerse que el autor opta por la realidad: bastaría hacer que el lenguaje regrese a ella para desvanecer toda confusión o ambigüedad. Si esto es cierto en su sentido más profundo, no lo es menos que Fernández Moreno tiene conciencia de que a lo real sólo se llega por el lenguaje mismo. "Los poetas son palabras / no les pidan hechos sino palabras", advierte; igualmente añade: "esas palabras que ordenan el mundo desordenan la vida". ¿Su obra no es acaso, en primer término, la intromisión de ese *desorden*? Es significativo que su tema argumental sea el *viaje* (de ahí que uno de sus últimos libros se titule *Los aeropuertos,* 1968). Pero ese tema argumental (estamos ante una poesía que siempre incorpora lo narrativo) tiene, además, diversas significaciones ("el viaje es una duplicación de tiempos", "empezar un viaje es empezar a ser concebido", confiesa el propio autor). El viaje figura la complejidad, la sucesión y los cambios de una persona poética que "aparece como un prisma de mutaciones".[4] Pero creo que, sobre todo, el viaje es una experiencia que toma cuerpo en el espacio mismo del lenguaje. Los poemas de Fernández Moreno, en efecto, en su naturaleza verbal, son objetos movedizos y cambiantes: diversas entonaciones, proliferación de estilos, continua metamorfosis de la palabra. Por tanto, es a través de un español expansivo —porteño y también cosmopolita— como este poeta intenta cernir la realidad. Su verba, muchas veces delirante, no rehúye la farsa (que es una forma de crítica), pero tampoco deja de ser el signo de cierta fascinación por el lenguaje. ¿No será también la nostalgia por la verdadera plenitud del Verbo?

Si la fascinación verbal subyace en la obra de Fernández Moreno (como quizá también en las de Parra y de Belli), en otro poeta argentino, Saúl Yurkievich, el lenguaje se vuelve rigurosamente neutro. En efecto, más allá de sus dislates e inventivas, el poema de Fernández Moreno fluye con cierta coherencia: hay una razón o inteligencia que lo dirige, aunque a su arbitrio. El mismo autor lo confiesa: "Cansado de cerrar la entrada a la razón en la poesía, decidí abrirle las compuertas, que se diera el gusto". No creo que tampoco Yurkievich se la cierre del todo, pero su actitud es radicalmente distinta.

"No somos hacedores de mundos sino perceptores", dice en un texto de su libro *Fricciones* (1969). La suya, en verdad, es una poesía que se caracteriza por esto: una conciencia emite un discurso tal como lo percibe

[4] Como dice Julio Ortega en *Figuración de la persona* (*op. cit.*).

en boca de un yo —un hablante— colectivo. Lo cual puede parecer próximo de la "escritura automática" del surrealismo. Y ciertamente lo es. Como los surrealistas, Yurkievich se propone expresar la realidad tal como la ve originalmente, "prelógica", "todavía no codificada". Pero las diferencias no son menos evidentes. Para los surrealistas, el poeta es un *medium*, que, además, busca la unidad superior del mundo (ya sabemos, ese punto del espíritu donde vida y muerte, sueño y vigilia pactan entre sí). Para él, en cambio, el poeta es simplemente un *perceptor*, y un perceptor que desecha toda idea de unidad y cuya visión es "inestable, disonante, ambigua, discontinua". Aún más, los surrealistas trabajan con el inconsciente, es decir, su experiencia, siendo visionaria, es también psicológica; Yurkievich se sitúa en una perspectiva más bien sociológica. "Queremos operar en el campo de la poesía —escribe— ese tránsito propio de nuestra época, que traslada su visión del hombre psicológico al sociológico." En efecto, sin descontar la fascinación ante el conjuro y la magia que las palabras ejercen entre sí mismas, su verdadero material de trabajo es el habla o el discurso ya formulado, y gastado, que él va recogiendo en el más variado espectro del campo social; como él mismo lo dice, se trata del "aviso clasificado, la receta culinaria, el conjuro mágico, los lugares comunes, las fórmulas publicitarias, las charadas, las adivinanzas, la jerga burocrática, las canciones infantiles, el trabalenguas, las palabras inventadas, el lenguaje coloquial, el argot, las combinaciones fónicas". Como se ve, la verba pero no el Verbo, más bien el anti-Verbo. La voracidad de la lengua social es ciertamente central en este poeta; en ello reside su fuerza, aunque también —es posible— su riesgo: ¿no resulta, a veces, un poco monótono y hasta mecánico en sus manipulaciones verbales? En todo caso, su poesía es un vivo ejemplo de lo que teóricamente propone: no inventar sino percibir, sólo interceptar. Además, percibir no tanto la realidad como las palabras que la designan; la suya es, explícitamente, lo que muchos otros poetas se niegan a aceptar como verdad de toda poesía: una mimesis del lenguaje mismo.

El propio Yurkievich se asigna sus modelos y su propósito: realizar ("un poco como jugando") en el español lo que Apollinaire hizo con el francés y Ezra Pound con el inglés. Sin objetar la validez de sus relaciones con ellos, creo, sin embargo, que sus verdaderos maestros son Vallejo y Huidobro, lo cual, por lo demás, él no deja de reconocer. "En tono menor —confiesa— procur(o) alargar la brecha que despejaron ya César Vallejo y Vicente Huidobro." Del primero tiene el gusto por la disonancia rítmica, la aspereza del lenguaje, las palabras aristosas y erizadas (que "heriza(n)nos", diría el lector acudiendo al propio Vallejo): "Vectorial antófago despierto / ofrécese / paquidermo crudamente en celo / hombre para todo trabajo", escribe en un poema de *Fricciones*. Del segundo prolonga la pasión por el juego combinatorio y la pura relación sonora de las palabras: "al uni doli / treli cateli / quili quileta / al don don / al don de decir / al son al son / al son de soñar", escribe en el mismo libro, como un nuevo Altazor. Divertimentos en este último caso, no se trata de un regocijo sin consecuencias: es un juego, pero para jugar con la poesía misma, y aun escarnecerla. Un juego, pues, que se convierte en una profanación. "Poesía es música", dice Yurkievich en el título de un poema y de algún modo practica en él ese enunciado, pero de esta manera: no la música de las ideas (Darío), mucho menos la pura melodía, sino la trabajosa articulación de fonemas rudimentarios, poco armoniosos y de pobre significación, que, además, paródicamente designan instrumentos musicales: "violín violón / linlón linlón / violón violoncelo / lonló / lonló / contrabajo bajo / contró trabó / con tanto trabajo / se toca el contrabajo". La "sagrada" poesía se ve así arruinada en su propia naturaleza; también lo será en sus supuestos poderes espirituales. Para esto último sólo hay que confrontarla con la realidad actual, inmediata:

Dónde está

dónde está la todopoderosa poesía
dónde están sus pararrayos
sus vates y timoneles
no pudieron soportar los bocinazos
abandonaron el asfalto (...)

Pero Yurkievich no está dominado ni por el dramatismo ni la vocación utópica de Vallejo; él es más distante y aun neutro, en apariencia menos "comprometido" personalmente con su materia poética. Tampoco practica la magia creacionista de Huidobro. "Inventa mundos nuevos y cuida tu palabra", proponía éste. A la manera de las parodias surrealistas (*v. gr.*, como la que hicieron Breton y Eluard sobre un texto de Valéry), Yurkievich podría decir más bien: ve un mundo envejecido y destrúyelo con tu palabra.

Los poemas de Yurkievich, en efecto, más que los de Vallejo o los de Huidobro, tienden a violentar el gusto del lector por una imagen ya hecha de la literatura. Retahíla de palabras o palabras que se empastelan, se atraen o se rechazan entre sí, viven en permanente *fricción*, sus poemas buscan reproducir un caos semántico, una obsesión verbal que llega a parecer inhumana. Esa técnica produce un doble efecto: los poemas figuran mecanismos verbales puros, independientes de la realidad (y del autor), a la vez que la encarnan de manera más profunda: en su fragmentación, contraste, ambigüedad y disolución. Es cierto, sin embargo, que en su último libro es perceptible un tono más existencial (se siente más a Vallejo), pero la persona poética sigue siendo la de un perceptor que quiere darnos la realidad en bruto, una suerte de presente múltiple y simultáneo. Habría que agregar que en este nuevo libro Yurkievich ha alcanzado una cierta virtuosidad, un dominio para hacer que el lenguaje fluya sin subordinar su intensidad ni su libertad. Esto, sobre todo, vale para el primer poema del libro, que lleva el mismo título ("Retener sin detener"):

retener sin detener
por la memoria viva tornadiza
carrocerías apiladas
recortes de metal en desparramo
entre tanto alumbramiento momentáneo
destella pasajera pasa
por la palabra tornasol
desenganchados los vagones
los altos reflectores iluminan
la playa de maniobras
el entrecruzamiento de los rieles
por la palabra
virador
pasa cifrada
tu realidad
transcurso
encrucijada
quejumbroso traquetea trepidando
traquetea trepidando
a través de la noche algún carguero
...

Este pasaje, en sí mismo, ilumina la estructura toda del poema. También ilustra toda la concepción poética de Yurkievich. No la distancia entre un lenguaje que enuncia y una realidad enunciada, sino el discurrir simultáneo, entrecruzado, de uno y otra. ¿No es *encrucijada* la palabra clave de este pasaje? Hay algo más. Sujeto y objeto se borran o forman una unidad porque justamente la libertad de la palabra y la de la realidad se corresponden, forman un solo acto: se enfrentan entre sí, no simplemente se asemejan (la metáfora analógica desaparece casi por completo). Así surge el otro movimiento de esta poesía: no ya destruir la realidad sino liberarla. En un poema de su primer libro ya intuía —propiciaba— una suerte de rebelión de los objetos: "Las sillas se sentarán sobre nosotros las perchas se nos colgarán / los pisos habrán de arrastrarnos / seremos empujados por las puertas / pateados por las pelotas" (etc., etc.).[5] No es un simple materialismo, por supuesto, lo que está sugiriendo. Su poesía intenta sobre todo el *proceso* (sin juicio ni alegatos) a un falso humanismo que, para él, aún se esconde bajo cierto inconformismo romántico ("basta ya de abolladuras / de hinchazón / de dramatismo", dice en un poema). Así, su poesía parece ser la radicalidad misma (¿no tiene también cierta

[5] Hay un poema de Macedonio Fernández muy parecido: "El colchón que se durmió/La cama que se acostó/La silla que se sentó/El paraguas que llovió/tronó"; en *Cuadernos de todo y nada* (1972).

"severidad" aun dentro de su humor?). Es, incluso, una crítica a la poesía crítica, una verdadera "revolución permanente" del lenguaje. Y de toda concepción lógica o racional (siempre represiva) del mundo. Rechazo también a todo "esprit de système", es una invitación a la aventura, a la acción. El último poema de *Fricciones* proyecta una mirada irónica pero implacable sobre nuestra historia actual (Vietnam, Santo Domingo, Varsovia, Praga); en cambio, es una exaltación del París de 1968 y concluye recogiendo los "graffiti" de entonces, ya memorables ("La imaginación al poder", "Todos somos judíos alemanes", "Sean realistas: pidan lo imposible", etc.). No el prurito del testimonio o del documento, sino la pasión de la transgresión. Así también Yurkievich se reencuentra con el pensamiento surrealista, cuyo objetivo final no era sólo el autoconocimiento, sino la acción sobre la vida.

La verbosidad no tiene por qué ser siempre paródica. La verba es también, o puede ser, búsqueda del Verbo; aun así, sin embargo, se trata de una crítica del lenguaje: la búsqueda de sus antiguos poderes, de sus fundamentos mágicos. Esto no es nada "metafórico" en relación con la obra de César Dávila Andrade.* En efecto, la obra de este poeta ecuatoriano parece asumir el ritmo de un conjuro ancestral, indígena en su caso: no importa tanto, en su lenguaje, la significación de las palabras como su frotación y la irradiación que de ellas emana. El estilo interjectivo es muchas veces dominante en sus poemas, aun en los más extensos como *Catedral salvaje*: un texto inacabable (pero no inacabado) en el que la visión exaltante de la tierra ("¡Y vi toda la tierra de Tomebamba, florecida!") no se resuelve en la consabida enumeración de los "dones" del trópico, sino que adquiere el movimiento de un ritual espacial lleno de furor y, a la vez, de reverencia: "¡Todo ardía bajo los despedazados cálices del sol!"; "¡Aquí el viento destruye las actividades de la podredumbre / y las huellas deliciosas se convierten en cicatrices pálidas!", "¡Allí yace el cóndor con su médula partida / y derramada por la tempestad!". La interjección, que había sido relegada después del exceso sentimental de una poesía romántica, recupera en Dávila Andrade el tono, como en Claudel o en Saint-John Perse, del gran recitativo: un lenguaje coral. Pero el recitativo suyo es el de un ser poseso, arrebatado, que hace del drama de una raza no sólo una instancia histórica sino también cósmica. *Catedral salvaje* es un poema sacrificial y a un tiempo purificador: "¡Yo que jugué a la Juventud del Hombre, / alzo esta noche mi cadáver hacia los dioses! / ¡Y mientras cae el rocío sobre el mundo, / atravieso la hoguera de la resurrección!" La resurrección de que se habla al final de este poema tiene un carácter simultáneamente religioso y poético: la transmutación de un yo indivi-

* Dávila Andrade vivió casi la mitad de su vida en Venezuela; se suicidó, a los cincuenta años, en Caracas el año 1967.

dual en un yo colectivo. En otro poema también extenso —casi todos los de Dávila Andrade lo son—, ese yo colectivo no excluye la identidad, pero la identidad múltiple: no habla en nombre de nadie, sino que todos *los nadie* hablan y así, como en Vallejo, rescatan en la anonimia la verdadera presencia. Muchos pasajes de ese poema (*Boletín y elegía de las mitas*) no son más que un catálogo de nombres, pero ese catálogo tiene algo de florecimiento o de renacimiento del ser a través del nombre —¿no tiene también algo de magia verbal?:

Yo soy Juan Atampam, Blas Llaguarcos, Bernabé Ladña,
Andrés Chabla, Isidro Guamancela, Pablo Pumacuri,
Marcos Lema, Gaspar Tomayco, Sebastián Caxicondor.
Nací y agonicé en Chorlavi, Chamanal, Tanlagua,
Niebli. Sí, mucho agonicé en Chisingue,
Naxiche, Guambayna, Paolo, Cotopilaló
Sudor de sangre tuve en Caxaji, Quinchirana,
en Cicalpa, Licto y Conrogal.
Padecí todo el cristo de mi raza en Tixán, en Saucay,
en Molleturo, en Cojibambo, en Tovavela y Zhoray.
Añadí así más blancura y dolor a la Cruz que trajeron mis verdugos.
. . .

La elegía, pues, se convierte en una resurrección por la simple presencia de los nombres; pero no se trata de una vía de escape hacia "lo social" o "lo mesiánico", que en otros poetas se vuelve un falso pacto (retórico, prestigioso) con la historia. Dávila Andrade no se escudó en nada y afrontó su propio e íntimo rito sacrificial. En uno de sus textos más impresionantes, titulado justamente "Poema", ya desarrolla esa atracción por la muerte —como purificación— que subyace en toda su obra; la muerte, además, está ligada al poema mismo, como una fuerza que se hace y se deshace, que accede a la plenitud en el momento mismo de la revelación de la fatalidad:

Toda resurrección te hará más solitario.
Mas, si en verdad quieres morir,
disminuir ante los pórticos,
comunicarte,
entonces ábrele.
Se llama Necesidad.
Y anda vestido de arma,
de caballo sin sueño,
de Poema.

El ejercicio de la verba es un recurso inagotable en la poesía contemporánea. Pero no es posible cerrar este tema sin hacer referencia a la poesía de Rafael José Muñoz, aunque tampoco es fácil hablar de su último libro: *El círculo de los 3 soles* (1968).

Mientras Dávila Andrade somete al lenguaje por los altos poderes de la retórica, sin destruir el significado de las palabras o sin perder la lucidez de su visión, este poeta venezolano transgrede todos los límites expresivos y casi encierra al lector (¿ y a sí mismo?) en insalvables criptogramas verbales. Para leerlo y seguirlo en sus raptos y vivencias, y no sólo en un plano de inteligibilidad, habría que ser algo más que un lector "macho", para emplear ese término de uno de los personajes en *Rayuela*, que ha ido degenerando en una especie de intimidación a todo lector. Ante el libro de Muñoz no se sabe muy bien si uno está enfrentado a un poeta realmente complejo o simplemente complicado. Es cierto que su arbitrariedad no excluye el humor o la ironía; también lo es que se vuelve un poco arbitrario del poeta mismo, hasta llegar a la truculencia, y parece carecer de la *Necesidad* de que habla Dávila Andrade en el poema suyo antes citado. El lenguaje de Muñoz, en gran medida, deja de ser un sistema de símbolos compartidos con el lector, el real o el virtual. Es una suerte de *esperanto poético* en el que caben diversos idiomas deliberadamente falseados, incluyendo, por supuesto, un latín macarrónico, además de un español continuamente distorsionado y malcaligrafiado; sin contar el recurso incesante del "letrismo" y la diversificada álgebra que este poeta parece dominar, al menos en un sentido personalmente simbólico. Todos estos recursos, claro, ya son del dominio de la experimentación poética contemporánea; para no salirnos del campo hispanoamericano, bastaría mencionar a Huidobro, Girondo, Vallejo, Paz y Cortázar. Pero es la desmesura (¿o la insistencia?) con que los usa Muñoz lo que lo salva del simple mimetismo, o del anacronismo. Muñoz ha reinventado, sin seguirla y aun sin conocerla del todo, la experiencia de la vanguardia, nos dice su hasta hoy mejor exégeta.[6] Lo cual, sabemos, puede ser cierto en cualquier poeta, mucho más en Muñoz, cuya obra nace de una gran tensión interior, de un inconsciente trabajado por las más terribles pruebas personales. Aun es posible que su desmesura sea capaz de abrir nuevos caminos en la creación poética. Como lo dice el mismo exégeta antes aludido: "Estamos ante una nueva estética del lenguaje. Ante un enriquecimiento del vocabulario. Ante nuevas posibilidades expresivas. Quizá dentro de esas explosiones de neologismos y barbarismos, de sonidos, dentro de una escritura más fonética que gramatical, se podrán decir cosas nuevas y expresar sentimientos más puros y directos que los que pasan por el tamiz de la prosodia". El peligro de Muñoz, y se percibe mucho en su libro, es el de (re)caer en lo energuménico: que "el humilde del sinsentido" de que habla Lezama recordando a San Juan de la Cruz, derive en la arrogancia del furor destructivo. Quizá el propio Muñoz tiene conciencia de ese peligro. Así, hay otra cara de su libro (además de las mil que el tiempo le irá revelando) en que el lenguaje, sin perder su tensión y su búsqueda extrema, vuelve

[6] Juan Liscano: "Dentro del círculo de los 3 soles", estudio del libro de Muñoz.

por sus propios poderes, luminosos u oscuros, pero ya no abandonados al egotismo del poeta vidente ("Yo soy el elegido", es una de las convicciones de Muñoz). En ese otro plano es quizá donde la experiencia sin duda mística de este poeta se ahonda y esclarece a sí misma; donde su mitología personal, adquirida o inconsciente, parece coincidir con un logos necesario.

XX. LA TRAMPA DE LA HISTORIA

A LA IDEA de Borges sobre la imposibilidad de escribir un libro, podría corresponder, dentro de las nuevas generaciones, ésta de Heberto Padilla: "Imposible, Drumond, componer un poema a esta altura de la civilización. / El último trovador murió en 1914".

El ejemplo de Padilla es revelador porque su experiencia introduce, de manera más concreta, un nuevo factor en el debate con el lenguaje: la historia actual. Su obra nace de esa experiencia, pero sobre todo contra ella. Si bien su primer libro (*El justo tiempo humano*, 1962) contiene textos que traducen la esperanza en la Revolución que comienza, y hasta una suerte de ascesis fervorosa en ella, la verdad es que también ese libro está dominado por una mirada desencantada de nuestra época. En un poema sobre Blake (no olvidemos, el visionario y el rebelde que exaltó a la Revolución francesa), Padilla define la naturaleza de nuestro siglo: "Es esa trampa en que luchamos, es esa lluvia / que nos ciega"; y añade: "Contra mí testifica un inspector de herejías". Tal visión es la que prefigura ya la de su último libro (*Fuera del juego*, 1969). En él, la *trampa* y el *acoso* se proyectan tácitamente con símbolos de la realidad y el destino del hombre actual. "La Historia es ese sitio que nos afirma y nos desgarra. / La Historia es esa rata que cada noche sube la escalera", dice también muy explícitamente. En vano el poeta intenta oponer su propio marginamiento: se sabe "fatalmente condenado a su época" y a ser su testigo ("está obligado el ojo a ver, a ver, a ver"). Pero este testigo que es Padilla resultará intolerable: no es "optimista", ni "atildado, comedido, obediente", como exige la nueva sociedad. Es, por supuesto, el gran inconforme. ¿Acaso también el gran iluso? Si no se hace ilusiones con respecto a su libertad, al menos aspira a ejercerla en su obra: escribir "poemas sin ataduras". Busca rescatar un orden personal incontaminado; su "secreta y casi desesperante obsesión", dice, es encontrar a alguien capaz de afrontar a la historia sin verse atrapado por ella. De igual modo, es el desmitificador. Sartrianamente vuelve a plantearse el problema de los medios y los fines, y así descubre el antiguo drama nuevamente repetido: los medios que degradan el fin, la víctima convertida en verdugo, el destino de la Revolución dependiendo de un azar irreparable. "Nosotros somos / el proyecto de Marx, el hedor de los grandes cadáveres / que se pudrían a la orilla del Neva / para que un dirigente acierte o se equivoque", dice en el pasaje de un poema, obviamente inspirado en la situación rusa. Mucho más obvio aún: Padilla es el verdadero revolucionario que asume su culpabilidad incluso cuando no ha estado personalmente implicado en ella; la conciencia lúcida que no acepta ser el cantor de la nueva idolatría y del crimen "revolucionario". En una palabra, se niega a identificarse con los poetas "stalinistas". "Se pasaron la vida diseñando un patíbulo / que recobrase —después de cada ejecución— / su inocencia perdida", dice en un poema significativamente titulado "Arte y oficio"; también agrega, para que la alusión no se quede en la vaguedad: "¡Un millón de cabezas cada noche! / Y al otro día más inocente / que un conductor en la estación de trenes, / verdugo y con tareas de poeta".

Para Padilla, repeticiones y azar forman parte de una trama más implacable: la historia misma, es decir, la historia como poder. La violencia y la deshumanización, en efecto, están ligadas a todo poder cuando se le asume como tal. "Es difícil construir un imperio / cuando se anhela toda la inocencia del mundo." Sólo cobrando conciencia de esa fatalidad es como se la podría trascender. De ahí que su mirada crítica sea igualmente una visión; propone un advenimiento: el nacimiento del *justo tiempo humano*, un orden realmente libre y no omnipotente, la final reconciliación de la historia con la justicia. En otras palabras: propone la verdadera utopía revolucionaria: no sólo corregir la historia, sino liberarse de ella. Así, su actitud es crítica, herética y utópica. Postula lo imposible, que, sin embargo, es lo más humano, y ello es lo que lo condena. Su verdadera culpa, en verdad.

La claridad del lenguaje de Padilla ("Fue más directo que un objeto", dice del que se sale del juego) es un arma: reactivo que deja al vivo toda retórica pública fundada en la manipulación del poder. Por ello también su lenguaje admite la parodia y el sarcasmo. Pero la naturaleza de su poesía misma no es menos compleja. Fuera y dentro de muchos *juegos*: doblemente anacrónica, según el tiempo absoluto de la poesía y el progresivo de la historia; doblemente actual, según el tiempo crítico de la poesía y el utópico de la historia misma. De ahí que parezca una poesía enfrentada a su propio *impasse*, condenada a postergarse. El breve "Homenaje a Huidobro" podría ser visto como una poética de la resignación. Aludiendo evidentemente a la proposición de Huidobro: "Por qué cantáis la rosa, ¡oh Poetas! / Hacedla florecer en el poema", Padilla sólo expresa: "No pudimos hacerla florecer en el poema / y la dejamos en el jardín, / que es su lugar natural".

¿Poética de la resignación? Pero no es eso lo que trasluce el último libro de Padilla, *El hombre junto al mar* (1981), publicado —y quizá escrito en gran parte— ya en el exilio. No estamos ahora ante una conciencia desgarrada entre la praxis revolucionaria y la visión del "justo tiempo humano"; tampoco ante el escéptico que creía "imposible componer un poema a esta altura de la civilización". Por el contrario, éste es el libro de la liberación y aun de la fe: la poesía como una fuerza purificadora, en la que se afirma el verdadero tiempo humano y cósmico de la vida. "Hay que exaltar la vida", "cantar la alegría de los sueños cumplidos", a la vez que "apartar la basura", limpiar "la trastienda", se dice en el primer poema. La historia, aun la más actual, es ruinosa y está llena de "cadáveres esbeltos"; todo poder resulta a la postre impotente, está inoculado por la muerte. La vida y el canto, en cambio, ¿no son en el fondo invencibles? Partiendo de un epígrafe de Brecht y refiriéndose al General omnímodo, "El canto del juglar" lo dice con toda claridad: "cada noche alguna de sus órdenes muere / sin ser cumplida / y queda invicta alguna de mis canciones". El combate entre ambos será desigual pero perpetuo, sólo que ya *el juglar* no va a caer en la trampa de ser "la conciencia desdichada", enajenándose así el canto y el esplendor del mundo. Es cierto, lo han arrojado de su tierra pero conserva intacta la memoria de ella; lo rodea el cuerpo del amor y asume el júbilo de la palabra. Se negará pues a caer en la lamentosa elegía. Como dice en el poema que da título al libro: "Hay un hombre tirado junto al mar", pero no va a describirlo como un ahogado, ni siquiera como un ser agónico. "Aunque no sea más que una frágil trama que respira / Unos ojos / Unas manos que buscan / Certidumbres / Aunque ya no le sirva de nada", sabe que ese hombre *está vivo* "a todo lo ancho y lo largo de su cuerpo". Es esta vitalidad la que va discurrir con serenidad en el libro.

Así *El hombre junto al mar* proyecta en la poesía de Padilla otra lucidez y otra plenitud: saber que siempre "el mundo es bello" más allá de las trampas de la historia. Pero, no lo olvidemos, esa lucidez y esa plenitud no sólo han nacido del sufrimiento, sino que siguen impregnadas de él. El último poema del libro se cierra con la imagen patética de la pareja cuyas "pieles rojas y ateridas / son otra imagen de la Resurrección". Y con esta final invocación: "Criaturas de las diásporas de nuestro tiempo, / ¡oh Dios, danos la fuerza para proseguir!"

"Envejezco al margen de mi tiempo (. . .) / porque no puedo comprender exactamente la historia", dice, por su parte, Enrique Lihn en su libro *La musiquilla de las pobres esferas* (1969). Este libro es el resumen, no la solución, del debate que domina en toda su obra anterior: una subjetividad problemática que quiere liberarse de sus propios fantasmas, aun de sus mitos, a través de la historia y la acción en el mundo, pero descubre que éstas son también formas del laberinto humano. Ni siquiera este proceso parece ser tan nítido o definido. Lihn vive la fascinación de lo que intenta liberarse; siente en el pasado, en una infancia dramática, la prefiguración de todo su destino: "Todo lo que vivimos lo vivimos / ya a los diez años". Su experiencia, pues, tiende a ser circular; la única salida: la vertiginosa intensidad que puede suscitar la inminencia de la catástrofe: "No hay tiempo que perder en este mundo / embellecido por su fin tan próximo", dice en un poema de *La pieza oscura* (1963). Este ser escindido va a cuestionar entonces lo que le es más esencial: la poesía misma.

Lihn escribe una poesía con "mala conciencia" porque intuye que el lenguaje nunca alcanza a ser la verdadera ruptura: el paso a otro mundo que de algún modo sea el absoluto o la plenitud que busca. Es esa intuición la que, casi desde el comienzo, lo hace sentirse al margen de la literatura. "No hemos nacido para el canto sino para / el acopio de las palabras en el rechinar de los dientes", dice en un poema dedicado, significativamente, a un poeta suicida de su generación (Carlos de Rokha). En ese mismo poema anuncia incluso la muerte de la poesía; su sueño, agrega, fue difícil de conciliar con los otros: "palabras, palabras y en el fondo / sigue a la exaltación un cansancio profundo, / sólo una rabia negra que tiende a confundirse / con la oscuridad". Cansancio de la palabra, imposibilidad también de traducir radicalmente la imposibilidad misma de vivir: leyendo a Michaux, Lihn siente esa insuficiencia: "un dolor, otra vez, incalculable / para el cual las palabras no tienen gusto a nada". Progresivamente, va a experimentar el equívoco del propio sufrimiento expresado en el poema, y así sobreviene, no la ironía, sino el autosarcasmo: "es por una deformación profesional que me permito / este falso aullido" (*Poesía de paso*, 1966). Lo que menos podía aceptar: el oficio convertido en simple convención, además calculada. La imagen que mejor definirá al poeta será, por tanto, la del "bufón", la de "un viejo actor de provincia" que se esmera en llenar el vacío de su voz, sin llegar a comprender nunca el drama que representa.

En Lihn se da con extrema agudeza lo que Barthes llama "la fatalidad del signo literario": el escritor no puede trazar una palabra sin que ésta tome la manera o la pose de un lenguaje ya hecho. De este modo, su poesía engendra en sí misma su propio enemigo: una conciencia que se autodevora y, rehuyendo todo drama, no puede evitar caer en el patetismo de expresarlo. Lihn parodia, pero no puede escapar de parodiarse a sí mismo. *La musiquilla de las pobres esferas* critica los mitos de la poesía moderna: la magia, la alquimia verbal, el poema absoluto. Es un libro dominado por la tentación del rechazo que finalmente adoptó Rimbaud: el no radical, el definitivo mutismo, o el regreso a "la rugosa realidad". ¿La poesía como "instrumento" de la historia? "Nosotros estamos, simplemente, ligados a la historia", afirma Lihn. Esta afirmación no deja de ser, una vez más, ambigua: "un sí de siempre a la siempre / decepcionante evidencia de lo que es / y que las palabras rasguñan, y eso / lo poetizo también".

Como se ve, la conciencia crítica de Lihn apenas se da tregua: no hay posibilidad de reconciliación con el lenguaje o con el mundo, o entre ambos, que deje de cuestionar. Sólo que tras esa crítica extrema y aun obsesiva se percibe una exigencia mayor: la busca de una veracidad que no pueda ser manipulada. Lihn desconfía del lenguaje y de todas las tramas ideológicas que con él se han urdido. Sin embargo, destaca en su obra un final reconocimiento de la pasión que conduce al acto poético. En última instancia, la poesía tiene para él un valor liberador personal, aunque no por ello menos absoluto: es una energía ("la ilusión de tener el mundo entre las manos"), una ética ("porque escribí no estuve en casa del verdugo") y un imperativo vital ("porque escribí y me muero por mi cuenta, / porque escribí estoy vivo").

Las confrontaciones de la poesía con la historia son de muy diverso temple y, por ello, admiten soluciones opuestas entre sí. Las de Padilla y de Lihn coinciden en la ruptura y el rechazo. Ernesto Cardenal, por el contrario, tiende progresivamente a resolverlas. A pesar de sus miserias, la historia para él está penetrada de una teleología superior que conduce inexorablemente a la final felicidad sobre la tierra, al reino de los desposeídos. Cardenal es "un optimista empedernido", y de ahí que esté más atento en el futuro. Lo dice en uno de sus últimos poemas: "Yo he añorado el paraíso toda mi vida / pero ya sé que no está en el pasado / (un error científico en la Biblia que Cristo ha corregido) / sino en el futuro." Sabemos: la iluminación religiosa que en 1957 lleva a Cardenal a la orden de la Trapa (en Gethsemani, Kentucky) está en el origen de esta actitud y de la supuesta utopía revolucionaria que de ella se deriva. En libros un poco anteriores, Cardenal podía condenar la tiranía de Somoza y la rapacidad colonialista, o exaltar la gesta de Sandino, pero sin sentirse aún el portavoz de la voluntad de Dios, ni siquiera de la Revolución. Sus *Epigramas* —bajo la influencia de Catulo, Marcial y Propercio— eran un acto de rebelión individual, irónica y sarcástica, fundada sobre todo en el poder marginal de la poesía y del amor humano, carnal. En *Hora 0* ya es el cronista acucioso e implacable, aunque dejando que los hechos hablaran por sí mismos. A partir de su iluminación religiosa, en cambio, se convierte en el militante de una fe cuya misión es cambiar la historia. Esta conversión tiene su prueba de beata purificación en los poemas de *Gethsemani, Ky.* (1964), entre los mejores y quizá más auténticos de su obra. No es posible decir lo mismo de *Salmos*, publicado el mismo año: hay algo irritante en este libro por la manipulación ideológica del texto bíblico, para no hablar de la pobre glosa poética que en él se practica —aunque una y otra se implican mutuamente. "El Dios que existe es el de los proletarios", proclama entonces Cardenal. Aún así, sigue concibiendo la Revolución como la obra de Dios y no de los hombres que no cumplen su mandato. "Bienaventurado el hombre que no sigue las consignas del Partido / ni asiste a sus mítines", dice en el verso inicial de su primer "salmo". Aun confiesa taxativamente en otro: "Yo no rindo culto a los líderes políticos". En un poema de estos años, titulado "Apocalipsis", todavía es más explícito al respecto. El exterminio atómico universal, que en él se prefigura, es provocado por la Bestia tecnológica, descrita además, de manera significativa, en estos términos:

> Y el ángel me dijo: esas cabezas que ves a la Bestia son dictadores

y sus cuernos son líderes revolucionarios que aún no son dictadores
pero lo serán después
y lucharán contra el Cordero
y el Cordero los vencerá
Me dijo: las naciones del mundo están divididas en 2 bloques
—Gog y Magog—
pero los 2 bloques son en realidad un solo bloque
(que está contra el Cordero)
y caerá fuego del cielo y los devorará.

Esta condena apocalíptica será desmentida —¿o más bien corregida?— por nuevos textos de Cardenal: así nos enteraremos de ciertos "líderes revolucionarios" que, lejos de ser devorados por el "fuego del cielo", habrán de traer el cielo a la tierra, aliados ya con el Cordero. Pero no nos adelantemos. La religiosidad de Cardenal todavía tiene otras formas de manifestarse. En *Homenaje a los indios americanos* (1969), por ejemplo, se percibe una relación quizá más auténtica con *lo sagrado*. En el poema dedicado a Nezahualcóyotl hay pasajes espléndidos: un mundo regido por la sabiduría de este "Rey-Poeta, Rey-Filósofo (antes, Rey-guerrillero)", enemigo de los sacrificios y las guerras. Cardenal destaca, además, su sentido de la ecuanimidad: "Ni dictadura personal, ni partido único"; "Mi ideología es la No-Violencia".

Pero llegamos a 1970. Según sus exégetas, es el año de la segunda conversión de Cardenal con su viaje a Cuba y el libro que luego publica: una apología del régimen castrista. Desde entonces, en efecto, Fidel Castro, Lenin y Mao Tse-tung aparecen como figuras paradigmáticas en sus poemas, especie de redentores que pronuncian sentencias casi bíblicas o evangélicas. Son los nuevos profetas que Cardenal busca aliar con Cristo. "En América Latina / estamos integrando el cristianismo con el marxismo", dirá en un extenso poema de 1974: *Viaje a Nueva York*. Aunque no se sabe muy bien en nombre de qué plural habla Cardenal y si es el cristianismo el que integrará al marxismo, o al revés, o si los dos celebrarán sus bodas místicas en una suerte de atracción mutua irresistible, lo cierto es que él da por sentada tal unión. No importa que los hechos más evidentes la desmientan: para él está inscrita en los Evangelios y aun en frases como en la que Lenin describe a la revolución —que cita con candor: "La tentativa de subir al cielo por asalto". Así la historia impía se ve sacralizada por la Revolución, que a su vez está santificada por Dios. ¿No se titula *La santidad de la revolución* (1976) uno de sus últimos libros? Y Cardenal lo subraya además: no un simple cambio de individuos o de corazones, sino un cambio total de *sistema*, y es éste el que restablecerá la bondad de la vida hasta culminar en la verdadera armonía cósmica: "como el lago azul refleja la atmósfera celeste / así será en el planeta el reino de los cielos". Con razón aclara Cardenal que no habla de política: "No es de política sino de Revolución / que para mí es lo mismo que Reino de Dios". Ni siquiera dudarlo: tampoco hace arte revolucionario sin valor artístico, porque eso —ya lo dijo Mao, a quien cita en su apoyo— no sería revolucionario. Reino de Dios, Revolución y Poesía son así equivalentes y hablan por boca de Cardenal. Quizá no haya otro poeta en el mundo con más confianza que él: lo asiste una beatitud clarividente. En un poema de los sesenta, a la muerte de su maestro Thomas Merton, ya nos lo hacía prever: "Vivimos como en espera de una cita infinita / O que nos llame al teléfono lo Inefable". A través de sus últimos libros se siente que *lo Inefable* le ha revelado y confiado todos sus designios.

José Emilio Pacheco tiene aparentes afinidades con Cardenal. Uno de sus libros lleva como epígrafe un texto tomado de *Gethsemani, Ky.*; en sus propios poemas alude y rinde homenaje a Cardenal; aun practica ciertos "Juegos de espejos": escribe epigramas en que Catulo, traducido, como sabemos, por Cardenal, "imita" a éste, y los dos son así retraducidos por Pacheco. También ambos comparten algunas perspectivas ante la historia: creen en el finalismo que la orienta hasta en sus convulsiones más extremas y son especialmente sensibles al tiempo distinto que surgirá de ellas. No es posible prolongar más las afinidades, tras las cuales y aun en ellas mismas se perciben diferencias mayores.

Pacheco no es un "optimista empedernido", como se define a sí mismo Cardenal. Su fe en el futuro no es la del iluminado, sino la del hombre problemático. O mejor: esa fe no excluye el problematismo que se siente en la raíz misma de su obra. Ni profecías evangélicas ni efusiones revolucionarias: él es sólo el cronista de "cólera apacible", impersonal e irónico, que registra el debate de "un mundo que se desploma" ante sus ojos y el del lenguaje por rescatar su perdida plenitud. "La literatura, tan eficaz como los fusiles, dijo Mao", podía recordar Cardenal en un libro de 1973. Es el tipo de afirmaciones que menos se aviene con la obra de Pacheco —en la que, por lo demás, se citan a muchos poetas chinos, del Periodo de los Tres Reinos, de la Dinastía Tang, pero nunca a Mao Tse-tung.

No me preguntes cómo pasa el tiempo (1969) es el libro en que toma cuerpo esta idea central en Pacheco: aunque suponga fugacidad, el tiempo es continua trasmutación y, como tal, constituye la experiencia concreta de la historia. Hay un poema que Pacheco titula "1968": ¿Tlatelolco, Mayo francés, Primavera de Praga? En él postula que "un lapso de la historia ha terminado" e intuye la gran transformación hacia el futuro. El segundo poema del libro, escrito dos años antes, era todavía más decidido: enigmas, profecías, especulaciones, dudas tenían ya una solución: elegir entre la causa perdida y "la fundación del porvenir". "No hay filtros ni exorcismos contra lo que se gesta y se levanta", decía allí Pacheco. En una referencia a nuestra historia, agregaba: "Podemos echarle la culpa de todo a la conquista, a tres infames siglos de colonia; pero si alguna lección puede darnos Cortés, recordemos la quema de sus naves".

La opción de Pacheco no admite duda alguna: hay que fundar el porvenir. Él está por lo que se gesta; está, además, por "los pobres de este mundo": "ellos sin pausa / heredarán la tierra", como dice en *Irás y no volverás* (1973). Pero, lejos de darle buena conciencia, tal opción no hará más que acentuar los antagonismos en que se debate su obra: en verdad, casi no hay proposición en ella que no deba enfrentarse a su contrario. No me refiero a que los hechos —digamos, los avatares o accidentes de la historia— posterguen continuamente el futuro que Pacheco cree posible, y es lo que él va registrando con sobrecogedora precisión a lo largo de su obra. O no me refiero sólo a eso, aunque es importante. Hay algo todavía más decisivo: su concepción finalista de la historia está en pugna con la trama, a la vez imprevisible y fatal, que él percibe igualmente en la historia. La violencia inherente a la historia, que no disuelve el poder sino que lo sustituye por otro, es el verdadero nudo de esa trama. A ello alude Pacheco en un poema de su último libro *Desde entonces* (1980), cuando afirma: "la venganza no puede engendrar / sino más sangre derramada"; "sólo anhelo / lo posible imposible: / un mundo sin víctimas". La historia como una trama de figuras intercambiables: esto es lo que quiere *transfigurar* Pacheco. De ahí que exalte "las incesantes aguas del cambio", "la fluidez (que) lucha contra la permanencia". Esta visión del tiempo requiere "la decisión de alcanzar un futuro". Pero no se trata —y ahora quizá comprendamos mejor por qué— de un mero optimismo, sino de la voluntad de sobreponerse a todo fatalismo, a la progresiva caducidad (aun de la naturaleza) a que nos va reduciendo la historia. El futuro ha servido de pretexto para crear dogmas y utopías totalitarias, que enajenan el presente. En Pacheco es la busca de un ritmo cósmico, fluido, dúctil, a la medida del hombre, en el que vida y muerte tengan el sentido de su mutua transfiguración.

No es raro que la lucidez crítica y la ética de Pacheco ante la historia vayan parejas con su propia poética: tampoco las palabras han de ser terminantes, omnímodas, posesivas; lo que equivale a decir que han de ser también frágiles, fugaces, cambiantes. En un poema de *Irás y no volverás*, lo que quiere Pacheco es sólo asumir "el testimonio / del momento que pasa / las palabras / que dicta en su fluir / el tiempo en vuelo". Lo cual se corresponde con el despojamiento, la concisión y la transparencia de sus mejores textos. Pero hay un poema de *Islas a la deriva* (1976), titulado "La flecha", que condensa más claramente la alianza de una ética y una poética. Vale la pena citarlo completo:

> No importa que la flecha no alcance el blanco
> Mejor así
> No capturar ninguna presa
> No hacerle daño a nadie
> pues lo importante
> es el vuelo   la trayectoria   el impulso

el tramo de aire recorrido en su ascenso
la oscuridad que desaloja al clavarse
vibrante
en la extensión de la nada

Pero ¿no es Pacheco un poeta en quien la crítica de la poesía constituye un motivo recurrente? Esa crítica, sabemos, es radical; no parece admitir atenuantes ni ahorrarse términos escarnecedores: "la perra infecta, la sarnosa poesía". Lejos de purificarse o de transformarse al ritmo de la historia que se gesta, el lenguaje ha sufrido una aceleración inversa y se ha fosilizado: al sólo escribirlas, las palabras dicen algo distinto y "son ya dóciles al Carbono 14". A los poetas no les queda sino seguir "puliendo desgastando / un idioma ya seco"; nuestra época los ha dejado "hablando solos". Aun el acto de escribir podría ser una mixtificación: las metáforas que engendra la experiencia directa con el mundo "¿son instrumentos de la inspiración / o de falaces citas literarias?" Anacrónica, impotente, la poesía es "un rezago de tiempos anteriores", "una enfermedad de la conciencia". Su ejercicio conduce a la locura, al suicidio, al alcoholismo; hay otro destino peor, añade Pacheco: el de ser "poetas oficiales / amargos pobladores de un sarcófago / llamado Obras completas".

Esta visión tan acerba de la poesía no podría tener salida. Pacheco, sin embargo, no se ha condenado al silencio; tampoco ha optado por las transgresiones de la llamada "antipoesía". Con lucidez, que no excluye el escepticismo, ha logrado fundar una poética de la sabiduría de los límites, casi de la desposesión. ¿No es la que se expresa en el poema "La flecha"?

¿Habría que subrayar, además, la cuidada elaboración, la limpidez artesanal con que Pacheco compone sus poemas? Faltaría mencionar otros rasgos no menos significativos. Sus técnicas dominantes incluyen la paráfrasis, el *collage*, las variaciones; sus poemas recrean continuamente la voz o la mirada de otros poetas, cronistas, artistas; los múltiples epígrafes de sus libros y poemas revelan la minuciosa busca del efecto literario. Aun sus versiones —"Aproximaciones"— de las más diversas tradiciones poéticas forman una parte considerable, y aun clave, de su obra.

Así, en última instancia, Pacheco nos da otra perspectiva: la poesía como un inmenso y único texto, susceptible de ser traducido y modificado, pero sin que se pervierta. Vale decir, la trama de la poesía —de la literatura— no es una trampa, como la de la historia; permanente, esa trama cambia continuamente. ¿No supone, por tanto, la fluidez; no es también el futuro el que de veras la va tejiendo? Crítica de la poesía, la propia obra de Pacheco engendra la crítica de esa crítica. Y quizá este juego dialéctico no sea sino otra forma de su intento por "fundar el porvenir" a partir de una nueva conciencia del lenguaje.

Renegar de la poesía y a un tiempo reconocerla o exaltarla: ¿no constituye esta ambivalencia una tradición todavía muy viva en la poesía hispanoamericana?

Aunque con variantes muy peculiares, la obra de Juan Gustavo Cobo Borda se inscribe en esta tradición. Su primer libro *Consejos para sobrevivir* (1974) podía parecer, aunque fuese por el título, una nueva filosofía de la consolación; es, en verdad, la burla de todo posible consuelo. O lo que en él se sugiere es que sólo se sobrevive por medio de la burla, y gracias a ella. Así, desde este libro inicial, el autor instalaba en su visión la ironía, el doble juego con las palabras y con la realidad.

Cobo Borda subraya la inutilidad de la poesía: "ese poco de ruido / añadido a un mundo / que lo sobrepasa y anula". Aun su crítica llega a formularse en términos más extremos: abyección, asco, repugnancia. Pero él mismo no es un poeta de la ferocidad y apenas recurre a los efectos tremendistas del llamado "nadaísmo" colombiano. En lo mejor de su obra, su conciencia crítica trabaja en planos anímicos más complejos. Es evidente que su crítica de la poesía nace sobre todo de una inconformidad casi irreductible con la sociedad y la historia. A diferencia de Pacheco, no alberga ninguna esperanza en el futuro, ni mucho menos tiene un sentido finalista de la historia. Para él, ésta no sólo es una batalla perdida de antemano, cuyo poder "es siempre infame"; también se enfrenta a la menesterosa actualidad de "la banal historia latinoamericana": la tradición de los errores, anécdotas, chistes de café, caspas y babas, mugre y parsimonia, como parece resumirla en el breve poema —casi un epitafio— titulado "Colombia es una tierra de leones". También dirá: "La tragedia es privilegio de los europeos / pero no es necesario ser demasiado perspicaz / para reconocer que a nosotros nos tocó el melodrama".

El melodrama, en efecto, forma la atmósfera de su poesía. De ahí que al texto canónico —épico y retórico— de nuestra historia, Cobo Borda oponga otro más pertinente: el bolero. *Ofrenda en el altar del bolero*: con este título reunirá una selección de sus poemas en 1976 y en 1981. Así, la mitología sentimental y un poco maldita del bolero, su letra quejumbrosa e irónica, le sirven para desacralizar nuestra historia y aun nuestra poesía. Aun sus imitaciones más fieles del bolero son "ilusión estética", una suerte de *pop art*, como lo ha señalado Francisco Rivera. Este crítico ha sabido precisar además: "maestro del difícil arte de la poesía conversacional, es decir, de la poesía antimusical por excelencia, lo que (Cobo Borda) nos entrega es su propia versión, a veces elegíaca, otras irónica, con frecuencia patética, pero siempre muy elaborada, del espíritu del bolero" (*Inscripciones,* p. 70). Habría que subrayar también el carácter muchas veces corrosivo de esa versión: una subversión que va más allá del espíritu del bolero.

Es evidente, por otra parte, que innumerables poemas de Cobo Borda no se acogen al espíritu del bolero, aunque aparezcan en la antología que ya hemos mencionado. No sólo no hay melodrama en ellos, sino que están escritos con una imaginación narrativa casi impersonal: uno de los más notables dones de este poeta. Me refiero a los sucesivos "homenajes" en que recrea los destinos —aun los textos— de muchos poetas que admira: dominados algunos por los signos del suicidio, la soledad, la incomprensión, la doble vida (Nerval, Heine, Dylan Thomas, Wallace Stevens, Martín Adán); otros, por los de la plenitud erótica, la aventura, la serenidad, lo sagrado (Breton, Enrique Molina, Cavafis, Lezama Lima). Ni parodia ni sarcasmo: esos "homenajes" nos revelan otra sabiduría y otra comprensión del mundo en Cobo Borda. Son también su reconocimiento de la poesía.

En la poesía de Luis García Morales no aparece tanto el conflicto con la historia como el debate con el tiempo mismo, aunque uno y otro tienden a confundirse en un momento dado. "Yo no viajo por los mismos caminos / Yo viajo en el tiempo", dice en su libro *Lo real y la memoria* (1962).

Ese viaje está poblado de evidencias dolorosas: el tiempo no como sucesión sino como fijeza, oscura, vacía, que lo va corroyendo todo. "Polvo y no agua es el océano. / Allí calamos, allí nadamos sin movernos"; "no somos sino una espera en el juego, / un segundo en el amplio suceso"; "imperceptible, en calma, / una lepra, un principio de ruina y disgregación, / incansablemente trabaja": como se ve, un viaje inmóvil, sometido a un centro alucinante y mortal. Pero esta suerte de enajenación que impone el tiempo no es sólo una experiencia individual, mucho menos una reflexión metafísica ajena al contexto cotidiano; encarna también en *lo real* mismo: está en "la conducta del mundo", en la deshumanización de la "ciudad avara" (avara en su opulencia, quizá), en una historia que se glorifica a sí misma sobre la indigencia y la crueldad. Así todo esplendor es un sarcasmo, un privilegio culpable, una reticencia ("el mendigo nos sonríe con desprecio"). ¿No hay, sin embargo, otro esplendor, que nos atrae aunque su búsqueda deba partir de esa herida de la historia y de la conciencia sin salida frente al tiempo? ¿Cómo volver a encontrar ese esplendor, es decir, la vida misma en su plenitud?

La *memoria* es una de las vías. Pero habría que precisar de inmediato: la memoria y no simplemente el pasado. En esta poesía, en efecto, la memoria no sólo es o puede ser la vida *más real*; también opera como un perpetuo móvil que modifica tanto al pasado como a la propia naturaleza del tiempo. "Todo gira buscando su porvenir en la memoria", dice por ello García Morales; en ese mismo poema, añade: "Toda vida es alianza inacabable, / toda muerte es resurrección". Podría decirse que es el poder de la memoria lo que lo libera de la corrupción del tiempo; de igual modo, es lo que comunica al lenguaje el ritmo envolvente, entre melancólico y mágico, que domina en el libro.

"Las imágenes están cautivas", se dice en un poema. A través de la memoria recobran su libertad, no para escapar de *lo real*, ni siquiera para transfigurarlo, sino para insertarlo en el movimiento y en la fluidez de los recuerdos, en la simultaneidad de la imaginación. En la memoria, pues, se va tramando otro destino; a medida que recobra lo vivido, va preparando los sentidos para la plenitud del instante, para la verdadera presencia. En uno de los poemas más intensos del libro, García Morales tiene acceso a un tiempo a la vez privilegiado y común; la excepción que puede ser vivida como una regla. En un pasaje dice:

A pesar de la carne que se esfuma en el tiempo
y del tiempo que levanta sus ruinas
mezclando los placeres a la súplica
hay un árbol que no da sombra sino luz,
hay un océano sin término
cuyo oleaje es la luz,
hay una palabra en la tiniebla
y la tiniebla es luz.

Esta visión va dominando luego a lo largo del libro. El viaje en el tiempo ha cambiado de signo o ahora comprendemos mejor cuál era su verdadero signo: "Un tejido mágico: mayo y abril al mismo tiempo, / las estaciones simultáneas, el canto del pájaro muerto / y el rumor del viento en el próximo vendaval". He citado el último poema, que concluye: "Una extraña alianza / como antes del principio / como ahora y después".

¿No es ya notable? ¿No se ha llegado, como en una iluminación progresiva, a una experiencia del tiempo que, al absorberla, purifica la experiencia inicial ("polvo y no agua es el océano") del libro? Purificación también de la historia. En los más recientes poemas de García Morales parecería incluso que la búsqueda del instante se ha vuelto excluyente. "Cancelar el futuro / Esa es la prueba de fuego", se dice en uno de ellos. Una prueba a la vez poética y vital, se entiende.

Practicar la poesía como una complicidad culpable, aunque crítica, podría parecer un último recurso, entre desesperado y melancólico, para un poeta como Rodolfo Hinostroza. Al igual que en Paz, la poesía en él no es sólo autocrítica sino sobre todo un arma crítica: más específicamente, un desafío a la historia. Si en su primer libro (*Consejero del lobo*, 1965) ese desafío subyace en un lenguaje ceremonioso, de grandes frases envolventes, aunque ya irónico, adquiere su verdadero tono y aun se vuelve tema radical en su último libro.

En efecto, si algo tiene de peculiar *Contra natura* (1970) es el invertir los papeles: ya no se trata de una conciencia desdichada que se lamenta frente a la historia o que de algún modo se siente culpable ante ella, sino de una conciencia (y hasta un instinto) desaforada y jubilosa que la pone en su puesto: la mil veces exaltada, reverenciada o temida historia es siempre la triunfante, un orden represivo, un ejercicio enajenante del poder. "No hay arreglo con (esa) Historia Oficial", "ese juego pragmático y salvaje / por el que bramo y huyo, cosa en la cual / he quemado la mitad de mi juventud", dice Hinostroza en uno de los poemas centrales de su libro, titulado *Imitación de Propercio.* Esa "imitación" no es una recreación como la de Ezra Pound (*Homage to Sextus Propertius*), pero pasa a través de él, que, por lo demás, es uno de los maestros de este poeta peruano. Con ambos, modelo y mediador, Hinostroza tiene esto en común: una mirada sardónica frente a la historia (la idea de Imperio y todo lo imperial), una rebelión a la vez profunda y distante, así como una exaltación del amor como Eros. Seriedad y humor, pasión e ironía: todo, menos la solemnidad de las actitudes "comprometidas". "Cantaré a la risa / y al ridículo: ésas son cosas ciertamente inmortales, / no tu poder, no tu barbarie, oh César."

No hay arreglo con la historia, pero tampoco Hinostroza pretende iniciar un proceso contra ella, mucho menos hacer un alegato. La crítica a la historia ¿no corre el riesgo, muchas veces, de convertirse finalmente en otro historicismo y de concluir en lo mismo que criticaba? Discutir con la historia ¿no es ya entrar en ella y aun proponerse una táctica (¡una estrategia!) para vencerla (para mejorarla, se dice)? "Para arrasar el Poder / se precisa el Poder: yo buscaré el Tao & Utopía." El mejor proceso, pues, consiste en delimitar los campos: ni ignorar la historia ni escapar de ella, sino, simplemente, no compartirla, hacérsele invulnerable a través de la pasividad absoluta. "Oh César, oh demiurgo, / tú que vives inmerso en el Poder, deja / que yo viva inmerso en la palabra." ¿Nuevo conformismo o repliegue de un alma noble? Ni una cosa ni otra. Por una parte, Hinostroza sabe lo que espera al poeta: "No pasaré a la Historia, a tu / Historia, oh César. 80 batallones / quemarán mis poemas, alegando que eran inútiles y / brutos". Por la otra, sabe que escoger lo que ha escogido será objeto de (re)presión: "Oh César, van llegando tus panfletos: / 'Si no te ocupas de política / la política se ocupará de ti' / puro chantaje". No faltará, incluso, un tipo de persuasión más patético: "y no conseguirás, oh César, que yo me sienta particularmente culpable / por los millones de gentes hambrientas". Vale la pena advertirlo: ese "César" es múltiple y ubicuo: encarna *todo poder* y, como tal, practica todos sus subterfugios, aun se rodea de sus "cantores", de sus "exégetas" más o menos humanistas.

Esta pasividad que propone Hinostroza parecerá sin duda intolerable y aun colinda con la desvergüenza, con la impiedad. No es éste su único objetivo: quiere, además, irritar. En tal sentido opera como una terapia doble: nos hace ver la historia como lo que es, un engranaje implacable e intimidador; desenmascara también toda forma de caridad respetable (de "filantropía", se sigue diciendo) o de esa "mala conciencia" que muchas veces es la mejor vía para terminar no teniendo ninguna conciencia. Pasividad, acá, es equivalente de lucidez, y de una lucidez que no se alimenta de ilusiones. Una forma de reto; no de lucha.

¿No es un poco sospechoso tanto radicalismo? No sé si esto le preocupa o no a Hinostroza. En todo caso, su poesía no intenta proponer nada ejemplar, ningún "ideal". No propone perfeccionar a la historia, sino borrarla, es decir, cambiarla de tal modo que ya deje de ser historia ("no más la historia del Poder pero de la armonía / millones de utopistas marchan silenciosamente / NSE & O"). Tampoco se deja tentar por ningún simple regreso a *la natura* (ya el título nos previene *contra* ello). Este poeta, en verdad, no habla en nombre de un remoto (pasado o por venir) ser adánico, sino del vagabundo que él mismo es. Sus poemas, intuye, "serán leídos por infinitos grupos de clochards / sous le Petit Pont / y me conducirán a los muslos de Azucena"; por seres y camaradas cuya "hora es la diáspora". Contra la historia (poder, nacionalidades, racismo, ideologías, etc.) el vagabundo universal, "los mil del Este y del Oeste" que viven de "un rêve, una visión".

Lo que Hinostroza busca —o vive— no es la elementalidad paradisíaca donde la sabiduría sea la inocencia en el sentido de ignorancia. Lo mueve, por el contrario, el deseo de conocerlo todo, aun los extremos más opuestos, como vía hacia la *sagesse*: una ética que se vuelva instinto (o al revés), un conocimiento que sea sabiduría, gratuidad, y no el poder de la razón. Ese deseo está regido por todo aquello que no ha servido a la historia triunfante y que incluso ésta ha querido destruir: por la videncia ("el estado natural del hombre"), por la magia y la alquimia del espíritu (que así se "llamaba hace ocho siglos" a la dialéctica), por las filosofías y las religiones marginales o heréticas, por el erotismo y el placer (la libido que "marcha sobre la tierra bella y desconsiderada"). Erotismo: ésta es, además, una de las claves de la poesía de Hinostroza; erotismo y no simplemente amor (o *Amor*, pero en el sentido en que Propercio emplea este vocablo): la exaltación del placer y la energía del *cuerpo*, el de la mujer y el del universo; trasmutación del deseo sexual en una inteligencia de los sentidos. El erotismo es clave y, además, el impulso que desencadena los textos más impresionantes de Hinostroza; como este pasaje de su "Imitación de Propercio", donde el lenguaje adquiere, sin ser suntuoso, la nitidez (y la "fraîcheur", ¿no?) del esplendor:

Mi amada me espera
En la Puerta de Lilas
iremos en auto-stop a Salzburgo
Mozart prende las estrellas
nos revolcaremos sobre campos de avena
una vez más hacer el amor será un milagro
entre dos o tres
y las suecas de largas piernas
el invierno nórdico
cantando cosas

lúbricas forever
descubriendo la dulzura del Oro de Acapulco
nuestra propia dulzura
la naturaleza bienamada
robando frutas
vendiendo baratijas hechas por nuestras manos
viajando hacia el verano
o el otoño
los desiertos alquímicos
bellas palabras en idiomas extraños
y acamparemos bajo las estrellas
ritos órficos/sueños
espuma de mares jóvenes y mortales
donde no lleguen tus gerifaltes
Oh César
a intentar que cantemos al Poder.

Así como la crítica a la historia no lo es sino en la medida en que se escoge lo más radical (la no historia, la Utopía), de igual modo esta poesía no se funda en la crítica del lenguaje sino en la medida en que lo trasciende: lo vuelve materia alquímica, siempre modificándose y transfigurándose. Hinostroza, en efecto, no habla con una sola lengua: en su español, como en el inglés de Pound, alternan palabras, frases y hasta giros sintácticos de otras lenguas; también rompe con la unidad de estilo —con verdadero dominio, y aun maestría, pasa de lo lírico a lo coloquial, a lo narrativo, o a lo meramente enunciativo; aun su escritura no es sólo fonética sino también "simbólica", en este sentido: usa (¿y abusa?) de ecuaciones algebraicas, de símbolos biológicos, de fórmulas del ajedrez, aun de guarismos, con otras significaciones (eróticas, por ejemplo). Además, por su boca hablan diversos poetas: no sólo Propercio, también Dante y Shakespeare, Quevedo y Manrique, Mallarmé y Pound. Pero el discurso de estos poetas es continuamente alterado: por el humor ("un coup de cheveux y ruedo por tierra", "no callaré por más que con el dedo / O my Youz"), o por la doble traducción: un verso de Dante deriva en esta combinación de inglés y español: "The Love's mystery que hace girar las constelaciones". Todo ello —es bueno subrayarlo— sin caer en la extravagancia, en la erudición pomposa, mucho menos (aunque es uno de sus peligros) en la complicidad con la moda. Hay un impulso lúdico que justifica todas estas prácticas; un impulso lúdico y un sentido de frescura, de legítima irreverencia (que es también, sabemos, una forma de pasión); diría, igualmente, que un sentido de pureza. Hay algo más. Collages, pastiches, parodias surgen de una búsqueda de fusión: hacer que el lenguaje pierda su rigidez semántica y morfológica e irradie en diversas direcciones; que pierda su centro de seguridad y se expanda como la diáspora de un vagabundo. La multiplicidad de la palabra (así en minúscula) contra la centralización del Poder.

XXI. LA METÁFORA DEL SILENCIO

"ENAMORADO del silencio, al poeta no le queda más recurso que hablar."

Ni inconsecuencia ni simple paradoja, mucho menos desilusión: esta frase de Paz encierra, más bien, otro sentido, que es una doble metáfora. Hablar a partir de la conciencia que se tiene del silencio, es ya hablar de otro modo: al reconocer sus límites, el lenguaje puede recobrar al mismo tiempo su intensidad. ¿No hay un lenguaje que, por su propia naturaleza, es una suerte de silencio? Con pocas palabras, un poema o una obra pueden llegar a iluminarnos todo un mundo: no en lo que dice sino en lo que deja de decir reside su poder. En el imaginario y utópico planeta Tlön "hay poemas famosos compuestos de una sola enorme palabra", recuerda Borges. Aun Paz observa que uno de los *sutras* expone la doctrina en una sola sílaba, mientras otros lo hacen en cien mil estrofas; "en el sonido de esa vocal —añade— se condensa todo el lenguaje, todas las significaciones y, simultáneamente, la final ausencia de significación del lenguaje y del mundo".

La verdadera intensidad es silenciosa. El silencio hace hablar al lenguaje y, por supuesto, lo contrario (¿cómo olvidarlo?) es igualmente cierto. En ambos casos, lo que realmente importa es la intensidad de lo que se dice o se calla.

El silencio, por una parte, sería el regreso a las fuentes mismas de la palabra. Ese regreso es un punto de partida; lo original, en efecto, es el silencio. Escribimos con palabras, pero lo hacemos desde el silencio. Aun Rimbaud proponía que había que *escribir* silencios (y fijar vértigos, añadía) y me parece que lo hacía como una disciplina para llegar a ese verbo poético "accesible a todos los sentidos", que él mismo buscaba. "El silencio esencial es el que está en la palabra misma como residencia, como su morada; es el silencio que, dicho, entredicho, visto, entrevisto, constituye nuestro hablar esencial", advierte también hoy Ramón Xirau en su libro *Palabra y silencio* (1968). El silencio no sería sólo el reencuentro con la morada del lenguaje; puede ser también una doble purificación. Dar un sentido más puro a las palabras de la tribu, como proponía Mallarmé, y que no es como todavía suele creerse (¡y con qué furor de ser revolucionario!) la búsqueda de quintaesencias verbales o de una belleza refinadísima; el verdadero propósito sería éste, que también podemos formular con otra frase mallarmeana: hacer posible "le vierge, la vivace et le bel aujourd' hui" de la palabra, restituir al lenguaje cotidiano su intensidad perdida. Liberarlo, en suma, de los malos (y hasta de los buenos, ¿no?) hábitos que lo petrifican; encontrar "un alfabeto con menos historia", como diría Roberto Juarroz. Purificación del lenguaje, purificación también de la obra misma. Al gran poeta, en verdad, se le reconoce finalmente por las páginas insignificantes que no ha escrito, para emplear una fórmula memorable de René Char.

Aun la extrema tentación (quizá no es el término apropiado) por el silencio —esto es, la renuncia a la palabra— sigue siendo un lenguaje. Ni Rimbaud ni Wittgenstein optan finalmente por esa renuncia porque ya no tuviesen nada que decir. El gesto de ambos marca el trabajo del escritor de hoy. Al poner en crisis los poderes del lenguaje, estaban asignándole su misión más extrema y exigente: cambiar la vida mediante la alquimia verbal; llegar a una lógica verbal que fuese la transparencia del mundo. "La lógica no es un cuerpo de doctrina, sino un espejo-imagen del mundo", decía Wittgenstein (*Tractatus*, 6.13).

El silencio es, pues, una doble metáfora: experiencia purificadora, y no sólo en el orden estético; exigencia de totalidad que se vuelve sobre sí misma y se hace crítica. Esta doble metáfora implica, por supuesto, la nostalgia de la Palabra, es decir, la búsqueda de un lenguaje ya tan absoluto (¿sagrado?) que puede identificarse con el silencio mismo. Esa nostalgia aviva a su vez, y aun la expone al abismo, la conciencia de otra verdad: se escribe con palabras que son la traducción (la pobre traducción temporal, subraya Borges) de la Palabra. De un modo u otro, esta es la conciencia del poeta contemporáneo.

"Casi eres mi Dios / y casi eres mi padre cuando estoy oscuro", dice Gonzalo Rojas en un poema dedicado *al silencio* (es su título). Para quien conozca la obra de este poeta chileno, ligado desde su comienzo con el grupo surrealista "Mandrágora", tal frase podría parecer extraña, si no contradictoria. En los dos libros que ha publicado hasta ahora, tiende a dominar, en verdad, cierta elocuencia: una retórica envolvente, de ritmo largo, que a veces recuerda el dinamismo y la soltura de un Dylan Thomas. Se trata también de una poesía cuya intensidad erótica no sólo busca sino que exige la exuberancia, los largos fraseados, la carnalidad verbal —lo cual lo aproxima, esta vez, a Neruda. Esto, sin embargo, no lo define del todo. Rojas es también un poeta que conoce y practica la parquedad en su propia obra: entre sus dos libros hay un largo periodo de más de quince años. Más significativo aún: sus poemas son una continua dialéctica entre la expansión y el ascetismo o la concentración del lenguaje. A grandes masas sonoras se oponen entonces textos muy breves y descarnados: de estas repentinas transiciones surge en su obra una impresión de vértigo extático, una suerte de acuidad o de soledad sonora: surge el silencio. Si Rojas puede parecer incluso enfático en su exuberancia, sabe también limitarse, imponerse el rigor de versos breves, austeros, incisivos, que alteran las reglas de su otra tendencia al desencadenamiento. Este laconismo no es eventual ni externo; es la consecuencia de una meditación incesantemente sostenida sobre la muerte, *o contra la muerte*, que es el título de su segundo libro, publicado en 1964. Meditación —hay que decirlo— muchas veces violenta: la de un ser solar, muy plantado en el mundo, y, por ello mismo, acosado por la presunción de la muerte. "Vivo en la realidad. / Duermo en la realidad. / Muero en la realidad"; "Yo soy la realidad. / Tú eres la realidad. / Pero el sol / es la única semilla", dice, en un poema. Esta lucidez lo conduce a la dureza estoica que es ya reconciliación con su destino, con su muerte.

Así se explicaría, creo, la fascinación por el silencio que se siente en el poema inicialmente citado. Es un poema realmente complejo en su sencillez y me parece que introduce una nueva connotación —metafísica— en torno a la metáfora del silencio. Según él, en efecto, el silencio es la verdadera palabra, la "voz única", pero, sobre todo, es la morada misma del ser, la realidad y la no-realidad del mundo. En otros términos, es una metáfora que simultáneamente encarna la vida y la muerte; una ausencia-presencia que no tiene límites, ni siquiera espaciales; lo que quedará después que pase todo: las palabras, las cosas, las vidas. ¿Se trata acaso de una nueva instancia en la meditación sobre la muerte? Lo transcribo todo ahora para que el lector pueda recorrer —no sin sobrecogimiento, creo— estos diversos planos:

> Oh voz, voz única: todo el hueco del mar,
> todo el hueco del mar no bastaría,
> todo el hueco del cielo,
> toda la cavidad de la hermosura
> no bastaría para contenerte,
> y aunque el hombre callara y este mundo se hundiera,
> oh majestad, tú nunca,
> tú nunca cesarías de estar en todas partes,
> porque te sobra el tiempo y el ser, única voz,
> porque estás y no estás, y casi eres mi Dios,
> y casi eres mi padre cuando estoy más oscuro.

En la obra de Cintio Vitier la metáfora del silencio es más persistente; más dramática también en el sentido de una relación extrema con la creación poética. En el prólogo de uno de sus libros totalizadores —contiene diversas colecciones, desde 1938 a 1953—, define su obra como "el testimonio de un silencio que ha querido expresarse" (*Vísperas*, 1953). ¿No es una frase bastante clave? Lejos de exigirle callarse, el silencio lo conduce a la palabra. Además, Vitier no dice que quiera expresar un mundo o su mundo, personal, vivido; quiere, sí, expresar el silencio o, más bien, dejar que el silencio se exprese a sí mismo. No creo que con ello esté aludiendo al hecho mismo de la gestación del poema: la búsqueda de una forma por parte de lo que aún no la tiene. Por el contrario, pienso que para Vitier el silencio, en sí mismo, es una forma y un lenguaje: el lenguaje, secreto, del mundo. Secreto no significa, en este caso, oculto, mucho menos esotérico; el lenguaje del mundo es visible pero no dicho, aunque tampoco requiere ser revelado por ninguna palabra. La palabra no es "sino un silencio que golpea en los orígenes como eterno acto naciente de la voz y del nombre", dirá Vitier en su *Poética* (1961). Y es como tal como el silencio rige el destino del poeta: lo separa de la palabra como habla, a la vez que lo enfrenta a ella. El orden de la poesía, para Vitier, es más el de la participación que el del diálogo. En un poema en prosa, se ve a sí mismo escuchando esa habla en su ámbito de mayor arraigo: la familia, el hogar. El poema, por ello, se titula "Las Hermanas" y podría verse como la metáfora del destino del poeta: el desarraigo de su lenguaje que es otra forma de arraigo; en algunos pasajes, entre la fascinación y la lucidez, dice:

> Oigo el rumor de sus palabras en la estancia vecina; en la penumbra me he sentido príncipe, mago, lector; estoy enfermo todavía, con ese lúcido hastío de los que no van a morir ni a perecer esta noche.
> . . .
> Hay algo en ellas que no hay en mí. Sus palabras desgastadas por una larga tradición de gestos, de giros, de visitas (a través del saboreado mundo) a un mismo hogar secreto, se entrelazan con una rapidez o una lentitud distintas.
> . . .
> Comprendo que su especie no es la mía, que nunca podré hablar a nadie como ellas hablan.

El sentimiento de no poder compartir el mismo idioma (que es también música) de *las hermanas* encierra, pues, este propósito: si excluye toda inclinación por la espontaneidad oral (musical) de la palabra es sólo porque el poeta se subordina a la exigencia mayor de un lenguaje absoluto; no, por supuesto, en razón de ningún refinamiento verbal. La poesía, para Vitier, es lo que nos revela el carácter silencioso de la verdadera palabra, "de la que no sirve para coloquio ni oratoria ni mayéutica", precisa en su *Poética.* Tal actitud tiene incluso consecuencias más extremas: se proyecta sobre la relación del poeta con el poema mismo, cuyo esplendor en sí —dice Vitier, justamente en un poema— el autor ama y desprecia a un tiempo "con sutil orgullo"; orgullo que no es ni prepotencia ni desdén individual, sino aceptación de un destino.

El silencio, por tanto, no es un dilema para Vitier; más bien hay que verlo como rigor, disciplina, ascesis. Así, para él, hay una poesía de "trémulo altibajo", cuya naturaleza es "igual que un agua lúcida que salta / a más perfecta onda por el tajo / roquizo del silencio". Áspero, cortante, el silencio introduce, no obstante, el único real dilema: ¿cómo escribir sin traicionarlo? ¿Cómo responder a esa palabra esencial y única, esa "palabra hecha de silencio absoluto, cósmico y personal, que pregunta"? En ello reside el verdadero problema de la poesía de Vitier. Lo que equivale a decir que la suya encarna un debate con el lenguaje.

Escribir: ya en este acto mismo —¿no es, sin embargo, el momento en que todo poeta se hace?— Vitier revela su conciencia problemática. En un poema de *Canto llano* (1956), confiesa: "pobre destino de escribir / en sustitución del obrar, / y quién sabe si la palabra / el Verbo la perdonará". Es una actitud semejante a la de Lezama Lima, quien en uno de sus ensayos declara que la poesía no resiste la escritura. Pero es obvio que uno y otro están hablando —en este caso y no siempre— de la escritura como *estilo*, como *discurso*. "Todo poema —dice Vitier— es así la lucha del éxtasis y del discurso. Por el éxtasis del discurso hay que sacar el idioma a su intemperie, hacia donde ya es sólo frenesí litúrgico... Por el discurso del éxtasis tenemos que efectuar una operación mediadora entre el tiempo y nuestro origen." Ese éxtasis es la revelación y contemplación del Verbo. Es cierto que en el poema anterior Vitier parece distinguir al Verbo de la palabra; en muchos otros, sin embargo, la identidad entre ambos es explícitamente subrayada. Así, lo que se opone al estilo o al discurso es la *palabra* o, como él dice, "las fieras palabras". La palabra, como Verbo, tiene la plenitud del mundo y a la vez se opone a la literatura como puro ejercicio de talento personal o de artesanía adquirida. "Cuerpo es la palabra, y padece / crucificada en la escritura", dice, por ello, Vitier; en otro poema, añade: "esfinge la torna la letra". Pero toda escritura está formada de palabras: ¿cuál sería, entonces, la palabra capaz de escapar de la crucifixión de la escritura? La respuesta de Vitier es simultáneamente lingüística y religiosa. La verdadera palabra, que es cuerpo, ha de ser múltiple, un "palimpsesto de sentidos". A su vez esa multiplicidad, como en Santo Tomás y Dante, está regida por un orden que va del sentido literal, pasando por el simbólico y parabólico, hasta el anagógico. Este orden incluye al mundo y a Dios, lo real (lo relativo) y lo absoluto. No sólo los incluye; los hace equivalentes también. Vitier, creo, no intenta hacer una poesía religiosa, sino hacer de la poesía, como de la vida misma, una religión. En ello reside su desmesura y su lucidez; su conflicto también, sobre todo ético, con el lenguaje. "Quema lo que en mi palabra / no sea fiel, o quémalo todo": ¿a quién invoca y a qué fidelidad está aludiendo en este poema? No es aventurado decirlo: se dirige al Verbo evangélico, a cuyo designio quiere someterse. La poesía, por tanto, si ha de ser encarnación de ese Verbo logra entonces ser la respuesta a la palabra esencial, "hecha de silencio absoluto, cósmico y personal, que pregunta" en nosotros y que es igualmente la pregunta del mundo.

La poesía, para Vitier, como para Lezama Lima, es una sustancia. En su obra, sin embargo, no habla la fecundidad o la sobreabundancia de los dones o la gracia de Dios, sino la aridez. En tal sentido, no es que se oponga a la obra de Lezama: es su otra cara. Lo que Vitier quiere asumir o se ve destinado a asumir es la aridez. De ahí que en un poema diga: "Ara la letra sin saber / si un día fructificará, / si ha de ser trigo, estela o nada / la escritura de la soledad". Y en otro de uno de sus últimos libros llega a ser todavía más radical; es un poema que se titula justamente "Palabras a la aridez": "No hay deseos ni dones / que puedan aplacarte. / Acaso tú no pidas (como la sed / o el amor) ser aplacada". Aun insiste: "aridez no avanzas ni retrocedes, / no subes ni bajas, / no pides ni das, piedra calcinada" (*Escrito y cantado,* 1959).

En efecto, no obstante su evidente dominio verbal, Vitier opta casi siempre por un lenguaje extremadamente austero, que no sólo no se permite muchas audacias sino que las rechaza; aun intenta despojarlo de sus extremos lúdicos o metafóricos. En un poema reclama: "Líbrame de las kenningar / y del juego del 'uno en el otro', / de los enigmas del lenguaje"; "Quítame el gusto por la orgía / de la asociación pandemonio". Las alusiones en este caso no dejan de ser muy evidentes y concretas: ¿Borges, el surrealismo, Lezama Lima? ¿o mejor, sus meros seguidores? Pero lo que cuenta sobre todo es la búsqueda, de Vitier, de una precisión tal que colinda con una mística del lenguaje en la que éste se vuelve verdadera *escritura*, icónica, sagrada. ¿No es a lo que él mismo alude cuando habla de "el castillo de la escritura, la fortaleza del signo, la sucesión inmóvil del discurso"?

En otro poema, Vitier se propone reencontrar la elementalidad del universo: restituir, como él dice, "el agua al agua", "el aire al aire", "el fuego al fuego". Transponer esa elementalidad al lenguaje sería entonces el otro objetivo de la poesía. Que las palabras tengan una existencia como la de las cosas "puras, superficiales, / tocadas por la luz / exterior de la Imagen". Las palabras, por supuesto, tocadas por la luz del Verbo, que, finalmente, sería el lenguaje del silencio. No se trata, como se ve, de un despojamiento verbal o de una vuelta a la sencillez como mera técnica expresiva. En el fondo de la obra de Vitier, aun la posterior a *Vísperas,* hay una visión mucho más compleja e intensa. Despojamiento y sencillez: "estamos en la zona de los místicos alejandrinos, afanosos de las uniones del logos y el verbo", como explica Lezama en un artículo sobre *Canto llano,* y en el cual añade también: "despojamiento para provocar la resurrección del verbo, las futuras nupcias por él evocadas".*

Nada más evidente en la obra de Alberto Girri que el debate con la poesía y, por supuesto, con su propia poesía. Ese debate encierra una ironía: al criticar el lenguaje, Girri sabe que lo está haciendo dentro y no fuera del lenguaje mismo. Por más que un escritor sea muy radical, por más que insurja contra lo que a veces despectivamente se ha llamado (¿quién no lo ha hecho?) "literatura", escribe con el mismo lenguaje con que todos han escrito y busca los mismos efectos. Si algo rechaza Girri es la ceguera: creer

* "Cantos de Cintio Vitier", en *Tratados en La Habana* (1958).

que la literatura puede encarnar el mundo, o creer que la modernidad en arte es una forma de progreso. En un poema a D. H. Lawrence, lo llama: "pueril / devoto de la vida, la trágica / ilusión de alcanzarla / valiéndose de la letra". Girri está más cerca de la lucidez de Wallace Stevens, de quien toma el epígrafe para uno de sus libros: "Literature is based not on life but on propositions about life". Literatura o vida, letra o espíritu: Girri no se inclina por la alternativa entre estos términos, mucho menos por la suma de ellos. A cualquiera de estas posibilidades, parece oponer un punto de vista más relativo (¿dialéctico?): la literatura no es la vida, pero es un modo de mirar y de organizar la vida; a la vida hay que vivirla, pero es necesario darle un sentido, y no hay sentido sin nombrarlo. En un poema, Girri lo dice admirablemente: "Todo nombre es imitación de lo nombrado, / imitación de lo innombrado".

No es, pues, con la realidad o con la verdad con lo que el poema se enfrenta, pero, sin dirigirse a ellas, finalmente las implica. El poema, ciertamente, es un objeto verbal y una conciencia de relaciones ("en parte mecanismo verbal, / en parte sistema de correspondencias"); su forma es empleada con un fin: "proveer al mundo de significaciones". Pero la verdad del poema no reside sino en su propia escritura: "perfeccionador de la verdad / porque en sí lleva / la prueba de su existencia". ¿No será, en definitiva, el poema una suerte de paradigma del mundo, más que su espejo o representación?

No hay que creer, sin embargo, que Girri sea un asceta o un místico del arte; mucho menos que lo proponga como una salvación. Si es un poeta sacerdotal (lo que, en gran medida, podría ser verdad), lo es en un sentido irónico y moderno: no en función de una fe sino de una inteligencia crítica, y ferozmente crítica a veces: consagra el arte desacralizándolo, mostrando la precariedad de su prestigio, pero haciendo de esa precariedad su verdadero o su único poder. Pocos, como él, en verdad, tienen tanta conciencia de "lo banal y absoluto de la escritura". No parece que rechace esta contradicción; la acepta, sólo que formulándola en términos aún más radicales (¿más precisos?): la extrema artificialidad equivale a su extrema realidad. No se trata, pues, de una contradicción, sino de una aporía, de la cual vive justamente su obra.

Girri es, por esto, un poeta difícil; quiero decir, complejo. Si practica un extremado y a veces abrupto despojamiento de su instrumento poético (descree de la exuberancia y de la prodigalidad de todo lenguaje), no lo hace en busca de una pura elementalidad verbal o de un poder mágico: ya sabemos, nombrar las cosas y que las cosas sean. A su barroquismo, más conceptual que sensorial, le gusta la textura densa y contrastante: alusiones eruditas y temas cotidianos, coloquialismos e inesperados giros literarios, sentencias lapidarias y morosidad sintáctica que, con sus fraseos, puede resultar incluso inextricable: alternancia de versos (muy) largos y (muy) breves, encabalgamientos que a la vez que subrayan ciertas significaciones nos extravían en ellas. Cada poema suyo parece una combinación de dominio estilístico y de abandono instintivo, de precisión y de juego (quizá un entendido diría que carece de sutileza; un neófito, que es muy abstruso). Pero no creo que escriba para asombrar ni siquiera para persuadir, sino para *obsesionar*. La estructura de sus poemas apenas admite ciertas variaciones: puede optar por el tono narrativo, o la glosa, o el monólogo dramático, pero siempre domina en ella la escritura neutra, la impersonalidad, la ambivalencia y la mirada oblicua en medio de la sequedad expresiva. Este rasgo estilístico equivale, como él diría, a una convicción: hay que *fijar* el mundo en su precariedad, en su indigencia. Girri, en verdad, no es el poeta de la exuberancia o del diálogo, sino de la soledad y del soliloquio. Si vive en el reino de la palabra (su poesía ¿no se construye finalmente sobre la poesía misma?) es para mostrar su *exilio*: la palabra está ausente del mundo, o mejor, el mundo la ha vuelto una ausencia.

"He tratado de decir / que nuestro mundo está enfermo de materia e ironía". En esta frase de su primer libro (*Playa sola*, 1946), ya Girri condensaba lo que iba a ser central en su trabajo poético: en un mundo enfermo de contingencia y de traición a lo absoluto o auténtico, hay que recobrar la lucidez de la conciencia. No un mayor realismo, pues, sino una mayor lucidez, que es la única forma de saber lo que es la realidad. Su poesía, en efecto, es una poesía de la conciencia; no quiero decir que encerrada en ella o extraviada en sus laberintos, sino debatiéndose desde ella con el mundo, un mundo "entendido como cálculo / y crispación". En ese debate predomina el análisis: se trata de reducir lo más posible toda idealización mixtificadora para llegar a la trama (*la doble vida* decía Gotfried Benn) verdadera de la vida; se trata también de excluir la autoindulgencia —¿no decía Eliot que el género humano no puede soportar demasiada realidad? La conciencia, por tanto, es un camino hacia la sabiduría, como conocimiento y como contemplación; en uno de sus libros más recientes, Girri dice dónde termina ese camino: "el directo, legítimo / resultado de una conciencia es su fijeza, / es descalificar cualquier acción" (*En la letra, ambigua selva*, 1972). Si, como debate, la conciencia era negación del mundo, ahora, como fijeza, es negación de ese debate (suprime la acción) y aun es negación de sí misma (suprime el "yo", la "ilusión de poseer / un yo creador, indestructible", dice Girri en otro libro).

¿Qué es la *fijeza*? Se trata de una experiencia absoluta en sí misma y gratuita; no tanto la lucidez como la iluminación: la desposesión de todo y, a un tiempo, la posesión de todo a través de la inteligibilidad del universo. Este grado de conciencia es lo que Girri llama igualmente *magnitud cero*: punto inmóvil del que, sin embargo, emana todo movimiento ("centro de la rueda", "pasivo / centro que hace posible / la rotación"); ese punto, por otra parte, es una aproximación (¿una conquista?) de la verdad ("en el cero no existe error"). No la indiferencia, pues, sino la distancia vigilante; tampoco la plenitud como posesión sino como esclarecimiento. Pero tener acceso a esa *magnitud cero* implica también, en gran medida, renunciar al lenguaje y al arte. En el primero ¿no se da continuamente el equívoco; podemos comprender el verdadero sentido de las palabras? Nunca sabremos, dice Girri en un poema, "qué significa, exactamente, / Dante con *amor*, / que quiso decir Sócrates con *areté*". El arte, a su vez, ¿no está sometido a ciertas prácticas —vanidad, difusión de la obra, gloria— que de algún modo lo degradan o lo distorsionan? ¿No es igualmente el arte una ilusión de fijeza? En un poema de *En la letra*, Girri así lo sugiere:

> Lenguaje y estilo
> penosamente edifican jerarquías
> y al lograrlo
> el mundo queda en suspenso, extático,
> aunque luego el producto se descompone,
> su linaje se vulgariza,
> suena escarnecido y degradado
> como fofa, mustia potencia,
> y las líneas mejores, las ejemplares
> y musicales tiradas, apenas si sobreviven.

¿Se trata, en verdad, de renunciar al arte? No es la opción de Girri, para quien esas soluciones pueden ser las menos eficaces. Incluso el tema del arte como crítica de sí mismo llega a parecerle un poco dudoso: lo que al principio se presenta como problema auténtico tiende a convertirse luego en mero "tópico". Girri opta por una vía que va más allá de la estética, pero que la supone: ni encarnar el Verbo ni destruir el lenguaje, sino buscar el camino de la "negación creadora". Ese camino —así lo define en un poema de igual título— es *Tao*: un lenguaje que linda con el silencio y cuyo objetivo no es (o no sólo es) la belleza; una plenitud que parece igual al vacío.

En dos poetas venezolanos, Juan Sánchez Peláez y Rafael Cadenas, la metáfora del silencio admite otras connotaciones, no del todo semejantes a las que hemos analizado hasta ahora. Hay un hecho muy peculiar en ambos: tienden inicialmente a la exuberancia y aun al desencadenamiento verbal; luego, no sólo se despojan de cualquier exceso, sino que ese despojamiento supone una confrontación con el lenguaje como tal. Es evidente, además, que el paso de lo uno a lo otro no puede explicarse por una suerte de "correctivo estilístico", preocupación que no parece ser determinante en ninguno de ellos. Sin embargo, no hay poetas más disímiles: el instinto lúdico es siempre muy fuerte en Sánchez Peláez; Cadenas es la conciencia que busca desmontar el juego, aun en el que él mismo ha participado.

Sánchez Peláez publica su primer libro en 1951: *Elena y los elementos*, notable por la fascinación del cuerpo y los raptos eróticos. La seducción verbal que en él prevalece podría ser relacionada con ese rasgo. A través de imágenes fuertes y hasta recargadas, en las que se reconoce la huella del surrealismo, el autor buscaba recobrar un doble derecho: la expansión del deseo y la audacia expresiva. ¿No fue éste uno de los efectos libertadores que tuvo su libro en la poesía venezolana? En él, sin embargo, era también discernible un tono íntimo y desgarrado que se debatía por establecer una relación más tensa y aguda con el mundo. Ese tono —sin excluir lo encantatorio, pero haciéndolo más entrañable— se acentuará en la poesía ulterior de Sánchez Peláez. En un poema de su libro inicial, expresaba: "Yo te buscaré, claridad simple". De modo significativo, su libro siguiente concluye con una expresión semejante: "Voy hacia la clara imagen, con mi deseo". *Claridad simple*, *clara imagen*: ¿un intento de mayor inteligibilidad del sentido o de simplificación verbal? Pero la poesía de Sánchez Peláez no ha dejado de ser "oscura" en ambos aspectos: no sólo se salta todos los nexos explicativos y le gusta ser elíptica; también exige que la imaginación del lector siga el proceso del poema, y no se quede únicamente en su sentido. No es una poesía que cultive el misterio como tal. Si es una poesía misteriosa, lo es porque en ella la palabra se identifica con la inmediatez misma de la conciencia y de la experiencia. Otra forma de la estética surrealista —aunque más profunda esta vez.

Lo que creo es que Sánchez Peláez ha estado enfrentado siempre a una aspiración más radical: no el simple deseo de claridad, sino, más bien, la claridad como deseo; a un tiempo aventura existencial y riesgo ante la final revelación. "Que le risque soit ta clarté", decía René Char, uno de los poetas surrealistas que Sánchez Peláez más admira. En tal sentido, parece revelador lo que escribe en un poema de 1975: "El mundo se halla hoy al alcance de mis ojos tranquilos, y vivo en el reflejo, en línea recta, su claridad concéntrica". ¿No estamos ya ante una mayor amplitud de la visión, del deseo?

Desde *Animal de costumbre* (1959), ciertamente, se produce un cambio en la poesía de Sánchez Peláez. Su experiencia del mundo se hace más compleja —lo que no equivale a complicación sino, justamente, a la amplitud e intensidad de la mirada. Hay un doble plano en este libro que luego no dejará de marcar toda la obra del autor: al tema del doble (muy cotidianamente vivido, por cierto), al desdoblamiento de una conciencia que vive y se mira vivir, corresponde el de un lenguaje que se refracta sobre sí mismo. Me detengo en esto último, pues tal refracción apunta hacia la aventura de la palabra en Sánchez Peláez.

Por una parte, una suerte de más acá del lenguaje: la palabra accede a una simplicidad tal que ello mismo parece la transgresión de "lo poético"; es esa transgresión a través de lo no prestigioso, de que fue maestro Vallejo y lo es el propio Sánchez Peláez, y que supone el rechazo de toda proliferación verbal: "No quiero hincharme de palabras", se dice en un poema de *Animal de costumbre*. Por otra parte, un más allá del lenguaje en el que la palabra se restablece como un poder y hasta como un desafío. Me refiero a libros posteriores: *Filiación oscura* (1966) y *Lo huidizo y lo permanente* (1969). En varios poemas de entonces, Sánchez Peláez dice: "Me envanece la palabra que hallo, que busco en vilo, riberas arriba o abajo, absorto, pleno (de mí, del rumor), ahíto y solo"; "Por la palabra vivo en aguas plácidas y en filón extranjero, / fuera del inmenso hueco". Pero nos damos cuenta de que el poder restablecido no es más que el signo del exilio, del *ailleurs*: la realidad otra, lo imaginario. Es un poder "en vilo": vive sólo por el acto del poema y luego se desvanece. Esta fragilidad se revela con mayor agudeza cuando en otro poema Sánchez Peláez reconoce: "Cuando regreso del viaje imaginario, vivo y yazgo en el desierto".

Plenitud desterrada y lucha tenaz contra la muerte, lo imaginario en Sánchez Peláez es también una sabiduría para enfrentarse a la complejidad del mundo. Él ha sido siempre el poeta que mira y quiere "lo real lo verídico lo incompleto vertiginoso / del hermoso horrible mundo". Esta frase pertenece a su último libro: *Por cuál causa o nostalgia* (1982). Es un libro que asombra por su escritura misma: poemas breves, o de versos muy cortos imprevisiblemente espaciados en la página, rodeados de mucho blanco, parecen el dibujo —muy diestro, muy preciso— de un pensamiento que sabe callar al hablar. Algo más que la purificación de la palabra: su secreta alquimia. Porque hay que decirlo: nunca la escritura de Sánchez Peláez ha sido "desértica"; no sólo porque despierta una inmediata resonancia emotiva (¿no está impregnada de una memoria muy intensa?), sino también porque sabe enriquecer continuamente su combinatoria verbal.

Quiero decir que lo mejor de su obra está escrito "con frases oblicuas que amamos", y en especial su libro *Rasgos comunes* (1975), al que pertenece esta cita. "Ensayemos máscaras estilos / gestos diversos", propone en un poema de ese libro, y lo cumple. Pero no es el exceso lo que domina en él, sino el hábil deslizamiento y entrecruzamiento de planos. Puede invocar al otoño ("No te vayas, arduo otoño, exclamo ahora, déjame asirte"), pero esa invocación no deriva hacia la elegía, y el poema es "el círculo que se abre" (tal como se titula) y admite todas las representaciones del "títere de mi corazón". Puede adoptar la seriedad del que intuye que su "presente es futuro", pero sabe que come su "pan cada mañana con los dientes de Berenice que está tranquila en su tumba, y sepultada". Lo invade la soledad, el desasimiento, lo amenaza la desposesión física, pero a la vez escribe un sorprendente poema a la vitalidad del mundo animal: "Cuando os veo vacas verticales y sagradas, os veo vacas próvidas, os veo saltonas en las veredas, hembras para el macho con aquellas ubres. . ." *Rasgos comunes* es quizá el libro de mayor diversidad dramática (en el sentido teatral del término) en toda la obra de Sánchez Peláez. Representación de muchas máscaras y de muchos estilos, no es raro que todo su juego escénico sea también una final confrontación con los límites de la vida y la muerte, del lenguaje y el silencio. Esos "signos primarios" —como los llama el autor— que se oponen entre sí, pero que también se invierten, se complementan y, en última instancia, se reconcilian. En uno de los textos titulados "Signos primarios", creo que así lo sugiere Sánchez Peláez:

> Tienes nombre propio si excavas dentro de ti y rechazas el miedo a morir que lleva a morir y aceptas el verbo que conduce al silencio. Piedra escrita del tiempo, arrojada aquí a nuestro lado con los tallos frágiles en que reverdece el espíritu, libérame por mi hambre de mi hambre, y por mi sed, de mi sed.

También la obra de Rafael Cadenas se inicia con el deslumbramiento ante los poderes verbales y de la imaginación. Pero su ruptura con todo ello se va haciendo más radical. ¿El radicalismo de Cadenas? Quizá no haya nada más sencillo y a un tiempo más complejo. Cadenas no es un *naïf* ni un místico, mucho menos un esteta. Lo que busca es regresar a una *relación directa* con el mundo y que la palabra *sirva* a esa relación. Me parece que así lo sugiere en un poema de uno de sus últimos libros: "Voz antigua, / ocultabas la ruta. / Ahora ocupas tu puesto. / Ya no hay conjuro". Ya no la palabra encantatoria, ni siquiera *le mot juste,* sino la palabra que ocupa su "puesto"; ya no el mero despojamiento, sino el despeje que abre la verdadera "ruta" hacia lo real. Pero no hay que adelantarse. Veamos, a través de su obra misma, las fases de este proceso.

Los cuadernos del destierro (1960) traza un itinerario fascinante: la expansión del yo a través de una memoria personal y mítica. "Yo pertenecía a un pueblo de grandes comedores de serpientes, sensuales, vehementes, silenciosos y aptos para enloquecer de amor"; "Todo aquí es génesis"; "¡Oh siderales nodrizas, lactantes de mi desnudez! Antaño yo tenía la fortaleza de la poesía". Opulencia y celebración: el mundo vivido como verdadero reino. Tal sentimiento, a su vez, es o puede ser un exilio, pero es el exilio en lo paradisíaco, la comunión alucinada con lo original. *Falsas maniobras* (1966) prolonga en gran parte, incluso por el lenguaje mismo, esa experiencia. Muchos de sus poemas continúan exaltando un espacio privilegiado, sólo que ahora se nos presenta bajo otro signo: la certeza de haberlo perdido no invalida, más bien estimula, la voluntad de recuperarlo por vías distintas. Ya no tanto el conjuro o la fabulación como la lucidez del ver. Se dice, de manera significativa, en un poema: "Veo otra ruta, la ruta de un solo minuto, la ruta de la atención, la ruta de los ojos inermes (. . .); ruta de mil ojos, ruta de magnificencia, ruta de línea que va al sol, reflejo del rayo *vigilancia*, del rayo *ahora*, del rayo *esto*, ruta real con su legión de frutos vivos cuyo remate es ese lugar de todas partes y ninguna".

Así, más que el libro de la memoria, *Falsas maniobras* lo es de la conciencia crítica. Lo que en *Cuadernos* era expansión y multiplicidad del yo, aquí se convierte en ejercicio y práctica de desposesión. Pero se trata de una desposesión que es otra forma de riqueza: abolir el yo y su desmesura imaginante para acogerse a lo justo, a lo verdadero, aunque parezcan lo precario. La poesía de Cadenas busca entonces vivir en "la nitidez del desierto", y aun postula otra ética del destino del hombre: *el fracaso* como vía de liberación y de reencuentro con lo original. "Cuanto he tomado por victoria es humo. / Fracaso, lenguaje del fondo, pista de otro espacio más exigente, / difícil de entreleer es tu letra"; "Gracias a ti, que me has privado de hinchazones. / Gracias por la riqueza a que me has obligado. / Gracias por construir con barro mi morada. / Gracias por apartarme". Es obvio: la nitidez empieza por la del propio lenguaje, por ese "lenguaje del fondo" que renuncia a todo extravío esotérico y se niega a cualquier mixtificación verbalista.[1]

Esta actitud no hace más que acentuarse en los últimos libros poéticos de Cadenas: *Intemperie* y *Memorial*, ambos publicados en 1977. Incluso en un libro de ensayos titulado *Realidad y literatura* (1979), que prolonga y profundiza las reflexiones iniciadas en otro texto teórico: "Literatura y vida".[2] Libro sosegado pero también vehemente y polémico, a veces vulnerable en sus argumentos, él ilumina la actividad creadora de Cadenas y está íntimamente ligado a ella —no es casual que haya sido escrito en 1972, casi paralelamente a muchos de los poemas de *Memorial*. Valiéndose de análisis, sobre todo de la literatura inglesa, el propósito de Cadenas, en este libro, es el de explorar las posibilidades que restablezcan el vínculo del hombre con el mundo, sin "ideaciones", sin mediaciones intelectuales que lo deformen. No el pensamiento, sino "el haber pretendido fundar nuestra vida en él"; no la imaginación, sino nuestra confianza exagerada en sus poderes: esto es lo que ha permitido la ruptura o el empobrecimiento de aquel vínculo. Pero sería ingenuo creer que Cadenas está proponiendo un realismo insulso o el regreso a una primitiva inocencia. Lo que él llama realidad es "la vida como totalidad", "una totalidad en que va incluido el llamado sujeto". Tampoco propone un nuevo objetivismo, una suerte de poesía de las cosas, sino una armonía entre sujeto y objeto, lo que denomina, con palabras de Rilke, el "espacio interior del mundo". Y lo que requiere esa armonía es un profundo *sentir*, una *atención* más intensa a lo que nos rodea y somos nosotros mismos, la limpidez de la *percepción*. Para Cadenas, todo esto, en cuanto a la poesía, se sitúa

1 Una magnífica introducción a esta primera poesía de Cadenas es el libro de José Balza: *Lectura transitoria*, Venezuela, Colección de la revista *En Negro*, 1973.

2 Se titula "Literatura y vida", y aparece en el volumen *Convergencias/Divergencias/Incidencias*, editado por Julio Ortega, Barcelona, Tusquets, 1973. Quizá los tres principios fundamentales de ese ensayo sean: "La realidad no es símbolo de nada, la realidad es, la realidad está ahí"; "la verdad no es mental"; "el lenguaje silencioso es más importante que el lenguaje hablado".

"fuera del lenguaje" y se identifica con "el signo del silencio". Con suma precisión, define entonces lo que para él entraña *el silencio*. Se opone, por una parte, al verbalismo —tan ligado, como ya lo ha advertido George Steiner, a la naturaleza misma de nuestra cultura. "Al proliferar, el lenguaje pierde peso, y al abandonar la exactitud, deja de tener validez", concibe Cadenas. Pero hay algo quizá más esencial: el silencio no es el mero callarse, por supuesto, sino hacer callar en la palabra todo proceso mental especulativo que interfiera su relación plena con el mundo. Así, lejos de ser carencia, la palabra silenciosa es la que nos devuelve tanto la inmediatez como el misterio de la realidad; por ella, el mundo no nos es extraño y de este modo se disipa nuestro extrañamiento en él.

Cadenas resume todas estas proposiciones en el último y magnífico poema de *Intemperie*, titulado "Ars poetica" y que parece escrito como un desiderátum. En su primera estrofa expresa: "Que cada palabra lleve lo que dice. / Que sea como el temblor que la sostiene. / Que se mantenga como un latido". En las siguientes: "Seamos reales. / Quiero exactitudes aterradoras. / Tiemblo cuando creo que me falsifico".

Aunque fue escrito antes que *Intemperie*, prefiero referirme ahora, especialmente, a *Memorial*: creo que es la *summa* del trabajo creador de Cadenas y posiblemente el otro comienzo de su obra.

Memorial es un libro inquietante tanto por lo que niega como por lo que afirma. No es que sea de doble filo, sino, más bien, de un solo filo que corta "lo doble". Es cierto que hay en él muchos desdoblamientos, con sus tentaciones, pero el filo cortante de la conciencia crítica los pone al descubierto. Construir laberintos es maravilloso, pero Cadenas cree que es todavía más maravilloso desconstruirlos, o simplemente abolirlos. En un poema reconoce que se ha apartado, "simplificando dédalos en un *no*" (cursivas del autor). Y añade: "pero ahora el rechazo tiene una ardiente lucidez: / Es el único camino". Estamos, pues, ante lo que él llama *capacidad negativa* de la poesía. Ya sabemos en qué consiste: a un tiempo cuestionar todo exceso verbal o "el engaño de la palabra que sirve a alguien", y reducir el perspectivismo y las incesantes interpretaciones ("ideaciones") que hacemos del mundo, al igual que los seculares dualismos en que nos enredamos.

Pero ¿no sería demasiado monótono un libro que se limitase sólo a tal negatividad? ¿O no se convertiría ésta en otra forma de laberinto: salvar las falsas "rutas" y aun enunciar la verdadera pero sin llegar a hacerla cuerpo del poema? La pregunta es retórica, sólo que de algún modo refleja el debate entre el lector y esta poesía. Despejo las dudas. A ese debate nos incita ella misma, lo que ya es un signo de su intensidad. Negar o afirmar son operaciones fáciles, pero afirmar desde la negación resulta más difícil. Y es ésta la dificultad que encierra *Memorial*. Lo que en él se niega es fuente no sólo de liberación (de nuestros prejuicios, ideas y creencias); supone simultáneamente una pasión afirmativa casi desmesurada que nos enfrenta, otra vez, al debate (con nosotros mismos, con el mundo). Cuando Cadenas afirma: tengo "ojos" y no "puntos de vista", "la única doctrina de los ojos es ver", o cuando afirma que el ser es lo que "significa: alcanzable", es evidente que no está formulando una mera teoría sensualista del conocimiento, sino buscando esa casi imposible *inmediatez* en que se borran las especulaciones y las dualidades para que *aparezca* el universo como totalidad. De ahí que su lenguaje quiera ser "emanado puntual fehaciente": un lenguaje sin dobleces, sin ambigüedades. Después de siglos en que se ha deformado toda elementalidad, esto puede sonar a desafío, a paradoja. Pero Cadenas no cultiva ni lo uno ni lo otro. *Memorial* es el libro que asume lo elemental sin aspavientos genésicos de mirada salvaje, y en muchos de sus poemas nos hace vislumbrar, sentir esa sosegada (callada) comunión con el universo que siempre él se ha propuesto restablecer. "Estoy bañado por lo que vive, por lo que muere. Cada día es el primer día, cada noche la primera noche, y yo, yo también soy el primer habitante", dice en el primer conjunto de poemas del libro, titulado "Nuevo Mundo", y ya se ve que no por ningún rapto adánico, telúrico, americanista.

Memorial es el libro de la concentración (de la *atención*, como diría Cadenas), aun por su escritura misma: el laconismo o la extrema economía verbal no excluyen, más bien estimulan, la fertilidad del sentido. Tampoco es un libro que se rodee con los prestigios de la poesía o de la antipoesía —que ya también tiene los suyos. Cuando Cadenas dice: "Estas líneas / no son poemas", para nada pretende tentar con el señuelo de ninguna transgresión. Nada menos transgresor que sus textos: escritura rápida e instantánea, llana y transparente, muchas veces sólo "notaciones". Sin embargo, esos textos nos detienen y obligan a la pausa, a la lectura meditativa. "Palabras no quiero. / Sólo la luz de la atención", advierte el autor. ¿Qué nos detiene entonces en sus palabras? Sin duda, lo que *llevan* en lo que dicen, o el *temblor* que las sostiene. El sentido ligado a la pasión que lo enuncia: el *sentir*.

En una época de tantos fetichismos verbales, ¿no revela esto que hay en Cadenas, contra lo que creen muchos de sus críticos, una verdadera pasión del lenguaje, y de su silencio? Insisto, no el callarse sino la palabra silenciosa: la expectativa por reencontrar la intensidad perdida. De ahí que diga en dos pasajes distintos de *Memorial*: "la palabra no es el sitio del resplandor, pero insistimos, insistimos, nadie sabe por qué"; "un momento separado de todos los momentos tiene años esperándote fuera de los años". El de Cadenas es un lenguaje no sólo que late, sino que es también latente: siempre está al borde de descubrir el mundo.

Podría ser más aceptable que se le reproche a Cadenas su inflexibilidad, su falta de sentido del humor o la ironía. Aun ese reproche me parecería injusto. Nada más flexible que su lenguaje —otra cosa es que no sea acomodaticio, mucho menos "modernoso". Y creo que en su obra están presentes el humor y la ironía, aunque de manera distinta a la ya conocida: es decir, desenredando *la trama.* ¿No se funda la poesía en la metáfora, en el *como si*? Pues bien, él la emplea —cuando la emplea— para enfrentarnos a la realidad que ignoramos detrás del juego, del espectáculo. Justamente uno de sus textos se titula "As if": todo es *como si* amáramos, sintiésemos, viviéramos, hasta que se ansía el error: una suerte de liberación; pues, concluye, "puede que al equivocarse los actores rocen la verdad".

No estoy abriendo (ni cerrando) un capítulo de poesía venezolana. Apenas quiero prolongar la *figura* iniciada con Sánchez Peláez y Cadenas refiriéndome a otros dos poetas de mi país: Reynaldo Pérez-Só y Eugenio Montejo. Ni uno ni otro parecen plantearse dilema alguno ante el lenguaje como tal. En el inicio mismo de sus obras, ambos hablan desde una mesura en que palabra y silencio coinciden, y, aunque viva de la fragilidad con que conciben la poesía misma, esa mesura nunca se rompe. Fragilidad, mesura: estos dos términos se complementan con otro: la fluidez. La fluidez transparente de la lengua.

La poesía de Pérez-Só llega a producir ese asombro que se siente ante una materia muy pura y a la vez muy concreta; ante un discurso sin ritual, pero que lo supone de una manera más íntima: no entregarse a los mil espejos y espejismos de la palabra. Es una poesía que tiende a excluir de sus recursos todo lo que se relacione con grandes metáforas o ideas, o aun grandes emociones.

Sus poemas son una escritura del habla. No quiero decir que sean simplemente coloquiales, mucho menos que se acojan a las fórmulas de la poesía llamada "conversacional". Se trata de un habla interior, que podría describir de este modo: una *voz* discurre con libertad y hasta cierta entonación poética, luego siente que está como violando un secreto o que simplemente se ha excedido o tomado el mal camino, incluyendo el "poético", y entonces sabe replegarse sobre sí misma: se concentra (¿o dispersa?) hasta regresar a su propia fuente, se borra finalmente y se ajusta al orden (¿real, irreal?) del mundo que iba a expresar ("el pedazo de tierra / tras la casa / eso era lo importante"). Pero nada de ello se nos da explícitamente, ni como proceso articulatorio ni como "proceso" al lenguaje. Lo que aparece es sólo el poema, el texto: un objeto verbal muy breve, luminoso pero no destellante, indeterminado pero no impreciso, instantáneo pero también simultáneo. Un objeto sin sombra ni relieve al que, sin embargo, podemos contemplar en diversos planos, aun en su extatismo.

La clave de todo esto es que esa voz no habla, sino que medita; su hablar es sólo el ritmo (la escritura) de la conciencia, que vive en la perplejidad: ¿cómo los seres y las cosas que ha amado y han sido suyos no están ya más en el mundo? "¿Qué haremos con tantos muertos / arrinconados sobre las sillas?", se pregunta en un poema. Y esa perplejidad es igualmente añoranza: "el cuarto está / vacío / de algo que busco / abuelo / como tú".

La conciencia puede ser incluso laberíntica, pero en su laberinto no hay minotauros ni sacrificios ni oscuras inculpaciones (aunque alguna vez diga: "sé que soy la causa / de algún mal"), sino cabras, caballos, pájaros, o los seres amados ya desaparecidos. Su laberinto es menos una prisión que una prueba (enfrenta la vida con la muerte, lo real con lo fantasmático) para una final reconciliación memoriosa con el mundo. Pues si el mundo nunca desaparece de esta conciencia es porque ella no vive sino en él y por él. Pérez-Só elude cualquier extravío, sobre todo los de la imaginación, y reconoce más bien los límites que le impone la realidad. Como lo dice en otro poema: "lo posible es ser caballo / pero no dragón / no puedo ser dragón / el cielo no me pertenece / la tierra me toma hasta / la tierra". Tampoco hace del sueño "una segunda vida", o lo hace de modo inverso. Me explico. El sueño es una de las experiencias centrales en su poesía y su primer libro se titula *Para morirnos de otro sueño* (1970). Pero creo que lo que él llama "otro sueño" no es sino la vislumbre de la trama mudable que es la vida misma. Mudanzas, cambios, muertes: toda esa trama inasible va adquiriendo cuerpo en la fragilidad del poema. El poema como posesión en el desasimiento, o al revés.

La fragilidad textual es una de las virtudes de la poesía de Pérez-Só: nos convoca a cierta inocencia del lenguaje, y de la vida. Sólo que cuando la palabra se desdibuja demasiado corre el riesgo de la vaguedad y recae en una arbitraria ilación constructiva. Quizá se resienta de esto *Nuevos poemas* (1975), que no parece ser una intensificación de sus dos primeros libros.

La poesía de Eugenio Montejo, en cambio, se ha caracterizado siempre por el espesor y la rica gama textual, aun por la recreación neoculturalista y mítica. En *Elegos* —su primer libro, de 1967— hay un vocablo que aparece con cierta frecuencia: *fabla.* No descuento que su origen esté en Vallejo y hasta sea un "homenaje" a él —tan presente en este libro por algunas modalidades o modulaciones temáticas y sintácticas—; sólo quiero subrayar lo que ese vocablo implica como gusto por un lenguaje arcaico y fabulador. Por más que el poeta la defina como su "fabla de esquivez", lo que en ella se siente es una plenitud y hasta cierto virtuosismo —recatado, elegante— de la palabra.

Pero hay otros rasgos que distinguen quizá mejor a la poesía de Montejo: la pasión constructiva y el casi perfecto control sobre el desarrollo del poema, que excluye lo divagatorio y deshilvanado —*rara avis*, y no sólo en la poesía venezolana. Cualquier poema suyo parte de un punto y vuelve a él, pero para enriquecerlo, para dejarnos ver la amplitud de su recorrido y las sucesivas relaciones que va generando. Es posible que el propio Montejo lo sugiera así en el último poema de *Elegos*: "Mi vivir es araña / en la tela del poema". ¿No traduce su lucidez ante la trama, la construcción del poema? Es significativo también que en este libro sea frecuente el uso de verbos como "hilar", "urdir", "enhebrar" "devanar". Es el libro del ámbito sagrado —como en Vallejo— del hogar, ese centro al que siempre vuelve la poesía de Montejo. En un poema a la madre, se dice: "y en dedales y ojeras nos coses hasta el fin / los vivos a los muertos / tan honda que en ti desapareces". Poema doblemente revelador en esta obra: nos anuncia su continua relación entre la vida y la muerte, y el hilado verbal como uno de sus signos.

En un poema del libro hasta ahora central de Montejo —*Terredad*, 1978—, éste se dirige a un lector futuro, y explica: "No nos pidas más formas que la vida". Es curioso, pues pocos poetas hispanoamericanos de hoy tienen, como él, un sentido tan exigente de las "formas" verbales; lo que he llamado antes su pasión constructiva. Pero si leemos unas líneas más en la misma estrofa, vemos que dice: "Delfos era ilegible al teletipo". Y el poema concluye dirigiéndose de nuevo a aquel lector: "tú que leerás, tal vez, desde otro mundo: / mide tus dioses con los nuestros, / descifra el sueño en la ceniza". Así percibimos el más hondo debate de este poeta: sabe a un tiempo que la poesía es "forma" y que ésta ya no expresa *lo sagrado*. Como lo explica Francisco Rivera en un ensayo irreemplazable,[3] Montejo es el poeta "utópico y ucrónico", el nuevo Orfeo "dividido entre la antigua lira y la moderna cassette" (aludiendo a otro poema de su segundo libro *Muerte y memoria*, 1972). La explicación es luminosa: por una parte, uno de los mitos cardinales en Montejo es el de Orfeo, mediador entre la vida y la muerte, la Tierra y el Hades; por la otra, es un Orfeo que "paga su condena" en el mundo actual, "porque nosotros somos el Infierno". La nostalgia de lo cósmico e inmemorial y la desacralización del presente: entre estos dos polos discurre la poesía de Montejo, pero sin entregarse a ningún patetismo, sin acentuar una dualidad irreconciliable. En el fondo, la nostalgia de Montejo no vive en el desasimiento, en la irreparable desilusión; si traduce cierta melancolía, no por ello deja de buscar encarnar en el presente. Es notable que en *Terredad* haya otro poema —que el autor titula irónicamente "Arqueologías"— en el que se evoca el regreso de Orfeo y el esplendor de lo mítico (Manoa, la Atlántida): "volverá lo que fue, lo que nunca perdimos, / mientras queden amantes en la noche / que abran las siete puertas del deseo / para que Tebas nazca". Es decir, comenta Rivera con frase de otro poema de Montejo, "para que el canto permanezca". Podríamos añadir: para que la palabra sea nuevamente expresión de lo sagrado.

Pero el canto permanecerá a través de dos experiencias fundamentales en Montejo. Este poeta que se nos presenta tan impregnado por la muerte, que incluso, como dice en un poema, viaja con sus muertos ("Los muertos, que conmigo se fueron a París / vivían en el cementerio Vaugi-

[3] "La poesía de Eugenio Montejo", *Inscripciones* (*op. cit.*).

rard"), no hace más que exaltar la vida. "La vida vale más que la vida, sólo eso cuenta." No se trata, por cierto, de ningún ciego vitalismo: no sólo porque Montejo tiene la sabiduría órfica, sino también porque capta con intensidad esa naturaleza indescifrable, esa lenta o rápida erosión que es toda vida. "De lo posible a lo imposible / la vida pasa con un oscuro significado", dice en un poema. En otro, con una imagen de la tecnología moderna, nos hace ver su transitoriedad: "La Vida toma aviones y se aleja"; "La Vida es el misterio en los tableros, / los viajantes que parten o regresan". Pero, indescifrable, transitoria, la vida es igualmente lo que permanece: lo memorable. O la muerte que la acecha y nos la arrebata no puede vencer a la memoria que guardamos de ella. "La casa fue derrumbada, no su recuerdo."

La otra experiencia central en Montejo es lo que él mismo llama la terredad. Se trata de algo muy distinto del paisajismo, el inventario de la naturaleza o las visiones cosmogónicas que han caracterizado a cierta poesía hispanoamericana. Montejo no describe ni enumera, tampoco se deja llevar por la fabulación genésica. Su terredad supone siempre una busca de inmediatez anímica con el mundo. ¿Cómo lograrla a través del lenguaje, justamente a lo que es más irreductible el mundo? No se le escapa este *impasse* y así lo hace ver en el primer poema de *Algunas palabras* (1976): "Es difícil llenar un breve libro / con pensamientos de árboles"; en ese mismo poema oye el grito de un tordo y confiesa: "pero no sé qué hacer con ese grito, / no sé cómo anotarlo".

Esta confesión, sin embargo, nos revela que el mundo no le es extraño y que Montejo es muy sensible a su presencia. Quizá hay otra vía para captarlo: no como un objeto por enunciar, ni siquiera como algo que está fuera y debemos incorporar a nosotros, sino como ese espacio que nos abarca y nos arraiga en él. O mejor, nunca captamos de veras el mundo, pero vivimos su experiencia y es ésta la que nos modula. Montejo no describe fenomenológicamente el mundo: no es, como Ponge, el poeta de *Le parti pris des choses;* tampoco su actitud es ontológica. Le basta con *estar* en la tierra, compartir su flujo, sentirse integrado a su cuerpo total, tan inexplicable como el hombre mismo, tan a la deriva como el hombre mismo. Identidad pero no posesión, sabiduría pero no conocimiento: lo que llama *terredad* puede acoger lo material y lo inmaterial, lo concreto y lo virtual. Es sobre todo un ritmo, un dinamismo en el que la vida entera participa, y especialmente la memoria. "La terredad de un pájaro es su canto", dice en un poema; añade que en su "deber terrestre" a éste sólo lo defiende la voz: "porque en el tiempo no es un pájaro / sino un rayo en la noche de su especie, / una persecución sin tregua de la vida / para que el canto permanezca". Así como el canto perpetúa al pájaro, es la memoria lo que perpetúa a la terredad: heredad.

De nuevo Rivera sabe dar en el blanco: la de Montejo no es una poesía ni de "la naturaleza" ni de "la tierra", sino una "poesía cósmica". Lo sensible en ella es menos sensorial que memorioso. Y si como advierte también Rivera, ella nos regresa a los antiguos ritos cósmicos "en los que el hombre y tierra eran una sola cosa viviente", esto es posible por los ritmos de la memoria. Pero no habría que confundir lo cósmico con ninguna desmesura planetaria. No sólo porque la memoria de Montejo nos hace ver el universo desde cierta intimidad; igualmente porque en toda su obra es muy evidente la entonación mesurada, la trama reflexiva y aun irónica que la aleja de cualquier desencadenamiento visionario o verbal.

Creo que hay en Montejo una fascinación por el lenguaje, pero que es igual a su fascinación por el silencio. La palabra es el "deber" del poeta. Éste —dice en un poema de *Terredad*— es "el esclavo que perdió su cuerpo / para que lo habiten las palabras", con las que trasmuta "en oro el barro humano". Pero es también significativo que un poema de su último libro *Trópico absoluto* (1982), proponga: "Prefiere tu silencio y déjate rodar, / la teoría de la piedra es la más práctica". El poeta, por tanto, debe saber callar para impregnarse, como la piedra, del mundo, para que sea éste el que inscriba sus propios signos. Así, en ese mismo poema, escribir no es sino *dibujar* el mundo "sin añadir ni una línea más de sombra / a su misterio natural". Dibujo exacto y nítido que preserva el misterio: ¿no es simultáneamente el dibujo del silencio?

El silencio está al comienzo y también al final de la palabra. Rodeada en sus dos extremos por el silencio, ¿no es más verdadera la palabra, más verdadero igualmente lo que ella nombra? Ni debate con el lenguaje, ni carencia de él, el silencio, desde esta perspectiva, es otra forma del homenaje al mundo y a la vida; otra forma de la plenitud. Pero hablar de homenaje o de plenitud serían términos inadecuados si los concebimos como actos singulares o inauditos; al igual que el silencio, ellos son la norma, lo natural, la diaria presencia.

Me parece que la obra de Homero Aridjis —sobre todo a partir de su libro *Los espacios azules*, 1968— es una de las que mejor encarna esta otra variante de la metáfora del silencio.

El silencio habla con plenitud, el lenguaje calla con precisión: en esto podría resumirse la peculiaridad de la poesía del Aridjis a que aquí me refiero. Es decir, todo lo que en esta poesía nos parece signo del silencio —la concisión, la música exacta, el trazo puro— está colmado por una palabra que sabe enunciar con *directness* lo que se propone o lo que ve. Aridjis se niega casi siempre a los giros oblicuos o sorprendentes, a las tramas verbales demasiado densas, sobre todo a los juegos paradójicos o irónicos: busca una claridad que corresponda a la del mundo. Su intensidad es la iluminación en la que la propia voz se vuelve impersonal: una suerte de éxtasis del lenguaje. El mundo para Aridjis no es misterioso ni secreto: es "el poema visible" que todos podemos leer y aun (re)escribir. Si alguna tensión encuentra en el acto de escribir(lo), ésta se resuelve en el asentimiento: la privación dentro de la posesión. Como él mismo lo reconoce al final de *Quemar las naves* (1975) en un texto que es una poética:

El poema gira sobre la cabeza de un hombre
en círculos ya próximos ya alejados
El hombre al descubrirlo trata de poseerlo
pero el poema desaparece
Con lo que el hombre puede asir
hace el poema
Lo que se le escapa
pertenece a los hombres futuros

Pero todo esto requiere una mayor explicación. La experiencia del silencio de Aridjis tiene otras implicaciones y consecuencias.

Aridjis no es un poeta genésico ni mucho menos arcádico; simplemente concibe el mundo como una armonía —una perfección— que se opone a la opacidad de la historia. Esa opacidad es la que parece dominar en *Vivir para ver* —su último libro, de 1977—; aun así, o aun dentro del dolor o el desgarramiento de la vida misma, muchos poemas de ese libro no dejan de evocar aquella armonía original y están escritos con la pasión por rescatarla. Ya la voz de Fray Bernardino de Sahagún que Aridjis asume en unos poemas de su libro anterior, proponía: "Quemar las naves / para que no nos sigan / las sombras viejas / por la tierra nueva"; "nosotros vamos también / hacia la transparencia".

De modo que lo central en su obra sigue siendo el *vivir para ver* la limpidez de un tiempo que coincida con "la tierra bellísima". Y también su impulso más profundo sigue siendo la jovialidad y el entusiasmo: "el entusiasmo mueve los días / y yo me muevo". Se reconoce al poeta en los rostros radiantes y dichosos que deja a su alrededor, decía Novalis. Es justamente el efecto que suscita Aridjis en su obra, la cual tiene también esa cualidad que el propio Novalis atribuía a la poesía: *la sagesse.* Por lo primero, Aridjis nos devuelve el esplendor del universo y de la vida; por lo segundo, ese esplendor no es un frenesí de posesión sino apenas la revelación de que el universo está hecho con "discernimiento".[4] Aridjis, en verdad, no es tanto el poeta de las cosas como de la experiencia en el mundo.

Uno y otro rasgo los logra sin duda Aridjis a través de su lenguaje, que tiene esta particularidad: es una continua metáfora sin recurrir a los medios habituales de la metáfora; es intenso sin apelar a la emoción paté-

[4] En *Los espacios azules* hay dos epígrafes, muy significativos, del místico flamenco Jean Van Ruysbroeck: "Ved, esta claridad secreta en la que se contempla todo lo que desea"; "Los pájaros son las obras hechas con discernimiento". En *Quemar las naves*, Aridjis escribe un poema sobre Ruysbroeck: nuevo homenaje a la comunión de la conciencia con el universo.

tica, tampoco a *la beauté convulsive.* Sobre todo esto: su lenguaje parece que siempre está nombrándose a sí mismo, sin por ello caer en ningún solipsismo verbal; en su poesía, por el contrario, domina el espacio o el mundo que la palabra designa. "Más rápido que el pensamiento va la imagen", dice Aridjis en un poema. El vocablo "imagen" parece tener acá la connotación de metáfora, pero luego incorpora otra significación: es la "imagen" del mundo. Así, en otro pasaje del poema, se dice: "Más rápido que la imagen va la imagen / que te busca en el abismo de luz que es sombra / y te halla visible en lo invisible / como alguien que viviendo brilla". Para Aridjis, en efecto, todo es *visible,* todo es cuerpo de la revelación. No sólo no se debate en la dualidad, sino que, además, se instala en la unidad misma: tanto la del hombre y el universo como la de la palabra y la cosa. Lo existente es a un tiempo anverso y reverso, apariencia y trascendencia. "El ritmo de la divinidad / sobre la bestia y el agua", "el pan consagrado por la luz", "oigo el paso de la luz sobre su piel": estas alianzas entre los seres, los objetos y los sentidos anuncian también la disolución de cualquier hiato entre lo de *más allá* y lo de *acá.* Si el silencio es lenguaje y éste, a su vez, es lo nombrado mismo, la mirada es también lo que ve. Más que la perfecta armonía, se trata de la armonía de la perfección, sólo que ésta se despoja de cualquier jerarquía de valores: perfección equivale a existir.

En un texto de *Ajedrez/Navegaciones* (1969), Aridjis delimita su poética y su actitud frente al mundo: "Escribo —dice— por amor a ciertos nombres; a lo que esos nombres significan, y persisten adentro y afuera de nosotros"; "Escribo por deslumbramiento, por lo probable de ser y lo improbable"; "Escribo porque soy efímero, y la vida es breve y dura y sorprendente. Y me siento en armonía conmigo y con los hombres".

Amor por los nombres, también por el silencio. Para Aridjis la palabra es portadora de mundo, pero "sopla desde el fondo del agua/silenciosa". La palabra nombra, sólo que su nombrar "no revela ni oculta"; apenas irradia como una "bola de cristal en movimiento" que "arroja por doquier sus sonidos". Así la palabra se identifica con las cosas en el mundo, en la medida en que adquiere el movimiento y la libertad de ellas. Cosas y palabras: signos de la presencia real del universo. Si se identifican entre sí, pueden valer también unas por otras. La palabra es universo, el universo es palabra. El universo —dirá siempre Aridjis— es *poema.* Continuamente en sus textos aparece esta equivalencia: "el día hace su poema blanco", "el sol / mira el poema / ya vivo", al caballo "el sol lo encuentra corriendo por el alba / ágil como un poema". Por ello también la palabra se identifica con la mirada; ambas son una acción sobre el mundo: "ver es nacer / y al mirar has nacido a la tierra / y tu mirada la ha hecho su reino". Además, en el amor, la mirada es iluminación y otra forma de lenguaje (esta vez sin palabras): "lleva tus ojos la palabra"; aun es el signo de otra excelencia no menos profunda: "las gentes que viven en la altura / no tienen otra bondad que la mirada". La mirada no es sólo otro lenguaje, que, a su vez, no es sino silencio; como éste, ella parece presidir y aun crear el espacio de una meditación mística, no intelectual (¿la gestación misma del poema o del acto poético?): "Él tenía un cuarto de silencio / Sin techo ni paredes / al que sólo su mirada entraba pues su pensamiento en él hacía demasiado ruido". El silencio mira, no piensa; crea un ritual extático, una forma de consagración del instante: "después del amor el silencio empieza a tomar otra vez el cuerpo".

¿No es significativa esta nueva analogía entre el silencio y la mirada? Así como el silencio, para Aridjis, es un estado de inteligibilidad superior y de participación más profunda, de igual modo su mirada no es simplemente *a look*, la movilidad superficial del ver, sino que es *a stare*, o sea, una concentración, una fijeza que se vuelve visión: "los ojos son videntes".[5] Esa visión, como el silencio, se confunde con otra forma de la sabiduría. "Los ojos no ven, saben", decía Jorge Guillén, sin duda uno de los maestros de esta poesía que hace del estar en el mundo el verdadero y único ser.

Lo que ve Aridjis (a través de un lenguaje que es silencio que es mirada) es un mundo que, siendo igual a nuestro mundo real, constituye también su encarnación primordial, original: una naturaleza mítica a la que se tiene acceso por los sentidos, por la desnudez de los sentidos. En ese mundo, alma y cuerpo, lenguaje y realidad son parejas constantes de una unidad mayor: "Los libros son abiertos y las mujeres amadas / en la página justa en el círculo henchido": ya es reveladora esta correspondencia de términos dispuestos paralelamente pero que se entrecruzan. Correspondencias que son superposiciones en el espacio, por ello Aridjis exalta lo corpóreo: "amo esta corporeidad / esta abertura a mil soles y sombras", "hay un cuerpo en el cuerpo que es el cuerpo de todo", "el cuerpo entero es instante". Ese *cuerpo* es un espacio a la vez humano y sagrado, en el cual Aridjis (re) descubre no sólo la vivacidad y la energía sino también la pureza de un reino tocado por la inocencia. ("He visto el pájaro de la inocencia detenerse.") Sus poemas cumplen la exigencia de ese gran poeta de la presencia y la fiesta del universo que fue e. e. cummings: "live the magnificent honesty of space". Así, su poética podría resumirse en esta frase: "El único milagro es el de la Creación / lo demás es anecdótico", y entendemos que *la Creación* simultáneamente alude a la poesía y a la naturaleza. Lo demás, habría que añadir, es la historia como sucesiva degradación tanto de la inocencia como de la intensidad (lo uno por lo otro, y de manera recíproca). Por ello su obra vive (y vislumbra) otro tiempo: comunión con el universo (mujer, fruto, espacio, animalia), es también espectativa, absorto silencio, "pues uno no sabe por dónde va a brotar la aparición".

[5] Susan Sontag, en *Styles of Radical Will* (1969), hace esta distinción: "Traditional art invites a look. Art that is silent engenders a stare... A stare is perhaps as far from history, as close to eternity, as contemporary art can get."

Lo que la obra de Aridjis finalmente propone no es menos desafiante en nuestra época: *existir*. "Lo que nos hace efímeros es nuestra inexistencia, / si existiéramos no seríamos mortales", advierte. Si su poesía ha ido alcanzando verdadera transparencia es justamente porque le ha dado a esa proposición una nitidez verbal que es igual al silencio: la palabra que ni revela ni oculta y toma cuerpo, como cualquier otro objeto, en el mundo.

¿Cómo concluir esta descripción de la metáfora del silencio sin hablar de quien llegó a transponer esa metáfora al plano mismo de su vida? Me refiero a Alejandra Pizarnik. Su suicidio, en 1972, cuando apenas tenía treinta y tres años, es la última manifestación de esa metáfora. Lo digo literalmente. Y me parece oportuno advertir que "manifestación" no equivale simplemente a "realización".

Meses antes de morir, Alejandra había publicado uno de sus libros más intensos, aunque no necesariamente el mejor de su obra. *El infierno musical*: título irónico y aun cruel, pero exacto. Decir que en él ya está prefigurado su suicidio, por la presencia constante del tema de la muerte, es decir mucho y muy poco. En casi toda su obra anterior ése es también el tema dominante; no un mero "tópico" sino casi una obsesión, una vocación. "Toda la noche escucho el llamamiento de la muerte"; "Había un payaso adolescente y yo le dije que en mis poemas la muerte era mi amante y mi amante era la muerte y él dijo: tus poemas dicen la verdad justa", escribía ya esta muchacha alucinada en *Extracción de la piedra de la locura* (1968). No quiero abundar en ejemplos análogos de textos todavía muy anteriores, cuando Alejandra estaba en plena juventud. Baste señalar que la muerte asoma aun en los motivos aparentemente más secundarios: el disfraz, las muñecas, el circo, los espejos ("He tenido muchos amores, pero el más hermoso fue mi amor a los espejos"). Es también muy revelador que su poesía haya sido una continua meditación sobre el acto poético mismo y que esa meditación incluya igualmente el tema de la muerte. En un poema de *Los trabajos y las noches* (1965), la muerte y el silencio son los términos de una metáfora total: "La muerte siempre al lado. / Escucho su decir. / Sólo me oigo". Aun entre esos dos términos aparece otro: el amor, el erotismo: "En la noche a tu lado / las palabras son claves, son llaves. / El deseo de morir es rey. / Que tu cuerpo sea siempre / un amado espacio de revelaciones", dice en otro poema de aquel libro. *Cuerpo, palabras que son claves o llaves*: la referencia, creo, es simultánea y recíprocamente al amado y al poema; *el deseo de morir es rey*: la pasión absoluta que quiere fijar para siempre al poema y al amado en el instante de la revelación —verbal y erótica.

Alejandra Pizarnik no sólo habló de la muerte en sus poemas; la vislumbró también, le siguió los pasos: más aún, y sobre todo, la fue *escribiendo*. Quiero decir que la muerte estaba ligada a la aventura de su obra, al desarrollo mismo de su escritura. "Morir es un arte, como todo", llegó a confesar otra joven suicida de nuestra época, Sylvia Plath. También antes ya Camus había intuido que el suicidio se va gestando en el silencio del corazón, tal como si fuese una gran obra de arte. Arte, creo, como disciplina no sólo psicológica o moral sino sobre todo estética. *El infierno musical*, dije, es un título irónico y aun cruel, pero exacto: nos está hablando de la muerte en términos estéticos. La intensidad y la tensión del libro se derivan, en verdad, de esta doble analogía: la muerte como metáfora del lenguaje, éste como metáfora de aquélla. Crisis de la vida y crisis de la escritura poética son, pues, una misma y sola cosa. Antes, el poema había sido para Alejandra una "ceremonia demasiado pura", una suerte de música extática y transparente aun ante el hechizo de la muerte; ahora el poema es "la melodía de los huesos": lenguaje áspero, hostigado por sí mismo, que a veces rechina, que muy apenas se permite ciertas seducciones verbales. Antes, el silencio era la prueba necesaria para que el lenguaje alcanzara su esplendor: "Al negro sol del silencio las palabras se doraban"; ahora abre el espacio del terror: "tragar noche, una noche inmensa inmersa en el sigilo de los pasos perdidos". La escritura, en suma, ahora es un camino que conduce "a lo negro, a lo estéril, a lo fragmentado".

> Abandoné la música y sus traiciones porque la música estaba más arriba o más abajo, pero no en el centro, en el lugar de la fusión y del encuentro.
>
> . . .
>
> No puedo hablar para nada decir. Por eso nos perdemos, yo y el poema, en la tentativa inútil de transcribir relaciones ardientes.

Si todo *El infierno musical* es un continuo trato con la muerte, estos dos pasajes parecen encerrar la clave del acto mismo del suicidio de Alejandra Pizarnik. Ambos pertenecen al poema "Piedra fundamental", cuyo título es iluminador: si parece sugerir la búsqueda de la "piedra filosofal", todo el texto lo que hace es subrayar que la sabiduría no reside en el conocimiento sino en la intensidad, en las "relaciones ardientes" entre la vida y la palabra. Toda la obra de Alejandra, en efecto, fue la búsqueda de ese *fundamento*: transponer la vida a la escritura, transponer la escritura a la vida. Operación doble y única, es decir, dialéctica: cualquier modificación en una de sus fases modifica a la otra; cualquier imposibilidad o fracaso en una de ellas neutraliza a la otra y la vuelve inútil. Así, como en el poema antes citado, no tener nada que decir supone que no hay tampoco nada que vivir. Esta carencia impone una ética no menos exigente que la pasión frustrada: el silencio y la muerte. Ética rigurosa porque también ella, en el fondo, se sigue nutriendo de la fascinación. "La muerte ha restituido al silencio su prestigio hechizante", escribía Alejandra en un poema de su penúltimo libro; prefiguración conmovedora: está escrita como si fuese el testimonio de lo ya vivido. La muerte —se ha dicho— convierte a la vida en destino: la verdad que encierra esta frase nos resulta casi intolerable. ¿No le asigna a la muerte un poder y una clarividencia que justamente buscamos, y nunca encontramos, en la vida misma? Verdad intolerable, ¿no suscita también la pasión o la vocación de la muerte: buscar en ella el signo de lo absoluto, la palabra inexorable, la revelación que ya no podrá ser postergada ni distorsionada?

Explicar el suicidio en términos estéticos: pura literatura, dirá el lector. Debo, entonces, precisar algunas cosas. No estoy pretendiendo explicar racionalmente el suicidio de Alejandra Pizarnik, sino comprenderlo a partir de su obra misma; en todo escritor auténtico, como ella, la estética y la vida no son términos separables, mucho menos excluyentes. Tampoco he intentado "mitificar" su suicidio, haciéndolo "poético" y despojándolo de su hiriente intensidad humana, de ese desamparo total que lo acompaña, sobre todo en un ser joven. He querido poner de relieve algo no menos humano aunque más complejo: que un artista puede escoger la muerte por amor a la vida, escoger el definitivo silencio por amor a la palabra, y que justamente esa opción no es el resultado de un extravío (mental o moral), sino de una lucidez que se extravía por exceso de claridad ante la vida y la historia. En tal sentido ¿no hay en el suicidio una acusación contra la sociedad? Aunque es también posible verlo como una acusación contra la condición humana misma. Albert Camus ha estudiado el origen filosófico del suicidio: empieza a gestarse en el momento mismo en que iniciamos la meditación sobre el sentido de la vida (*El mito de Sísifo*). Camus no estaba proclamando, por supuesto, la necesidad del suicidio, ni su fatalidad. Lo que quería esclarecer es que no era un accidente; que si el suicidio es una desmesura, también lo son vivir, escribir, pensar, cuando se está dominado por la pasión de lo absoluto humano, y no del divino. La verdadera pasión trágica —decía por ello— es la de la felicidad.

En un libro reciente, el poeta y crítico inglés A. Álvarez —él mismo "a failed suicide"— hace una historia del suicidio, que ilumina más que mis propias reflexiones. De su amplio análisis, creo que bastaría con destacar dos observaciones centrales. La obra de arte —dice— no es siempre una terapia que libera al autor de las visiones y fantasmas que lo acosan, como ha creído el psicoanálisis. Como en el caso de Sylvia Plath —que él estudia con inteligencia y afecto—, lo que el autor va escribiendo puede convertirse en destino, hacerse un tejido inexorable que finalmente se constituye en su verdadera naturaleza. Por otra parte, dice Álvarez, el arte contemporáneo es, en sí mismo, un arte suicida: sus postulados, sus experimentos comienzan por destruir la noción de arte y pueden terminar por destruir al propio artista. El arte contemporáneo —para retomar la imagen de Yeats que el autor emplea— es un *dios salvaje* que se devora a sí mismo (*The Savage God*, Nueva York, Random House, 1972).

Decir, por tanto, que el suicidio de Alejandra Pizarnik tiene una profunda implicación estética no es querer reducirlo a términos abstractos, asépticos, "deshumanizados", sino, por el contrario, darle su verdadera dimensión humana y moral. No es el suicidio el que ilumina su obra, sino al revés. Tampoco esa obra adquiere nuevos prestigios a partir del suicidio —que no podrá borrar, aunque los veamos bajo distinta luz, otros rasgos de su obra: la vaguedad, cierto narcisismo, el gusto por lo "sensible". Es cierto que su suicidio nos recuerda, y pone al vivo, algo que tendemos a olvidar: que las metáforas son también realidad, y a veces más intensas que la realidad. De todos modos, no sólo hay que partir de su obra, sino regresar a ella: recrear, a través de su pasión estética, la aventura en busca de "la palabra inocente". La búsqueda, igualmente, de la transparencia: *el lugar de la fusión y del encuentro* entre el lenguaje y el universo. Lo haya o no logrado, ella pertenece, en verdad, a los Grandes Transparentes, como dice Julio Cortázar, sin duda uno de sus maestros y amigos. Lo dijo en este poema que ahora, finalmente, transcribo, y que es más iluminador que todo lo anotado por mí:

Alejandra

Puesto que el Hades no existe, seguramente estás allí,
        último hotel, último sueño,
pasajera obstinada de la ausencia.
Sin equipajes ni papeles,
        dando por óbolo un cuaderno
        o un lápiz de color.
—Acéptalos, barquero: nadie pagó más caro
el ingreso a los Grandes Transparentes,
al jardín donde Alicia la esperaba.[6]

6 Este poema apareció en la revista *Desquicio* (otoño de 1972, París).

XXII. EL POEMA: UNA FÉRTIL MISERIA

La exuberancia verbal no siempre se convierte en deliberada parodia o tiende, luego de su despliegue, al extremo laconismo. Puede también mantenerse al estado puro: sin renunciar a sus poderes, sin dejar tampoco de percibir sus límites. Expansión del lenguaje y refracción de la conciencia crítica pueden coincidir sin neutralizarse.

La obra de Álvaro Mutis, creo, es el desarrollo simultáneo de este doble movimiento. Es ello lo que le comunica un sentido problemático. Es cierto que la brevedad de esa obra podría hacer pensar en una tendencia hacia el ascetismo expresivo y aun hacia el silencio.[1] Pero habría que advertir que esa brevedad es sobre todo obsesiva: no una voluntad de reducción, mucho menos el gusto por lo que se llama "perfección", sino una busca de intensidad y, hay que decirlo, de una intensidad absoluta. De modo que la brevedad no excluye ni el poder verbal ni el poder imaginario en que aquél se funda. "Un poeta de la estirpe más rara en español: rico sin ostentación y sin despilfarro", ha dicho con justeza, y justicia, Octavio Paz al referirse a Mutis. A Mutis, en verdad, habría que situarlo entre los mejores poetas hispanoamericanos inmediatamente posteriores a la generación del propio Paz.

Poder verbal e imaginario: poder, en primer término, de metamorfosis. Y metamorfosis, en primer término, a su vez, de la persona. En efecto, el yo poético de Mutis es una continua traslación: máscara, metáforas, invenciones. Casi ninguno de sus poemas es la expresión de un yo elocutivo personal o meramente biográfico; elocutivo, ese yo es el de un observador distante y a la vez implicado en lo que ve, o de un "personaje". De manera significativa, como es perceptible en un poema, la naturaleza del yo íntimo es la no existencia ("ese que no fuiste, ese que murió / de tanto ser tú mismo lo que eres") y, más revelador aún, es en esa ya imposible encarnación del yo donde éste pudo encontrar "la clave de (su) breve dicha sobre la tierra". Cualquiera que sea la perspectiva que entonces se adopte, esa identidad se ha perdido (el yo deseado) o permanece pero sólo precariamente (el yo biográfico). Este hecho, sin embargo, no deja de ser estimulante; le permite a Mutis la fabulación de otros yo, de otras vidas.

Así, es un cronista que acopia sus notas para "un poema de lástimas a la memoria de Su Majestad el Rey Felipe II" (esto es parte del título

[1] Mutis ha publicado cuatro libros de poemas. *La balanza* (1948), *Los elementos del desastre* (1953) y *Los trabajos perdidos* (1965) fueron luego recogidos en el volumen *Summa de Maqroll el Gaviero* (1973). En 1981 apareció *Caravansary*.

mismo): no se trata, por supuesto, de recrear una época como de mostrar su *espíritu*, que de algún modo la historia sigue perpetuando: las multitudes sacrificadas en empresas inútiles ("a medianoche en caminos anegados, entre carros atascados en el barro milenario") y el monarca encerrado en su soledad meditativa, la noble alma preservando su inmortalidad:

> Por última vez hagamos memoria de sus hechos, cantemos
> sus lástimas de monarca encerrado en la mansión
> eficaz y tranquila que lentamente bebe su sangre de
> reptil indefenso y creyente.
> Cuánta mugrienta soledad cobija sus rezos interminables,
> sus vanas súplicas, su amor por la hembra tuerta y ardiente
> que consumiera unas pocas noches de remordida vigilia.

En otro poema, ese mismo cronista hace una reseña, nada convencional por cierto, de la gente de guerra, de "la desvirtuada magia de sus vidas" al regreso, y aun introduce la voz de un soldado —un arquero— de Flandes, que prevé la suerte de todo ese mundo, con su final ritual a la muerte del rey, "un hombre triste y pesaroso padre de pálidos infantes sin malicia ni pena".

Esta vena épica no concluye acá, pero se traslada del ámbito ultramarino a un ámbito más contemporáneo y tropical. Cambia también el tono: puede seguir siendo irónico, pero ya no es sarcástico; es obvio ahora que el cronista siente fascinación por las vidas que recrea. En el poema "El húsar", el personaje histórico es digno de esa admiración: héroe más o menos anónimo, su esplendor vital y guerrero es a un tiempo real y mítico, corresponde a esa ambivalencia americana de la plenitud y del fracaso, del derroche y de la privación. "El húsar" es el poema —la novela— del deseo y del orgullo que no pactan: un ser que prefiere perderse en su propia intensidad (la selva, la mujer) antes que aceptar reconciliarse no sólo con la costumbre sino también con la imagen de él que los otros quisieran fijar, volver ya convencional, aceptable. La ceguera del personaje no es más que su pasión y aun su lucidez; su sentido de la libertad se confunde con una suerte de vocación por lo irreparable —¿no es lo irreparable lo que nos revela a nosotros mismos? "Puede ocurrir que a un cierto grado de lucidez, un hombre se sienta el corazón cerrado y, sin rebelión ni reivindicación, dé la espalda a lo que él tomaba hasta entonces como su vida, quiero decir, su agitación", ha observado Albert Camus en uno de sus primeros ensayos. Creo que es una experiencia similar la que evoca Mutis; más allá de la opulencia vital y de su desmesurada fuerza, la estirpe de su *húsar* es, en última instancia, la del hombre desértico. ¿No parece prefigurar también a algunos de los personajes de García Márquez?

El yo poético de Mutis, por supuesto, no es sólo el de un cronista que recrea tiempos y vidas del pasado. Es, además, un receptor de *voces*: secretas pero también inmediatas; fantasmales y vivas. "Sólo entiendo algunas voces", dice en un poema. "La del ahorcado de Cocora, la del anciano minero que murió de hambre cubierto inexplicablemente por brillantes hojas de plátano; la de los huesos de mujer hallados en la cañada de La Osa; la del fantasma que vive en el horno del trapiche." Otras voces "vienen de los trenes / de los buses de colegio / de los tranvías de barriada"; o "de los muñequeros de vírgenes infames / del cuarto piso de los seminarios / de los parques públicos / de algunas piezas de pensión / y de otras muchas moradas diurnas del miedo". Otras son voces de los hoteles, ese lugar que para Mutis es el reino de la soledad en medio de lo promiscuo; como la voz de la mujer ("la hermosa inquilina", con su "cuerpo inmenso y blanco") que al final de un poema deja oír su súplica (¿o su expiación?): "¡Señor, Señor, por qué me has abandonado!" Voces malditas o inocentes, víctimas o cómplices, todas ellas van formando el enjambre sonoro, oscuro y también luminoso, de muchos de los poemas de Mutis. Son un conjuro y a la par una obsesión: si Mutis las *escucha* no es para convertirse en esa identidad un tanto pretenciosa que ahora llaman "testigo", sino por pura fascinación y hasta verdadera identificación.

Voces anónimas. Voces también de personajes anónimos que hablan de sus oficios. Ni prestigiosos ni anodinos, esos oficios se sitúan, sin embargo, en una cierta marginalidad: introducen en la opacidad lo imprevisible. Así, en otros poemas que continúan la misma línea narrativa, la persona poética de Mutis se transforma sucesivamente en un conductor de trenes y en un celador de barcos. El viaje y la vigilancia, la aventura y la pesquisa. Pero no se piense que con ello entramos en un mundo de símbolos, mucho menos de alegorías —creo que la poesía de Mutis huye por igual de ambas tendencias. Otra cosa es decir que con ello se nos inicia en un trato ambivalente con lo real; sólo que ambivalencia no quiere ser acá equivalente de vaguedad, misterio, suspenso, alusiones secretas o cifradas. Por el contrario, Mutis practica una técnica de la yuxtaposición de planos nítidos y precisos, lo que es distinto a sustituir una cosa por otra.

En efecto, en el poema titulado "El Viaje" el conductor de trenes narra todas sus incidencias en un mismo tono, sin dar mayor o menor relieve a ninguna. Es cierto que algunas de ellas pueden parecer extrañas. *V. gr.*, en los vagones reina un orden nada habitual ("En el primero iban los ancianos y los ciegos; en el segundo los gitanos, los jóvenes de dudosas costumbres y, de vez en cuando, una viuda de furiosa y postrera adolescencia. . ."); el viaje, hacia una estación de veraneo, sufre demoras tales que algún pasajero puede morir y el conductor debe actuar como sepulturero; las violentas disputas entre los viajeros obligan también a prolongadas y súbitas paradas para dirimirlas ("No es cualquier cosa permanecer en medio de un páramo helado o de una ardiente llanura donde el sol reverbera hasta agotar los ojos, oyendo las peores indecencias, enterándose de las más vulgares intimidades. . ."). Pero nada hay en el texto que privilegie esas incidencias o que las proponga como ilustración de algo. Son hechos excepcionales e increíbles, pero por ello mismo imaginables, es decir, verdaderos —lo verosímil y lo verdadero ¿no llegan muchas veces a excluirse? No es una representación de la realidad lo que Mutis busca, sino mostrar una conciencia en la realidad y, sobre todo, en la *realidad otra* que esa misma conciencia va creando. No pensamos tanto en el viaje mismo como en la *persona* que lo narra. Ponerse a discernir entre lo verosímil y lo que no lo es, resultaría, más que ingenuidad, incapacidad para comprender las metamorfosis en que también se desarrolla toda experiencia. Cuando el conductor habla de "la riquísima gama de sonidos que despertaba la pequeña locomotora de color rosado, al cruzar los bosques de eucaliptos" y de su extrañeza porque "no se construyen violines con la madera de ese perfumado árbol", nos pone en camino de comprender un *carácter* (no una psicología) antes que compartir una impresión "refinada" o "poética" del paisaje. Es el sentido del juego y de la ironía que esa observación implica, el don transfigurador y a la vez la sensibilidad del hombre desértico, lo que sospechamos y que al final del poema se nos revela. Después de enamorarse de una muchacha que había quedado viuda en el viaje y de fugarse con ella, se estableció —nos dice— "a orillas del Gran Río, en donde ejercí por muchos años el oficio de colector de impuestos sobre la pesca del pez púrpura que abunda en esas aguas". Este destino último ¿no encierra, sin embargo, una opción por la pasión y el placer, ese placer que los viajeros del tren nunca pudieron vivir ni compartir? Opción irónica: excepcional (no ejemplar, claro), pero igualmente irrisoria. Es, creo, una experiencia semejante a la del celador de barcos que habla en otro poema, titulado "Hastío de los peces".

Cuidar de los barcos cuando quedan solos en los puertos, esa experiencia nada tiene de extraordinaria ("nada insólita y muy aburrida por épocas", confiesa el protagonista). Pero este celador aguza su celo; busca lo que otro ni siquiera imaginaría. "Recorría —dice— todos los sitios donde pudiera esconderse el albatros vaticinador del hambre y de la pelagra o la mariposa de oscuras alas lanosas, propiciadora de la más vasta miseria." El juego del conductor sobre el paso del tren a través del bosque de eucaliptos, las resonancias musicales y la madera de los violines (juego extrañamente erótico además), acá parece encontrar su reiteración, pero en un contexto más "explícito": el juego entre un símbolo de mucha prosapia poética (el albatros romántico) y un presagio que sólo irónicamente puede verse como su efecto necesario: no la pelagra real sino la condenación del poeta o del ser que lo es por naturaleza o secreta identidad; no la miseria de una carestía real sino de una abundancia imaginaria. ¿El exilio del poeta en la vieja simbología romántica, en Baudelaire? No importan, claro, las correspondencias aparentes, sino el contexto en que ellas se producen: acá, la ironía que juega con el realismo.

Un cronista de la época de Felipe II, un soldado de Flandes, un guerrero tropical devorado por su propia pasión, que es una forma de "refus", un pasante de hoteles, un conductor de trenes, un celador de barcos: ¿no tienen todos ellos un verdadero rostro? Sí y no. En primer lugar, no hay rostros sino máscaras, no hay tipos sino protagonistas. También es verdad que máscaras y protagonistas parecen evocar un mismo *carácter* (a Mutis no le disgustaría que se dijera una *virtus*). Creo que en los dos últimos poemas mencionados, el propio autor lo sugiere. El conductor de trenes no es sino una fase de otro ser cuya identidad se elude; por ello, al comienzo, dice: "No sé si en otro lugar he hablado del tren del que fui conductor. De todas maneras, es tan interesante este aspecto de mi vida. . .". Y ya más concreta es la sugerencia en boca del celador de barcos: "Desde dónde iniciar nuevamente la historia es cosa que no debe preocuparnos. Partamos, por ejemplo, de cuando era celador de trasatlánticos en un escondido y mísero puerto del Caribe".

¿Cuáles serían, entonces, los rasgos de esa *virtus*? Sin duda, uno de los primeros es la crítica y el desdén por la Historia como poder: enajenación de la vida y del individuo. Pero los personajes de Mutis no escapan de esa historia para salvarse. No hay —ni ellos la buscan— salvación. Optan siempre por el rechazo que finalmente los devora o los aísla. En ellos, curiosamente, el individuo llega a destruirse a sí mismo y a afirmar una estirpe humana: el orgullo y la soledad, el fracaso como única victoria. Cada uno de ellos afirma la *fértil miseria*: "la plaga", "la pelagra" son sus verdaderos enemigos, es decir, la muerte. Los reúne, pues, esta singularidad: seres que se consumen en su propia energía, seres "estancados en el placer de un viaje interminable".

El lector sospecha, por tanto, que todos estos protagonistas son avatares de una figura total. Esa figura —una persona, un destino— tiene un nombre que parece también una composición: un injerto lingüístico. Se llama Maqroll, y Mutis titula la primera edición completa de sus poemas *Summa de Maqroll el Gaviero*. Viajante de oficio, este personaje cambia no sólo de espacios sino de tiempos; no sólo de tareas (*trabajos*, diría Mutis) sino también de encarnaciones. El título, pues, creo que tiene que ver con esto y no simplemente con la compilación de libros diversos. Maqroll, en efecto, es la *suma* de todos los otros: sólo desde su perspectiva adquieren aquéllos coherencia e intensidad. Es, por decirlo así, la conciencia que les da sentido; la conciencia, por supuesto, del propio poeta, como lo ha señalado Paz —lo que no excluye que sea un verdadero personaje y no una alegoría. Un personaje a la manera de Maldoror. De éste tiene el demonio de la lucidez: se sabe a un tiempo glorioso y condenado. Hay que decir que Maqroll, como tal, sólo aparece al comienzo y al final de la obra de Mutis; pero su presencia invisible —o su visible ausencia— tiene el signo de un poder apocalíptico: no tanto porque anuncie el fin o el comienzo de nada, sino porque lo que dice es siempre una revelación: es un *gaviero*, es decir, un avizor de horizontes.

Ya en el primer libro de Mutis aparece un poema titulado "Oración de

Maqroll". Se trata, en efecto, de una *oración*, sólo que no simplemente para reverenciar a Dios; o para reverenciarlo allí donde justamente sus poderes se confunden con el *mal*. "Haz —le dice— que todos conciban mi cuerpo como una fuente inagotable de tu infamia." Algo más que la blasfemia de un maldito el que así habla; también, y sobre todo, se trata de la creencia en la maldición como la única verdad. No es, pues, la irreverencia lo que mueve a Maqroll. Además del sentido del castigo ("Señor, seca los pozos que hay en mitad del mar donde / los peces copulan sin lograr reproducirse"), igualmente siente piedad y hasta una suerte de autoindulgencia. Patéticamente, pide: "Desarticula las muñecas. / Ilumina el dormitorio del payaso. ¡Oh Señor!" Maqroll es aún más humilde; finalmente muestra (y no hipócritamente como los "verdaderos cristianos") su sumisión, que no es sino el signo de su herejía:

> ¡Oh Señor! recibe las preces de este avizor suplicante y concédele la gracia de morir envuelto en el polvo de las ciudades, recostado en las graderías de una casa infame e iluminado por todas las estrellas del firmamento.
>
> Recuerda Señor, que tu siervo ha observado pacientemente las leyes de la manada. No olvides su rostro. Amén.

La infamia que asume Maqroll, decíamos, es la de saber —y decir— que la muerte lo infecta todo. Su rebelión no consiste en oponer este mundo al otro, sino en verlos a ambos como algo finalmente vacío. Su obediencia tiene, entonces, un alcance devastador. La verdadera ley de la manada, que él observa, no es otra que la ley de la muerte: la muerte que lo degrada todo, pero que le otorga a todo su exacta realidad. Otros viven, o creen vivir, suponiendo la existencia de Dios, de la Historia, del Poder, de la Gloria. Para Maqroll, la muerte vuelve irrisorias tales entidades; pone también al descubierto el doble engaño que encierran: figuran una trascendencia o un sentido superior que no existe; hacen vivir, no la vida misma sino la confianza —la seguridad— de creer que se está viviendo. Doble engaño que es una doble impostura: nadie vive en ni mucho menos para la trascendencia; nadie, por tanto, cree de verdad en ella. Maqroll puede ser despiadado e incrédulo, pero es riguroso: vivir es una enfermedad, el cuerpo mismo encierra sus plagas, pero ello no lo lleva a preservarse para otra vida. La furia de vivir es su única pasión: pasión maldita: la vida es un don y simultáneamente un mal. Maqroll quiere ser fiel a esa contradicción; sabe que sólo por ella no es un fantasma o una entelequia pensante. Así, antes de desaparecer —¿puede desaparecer la conciencia que él encarna?— deja sus memorias: un tejido de "relatos y alusiones", no una acumulación patética de lamentos. Se trata de un conjunto de poemas —la mayoría de ellos narrativos, en prosa— bajo el título de "Reseñas de los Hospitales de Ultramar", con el cual se cierra, por ahora, la obra de Mutis. El propio Mutis los ha definido así:

> Con el nombre de Hospitales de Ultramar cubría el Gaviero una amplia teoría de males, angustias, días en blanco en espera de nada, vergüenzas de la carne, faltas de amistad, deudas nunca pagadas, semanas de hospital en tierras desconocidas curando los efectos de largas navegaciones por aguas emponzoñadas y climas malignos, fiebres de la infancia, en fin, todos esos pasos que da el hombre usándose para la muerte, gastando sus fuerzas y sus dones para llegar a la tumba y terminar encogido en la ojera de su propio desprecio.

Como la casa de Asterión —el laberinto borgiano del minotauro—, los Hospitales de Mutis son también el universo. Sólo que él los sitúa en una geografía muy precisa: al borde de los mares calientes y en medio de una naturaleza más opresiva que liberadora ("el mar mecía su sucia charca gris"; "el orín y la herrumbre, propiciados por el clima tropical"; "el óxido y la verdosa y mansa lama nacida de la humedad y del aire"). Es cierto que en esa naturaleza aún es posible la plenitud ("el olor saludable y salinoso de las grandes extensiones" marinas) o el espacio paradisíaco —Maqroll se baña en una cascada purificadora—, pero el signo dominante en ella es más bien lo contrario: materia malsana que prefigura la descomposición misma de los dolientes de los hospitales. Muy poco, pues, de la fascinación ante la exuberancia tropical: Mutis empieza su "teoría de males" mostrando una tierra condenada, ni infernal ni devoradora, una suerte de limbo pululante de la infección. A esta visión desmitificadora de lo telúrico se suma otra más atroz: la enfermedad y la vida en los hospitales. Visión atroz no sólo por el poder descriptivo de Mutis, que alía lo refinado y lo escalofriante, la contención y la crueldad: *v. gr.*, "la pulida uña del síntoma", "el ojoso manto de la fiebre", "los olores se demoraban en la vasta y única sala, como si fueran húmedas bestias sacudiéndose en la sombra", "en un desorden de cobijas y sábanas manchadas por todas las inmundicias, reposaba su blanda e inmensa estatura de diabético". También lo es, y sobre todo, por las escenas mismas que presenta: *v. gr.*, ésta que es una suerte de alianza, ya caricaturesca y degradada, entre Eros y Tánatos:

> Mediante artimañas y quejosas promesas, algunas (mujeres) se dejaban poseer en silencio. Al mediodía era frecuente el espectáculo de una mujer de carnes secas, ya sin pechos ni caderas, comida por el clima y el hambre, soportando el desordenado peso de un enfermo que gemía tiernamente como quien duerme una criatura.
>
> Entonces, los olores giraban enloquecidos y siempre extraños al aroma almidonado y dulce de la cópula.
>
> El sol hería sus ojos hinchados y cubiertos de blancas natas, reflejado por el mar siempre a nuestra vista por falta de puerta.

No es necesario subrayar que los textos de Maqroll encierran, igualmente, una visión (pero no una lección) de orden moral. En el primero de ellos, la voz de un pregón hace el elogio de los beneficios que recibirían "los dolientes" en los hospitales: "¡Entren, entren! / Obedientes a la pestilencia que consuela y da olvido, / que purifica y concede la gracia". De nuevo —como en la "Oración de Maqroll", ya citada— aparece la ironía: la redención no para salvarse sino para condenarse; o mejor, para abrir los ojos no a un más allá sino a un acá devorado por el mal. Maqroll da muy pocas precisiones sobre los habitantes de los hospitales. En uno de sus textos habla, sin embargo, de "El Hospital de los Soberbios". Se trata, sin duda, de seres poderosos ("los que manejan la ciudad, los dueños y dispensadores de todas las prebendas"). Aun creo que hay algo más significativo: en el hospital ellos "moraban y despachaban al mismo tiempo sus asuntos". Es decir, al borde de la muerte, seguían trabajando y acumulando riquezas ("Los regalos en especias" que les servían "de constante alimento a su irritable gula"). Como los moradores de los otros hospitales, practicaban también sus comercios carnales, pero ya como un ritual mismo de sus poderes y como un espectáculo de humillación para los demás ("en presencia de los fatigados solicitantes que debían permanecer de pie"). Los *Soberbios* son, pues, los invulnerables o, más bien, los inmortales: la *Usura* de la vida que se alía a la de la muerte. Maqroll no oculta su cólera cuando, al final de ese texto, recuerda a uno de ellos:

> Al salir del Hospital, aún seguían flotando ante mis ojos los pliegues de su lisa papada, moviéndose para dar paso a las palabras, como un intestino de miseria, y el largo catálogo de las pócimas se mezclaba en mi mente con la enumeración interminable de los requisitos exigidos para zarpar de aquel puerto de maldición.

Zarpar, dice Maqroll. ¿No era él, entonces, uno de los habitantes a perpetuidad de los hospitales? También, en este sentido, Mutis mantiene la indeterminación y la ambivalencia —lo que, además, se corresponde con un continuo cambio de persona narrativa: el yo, el nosotros, el él. Así, indistintamente, Maqroll es sujeto y objeto del discurso; observa y es observado. Maqroll, en verdad, es un pasante en todo y, como tal, estuvo en uno de esos hospitales (como antes en los hoteles): no por enfermedad sino por una herida recibida en la calle de los burdeles del puerto. ¿No es significativa esa herida? Maqroll, en todo caso, sabe exaltar el placer: "nada puede contra la remembranza del placer y la memoria de todos los cuerpos a los que se uniera antaño". Un hecho es seguro: Maqroll muere, pero no en esos hospitales de la miseria del cuerpo, que él supo evocar. Por el título del último poema (*Moirologhia*, treno que cantan las mujeres del Peloponeso ante un muerto), parece haber terminado su vida en tierras más extrañas que lo que el lector podría imaginar.[2] No importa, sin em-

[2] Maqroll, en verdad, es un personaje cíclico: muere, renace y vuelve a morir; parece admitir, pues, diversas versiones, que, sin embargo, se corresponden en una figura más amplia. En *Caravansary* —el último y espléndido libro de Mutis— encontramos de nuevo su destino errante y multiforme, su minuciosamente fabulada

bargo, el lugar: Maqroll es un desterrado de todas las patrias y, por ello mismo, pertenece a todas. Importa señalar, en cambio, que ese treno a su muerte es una verdadera celebración: la ironía, sin dejar de serlo, se confunde ahora con la verdad, un rito suntuoso de la vida misma:

"Un día seré grande"... solías decir en el alba
de tu ascenso por las jerarquías.
Ahora lo eres, ¡oh Venturoso! y en qué forma.
Te extiendes cada vez más
y desbordas el sitio que te fuera fijado
en un comienzo para tus transformaciones.
Grande eres en olor y palidez,
en desordenadas materias que se desparraman y prolongan.
Grande como nunca lo hubieras soñado,
grande hasta sólo quedar en tu lugar, como testimonio de tu descanso,
el breve cúmulo terroso de tus cosas más minerales y tercas.

Maqroll, decíamos, es la conciencia de Mutis. Habría que añadir que éste es el poeta de la conciencia. Su visión y su experiencia del mundo se adecuan a su visión y experiencia del lenguaje mismo. Así como para él la fascinación de vivir no excluye la lucidez ante lo atroz, de igual modo se ve dividido ante un lenguaje que a un tiempo es despliegue y resistencia, opulencia y privación. En la propia pasión verbal de Mutis —de Maqroll— va inserta la reticencia crítica; no se abandona al impulso de aquélla sin una cierta intuición de su precariedad. Así, en un mismo poema, la palabra es portadora de una magia que finalmente se anula: el esplendor no está en la palabra sino en el mundo.

"Cuando de repente en mitad de la vida llega una palabra / jamás antes pronunciada, / una densa marea nos recoge en sus brazos y comienza / el largo viaje entre la magia recién iniciada": así empieza ese poema. Pero en su desarrollo ulterior encontramos lo que sería la negación de ese principio: "Y si una mujer espera con sus blancos y espesos muslos / abiertos como las ramas de un florido písamo / centenario / entonces el poema llega a su fin, no tiene ya sentido su monótono treno". Es cierto que también podría pensarse que si el poema llega a su fin, esto no es más que la consecuencia de su impulso inicial: la magia de la palabra conduce al mundo y bien puede optar por desaparecer. Es posible pensar igualmente que no hay lugar para la opción: el poema no llega a un fin sino porque resulta inútil. O mejor, se trata de una dialéctica entre la plenitud y la desposesión, entre el rapto y la conciencia del vacío ante

realidad. Al final, Maqroll muere logrando aislar en el delirio "los más familiares y recurrentes signos que alimentaron la substancia de ciertas horas de su vida". Esos signos podrían ser resumidos en dos, igualmente visibles en toda la obra de Mutis: la fascinación y la soledad con que vivió y escribió su aventura en el texto del mundo, que es también el de los libros. Maqroll, en lo esencial, no es sino el desdoblamiento de Mutis como lector y fabulador.

la palabra. Mutis, creo, se ve envuelto por esta dialéctica; por ello, al final del texto, añade: "Sólo una palabra. / Una palabra y se inicia la danza / de una fértil miseria".

En efecto, toda la conciencia crítica de Mutis, y su obra por supuesto, se desarrolla en torno de esta antítesis: la "fértil miseria". La *miseria*, por supuesto, no es mera indigencia; es la indigencia acompañada del deseo, del deseo que sólo se reconoce como deseo; es también un comportamiento y una sabiduría: crea la resistencia en medio de la precariedad, percibe el esplendor sin buscar su gratificación. "Cala tu miseria, / sondéala, conoce sus más escondidas cavernas"; "Cultiva tu miseria, / hazla perdurable, / aliméntate de su savia"; "No mezcles tu miseria en los asuntos de cada día. / Aprende a guardarla para las horas de tu solaz / y teje con ella la verdadera, / la sola materia perdurable / de tu episodio sobre la tierra". La miseria, como se ve, es tema central y filosofía de este poema, cuyo título ("Grieta matinal") es doblemente significativo: nacimiento del mundo, herida luminosa. Por ello la *miseria*, para Mutis, es *fértil*. ¿Y no relacionamos siempre, en primer lugar, este adjetivo con la tierra? Si esta apreciación es válida también para Mutis, entonces sería posible decir que, para él, la *fértil miseria* alude a la riqueza de la tierra: riqueza de la tierra: riqueza hoy olvidada y que, además, supone una posesión (no un poder) que es una intemperie.

En un conjunto de poemas titulado "Trilogía", Mutis evoca tres espacios distintos: la ciudad, el campo, la montaña. El primer poema se desarrolla como una suerte de *ubi sunt* al revés: no una pregunta por los muertos del pasado sino por los del presente; ese pasado es épico y no ha desaparecido ("el mito está presente"); en cambio, no hay nadie en el presente que lo recuerde y le dé vida ("¿Quién ve a la entrada de la ciudad / la sangre vertida de antiguos guerreros?"; "Ni el más miserable, ni el más vicioso / ni el más débil y olvidado de los habitantes / recuerda algo de esta historia"). El poema concluye reiterando la presencia y a la vez la ausencia del pasado: "allí está el mito perdido, irrescatable, estéril". Esa *esterilidad*, obviamente, está ligada al hombre moderno; regido por un sentido de la historia como progreso y poder, no tiene memoria y, por tanto, ha perdido la visión de lo original. ¿No es el habitante, en vida, de los "Hospitales de Ultramar"?

Mutis no intenta crear una visión paradisíaca de la naturaleza, de la tierra. Sabe, sí, que el destino del hombre está ligado a la tierra, pero también al tiempo. En el segundo poema de la trilogía ("Del campo"), su visión es incluso más dramática, aunque también más vital e intensa: una oposición entre el orden inmodificable de la naturaleza y el continuamente degradado del hombre. Después de evocar el mundo telúrico, dice: "Nada cambia esa serena batalla de los elementos / mientras el tiempo devora la carne de los hombres / y los acerca miserablemente a la muerte como bestias / ebrias". Este contraste, a su vez, origina otro:

Si el río crece y arranca los árboles
y los hace viajar majestuosamente por su lomo,
si en el trapiche el fogonero copula con su mujer
mientras la miel borbotea como un oro vegetal y magnífico,
si con un gran alarido pueden los mineros
parar la carrera del viento,
si estas y tantas cosas suceden por encima de las palabras,
por encima de la pobre piel que cubre el poema,
si toda una vida puede sostenerse con tan vagos elementos
¿qué afán nos empuja a decirlo, a gritarlo vanamente?
¿en dónde está el secreto de esta lucha estéril
que nos agota y lleva mansamente a la tumba?

Así pasa Mutis a formular el dilema más radical de la poesía. Si la misión de ésta es dar cuenta de la realidad o la acción en la realidad, las palabras sobran: es el mundo mismo el que hace el poema. "De nada vale que el poeta lo diga. . . el poema está hecho desde siempre." En vez de encarnar la realidad, las palabras la sustituyen y aun cuando despliegan su secreta energía "nos cubren de tal modo que no podemos ver lo mejor de la batalla". Precario o exuberante, el lenguaje no es más que un sucedáneo. Por otra parte, si la poesía, más que ver, quiere evidenciar el destino, "entonces los dioses hacen el poema"; la poesía resulta ser una "moneda inútil que paga pecados ajenos con falsas intenciones de dar a los hombres la esperanza". De una u otra forma, pues, la poesía es inútil y hasta imposible: una pasión sin salida.

Pero esta visión extrema de Mutis suscita otras reflexiones. La *miseria* de la poesía es también la de la condición humana, sometida al tiempo que "devora la carne de los hombres". Aun lo que Mutis llama el *poema del mundo* no parece ajeno a esa fuerza devoradora; en todo caso, aparece en él lo atroz: "El amargo nudo que ahoga a los ladrones / de ganado cuando se acerca el alba / es el poema"; "El cadáver hinchado y gris del sapo lapidado por los escolares / es el poema"; "La caspa luminosa de los chacales / es el poema". Además, aun si la poesía pudiese figurar el destino, éste no sería sino de "futuras miserias".

La poesía es una *miseria*, pero que revela otra más esencial y éste es quizá su modo de encarnar la verdadera realidad. La *abundancia* es hoy irreal. Por ello el destino del poeta es cultivar su *miseria*, hacerla *fértil*, es decir, poseerla de veras, que es una manera al menos de libertad y de lucidez. Ni cantor ni profeta, el poeta es hoy una conciencia solitaria; no el iluso desilusionado, sino el desilusionado lúcido. La mala y no la buena conciencia. O como lo dice, mejor, el propio Mutis:

> Cruzar el desierto cantando, con la arena triturada en los dientes y las uñas con sangre de monarcas, es el destino de los mejores, de los puros en el sueño y en la vigilia.

Cuarta Parte

EL CUERPO, EL INSTANTE

espacio es cuerpo signo pensamiento
tu cuerpo son los cuerpos del instante.

OCTAVIO PAZ

XXIII. LA DOBLE VERDAD

"El poeta es el hombre que conoce el drama del tiempo que se juega en el espacio, y el drama del espacio que se juega en el tiempo." Esto que parece una tautología de Huidobro, no lo es en verdad. Si es cierto que tiempo y espacio son términos que mutuamente se implican y que operan en toda experiencia poética (o simplemente humana), lo es también que hay maneras distintas de relacionarse con uno y otro, y de relacionarlos a ellos entre sí. El tiempo, para unos, es sucesión y duración, un eterno continuo; para otros, es sobre todo intensidad, momentos privilegiados que escapan del discurrir. ("Tengo de la continuidad de la vida una noción demasiado inestable como para igualar a los mejores mis minutos de depresión, de debilidad", decía Breton; y añadía: "No doy cuenta de los momentos nulos de mi vida.") Una y otra experiencia influyen, a su vez, en la experiencia de la espacialidad: según la primera, el espacio está en el tiempo, sometido a su sucesión; según la segunda, lo contrario parece más cierto: el tiempo está en el espacio y se vuelve espacio. En este último caso ¿no se podría hablar más bien, como en la teoría de la relatividad, de un *espacio-tiempo*, una suerte de unidad que es producto de la continua interacción?

¿No debería, entonces, hablarse de dos tipos de poesía? Comencemos por formularlas del modo más simple: una poesía del tiempo y otra del espacio. Esta formulación, sin embargo, es menos simple de lo que parece. Contradice, en efecto, la noción hasta ahora incuestionable de que la poesía, como la música, por su naturaleza misma, es un arte temporal.

Para Antonio Machado, por ejemplo, la poesía no sólo es un arte temporal, sino, además, un arte *en el tiempo*. "Ni mármol duro y eterno, / ni música ni pintura, / sino palabra en el tiempo", decía en *Nuevas canciones* (1917-1930). Esto es, la poesía ha de tener muy marcado, de manera concreta, el acento temporal; de otro modo, caería en una intemporalidad abstracta, vacía (lo que ya estaba implícito en la noción de Baudelaire sobre la "modernidad"). Machado desarrollará también esta misma idea en un célebre pasaje del *Juan de Mairena*. Allí oponía un (el) poema de Manrique y otro de Calderón (¿por qué no de Góngora?): mientras aquél le daba sustancia vital al famoso tópico del *ubi sunt* situándolo en un contexto contemporáneo y próximo a la experiencia personal ("¿Qué se hicieron las damas, / sus tocados, sus vestidos, / sus olores?"), Calderón toma también un tópico y lo trata —como todo poeta barroco, subrayaba Machado— de manera genérica: *la* o *las* rosas, pero no *una* o *esta* rosa; el concepto y no el objeto mismo. La emoción del tiempo —comentaba Machado— lo es todo en el poema de Manrique; nada o casi nada en el de Calderón. Conclusión: hay una poesía, como la barroca, que está más cerca de la lógica que de la lírica. Todas estas ideas (tópicos, a su vez, de una estética de la época) llevaron a Antonio Machado a mirar con prudencia escéptica la obra de los poetas españoles de la llamada generación del 27, que, no olvidemos, empieza a estructurarse en torno de la figura de Góngora, el más radical —¿para qué decirlo?— de los poetas barrocos. En la formulación de su "poética" para la famosa antología de Gerardo Diego, Machado se preocupó por deslindar los campos; no dejó de confesar: "Me siento, pues, algo en desacuerdo con los poetas del día. Ellos proponen una destemporalización de la lírica, no sólo por el desuso de los artificios del ritmo, sino, sobre todo, por el empleo de imágenes en función más conceptual que emotiva". Luego agregaba: "El intelecto no ha cantado jamás, no es su misión". Verdad que, sin embargo, tiene aquí algo de astucia polémica.[1]

Estas críticas de Machado, aparte del gusto estético, corresponden por supuesto a una determinada visión del tiempo. Machado no era un simple historicista; no concebía el tiempo como una extensión que va progresando a través de una serie de puntos. Era más bien un bergsoniano: el tiempo como una continua duración y como una unidad indisociable; estamos en el tiempo y no podemos sustraernos a él. Pero si bien el tiempo no es mera cronología sino sobre todo experiencia psíquica, el presente o el instante nunca llega a adquirir —ni en Machado ni en Bergson— su propio relieve, no tiene sentido sino en el flujo mismo de la duración. Machado, podría decirse, vivía en el tiempo, pero no en el presente. Su propia obra ¿no sería, más bien, una búsqueda del tiempo *pasado*, aunque no *perdido*; del tiempo como fugacidad? Pero, además, aunque protestaba siempre contra la "lógica" en los dominios del arte, no parecía curarse de emplearla en su propio provecho: todo lo que no estaba en *su* noción, estaba *fuera* de todo tiempo, en una intemporalidad vacía; todo lo que no participaba de *su* emoción, derivaba en frialdad intelectual. Sin embargo, la nueva poesía con la que él estaba en desacuerdo, no buscaba esa intemporalidad, sino, simplemente, vivir en el presente, en el instante.

Y vivir el tiempo como presente ¿no implica alcanzar el grado más alto de intensidad temporal? ¿No supone también resolver la dualidad que subyace en la concepción machadiana? Vivir el tiempo como presente, en verdad, es ya no *estar en el tiempo*, como si éste fuese ajeno a nosotros, sino *ser el tiempo mismo*. "Tiempo en presente: mío", "Oh, absoluto presente", "Muerte: no vivo para ti"; estas frases de Jorge Guillén encarnan una visión que realmente Machado nunca pudo, y acaso no podía, comprender bien. Lo que él llamaba emoción temporal quizá no es más

[1] Es también significativo que ya, en un artículo de 1916, Machado mostrara su desacuerdo con las imágenes de Huidobro.

que una meditación humanística, y aun histórica, sobre la vida. En la poesía de Guillén (hablo sobre todo de *Cántico*), el tiempo es algo más que una emoción y mucho, muchísimo menos que una reflexión; es una sensibilidad, una sensación, una presencia que a la vez que lo liga al mundo y le da forma lo sustrae de la historia y lo inserta en una experiencia mítica: este tiempo y todos los tiempos, este presente que también fue aquél. En Guillén la verdadera inteligencia es la disciplina de los sentidos: su secreta álgebra y también su más simple revelación. ¿No es él el que en verdad inaugura, en nuestra lengua, una poesía de la materialidad transparente: la materialidad que es su propia forma?

Machado, que no se fiaba del todo en la emoción, tendía a creer, sin embargo, que toda abstracción era un mero producto del intelecto. La analogía con la pintura podría resultar acá ilustrativa. Los pintores figurativos siempre han acusado de intelectuales a los pintores abstractos; o de "abstractos" a los que, como los cubistas, buscaban una nueva relación, por cierto más viva, con el espacio y los objetos. Sin embargo, la desaparición de la figura realista bajo formas geométricas o la sola presencia del color en la tela, ¿no es acaso un acercamiento más directo, y menos mediatizado, a la realidad, a la vez que una ampliación de nuestra idea de lo real? ¿No ha demostrado Worringer que el estilo geométrico del antiguo arte egipcio implicaba una relación problemática y, por ello mismo, más intensa con el mundo, y aun que ese estilo constituye una de las tendencias centrales en todo arte?[2] Así, pues, hay abstracción de abstracciones; intelectos —para emplear el mismo vocablo de Machado— que son inteligencias sensibles: una sabiduría del mundo y no un acopio de ideas o de meditaciones sobre él; la lucidez y no el raciocinio. "El intelecto no ha cantado jamás", decía Machado. Tanto los términos como el planteamiento mismo ¿no resultan ya ligeramente anacrónicos e inexactos?

La actitud de Machado, ya lo hemos dicho, no es aislada; representa una cierta perspectiva del arte. Machado no comprendía dos cosas cardinales del arte contemporáneo. Por una parte, que hubiese una sucesión (¡qué lógica!) de presentes que ni siquiera luchan contra el discurrir temporal: son sólo presencias, están allí, los vivimos, por su fulgor reencontramos el mundo. Por la otra, y como consecuencia, que el tiempo del poema no coincida con el de la historia —fugacidad y progresión lineal a la vez. En ambos casos se trata del regreso a un tiempo mítico; regreso paradójico: coincide con las experiencias y descubrimientos de la ciencia moderna, las teorías físicas y las antropológicas. Pero este tiempo mítico, sabemos, no puede *encarnar* sino en el arte. Tiempo mítico y tiempo poético son, pues, una y la misma cosa. Este tiempo mítico-poético, cuyo único absoluto es la relatividad del presente, quiere también regir la vida misma. Si el hombre viviera en el mundo tal como se vive en el poema al crearlo o al leerlo,

[2] Véase *Abstracción y naturaleza,* México, FCE, 1953.

¿no sería posible hablar, como lo cree Bachelard, de un *destino poético*?[3] Un destino que cambiaría la vida, la historia.

Uno de los rasgos dominantes en la literatura contemporánea —ya esto ha sido dicho mil y una vez— es el debate con y contra el tiempo. El tiempo, subrayemos lo esencial, como sucesión. Es obvio que una obra que encarne ese debate debe encarnar también una nueva escritura: la ruptura con el discurso, que, como tal, no puede ser sino discurso temporal. Lo importante, sin embargo, es llegar a precisar dos cosas: por una parte, hasta dónde llega su ruptura y si ella hace posible una recomposición de la obra en sí misma; y por la otra, hasta dónde la obra trasciende su debate con el tiempo y logra una verdadera liberación. En el capítulo segundo de este libro, a través del estudio de determinados poetas, creo haber tocado ya este aspecto. Pero quizá valga la pena hacerlo ahora más explícito.

En casi todos esos poetas, el tiempo se presenta como una fuerza corruptora y destructiva, adopte ya la forma del flujo (y la imagen del río) heraclitiano, o adopte ya ese otro vértigo, aunque inmóvil, que es la experiencia de lo abismal.

En la obra de César Vallejo, por ejemplo, domina lo abismal: una suerte de ensimismamiento, irresolución y perplejidad dubitativa frente al tiempo. En su primer libro, *Los heraldos negros*, se trata del tiempo de la caída, en su sentido cristiano, y de la dualidad, que ejemplifica muy bien el poema "La araña": el cuerpo y la mente como una disociación. ("Es un araña enorme, a quien impide / el abdomen seguir a la cabeza.") En *Trilce* y gran parte de sus poemas posteriores, el tiempo es una doble enajenación: social e histórica ("Todos los días amanezco a ciegas / a trabajar para vivir") y a la vez metafísica ("Haber nacido para vivir de nuestra muerte"). Todo su intento no es simplemente el de querer negar la muerte sino el de darle un sentido: morir de vida y no de tiempo, como él mismo dice. El tiempo es monotonía, vacío, carencia de intensidad y esto, por supuesto, contamina su experiencia del presente. Vallejo, en verdad, no vive en el presente porque quiere trascender la prisión que es para él; de ahí que lo modifique continuamente. A través de la memoria busca un pasado primordial e incorruptible: la infancia, la madre, el hogar vistos en una suerte de éxtasis temporal. También se acoge a lo que él llama el absurdo ("Absurdo, sólo tú eres puro"): un impulso que rompe la enajenación a través de la ruptura con la lógica de la realidad; o se acoge a los poderes de la imaginación ("Y tú sueño, dame tu diamante implacable, / tu tiempo de deshora"), cuya función es semejante a la de la memoria: la nostalgia y el rescate de lo original. Finalmente, en sus poemas sobre España, Vallejo tiene acceso a una visión utópica: la trascendencia de la historia mediante un nuevo orden, cósmico y revolucionario, el advenimiento de un mundo regido por la fraternidad y la reconciliación uni-

[3] En *L'intuition de l'instant* (*op. cit.*), donde Bachelard hace igualmente un análisis del tiempo bergsoniano.

versales. Pero aunque Vallejo intuye un tiempo distinto, no logra del todo escapar de la angustia de la sucesión, ni mucho menos liberarse de ella. La grandeza de su obra reside, creo, en mostrarnos al hombre enajenado por la dualidad y que no llega a apoderarse de su presente ni de su cuerpo mismo. El presente como cuerpo o el cuerpo como presencia: éstas son las dos grandes ausencias en su obra.

La experiencia del tiempo en Pablo Neruda tiene aproximaciones con la de Vallejo: la fugacidad y la historia desempeñan un papel central en su obra. Pero las diferencias no dejan de ser mayores. Aunque Neruda es también un ensimismado, sobre todo hasta *Residencia*, su poesía brota a borbotones como los sueños —para decirlo con una de sus propias imágenes. Ese brote y flujo incesante no detienen al tiempo: intensifican su paso disolvente. "El río que durando se destruye", imagen de uno de sus poemas más memorables, es también la imagen que podría definir la primera época de su obra. La incesante destrucción y el vértigo del caos: ni siquiera, en esa primera época, es posible para él la memoria como una vía de rescatar y salvar lo perdido. Si bien para él "no hay olvido", lo que recuerda es siempre el desgaste de los seres y las cosas, la agonía en el tiempo. Es esta experiencia radical lo que lo hace olvidarse también de la historia, que luego se constituye en la pasión fundamental de su obra, y de su vida. La historia puede ser igualmente apocalíptica: la guerra de España y la enajenación social de la vida contemporánea; pero es sobre todo una fuerza creadora si se corresponde con un orden natural y cósmico. ("Alturas de Macchu Picchu") o si está en función de la ideología que él asume. En ambos casos, la historia es lo que daría sentido al tiempo, y no al revés: hace de su fugacidad un orden progresivo que conduce, finalmente, a la afirmación del hombre; de igual modo, la historia insertaría a la muerte en un proceso armonioso del mundo. Así, de su visión inicialmente pesimista del tiempo, Neruda pasa a una visión optimista; incluso hizo del optimismo una regla poética y vital. Sabemos, sin embargo, que su experiencia de la historia no sólo fue contradictoria, sino que derivó en un *impasse*: dominada por la ideología y aun por la *ideolatría*, se hizo, al comienzo, dogmática y maniquea, para luego concluir en la autocrítica (no siempre muy convincente) y en el reconocimiento del error (que, de algún modo, lo seguía siendo por la manera en que lo planteaba), lo cual es uno de los temas centrales de algunos de sus últimos libros (*v. gr.*: *Fin de mundo*, 1969). En todo caso, la historia dejó de ser para él un absoluto, la posibilidad de una verdadera utopía revolucionaria, como en Vallejo, y aceptó, no sin cierto pragmatismo y cálculo estratégico, su relatividad: no la revolución, sino, más precavidamente, la evolución. Lo paradójico (¿y dramático?) en Neruda es que siendo un poeta que gustaba asumir poderes proféticos, parece haber estado siempre a la zaga de los acontecimientos.

Mucho más convincente que su debate con la historia, es la experiencia de Neruda con la materia. Su obra, como él mismo quería, tiene el poder de "una absorción física del mundo". Aun en *Residencia*, la materia parece invulnerable al tiempo y es una suerte de ser en bruto, genésico: "Como cenizas, como mares poblándose, / en la sumergida lentitud, en lo informe", dice al comienzo del primer poema de aquella obra. Con y después de *Canto general*, esa materia va adquiriendo forma y más sentido histórico, ya sea como naturaleza o como creación humana. Neruda realiza entonces cierto ideal americano del poeta adánico. Pero su noción del espacio sigue siendo tradicional: enumerativo y acumulativo, no simultáneo, sometido a un propósito grandioso de inventariarlo todo (más que a Whitman, recuerda al Hugo de *La Légende des Siècles*). Neruda, en verdad, no es un poeta de lo espacial, que de algún modo exige un sentido de las relaciones más que de la materia misma y una visión (una ética también) de lo solar; es, en cambio, un poeta densamente terrestre, cuya visión parece surgir de una oscuridad primordial. Como él mismo lo explicó, su poesía procede "de la oscuridad del ser que va paso a paso encontrando obstáculos para elaborar con ellos su camino". Por otra parte, su poesía de los objetos (*Odas elementales*) trasluce con frecuencia actitudes edificantes y pedagógicas: el objeto pierde su presencia para servir de pretexto a otro discurso. ¿No ocurre lo mismo, en cierta medida, con la poesía erótica de Neruda? Con ser uno de los grandes poetas eróticos de nuestra lengua, Neruda no logró mantener siempre esa intensidad después de *Residencia.* En sus libros posteriores, en efecto, la pasión se ve mediatizada por ideales nobles y humanitarios, por debates más o menos biográficos y domésticos, y hasta por adulcoradas inclinaciones a una mitología de amantes pobres frente a un mundo hostil ("Eres del pobre Sur, de donde viene mi alma: / en su cielo tu madre sigue lavando ropa / con mi madre. Por eso te escogí, compañera", dice en uno de los *Cien sonetos de amor*). Su erotismo, antes absoluto, paradisíaco o infernal, se acoge entonces a lo convencional; no una visión del mundo sino, más bien, un pacto entre el instinto y la ideología. Sería iluso, sin embargo, no ver a Neruda, a diferencia en esto de Vallejo, como un poeta del cuerpo. En cambio, al igual que el poeta peruano, no es (a pesar de su espléndida "Oda al Presente") un poeta de la presencia: concentración del tiempo y ruptura con la historia. Incluso en sus últimos libros, aunque esa corriente se inicia en "Yo soy", uno de los capítulos de *Canto general,* lo que tiende a dominar en su experiencia poética es la memoria como búsqueda de un tiempo pasado (pero tampoco *perdido*): recreación, lineal y progresiva, de su propia biografía; invención de un yo que siempre busca exaltarse a sí mismo.

Es muy conocida esta frase de Borges: "Nuestro destino no es espantoso por irreal; es espantoso porque es irreversible y de hierro". ¿No bastaría con ello para incluirlo entre los poetas del tiempo? En efecto, Borges lo es. *Pero* con él las cosas nunca son tan definidas ni tan definitivas, y subrayo el *pero* porque, como lo hemos visto en el capítulo anterior, es el signo que relativiza lo que parece absoluto, vuelve reversible lo que parece irreversible. El tiempo, para Borges, es por supuesto sucesión y destrucción; continuamente, como lo expresa en un poema, el tiempo *lo está viviendo*, desgastándolo. Sin embargo, Borges no hubiera escrito el verso de Neruda sino modificándolo: el río que destruyéndose dura. Por ello la memoria opera en su obra de manera distinta: ni acopio de escombros ni recreación cronológica de una vida. La memoria, para él, es una incesante modificación e invención del pasado; está regida, en una suerte de compensación, por el deseo y aun por los laberintos de la conciencia. La memoria opera, pues, como un mecanismo del olvido mismo: olvidamos lo vivido y así podemos revivirlo como algo nuevo. De este modo, por una parte, Borges borra la dualidad entre el tiempo y él: si el tiempo es un tigre que lo devora, él es también el tigre ("el tiempo es la sustancia de que estoy hecho", dice); por la otra, la memoria hace del tiempo un eterno presente, una sucesión *pero* de instantes privilegiados. Hay también en Borges la concepción de una memoria impersonal: la experiencia de que la vida, como la obra que la escribe, repite figuras del pasado y de que el tiempo, por tanto, es circular y no simplemente lineal —un eterno retorno. Así Borges alía a Heráclito y a Nietzsche. Pero si Borges es también un poeta del tiempo discontinuo y mítico, un poeta del instante y del presente, sería un error sustraerlo al otro contexto del tiempo como fugacidad y del cual su obra da un profundo y hasta patético, en el buen sentido de este vocablo, testimonio. Parejamente, si su obra, como tal, introduce la noción de la literatura no como una historia o como una evolución sino como un espacio, como un sistema de relaciones donde presente y pasado son intercambiables entre sí, sería otro error verlo como un poeta del cuerpo. A Borges, además, le aterraría esto. Una de las ausencias en su obra ¿no es justamente el erotismo del cuerpo, y aun de todo erotismo? "Yo, que tantos hombres he sido, no he sido nunca / Aquel en cuyo abrazo desfallecía Matilde Urbach", sabemos que se lamenta uno de sus poetas apócrifos.

Quizá sea Huidobro, dentro de esta generación, el que más se acerca a lo que concebimos como una poesía del espacio. No sólo ello; es, además, el que la inicia en el ámbito de la lengua española. En sus primeros libros, la experiencia del tiempo no sólo parece casi imperceptible en el sentido de una fuerza destructiva, sino que es vivida sobre todo como una experiencia espacial: no en vano la imagen dominante del poeta es siempre la del viajero, una suerte de ser cósmico que se desplaza con el paso de las estaciones y del movimiento solar, tejiendo zonas y ciudades en sus mudanzas ("Una corona yo me haría / De todas las ciudades recorridas"; "De todos los ríos navegados / Yo me haría un collar"). El poeta no detiene al tiempo: se mueve con él, adopta su mismo ritmo. Los ríos, dirá en un poema, pasan "bajo las barcas", y no simplemente bajo los puentes, lo cual no es sólo la inflexión de una frase hecha en busca de lo sorprendente, sino también la manifestación de ese doble ritmo con que se vive el tiempo y no se le padece únicamente. Pero hay algo todavía más significativo. Huidobro, como lo hemos visto, recompone el poema según una nueva estructura: el texto cobra relieve y movimiento. Huidobro, en efecto, es el primero en practicar una escritura ideográfica, y no sólo caligramática; en fragmentar los versos, diseminando —espaciando— los fragmentos en el blanco de la página. Mediante este método, de mayor consecuencia en la poesía posterior, logra romper con la ilación discursiva del poema, con su linealidad, creando un campo de indeterminación y a la vez de simultaneidad entre las palabras: si éstas se precipitan unas sobre otras, también se inmovilizan unas a otras. Movimiento e inmovilidad, la trama del poema es fluidez y fijeza, duración y presencia instantánea: encarna al tiempo en un espacio verbal. Espacio verbal, subrayamos: obviamente no se trata de la reproducción de un espacio realista. Por el contrario, Huidobro destruye la ilusión de realidad introduciendo deliberadamente en el poema, y haciéndolo manifiesto, la irrealidad misma. Parafraseando lo que E. H. Gombrich ha dicho de los cubistas —con quienes Huidobro tiene notables semejanzas—, se podría decir que su obra no es un ejercicio de verosimilitud sino de poesía.[4] Así, Huidobro precede a dos perspectivas de la poesía latinoamericana contemporánea: la de la fragmentación y la presencia, cuyo mejor exponente es sin duda Octavio Paz, y esa nueva formulación de la técnica ideogramática que es la "poesía concreta" brasileña.[5] Con todo ello, sin embargo, Huidobro no pertenece del todo a una poesía espacial; al menos, no toda su obra. En *Altazor*, sabemos, el viajero del espacio cósmico se ve fulminado por la gravitación del tiempo y de la muerte. Si bien este libro sigue siendo una transgresión de "lo poético", ¿no es revelador que la naturaleza misma del poema sea un regreso a la composición lineal, aunque siempre vertiginosa y simultánea?

Es bueno ya hacer esta precisión: la que concebimos como una poesía del espacio estaría fundada en lo que Albert Camus, en uno de sus primeros ensayos, denominó la doble verdad del cuerpo y del instante.[6] Uno y otro término podrían ser vistos como una proyección más de ese tópico recurrente en la literatura occidental que ha sido el *carpe diem*. La relación es sólo aparente y, en última instancia, falsa; una homonimia, pero no una analogía. El *carpe diem*, para atenernos a un ejemplo todavía próximo, fue un tema bastante común entre los poetas del modernismo: Gutiérrez Nájera y Darío, entre otros, lo practicaron. Pero, a excepción quizá

[4] En *Art and Illusion*, Princeton University Press, 1960.

[5] Haroldo de Campos, Augusto de Campos y Décio Pignatari son sus poetas más destacados. *Teoria da poesía concreta* (São Paulo, 1965) es el volumen que reúne sus textos críticos y manifiestos.

[6] *Noces* (1938).

de Darío, estuvo dominado por un hedonismo superficial, cuando no melancólico en el fondo: el horror a la muerte mataba el placer mismo o lo relegaba a un plano sucedáneo. El placer (del cuerpo y del instante) era un engaño que a la postre, a la vuelta de cierta evolución (biológica y/o espiritual), reconocería su culpa y aceptaría su penitencia; no era una liberación de la fugacidad sino su confirmación.

El cuerpo y el instante constituyen una experiencia más compleja, que vive sobre todo de la tensión: no quiere borrar la contradicción sin antes hacerla más intensa. No se trata, pues, de una moral de la compensación, sino de una pasión; tampoco de un mero instinto, sino de una conciencia. Escoger el instante no es escoger el placer, en el sentido de lo placentero, sino la lucidez, se ve obligado a precisar Octavio Paz. Cada instante, en efecto, encarna una plenitud que está al borde del abismo; vivir intensamente no es negar la muerte sino incorporarla también a esa intensidad: vivir muriendo, pero también morir viviendo. No se trata, por tanto, ni del pesimismo de quienes se lamentan de la fugacidad, ni de la fe de quienes creen que los espera la eternidad o la consagración (otorgada por Dios o por la Historia). Ni resignación estoica, ni optimismo cristiano o historicista. El cuerpo y el instante no buscan ni consolación ni recompensa: se saben a la intemperie. Suponen, decíamos, la pasión y la conciencia. Por lo primero, estamos ante una erótica: no el erotismo en bruto, tampoco el meramente psicológico o el sublimado, sino el erotismo del cuerpo como un absoluto que encarna o puede encarnar el sistema de relaciones (aun las más opuestas entre sí) del universo mismo. Por lo segundo, estamos ante una suerte de iluminación: la intuición, nunca la mera seguridad intelectual, de que *somos* el tiempo o, mejor, de que podemos cambiar su opacidad o monotonía a través de la intensidad del instante. El cuerpo como cuerpo (y emblema) de otro cuerpo más vasto, el instante como presencia (y resumen) del tiempo: ambos constituyen una sabiduría y una mística. Una sabiduría —hay que aclararlo— que no es un estado intelectual sino la disciplina de una experiencia: una mística que, por su parte, quiere fundar las relaciones del hombre y el universo sobre bases no espirituales o espiritualizantes, sino materiales.

Creo que ha sido el surrealismo —con su herencia romántica, pero también de la filosofía esotérica, del utopismo socialista del siglo diecinueve, especialmente de Fourier— el movimiento poético contemporáneo que más le ha dado coherencia a estas dos posibilidades. Traerlo a cuenta acá tiene otra razón: es obvia su influencia en muchos de los poetas que vamos a estudiar en este capítulo. Como en el surrealismo, en la obra de ellos el erotismo es tanto una visión del mundo como una rebelión contra la sociedad y la historia; aun la experiencia del instante tiene iguales consecuencias: una aventura que continuamente arruina el orden trascendental de las religiones y el que busca imponer la historia misma.

Habría que añadir algo más en torno a estos poetas. Su experiencia del espacio no es la que tradicionalmente ha dominado en la poesía hispanoamericana: acumular, describir o recrear los dones de nuestra naturaleza. Sin embargo, su poesía está profundamente ligada a ella: es el otro cuerpo del cuerpo, la reconciliación entre la conciencia y el universo, el yo y lo otro; es también la intemperie donde se juega el destino. La naturaleza, en ellos, es igualmente la presencia de lo solar. Cuando hablo de lo solar no me estoy refiriendo a la presencia de la luz como motivo pictórico y como deslumbramiento de los sentidos, que, en poetas como Carlos Pellicer, Jorge Carrera Andrade o Vicente Gerbasi, puede alcanzar espléndidas realizaciones. Me refiero sobre todo a lo solar como una experiencia igualmente mítica y más dramática. El espacio —había dicho Huidobro— es "el árbol cuyo fruto es el sol". ¿No es significativo? El sol —cenital, no crepuscular— como una analogía del equilibrio cósmico y, por tanto, de la tensión misma que subyace en la experiencia del cuerpo y del instante. Cima y sima: luz que a la vez que ilumina, revelando la presencia, también devora.

XXIV. LA POESÍA DEL CUERPO

Los signos de la pasión son cambiantes. Ayer estuvo dominada por el alma; hoy, por el cuerpo. ¿Se puede seguir hablando de una misma experiencia o habrá que distinguir en ella, llamando a la primera *amor* y a la segunda *erotismo*? No creo que esa distinción tenga validez; predomine el alma o el cuerpo, una y otro se implican entre sí y se alimentan de la misma energía. Esa energía es la pasión misma y los códigos religiosos o sociales no se detienen mucho a distinguir entre su carácter espiritual o sexual para condenarla abierta o subrepticiamente. La mística, es sabido, no siempre ha sido bien vista por la Iglesia y el amor-pasión en Provenza fue tenido por herético o aliado a la herejía.

La civilización —sostendrá por su parte Freud— sólo es posible a partir del sometimiento de los instintos o, como él lo precisaba, de la sublimación de la libido. Toda la civilización occidental —ha demostrado Marcuse— ha sido, en tal sentido, represiva: desde Grecia, el mito predominante ha sido el de Prometeo, esto es, la cultura como permanente esfuerzo y sacrificio, como aceptación del "principio de realidad", mientras los mitos de Narciso y de Orfeo eran marginados, esto es, la cultura como contemplación y plenitud de lo sensible, como exaltación del "principio de placer". Estos últimos mitos implicaban, como lo señala Marcuse, la redención del placer, la detención del tiempo, la absorción de la muerte, un orden sin represión, y es significativo que sea a partir del romanticismo cuando se convierten en una fuerza liberadora.

En cualquiera de sus manifestaciones, en verdad, a la pasión se le ha visto con desconfianza, lo que apenas oculta una desconfianza más profunda en el ser mismo del hombre: abandonado a sus propios impulsos, éste estaría condenado al "pecado" o a la "barbarie". La pasión, ciertamente, es siempre una desmesura en sí misma, pero en este sentido: no se somete a las normas coercitivas o las transgrede; por ello mismo, es asocial. En uno y otro caso no se trata sino de liberar lo más humano, de regresar a lo original, no a lo primitivo. Asocial pero desmesurada, la pasión puede llegar a alcanzar una dimensión cósmica: fundar el mundo a partir de una relación de la pareja; la alianza del deseo y la imaginación, vale decir, de la necesidad y la libertad. El amor es algo más que una experiencia, espiritual o corporal. ¿No es igualmente una mitología y una mitología que incluso comienza por la de la palabra misma? "Si pronuncian la palabra *amor*, estoy perdido", decía uno de los personajes de Stendhal cuando ve a su posible rival hablar con su amada. Ni superstición ni fetichismo. El amor, como lo explica Denis de Rougemont, tiene su origen en el mismo impulso espiritual que hace nacer al lenguaje. Es decir, el impulso por poseer, a través de las palabras, el mundo, así como el amor es el deseo por poseer al otro. El amor es tanto deseo como imaginación del deseo; una imaginación a la vez personal e impersonal o colectiva. Pero la imaginación del deseo tiene un signo que no sólo la hace visible o presente sino que además la encarna: la pasión individual. El amor, en verdad, es amor-pasión o no es amor. Y es este amor-pasión —que por su parte es pasión de amor— lo que ha sido trágico en el mundo occidental. Nuestros grandes arquetipos eróticos —ya lo ha estudiado Denis de Rougemont— han sido las pasiones trágicas, que se devoran a sí mismas; aun lo son las experiencias eróticas extremas que conducen al libertinaje o lo proponen como transgresión del amor mismo (Sade, Bataille). Con razón ha escrito Octavio Paz: "La relación entre cuerpo y no-cuerpo asume en las obras eróticas europeas la forma: *tortura* y *orgasmo*".[1] ¿No decía Baudelaire que el amor se parecía a una "tortura" o a una "operación quirúrgica" y que aun en los amantes más apasionados habría uno que sería la víctima y otro el verdugo?

La explicación de esta experiencia trágica, sabemos, reside sobre todo en la escisión entre cuerpo y alma, que, a su vez, es el resultado de otras escisiones, y la consiguiente represión del cuerpo. Por ello la poesía moderna, desde Blake y románticos como Novalis, ha sido una respuesta a esa represión. La frase de Rimbaud "hay que reinventar el amor" tiene su equivalencia en esta otra: *hay que reinventar el cuerpo.* En efecto, no se trata, por mera dialéctica de la contradicción, de oponer ahora el cuerpo al alma, mucho menos de exaltar la pura sexualidad de aquél, sino de redescubrir la imaginación del cuerpo y la plenitud del deseo. Esa imaginación nos regresa a la naturaleza y, por supuesto, al instinto, pero para reencontrar la unidad original: si el cuerpo se despersonaliza no es para promover la promiscuidad, que mata toda pasión, sino para establecer una relación casi cosmológica a través del principio masculino y del femenino. Nada tiene que ver, además, con la sexualización dirigida que las grandes sociedades industriales han hecho del cuerpo. ¿No se trata, en este caso, de una nueva forma de rebajar al cuerpo y aun de mostrarlo, hasta exhibirlo, en las situaciones más abyectas: una suerte de demonismo para idiotas y eunucos? Contra lo que hubiera pensado Freud, la civilización occidental de hoy ¿no ha querido demostrar que ella no es incompatible con el sexo y el instinto y que cada cual tendrá su ración de "placeres prohibidos" tal como su ración de pan y trabajo, de orden y dignidad?

El erotismo no es una terapia en manos de psicólogos de masas para crear una válvula de escape que haga posible el equilibrio social. No creo tampoco que sea un arma de liberación política e ideológica, como ahora se dice; nada más peligroso que los reprimidos o puritanos cuando creen

[1] *Conjunciones y disyunciones*, México, Mortiz, 1969.

que están "liberándose". El verdadero erotismo es el rescate a un tiempo del cuerpo y del alma o el no-cuerpo (para emplear los términos de Paz): un diálogo y hasta una disputa entre ellos, nunca una mutilación del uno o del otro. Es también una forma de lucidez y de pasión: no sólo porque el instinto puede llegar a ser una forma superior de sensibilidad y aun de sabiduría del mundo, purificando al individuo de desviaciones "subliminales"; también porque la conciencia intuye que en la relación erótica se dirime su propia relación con el universo, con la vida y la muerte. Pero Octavio Paz lo ha dicho ya mejor que nosotros: "El erotismo es un juego, una representación en la que la imaginación y el lenguaje desempeñan un papel no menos cardinal que las sensaciones. No es un acto animal: es la ceremonia de un acto animal, su transfiguración. El erotismo se contempla en la sexualidad pero ésta no puede contemplarse en el erotismo. Si se contemplase, no se reconocería".[2]

En otras palabras, el erotismo es una manera de ver y de vivir en el mundo. Aun si se expresa a través del deseo más extremo o de la más tangible física del cuerpo, siempre es un más allá de sí mismo. De los poetas hispanoamericanos del pasado que más han contribuido a esta visión, Darío sin duda es el central. Pero, lo hemos visto, tampoco él logró liberarse por completo de la ambigüedad cristiano-pagana o de la conciencia dividida entre alma y cuerpo. En el poeta contemporáneo desaparecen uno y otro signo. El segundo canto de *Altazor* no es quizá uno de los grandes poemas eróticos de nuestra literatura; en él aparece, sin embargo, una experiencia nueva frente al amor. Como Breton (el amor es lo que nos salva, decía), Huidobro ve en la mujer la clave y el sostén del universo: "Si tú murieras... ¿Qué sería del universo?", se pregunta. Más significativo aún, formula de una manera distinta la tradicional analogía entre la mujer y la naturaleza; no la niega, por supuesto, parte de ella. Por un lado, el esplendor de la mujer es visto como el acrecentamiento del esplendor del mundo, y no al revés: "Se hace más alto el cielo en tu presencia / La tierra se prolonga de rosa en rosa / Y el aire se prolonga de paloma en paloma", "Las llanuras se pierden bajo tu gracia frágil". Por el otro, la mujer encarna el universo mismo y en ella se desenvuelven los grandes procesos cósmicos: "La cabellera que se desata hace la noche", "Mi alegría es oír el viento en tus cabellos". Al eludir la comparación y proponer, en cambio, la identidad y aun la subordinación del mundo a la mujer, Huidobro no sólo estaba cambiando la estructura de la analogía sino también la naturaleza misma del erotismo. Otros poemas eróticos podrán tener más intensidad; este de Huidobro tiene lo que hace posible esa intensidad: el cuerpo como revelación y como centro de un orden universal. Este orden invierte la relación: ya el cuerpo no es tanto un objeto de la pasión como la pasión misma que nos integra a *lo Otro*, y nos somete a su ritmo; pasión

[2] *El signo y el garabato* (*op. cit.*).

que no es tampoco únicamente deseo de posesión sino de expansión y aun de dispersión. Así la pasión se hace finalmente lucidez y se despoja del patetismo torturado que tanto ha servido para reprimirla y distorsionarla.

La poesía de César Moro está más cerca que la de Huidobro de la intensidad de la pasión. Su erotismo no es sólo experiencia de la plenitud sino también de la carencia. Por una parte, la comunión erótica en su obra no excluye la soledad, aunque es igualmente cierto que ésta supone a aquélla: la soledad no mata el deseo sino que lo hace más vivo. (¿No es la intermitencia, como lo recuerda Barthes, siguiendo al psicoanálisis, lo que es realmente erótico?) Por otra parte, su pasión es tan extrema que siempre está al borde de la transgresión. Pero ¿no es éste un rasgo inherente a la condición humana y por ello las obras de Sade o de Bataille no pueden ser vistas como meras aberraciones o como exaltación de la obscenidad? No me estoy refiriendo al hecho de que la erótica de Moro sea o no homosexual. No hay en su obra ni una teoría ni una justificación de ese tipo de relación; tampoco es muy explícita, aunque no falten indicios que la sugieran.

"Il faut porter ses vices comme un manteau royal, sans hâte. Comme une auréole qu'on ignore, dont on fait semblant de ne pas s'apercevoir", dice Moro en un poema. La segunda frase es reveladora: el vicio no es ni un error ni una desviación, pero exaltarlo sólo como una respuesta al orden social represivo sería ya caer en otra forma de mediación y quizá de resentimiento. A Moro le gustaba manejar la insolencia, pero no dejarse manejar por ella. En ese mismo poema se puede percibir que se está refiriendo al vicio como una pasión extrema y hasta como una energía imantada por lo absoluto. El vicio es lo que confiere mayor realidad a los seres en el mundo, una realidad que incluso lo aproxima al orgullo de una elementalidad animal. "Il n'y a que les êtres à vices dont le contour ne s'estompe dans la boue hialine de l'atmosphère"; "Ma pourpre est tachetée; ainsi des tigres, des bêtes à poil ou à plumes". Se trata igualmente de una perspectiva estética: "La beauté est un vice, merveilleux, de la forme". ¿No fueron los surrealistas —Aragon— los que primero hablaron de la imagen como un nuevo vicio?

Podría decirse que toda la obra de Moro se desarrolla entre estas dos proposiciones: "Tout le drame se passe dans l'oeil et loin du cerveau", de su primer libro *Le Château de Grisou* (1943), y "La mort est le terme affreux du soleil", de uno de sus libros póstumos, *Amour à mort* (1957).

Por medio de la primera, Moro sitúa su experiencia en el plano de *la mirada,* lo cual desplaza tanto lo mental como lo puramente emotivo. La segunda proposición viene a revelar que esa mirada está magnetizada por lo solar: combustión de la vida, pero también su más alto grado de incandescencia. Esta pasión solar es igualmente una ética: si la muerte es su fin y el fin, éste no suscita la lamentación sino como una desesperada y última forma de rebelión. Esta rebelión tiene un doble signo: *contra* la muerte y *por* la pasión misma. Al Moro que escribe en un poema de su primer libro sobre el "instinto de muerte" que "subleva" "a los mejores entre los hombres", viene a corresponder el de uno de sus últimos poemas. "Yo pertenezco a la sombra y envuelto en sombra yazgo / sobre un lecho de lumbre." Frase admirable por su doble alusión: al erotismo que se burla de la culpa asumiéndola y a la muerte que no llega a intimidar los poderes de la pasión sino que más bien se ve absorbida por ésta. La pasión, en Moro, no es sólo intensidad, o ésta se presenta ligada a la lucidez y a la ironía. Por ello es también dramática.

La pasión erótica de Moro nada o muy poco, en verdad, tiene de común con el registro sentimental y patético de la llamada poesía amorosa. (De eso también nos liberó, por fortuna.) Pasión del cuerpo, busca sobre todo visualizarlo y hacerlo también cuerpo verbal. Para Moro el cuerpo no es sólo materia sino formas; aun las sensaciones son *imágenes*, en el estricto sentido visual del término. "El olor y la mirada" se titula de manera significativa uno de sus poemas más luminosos: "Tu olor de cabellera bajo el agua azul con peces negros / y estrellas de mar y estrellas de cielo bajo la nieve / incalculable de tu mirada". Sus imágenes, debería decirse con más precisión, son cristalizaciones del ver. Si el estupor es lo que las desencadena, se trata, como él mismo lo dice, de un "estupor de cuentas de cristal" y, como lo reitera en el mismo poema, "el estupor de vaho de cristal de ramas de coral / de bronquios y de plumas". Otro rasgo no menos importante y que complementa al anterior: esas imágenes tienen cierto hieratismo hipnótico o cierta hipnosis hierática, que es lo mismo. No se trata de que nazcan o no de la fascinación, sino que ellas mismas, por su naturaleza o su situación en la estructura del poema, son la fascinación: fijas y vertiginosas, translúcidas y espejeantes. Si hay algún lenguaje que sea sobre todo *escritura* (en el sentido etimológico del vocablo), ese es el de Moro. "El lenguaje afásico y sus perspectivas embriagadoras": así lo definía él mismo. *Lenguaje afásico*: sin voz, sólo refleja o refracta; sin habla, es sólo signos que destellan. *Lenguaje-cuerpo*: no tiene alma, ni neuma, no respira; es una inscripción, un tatuaje. Ver equivale a desear; desear, a ver. La imaginación es también una mirada.

Es significativo que en casi todos los poemas de Moro no sólo predominen los nombres, sino que, además, sea muy notable la ausencia de verbos. No se trata, creo, de *sustantivar* la escritura, ni de hacerla más densa; lo que busca Moro quizá es provocar la fijación, interrumpiendo los elementos activos del discurso, pero a un tiempo hacer de la fijeza un delirio que fluye. ¿O sería al revés? En el poema "A vista perdida", del cual ya hemos hecho algunas citas, este rasgo se vuelve dominante. El poema es, aparentemente, una larga enumeración a partir de una inicial frase verbal: "No renunciaré jamás. . ."; frase que luego desaparece por completo hasta el último verso del poema. Esta frase, sin embargo, es la que rige toda la enumeración subsiguiente, pero ésta, a su vez, va independizándose cada vez más del verbo inicial constituyendo frases que tienden a ser nominales:

> No renunciaré jamás al lujo insolente al desenfreno suntuoso de
> pelos como fasces finísimas colgadas de cuerdas y sables
> Los paisajes de la saliva inmensos y con pequeños cañones de plumas-
> fuentes
> El tornasol violento de la saliva
> La palabra designando el objeto propuesto por su contrario
> El árbol como una lamparilla mínima
> La pérdida de las facultades y la adquisición de la demencia
> El lenguaje afásico y sus perspectivas embriagadoras
> La logoclonia el tic la rabia el bostezo interminable
> La estereotipia el pensamiento prolijo
> El estupor
> ...

Hay que detenerse: el poema es todavía más extenso, desmesurado, como muchos de Moro, pero su estructura no cambia en lo fundamental. Mejor: si cambia es para hacer más radical y compleja la autonomía de cada uno de los elementos de la enumeración a partir del tema del "estupor"; si bien admiten nuevos verbos, cada enumeración deja de ser lineal y aun adopta la estructura de una prosa densa. Sólo al final, decíamos, reaparece el verbo del comienzo. Ese final mismo es aún más revelador: "No renunciaré jamás al lujo primordial de tus caídas / vertiginosas oh locura de diamante". La cristalización de una y mil fases, que, en el fondo, es la verdadera visión de Moro.

Pero habría que destacar uno de los versos del pasaje anteriormente citado: "La estereotipia el pensamiento prolijo". Creo que alude a una de las claves de la técnica de Moro, como también de muchos otros surrealistas y de la cual Breton, sin duda, fue el gran maestro. Consiste en esto: enumeraciones anafóricas que repiten un padrón sintáctico muy simple y van cercando un mismo tema. Pero no lo hemos dicho con toda precisión. Por una parte, esas enumeraciones obsesivas no caen ni en la monotonía (como muchas veces en Huidobro) ni en la opacidad: su poder de transparencia, por el contrario, es muy perceptible. Por la otra, no es el caso de simples repeticiones sino de reiteraciones y, mejor aún, de intensificaciones: las alimenta la avidez, que puede ser ciega, pero también la inteligencia de las formas, que es ya un enriquecimiento. En uno y otro caso, son una fijeza (una "estereotipia") y una diversidad (un "pensamiento prolijo"). Este método aparece desde el primer poema conocido de Moro, "Renommée de l'amour", publicado en un número de la revista "Le Surréalisme au service de la Révolution" (1933). Pero es en sus poemas posteriores donde alcanza mayor precisión e intensidad: Moro no sólo logra dar la *imagen* múltiple y estática (extática) del cuerpo, sino darle también un espacio al deseo; lo aparentemente caótico de la enumeración se vuelve, así, un ritual y un conjuro. Esto último está muy presente en el poema "La leve pisada del demonio nocturno": ganarles a los mecanismos disolventes de la memoria y de la realidad trivial una presencia destellante en medio de su ausencia. El comienzo del poema revela ya ese intento: "En el gran contacto del olvido / A ciencia cierta muerto / Tratando de robarte a la realidad / Al ensordecedor rumor de lo real / Levanto una estatua de fango purísimo / De barro de mi sangre / De sombra lúcida de hambre intacto / De jadear interminable / Y te levantas como un astro desconocido". Todavía no es el conjuro y el ritual, pero todo el pasaje ya lo sugiere ("robarte a la realidad"); además, el verso "Levanto una estatua de fango purísimo" es central: excluye toda evocación laberíntica o fantasmal del amante y, por el contrario, propone la visualización del cuerpo: su *imagen*, no su presencia. El conjuro y el ritual vienen después, a través de una larga tirada de enumeraciones que tienen esta particularidad: todas las analogías se desarrollan a partir de un material luminoso y se fundan no en la equivalencia física sino en la del deseo. Así la ausencia se vuelve "sombra lúcida":

> Con tu cabellera de centellas negras
> Con tu cuerpo rabioso e indomable
> Con tu aliento de piedra húmeda
> Con tu cabeza de cristal
> Con tus orejas de adormidera
> Con tus labios de fanal
> Con tu lengua de helecho
> Con tu saliva de fluido magnético
> Con tus narices de ritmo
> Con tus pies de lengua de fuego
> Con tus piernas de millares de lágrimas petrificadas
> Con tus ojos de asalto nocturno
> Con tus dientes de tigre
> Con tus venas de arco de violín
> Con tus dedos de orquesta
> Con tus uñas para abrir las entrañas del mundo
> Y vaticinar la pérdida del mundo.
> . . .

La erótica de Moro no rehúye la ferocidad, pero nunca cae en lo "escabroso". Sus imágenes están elaboradas con frecuencia a través de elementos del mundo animal: "Tus ojos de cernícalo en las manos del tiempo", "Como una bestia desdentada que persigue su presa", "Como el milano sobre el cielo evolucionando con una precisión / de relojería / Te veo en una selva fragorosa y yo cirniéndome sobre ti". Esa ferocidad implica dos cosas: la recuperación del instinto y el despliegue de una pasión total.

El amor como "una puñalada", como un "crimen", o como una "hecatombe", o un "naufragio": imágenes como éstas, que parecen transgredir la moral y a la vez crear otra, aparecen en uno de sus mejores poemas. Pero es significativo que al lado de ellas surjan otras que sugieren no ya lo abismal sino la lucidez: el amor "bebe el agua clara / de la sangre más caliente del día", "el amor de anillos de lluvia / de rocas transparentes". No se trata tan sólo de esas cristalizaciones del ver, de que hemos hablado antes. O se trata de lo mismo pero con esta connotación: la erótica de Moro no es tanto la sexualidad (cumplida o no) como el deseo o la avidez del cuerpo. O mejor: entre una y otra experiencia se establece un movimiento dialéctico. *Lettre d'amour* (1944), quizá el más logrado de sus textos, es justamente el poema del deseo solitario, aunque no del olvido: "Je n'oublierai pas / Mais qui parle d'oubli / dans la prison où ton absence me laisse / dans la solitude où ce poème m'abandonne / dans l'exil où chaque heure me trouve". Esa soledad y ese exilio —que son también el tiempo y la presunción de la muerte—, ¿no encarnarán *el drama* de que habla Moro en la frase que hemos citado casi al comienzo? ¿La mirada condenada a ver al cuerpo que se le escapa y a fijarlo en *imágenes* que de alguna manera son también *imagos*, fantasmas? El erotismo, pues, como la experiencia de la continua fugacidad de *lo otro*. Como el título de uno de sus libros, se trata de un *amour à mort*: la pasión total que no tiene que morir para saber que también la alimenta la muerte. En uno de sus últimos poemas, titulado "Viaje hacia la noche", Moro parece dejar su inscripción —su tatuaje— final:

el cuerpo en llamaradas oscila
por el tiempo
sin espacio cambiante
pues el eterno es el inmóvil
. . .

La obra de Moro es mucho más intensa y personal de lo que hasta ahora se había creído. Sólo algunos de sus mejores críticos nos lo han hecho ver —me refiero a Emilio Westphalen, André Coyné y Julio Ortega. Todavía, sin embargo, no se la ha podido apreciar a cabalidad: en parte porque no hay un volumen accesible que la reúna toda y todavía hay textos suyos inéditos; en parte también porque, a excepción de *La tortuga ecuestre* (1957), fue escrita en francés, imponiendo así como una distancia frente al lector hipanoamericano. Pero, aparte de todo ello, ¿no será siempre Moro un poeta marginal por el hecho mismo de no haberse contentado nunca con "las adhesiones totales"?[3]

[3] Lo más literalmente posible, doy la traducción de los textos en francés que he citado de Moro. Por orden de aparición: "Hay que llevar sus vicios como un manto real, sin prisa. Como una aureola que ignoramos y fingimos no advertir"; "Sólo en los seres viciosos el contorno no se esfuma en el fango hiliano de la atmósfera";

"En el paraíso del poema / se hará memoria incorruptible el reino de tu cuerpo", dice por su parte Juan Liscano en el que quizá es el mejor de sus libros: *Cármenes* (1966). El poeta que antes había vivido el amor como una experiencia más bien serena y aun doméstica, no obstante sus impulsos lawrencianos, en ese libro de la madurez lo vive de manera desencadenante y más compleja. Todos los signos, entonces, cambian e incluso se invierten, comenzando por el lenguaje: éste se hace más libre, cultiva cierto esplendor insolente y, sobre todo, rompe con los ritmos y los giros de una escritura antes "noble" y ligeramente hispanizante. Más decisivo todavía: ya no se trata de la espiritualización del cuerpo como de lo contrario. El cuerpo, en efecto, pasa a ser el centro de su experiencia y ésta, a su vez, se hace más amplia, se bifurca en varias direcciones: el cuerpo visto como equivalente del universo, como despersonalización (nada ya de Psiquis) de los amantes y su entrada a una suerte de *kharma* cósmico: seres siempre a la deriva, aunque estén fijos, en ellos se cumple la dialéctica de atracción y rechazo, de abismos y soles, de comunión y soledad que se da en la naturaleza misma. En lo mejor de estos poemas, la pasión erótica encuentra su lenguaje en ciertas imágenes míticas o primordiales, de principio de mundo: deshielos, ventiscas y tempestades, ritos solares, surgimiento del fuego; en fin, la continua transmutación de una materia universal. "Tu bloque de hielo flotante / tu iceberg tu castillo de escarcha / tus labios de cascada helada / tu soledad polar"; "Para vencer la noche y la helada / para ahuyentar la soledad como un hambriento lobo / establecimos ritos de sangre / de fuego / de marcha lunar", se dice significativamente en un poema. Siempre, aun cuando la dimensión humana nunca desaparece por supuesto, los amantes de Liscano no parecen reconocerse sino en *imágenes* primarias. Es posible que estas imágenes terminen por volverse demasiado sistemáticas a lo largo del libro; el peligro que bordea Liscano es el de reducir la dialéctica de lo binario a un juego un tanto mecánico de antítesis que destruye a veces el poder de lo fortuito, de los encuentros imprevisibles; también parece abusar de lo mítico y/o esotérico (la astrología, por ejemplo); el tono interjectivo —y curiosamente conceptual— en que concluyen muchos de sus poemas es francamente una recaída (del poema mismo). En cambio, cuando esas imágenes logran su verdadero punto de ajuste, la experiencia erótica recobra su intensidad, quiero decir, su inicial fuerza sexual. Pero hablar sólo de la sexualidad sería mutilar esta poesía: se trata, en verdad, de un rito genésico, como en este pasaje del poema "El reino de tu cuerpo":

"Mi púrpura está manchada, igual que los tigres, los animales de pelaje o de plumas"; "La belleza es un vicio, maravilloso, de la forma"; "Todo el drama ocurre en el ojo y lejos del cerebro"; "La muerte es el término espantoso del sol"; "No olvidaré/Pero quién habla de olvido/en la prisión en que tu ausencia me deja/en la soledad en que este poema me abandona/en el exilio en que cada hora me encuentra".

. . .
Mi cuerpo en tu cuerpo abre sus plumajes
agita sus alas, canta, vuela
llama las aguas fértiles
pájaro del verano, pájaro heraldo.
Mi cuerpo en tu cuerpo se arraiga
pone sus huevos, echa semillas, se soterra,
sangra su amarga miel, su dulcedumbre que huele a humus.

La visión del erotismo como actualización de un proceso cósmico y casi de un ritual, tiene también en Liscano otro sentido no menos revelador: es un rechazo y una crítica a la historia. Se entiende, como enajenación de la vida concreta bajo la idolatría del futuro; la vida sacrificada a la abstracción de las "ideas", el hombre, a la humanidad y al poder. En el libro *Nuevo Mundo Orinoco* (1959) está presente esa crítica, sobre todo en relación con la historia venezolana, pero hay también en él un cierto adanismo que no va más allá de Neruda o, en el plano de la novela, de Carpentier. En cambio, en *Tierra muerta de sed* (1954), que contiene algunos de los mejores poemas de Liscano, la devastación solar de la tierra encarna un símbolo de una historia también árida y desértica. Pero en *Cármenes* la crítica a la historia es sólo implícita; no por ello menos radical y quizá sea más convincente. Así adquiere otra connotación el verso inicial que hemos citado; "el paraíso del poema" pierde su aparente tono idealizante y lo que propone es el poema contra la historia, el acto individual como un acto también colectivo. El presente contra el futuro. "Todo es hoy, todo es presencia activa", dice Liscano en un poema. En otro, titulado "Pareja sin historia", es todavía más explícito: "Se acarician. Se bastan. / Están colmados por ellos mismos"; "Se conocieron ayer: llevan siglos de parecerse / de abrazarse en las parejas siempre únicas". La autosuficiencia de los amantes ¿no podría ser vista como una rebelión? Liscano lo deja ver con toda claridad y quizá caiga en otra idealización: creer en el poema como un absoluto, creer que la palabra puede *nombrar contra el tiempo* (título con que recoge, y estructura de nuevo, toda su obra hasta 1968). Tal adanismo tiende, sin duda, a simplificar su poesía.

El cuerpo es objeto sólo en la medida en que es polo del deseo y de la comunión; aun lo que de él puede parecer *crudeza* es también *pureza*: una vocación de absoluto, de expiación y de purificación. De nuevo hay que subrayarlo: se trata de un acto en el que la vida y la muerte, la pasión y la destrucción, el cuerpo y el no-cuerpo finalmente se reconocen como una totalidad —¿como una armonía? Jorge Gaitán Durán encarnó ese acto sobre todo en su último libro *Si mañana despierto* (1961), publicado poco antes de su muerte. Un libro, podría decirse, de imágenes "feroces" y hasta "chocantes". "Somos como son los que se aman", dice al iniciar uno de sus poemas; prosigue: los amantes son "dos monstruos / desconocidos que se estrechan a tientas", tienen "cicatrices con que el rencoroso deseo / señala a los que sin descanso se aman", son, además, como "dos astros sanguinarios" o "dos dinastías / que hambrientas se disputan un reino"; aun se infieren "las viles injurias / con que el cielo afrenta a los que se aman". El cuerpo como privilegio y reto a un tiempo. Ni las cristalizaciones visuales e hipnóticas de Moro ni las transposiciones genésicas de Liscano: más bien, acá, el instinto *à l'état pure*. Por ello esas imágenes chocan: no respetan el decoro social, atentan contra nuestra hipocresía. Pero esa desnudez del instinto quiere decir presencia del ser y del mundo. "En tu cuerpo soy el incendio del ser": así concluye el poema anterior. En otro hay una alusión a Novalis y su creencia en el otro mundo a través de su pasión por Sofía von Kuhn, muerta a los trece años; luego Gaitán dice: "mas yo creo en soles, nieves, árboles, / en la mariposa blanca sobre una rosa roja, / en la hierba que ondula y en el día que muere". ¿Se trata de una oposición? No del todo. Ambos se identifican en lo absoluto de la pasión, sólo que ésta cambia de dirección: la eternidad y la trascendencia en uno, la fugacidad y la inmanencia en otro. La poesía de Gaitán, como la de Paz, es una *consagración del instante*. "Se juntan desnudos" es el título de uno de sus poemas: no está aludiendo sólo a la desnudez física, sino igualmente a la intemperie y aun fragilidad de los amantes. En uno y otro caso —sin oponerse—, los amantes reivindican en lo efímero el signo del esplendor y, como tantos otros amantes, constituyen una *figura* universal:

No se ven cuando se aman, bellos
o atroces arden como dos mundos
que una vez cada mil años se cruzan en el cielo.
Sólo en la palabra, luna inútil, miramos
cómo nuestros cuerpos son cuando se abrazan,
se penetran, escupen, sangran, rocas que se destrozan,
estrellas enemigas, imperios que se afrentan.
Se acarician efímeros entre mil soles
que se despedazan, se besan hasta el fondo,
saltan como dos delfines blancos en el día,
pasan como un solo incendio por la noche.

Ni frenesí erótico ni ausencia de pasión: en la poesía de Braulio Arenas aparece una suerte de ¿cómo decirlo? perplejidad y encantamiento frente al amor. Desde sus primeros poemas, el amor, para él, estará ligado a la experiencia del sueño ("apenas si fue un sueño", dice en uno), así como el sueño en sí mismo es una prefiguración del amor ("viví soñando, esto es decir, amé", dice en otro). No debe confundirse, sin embargo, esta experiencia con la tradicional idealización o espiritualización del amor. No sólo porque el sueño en Arenas, como en cualquier poeta surrealista, es un mundo más complejo; también porque en su poesía el amor es un cuerpo, sólo que un cuerpo que no necesita materializarse para hacerse visible, real.

Un cuerpo sólo visible en su secreto: algo más que un objeto de contemplación o de posesión; objeto sobre todo de transfiguración que, a su vez, tiene el poder de transfigurar.

"Cuerpo de mujer, blancas colinas, muslos blancos, / te pareces al mundo en tu actitud de entrega": difícilmente Arenas hubiera podido escribir estos versos del primer Neruda. No es el sensualismo obvio ni los temblores psicológicos de la llamada pasión lo que domina en su poesía. En tal sentido, Arenas estaría más cerca de Huidobro, en la tradición chilena, y de Paul Eluard, en la tradición surrealista: el cuerpo configurado no sólo por el deseo sino también por la imaginación; el cuerpo como fuente de revelaciones, de "profecías". "Y por fin el amor cumple sus profecías", dice en un poema; "A pregunta de amor, respuesta de vidente", escribe (gongorinamente, ¿no?) en otro. A diferencia de Neruda, dice también de la mujer: "Tus cabellos son los bienes públicos de la noche, / son las raíces de la memoria, / la fecha de oro del día del encuentro". ¿No se ve así, de inmediato, a la mujer dibujada como un emblema o un cuerpo del universo? "La mujer es la razón de ser, la piel, la idea", confesará igualmente Arenas. Un verso, creo, de muchas implicaciones. Por una parte, el poeta no aparece con la dudosa masculinidad del conquistador o del posesor; por la otra, la mujer encarna una unidad que chocaría por igual a los sensualistas y a los espiritualizantes: es una piel que es una idea, o una idea que es una piel. ¿No se trata también de la clave de la propia poesía de Arenas, una poesía lúcidamente de *surface*, pero espejeante, que hace sentir *otra profundidad*: no la de los raptos tenebrosos sino la del reflejo de la luz en el ojo —la conciencia— que mira. "El pensamiento tiene la letra clara", dice Arenas con total serenidad —¿para qué ser patético y tratar de engañar con la emoción de lo oscuro? Pero todo esto hay que verlo con más detenimiento.

Habría que decir, desde ahora, que, dentro del surrealismo latinoamericano, Arenas ha sido quizá su mejor artífice, *il miglior fabbro* en verdad, y en esto se aproxima también a Paul Eluard. La sutileza del lenguaje, *l'esprit de finesse* (y también el geométrico, ¿no?), el lirismo a un tiempo irónico e inocente, la espontaneidad del juglar y la secreta sabiduría del alquimista: con ello, desde el comienzo, Arenas puso de manifiesto que el surrealismo no era ni truculencia ni tremendismo (¿o terrorismo?) emocional, mucho menos pantagruelismo verbal y "horticultura de la pereza" (diría Lezama Lima), como parece que creyeron ciertos medios surrealistas, y no sólo latinoamericanos esta vez. Arenas supo rechazar, en su momento, dos cosas: el "angelismo" y el "bestialismo", el poeta "puro" y el "impuro", toda esa majadería que aún sirve para la madeja de algunos críticos.

La poesía de Arenas está regida por el sentido del *juego* y por "el principio de oro del placer", que son justamente formas de la libertad. La violencia, ya sea verbal o emotiva, le parecería ser la negación de toda libertad: el enajenamiento que se ignora, lo cual es quizá la peor forma de esclavitud. La violencia, además, ¿no es lo más ajeno del placer, ese "principio de oro" que la sociedad precisamente siempre aborrece o que sólo adora de manera hipócrita? Como bien dice Barthes: "Ce n'est pas la violence qui impressione le plaisir; la destruction ne l'intéresse pas" (*Le plaisir du texte*, 1973).

Pero el *juego* y el *placer* tienen, en Arenas, dos connotaciones importantes. Por una parte, ambos conducen a una visión más dramática: la dialéctica de la vida y la muerte. "Con un perdón voy a tomar la juventud / como quien toma el último tranvía de la noche, / ¿y para qué, señor? / para conocer la muerte en sus últimos detalles", escribe en un poema. ¿No es la búsqueda de lo dramático a través del *juego* mismo y no a través de lo patético? Por otra parte, ni el *juego* ni el *placer* excluyen el rigor: no el rigor meramente externo del buen estilo, sino el que hace de la libertad una necesidad. Así, Arenas trata indistintamente su experiencia erótica como una experiencia verbal, o ésta como si fuera aquélla. Lenguaje y erotismo son, en su poesía, una sola y misma cosa. Arenas, en efecto, trata el lenguaje no sólo como una materia erótica, sino que, además, como los mejores surrealistas, busca ese punto alquímico en el que la palabra, sin dejar de ser signo tradicional, alcanza su metamorfosis gracias a la lucidez de la pasión, que hace de lo cifrado y lo hermético una claridad profunda, o una profundidad clara, aun (ir)radiante. Por ello su escritura no es violenta: es "visible" y "secreta", como el cuerpo de la mujer.

Escribir "el nombre mágico que conciliará amor y vida / de una vez para siempre": éste es el intento central de Arenas. Para escribir ese "nombre mágico" no llega, sin embargo, a violentar el lenguaje; le basta con *trans-escribirlo*, transfigurarlo, metamorfosearlo. Esa metamorfosis verbal, el lector percibe que corresponde a la metamorfosis del amor mismo y así, desde tal perspectiva, su lectura se convierte a un tiempo en participación y distancia, en placer y lucidez. Arenas, en verdad, no violenta el lenguaje; sólo ejerce sobre él algunas, pero decisivas, inflexiones: lo hace sorpresivo sin cambiarlo; lo cambia sin destruirlo. No sólo eso; busca hacer visibles esas inflexiones sistematizándolas, es decir, reiterándolas continuamente. De suerte que el lector se ve llevado a sistematizarlas también, a volver sobre ellas, a fijarlas en la memoria progresiva de la lectura, a aceptar el juego (que es un laberinto, que es una pasión) que se le propone.

El surrealismo, como se sabe, fue un inagotable dispositivo de imágenes: las más arbitrarias (siguiendo a Lautréamont), las más sorprendentes, las más espléndidas también. Una imagen surrealista ya no era el producto de una mera observación y, por tanto, no intentaba subrayar analogías o semejanzas más o menos reales, más o menos obvias. No importaba que se usara o no el símil explícito (esos "comos iluminados" de que hablaba irónicamente Huidobro); la imagen era siempre un invento, un producto inconmensurable de la imaginación. "Toi qui es plus belle qu'une graine de soleil dans le bec du perroquet éblouissant de cette porte", podía escribir Breton, creando, de inmediato, una sucesión verbal a la vez rigurosa (graine, bec, perroquet) e inesperada; una nueva realidad que ya era el esplendor mismo. Arenas, como otros surrealistas latinoamericanos (a excepción de Paz, creo) es demasiado afecto a este tipo de imágenes, sin imprimirles ninguna variante. En sus poemas abundan los mismos símiles sorprendentes: "bella como una rosa que resuelve / de una vez todo el laberinto", "más bella que las palabras de inteligencia que intercambia / tu frente con la estrella". Es cierto que también logra cierta libertad y esplendor. Pero me parece que esa vía metafórica no es la que más le corresponde, o que él, al practicarla, carece del poder, radical, de un Breton. En cambio, imágenes que aparentemente son menos elaboradas y hasta más simples tienen, en él, mayor poder de revelación; son, igualmente, más sutiles y complejas. Como, por ejemplo: "Viejo algodón en rama más eterno que la esclavitud"; "La puerta abierta sobre un desfiladero / se asomaba, curiosa, hacia la muerte, / y fue la muerte quien la cerró de pronto". O aun ésta, que constituye todo un poema, titulado "La vida":

La vida se apresta al viaje
y el cielo frunce el entrecejo:
una mujer y un hombre unidos
como un diccionario bilingüe.

El verdadero artífice que es Arenas se percibe en su trato más secreto y oblicuo con el lenguaje, aun diría, más específicamente, con la sintaxis. La inserción de elementos incongruentes en moldes ya fijados por la lengua; el uso de los nexos por contagio poético y no por lógica gramatical; la creación de giros inhabituales que, sin embargo, parecen corrientes; el valor metafórico y aun paradójico con que rehace las frases hechas; los retruécanos complejos y las insospechadas catacresis: todo ello le imprime a su escritura un *orden nuevo* que es también un *azar* ("el azar tan vivo / como la brasa en la palma de la mano"). Sólo una muestra:

"Su mirada se hacía de repente, / de resplandor, de dinamita";
"Por un instante vimos a la bella jardinera diciéndonos amor en el más puro sentido de la noche";
"Desde que el hombre es hombre, / desde que el techo es cielo";
"De costa a toda prisa nocturna. / De bosque a toda lentitud solar";
"Tú habías salido a prisa, a amor, a medianoche";
"Y yo no dejaba de pensar en el día menos pensado";
"Pequeño sueño que llevas de la mano a esta pequeña mano. / Pequeña mano que llevas del sueño a este pequeño sueño";
"El espejo es espejo en cuanto mundo, / así como el mundo es mundo en cuanto espejo";
"El jardín no más grande que las palmas de tus ojos".

Quizá sea ya suficiente. Es a través de este sistema, me parece, como Arenas va creando su visible-secreta metamorfosis verbal. Falta todavía un elemento clave: *las variaciones de un motivo*, que Arenas practica, con maestría, en *Discurso del gran poder*, quizá su poema o, mejor, su libro central.

Es un largo texto en el que hay ciertas frases que simultáneamente van cambiando de sentido, aunque no de estructura. Una de ellas, que desde el comienzo parece ser el eje formal y semántico del poema, es: "El amor pesa tanto como el sueño que desaloja", y que después de sucesivas variaciones, siete en total, en que sólo cambia el término segundo del símil ("...como la realidad que desaloja", "...como el amor que desaloja", "...como la memoria que desaloja", etc.), llega a su cristalización final: "El amor pesa tanto como la poesía que desaloja". Con lo cual, Arenas parece sugerir el sometimiento de la poesía a la fuerza del Eros y del deseo, o a explicarla —que no es lo mismo— a partir de éstos. Pero, además, ¿no está usando el verbo *desaloja* no sólo en el sentido de *desplazar* sino también de *hacer surgir*, de *sacar* ante la vista? Así, entre los otros motivos que se entretejen y alternan con éste, aparecen los de *la lámpara* y *el espejo*. El primero se relaciona con el acto mismo de la creación del poema, con el lenguaje: "La lámpara, enloquecida por el texto de la luz, habla entre sombras / del alba cristalizada"; "La lámpara, a la que el texto de la sombra ha roto en mil fragmentos de alba, / deja escapar la alquimia de las voces". El segundo se relaciona con el mundo, con la realidad: "El espejo es espejo en cuanto mundo, / así como el mundo es mundo en cuanto espejo"; "Espejo ardiente, tu eternidad será la mía". Entretejiéndose y alternándose, estos motivos van creando la verdadera visión dialéctica: el poema no habla del amor sino que es el amor, tampoco es el espejo de lo real sino que es lo real; pero, de igual modo, el amor no es sino el poema, lo real no es sino el espejo ("ardiente") que hace posible a los otros dos y los transfigura. No es un juego de palabras lo que estoy haciendo. Quizá, más bien, estoy simplificando la visión de Arenas. Lo importante, sin embargo, es percibir que la metamorfosis verbal —las variaciones de un tema— nos remite al delirio, al deseo y a la lucidez de la pasión. *La lámpara*, por ejemplo, se vuelve "migratoria", es luego "de mercurio" (como el espejo), se convierte en "lámpara tornasol", aun acepta ser "uña y carne con la noche" o cortarse las venas "por amor, para saber por fin qué cosa es la tiniebla". Cada motivo, pues, transfigura a los otros y a la vez se ve transfigurado por ellos; puestos en movimiento, no es posible ya saber cuál funciona como principio desencadenante, cuál llega a ser efecto final. No hay más clave que la metamorfosis y la continua rotación. En otro poema, titulado "Tu rostro te desnuda", Arenas lo desarrolla al comienzo como si estuviera hablando de la mujer; sólo al final el lector puede enterarse de que se está refiriendo a la poesía ("Tu rostro te desnuda, / poesía"). Pero no se trata, en el fondo, ni de un ardid ni de una repentina desviación: la poesía y la mujer siguen siendo equivalentes en el pensamiento de Arenas y en la impresión del lector. También en ese poema, la aparente ambigüedad es una manera de abolir el tiempo sucesivo; por ello, Arenas dice:

> Vives para el presente,
> sin pasado,
> tu porvenir lo entregas
> al amor.

XXV. LA BELLEZA DEMONÍACA DEL MUNDO

Hay poetas cuya obra entera es el desarrollo de un tema central; aún más, todos sus libros son uno solo; todos sus poemas, un único gran poema, que nunca concluye. El tiempo pasa, la historia cambia vertiginosamente y a lo mejor lo que ellos buscaban se ha vuelto ya anacrónico: no importa, siguen escribiendo sobre y desde la misma intuición inicial. Esta reiteración no es simple repetición y parece estar muy lejos de la monotonía o de la penuria; muchas veces son poetas torrenciales. Se trata de una intensidad que nunca se sacia, el continuo deseo. Es, igualmente, la secreta pasión de lo uno en lo diverso: la obra se expande hacia el mundo y, no obstante, siempre refluye sobre sí misma.

Enrique Molina pertenece a este linaje. Desde el comienzo, en lo esencial, su lenguaje tiene, o lo prepara, el mismo rapto ponderativo y, mejor, dionisíaco, así como su visión irradia una energía irreconciliable con la inmovilidad: el mar es el ámbito y el símbolo de su poesía. En efecto, Molina es el poeta de la intemperie ("Yo pertenezco a la intemperie / Reclamo el honor de mi especie") y de la pasión por conquistarla, conquistándose también a sí mismo ("¡Racimo de pasiones! Pon aquí tu sentencia"). Es el poeta que se encara con una vida errante, salvaje y libre; esa vida traduce o no una experiencia personal, pero lo importante es que va creando una experiencia mítica del mundo ("Mi país es falso y sin techos"). Además, digámoslo desde ahora, aun esa experiencia del mundo no se queda nunca en el mero realismo descriptivo, aunque la mirada de Molina sea muy precisa. En ella se desarrolla algo infinitamente más complejo y vital: buscar en lo real una dimensión absoluta (ese punto de intersección de los contrarios del que hablan los surrealistas); en el tiempo, una plenitud inagotable; en el hombre mismo, su arquetipo milenario. Por ello Molina hace de la pasión y del mundo solar que vive la prefiguración de lo mítico; o mejor: toda presencia en él está imantada por la visión de lo mítico y aun de lo sagrado. Si su poesía se nutre, aparentemente, de un deseo realizado, la verdad es que ese deseo es insaciable: fijeza y movimiento sin fin.

Lo inicial en Molina es el deslumbramiento frente al mundo. Pero en su primer libro (*Las cosas y el delirio*, 1941) el mundo no es todavía la intemperie, sino el amparo de la morada materna, evocada por una memoria que descubre lo efímero. El tono de esa evocación puede ser —y lo es— nostalgioso y melancólico, pero tras él va emergiendo una experiencia más dramática: el tiempo visto como una fuerza material que se instala en los seres y en las cosas contaminándolos de una sustancia corrosiva.

"Arde en las cosas un terror antiguo, un profundo / y secreto soplo, / un ácido orgulloso y sombrío que llena las piedras / de grandes agujeros, / y torna crueles las húmedas manzanas, los árboles / que el sol consagró." Una parte del libro está dominada por la conciencia de esa destrucción implacable. Lo cual tiene un doble efecto: suscita la pasividad, la contemplación absorta en lo irreparable, y aun el mundo parece sumido en esa quietud ("corren los grandes días sobre la tierra inmóvil"); a la vez origina otro impulso: la voluntad de liberación, la nostalgia, no ya por un pasado personal, sino por otro mundo entrevisto en la posibilidad de la errancia. El poeta quiere ganarle la batalla al tiempo oponiéndole el riesgo de una pasión casi adánica, el desencadenamiento de la materia —el cuerpo total— regida por el deseo. Así empieza a dibujarse el otro rostro del libro: el de la memoria cósmica. "Hace sólo un instante / oía el despertar / sagrado de la tierra." Ese despertar es también el de la infancia ("un profundo niño circula, / entre estaciones, por mi sangre") y ante ella surge una nueva pasión: la de lo elemental ("Yo guardo mi infancia de tribu", dirá Molina en un poema muy posterior). Se impone, entonces, la ruptura: la fascinación de los viajes, que es igualmente fascinación por lo oscuro, lo incierto y lo ambiguo (¿incluso el mal?). De este modo, el libro, que se había iniciado en el ámbito doméstico, se ve finalmente ganado por el "radiante demonio" de lo extraño: la aventura en el mundo.

Los sucesivos libros de Molina no son sino el desarrollo de esa aventura. En verdad lo que ellos proponen (y escenifican) es una nueva versión de la parábola del hijo pródigo: ruptura con el orden familiar, renuncia a lo seguro y establecido, a la vez que el riesgo en lo descubierto. El poeta se convierte, así, en "el familiar del Mundo", como diría Tomás Segovia, en cuya obra, aunque con otro sentido, encarna también esa búsqueda. "Nunca tuvimos casa ni paciencia ni olvido", dice Molina en un poema de *Costumbres errantes* (1951). Más tarde, habla de esa ruptura como su único destino y su verdadera ética: "no tengo misión ni familia ni otra dialéctica que / esos conjuros mortales donde se deshace la espuma de / los grandes escrúpulos" (*Amantes antípodas*, 1961). Pero una experiencia no se hace destino sino cuando el azar o una decisión asumida se identifican con la fatalidad misma; en Molina es la experiencia espacial y errante lo que hace de él un verdadero paria: "Corrompidos por un resplandor de ríos y de grandes / sorpresas hemos perdido para siempre la paciencia / de las familias. / Fuimos demasiado lejos. Libres y sin esperanzas como / después del verano y del amor". La ruptura, por supuesto, se irá convirtiendo en un desafío más amplio: frente a la historia, la civilización moderna y el tiempo mismo. El viaje es su primera instancia, pero no como evasión de lo real sino como la más extrema voluntad de poseer lo real: extravío y reencuentro: "Abre la puerta y que el sueño te arrastre hasta el / borde del mundo / Abre la puerta antigua criatura dispersa".

El viaje de Molina es simultáneamente exilio y comunión: la soledad radical frente al mundo como orden social establecido y la participación más intensa en él como espacio de lo elemental y aun primitivo, como naturaleza en estado original. En un poema, Molina revive la experiencia de Róbinson; si éste, en la pureza de su exilio, encarna la perfecta soledad ("más abandonado que un dios / más salvaje que un niño"), a un tiempo es, desposeído de todo, el verdadero "dueño del mundo". Este doble plano no sólo sugiere una inversión de valores: la soledad en el universo natural es posesión, pero toda posesión en ese mismo universo es una soledad ante la historia y la sociedad; también supone que la vida sea búsqueda y seducción de lo innombrable: así Róbinson está "tocado hasta la médula por la gracia del abismo". En otras palabras, Róbinson no sería el hombre perdido sino el que asume su extravío y todo el riesgo que encierra.

Antes de ser destino, el exilio es para Molina la orgullosa opción de vivir en los espacios libres. Es, pues, una ausencia que entabla un arrebatado diálogo con la Presencia. Desde su segundo libro (*Pasiones terrestres*, 1946), Molina emprende la aventura de la intemperie. Esa intemperie es sobre todo el trópico, un espacio donde podría desplegarse lo que él llama "la belleza demoníaca del mundo". Esa belleza es, en primer término, exaltante y corresponde al grado de intensidad con que el poeta quiere existir. Así, Molina no puede sino dejarse seducir por "la majestad del trópico en el gran desamparo de los años", por "el eterno esplendor de la implacable / pasión de la marea", o por "esos lugares intactos para el sol", "esos cuerpos ilesos para el amor". Molina, en este sentido, es uno de los grandes poetas del trópico, así como Gauguin fue uno de sus grandes pintores. Visualizar la poesía del primero es encontrarse con ese universo a la vez paradisíaco y terrestre, salvaje y refinado, el cuerpo que alcanza una nobleza mítica por la plenitud de la materia misma, que recrea el pintor francés. Y, en verdad, el propio Molina se sintió atraído por el paralelo. Uno de sus mejores poemas (que es quizá también una poética y una ética) está inspirado en un cuadro tahitiano de Gauguin ("Vahine no te tiare" o "Femme à la fleur"): una indígena sentada, su larga trenza derramada sobre el pecho, en actitud hierática, melancólica y de una sensualidad secreta, mientras desde un cielo amarillo caen flores sobre ella. El poema de Molina es casi una descripción de ese retrato, pero en un doble plano: visual, nos muestra a la Negra Vahine en actitud de reposada pasión, sosteniendo "una flor sin nombre, / un testimonio de la enloquecedora primavera"; psicológico y memorioso, figura la aventura de Gauguin, con su avidez, con su beso —dice— "corroyendo hasta el fondo de (su) infierno / la inocencia, el obstinado y ciego afán" del ser de la mujer. Ese doble plano ¿no es también el de la aventura de Molina en los trópicos? Aun en otros textos Molina hace del esplendor del trópico una verdadera gesta de lo natural. En el poema "Mercado" no sólo los objetos de las transacciones parecen ser metamorfoseados por los elementos (al influjo del viento las piedras se cambian en "resinas de plata"; las arenas, en "legumbres cálidas"; las mantas, en "mariposas de alas ardientes como la codicia"); los mercados mismos se transfiguran en una suerte de encarnación del vigor cósmico. Así el poema se abre a esa gran retórica de homenaje al universo (que, por cierto, recuerda el tono y el despliegue de la poesía de Perse):

> ¡Oh, estas grandes fogatas sólidas plantadas sobre piedra!
> ¡Estas cajas de lujuria, estas presas de flancos devoradas por el follaje del sol!
> ¡Estas graderías del saqueo!
> ¡Estas furias nacidas en los más altos éxodos del año!
> ¡Estos cueros y abalorios y serpientes y hierros y frazadas
> y tinturas y sacos y comidas y cóleras!
> Destilando el oscuro veneno de la tierra
> Las fórmulas más puras del deseo
> Que tan sólo interroga el vagabundo de mirada tristísima
> Siempre al filo del alma
> Siempre mojando con su sangre instantánea las fauces del oráculo. . .

Pero la belleza de ese mundo es también demoníaca porque es devoradora. "Aquí la luz humana se deshace / entre las garras de otra luz salvaje", escribe Molina ante el mar del trópico. Esa belleza, además, está poblada de terrores sagrados, del aullido de dioses —"dioses de América", "vencidas potestades amargas"—; encierra signos milenarios: máscaras, ídolos, tótems; es, en fin, la irresistible invitación no sólo de lo original sino igualmente de lo oscuro. Ante esa naturaleza el hombre no puede penetrar sino bajo el influjo de los antiguos filtros del amor: el influjo de la pasión y ésta, como la pasión por la mujer, exige su propia destrucción. Por ello la dicha de la comunión (o de la cópula, pues Molina ve en la naturaleza a la mujer misma) es contradictoria: alternativamente exaltante ("el espectáculo de la dicha me exalta") e imposible, inalcanzable ("como toda dicha humana"). Sin embargo, Molina es de los que se unen "a los desesperados por la esperanza"; de los que asumen "La rebelión sin esperanza / A cambio de un único día". O, como los grandes románticos (¿Blake?), de los que persiguen "el viejo roce melancólico de / la carne y el cielo"; o, como lo dice más precisamente en otro poema, de los que persiguen la esperanza ("absurda" e "insensata") "De recobrar la antigua llave / La alianza del cuerpo y del alma".

La búsqueda de toda plenitud y de la unidad perdida se proyectan, en esta poesía, a la vez como su impulso generador y como su imposibilidad. La pasión, pues, se impone a la lucidez: nunca deja de reconocer sus límites. Pero no por ello deja de ser demoníaca (Molina es el poeta que habla "el lento idioma indomable de la pasión por el infierno"): enfrentada a sus límites, a lo efímero, a la continua muerte, no vive sino de la transgresión permanente. Esa transgresión es múltiple: de orden vital, no parece realizarse sino en el desorden, en el riesgo extremo ("purificar nuestro esqueleto / con una brasa de manicomio"); de orden ético y social, tiende a desenmascarar toda norma, todo poder, y a glorificar incluso el mal ("Un crimen puro a pleno sol / Para recobrar el orgullo"); aun vive de un radicalismo más esencial: desafío al tiempo y a la propia muerte ("Y no tengamos miedo de morir / Miedo al viento marino al viento del alma"). Lo que finalmente busca Molina es hacer de la intensidad y de la pasión una suerte de divinidad invulnerable. Como el Gauguin de su poema, busca "una ley furiosa, una ardiente ofensa / al peso de los días". Porque, se pregunta luego, ¿qué más puede anhelar un hombre "sino sobrepujar una costumbre llena de polvo y tedio?"

El ámbito de la poesía de Molina no es tan sólo el de la naturaleza, sino también el de la mujer. Ambos constituyen, en verdad, el espacio real de su experiencia en el mundo. Ambos participan de un doble signo: paradisíaco e infernal a un tiempo. La plenitud en la naturaleza o en la mujer es igualmente abismo o experiencia del abismo; además, una y otra están regidas por la misma energía: la materia. Así como aquélla es, para Molina, un campo erótico, la mujer es sobre todo, por su parte, naturaleza, cuerpo. Las raíces más oscuras de su alma, dice en un poema, son su "gloria carnal". Por otra parte, la pasión erótica de Molina es una de las formas del viaje. Es una pasión nómada. Se cumple siempre en lugares de tránsito —puertos, arrabales envenenados, y sobre todo los hoteles.

El hotel, en esta poesía, es sólo el signo del carácter libre y liberador del deseo: su máscara y su identidad, su anonimia y, sin embargo, su nombre también. El hotel es la oposición tanto a la seguridad del hogar como a su código de preceptos; puede ser lo impuro, pero en él se llega a la intensidad extrema, es "un lugar de hierros al rojo". No es sólo un espacio y por ello se identifica con la naturaleza misma; así el lecho del amor, que se abre al mundo. "En esos lechos de comarca / La lluvia es igual a los besos te desnudas. / Girando dulcemente en la oscuridad con la rotación de la tierra". Esta experiencia del amor traduce, pues, una búsqueda cósmica: no una mujer sino la Mujer, "la hembra inmemorial". Y quizá por ello mismo la pasión erótica se cumple con un frenesí salvaje, hasta con una vocación de aniquilamiento. Los amantes de Molina se besan con "bocas de sacrilegio que no piden socorro / que no tienen socorro" y están "instalados como en el infierno de una belleza imposible". El amor actúa como "el mágico filtro de la excomunión"; es otra forma de exilio, otro desafío frente a toda ley de preservación. Además, es la pasión que se destruye a sí misma porque nunca logra toda la posesión: "de todo amor se alza siempre un gran pájaro que huye / De todo cuerpo / Se revela una extensión desierta y sin memoria". Sólo la intensidad —extravío, exceso— parece salvarse, aunque en la memoria que es otra forma de la intemperie. En un poema titulado "Alta marea", Molina convierte a la memoria del amor en una dialéctica de fin y de comienzo; como en el mito de Tristán e Isolda (el poema parece aludirlo cuando habla de "los estremecimientos de una vieja leyenda"), la pasión no puede vivir sino de su muerte; más aún, la muerte de la pasión, la separación de los amantes, es otra forma de existencia, que, en el poema adquiere un despliegue temporal y cósmico:

> Cuando un hombre y una mujer que se han amado
> se separan
> se yergue como una cobra de oro el canto ardiente del orgullo
> la errónea maravilla de sus noches de amor
> las constelaciones pasionales
> los arrebatos de su indómito viaje sus risas a través de las piedras
> [sus plegarias y cóleras
> sus dramas de secretas injurias enterradas
> sus maquinaciones perversas las cacerías y disputas
> el oscuro relámpago humano que aprisionó un instante el furor de
> [sus cuerpos con el lazo fulmíneo de los antípodas.

Lo hemos visto: el viaje de Molina es exilio y rebelión simultáneamente. Esa rebelión tiende a vivir del homenaje "a una belleza salvaje que exige el desorden" y de la seducción por "la lumbre sobrenatural de lo oscuro". Pero es sobre todo la exaltación y el endiosamiento del cuerpo. El cuerpo, en su doble naturaleza angélica e infernal, es la única pureza posible para Molina, porque en él reside la energía y la intensidad. De alguna manera, es igualmente la inocencia. Por ello, frente al universo natural, Molina puede vislumbrar: "Oh recuperación de la inocencia cosas en libertad / desnudez de fin del mundo". De fin o, más bien, de comienzo del mundo. En efecto, esa inocencia es la negación de toda historia, de toda sucesión temporal. "¿Dónde está el tiempo aquí?", se pregunta Molina. Aun esa inocencia es el desafío a todo poder extrahumano: lo que busca el poeta es arrebatarle el paraíso a los dioses. De este modo, su viaje va más allá de la geografía: tiene, en gran medida, también, el sentido mítico de un ejercicio interior, de una prueba. Así, la inmersión en un río peruano se convierte en una experiencia distinta, casi bautismal. "Rito acuático" se titula ese poema, y su primera frase es sólo descriptiva: "Bañándome en el río Túmbez un cholo me enseñó / a lavar la ropa". Pero luego se percibe que ese lavatorio va adquiriendo todo un poder simbólico: "Lavaba mis vínculos con los pájaros las estaciones / con los acontecimientos fortuitos de mi existencia / y los ofrecimientos de mi locura / Lavaba mi lengua / la sanguijuela de embustes que anida en mi garganta / —espumas indemnes exorcizando un instante todas las inmundas alegorías del poder y del oro— / en aquel delirante paraíso del insomnio". Aun ese poder simbólico se ve reiterado cuando pensamos no sólo en el contexto real de la experiencia (un río peruano, un cholo), sino también en el contexto poético que evoca: esto es, Vallejo. ¿No había éste, en *Trilce*, hablado del lavado de las ropas con un sentido espiritual, y de la mujer "como aquella mi lavandera del alma"? Como en Vallejo, el lavatorio de Molina es un *rito de purificación*, sólo que en pleno espacio natural, en el "salvaje corazón de un lugar impregnado / por el espíritu de un río de América".

Esa purificación es quizá la del hijo pródigo que regresa. En efecto, dos de los últimos libros de Molina están escritos desde la memoria: *Fuego libre* (1962) y *Las bellas furias* (1966). Sólo que Molina nunca se adaptará al orden que había abandonado; es el hijo pródigo que nunca regresa en verdad. Será siempre el "viejo hurón" contaminado por los "hervideros del sueño", los "paraísos del último día" que le tocó vivir. Su memoria no es simple evocación de lo perdido, sino una suerte de intensa vigilia ("si algo esperas que sea insomnio"). Ni siquiera es nostalgia: "Y yo no hablo de nostalgias no vuelvo una cabeza / de llanto hacia un tesoro errante que es mi propia sangre". La memoria es un nuevo rito ceremonial, y su poder mágico, lacerante, se instala "como una peste real" en la médula del poeta. En definitiva, es otra forma —no menos radical— de la Presencia. De ahí que Molina hable del pasado como un tiempo vivo, como un tiempo sin tiempo. Su propio discurso poético no es ahora más que otro o el mismo viaje. "El que pueda llegar que llegue / Ésta es la sal de las partidas", advierte en un poema. Por tanto, es el poeta de nuevo *en ruta* hacia su antiguo espacio solar: "Pero vuelvo a morder las hojas / A beber el vino y la lluvia / A adorar ese sol que nace / De una mujer que se desnuda".

Ese viaje por el mundo no es más que el viaje por la memoria y por el cuerpo mismo: la apoteosis de éste, no sólo como reto orgulloso ante la vejez o la muerte ("¡Yo soy incapaz de morir!", "¡Todavía sigo en mi cuerpo!"), sino, y sobre todo, porque se ve transfigurado finalmente en el cuerpo mismo del universo ("¡Oh sol de exilio que ilumina / La gran llanura de las venas!").

El movimiento de esta poesía, por tanto, es un movimiento sin fin, su tiempo es mítico y circular: discurrir de presencias vivas, no sucesión de momentos extintos. En un poema titulado "Cálida rueda", Molina nos da justamente esa visión: el ilimitado poder del deseo y de la pasión, poder demoníaco en la medida en que nunca tiene acceso a la definitiva posesión (¿plenitud en el vacío, el ser que es también no-ser?). En textos anteriores se podía prever esa dialéctica ("Vivir a esperar nada", "Si esperas algo que sea espuma"), pero quizá sólo como reto del hombre nómada al poder degradado de la historia. Ahora, en "Cálida rueda", esa dialéctica se inserta en la visión de la propia condición humana:

No llegaremos nunca a nada
El fuego extinto no se extingue

El amor gira en su ceniza:
Ningún beso se desvanece
. . .
Porque una vez será otra vez
Y el universo está en mi sangre
Corazones enardecidos
Oh sierpe del sol
¡Insaciables!

Molina es, en verdad, no tanto el poeta del trópico o de la pasión erótica como el poeta de la intemperie. La intemperie es, para él, lo *Otro*, el *otro* en dimensión cósmica; es decir, el espacio donde el hombre, enfrentado a la dispersión de lo diverso, se concibe y se inventa a sí mismo en comunión con la totalidad original. En tal sentido, aunque él sea más instintivo y, por cierto, menos "cultural", su poesía se aproxima a la de Perse y a la de Víctor Segalen. No sólo por el lenguaje ceremonial, exultante y ponderativo —idioma de homenaje; también porque la materia del mundo, en estos poetas, no es la mera solidez de las cosas, sino su energía y fluidez, el impulso imaginario y finalmente mítico (¿místico también?) que se apodera de ella. De igual modo, como Perse y Segalen, Molina es el poeta del orgullo espacial, de la presencia invulnerable. Y esto es lo que, a su vez, lo separa de Neruda, con quien, sin embargo, tiene algunas semejanzas.

XXVI. EL FAMILIAR DEL MUNDO

"El lenguaje es un espacio para una transparencia y 'decir' es ponerse o querer ponerse bajo unos rayos X. Hablar es exponerse." Esta frase es central en la obra de Tomás Segovia: resume a un tiempo su aventura poética y su pensamiento o actitud frente al mundo. Pertenece, esa frase, a su libro de ensayos *Contracorrientes,* título que no puede ser más significativo: corrientes que se derivan de otra principal y a la cual se oponen. Aun en los subtítulos de las cinco partes en que se divide este libro, el lector advertirá la presencia reiterada del prefijo *contra* ("Viaje a contrapelo", "Comentarios a contratiempo", "Crítica a contraluz", "Reflexiones de contracifra", "Retorno a contramano"). Ese prefijo, por supuesto, orienta semánticamente el pensamiento de Segovia: pensamiento dominado por una *crítica,* pero que no busca, por su parte, dominar nada. "El que *dice* —aclara Segovia— arriesga todo porque es la única manera de poder, quizá, ganar todo. Abandona las armas porque no quiere ganar un poder sobre los que serán necesariamente unos vencidos, unos sumisos o unos esclavos, sino recibir el don que de sí mismos le hagan unos seres enteros". Lo que busca Segovia no es un poder sino una *marginalidad*: ser capaz de cuestionar las ortodoxias, los fanatismos y, sobre todo, las buenas conciencias. Esa marginalidad implica igualmente la búsqueda de un (otro) *centro.* Si la conciencia crítica funciona de manera radical, no es para quedarse en la negación misma (hay que darse contra todos los contras, ya decía Vallejo); ésta genera siempre un *sí*: no el habitual o esperado sino el *otro sí,* el que nace, y por ello es más lúcido, después de muchos rechazos o de muchas confrontaciones. Segovia escribe no para proponer algo, mucho menos para imponerlo, sino para *exponerlo.* Subrayo este último verbo porque, obviamente, lo estoy empleando, como el propio Segovia, en su doble acepción: expresar, exponer algo es arriesgarlo.[1] El riesgo consiste en expresar algo que no sólo no está constituido "culturalmente", sino que tampoco corresponde a una realidad, ni siquiera a una experiencia, socialmente existente. En tal sentido, el pensamiento de Segovia es *poético,* tal como él entiende este término: en vez de discurrir sobre una situación social ya dada, la poesía quiere cambiarla y constituirla. El amor, por ejemplo, reconquista verbalmente en el poema toda la intensidad de un absoluto (es decir, libre de las categorías y las sanciones

1 "El pesimista no protege sus ideas: las expone", "Yo no protejo mis ideas, las expongo", decía reiteradamente, con igual doble sentido, Georges Braque (*Cahiers,* 1956).

sociales); parejamente, vivir el amor desde ese absoluto hace de él una fuerza creadora, fundadora. En otras palabras: si escribir es asumir la responsabilidad del lenguaje, vivir poéticamente sería trasponer esa responsabilidad a la experiencia misma. Así, todos los temas —sexo, revolución, historia, arte— que Segovia trata en sus ensayos son vistos bajo una doble luz crítica; aun lo que él afirma se vuelve visión crítica por el radicalismo de su *sí*: cambiar —¿habría que decirlo?— el mundo. Cambiar el mundo que no sería sino hacerlo de nuevo habitable; rescatarlo, *reconocerlo* diría Segovia, en su originalidad no enajenada. Reconocerlo es viajar continuamente de lo marginal a lo central, de la intemperie o el exilio a la morada. Es lo que explica Segovia en uno de sus textos más luminosos: "El fuego y la piedra".

Escritura fragmentaria, notas, reflexiones, diario espiritual, menos y también más que un ensayo, ese texto sigue un discurrir parabólico y una "démarche" que recuerda muchos de los escritos de Heidegger. Es una definición de la poesía, no sólo como estética sino como moral también. Revela, por supuesto, la actitud del propio Segovia y su experiencia del mundo. Como su poesía misma, la meditación de Segovia en este texto se bifurca y aun se explaya en múltiples direcciones, tras las cuales hay siempre un tema recurrente que las reúne y concentra: el tema del exilio y de la errancia. Abandonar lo cubierto, lo seguro, y arriesgarse a la intemperie, a lo expuesto: de este movimiento es de donde nace la poesía. Pero como el hombre no puede soportar vivir siempre a la intemperie, confinado directamente con la nada, es el poeta quien funda su casa. "El artista —dice Segovia— es el albañil que levanta la casa del hombre y tiene que salir a lo expuesto para poder levantarla". Así, el poeta se convierte en el pastor ("pastor de hombres"), en el ser errante y nómada por excelencia. El exilio no es para él un simple acontecimiento sino una forma de su destino: lo acata no sólo para llegar a ser "el familiar del Mundo", sino también, y sobre todo, para fundarlo de nuevo. Su adiós a la patria y al hogar, al padre y a la madre es una fatalidad libremente (secretamente) aceptada: la búsqueda de una nueva presencia. Esa búsqueda resulta posible porque es el hombre de la memoria: reconoce en las nuevas tierras su patria original, o funda una nueva a semejanza de la imagen ancestral que lleva consigo. El poeta es, pues, el hombre ausente-presente, el hijo pródigo que siempre regresa aunque siempre esté partiendo. Por ello, dice Segovia, "el tiempo de la poesía es el tiempo del Hijo", y su modo de operar es la *anagnórisis*, el reconocimiento. Es decir, la segunda fundación.

Como se ve, el exilio para Segovia tiene un valor ontológico y no simplemente histórico; es una prueba de iniciación: nos destierra pero para luego arraigarnos, nos arroja de lo cubierto pero para hacer de lo abierto una nueva morada. Tema de meditación y de creación poética, hay que decir también que el exilio forma parte de la trama vital de este poeta.

Nacido en España, a muy corta edad tuvo que emigrar; llega a México a los trece años de edad y en este país se forma y escribe su obra. Sin perder su ascendencia española, su poesía, sin embargo, parece inscribirse en una tradición más amplia. No sólo España no es su tema central; también es obvio que ella coincide más con el lenguaje y las búsquedas de los poetas hispanoamericanos (¿Paz, Lezama Lima?).

Anagnórisis (1967) es el libro que resume todas las experiencias y las tentativas creadoras de Segovia; es, en cierto modo, su suma poética. Tiene, para ello, y en primer lugar, una vasta estructura. Esta estructura se corresponde con los movimientos de la memoria, una memoria doble: de lo ancestral y de lo vivido individualmente. El libro, así, discurre en un doble plano: uno mítico y otro existencial. Por una parte, el poeta incursiona en los orígenes y en el tiempo ("el tiempo es una inmensa y silenciosa diáspora") y se adentra en las materias nutricias del hombre: evoca a Eurídice (el amor y la fatalidad, la madre y la muerte), a Mnemosine (la memoria misma). Por otra parte, van apareciendo los incidentes de su vida y sus desplazamientos en el mundo. Uno y otro plano se superponen continuamente; no discurren de manera paralela: se fusionan, se ajustan entre sí como un dibujo calcado sobre otro. Es así como el segundo plano de la vivencia personal se ve penetrado por la dimensión mítica del primero. Segovia vive *su* exilio como una fatalidad, pero justamente esa fatalidad es lo que lo inserta en un contexto más amplio: siente que cumple un destino que el hombre, en cualquier tiempo, ha sobrellevado también. Esta lucidez le ahorra el tono elegíaco y la lamentación individual: "exilio, agrio deber, te quemo tu mentira / con estos ojos que escaparon a tu imperio". El exilio se convierte, así, en una nueva aventura, en una experiencia dramática pero también jubilosa. La aventura del hombre que sabe que ha perdido *la patria* pero que el único modo de recuperarla es ganar *el mundo*. Ganar el mundo es reconocerse en los seres y las cosas que encuentra en su itinerario. Este reconocimiento toma dos caminos: la memoria y el amor. "Memoria, / acaba de decir el nombre, / pronuncia entera la palabra, / detente que te vea un momento, / álzame que domine el panorama. . ." La memoria es una de las claves, pero no es suficiente. No quiere simplemente un tiempo acumulado; no quiere pasarse la vida, como la memoria, contando "míseras monedas manoseadas". ¿No se trata ya de la rebelión contra una forma muy española de la fidelidad abismal, de la eterna elegía?[2] El protagonista de este libro aspira, por el contrario, a un tiempo nuevo, puro; ser el Ulises del ahora, de la vida inmediata. "La travesía vuelve siempre a Itaca", reconoce; pero advierte igualmente: "todo es Itaca, todo es el presente / detrás de la memoria".

[2] "Algunos pueblos, como el ruso y el español, viven tan obsesionados consigo mismos que se erigen en problema único", observaba E. M. Cioran. También añadía: el tema de *la decadencia* ha sido en España, por siglos, "un concepto corriente, nacional, un clisé, una divisa oficial" (*La tentation d'exister*).

En otras palabras, aspira a ser *el heredero*: el que acepta la herencia, pero que, al aceptarla, la elige y la transfigura. De manera significativa, el último poema del libro lleva ese título, y es justamente el poema de la redescubierta plenitud y del reconocimiento. Escrito en prosa, dice en el pasaje final:

> Ahora sé abrir mis ojos anegados en aire, mirar desde su fondo distancias luminosas, y hasta reconocer, allá, tranquilas y arraigadas, las belicosas costas desde donde vine. Desnudos horizontes, ni fueron esas hondas playas las primeras, ni era el norte del nuevo derrotero un río remontado. Fui puesto, debatiéndome, en marcha hacia un retorno, y era a perderlo adonde navegaba. No era de allí mi origen y de él era la misma pérdida lo que perdía. Ahora avanzo, he extendido por fin a todas partes el suelo que sostienen padre y madre con huesos confundidos, y sé bien qué camino me espera, cómo he de recordar la festiva paciencia que me irá haciendo el familiar del Mundo.

Poema último, no es, sin embargo, el final de la aventura que encierra el libro. Significativamente, al concluir el poema, hay una señal que nos remite a páginas anteriores: éstas se inician con "Alborada de los amantes". Es decir, nos remite a los poemas sobre el amor, quizá los más luminosos del libro. El amor, en verdad, constituye una de las fuentes más poderosas, casi inagotables, en la obra de Segovia. "No hay que esperar que el amor nos traiga la salvación (platonismo moderno). Al contrario: estamos encargados de salvar al amor", había escrito en "La piedra y el fuego". De ahí el erotismo que circula en sus poemas: ávido de realidad y de cuerpo, pero también capaz de esclarecer el mundo, de darle un sentido. Sus amantes están regidos por una cierta clarividencia: el deseo que es a un tiempo transparencia y reconciliación. "Hundidos en un fondo de gratitud carnal, / ciegamente descifran el lenguaje / conmovedor de la violencia; y ganan / finalmente el encuentro, sorprendidos / de verse verdaderos, y de no poder nada / contra su propia ternura apiadada", había escrito en uno de sus primeros libros (*Luz de aquí*, 1959).

Anagnórisis es un libro de nuestro tiempo y está fuera de él. Se alimenta de la historia y la trasciende. Da testimonio de una experiencia personal y la transfigura en un viaje mítico. Es el libro (que encarna toda una obra) de un hombre que ha hecho de su exilio un modo de reconocerse en el mundo y de habitarlo con un nuevo sentido de plenitud. Esa plenitud no es mero regocijo; supone el fervor y la disciplina que nace del fervor: la lucidez ante la muerte y la fragilidad del tiempo no le impiden reconocer y exaltar la presencia de la vida. La verdad del mundo. Como él lo dice en un poema: "El día / está tan bello / que no puede mentir: / comemos de su luz nuestro pan de verdad".

Aunque *Anagnórisis* sigue siendo el centro de la obra de Segovia, su último libro *Terceto* (1972) contiene también poemas fundamentales. El que inicia el libro es uno de ellos. El tema que sugiere el título mismo ("El poeta en su cumpleaños") no puede ser más sencillo y aun convencional: una reflexión sobre la edad y, por supuesto, sobre el tiempo. Sin embargo, este tema da paso a una experiencia, a la vez irónica y perpleja, pero irreductible, de la vida misma. Segovia no habla de la fugacidad y mucho menos se acoge al patetismo o a la lamentación; habla del asombro de vivir ("me asombra haber llegado aquí"): ese asombro no es un milagro sino el reconocimiento de una presencia ("porque hay flores y palabras diré que estoy aquí"). La presencia, como se ve, es doble: la del mundo y la del lenguaje. Así, Segovia escribe no para evocar su pasado personal, ni siquiera para detener el tiempo, fijar una vida extraordinaria o no, sino para "entrar de veras en el tiempo nadar en él no escalarlo". Por ello la escritura de este poema tiene una incesante fluidez; por ello también cada imagen suya va creando una profundidad inmóvil, es decir, va rescatando la posibilidad de un tiempo original, vivo, no fuera del tiempo sino metido en él. Como lo dice el propio Segovia: "en el frescor secreto del manantial del tiempo / este poema no termina nunca / estas palabras que escribo / allí se escriben para no acabar". La fluidez ceremoniosa del poema tiene otro nombre y el autor no elude decirlo: *la dicha*, "que es el vértigo más lento". *La dicha*: ¿no sobrecoge hoy esta palabra y hasta nos parece culpable? Pero este sentimiento, ¿no es también una forma de manipulación? Posponer la felicidad, relegar el placer, condenar al cuerpo, ¿no ha sido una de las prácticas represivas de la civilización occidental? En Segovia, por supuesto, esa palabra no significa un simple regocijo o una desviación deleitosa del yo; es un acuerdo con el universo que es igualmente un desacuerdo con la sociedad establecida y la historia que la (nos) ha regido. Subyace en ella, pues, una conciencia crítica y liberadora: se opone a toda forma de enajenación y de sometimiento. "Es la felicidad —dice Segovia en un ensayo— lo que en realidad condena nuestra civilización". O como él mismo lo expresa, más memorablemente, en uno de sus poemas:

> nosotros que inventamos la esperanza
> nos miramos en los ojos de la ira odiamos la alegría del otro
> y nuestra propia alegría si no despoja al otro.

Terceto, además, contiene varios poemas de una escritura "experimental": *berrinche* (título de uno) verbal, que Segovia intenta con fascinación y a la vez, creo, no sin cierto desdén; *parlamento* (título de otro) en que practica el método oral (no fue escrito sino grabado en varias sesiones; una nueva forma, ¿no? de escritura automática surrealista). La experimentación en ellos tiene, por supuesto, el sentido de un debate con el lenguaje: la voluntad de someterlo por la espontaneidad del flujo verbal. Pero someter al lenguaje es también someterse a él: hacer posible de nuevo su esplendor, su poder de encarnación. Encarnizarse con el lenguaje para que éste, finalmente, encarne. Así, lo experimental para Segovia no es más que otra vía para encontrar el poder fundador de la palabra poética. Sólo que esa palabra —y ya esto se vislumbra en su poesía anterior— tiene que fundarse a sí misma; la palabra que ha perdido el sentido, y aun ha colaborado en destruirlo, para encontrar el nuevo sentido. En los últimos poemas de Segovia se cumple, con mayor lucidez, ese cambio con que él mismo ha caracterizado a la experiencia poética contemporánea: el paso de "un postsimbolismo humanista a lo que llamaré, a falta de otro nombre, el arte combinatorio". Las palabras ya no son símbolos sino signos; no dicen nada de antemano sino después que se combinan entre sí y tejen un sistema de relaciones. ¿Qué cubre ese tejido: un cuerpo o un vacío? Segovia es el poeta —ha dicho Paz— que busca "la claridad y presiente que esa claridad es idéntica al vacío e idéntica a la realidad". Por eso —añade— su transparencia es "aterradora".[3] Aterradora o no, ¿no es, sin embargo, la única forma de lucidez: la vida que se reconcilia con la muerte, la plenitud visible con la invisible nada?

[3] En el prólogo a *Poesía en movimiento,* México, Siglo XXI, 1966.

XXVII. EL CUERPO DEL POEMA

QUIZÁ vaya a repetirme; no importa. Todo texto, y no sólo el universo, podría definirse en última instancia como una "metamorfosis de lo idéntico", para decirlo con palabras de Octavio Paz, al que ahora voy a referirme de nuevo.

Ya he hablado bastante, en verdad, de la poesía de Paz a lo largo de este libro, pero ¿no sería casi imposible no volver sobre ella al hablar del *cuerpo* y del *instante*? Cualquier lector de su obra llega a percibir de inmediato que éstos constituyen dos de sus temas cardinales; a partir de ellos, es obvio también que Paz ha logrado crear una nueva *inteligencia* de la vida y, por supuesto, de la escritura misma. Subrayo la palabra *inteligencia* por dos cosas: para que no se tome en una acepción puramente intelectual del término y, a la vez, para que se vea cómo dos temas secularmente distorsionados por prejuicios morales o ligados a un hedonismo superficial, alcanzan en la obra de Paz una verdadera sabiduría de lo humano. En efecto, el *instante* adquiere una amplia connotación en esa obra: vivacidad de los sentidos, es igualmente un reto al tiempo, una crítica a las mixtificaciones de la historia y de la religión en el mundo occidental. El *cuerpo*, por su parte, conduce a una suerte de mística: espacio del instinto y del deseo, es también una topografía simbólica del universo, que va de lo sensible a lo mental; es el protagonista de un ritual (el erótico) que hace posible la encarnación del tiempo y de la totalidad. En ambos casos, se trata de dos vías entrecruzadas que nos reconcilian con *lo real* del mundo.

"No tengo nada que decirle al tiempo y él tampoco tiene nada que decirme", escribe Paz en un texto de *¿Águila o Sol?* Ni indiferencia ni arrogancia. El tiempo, sabemos, se ha vuelto una experiencia enajenante: un obstáculo que impide la libre expansión de la vida. Y no me refiero a la idea de muerte que trabaja en todo ser humano. Me refiero, sobre todo, al tiempo como calendario de un orden histórico y social absorbente: tiempo abstracto, regido por un futuro siempre postergado o por un ideal de progreso más bien devorador. Aceptar ese tiempo ¿no sería someterse a la irrealidad o a la mutilación? ¿Dónde reside nuestro mal?, se pregunta Cioran, para luego responder: "Siglos de atención al tiempo, de idolatría del devenir". Toda la obra de Paz, por ello, tiende a privilegiar el instante: ese tiempo vivo que todos tenemos ocasión de sentir y de hacer nuestro. Aun en sus últimos libros Paz se vuelve más radical: el futuro ha muerto.[1]

[1] *Conjunciones y disyunciones* (*op. cit.*), y *Los hijos del limo,* Barcelona, Seix Barral, 1974.

Pero ¿privilegiar el instante no sería más que una metáfora para encubrir el orgullo de seres en sí mismos privilegiados, los poetas?

Por medio del instante, el hombre se encuentra consigo mismo porque simultáneamente se encuentra con la *presencia* real, visible, tangible: el mundo entra en mí, yo entro en el mundo. En el instante, el tiempo deja de ser opacidad sucesiva y reasume su fluir de tiempo original, desligado de la compulsión cronológica. Lo insólito no es ya lo que nos depara el futuro; lo insólito es lo que (re)conquistamos en este día que ya mañana será memoria. Privilegiar el instante es, pues, privilegiar al hombre como tal, al hombre concreto; no al Poder, la Sociedad, la Historia, los Dioses. Sin embargo, poca gente puede decir "estoy aquí", pensaba Braque. Estamos ya tan enajenados y manipulados que no sólo renunciamos a lo que somos, sino que, además, lo inmediato nos parece imposible o "utópico". ¿Estará siempre el hombre condenado al horror de la *presencia*? La *utopía*, por tanto, nos dice Paz, no es la espera de una promesa por venir o alcanzar, no es tampoco el espacio de una perfección sobrehumana; es simplemente la realización plena del instante. Ésta es la nueva ética. "El gran enemigo del hombre es la opacidad", decía André Breton.

En un brevísimo poema de los años cincuenta, Paz se detiene en esta oposición: un *paisaje* (así se titula el poema, de *Piedras sueltas*) en el que los seres del mundo se presentan "dichosos en su estar" y, frente a ellos, "nosotros que no estamos, / comidos por la rabia, por el odio, / por el amor comidos, por la muerte". La oposición no es tan simple como parece. El poema no alude tanto a una enajenación social, o del contexto social, como del hombre mismo: sus prejuicios morales o ideológicos que se han vuelto ya una segunda naturaleza. Al mismo tiempo, el *estar dichoso* de los otros seres no es visto como un mero estado de la realidad física, sino como una (in)visible metamorfosis: "los caballos color de sol, / los burros color de nube, / las nubes, rocas enormes que no pesan, / los montes como cielos desplomados, / la manada de árboles bebiendo en el arroyo". No se trata, creo, de metáforas, sino realmente, de metamorfosis, y por ello las significaciones del poema se entrecruzan y revierten entre sí: entregarse a lo elemental es rescatar lo más humano, despojarse del yo es poseerlo más profundamente; la participación crea una unidad mayor, la inocencia es otra forma de la sabiduría. En otras palabras, *estar de verdad* en el mundo constituye una manera radical de *ser*: una ascesis que se vuelve riqueza, una riqueza que se vuelve ascesis.

¿No debería decirse, sin embargo, que *hoy* la presencia no puede ser evocada sino como ausencia? Es lo que intuyeron Rimbaud y Breton: "la vie est ailleurs", "nous ne sommes pas au monde". Subrayar esa ausencia era una crítica al contexto social e histórico, pues la obra misma tanto de Rimbaud como de Breton, sabemos, no es más que una visión del esplendor. También la obra de Paz participa de esa paradoja, y aun se define por ella. Pero creo que en Paz la ausencia no es una carencia que se pueda explicar sólo por una situación social, enajenada, del hombre. Presencia y ausencia, plenitud y vacío, son términos, para él, profundamente ligados entre sí. Si el tiempo no es continua opacidad, tampoco es continua intensidad (de otro modo, nos quemaría, dice); el fulgor del instante es a su vez *instantáneo*: no sólo está siempre al borde o en el límite de su propia consunción (o "consumación", dice más significativamente Paz), sino que igualmente la prefigura. El instante es simultáneamente fijeza y vértigo: fijeza en movimiento, vertiginosidad que se fija. Éste es el verdadero *ritmo* de la poesía de Paz.

¿No es revelador que el instante por excelencia, en ella, corresponda reiteradamente con la imagen cósmica del *mediodía*? Luz cenital, punto de la mayor incandescencia solar, justo medio que absorbe la totalidad: el mediodía es un espacio "imparcial y benéfico"; encarna la doble perfección del cuerpo y del espíritu; eminencia e inminencia. "Todo es dios", dice Paz en un poema; "todo es presente, espejo sin revés, no hay lado opaco, todo es ojo", dice en otro: en ambos casos está evocando la experiencia viva del mediodía. Pero ese equilibrio cósmico es frágil, está siempre "en vilo", doblemente amenazado: por su propio equilibrio, que supone lo abismal; por su energía misma, que es combustión continua. Lo solar, por tanto, encierra una doble imagen: la vida y la muerte en armonía tensa.

"La luz disgrega" y puede llegar a ser devoradora: fuego, sequía, desierto. En diversos poemas, Paz ha captado también este desequilibrio de lo solar. Hay uno especialmente revelador, y no sólo por ser un poema de juventud. Escrito en 1937, "Entre la piedra y la flor" es la visión infernal del paisaje de Yucatán: "Nada sino la luz. No hay nada, nada / sino la luz contra la luz rabiosa, / donde la luz se rompe, se desangra / en oleaje estéril, sin espuma". Esta imagen del desierto (la luz "es el desierto labio del desprecio") no es tan sólo física, sino, por supuesto, moral e histórica: su "esplendor vengativo" se corresponde con la injusticia y la indiferencia de la historia. El poema "El cántaro roto", de los años cincuenta, ¿no es todavía su reiteración e intensificación? De nuevo, en él, la visión física se dobla en una visión moral, ahora más explícitamente centrada en la historia —sacrificial, expiatoria— de México. "Dime, sequía, dime, tierra quemada, tierra de huesos / remolidos, dime, luna agónica, / ¿no hay agua, / hay sólo sangre, sólo hay polvo, sólo pisadas de pies / desnudos sobre la espina, / sólo andrajos y comida de insectos y sopor bajo / el mediodía impío como un cacique de oro?" En otro pasaje, Paz sigue interrogándose: "¿Sólo está vivo el sapo, / sólo reluce y brilla en la noche de México el sapo / verduzco, / sólo el cacique gordo de Cempoala es inmortal?" Aun en sus poemas de confrontación con el lenguaje, Paz llega a relacionar el agotamiento verbal con la sequía solar e histórica de México. En un pasaje de "Los trabajos del poeta" (*¿Águila o Sol?*), dice: "Pueblo mío, pueblo que mis negros pensamientos alimentan con migajas, con exhaustas imágenes penosamente extraídas de la piedad! Hace siglos que no llueve. Hasta la yerba rala de mi pecho ha sido secada por el sol... Todas las palabras han muerto de sed".

En todos estos textos la luz aparece como un poder devastador. Pero es obvio que ese poder implica una carencia: la falta de fluencia, del sentido de *lo otro*. En todos los poemas sobre el mediodía, inicialmente citados, la luz es vista, en cambio, como una fijeza fluyente: es *fuente* (así se titula, incluso, uno de esos poemas); es un "caliente surtidor" en el centro del cielo y, bajo su influjo, el hombre se reconcilia con el mundo sensible ("Los ojos ven, las manos tocan") y aun hace del mundo cotidiano un espacio sagrado ("La luz crea templos en el mar"); finalmente, la conciencia —antes separada del mundo— llega a reencarnar a la inteligencia y "vuelve a ser fuente, manantial de fábulas". Fijeza, pero también manar; instante extático pero no estático: eso es, creo, según Paz, lo que le da a la luz su poder fecundante.

En un ensayo, el propio Paz, haciendo un estudio simbólico de la materia, como Bachelard, pero sin acentuar lo psicoanalítico, habla de la dialéctica que relaciona a ciertas imágenes (materias) arquetípicas.[2] "La luz —dice allí— es fija, inmaterial, central. Fuego y hielo a un tiempo, encarna la objetividad y la eternidad." En cambio, "el agua es difusa, huidiza, informe. Evoca al tiempo, al amor físico; la entrada en el mundo elemental". Finalmente, y como en el centro, la piedra preciosa: "un instante de equilibrio entre el agua y la luz", mientras que dejada "a su propia naturaleza es opacidad, inercia, existir bruto". ¿No está la poesía de Paz regida justamente por esa dialéctica? Frente a una máscara de Tláloc, dirá: "Tocado por la luz / el cuarzo ya es cascada". Incluso una imagen suya muy dominante, sobre la mujer, es la de la piedra preciosa (piedra también de toque que nos revela al universo): "cuerpo de luz filtrada por un ágata", la llama en *Piedra de Sol*, y simplemente "Ágata" en un verso casi suspendido en el espacio de la página, que viene, después de "El día salta" y es seguido por "El pájaro caído", en *Viento entero*.

El instante es extático, pero no estático. "El presente es perpetuo", dirá Paz en *Viento entero*. Esta frase, que es un leitmotiv a todo lo largo del poema, se constituye en su eje: anuncia los diversos cambios y planos, convierte a la sucesión en simultaneidad y hace visible a éstas en sus instantes únicos, originales. Es, pues, un eje fijo y girante: muestra el discurrir y lo reabsorbe; irradia e imanta. Si en *Piedra de Sol* el movimiento es sobre todo circular, acá es una concentración que continuamente se expande. Es cierto que se inicia, como *Piedra de Sol*, con la visión de un instante primigenio, ligado a la naturaleza: "Los montes son de hueso y son de nieve / Están aquí desde el principio / El viento acaba de nacer / Sin edad / Como la luz y como el polvo". Pero el poema no regresa a ese instante

[2] "Paraísos", en *Corriente alterna*, México, Siglo XXI, 1967.

sino que éste va a proyectarse y encarnar en los otros. Cada una de las secuencias del poema es un fragmento de fragmentos: imágenes de la vida contemporánea, de lo cotidiano y lo sagrado, del erotismo, de la geografía y la historia se yuxtaponen y forman un contrapunto, lo aparentemente heteróclito adquiere su unidad en esa confrontación. El poema mismo discurre como un viaje a la vez en el espacio y en el tiempo; presente y pasado se entrelazan sin ninguna transición explícita. No importa: en cada una de esas secuencias el tiempo es movimiento fijo y Paz nos lo recuerda aun por ciertas imágenes de la primera secuencia: "Molino de sonidos / El bazar tornasoleaba", "El trote pétreo de los asnos opacos", "El alto fulgor a martillazos esculpido".

El presente es perpetuo, pero no con la continuidad uniforme de la eternidad ("Le perpétuel contre l'éternel", decía también Braque). Su perpetuidad admite lo discontinuo y distinto; fijeza en las mudanzas, es sólo una intensidad que no nace sino de la intensidad y fugacidad del instante. El presente, pues, se ramifica y admite la dispersión: si *Viento entero* comunica, al final, la impresión de totalidad, ésta no es más que una superposición de fragmentos. Se trata de una fusión que no es tanto una suma como la revelación de una trama, de un tejido. Esa fusión es también una continua metamorfosis. A lo largo del poema, por ejemplo, se va reiterando y desarrollando una imagen clave, relativa a la mujer, a la "muchacha real" que participa en el viaje. Al comienzo, "si el agua es fuego", ella sería "llama"; en un segundo momento, "si el fuego es agua", ella sería "una gota diáfana". Al final, que coincide con el del poema mismo, desaparecen las conjunciones condicionales y la posibilidad que ambas prefiguran alcanza su combinación definitiva: "Eres la llama de agua / La gota diáfana de fuego". La alquimia verbal ha operado igualmente sobre el cuerpo de la mujer que, sabemos, es el cuerpo también del mundo y del poema. En el desarrollo de éste, incluso, el cuerpo de la mujer ¿no es, como el mediodía, una plenitud siempre amenazada? Desde que aparece, la muchacha, en efecto, está detenida "Sobre un precipicio de miradas"; luego las imágenes del "Castillo de sal si puedes", "relojería erótica", y la del desfiladero de la Garganta de Salang parecen también acosarla, ensombrecerla en su plenitud misma. Esa amenaza tiene múltiples orígenes: no sólo la de la historia, o la de la pasión que se vuelve delirio laberíntico; también surge del cuerpo mismo: como el mediodía, éste se ve siempre al borde del abismo. Vida y muerte, plenitud y vacío, luz y sombra: el cuerpo puede conducir a cualquiera de estos términos. Pero en la poesía de Paz la mujer los reconcilia y los integra en una transparencia. Por ello le dirá en otro poema:

Plantada en la cresta de la luz
Entre la fijeza y el vértigo
Tú eres
La balanza diáfana

La pasión erótica hace maleable el mundo; su intensidad lo despoja de cualquier pesantez y lo vuelve transparente, ligero, vivaz. Es así como el viaje, en *Viento entero,* sin perder su carácter terrestre, va adquiriendo cierto *élan* aéreo, cierta virtualidad cósmica. El poema, por ello, termina en una suerte de transfiguración de la materia: "Gira el espacio / Arranca sus raíces el mundo / No pesan más que el alba nuestros cuerpos / Tendidos".

Paz no busca los absolutos ni las eternidades; prefiere vivir la pasión de ser fugaz. Sólo en esa pasión podríamos encontrar —parece proponer— la permanencia. "Cuento de dos jardines" (también de *Ladera Este*) es quizá el desarrollo más espléndido de esta aparente contradicción, en la que, por lo demás, se funda toda su obra. En el poema se suceden dos espacios, dos tiempos y hasta dos historias: México y la India. Ese signo binario, sin embargo, no es más que la duplicación de una misma experiencia. Si el jardín de la infancia ("cuerpo cubierto de heridas", "arquitectura a punto de desplomarse") pronto desaparece y por ello mismo está ligado a la imagen del abuelo anciano, la experiencia que deja en el joven es terrible, pero es el comienzo de una sabiduría. Dice: "Creí haber visto la muerte / Al ver / La otra cara del ser, / La vacía: El fijo resplandor sin atributos". Esa impresión no es falsa, pero quizá era todavía parcial. El joven proyecta su mirada sobre el valle de Mixcoac, en que se situaba aquel jardín, y percibe la renovación, casi sacrificial, de la naturaleza: "sobre la piedra ensangrentada" de México "danza el agua" y aun la luz cruel prepara las "impalpables epifanías del viento". Su aprendizaje es sobre todo de lo efímero: "En aquel jardín aprendí a despedirme". Pero *un día* (el poema es un *cuento* y su temporalidad es indefinida, mítica), como si regresara "al comienzo del Comienzo", el hombre maduro encuentra en la India la maravilla del árbol *nim*: "grande como el monumento de la paciencia", "justo como la balanza que pesa instantes y siglos". Ante ese árbol, cuyo esplendor espacial es también la imagen de todo el poema, volvió a comulgar con la naturaleza; no a despedirse sino a pactar con ella: "la fuerza es fidelidad", "el poder es acatamiento". Aprendió otra verdad: "Supe que estaba vivo, / Supe que morir es ensancharse, / Negarse es crecer". Ante ese árbol otra vez paradisíaco, cumple además un ritual: se casa con una *muchacha* que es igualmente una alianza del tiempo: "El pacto / Del sol del verano y el sol del otoño: / Sus ojos". Así una experiencia reabsorbe a la otra, la purifica también, la integra en un sentido más amplio. La sucesión del tiempo es el descubrimiento de su *presente perpetuo.* Y lo que es un jardín entonces se le revela: "Un jardín no es un lugar: / Es un tránsito, / Una pasión: / No sabemos hacia donde vamos / Transcurrir es suficiente, / Transcurrir es quedarse, / Una vertiginosa inmovilidad". Sin transición alguna, el curso del poema se sitúa, luego, en el momento de su escritura: el retorno de la India, el adiós. Pero ya no hay adiós posible. ¿El jardín ha quedado atrás o adelante? "No hay más jardines que los que llevamos dentro". De esta manera, el viaje de regreso, a través del mar, no es sino floración y fluencia de la memoria: el manar del tiempo vivido que aún está vivo. Tiempo vivo como las palabras con que el poema se va escribiendo, como la geografía que el viajero va ahora contemplando (Durban, Mombasa) y los nombres que le sugiere (Pessoa, Camoens, Vasco de Gama) y aun las estructuras poéticas (un haiku, Basho) que imprevistamente van surgiendo en la página del texto. Todo espacio real se vuelve entonces mental. "Los signos se borran: yo miro la claridad", escribe finalmente Paz. El jardín se disuelve en una "identidad sin nombre ni sustancia". No es un lugar; es sólo una sabiduría.

Esta descripción apenas da una idea superficial de la intensidad del poema. "Cuento de dos jardines" es sobre todo un *texto* y como tal hay que verlo; un *texto* transparente y cuya complejidad es esa misma transparencia. ¿No es sobre todo de Paz de quien habría que decir que la transparencia es inasible, vertiginosa? Hay dos frases en el poema que prefiguran su escritura: "Pasión es tránsito" y "Metamorfosis de lo idéntico". La primera rige las sucesiones del tiempo del poema: sus diversos planos, sus continuas transiciones; la segunda resuelve esas sucesiones en una clave, que también es una clarividencia final. Lejos de oponerse, ambas se complementan. Si la primera parece negar a la segunda, ésta finalmente reabsorbe a aquélla: el movimiento es una transfiguración de la fijeza. La escritura del poema tiene la disposición del desencadenamiento y de la ruptura: al fluir, los versos se fragmentan y van creando la imagen de una dispersión espacial (textual). El movimiento del poema, además, duplica el de la pasión por el instante. El propio Paz nos dice cuál es el movimiento de esa pasión: "Ascendemos / Por la espiral de las horas / Hasta / La punta del día. / Descendemos / Hasta / La consumación de su brasa". Lo dice y lo ilustra haciendo de su escritura *una espiral* ascendente y descendente. En efecto, los conjuntos metafóricos tienden a seguir esa figura rítmica: unas veces, aparece primero la imagen real y luego las sucesivas imágenes que ella suscita e imanta en torno suyo; otras veces, el movimiento es contrario: primero la sucesión de imágenes que sólo al final conducen a su centro de referencia. Así, el texto se resuelve en una lectura continuamente progresiva y regresiva. Dos ejemplos servirían para visualizar ese movimiento del ascenso y el descenso ¿o del descenso y del ascenso? al confrontarlos:

La higuera era la Madre,
La Diosa:
Zumbar de insectos coléricos,
Los sordos tambores de la sangre,
El sol
Y su martillo,
El verde abrazo de innumerables brazos,
La incisión del tronco.

. . .
Llovía,
La tierra se vestía y así se desnudaba,
Las serpientes salían de sus hoyos,
La luna
Era de agua,
El cielo se destrenzaba,
Sus trenzas
Eran ríos desatados,
Los ríos tragaban pueblos,
Muerte y vida se confundían,
Amasijo de lodo y sol,
Estación de lujuria y pestilencia,
Estación del rayo
Sobre el árbol de sándalo,
Tronchados astros genitales
Pudriéndose
Resucitando
En tu vagina,
Madre India,
India niña,
Empapada de savia, semen, jugos venenosos.

No sólo la espiral se invierte en su desarrollo rítmico, sino también en su desarrollo semántico. El primer pasaje, en efecto, se inicia con la imagen maternal de la naturaleza ("La higuera era la Madre, la Diosa") y, a través de la sucesión enumerativa, concluye en la imagen de la muerte ("La incisión del tronco"). El segundo pasaje, por el contrario, se inicia con las enumeraciones y concluye con la imagen maternal de la naturaleza en su momento de renovación y fecundación. La inversión es el reflejo de la imagen en el espejo: una misma realidad que se transfigura. Así también cada parte del poema es un espejo de la otra. Pero todo espejo se desvanece y, al final, sabemos, sólo queda *lo espejeante* mismo. Si el jardín de la infancia desaparece por su propia caducidad, así como el abuelo por su vejez ("Esperaba su destrucción como el sentenciado / El hacha"), el de la madurez está condenado a desvanecerse por el movimiento mismo de la vida, que es continuo cambio. Uno y otro sólo pueden vivir en la memoria. Como dice Paz al inicio mismo del poema: "Sus eclipses / No son abdicaciones: / Nos quemaría / La vivacidad de uno de esos instantes / Si durase otro instante". La sabiduría de la presencia, pues, consiste en aceptar la ausencia; ésta, a su vez, es otra forma de presencia. De suerte que si el poema es una "metamorfosis de lo idéntico", lo idéntico no es una sustancia sino la metamorfosis misma: no una realidad que se transfigura sino que se volatiliza; no que se volatiliza sino que se dispersa. Todos los tiempos son un solo tiempo; todos los espacios, un solo espacio. Y también es cierto lo inverso. "Todo es ninguna parte / Lugar de las nupcias impalpables", dice Paz, en un poema titulado justamente "Lo Idéntico".

O como lo sugiere en otro anterior (de *Salamandra*), todo es "reversible" (que es también el título). Este poema, que, no obstante su brevedad, ya prefigura la estructura de *Blanco*, puede ser de la mayor complejidad y simplicidad a un tiempo. Simple, si lo leemos de manera vertical, separando las dos columnas que lo constituyen. Complejo, si lo leemos de manera horizontal, y a ello sin duda nos invita el texto: lectura elusiva, pues la horizontalidad se fragmenta en distintos niveles, la puntuación desaparece imponiendo los encabalgamientos, como si las dos columnas fueran *espirales* que no logramos muy bien encajar una dentro de la otra. Si optamos, como debe ser, por esta última lectura, todo el texto se vuelve mercurial; su orden sintáctico es casi inasible, un continuo desplazamiento:

En el espacio
Estoy
Dentro de mí
El espacio
Fuera de mí
El espacio
En ningún lado
Estoy
Fuera de mí
En el espacio
Dentro
Está el espacio
Fuera de sí
En ningún lado
Estoy
En el espacio
Etcétera

El *etcétera* sugiere, por supuesto, la reversibilidad infinita: todo espacio está simultáneamente dentro y fuera, y su realidad reside en esa ambivalencia. Su realidad, por tanto, carece de sustancia y centro: sólo es visible por las relaciones, que, de algún modo, son invisibles. "Sólo es real la niebla", dice Paz en un poema también de *Salamandra.* Pero sería un error creer que su poesía se desarrolla en lo neblinoso, lo vago, ni siquiera en lo misterioso, mucho menos en el espejismo; eso sería desconocer la nitidez, incluso la (otra) precisión de su escritura misma. Lo que rige a ésta es lo mercurial o, para decirlo sin metáforas, el principio de indeterminación: el espacio del poema sometido a la disgregación y al desplazamiento continuo; a lo que Lezama Lima llamaría, aunque con otro sentido, "la ley de los torbellinos". Todo texto de Paz, en verdad, sobre todo a partir de *Salamandra*, sugiere, en tanto que texto, la dispersión. Parejamente, Paz tiende a aligerar la materia del poema en un doble plano; como referencia a lo real y como referente idiomático; como complemento, en cambio, busca adensar las relaciones. Su poesía no es *densa* en el sentido de la exuberancia verbal o de las acumulaciones enumerativas; es más bien, sabemos, una poesía transparente: sólo que ésta se multiplica a sí misma, nos abisma en una *claridad* ya "sin sustancia" ni "identidad". Es el final, recordará el lector, de "Cuentos de dos jardines"; lo es también de muchos otros poemas, como *Viento entero*: "No pesan más que el alba nuestros cuerpos / Tendidos".

"Nuestro legado no es la palabra de Mallarmé sino el espacio que abre su palabra", precisa Paz en su ensayo "Los signos en rotación". Paz se refiere allí a *Un coup de dés*. La tipografía ideográfica y no simplemente caligramática, la fragmentación del verso, las frases y aun las palabras que se esparcen y espacian en el blanco de la página, los hilos del discurso que se interrumpen, entrecruzan y finalmente reaparecen: ya sabemos, ese poema era la ruptura con la homogeneidad, la linealidad y la centralidad. El azar verbal (in)condicionado para dar la imagen misma del azar que rige al hombre: así Mallarmé prefiguraba la ruina de toda visión totalizadora del universo. Iniciaba también una nueva escritura, regida justamente por el principio de indeterminación, hoy tan dominante en las teorías físicas. El espacio mallarmeano y la escritura que suscita coinciden —en la opinión de Paz— con el desarrollo de la tecnología moderna: ésta ha despoblado al mundo de sus imágenes y las ha convertido en signos y en relaciones de signos. Pero Paz parte de este hecho no para consagrar un nuevo elogio de la técnica misma, sino para reencontrar el mundo —la vida concreta, la presencia, la otredad, la divinidad o lo sagrado— que aquélla ha abolido o intentado abolir. La fragmentación, por tanto, no niega al poema sino que, por el contrario, lo hace nuevamente posible: excluye todo intento de totalidad que no pase, primero, por las partes y que no regrese en cierto modo a la elementalidad del objeto; los fragmentos serían, tomando una frase de Paz que tiene otro sentido, "ruinas vivas en un mundo de muertos en vida". De igual modo, si las palabras comienzan por ser sólo signos es para no recaer en una simbología que ya ha perdido su capacidad de encarnación; esos signos ya no están fijos sino en movimiento, rescatan, además, una cierta pureza: la del Principio, la posibilidad una vez más de *ver*. "Hoy la poesía no puede ser destrucción sino búsqueda del sentido", propone, en consecuencia, Paz. Y agrega: "Escritura en un espacio cambiante, palabra en el aire o en la página, ceremonia: el poema es un conjunto de signos que buscan un significado, un ideograma que gira sobre sí mismo y alrededor de un sol que todavía no nace".

Espacio en movimiento o en relieve, signos en rotación o en dispersión: es obvio que la escritura misma de Paz quiere encarnar esta nueva realidad del mundo y del lenguaje. Fundada en la crítica, de sí misma y del mundo, es una escritura que, a su vez, busca trascender toda crítica. (Su equivalente en tal sentido, dentro de la novela latinoamericana, sería la de Cortázar.) *En los hijos del limo* (1974), su último libro, Paz llega a plantear algo que parece una contradicción. Al analizar la función de la analogía en la poesía moderna, sugiere que, como un modo de hacer "habitable" el mundo, la analogía parte de una carencia más profunda del hombre. "La analogía —afirma— implica, no la unidad del mundo, sino su pluralidad, no la identidad del hombre sino su división, su perpetuo escindirse de sí mismo". Luego añade lo que no deja de ser una conclusión más radical: "La analogía dice que cada cosa es la metáfora de otra cosa, pero en la esfera de la identidad no hay metáforas: las diferencias se anulan en la unidad y la alteridad desaparece. La palabra *como* se evapora: el ser es idéntico a sí mismo. La poética de la analogía sólo podía darse en una sociedad fundada —y roída— por la crítica".

¿No es para quedarse perplejo: un exabrupto o una inconsecuencia producto de la vertiginosidad misma del pensamiento de Paz? ¿Y si se tratara, más bien, de una perfecta consecuencia con su utopía de la Presencia: la simultánea vivacidad del mundo y de la palabra? ¿O es un rechazo tardío del fundamento de toda la poesía moderna, y de su propia poesía? ¿Y si se tratara, por el contrario, de llevar hasta sus últimas implicaciones el intento de toda poesía por salvar la arbitrariedad del signo lingüístico, lo que Mallarmé llamaba la deficiencia de la palabra para encarnar la cosa que nombra? También Paz, como todo poeta, ha intuido esa deficiencia, al hablar del lenguaje en un capítulo de *El arco y la lira*: "La palabra no es idéntica a la realidad que nombra porque entre el hombre y las cosas —y, más hondamente, entre el hombre y el ser— se interpone la conciencia de sí. La palabra es un puente mediante el cual el hombre trata de salvar la distancia que lo separa de la realidad exterior. Mas esa distancia forma parte de la naturaleza humana". Para lograr "disolver esa distancia" —añadía— el hombre tendría que renunciar a su propia condición: regresar a la naturaleza o transgredir sus límites humanos.

La poesía moderna, según Paz, ha optado por la transgresión y una de las formas de ésta sería la analogía. Pero la analogía se alimenta de una ilusión que finalmente se destruye a sí misma: al querer crear otro mundo nos separa del mundo. En la analogía, además, ¿no se incurre en la jerarquización de los términos que la constituyen y, por tanto, en el sometimiento de uno a otro? Paz mismo, por supuesto, no ha sido ajeno a la transgresión. ¿No es significativo, sin embargo, que, al hablar de la imagen según la relación "esto es aquello", haya subrayado siempre la autonomía, y no la dependencia, de cada uno de los términos? "En algunas imágenes —precisamente las más altas— las piedras y las plumas siguen siendo lo que son: esto es esto y aquello es aquello, y al mismo tiempo esto es aquello: las plumas son piedras, sin dejar de ser plumas", observa en *El arco y la lira.*

Este tipo de imagen, creo, es el que Paz ha buscado siempre en su obra y el que ahora domina más en ella. No sé si es optar por lo más alto; sin duda que lo es por lo más difícil. ¿Cómo lo logra?

Por una parte, Paz hace que el poema se rija por la fórmula *esto y aquello*: la confrontación y el contrapunto de los términos, pero suprimiendo la relación explícita de semejanza. Más que la metáfora analógica opera entonces la de contigüidad, la metonimia: las cosas se enfrentan entre sí, y al hacerlo se contagian unas a otras, porque se encuentran en un mismo espacio. No es raro hallar en sus poemas imágenes puramente enunciativas, como éstas: "La nube negra sobre la roca negra", "Río rojo barcas negras", "Entre el cielo y la tierra suspendidos / Unos cuantos álamos / Vibrar de luz más que vaivén de hojas / ¿Suben o bajan?" (*Viento entero*). Con igual propósito desarrolla Paz la técnica de la fragmentación: en una suerte de mosaico verbal va yuxtaponiendo los más diversos planos de la realidad; en la primera secuencia de *Viento entero* aparecen los montes y el viento (están ahí desde el Principio o acaban de nacer, "sin edad") un bazar, el trote de los asnos, las barbas de los comerciantes, los gritos de los niños que "A la orilla del río atormentado / Rezan orinan meditan". No se trata, por supuesto, de la ya tradicional "enumeración caótica"; los diversos elementos, ya sea por la disposición en la página o por la tensión del lenguaje mismo, forman justamente un mosaico: no sólo una composición sino también otro orden, que, a poco, se desvanece y da paso a otro. Así la contigüidad espacial va haciendo posible también la simultaneidad temporal, como ya hemos visto en páginas anteriores. De este modo, Paz logra dos cosas cardinales: la imagen surge no por la desaparición o debilitamiento de alguno de sus términos, sino por la plena presencia de éstos; no parte de un nexo, sino que lo busca y quiere hacerlo posible. Como dice la frase de John Cage que Paz introduce en el poema que le dedica: "The situation must be Yes-and-No / Not either-or" ("Lectura de John Cage", en *Ladera*).

Paz no excluye, por supuesto, el *es* de la analogía; lo atenúa o lo concibe primero como un *es* de las partes: esto es esto y aquello es aquello antes de llegar a la relación esto es aquello. No sólo se inicia con la identidad de las partes sino que vuelve también a ella. "Sunyata", un poema de *Ladera Este*, es un ejemplo revelador. Dos imágenes se funden. Primero, la de un *árbol*: "Al confín / La ascensión amarilla / Del árbol / Torbellino ágata / Presencia que se consume / En una gloria sin sustancia / Hora a hora se deshoja". Luego, de inmediato, fusionándose semánticamente además con la anterior, la imagen del *día*: "El día / Ya no es / Sino un tallo de vibraciones / Que se disipan / Y entre tantas / Beatitudes indiferentes / Brota / Intacto idéntico / El día". Al final del poema, cada imagen recobra su identidad, incluso subrayada por el blanco que separa a los dos vocablos:

El día El árbol

Si este último verso puede sugerir que la identidad separa a los dos términos, es una falsa impresión, que, además, estaría contra toda la visión de Paz. Por ello el poema se titula *sunyata*: la plenitud que es también vacuidad, que es también plenitud. El poema sigue esta dialéctica: el árbol hace aparecer al día, así como éste, en el verso final, precede a la presencia del árbol. Por la desaparición se llega, pues, a la aparición. O como lo sugiere Paz en otro poema de *Ladera*: por la realidad se llega a la revelación.

Ese poema se titula "Felicidad en Herat", y ya he hablado de él en otro capítulo. Me falta decir lo más significativo. El poema desarrolla en su estructura misma y de manera más nítida (o más visible por más simple) que "Cuentos de dos jardines", lo que Paz llama la "metamorfosis de lo idéntico". En efecto, mediante una técnica casi *notativa*, Paz fija, en la primera parte del poema, la realidad: la tumba de un místico sufí, los mausoleos de los descendientes de Tamerlán, el paisaje de Herat, el hotel en que vive en medio de pensamientos y cavilaciones "insustanciales"; antes, al comienzo, ha dicho: "Vine aquí / Como escribo estas líneas, / Sin idea fija". Sin solución de continuidad, siente entonces que "una tarde pactaron las alturas" y ve cómo aquella realidad inmediata comienza a transfigurarse: "Sin cambiar de lugar / Caminaron los chopos. / Sol en los azulejos / Súbitas primaveras"; "La escritura cúfica, más allá de la letra, / Se volvió transparente". Así sobreviene la revelación, pero no como experiencia religiosa —sufí o budista—, sino como experiencia del mundo. Dice entonces:

Vi un cielo azul y todos los azules,
Del blanco al verde
Todo el abanico de los álamos
Y sobre el pino, más aire que pájaro,
El mirlo blanquinegro.
Vi el mundo reposar en sí mismo.
Vi las apariencias.
Y llamé a esa media hora:
Perfección de lo Finito.

Esta visión final —quiere subrayar Paz— no es de carácter místico. No tuvo, nos dice, la experiencia del "ser ya sin sustancia" del sufismo; tampoco "la plenitud en el vacío" del budismo, ni la videncia del "cuerpo de diamante" del Bodisatva. Pero ver las apariencias como si fueran el verdadero ser, sentir la perfección del mundo en su exacta, finita realidad ¿no supone también una suerte de mística del conocimiento? La otra orilla es esta orilla, lo trascendente es lo inmanente: la realidad ¿no se vuelve entonces lo sagrado, lo único absoluto? Pero si Paz no habla de otra realidad, sino de la que reposa en sí misma, hay que pensar que está hablando de una realidad *otra*: igual y distinta, dada y revelada; la que reaparece en cuanto aparece. De suerte que si el poema es una "metamorfosis de lo idéntico", es decir, de lo real, también habría que aceptar que su realidad es la metamorfosis.

Metamorfosis de lo idéntico: en ello reside la otra clave del sistema metafórico de Paz. Es también la clave de su poesía erótica.

"Tu cuerpo es la huella de tu cuerpo", dice Paz a la mujer en un brevísimo poema titulado "Pasaje". En él está ya prefigurada la experiencia de *Blanco*. Si éste, como se ha dicho, es un *paisaje*, del cuerpo y del lenguaje, ¿no es igualmente un *pasaje* a través del cuerpo y del lenguaje?

La tipografía de *Blanco*, sabemos, es una topografía: un cuerpo verbal (textual) que se fragmenta y ramifica, regido por un movimiento vertical, penetrante (la columna central) y por otro horizontal, expansivo (las dos columnas laterales). Esa topografía es doblemente simbólica. Por una parte, encarna, en la columna central, el tema del lenguaje que se busca a sí mismo, su fundamento, su "cimiento" y su "simiente"; no sólo por su posición central en la página, también por su verticalidad y aun el estilo "seco" del texto, estos pasajes constituyen la *columna vertebral*, *ósea* del cuerpo del poema —hablar, dice Paz, "es pulir huesos". Por la otra, a través de las dos columnas laterales que, al comienzo, están separadas para luego unirse, encarna el esplendor del cuerpo femenino: también el deseo, la mirada, la fusión y expansión de los cuerpos en la cópula.

Estos dos temas —ya lo hemos visto en otro capítulo— se corresponden y modifican entre sí: el lenguaje va naciendo gracias a la erótica, que es una retórica también; el erotismo se va esclareciendo gracias al lenguaje. Cuerpo del lenguaje y lenguaje del cuerpo son una misma y sola cosa. Además, los dos temas se fusionan en la última secuencia: no sólo los temas se reiteran y entrecruzan, semánticamente, sino que combinan la verticalidad y la horizontalidad del texto. No es todo: ambos son un *paisaje* que, a su vez, es un *pasaje*. El lenguaje que busca inicialmente su "cimiento" termina por resolverse y preparar su *aerofanía*: "Boca de verdades, / Claridad que se anula en una sílaba / Diáfana como el silencio". De igual modo, el cuerpo que empieza por ser pasión de los sentidos se disuelve en el pensamiento, en el aire mental. Ambos, lenguaje y cuerpo, son vías de paso hacia lo otro sin dejar de ser lo que son; ambos constituyen un *mandala*, tal como lo dibuja el poema mismo en su secuencia inicial. La palabra concluye en el silencio; el cuerpo, en el no-cuerpo. ¿O habría que decir, más bien, que el silencio es el cuerpo de la palabra y ésta el no-cuerpo, el alma de aquél; parejamente, que la mente es el cuerpo de los sentidos y éstos el no-cuerpo de aquélla? Una cosa es cierta: para Paz, ni el silencio ni la mente son abstracciones y, por el contrario, pueden llegar a ser instancias más intensas de la materia misma. "El silencio reposa en el habla", dice; la mente es música, ritmo que da presencia al cuerpo. No se trata de simples transferencias, sino de "metamorfosis de lo idéntico": el espíritu que es inventado por el cuerpo que es inventado por el mundo que es inventado por el espíritu, como lo propone el poema mismo. "La transparencia es todo lo que queda", concluye Paz. No el simple deseo, no la nostalgia, no la memoria: todo ello y algo más: *la transparencia*: la sabiduría de ser fugaces y la contemplación de esa sabiduría, que, a su vez, hace renacer el deseo, el cuerpo y la pasión de *estar* en el mundo.

Blanco, hemos dicho, es una topografía simbólica. Habría que precisar que su simbología no remite a ninguna trascendencia o a un orden ya establecido que dé validez al signo. Paz, me parece, y lo repito, no es un poeta de símbolos en ese sentido —¿quién podría serlo hoy sin caer un poco en el anacronismo? Es un poeta de los signos y de su combinación. "Ninguna cosa en la vida requiere un símbolo puesto que es claramente lo que es: la manifestación visible de una invisible nada", dice John Cage. Paz —¿no tiene, además, grandes semejanzas con Cage?— podría decir lo mismo. Al final de *Blanco*, Paz parece resumir toda su experiencia del poema: "Tu cuerpo / Derramado en mi cuerpo / Visto / Desvanecido / Da realidad a la mirada". Esa mirada no va a internarse, luego, en lo invisible; es lo que nuevamente hará visible al cuerpo. En otra ocasión, hablando de su obra, Paz fue más explícito: "*Blanco* es un cuerpo verbal. Un cuerpo que se dice y que, al decirse, se disipa". Esa disipación ¿no es lo que *da cuerpo* a la mirada del lector?

XXVIII. ¿LA ÚLTIMA LECTURA?

AQUÍ termino esta lectura —muy parcial, sólo desde ciertas perspectivas— de la poesía hispanoamericana; una lectura que, por lo mismo, no puede terminar del todo, ni mucho menos ser concluyente. Apenas me gustaría aclarar ahora un aspecto un tanto ambiguo, subrayando su verdadero sentido.

Al comienzo de este libro he hablado del carácter o de la sensibilidad hispanoamericana. Aunque Vallejo empleó el segundo como argumento decisivo para defender a Rubén Darío, comprendo que ambos términos pueden resultar equívocos y prestarse a inútiles e interminables dilucidaciones. ¿Precede la sensibilidad a la obra o es el resultado de ésta, o ambas coinciden? ¿Quién tiene o no sensibilidad hispanoamericana, o quién la encarna mejor?

Mi libro no ha buscado aislar, ni mucho menos definir, una sensibilidad hispanoamericana a partir de nuestra poesía. Su intento ha sido más bien el mostrar cómo esa sensibilidad se identifica finalmente con un conjunto de obras. Si toda obra supone una realidad cultural, histórica y aun psicológica, no es menos cierto que tales supuestos se integran a otro mayor, que los transfigura: la realidad estética. Es ésta la decisiva y su clave no puede ser sino el lenguaje. Cuando Vallejo defiende a Darío aduciendo la sensibilidad hispanoamericana de éste, ¿qué intuición concreta podía tener de esa sensibilidad? ¿No existía ella también en nuestra poesía anterior, en nuestro romanticismo o en las extensas silvas de Andrés Bello? Pero es indudable que a Vallejo lo guiaba el valor estético de Darío: la plenitud y la libertad de su lenguaje, la capacidad para fundar una nueva poética —aun, como sabemos, en todo el ámbito hispánico.

El carácter o la sensibilidad hispanoamericana: ambos términos nos remiten, más bien, a un *texto* hispanoamericano. Me explico.

Es casi imposible no percibir en los poetas que aquí he estudiado esas líneas maestras que configuran lo que llamamos una tradición. No me refiero a la tradición como un espacio autosuficiente —lo que sería inexacto, incluso si pensamos en las grandes literaturas occidentales. Me refiero al diálogo que entablan entre sí obras muy diversas en el tiempo y hasta con notables divergencias estéticas e ideológicas. Ese diálogo es sólo posible gracias al impulso de un principio de germinación creadora; éste, a su vez, se ve regido por un dinamismo progresivo y circular: suscita el diálogo, pero no alcanza su madurez y expansión sino a través del diálogo mismo. Darío y el modernismo constituyen el núcleo germinativo de nuestra verdadera tradición poética; pero sin Huidobro, Vallejo,

Borges, Neruda, Lezama Lima, Paz, no sentiríamos hoy con igual fuerza su presencia. Lo mismo podría decirse del diálogo creado por éstos, con respecto a los mejores poetas de las generaciones ulteriores.

Si existe un *texto* hispanoamericano es porque se ha ido formando en esa intertextualidad interna, que tiene, por supuesto, diversos campos combinatorios. Tampoco el *texto* hispanoamericano excluye las relaciones con otras literaturas; más bien las acentúa: confluyen en él —y es también un rasgo que nos viene del modernismo— muchas tradiciones. ¿Por qué éstas no logran opacar —como ocurría con frecuencia antes del modernismo— la originalidad y la vitalidad de ese *texto*? La explicación, muy sencilla pero decisiva, nos regresa a lo que antes dijimos de Darío.

Lo que de veras ha creado la poesía hispanoamericana contemporánea es una lengua, a la vez que nos ha dado mayor conciencia de la lengua como tal, es decir, del instrumento mismo de la literatura. Así, el compartir un idioma común, no sólo no subordina nuestra poesía a la española; la distinguen de ella una entonación y hasta una visión del mundo muy diferentes. De igual manera, su universalismo no es más que el signo de autenticidad de toda poesía: no un modo de ser, sino un modo del ser.

"Ya lo bueno no es de nadie, sino del lenguaje o la tradición", ha escrito Borges. Si fuese posible afirmar lo mismo de la poesía hispanoamericana, como *corpus*, creo que ya éste sería el verdadero signo de su validez. Aunque parezca evidente, vale la pena recordarlo: la poesía no es la memoria de lo que se haya o no se haya sido, sino la memoria de lo que se ha dicho.

BIBLIOGRAFÍA

I. Obras poéticas

Braulio Arenas: *En el mejor de los mundos* (Antología). Chile, Zig-Zag, 1970.

Homero Aridjis: *Los espacios azules.* México, Mortiz, 1968. *Ajedrez. Navegaciones.* México, Siglo XXI, 1969. *Quemar las naves.* México, Mortiz, 1975. *Vivir para ver.* México, Mortiz, 1977.

Carlos G. Belli: *¡Oh Hada cibernética!* (Antología). Caracas, Monte Ávila, 1969. *En alabanza del bolo alimenticio.* México, Premiá Editora, 1979.

Jorge Luis Borges: *Obra poética* (1923-1967). Buenos Aires, Emecé, 1967. *Obra poética* (1923-1977). Madrid, Alianza, 1977. *La cifra.* Madrid, Alianza, 1981.

Rafael Cadenas: *Cuadernos del destierro.* Caracas, Tabla Redonda, 1960. *Falsas maniobras.* Venezuela, Universidad de Carabobo, 1966. *Intemperie.* Mérida, Universidad de los Andes, 1977. *Memorial.* Caracas, Monte Ávila, 1977.

Ernesto Cardenal: *Poesía de uso* (Antología 1949-1978). Prólogo de Joaquín Marta Sosa. Caracas, El Cid Editor, 1979.

J. G. Cobo Borda: *Consejos para sobrevivir.* Bogotá, Ediciones La Soga al Cuello, 1974. *Ofrenda en el altar del bolero.* Caracas, Monte Ávila, 1981. *Roncando al sol como una foca en los Galápagos.* Bogotá, Ediciones Gaceta, 1982.

Rubén Darío: *Poesías.* Prólogo de E. Anderson Imbert. México, Fondo de Cultura Económica, 1952. *Poesía.* Prólogo de Ángel Rama. Caracas, Biblioteca Ayacucho, 1977.

C. Dávila Andrade: *Materia real* (Antología). Estudios finales de Juan Sánchez Peláez, Pierre de Place y Eugenio Montejo. Caracas, Monte Ávila, 1970.

H. Díaz Casanueva: *Antología poética.* Chile, Editorial Universitaria, 1970. *Conjuro (La estatua de sal. El sol ciego. Los penitenciales).* Caracas. Monte Ávila, 1980. *El hierro y el hilo.* Toronto, Oasis Publications, 1980. *Los veredictos.* Nueva York, Editorial El Maitén, 1981.

J. M. Eguren: *Poesías completas y prosas selectas.* Prólogo, selección y notas de Estuardo Núñez. Lima, Editorial Universo, 1970. *Obras completas.* Edición, prólogo y notas de Ricardo Silva-Santisteban. Lima, Mosca Azul Editores, 1974.

Macedonio Fernández: *Poemas.* Prólogo de Natalicio González. México, Editorial Guaranía, 1953.

C. Fernández Moreno: *Argentino hasta la muerte.* Buenos Aires, Sudamericana, 1963. *Los aeropuertos.* Buenos Aires, Sudamericana, 1967.

J. Gaitán Durán: *Si mañana despierto.* Bogotá, Ediciones Mito, 1961.

L. García Morales: *Lo real y la memoria.* Caracas, Editorial Arte, 1962.

Oliverio Girondo: *Obras completas.* Prólogo de Enrique Molina. Buenos Aires, Losada, 1968.

Alberto Girri: *Poemas elegidos.* Prólogo de Jorge A. Paita. Buenos Aires, Losada, 1965. *Antología temática (1946-1947)*. Selección y prólogo de Enrique Pezonni. Buenos Aires, Sudamericana, 1969. *En la letra, ambigua selva*. Buenos Aires, Sudamericana, 1972.

Roberto Juarroz: *Poesía vertical* (1958-1975). Caracas, Monte Ávila, 1976. *Séptima poesía vertical*. Caracas, Monte Ávila, 1982.

José Gorostiza: *Poesía*. México, Fondo de Cultura Económica, 1964.

J. Herrera y Reissig: *Poesías completas*. Prólogo de Guillermo de Torre. Buenos Aires, Losada, 1945. *Poesía completa y prosa selecta*. Prólogo de Idea Vilariño. Caracas, Biblioteca Ayacucho, 1978.

Rodolfo Hinostroza: *Contra natura*. Barcelona, Seix Barral, 1970.

Vicente Huidobro: *Obras completas*. Prólogo de Braulio Arenas. Chile, Zig-Zag, 1964. *Obras completas*. Prólogo de Hugo Montes. Chile, Editorial Andrés Bello, 1976.

José Lezama Lima: *Poesía completa*. La Habana, Instituto del Libro, 1970. *Fragmentos a su imán*. Poema-prólogo de Octavio Paz. México, Era, 1978.

Enrique Lihn: *La pieza oscura*. Chile, Editorial Universitaria, 1963. *Poesía de paso*. La Habana, Casa de las Américas, 1966. *La musiquilla de las pobres esferas*. Chile, Editorial Universitaria, 1969.

Juan Liscano: *Nombrar contra el tiempo* (antología). Caracas, Monte Ávila, 1968. *Rayo que al alcanzarme*. Caracas, Monte Ávila, 1978.

R. López Velarde: *Obras*. Edición y prólogo de José Luis Martínez. México, Fondo de Cultura Económica, 1971.

Leopoldo Lugones: *Obras poéticas completas*. Madrid, Aguilar, 1959.

José Martí: *Obras completas*. La Habana, Editorial Nacional de Cuba, 1963. *Obra literaria*. Prólogo y notas de Cintio Vitier. Caracas, Biblioteca Ayacucho, 1978.

Gabriela Mistral: *Poesías completas*. Madrid, Aguilar, 1968.

Enrique Molina: *Obra poética* (1941-1978). Caracas, Monte Ávila, 1978. *Los últimos soles*. Buenos Aires, Sudamericana, 1980.

Eugenio Montejo: *Élegos*. Caracas, Editorial Arte, 1967. *Muerte y memoria*. Venezuela, Universidad de Carabobo, 1972. *Algunas palabras*. Caracas, Monte Ávila, 1976. *Terredad*. Caracas, Monte Ávila, 1978. *Trópico absoluto*. Caracas, Fundarte, 1982.

César Moro: *La tortuga ecuestre*. Lima, Ediciones Tigrodine, 1957. *La tortuga ecuestre y otros textos*. Selección, prólogo y notas de Julio Ortega. Textos de André Coyné, Emilio Adolfo Westphalen, Enrique Molina y Mario Vargas Llosa. Caracas, Monte Ávila, 1976.

Rafael José Muñoz: *El círculo de los 3 soles*. Estudio de Juan Liscano. Caracas, Zona Franca, 1968.

Álvaro Mutis: *Summa de Maqroll el Gaviero*. Prólogo de J. G. Cobo Borda. Barcelona, Barral, 1973. *Caravansary*. México, Fondo de Cultura Económica, 1981.

José Emilio Pacheco: *Ayer es nunca jamás* (Antología, 1963-1976). Prólogo de José Miguel Oviedo. Caracas, Monte Ávila, 1978. *Tarde o temprano* (poesía completa). México, Fondo de Cultura Económica, 1980.

Heberto Padilla: *El justo tiempo humano*. La Habana, UEAC, 1962. *Fuera del juego*. Buenos Aires, Aditor, 1969. *El hombre junto al mar*. Barcelona, Seix Barral, 1981.

Nicanor Parra: *Obra gruesa*. Chile, Editorial Universitaria, 1969. *Sermones y prédicas del Cristo de Elqui*. Chile, Ediciones Ganymedes, 1979.

Octavio Paz: *Libertad bajo palabra (1935-1957)*. México, Fondo de Cultura Económica, 1960. *Salamandra*. México, Mortiz, 1962. *Ladera Este*. México, Mortiz, 1969. *Pasado en claro*. México, Fondo de Cultura Económica, 1975. *Vuelta*. Barcelona, Seix Barral, 1976. *Poemas (1935-1975)*. Barcelona, Seix Barral, 1979.

Reynaldo Pérez-Só: *Para morirnos de otro sueño*. Caracas, Monte Ávila, 1970. *Tanmatra*. Caracas, Policrom, 1972. *Nuevos poemas*. Venezuela, Universidad de Carabobo, 1975.

Alejandra Pizarnik: *Árbol de Diana*. Prólogo de Octavio Paz. Buenos Aires, Sur, 1962. *Los trabajos y las noches*. Buenos Aires, Sudamericana, 1965. *Extracción de la piedra de la locura*. Buenos Aires, Sudamericana, 1968. *El infierno musical*. Buenos Aires, Siglo XXI, 1971.

J. A. Ramos Sucre: *Obras*. Prólogo de Félix A. Núñez. Caracas, Ediciones del Ministerio de Educación, 1956. *Obra poética*. Prólogo de Carlos Augusto León. Caracas, Universidad Central de Venezuela, 1979. *Obra completa*. Prólogo de José Ramón Medina y cronología de Sonia García. Caracas, Biblioteca Ayacucho, 1980.

Gonzalo Rojas: *Oscuro* (antología). Caracas, Monte Ávila, 1977.

J. Sánchez Peláez: *Un día sea*. Caracas, Monte Ávila, 1969. *Rasgos comunes*. Caracas, Monte Ávila, 1975. *Por cuál causa o nostalgia*, Caracas, Fundarte, 1981.

Tomás Segovia: *Poesía (1943-1976)*. México, Fondo de Cultura Económica, 1982.

José Juan Tablada: *Obras. I. Poesía*. Prólogo y notas de Héctor Valdés. México, Universidad Nacional Autónoma, 1971.

César Vallejo: *Obra poética completa*. Prólogo de Américo Ferrari. Lima, Francisco Moncloa Editores, 1968. *Poesía completa*. Edición crítica y exegética al cuidado de Juan Larrea. Barcelona, Barral, 1978.

Cintio Vitier: *Vísperas* (1938-1953). La Habana, Orígenes, 1953. *Canto llano*. La Habana, Orígenes, 1956. *Escrito y cantado*. La Habana, Orígenes, 1959. *Poética*. La Habana, Imprenta Nacional, 1961.

Saúl Yurkievich: *Fricciones*. México. Siglo XXI, 1969. *Retener sin detener*. Barcelona, Ocnos, 1973. *Rimbomba*, Madrid, Hiperión, 1979.

II. Estudios críticos

Xavier Abril: *Vallejo (Ensayo de aproximación crítica)*. Buenos Aires, Ediciones Front, 1958. *César Vallejo o la teoría poética*. Madrid, Taurus, 1962.

E. Anderson Imbert: *La originalidad de Rubén Darío*. Buenos Aires, Centro Editor de América Latina, 1967.

David Bary: *Huidobro o la vocación poética*. España, Universidad de Granada, 1963.

A. M. Barrenechea: *La expresión de la irrealidad en la obra de J. L. Borges*. México, Colegio de México, 1957.

Claire Cea: *Octavio Paz*. París, Poètes d'aujord'hui, Seghers, 1965.

J. G. Cobo Borda: *La alegría de leer*. Bogotá, Colección Autores Nacionales, 1976. *La otra literatura latinoamericana*. Bogotá, Instituto Colombiano de Cultura, 1982.

René de Costa (compilador): *Vicente Huidobro y el creacionismo*. Madrid, El escritor y la crítica, Taurus, 1974.

André Coyné: *César Vallejo y su obra poética*. Lima, Letras Peruanas, 1958. *César Moro*, Lima, Imprenta Torres Aguirre, 1956.

Arturo Echavarría: *Lengua y literatura de Borges*. Barcelona, Ariel, 1983.

C. Fernández Moreno: *La realidad y los papeles* (Ensayos sobre poesía argentina). Madrid, Aguilar, 1967.

Alberto Escobar: *Cómo leer a Vallejo*. Lima, P. L. Villanueva Editor, 1973.

Américo Ferrari: *El universo poético de César Vallejo*. Caracas, Monte Ávila, 1972.

Ángel Flores (compilador): *Aproximaciones a César Vallejo*. Nueva York, Las Américas Publishing Co., 1971. *Aproximaciones a Octavio Paz*. México, Mortiz, 1974.

Pere Gimferrer (compilador): *Octavio Paz*. Madrid, El escritor y la crítica, Taurus, 1982.

Cedomil Goic: *La poesía de Vicente Huidobro*. Chile, Anales de la Universidad de Chile, 1956.

Gerardo Goloboff: *Leer Borges*. Buenos Aires, Huemul, 1978.

R. Gutiérrez Girardot: "Jorge Luis Borges, ensayo de interpretación", *Horas de estudio*. Bogotá, Instituto Colombiano de Cultura, 1976.

James Higgins: *Visión del hombre y de la vida en las últimas obras poéticas de César Vallejo*. México, Siglo XXI, 1970.

Ivas Ivask (comp.): *The Perpetual Present: The Poetry and Prose of Octavio Paz*. Norman, University of Oklahoma Press, 1973.

Juan Larrea: "*Altazor* de Huidobro", en *Revista Iberoamericana*, núms. 102-103, Pittsburgh, junio, 1978.

Tamara Kamenszain: *El texto silencioso. Tradición y vanguardia en la poesía sudamericana*. México, UNAM, 1983.

Carlos A. León: *Las piedras mágicas* (ensayo sobre Ramos Sucre). Caracas, Suma, 1945.

Carlos H. Magis: *La poesía hermética de Octavio Paz*. México, El Colegio de México, 1978.

José R. Medina (compilador): *Ramos Sucre ante la crítica*. Caracas, Monte Ávila, 1981.

Eduardo Mitre: *Huidobro, hambre de espacio y sed de cielo*. Caracas, Monte Ávila, 1981.

R. H. Moreno-Durán (coordinador): *Lezama Lima*. Revista *Voces*, 2, Barcelona, Montesinos, 1981.

Julio Ortega: *Figuración de la persona*. Barcelona, Edhasa, 1971.

Allen Phillips: *Ramón López Velarde, el poeta y el prosista*. México, Instituto de Bellas Artes, 1962.

Rachel Phillips: *Las estaciones poéticas de Octavio Paz*. México, Fondo de Cultura Económica, 1976.

Ángel Rama: *El Universo simbólico de J. A. Ramos Sucre*. Venezuela, Universidad de Oriente, 1978.

Francisco Rivera: *Inscripciones*. Caracas, Fundarte, 1981.

E. Rodríguez Monegal: *Borges por él mismo*. Caracas, Monte Ávila, 1981. "El caso Herrera y Reissig", *Eco*, núms. 224-226, Bogotá, agosto de 1980.

Pedro Salinas: *La poesía de Rubén Darío*. Buenos Aires, Losada, 1957.

R. Silva-Santisteban (compilador): *José María Eguren. Aproximaciones y perspectivas*. Lima, Universidad del Pacífico, 1977.

Pedro Simón (compilador): *Lezama Lima*. La Habana, Casa de las Américas, 1970.

Guillermo Sucre: *Borges el poeta*. Caracas, Monte Ávila, 1974.

E. Caracciolo Trejo: *La poesía de Vicente Huidobro y la vanguardia*. Madrid, Gredos, 1974.

Cintio Vitier: *Lo cubano en la poesía*. Cuba, Universidad Central de Las Villas, 1958.

Ramón Xirau: *Octavio Paz: el sentido de la palabra*. México, Mortiz, 1970. *Poesía iberoamericana contemporánea*. México, Sep/Setentas, 1972. *Poesía y conocimiento*. México, Mortiz, 1978. *Dos poetas y lo sagrado* (Juan Ramón Jiménez/César Vallejo). México, Mortiz, 1980.

George Yudice: *Vicente Huidobro y la motivación del lenguaje*. Buenos Aires, Galerna, 1978.

Saúl Yurkievich: *Fundadores de la nueva poesía latinoamericana*. Barcelona, Barral, 1971. *Celebración del modernismo*. Barcelona, Tusquets, 1976. *La confabulación con la palabra*. Madrid, Taurus, 1978.

Gabriel Zaid: *Leer poesía*. México, Mortiz, 1972.

ÍNDICE

Cuarta Parte

El cuerpo, el instante

Se terminó la impresión de esta obra en el mes de agosto de 1985, en *"La Impresora Azteca", S. de R. L.,* Av. Poniente 140 Nº 681-1, Col. Industrial Vallejo, 02300, México, D. F. Se tiraron 5 000 ejemplares más sobrantes para reposición.